Über dieses Buch Die große Liebe – Olivia Curtis trifft Rollo Spencer. Eine junge romantische Frau trifft den Mann ihrer Träume. Doch sie hat eine gescheiterte Ehe hinter sich, und er ist verheiratet. Ein Verhältnis beginnt, eine Liebe ohne Außenleben, ohne Anerkennung, die heimlich in Hotels, Restaurants, auf Reisen, im wesentlichen aber in Gedanken und Gefühlen stattfindet. Es ist die alte Geschichte, ein alltägliches Drama. Die Helden wagen eine Verbindung, die von Anfang an zum Scheitern verurteilt ist und doch in all ihren begeisterten Höhen und traurigsten Tiefen durchlebt werden muß.
Das Liebespaar Olivia und Rollo bewegt sich zwischen den verknöcherten Repräsentanten viktorianischer Werte und den exaltierten, lebenshungrigen Figuren der Londoner Bloomsbury-Boheme. Es ist die Welt zwischen den Kriegen, die Rosamond Lehmann mit dieser Liebesgeschichte beschreibt – eine Welt im Umbruch.
1936 hat Rosamond Lehmann diese Fortsetzung zu ihrem 1932 erschienenen Roman »Aufforderung zum Tanz« geschrieben. Wieder folgt sie den Spuren ihrer Heldin mit großem Einfühlungsvermögen, schildert weibliche Empfindungen mit subtiler angelsächsischer Ironie, leicht überschattet von Melancholie, und beherrscht meisterhaft die Kunst, rasch wechselnde Seelenstimmungen in einer verhaltenen Sprache eher an- als auszudeuten.
»Rosamond Lehmann schreibt – in einer Sprache, die ihre Herkunft von Virginia Woolf und Henry James nicht verleugnet – eine fesselnde psychologische Studie, die alle Stadien von Glück und Enttäuschung, von kurzen Freuden und langen Leiden nachzeichnet.« (Frankfurter Allgemeine Zeitung)

Die Autorin Rosamond Lehmann, geboren 1901 in Buckinghamshire, gestorben 1990 in London, schrieb Romane und Erzählungen. Im Fischer Taschenbuch Verlag erschienen ihre Bücher »Aufforderung zum Tanz« (Band 3773), »Der begrabene Tag« (Band 3767), »Dunkle Antwort« (Band 3771) und »Der Schwan am Abend« (Band 3772).

Rosamond Lehmann

Wie Wind in den Straßen

Roman

Aus dem Englischen von
Christine Frick-Gerke

Fischer Taschenbuch Verlag

Die Frau in der Gesellschaft
Lektorat: Ingeborg Mues

Veröffentlicht im Fischer Taschenbuch Verlag GmbH,
Frankfurt am Main, Februar 1992

Titel der englischen Originalausgabe:
»The Weather in the Streets«
erschienen bei William Collins Ltd.

Lizenzausgabe mit freundlicher Genehmigung
des Ehrenwirth Verlages, München
Für die deutsche Ausgabe:

Umschlaggestaltung: Barbara Brümmer, Mainz
Umschlagabbildung: Henri Matisse, ›Liseuse en robe violette‹

Druck und Bindung: Clausen & Bosse, Leck
Printed in Germany
ISBN 3-596-10042-9

Erster Teil

1

Sie erwachte, als hätte es gerufen: Erhebe dich. Sie trieb, trieb, wurde an die Oberfläche geschwemmt ... Es ist doch noch Nacht ... Sie öffnete die Augen. Alles lag im Dunkeln; ein bleicher grauer Schleier trauerte zwischen den Falten des Vorhangs. Also das war es: wieder Nebel, vielleicht war schon Morgen. Niemand hatte gerufen. Was hat mich geweckt? Horch: ja, das Telefon läutet unten in Ettys Wohnzimmer, läutet, wer weiß wie lange schon, niemand hebt ab. Ach ... Mrs. Banks! Bitte, Mrs. Banks! Wo sind Sie? Klick, Schlüssel in der Tür, brauner Regenmantel, schwarzer Hut, Kaninchenkragen, ein Schritt herein und Tatendrang. Bitte, gehen Sie ans Telefon, ich will noch nicht aufstehen ... Etty, du nutzlose, träge Person, steh auf, bitte, geh sofort ans Telefon ... Natürlich schläft sie wie ein Stein, frühmorgens bewußtlos zwischen Decken und Kissen.

Olivia schlüpfte in ihren Morgenmantel und taumelte die enge Treppe hinunter. Ettys vollgestopftes Puppenstubenwohnzimmer wirkte im Morgengrauen fremd, stickig, als hingen Nebelschwaden in der Luft oder abgestandener Zigarettendunst; der Raum erdrückt von kirschfarbenen Vorhängen, papageiengrünen und silbernen Kissen, von Ettys Stühlen, Tischen, Hockern, ihren gläsernen, ledernen, emaillierten Kästchen, von Schalen und Nippes; aus allen Ecken gellte es ihr schrill und muffig entgegen, lauernd und unheilverkündend. Sie beugte sich über den winzigen beladenen Schreibtisch, griff nach dem Hörer und krächzte: »Ja, bitte?«

Vielleicht war Kate am Apparat, frisch und hellwach, rief vom Land an, im Begriff, die Kinder zur Schule zu bringen. »Habe ich dich geweckt?« würde sie unerbittlich fragen. »Tut mir leid, doch ich muß gleich fort ...« Kate weiß, wie schwer es mir fällt, aufzustehen, sie verurteilt mich mitleidslos. Eines Tages werde ich ihr eine unfreundliche Antwort geben, mich nicht mehr entschuldigen.

»Ja, bitte?«

»Bist du es, Olivia?«

»Oh ... Mutter ...« Mutters Stimme, aufmunternd, müde, beruhigend – so klang sie, wenn es ernst war. »Ja?«

»Guten Morgen, mein Kind. Ich habe es schon lange läuten lassen. Ich dachte, der Anschluß sei unterbrochen ...?«

»Nein, der Anschluß ist in Ordnung. Entschuldigung, ich bin gerade erst – Wie spät ist es?«

»Nach acht.« Freundlich, sachlich: deine Mutter.

»O Gott! Hier ist es entsetzlich neblig, noch dunkel. Mrs. Banks ist sicher aufgehalten worden.«

»Oje, wie unangenehm. Hoffentlich ist ihr nichts passiert. Hier ist von Nebel keine Spur, zwar trüb, ein bißchen dunstig, doch später wird es bestimmt schön ... Mein Kind ...« Ihre Stimme hatte einen Augenblick erschöpft geklungen, doch nun nahm sie wieder diesen besonderen Tonfall an, beruhigend, beschwichtigend, es ist alles in Ordnung. Es ist alles in Ordnung, erklärte sie, bevor die schlechte Nachricht kam: »Vater ist krank.«

»Vater? Was hat er denn?«

»Die Atemwege. Der Ärmste!«

»Hat er Bronchitis?«

»Leider ist es eine Lungenentzündung, mein Kind. Er ist so tapfer. Dr. Martin meint, er käme durch – wenn sein Herz mitmacht, verstehst du – bis jetzt gibt es keinen Grund zur Besorgnis. Er gibt nicht auf.«

»Hat er Schmerzen?«

»Sein Husten ist lästig, doch er klagt nicht. Er kann kaum schlafen. Dr. Martin ist äußerst freundlich – er kommt drei- oder viermal am Tage vorbei. Du weißt, wie sehr er sich um seine Kranken kümmert. So einen Arzt gibt es in ganz England nicht noch einmal. Und ich habe eine reizende, tüchtige Pflegerin eingestellt – nur für die Nächte. Am Tage pflege ich ihn natürlich.«

»Seit wann ist er krank?«

»Seit wann? Ach, erst seit einigen Tagen. Er ist bei eisigem Ostwind spazierengegangen und hat sich erkältet, und dann bekam er mit einemmal hohes Fieber.«

»Ich komme nach Hause. Ist Kate schon da?«

»Ja, Kate ist hier.«

»Oh, tatsächlich!« Als erste herbeigerufen, weil sie eher eine Hilfe ist. »Ich nehme den nächsten Zug.«

»Das wäre sehr lieb von dir. Aber vergiß nicht, in Ruhe zu frühstücken. Hetz dich nicht. Grüß Etty von mir.«

»Das werde ich tun. Hast du überhaupt geschlafen?«

»Oh, reichlich. Ich komme auch ohne Schlaf aus.« Zurechtweisend, unbelehrbar, ein wenig ärgerlich, wie so oft ... Andere mögen menschliche Schwächen haben – aber ich doch nicht ...

»Ich nehme den Zug um neun Uhr zwanzig und dann den Bus.«

»Sehr gut, mein Kind. Wir erwarten dich. Sei vorsichtig bei diesem Nebel. Atme nicht mehr als nötig durch den Mund, und falls du ein Taxi nimmst, sag dem Fahrer, er solle *Schritt* fahren.«

»Neun Minuten«, sagte die Vermittlung mit ungerührter Stimme.

»Vergiß nicht zu frühstücken. Auf Wiedersehen, mein Kind.«

Sie hat hastig eingehängt. Ohne zu zögern, läuft sie nach oben. Neun Minuten sind schon verloren. Los, los. In neun Minuten kann viel geschehen.

Zwischen Waschen und Anziehen packte sie eilig ihren Koffer. Das rote Kleid einpacken, das dunkelbraune Tweedkostüm anziehen, Erbstück von Kate, gut geschnitten, dazu den schönen limonengrünen Pullover, der mir so gut steht, den alten braunen Pullover – Das ist alles ... Mach dich sorgfältig zurecht – Haare, Lippenstift, Puder – mach das Beste aus dir. Komm nicht abgehärmt, aufgelöst, hektisch an sein Bett – sei kein böses Omen. Bis jetzt gibt es keinen Grund zur Besorgnis. *Bis jetzt gibt es keinen Grund:* unheilvolle Worte. *Er ist tapfer* – heißt das: *er kämpft*? – das heißt nicht immer, *er ist besiegt* ... Liegt er im Sterben? Werde ich das rote, das grüne Kleid einfärben müssen, werde ich nach Tulverton fahren, blaß, und Trauerkleider kaufen, schwarze Handschuhe? Bliebe er stärker als dieses eine, Zwingende, behielte er bis zu jenem universellen Ende, jenem Schritt dem allgemeinen Tod entgegen, seine eigene unverwechselbare Art, würde er uns bestimmt mahnen: Wehe, ihr beerdigt mich nach euren Vorstellungen! Sicherlich hat er seine Wünsche festgelegt. Doch was wäre, wenn nicht, wenn es ihm bisher gleich war, wenn die Zeit nicht mehr reichte: Tante Edith käme behangen und verschleiert, um das Regiment zu übernehmen, und die Witwe, die auch in Mutter lauerte, würde triumphieren. Wenn die gutmütige Pflegerin ihm seinen heilsamen Galgenhumor ausgetrieben hätte – dann gäbe es schwarzgekleidete ältere Damen in Überzahl, James trüge eine schwarze Armbinde, es gäbe Briefpapier mit Trauerrand und Blumen, Kränze und Tante Ediths Riechsalz; und es würde nichts bleiben von dem, was ihm wichtig war, nichts von dem, was er mit kaum wahrnehmbarem Augenzwinkern – sozusagen von Seele zu Seele – mitgeteilt hatte ... was sie einmal, zweimal aufgefangen und wortlos erwidert hatte: sein Wissen von Leben und Tod, seine lebenslange unantastbare Illusionslosigkeit.

Sie lief die Treppe hinunter zum Telefon und bestellte ein Taxi. Dann öffnete sie die Tür zu Ettys Schlafzimmer, das neben dem Wohnzimmer lag. Stille und Finsternis empfingen sie; es roch nach Puder, Parfum, nach Creme und Schokoladentrüffeln.

»Etty ...!«

Beim zweiten Rufen drehte Etty sich um und stöhnte: *»Schätzchen ...«* Eine Mischung aus Protest und Begrüßung.

»Etty, ich will dich nicht wecken, aber ich fahre nach Hause. Mutter hat angerufen. Vater ist sehr krank. Ich fahre jetzt zum Bahnhof.«

»Oh, *Schätzchen* ...« Sie knipste das Licht an und lehnte sich mit einem tiefen Seufzer in die Kissen zurück. »Was hast du gesagt?« Sie setzte sich mit einem Ruck auf, mit ihrem rosa

Häubchen auf dem Kopf wirkte sie bleich, farblos, seltsam nackt ohne Schminke und Haarpracht.

»Er hat eine Lungenentzündung.«

»O nein, der arme Kerl! Schätzchen, mußt du gleich hinfahren? Wie *entsetzlich*! Oh, ich mag ihn so sehr – grüße ihn ganz herzlich – *und* Tante Ethel. Warte einen Augenblick. Laß mich *nachdenken*. Halb neun – Oje! Wo ist Mrs. Banks? Noch nicht hier. Warte einen Augenblick, Schätzchen, dann helfe ich dir.« Sie schob die Decken zurück; ihre zarten weißen Beine und knochigen kleinen Knie rutschten zaudernd über die Bettkante.

»Du brauchst mir nicht zu helfen. Ich bin schon fertig. Ich habe alles gepackt. Mach, daß du zurück ins Bett kommst!«

Sie stand einen Augenblick schwankend in einem Hauch geblümter Seide, dann setzte sie sich unentschlossen auf die Bettkante.

»Ach Schätzchen, du mußt doch etwas frühstücken. Laß mich *nachdenken* – ja, Tee. Ich setze Wasser auf.«

»Ich möchte nichts. Ich werde im Zug frühstücken. Dann bin ich wenigstens beschäftigt.«

»Wirklich? Vielleicht ist es das beste. Aber *vergiß* es nicht. Fasten ist in solchen Fällen völlig sinnlos, dann ist man zu gar nichts mehr zu gebrauchen. Oh, ist etwa schon wieder Nebel? Wie *eklig*. Das ist einfach – *kaum* auszuhalten.«

Sie kroch zitternd zurück ins Bett.

»Eine Sache noch. Später, gegen zehn, könntest du Anna im Atelier anrufen und ihr ausrichten, daß ich nicht kommen kann?«

»Natürlich, Schätzchen. Ich vergesse es bestimmt nicht. Kann ich sonst noch *irgend etwas* tun?«

»Nein, schlaf ruhig noch ein bißchen, Etty.«

»Ach, ich mache mir *solche* Sorgen.« Sie legte sich wieder hin, sah Olivia bedrückt an. »Das ist so *traurig* für dich.«

»Vielleicht ist es gar nicht so schlimm, weißt du. Er ist stärker, als man denkt. Er ist ganz schön zäh.«

»Oh, da hast du recht. Ich fand ihn immer ausgesprochen stark, chronisch Kranke sind oft so. Ich glaube auch, er wird wieder gesund. *Versprich,* daß du mich anrufst. Laß mich überlegen, heute abend bin ich zum Essen eingeladen, oje, wie dumm ... aber zwischen sechs und sieben bin ich mit *Sicherheit* da. Weißt du was, ich rufe *dich* an.«

»In Ordnung, tu das, Ett. Auf Wiedersehen, Mädchen.«

»Ist dein Koffer nicht zu schwer? Oh! ... Auf Wiedersehen, Herzchen.«

Sie drückte all ihre rotlackierten Fingerspitzen an den Mund und warf ihr eine Kußhand zu, inbrünstig, hingebungsvoll. Über dem Mund die zarten Wangenknochen, die Stirn, die tiefliegenden Augen, kindlich, morgendlich müde. Wie ein Ei wirkte ihr Gesicht mit den verdeckten Haaren, blaß, glatt, oval, die Gesichtszüge wie aufgemalt, ein Blick und ein Schmollmund.

»Leg dich wieder hin und schlaf.«

Das wird sie tun.

Olivia schlug die kanariengelbe Tür des Puppenhauses hinter sich zu, stand im Nebel und holte tief Luft, sagte: »Paddington« zu dem Ungetüm, das regungslos auf sie wartete, zu dem ausdruckslosen, eingemummten roten Gesicht mit dem wilden borstigen Schnurrbart – und ließ sich auf den Sitz des Taxis fallen.

Aus dem Bahnhof, durch langsam sich lichtende Nebelbänke aus London heraus. Stumpfes Braun, Safrangelb, trübes Grau ließ sie hinter sich. Wie in schmuddelig grünes Tuch gehüllt lagen die ersten Vororte; doch dann klärte sich der verhangene Tag, und Wiesen, Fabriken, der Kanal mit seinen Barken, Obstbäume mit weißleimigen Stämmen, das Vieh und die Weidenbäume und weite grüne Felder kamen ans Tageslicht, gehüllt in transparente Schleier wie bläuliche Gaze. Der undurchsichtige Himmel ballte sich, teilte sich, hing in Fetzen; hier und da ein Hauch Blau durch dampfende Spalten, und die Luft stand leuchtend, sanftes indirektes Strahlen der unentschiedenen Sonne. Heute würde es schön werden. Mein liebstes Wetter.

Ein Bild des Gartens stand ihr vor Augen – die feuchte

Wiese, verstreute Blätter, gelbliche Ulmenwipfel, die letzten weißen Rosen an der Pergola, letzte verblühte Chrysanthemen auf dem Beet; alles in Feuchtigkeit gehüllt, verhalten glänzend, still, traurig, genügsam. Und auf dem Gartenweg stand er: um den Hals den karierten Schal, unter dem zerbeulten Tirolerhut sein vielsagender Blick, sein Mund, freundlich, geschlossen, geduldig und spöttisch, wenn ihn das Asthma quälte. Er darf nicht sterben ... Sie suchte in ihrer Handtasche nach Spiegel, Puder, Taschentuch und nahm ihr Gesicht in Augenschein. Ein, zwei Rußfleckchen, ein wenig müde Augen, sonst nicht so schlecht. Im Speisewagen saßen alle möglichen Herren mit Bowlerhüten hinter ihren Zeitungen: bestimmt hatten sie geschäftlich in Tulverton zu tun; oder sie fuhren weiter nach Norden ... Dann jemand, der sich deutlich abhob – ein großer, offenbar wohlhabender Mann in einer Tweedjacke, der einen Hund unterm Arm trug und sich in der Tür ein wenig bücken mußte. Zuvorkommend führte ihn der Kellner zu dem freien Platz an Olivias Tisch. Er zögerte, zog dann seine Jacke aus, faltete sie zusammen, setzte darauf den Hund, gab ihm einen Klaps, setzte sich und griff nach der Speisekarte, bestellte Würstchen, Rühreier, Kaffee, Toast und Marmelade und schlug die *Times* auf.

Rollo Spencer.

Sie errötete tief übers ganze Gesicht: ihre übliche, unabänderliche Reaktion auf Menschen, die sie von früher kannte. Sofort begann es in ihrem Kopf hektisch zu arbeiten, wie gern wäre sie unsichtbar: denn meine Situation ist zweifelhaft, ich habe keinen Namen. Auf dem Bahnsteig in Tulverton, im Bus nach Little Compton, auf dem Weg zur Post, immer waren da die harten Blicke, die spitzen Nasen, verkniffenen Münder, die sich einen Gruß abquälten und hinter ihrem Rücken sagten: »Also, wie sie jetzt wohl lebt, na? Wo ist der Ehemann?« – Hinter vorgehaltener Hand ereiferten sie sich: »Arme Mrs. Curtis, wie schlimm für sie, daß ihre jüngere Tochter unversorgt ist. Sicher ist irgendwo in der Familie schlechtes Blut. Ich habe es ja immer gesagt ...«

Ich gehe nicht in den Garten, ich verkleide mich, ich trage einen Panzer wie James' Schildkröte ... Scher dich nicht darum, kümmer dich nicht – Es ist mir gleich. Es macht mir gar nichts aus. Wer ist schon Rollo Spencer? Er wird mich bestimmt nicht erkennen. Ich werde ihn anlächeln und sagen: »Sie wissen nicht, wer ich bin ...« Vielleicht liegt Vater im Sterben ... Ich werde gar nichts sagen.

Der Hund wurde unruhig, und Rollo redete ihm zu, dann sah er über den Tisch und lächelte, wie es Reisende in der Eisenbahn in solchen Situationen zu tun pflegen. Das Lächeln verdichtete sich zu einem Anflug des Erkennens, und dann sagte er freundlich und zuvorkommend:

»Guten Morgen.«

»Guten Morgen.«

»London war abscheulich, nicht wahr? Eine Wohltat, aus der Stadt herauszukommen.«

»Ja, auf dem Land wird es sicher schön sein.«

Dann brachte der Kellner dampfende Töpfe, Schüsseln, Platten, stellte sie vor ihn hin. Er bediente sich selbstverständlich und reichlich.

»In der Eisenbahn gibt es ein fabelhaftes Frühstück. Im Speisewagen esse ich leider immer zuviel. Worte wie ›Rührei‹, ›Brötchen‹, ›Wurst‹ haben gedruckt eine magische Anziehungskraft ... Ein Blick auf die Speisekarte, und ich werde schwach. Ich *muß* dann alles haben.«

»Das kenne ich auch. Mir geht es so im Eissalon ... Obstbecher, Schokoladenbecher ... Bananensplit ... oh! ... Bananensplit!«

Er lachte.

»Das kann ich gut verstehen, aber es begeistert mich nicht, für mich geht nichts über ein Wort wie ›Wurst‹. Ich bin wahrscheinlich handfester als Sie. Da unterscheiden wir uns.« Er warf einen Blick auf ihre einsame Tasse Kaffee. »Ich hoffe, ich vergraule Sie nicht ...«

»Kein bißchen. Das Frühstück ist nicht meine Mahlzeit.« Und in meinem Portemonnaie sind nur noch ein Shilling Sixpence.

»Da, Lucy ...« Der letzte Bissen verschwand im vornehm zögernden rosa-weißen Hundemaul.

»Eine wahre Dame.«

»Meinen Sie?« Er warf dem Tier einen unschlüssigen Blick zu. »Nun, ich weiß nicht. Bist du das, Lucy?«

Die Hündin sprang auf und besah ihren Herrn. Sie hatte ein Fell wie ein Spielzeughund, und ihre Augenlider waren rosig. Auch ihre Schnauze war rosig. Sie wirkte, als lächelte sie verlegen und leicht zerstreut, jungfräulich und äußerst schüchtern.

»Sie ist fürchterlich gefühlvoll«, sagte er.

»Ich verstehe«, sagte sie. »Typisch ...«

»Wie meinen Sie das?«

»Sie denkt, daß Sie beide füreinander bestimmt sind.«

»Oh! ...« Er dachte nach. »Ich glaube, Sie haben recht. Ist das nicht schrecklich? Sie ist so empfindlich.«

»Ist das ein Wunder? Sehen Sie, was sie zu verlieren hat als schöne Freundin eines feinen Herrn –«

Er mußte lachen, und sie erinnerte sich an etwas, das ihr schon vor Jahren aufgefallen war: das Wohlbehagen und die Großzügigkeit seiner Gesten, seiner Stimme, ein natürlicher Überfluß, der jeden anzog, der eigentlich wenig damit zu tun hatte, was er wirklich bieten konnte.

»Früher sind Sie mir manchmal begegnet, nicht wahr – das ist lange her?« sagte er zögernd. »Zu Hause, nehme ich an ...?«

»Ja. Ich habe manchmal Marigold besucht. Vor Urzeiten. Ich dachte, Sie würden sich nicht an mich erinnern.«

»Doch. Im ersten Augenblick war ich mir zwar nicht sicher ... Ich habe ein schrecklich schlechtes Namensgedächtnis ...« Er hielt inne; doch sie sagte nichts. Ich werde meinen Namen nicht verraten. »Und Sie haben sich verändert«, fügte er hinzu.

»Habe ich das?«

Sie lächelten sich an.

»Sie sind dünner geworden«, sagte er zögernd.

»Na ja! ... Als wir uns das letzte Mal sahen, war ich eine

große hüpfende Vogelscheuche. Hatte noch meinen Babyspeck, wie es so schön heißt.«

»Nun, den haben Sie offensichtlich nicht mehr.« Er betrachtete sie freundlich, und sie sah sich mit seinen blauen Augen. Der Babyspeck war nicht mehr da, ihre Hüften und Schultern waren schmal, die Hände wohlgeformt und hellhäutig, ein ausgeprägtes Gesicht, nicht ganz ebenmäßig, blasse, leicht hohle Wangen und ein voller Mund, rot bis in die Mundwinkel. Kein Hut, dunkelbraunes Haar, seidig, lokkig. Das ordentliche Tweedkostüm. Nicht uninteressant; vielleicht sogar ...? »All die reizenden rundlichen Mädchen, die ich früher kannte«, sagte er, »alle sind sie erschreckend schmal geworden.«

»Marigold auch?«

»Mm – nicht direkt. Das kann man nicht unbedingt sagen. Aber sie ist auch irgendwie anders ...«

»Wie meinen Sie das?«

Er dachte nach, verspeiste seinen Rest Marmeladentoast.

»Oh, ich weiß nicht ... Ein bißchen älter geworden, verstehen Sie.«

»Schöner?«

»Wenn man es so nennen will ... Haben Sie sie in letzter Zeit getroffen?«

»Nein, seit Jahren nicht. Eigentlich nicht seit ihrer Hochzeit.«

Sie warf ihm einen Blick zu. »Ich glaube, das war auch das letzte Mal, daß ich Sie getroffen habe ...«

»Ich weiß.«

»Tatsächlich? Wir haben nicht miteinander gesprochen.«

»Nein, das haben wir nicht.«

Sie sah fort. Die Spannung schien wie Seifenblasen zwischen ihnen aufzusteigen, zu zerplatzen. Er stand in der entgegengesetzten Ecke des Zimmers und beobachtete mich. Ein-, zweimal glaubte ich, daß wir uns ansähen, doch er war zu beschäftigt, zu sehr gefangen in seiner Welt, um mir nahe zu kommen: elegant, gutaussehend in seinem Hochzeitsanzug, überwachte er als Sohn des Hauses das Wohl der Gäste, stand lachend mit einem Glas Champagner in der Hand, umgeben von Freunden, von Verwandten ... Und Nicola war auch da, trug einen riesengroßen weißen Hut. Ich war immer noch ein häßliches Entlein, zwar mit Ivor verlobt, doch in der *Times* war dieses Ereignis nicht gewürdigt worden. Und mein Kleid stand mir auch nicht: ich war ein Gast vom Lande, eine unbedeutende Randfigur.

»Ich verfolge ihren Aufstieg im *Tatler*«, sagte sie. Sie lächelte, dachte, wie oft das Gesicht, die Person, geradezu grotesk eigenwillig, ihr aus den Magazinen in Ettys Wohnzimmer entgegengekommen war, wie es herausragte zwischen all den übrigen Erben von Rang und Namen, den Geliebten, den Ballschönen, Pferdenarren, Wohltätern, den Hervorbringern außerordentlicher Nachkommen: Lady Britton in Newmarket, in Ascot an der Ziellinie, im neuesten Nachtclub, in der Ballett-, in der Opernpremiere, beim Landausflug in Cowles, in der Sonne am Lido, beim Scheibenschießen, mit ihrem Kinderwagen im Park, mit Wochenendgästen auf ihrem Landsitz; Lady Britton mit ihren Hunden, ihrem zahmen Affen, ihrer Siamkatze, ihrem Ehemann ...

»Ja«, sagte er achselzuckend, halb belustigt, halb zynisch, »Sie ist augenscheinlich eine bekannte Persönlichkeit.«

Über ihn oder Nicola stand nie etwas in den Klatschspalten. Offenbar verloren manche Leute mit der Heirat ihren Sensationswert, andere gewannen ihn erst. Nicola, einst ein Tagesgespräch, schien keine Rolle mehr zu spielen. Woran lag das?

»Sie ist ruhelos«, sagte er. Er trank seinen Kaffee und sah ungewiß aus dem Fenster.

»Ist sie glücklich?«

»Glücklich? Na ja ...« Er runzelte die Stirn, zog eine Grimasse, als sei die Frage sinnlos oder ganz und gar nicht sein Problem. »Es scheint ihr gutzugehen. Sie war immer darauf bedacht, das Leben zu genießen, nicht wahr?«

»Ja, das stimmt.«

»Also nehme ich an, daß sie es tut. Ist das nicht folgerichtig?« Er lachte kurz. »Aber um die Wahrheit zu verraten, eigentlich habe ich darauf bisher keinen Gedanken verschwendet. Brüder wissen über ihre Schwestern nicht sehr viel, oder?«

»Wahrscheinlich sehen Sie in ihr keine romantische Figur«, sagte sie und lächelte. »Im Gegensatz zu mir. Wir haben Ihre gesamte Familie bestaunt ... So blendend und glänzend. Sie ganz besonders.«

»Ich? Mein Gott!« Er lachte so laut, daß die übrigen Wageninsassen neugierig aufschauten. »Sie wollen mich auf den Arm nehmen.«

»Nein, ganz bestimmt nicht. Wir sahen Sie durch einen rosigen Schleier. Marigold versorgte uns mit Berichten, und alles, was Sie taten, klang *so* großartig und aufregend. Sie schienen wie ein Märchenprinz – ein Traum. Das ist natürlich sehr lange her. Eines Tages ist man darüber hinweg.« Sie lächelte, sie sahen sich an – die Aufmerksamkeit war geweckt, Beginn eines Flirts. Das darf ich doch, bis Tulverton unterhalte ich ihn, denn danach werden wir uns nicht mehr sehen. Unsere Welten werden sich wieder trennen ... Er wundert sich über mich ... Eine Person mit Ideen, die er im Traum nicht hat, die aufs Land fährt, aus welchem Grund verrate ich nicht ...

»Also«, sagte er, »ich habe so manches getan, was ich gern verschleiern würde – aber mit einem rosigen Schleier ...«

»Woher wissen Sie, was Sie getan haben? Das hängt doch vom Betrachter ab. Wir wissen nicht, wie wir aussehen. Wir sind nicht einfach wir – wir sind nur ein winziger Kern, und der Rest ist eine komplizierte Masse unbekannter Größen – je nachdem, wer uns sieht. Jemand trägt womöglich ein schwarzes Taftkleid wie die verhaßte Tante des Betrachters oder sieht aus wie rosa Zuckerzeug, von dem jemandem einmal fürchterlich schlecht geworden ist – alles ganz unwissentlich ... Oder – oh, da gibt es endlose Möglichkeiten.«

»Ich verstehe«, sagte er ernst, sah erst sie an und dann an sich herunter. »Das hatte ich nicht bedacht. Selbst ein Paar brauner Knickerbocker ... Können die wirklich so vielschichtig sein?«

»O ja. Woher wissen Sie, wie die auf Lucy wirken, zum Beispiel? ... Ich hatte früher ein ganz einfaches, gar nicht besonders hübsches Kleid mit einer Reihe Perlknöpfen – und jemand, den ich kannte, wurde bei meinem Anblick blaß und verließ zitternd den Raum. Ich mußte mich umziehen. Aber in seinen Augen trug ich bestimmt nicht nur ein Kleid mit Perlknöpfen.«

»Mein Gott! Konnte er es erklären?«

»Nein. Er hatte keine Ahnung. Vielleicht lag es an den Knöpfen, aber sicher war er sich nicht. Er ging zum Psychoanalytiker, doch herausgefunden hat er es nie.«

»Das muß ja ein sehr empfindlicher Herr gewesen sein!«

»Allerdings.«

»Sind alle Ihre Freunde so interessant?« Er lehnte sich über den Tisch, und sein Blick war ein wenig spöttisch, so wie früher auch einmal. »Ich wünschte, ich hätte solche Freunde wie Sie. Mein Leben ist entsetzlich langweilig.«

»Tatsächlich? Das kann ich mir kaum vorstellen. Was tun Sie denn?«

»Oh – ich arbeite in der Stadt. Ich bin aus der Armee ausgeschieden. Vor drei Jahren.«

Unsicher fragte sie:

»Und sind Sie verheiratet?«

»Ja, wie geplant. Seit drei Jahren.«

»Ich glaube, ich habe damals davon gelesen.«

»Ehemann, Geschäftsmann. Was könnte langweiliger sein?«

»Das kommt darauf an –«

»Also, ich finde ...«

Sie warf ihm einen Blick zu. Er sah aus dem Fenster. Sein freundliches, spielerisches Interesse war mit einem Mal verflogen. Er wirkte bedrückt, seine Stimme hatte flach geklungen, wie damals, und sofort kam ihr der Mond in Erinnerung, in dessen Licht sie beide wie gemeißelt standen, ihre Stimmen waren in die Dunkelheit gefallen, sie hatten im Traum einander geantwortet. »Sie haben mit einem sehr schönen Mädchen getanzt.« Seine ungerührte Antwort: »O ja. Wahrscheinlich ist sie dumm wie Bohnenstroh«, sagte er verstimmt. Sicher erinnert er sich nicht daran, aber ich erinnere mich genau. Die Sätze waren in ihrer Bedeutungslosigkeit wichtig geblieben; sie waren unabänderlich in ihrem Element erstarrt, wie Eisblumen. Sie kam in einem weißen Kleid die Treppe herunter und machte ihm ein Zeichen mit der Hand, woraufhin er mich verließ, und sie trafen sich weit entfernt von mir, am anderen Ende des Saals. Selbst damals hatten diese Bilder etwas Verwirrendes – das Gefühl, mehr zu sehen, als sichtbar war: die Schatten zukünftiger Ereignisse. Oder war das Unsinn? Doch er hatte Nicola Maude geheiratet: wie ich vorausgesehen habe.

Er wandte ihr wieder sein Gesicht zu, zögernd, als wollte er fragen: »Sind Sie auch verheiratet?« Und um das zu verhindern, sagte sie schnell:

»Mögen Sie die Stadt nicht?«

Er antwortete geringschätzig:

»Ach – na ja. Manchmal ist es langweilig, aber manchmal auch nicht schlecht. Jedenfalls war es der einzige Ort, der sich damals anbot, um das nötige Kleingeld zu verdienen. Und da ich dank meiner herausragenden Fähigkeiten zum Geschäftspartner aufgestiegen bin, erlaube ich mir gelegentlich einen freien Tag – als Mittel gegen die Langeweile. Und so ein freier Tag ist heute.«

»Sie fahren nach Meldon, nicht wahr?«

»Ja, ich werde ein paar Fasane morden. Ich wollte schon gestern kommen, aber es war zu neblig. Heute sieht es im Wald bestimmt gut aus ... Sie fahren auch nach Hause, nicht wahr?«

»Ja ... Ja, ich fahre nach Hause. Nur für ein paar Tage.«

»Kommen Sie oft hierher?«

»Nein – eigentlich nicht. Nein.« Sie hielt inne, spürte Widerwillen, war hin- und hergerissen, die Worte blieben ihr im Hals stecken: sie wollte erklären, schweigen; vertrauen, Verdacht schöpfen; leichten Herzens eine natürliche Neugierde befriedigen, sich trotzig und stumm verteidigen; niemand sollte ihr zu nahe kommen ...

Die Stille war drückend, schwergewichtig. Er bot ihr eine Zigarette aus seinem eleganten goldenen Etui an, entzündete ein Streichholz. Sie beobachtete seine Hand, während er seine Zigarette anzündete. Die Finger waren lang und fein, auf dem kleinen Finger der linken Hand trug er einen Ring mit einem blauen gravierten Stein; eine wohlgeformte Hand, nicht sehr kräftig. Sie sagte:

»Als wir uns das letzte Mal sahen, haben Sie mir empfohlen, *Tristram Shandy* zu lesen.«

»Und haben Sie das getan?«

»Ja, natürlich.« Sie lächelte. »Gleich am nächsten Tag habe ich damit angefangen.« Sie erinnerte sich, als sei es gestern gewesen. Kate war zum Jagdball der Heriots eingeladen, ich lag im Bett und las, hielt den kleinen kalbsledernen ersten Band, erwartungsvoll, aufgeregt, dachte: Ich bin nicht einsam, ich habe etwas allein für mich: nicht *Tristram Shandy*, sondern eine Verbindung zur Erwachsenenwelt, der Welt, die so romantisch war – zu Rollo. »Ich war furchtbar enttäuscht und verwirrt. Ich muß gestehen, daß ich nicht zu Ende gelesen habe. Doch im vergangenen Jahr habe ich es noch einmal versucht, und es hat großen Spaß gemacht.«

»Gut!« sagte er. Er hatte offensichtlich seinen Spaß. »Meine Lieblingsvorstellung vom Himmel ist immer noch ein Ort, an dem es vierteljährlich eine neue Fortsetzung gibt.«

»Sie wissen bestimmt, daß Männer mit diesem Buch für gewöhnlich versuchen, Frauen ein Gefühl der Minderwertigkeit zu vermitteln? Sie behaupten, nur Männer könnten es wirklich schätzen. Wie alten Brandy.«

»Ach so?« Er zog fragend die Stirn kraus, warf ihr einen verschmitzten Blick zu: »Also, das würde ich natürlich immer unterschreiben. Ich meine, mir bleibt gar nichts anderes übrig, oder? Dennoch, man darf nicht kleinlich sein. Ich wäre bereit, zuzugeben, daß jede Regel ihre Ausnahme hat, und vielleicht sind Sie die Ausnahme.«

»Vielen Dank.«

»Keine Ursache. Ich war wohl weitsichtig genug, das

schon vor Jahren festzustellen.« Nach einer Pause fügte er hinzu: »Wie gut Ihr Gedächtnis ist.«

Sie seufzte.

»Was die guten alten Zeiten angeht – ja, da scheine ich alles noch zu wissen. Wenn man so jung ist, hat alles viel Bedeutung. Als ginge man auf einer ziemlich leeren Straße mit wenigen Wegweisern, die unübersehbar sind, und wenigen Personen, die überlebensgroß am Wege lauern. So wenigstens war es für mich. Es gibt so wenig, und man erwartet so viel.«

Er antwortete nicht.

»Ging es Ihnen auch so?« fragte sie.

Er sagte langsam:

»Mehr oder weniger, vermutlich. Ich war von allem begeistert, närrisch, mir hat alles wahnsinnig Spaß gemacht ... Aber ich weiß nicht ... Ich war immer ein Nichtsnutz ... lasse mich treiben, lasse die Dinge auf mich zukommen. Ich erinnere mich eigentlich nur ungenau an meine Jugend ... Nur an ein, zwei Dinge ...«

»Wie überdimensional ich alles wahrgenommen habe! ... Rückblickend ist das beunruhigend.«

Er sah sie an, sah wieder fort, sagte schließlich:

»Ich glaube, Sie waren ein ziemlich merkwürdiges junges Mädchen. Damals habe ich das so empfunden.«

»Wann, damals?«

»Damals, als wir uns unterhalten haben ... Oder nicht?« Er zögerte. »Auf einem Ball bei uns ... Als ich Sie auf der Terrasse getroffen habe ... Oder nicht?«

»Oh – daran erinnern Sie sich?«

»Anscheinend. Soweit ich mich entsinne, waren Sie ein wenig traurig; und wir haben über das Leben gesprochen.«

»Oje! Das haben wir. Das war damals mein liebstes Thema. Aber ist das nicht erstaunlich?«

»Was?«

»Daß Sie sich daran erinnern.«

»Sie denn nicht?«

»Doch. O doch. Ganz genau.«

»Na also, warum sollte ich das dann nicht?«

Sie sah ihn an, lachte und schüttelte den Kopf. Ihr fiel nichts ein, das sie hätte sagen können. Er drückte seine Zigarette aus und gab Lucy einen Klaps.

»Doch was ich feststelle«, fuhr sie verunsichert, ein wenig aus der Fassung geraten fort, als müßte sie wieder eine neutrale Ebene herstellen, »ist die Tatsache, daß mir Ereignisse, die vor kurzem stattgefunden haben, bei weitem nicht so lebhaft im Gedächtnis geblieben sind. Alles verschwimmt. Häuser, in denen ich gewohnt habe – Menschen, mit denen ich zusammen war ... Als ob sich über manchem einfach ein Deckel geschlossen hätte – obwohl es Wirklichkeit war. Die Bilder kommen nicht zurück ...« Wie schwierig war es, sich genau an Ivor zu erinnern; oder an unser Cottage ...

»Das liegt am Alter«, sagte er. »Daran liegt es wohl. Mir geht es genauso. Doch ich dachte, *Ihnen* würde es anders gehen, wenigstens eine Weile noch.«

So hat er mich auch das letzte Mal behandelt ... Sie bemerkte, daß sein kastanienbraunes dichtes Haar an den Schläfen grau wurde, daß seine Gesichtshaut zur Röte neigte. Er war sicherlich Mitte Dreißig, und am Ende würde er wie sein Vater aussehen. Sie sagte:

»Vermutlich liegt es am Alter. Die Eindrücke häufen sich schneller, als man sie wirklich wahrnehmen kann, und alles verschwimmt oder wird eingeebnet. Abgesehen davon, daß es reichlich Dinge gibt, die man gern vergäße ... also vergißt man sie.«

»Ja, das auch.« Er nickte; und einen Augenblick später sagte er ernsthaft: »Macht es Ihnen etwas aus, alt zu werden?«

»Entsetzlich. Ihnen auch?«

»Entsetzlich, leider. Zähne, die herausfallen, Falten, man wird fett und lahm und selbstgefällig. Nie mehr richtig begeistert und erwartungsvoll. Gar nichts mehr.«

»Ja.« Nie mehr zu lieben, meinte er das? »Und das Gefühl, etwas Wichtiges verpaßt zu haben, wenn es zu spät ist.«

Er nickte bekümmert.

»Ich wehre mich gegen die Vorstellung, umzingelt und

ausgesondert zu werden, ohne dabei ein Wort mitreden zu dürfen.«

»Ich weiß. In der Falle, von Anfang an. Von Geburt an, eigentlich.«

Er lächelte schwach und sagte:

»Vermutlich sind wir nicht die ersten, die dagegen etwas haben, was meinen Sie?«

»Nein. Und manchmal denke ich, daß es vielleicht gar nicht so schlimm sein wird – daß es jetzt am schlimmsten ist, wo wir es nur befürchten ... und womöglich gleiten wir später kampflos hinüber ins Alter und akzeptieren es ganz gelassen ...« Schließlich war es bei Vater so gewesen und bei den meisten Menschen, die alt wurden ... »Wir werden uns nicht danach sehnen, unsere Zeit noch einmal zu erleben.«

»Meinen Sie?« Er starrte aus dem Fenster.

»Ich glaube schon. Ich fühle es zwar nicht. Ich ahne es höchstens gelegentlich, daß ich eines Tages so fühlen könnte. Ich begreife mit einem Mal die *Idee* ... so, wie man vielleicht einen Ort erahnt, der weit, weit entfernt ist; man sieht ihn nur dann und wann bei bestimmtem Wetter; doch man geht ihm entgegen und weiß, daß man am Ende dorthin gelangen wird.«

»Das ist keine schlechte Art, die Sache zu betrachten.« Er starrte immer noch aus dem Fenster. »Ich glaube, Sie haben recht. Wenigstens *sollte* es so sein. Bestimmt ... wenigstens wenn wir vorher auf unsere Kosten gekommen sind.« Er sah sie eindringlich an und sagte dann mit Nachdruck: »Und das liegt schließlich an uns, nicht wahr?«

»Ja.«

»Man ist geneigt, die Schuld anderen oder den Umständen zuzuschieben: was eigentlich lächerlich ist.«

»Und unbefriedigend.«

»Finden Sie das auch?«

Etwas daran, wie er das sagte, ließ sie aufhorchen: als erwarte er eine Antwort – eine ehrliche. Was ging ihm durch den Kopf? Kam er nicht auf seine Kosten? Was wollte er? Er sah nicht aus wie jemand, den unerfüllbare Träume und Wünsche quälten. So wohlhabend und gutaussehend, so angenehm im Umgang, so offensichtlich anziehend, was Frauen betraf ...

»Ich bin leider nicht sehr erwachsen«, sagte er mit einemmal.

»Ich auch nicht.«

»Sie schon, würde ich behaupten.«

»O *nein*!« Es gab eine Pause, und sie fügte angespannt hinzu: »Ich habe festgestellt, daß es Leuten, die Kinder haben, anscheinend nicht so viel ausmacht ... das Altern, meine ich. Ihnen scheint die Zeit nicht solche Sorgen zu machen.«

»Sind Sie sicher? Vielleicht«, sagte er. »Wahrscheinlich ist es gut, wenn man Kinder hat.«

»Sie haben keine?«

»Nein«, sagte er. »Sie?«

»Nein.«

Sie nahmen es scherzhaft und lachten ... Dennoch, es war erstaunlich, daß er keinen Erben in die Welt gesetzt hatte. Konnte, wollte Nicola nicht? ... Oder?

»Dann«, sagte sie, »bleiben nur die geistigen Freuden. Die sind angeblich von Dauer. Die müssen wir also kultivieren.«

»Zu spät«, sagte er. »Da hätte man in der Jugend wenigstens einen Anfang machen müssen, und das habe ich versäumt. Tatsache ist, daß ich mir aus jenen Freuden nichts mache. Die Palette meiner Vergnügen ist also leider ziemlich begrenzt.«

»Ist sie das?«

»Eigentlich ganz und gar beschränkt auf die Sinnesfreuden.«

»Aha ...« Sie erwiderte seinen fragenden Blick, indem sie die Augenbrauen hochzog. »Nun, wahrscheinlich ist dagegen nichts einzuwenden. Höchstens, daß diese Freuden auf die Dauer ihren Reiz verlieren.«

»Oh, *wirklich*?«

»Wenigstens was die Süßigkeiten betrifft.« Sie seufzte. »Früher waren sie meine Leidenschaft – Schokolade besonders, oder sämtliche süßen Brötchen. Mittlerweile bin ich darüber hinweg ... ziemlich.«

Er lehnte sich zurück und lachte; die Spannung löste sich.

»Hallo«, sagte er, »das Gaswerk. Wir sind bald da. Die Reise ist mir noch nie so kurz vorgekommen.«

Der Kellner erschien mit Rechnungsblock und gezücktem Bleistift.

»Zusammen, der Herr?« Er lächelte anbiedernd.

»Ja«, sagte Rollo.

»Nein«, sagte sie schnell.

»Bitte ...«

Er setzte alles auf eine Rechnung und wurde mit einem Trinkgeld belohnt. Sie legte einen Shilling auf den Tisch vor Rollo.

»Danke«, sagte sie.

»Darf ich Ihnen nicht einmal eine Tasse Kaffee spendieren?«

»Doch natürlich, mit Vergnügen, wenn Sie mich dazu einladen – jederzeit. Aber diesen Shilling müssen Sie nehmen – er bringt Glück.«

»Ich mag keine frauenrechtlerischen Zurschaustellungen.«

»Ich auch nicht.« Sie nahm den Shilling und reichte ihn ihm.

Er besah ihn und sagte schließlich:

»In Ordnung!« Er warf ihn hoch, fing ihn auf und steckte ihn in seine Brusttasche.

»Ich werde Sie daran erinnern«, sagte er.

»Woran?«

»An die Tasse Kaffee.«

Der Zug näherte sich Tulverton und verlangsamte seine Fahrt. Die vertrauten Dächer und Schornsteine, der Turm mit der Uhr glitten vorbei, unwirklich im ersten schwachen, Wolken durchbrechenden Sonnenlicht. Wenige Minuten später hielt der Zug am Bahnsteig. Benson stand da, der Chauffeur, in messingknopfbesetzter Livrée mit Mütze, würdevoll, begrüßte ihn väterlich, respektvoll, sah dabei immer noch so aus wie vor zwanzig Jahren, als er Marigold von der Tanzstunde abholte: ein gütiger, charaktervoller Mann. Rollo begrüßte ihn herzlich. Ein Träger kümmerte sich eifrig um das Gepäck. Umgeben von Menschen, die ihn erkannten, begrüßten und bedienten, schien er wie im Rampenlicht, überlebensgroß, die übrigen Menschen auf dem Bahnsteig nur schäbige Komparsen. Jocelyn würde diese Szene zum Anlaß nehmen, um eine entrüstete Moralpredigt zu halten; Colin würde darüber spotten und sie später nachäffen. Anna würde einfach davongehen, vielleicht die Lokomotive besichtigen ... Ich jedoch mit meiner Fähigkeit, jedem auf halbem Weg entgegenzukommen, stehe bescheiden in seinem Schatten und bin dankbar für seine Aufmerksamkeit.

»Auf Wiedersehen, Rollo.«

Er drehte sich schnell nach ihr um, als hätte das Aussprechen seines Vornamens ihn bewegt.

»Werden Sie abgeholt?« Er nahm die Hand, die sie ihm entgegenstreckte.

»Nein, ich nehme den Bus. Ich muß mich beeilen.«

»Das werden Sie lassen. Ich nehme Sie natürlich im Wagen mit. Wohin – Little Compton, nicht wahr? Das liegt doch beinah auf dem Weg. Hier, Träger, noch eine Tasche.«

Er überhörte ihren schwachen Protest, griff ihren abgestoßenen Koffer, übergab ihn dem Träger und zog sie hinter sich her, plazierte sie neben sich in den *Sunbeam*, der seiner Familie gehörte, packte sie in eine überwältigende Pelzdecke.

Sie fuhren davon, aus Tulverton hinaus, durch die enge Hauptstraße, vorbei am Marktplatz, am Kriegerdenkmal, durch Reihen kleiner roter und gelber Backsteinhäuser am Ortsrand, vorbei an der Baptistenkirche, dem Gaskessel, den letzten Straßenlaternen; über die Brücke, vorüber am Ententeich – Reste eines sonst lange vergangenen ländlichen Tulverton –, fort über die feuchte, gerade, von Feldern und Weiden begrenzte, blauglitzernde Straße, die zum alten Dorf führte.

»Ein großartiges Gefühl«, sagte sie. »Ich wünschte, ich besäße ein Auto.«

»Sie wohnen in London, nicht wahr?«

»Ja.«

»In London macht ein Wagen mehr Umstände als Vergnügen. Ich habe festgestellt, daß meiner hauptsächlich in der Garage steht.«

Und genau aus diesem Grund möchte ich gar kein Auto haben.

»Jedesmal, wenn ich diese Straße entlangfahre, sind wieder neue Häuser wie Pilze aus dem Boden geschossen«, sagte sie. »Sehen Sie doch! ›*Idono*‹ ... Hätte ich mehr Energie, ich setzte sie eines Nachts alle einzeln in Brand ... was sicherlich nur dazu führen würde, daß noch entsetzlichere dorthin gebaut würden. Irgendwo steht eins, das heißt ›*Oodathortit*‹.[1]«

Er lachte.

»Beunruhigen Sie diese Häuser nicht?«

Er schaute sie überrascht an. »Doch ... schon ... wenn ich sie mir genauer ansehe. Häßliche kleine Biester.«

»Sie sollten deshalb beunruhigt sein.«

»Ach, leider tue ich niemals, was ich tun sollte.«

»England wird von Tag zu Tag armseliger. So erbärmlich, so gemein, so selbstgefällig und protzig ... und niemand ist darüber so beunruhigt, daß er dem Ganzen Einhalt gebietet.«

»Selbst wenn jemand das wollte, er könnte es nicht.«

Sie spürte seinen Widerstand, fühlte, wie er sich stur und bestimmt, halb im Scherz gegen die Belehrung wehrte. Er fuhr fort:

»Es ist übel und sehr aufschlußreich, das finde ich auch. Doch was kann man dagegen tun?«

»Kann Bildung nicht helfen –?«

»Sicher kann sie das!« sagte er ein wenig schadenfroh. »Sehen Sie, was Großartiges dabei herausgekommen ist.«

Also gut, mach es dir in deiner Luxuslimousine bequem, deck dich mit deiner großen kostbaren Pelzdecke zu und ignoriere den Rest – kümmre dich lieber um die wichtigen Dinge: die Fasanenjagd, zum Beispiel ... Sie war stumm.

Sie starrte aus dem Fenster, und die Häuser starrten ihr ins Gesicht, frech, dreist.

»Am liebsten würde ich alles in die Luft jagen.«

»Oh, Anarchie! Das ist aber nicht sehr konstruktiv, oder?« Er lacht mich aus ... »Sie sollten es besser wissen.« Er revanchiert sich ... »Ich persönlich bin Mitglied der Gesellschaft zur Erhaltung der englischen Landschaft, so heißt sie doch wohl, also unternehme ich mehr dagegen als Sie ... Ein Verein mit großartigen Zielen ... Kein Penny, den ich da investiere, tut mir leid.« Er zündete sich eine Zigarette an. »Und obendrein bin ich ganz und gar für den Völkerbund. Doch wenn die Menschen Krieg führen wollen, dann führen sie eben Krieg.«

»Ich verstehe, Sie sind offensichtlich, was man Realist nennt«, sagte sie und schaute aus dem Fenster, spielte mit der Armlehne. Leute wie er, gut abgesichert, zynisch ... Sätze aus Colins und anderer Freunde Mund versperrten und verstopften ihr den Kopf wie Klumpen benutzter Watte ...

Er lachte leise.

Das Geräusch entsetzte sie, und sie sah ihn an. Was geht hier vor sich? ... Sein Blick war wachsam, hart, unbewußt auf der Hut, entschlossen ... Er hat seinen Spaß ... Er ... er will etwas ... Ihr drehte sich der Kopf, sie suchte nach Fragen, verschwommen, ihr Blick hielt dem seinen stand ... Was ist? ... Er kämpft mit mir, unterwirft mich ... Was wird geschehen? Er könnte mich schlagen, küssen ... Sie sah in eine andere Richtung. Sekundenschnell war alles vorüber. Dann sagte er liebenswürdig:

»Sie müssen sich leider eine einsame Insel suchen.«

»Ich will aber nicht.«

Ich will auch nicht mehr streiten, will meine Ansichten nicht mehr darlegen. *Bitte*. Vergessen wir es. Alles soll friedlich, harmonisch sein. Ich weiß nichts, und ich will nichts denken, will mich nicht mit dir streiten ...

»Was ist denn?« fragte er mit einemmal.

»Nichts.« Sie quälte sich ein Lächeln für ihn ab. »Könnte ich eine Zigarette haben?«

»Sicherlich, verzeihen Sie, Dutzende, wenn Sie möchten.« Seine Stimme klang freundlich, besorgt.

Gleich weine ich ... O Gott! O Gott!

»Es ist nur –« Sie ließ sich umständlich Feuer geben.

»Hm?« Geschickt und geduldig hielt er das brennende Streichholz.

»Der Grund, weshalb ich nach Hause fahre, ist – mein Vater ist schwer krank.«

Er war wirklich betroffen. Er streckte impulsiv die Hand nach ihr aus.

Jetzt tut ihm die Auseinandersetzung leid, er denkt, kein Wunder, daß ich so empfindlich, so anstrengend bin ...

»Das tut mir wirklich leid. Warum haben Sie das nicht früher erzählt? Wie schrecklich für Sie ...« Eine warme, mitfühlende Stimme ... »Ich hoffe, es ist doch nicht so schlimm.«

»Ja. Danke. Ich hoffe, es geht ihm bald besser. Ich meine – ich habe den Eindruck ...« Ich habe ihn an Rollo verraten ... um mich zu rechtfertigen, um seine Gunst nicht zu verlieren.

»Ich hoffe das auch, ganz im Ernst. Mein Vater war im vergangenen Winter wirklich besorgniserregend krank – Herz, Nieren und Gott weiß, was noch – das ganze Getriebe. Die Ärzte erklärten, er werde nie wieder zur Jagd gehen oder angeln können, und wenn er überhaupt das Bett jemals wieder verließe, könne er nur noch im Sessel sitzen – und Sie müßten ihn jetzt einmal sehen. Er ist praktisch wieder der alte.«

»Tatsächlich? Das freut mich.« Sie konnte ihm wieder in die Augen sehen. Die schändliche, geradezu hysterische Stimmung war verflogen. Ich werde ihm nicht leid tun. »Grüßen Sie ihn ganz herzlich von mir, falls er sich an mich erinnert.«

»Bestimmt. Das werde ich tun.«

»Grüßen Sie alle von mir – besonders Ihre Mutter.«

»Wird gemacht. Ich glaube, Marigold kommt an diesem Wochenende auch nach Hause.«

»Oh, Marigold ... Wie gern würde ich die einmal wiedersehen –«

»Warum nicht? Das läßt sich bestimmt einrichten!«

Sie zögerte kurz.

»Nein, das hat keinen Sinn ... Es ist schon so lange her und –«

Hinter Bensons unbewegtem Rücken tauchte der Dorfplatz auf, mehrere Cottages, der Hof. Viel Zeit blieb nicht mehr. Sie sagte, nach Worten suchend:

»Verstehen Sie, Ihre Mutter ist für mich ein Symbol. Ich kann das schlecht erklären ... Als Kind suchte ich ihren Beifall. Ich habe sie niemals vergessen – für mich verkörpert sie alle Richtlinien guten Benehmens ... Als bei mir alles drunter und drüber ging – vor einigen Jahren, da erschien sie mir manchmal sozusagen als Vorwurf in Person.« Sie lachte. »Schauen Sie nicht so erschrocken drein. Es ist völlig irrational. Heute bin ich zwar nach enormen Anstrengungen so weit, daß mir – mehr oder weniger – egal ist, was andere Leute über mich denken. Doch wenn *sie* enttäuscht von mir wäre, würde es mir etwas ausmachen ... Auch wenn ihre Vorstellung von angemessenem Verhalten vielleicht – wahrscheinlich – in manchen Fällen – sich mittlerweile von der meinigen sehr unterscheidet ... Verstehen Sie das?«

»Ja«, sagte er nachdenklich. »Ich verstehe. Obwohl ich glaube, daß Sie Mutters Weisheit unterschätzen. Sie ist eine seltsame Frau. Sie selbst lebt nach ausgesprochen strikten Vorstellungen – und ist anderen gegenüber gänzlich vorurteilsfrei. Nur bei sich selbst ...«

»Ja. Ja, das glaube ich gern. Sie ist eine Person, die sich vor langer Zeit für etwas entschieden hat und daran festhält.« Wie die Hüte der Königin: unmodern, langweilig, aber zuverlässig, solide, tadellos.

»Übrigens«, sagte er, »wenn sie einmal jemanden mag, ändert sie ihre Meinung nicht mehr. Ich habe das noch niemals erlebt. Und ich glaube, sie hat Sie immer besonders gemocht.«

»Wirklich?«

Wieder war sie überrascht, nicht über die Tatsache, falls es eine war, sondern über seine Art, dies alles so ruhig auszusprechen. Hundert Fragen regten sich in ihr. Hat man über mich gesprochen – spricht man noch von mir? Hatte Rollo zugehört? – nach mir gefragt?

Bald waren sie an der Einfahrt. Benson schaltete und verlangsamte die Fahrt.

»Sagen Sie ihm, er möchte bitte am Tor halten«, sagte sie hastig. »Nicht vorfahren.«

»Sind Sie sicher?«

»Ja, natürlich. Verstehen Sie, der Lärm ... vielleicht stört es ihn ...«

»Ach ja.« Er klopfte an die Trennscheibe.

Doch eigentlich war es nicht das ...

»Gut, geben Sie ihm Ihre Tasche. Er trägt sie Ihnen vors Haus.«

»Großer Gott, nein, nicht im Traum!« Sie sprang aus dem Wagen und griff ihren Koffer. »Er ist ganz leicht.« Kein Schatten dieses Treffens darf auf meine Ankunft fallen. »Bitte –« Sie gab ihm die Hand. »Auf Wiedersehen, Rollo. Vielen Dank für Ihre freundliche Hilfe.«

Er hielt ihre Hand in der seinen, beugte sich vor. Benson stand taktvoll hinter dem Wagenschlag.

»Ich hoffe sehr, daß es ihm besser geht.«

»Ja. Ja, vielen Dank.«

»Ich wünschte, ich könnte irgend etwas tun.«

»O nein ... es ist schon in Ordnung so. Es ist lieb von Ihnen, aber bitte, machen Sie sich keine Sorgen ...«

»Darf ich anrufen? Oder würde das stören?«

»Es würde nicht stören, aber *bitte* nicht ... Ja, doch – wenn Sie möchten, ich meine ... wenn Sie daran denken.«

»Dann rufe ich an. Ich würde gern wissen, was ist. Wir alle würden das.«

»Das ist sehr freundlich von Ihnen.«

Er ließ ihre Hand los, war mit einem Mal ein wenig verlegen.

»Nach wem darf ich fragen? – Ich meine – wenn ich Sie sprechen möchte? Ich habe ein so schlechtes Namensgedächtnis, ich behalte Namen nie.«

»Oh!« – sie zögerte, errötete. »Olivia Curtis – so heiße ich noch immer ... Ich meine – Ich *hieß* anders – doch jetzt trage ich wieder den alten Namen – Auf Wiedersehen.«

Sie nahm ihren Koffer und ging hastig den Weg zum Haus, sah nicht mehr zurück, spürte hinter sich den Windstoß, hörte das dröhnende Geräusch des Wagens, der ihn weiter und davon trug.

2

Kate machte ihr die Tür auf.

»Hallo.«

»Hallo. Was war das für ein Wagen?«

»Spencers Wagen.« Olivia ging an ihr vorbei und stellte im Flur ihre Tasche ab.

»Spencers Wagen?«

»Mm ... Ich habe im Zug Rollo getroffen, und er hat mich hergebracht.«

»Oh ... Ich habe es vom Fenster aus gesehen. Er kommt sicher zur Jagd.«

»Kann schon sein. Wo ist Mutter?«

»Bei ihm.« Sie nahm Olivia mit geübtem Blick in Augenschein, dachte: Sie hat den Mantel geändert. Nicht schlecht.

»Unverändert, sein Zustand?« Sie sagte es so leichthin, wie Kate es von ihr gewohnt war, doch vor Furcht und Erwartung schlug ihr Herz bis zum Hals.

»Soviel ich weiß, ja.«

»Seit wann bist du hier?«

»Seit Dienstag.«

Vier Tage. Und niemand hat mich benachrichtigt. Dachten sie, ich sei zu hysterisch oder ich könnte seinen Zustand verschlimmern?

Dort am Kleiderhaken hing sein alter Hut, sein Wollschal, und auf dem Tisch daneben die gefütterten Handschuhe: Gegenstände, die ins Auge stachen. Als ob sie sich verselbständigt hätten, verkörperten sie wortlos ungeheuer dringliche Fragen; wie herrenlose Hunde.

Von oben rief eine gedämpfte Stimme:

»Ist das Olivia?«

Mrs. Curtis kam leichtfüßig und lächelnd die Treppe herunter, gab Olivia zur Begrüßung einen Kuß.

»Mama –« Die Tränen kamen ihr, sie konnte nicht sprechen. Doch ihre Mutter sagte mit heiterer, ruhiger Stimme:

»Wie schön, daß du da bist, mein Kind. Ich habe dich erst in einer halben Stunde erwartet. Besonders bei solchem Nebel in London. Ich dachte, der Zug hätte bestimmt Verspätung. Wann bist du angekommen?«

»Ganz pünktlich, glaube ich. Doch ich bin früh, weil ich auf dem Bahnsteig in Tulverton Rollo Spencer getroffen habe, und er hat mich mitgenommen.«

»Ach so? Mr. Spencer. Wie aufmerksam von ihm. Das ist doch ein ziemlicher Umweg.«

»Ich weiß. Er hat darauf bestanden.«

»Bestimmt drei Meilen. Ist er vorgefahren?«

»Nein, er hat mich am Tor abgesetzt.«

»Ich dachte doch, ich hätte einen Wagen gehört. Er ist wohl nach Meldon gefahren?«

»Ja. Zur Jagd.«

»Ach ja.« Sie entließ Rollo mit einem gnädigen Kopfnikken, überließ ihn seinen häuslichen Vergnügen. Die Befürchtungen legten sich wieder. Die lauernden Veränderungen, die drohende Katastrophe wurden durch Mutters unerschütterliche Normalität eingedämmt. Sie war blaß, müde um die Augen herum, doch sie war so adrett, so frisch, aufrecht und gefaßt wie immer; die Ankunft der Tochter beschäftigte sie, hingebungsvoll exakt, wie immer ... Mutter war wundervoll.

»Hast du auch gut gefrühstückt?«

»Ich habe im Zug einen Kaffee getrunken.«

»Nichts gegessen?«

»Ich wollte nichts. Du weißt, ich frühstücke sonst auch kaum.«

»Ich weiß, daß du ein dummes Mädchen bist. Kein Wunder, daß du so dünn bist.« Sie betrachtete ihre Tochter mißbilligend.

»Oh! Müssen wir dieses Thema unbedingt jetzt anschneiden?« Olivia setzte sich mit Nachdruck auf die Eichenbank und betrachtete ihre Schuhe.

»Wie geht es Etty?« Mrs. Curtis wechselte geschickt das Thema.

»Sie schläft bestimmt. Als ich das Haus verließ, kroch sie zurück in die Federn.«

»Schlafen scheint Ettys einzige Beschäftigung zu sein.«

»Vormittags auf alle Fälle.«

»Hmm –«

Ihre Stimme klang nicht mehr nachsichtig, wenn sie über Etty sprach. Etty war nicht verheiratet – nicht einmal verheiratet gewesen. Sie ging zu spät ins Bett und stand zu spät auf. Das war unschicklich, höchst verdächtig. Es wurde nicht mehr entschuldigend festgestellt, Etty sei so ein zartes Geschöpf. Sie war so stark wie alle anderen Mädchen. Sie war lediglich verwöhnt und willensschwach.

»Wenn Etty dafür sorgen würde, daß diese Person – Mrs. Binns, oder? –, die ihr den Haushalt führt und am Telefon kein Wort zu verstehen scheint, morgens zu einer sinnvollen Zeit käme und euch ein gutes, gehaltvolles Frühstück kochte, falls sie dazu fähig ist, was ich bezweifle ... Wie kann man morgens mit leerem Magen sein Tagewerk beginnen?«

»Ich beginne morgens kein Tagewerk – aber es ist sinnlos, meinem Magen dafür die Schuld zu geben. Egal, wie voll er wäre, er könnte auch nicht Annas Kunden überzeugen, sich photographieren zu lassen oder danach ihre Rechnungen zu bezahlen –«

»Du weißt nicht –«

Olivia kicherte, pochte mit ihren Absätzen auf den Boden. Mrs. Curtis warf ihr einen prüfenden Blick zu. Nein, noch immer nicht befriedigend, noch nicht vernünftig. Ißt nicht genug, behauptet, in ihrer lächerlichen Unterwäsche nicht zu frieren ... Bestimmt war es ein Fehler, daß sie zur Untermiete bei Etty wohnte. Obwohl es damals eine so ausgezeichnete Idee schien: Etty, gerade verwaist, mit ihrem kleinen Haus und ihrer Erbschaft, Olivia, so schwierig, weigerte sich, wieder nach Hause zu kommen ... Doch wenn Olivia ausging, wußte Etty, wohin? Mit wem? Wann sie zurückkam? Niemals. Am Telefon alberne Antworten ... Nicht der geringste Versuch, Olivia auch nur andeutungsweise zu beaufsichtigen. Dumm ... – oder durchtrieben? Auf alle Fälle nicht zu fassen.

»Ich muß wieder nach oben«, sagte sie entschlossen. »Dr. Martin kann jede Minute kommen – und die Schwester möchte gehen.«

»Kann ich ihn sehen?« sagte Olivia.

»Oh, jetzt nicht, mein Kind. Er hält gerade ein Schläfchen. Später kannst du gern zu ihm hineinschauen. Wenn er aufwacht, erzähle ich ihm, daß du da bist. Das wird ihn aufmuntern. Kate, mein Kind, ich habe gedacht, ob du vielleicht mit der Krankenschwester einen Spaziergang machen möchtest –?«

»Oh, das hast du gedacht?«

»Ich meine nur, das wäre vielleicht schöner für sie, als ganz allein zu gehen. Du könntest ihr den schönen Weg zeigen. Ich habe gestern versucht, ihn ihr zu erklären, aber ich glaube, sie konnte mir nicht folgen.«

»Das wollte sie womöglich gar nicht. Sicher verabscheut sie schöne Spazierwege. Ich war heute schon reichlich nett zu ihr. Ich habe bereits versprochen, ihr ein Abendkleid zuzuschneiden. Türkisblauer Satin. Fabelhaft!«

»Oh, na also – Man stelle sich das vor! Wozu sie das wohl braucht? Kaum zu glauben, daß sie Gelegenheit hat, türkisblauen Satin zu tragen.«

»Wahrscheinlich hat ihr ein dankbarer Patient den Stoff geschenkt – passend zu ihren Augen. Sie soll das Kleid tragen, wenn er mit ihr ausgeht.«

»Wer? Wirklich?« Mrs. Curtis war verwirrt.

»Champagner und eine Revue dazu«, sagte Olivia. »Oh! Ich möchte mit ihr tauschen. Ist sie ein Schatz?«

»Nein. Eher ein Kumpel.«

»Also bitte ...«, sagte Mrs. Curtis. »Ich muß schon sagen, mir kommt es ein wenig kühn vor, dich zu bitten, ihr ein Kleid zuzuschneiden.«

»Es ist schon in Ordnung, Mama, ich habe es ihr angeboten. Lieber schneide ich jeden Stoff zu, den sie in den nächsten fünf Jahren trägt, als daß ich mit ihr spazierengehe.«

»Also –« Diese Übertreibungen ... »Ganz wie du willst, mein Kind. Im Schulzimmer ist der Kamin geheizt. Und, Olivia, wenn du nach hinten gingst und Ada bätest, etwas Fleischbrühe für euch zu machen? Sie und Violet haben so sehr mit den Mahlzeiten geholfen. Sie geben sich solche Mühe –«

»Ich möchte keine Brühe.«

»Kinder, die was wollen ...«, sagte Kate. »Kannst du nicht *einen* Morgen lang aufhören zu widersprechen? Ada macht die Suppe, und Violet trägt sie ins Schulzimmer, und wir trinken sie, und alle tun wir, was sich gehört. Ich gehe die Suppe bestellen. Bis gleich im Schulzimmer.«

»In meine bitte einen Spritzer von irgend etwas. Portwein oder Sherry.«

Doch die Tür hatte sich schon geschlossen.

Olivia ging nach oben – stieg, stieg in magische Sphären ... In den Wirkungskreis der Mutter; vorbei an der stillen Schwelle, hinter der er lag ... Er darf nicht husten, ich kann – will es nicht ertragen. Doch nirgends war etwas zu hören, es roch nicht nach Krankheit, und die Tür schien bewacht. Ein starkes, widerstandsfähiges Leben lag hinter der massiven, blanken weißen Tür, der Messingknauf leuchtete wie ein wachsames Auge: nichts durfte über diese Schwelle, sie hatte es so angeordnet. Die Macht häuslicher Gewohnheit und der Zwang der alltäglichen Routine werden den Tod verdrängen: nirgends ist für ihn Platz. Die Kraft der Familie, der gegenseitigen Versicherung vertrauter Gewohnheiten, Sätze, Gesten; die heitere Aufmerksamkeit, die ich nach außen hin allen gleichermaßen schenke, meine kolossale innere Kraft werden den Tod besiegen. Mahlzeiten werden pünktlich eingenommen, Decken gelüftet, Kamine angezündet, *Bovril*[2] wird bereitet und getrunken, alles auf mein Geheiß; und darum darf nichts geändert werden, darf nichts ins Wanken geraten. Meine Reserven sind kaum angegriffen, sie werden ausreichen. Kraft meines Willens ...

Energisch öffnete sich die Badezimmertür, und heraus kam munter eine Person ganz in Weiß, mollig und adrett. Die Krankenschwester. Ja, da war sie, die bedrohliche Bestätigung der Krankheit ... Da war sie, lebensgroß, warf ihre Schatten, die Flagge der Gefahr, weiß, wirksam.

»Guten Morgen.« Durch die offene Badezimmertür sah sie Flaschen, weiße Emaillebecken und am Boden die Umrisse eines Sauerstoffgeräts, finster ... Ja, die Krankheit war im Haus, überall ...

»Guten Morgen.« Die Schwester hielt ihr eine kühle trockne Hand hin. »Sind Sie die andere Tochter, von der ich gehört habe?«

»Ja, die bin ich.« Sie klang übereifrig, entgegenkommend, sie fühlte sich plötzlich elend ... Gedrungen, nicht sehr groß, unter der weißen Haube ein breites Gesicht, klare, große blaue Augen, die sie musterten, eine frische Gesichtsfarbe, gute Zähne, ein deutlich geschwungener blasser Mund: ein Schwesterngesicht. Sie erfaßte alles mit einem Blick. Unser Wohl liegt in ihren Händen.

»Schön, daß Sie kommen konnten. Ihre Mutter freut sich bestimmt, daß Sie da sind.« Kühle Stimme, ein wenig hochnäsig.

»Wie geht es ihm?«

»Ach, na ja. Er macht gerade ein Nickerchen. Sie möchten sicher später bei ihm vorbeischauen.«

»O ja, bitte ... Wenn das möglich ist.« Schmeichle ihr, sei gehorsam.

»Das wird schon gehen.«

»Ist er – er ist wohl – ist er sehr schwer krank, was meinen Sie?«

»Nun ja, eine Lungenentzündung ist immer eine ernste Sache, nicht wahr? Und in seinem Alter.«

»Ja, natürlich ...«

»Dennoch, hoffen wir das Beste. Er ist ein guter Patient, das muß man sagen. Nicht wie manche anderen. Natürlich ist er das Kranksein gewohnt, nicht wahr? – Das macht schon etwas aus.«

»Ja.«

»Ist es nicht ein herrlicher Tag. Ich wollte gerade einen kleinen Spaziergang machen.«

»Tatsächlich? Gut. Es ist draußen so schön. Sie können sicherlich etwas frische Luft gebrauchen. Sie sind bestimmt müde nach so einer durchwachten Nacht ...«

»Ach, das ist nicht so schlimm. Nur ein bißchen schlapp.«

»Dann bis nachher.«

»Ja, richtig. Auf Wiedersehen.«

Das Kranksein gewohnt. Lungenentzündung ist eine ernste Sache. Hoffen wir das Beste.

Im Schulzimmer stand Kate schon über den Tisch gebeugt, die Stecknadeln im Mund, in der Hand die Zuschneideschere und um sie herum blauer Stoff und Schnittmuster. Ohne aufzusehen, knurrte sie durch die Stecknadeln hindurch:

»Ich schnipple das nur aus, den Rest kann sie allein machen. Ich drapiere doch keinen türkisfarbenen Satin auf ihrem Hintern.«

»Selber Hintern, Mrs. Emery – Bitte bemühen Sie sich nicht. Es gibt genug andere ...«

Jäh fuhr Kate herum.

»Mein Gott! Einen Augenblick lang dachte ich ... Woher kennst du ihre Stimme?«

»Ich habe gerade im Flur mit ihr geschwatzt.«

»Beinah hätte ich zehn Stecknadeln verschluckt, und du wärst schuld gewesen.« Sie beugte sich wieder über den Tisch und fügte hinzu: »Idiot!«

Olivia ließ sich in den Korbsessel neben dem Kamin fallen und zündete sich eine Zigarette an.

»Rauchst du immer noch wie ein Schlot?« sagte Kate durch die Stecknadeln hindurch und begann zuzuschneiden.

»Leider, mehr als früher.«

»Wie viele am Tag?«

»Keine Ahnung. Kommt darauf an. Manchmal höre ich

zwei Tage lang auf – wenn mein Husten morgens zu eklig wird. Oder wenn ich pleite bin.«

»Du bist innen sicher völlig verräuchert. Kein Wunder, daß du keinen Appetit hast. Das ist bestimmt der Grund.«

Zigaretten zum Abendessen und eine Tasse Kaffee. Erstaunlich, wie leicht sie den Hunger vertrieben ... wie oft, allein, wenn sie zum Kochen keine Lust hatte oder ihr Geld fürs Kino brauchte ... Kate wäre entsetzt, wenn sie es wüßte ...

»Wahrscheinlich. Das und der Alkohol.«

Kate sah vom Zuschneiden auf und warf ihr einen Blick zu. Neuerdings war es kein leichtes Unterfangen, Olivia Fragen zu stellen. Sie war äußerst empfindlich. Zumeist reagierte sie auf der Stelle mit trotziger Ironie, ausgesprochen langweilig war das. Sie war sofort beleidigt, demonstrierte, daß sie keine Dame war, machte miese Witze – entsetzliche Witze – und ich bin weiß Gott nicht prüde, nicht nach acht Jahren mit Rob: aber für eine Frau gehörte sich das wirklich nicht. Oder sie schüttete sich vor Lachen einfach aus. Ein-, zweimal hatte sie einen hysterischen Weinkrampf bekommen, beunruhigend.

»Wir sexhungrigen Frauen haben Gelüste, die sittsame Ehefrauen und Mütter sich nicht träumen lassen«, stellte Olivia fest und blies Rauchringe in die Luft.

»Danke, gleichfalls«, sagte Kate schroff. Sie führte die Schere entschlossen in einem Zug von einer Seite des Stoffs zur anderen.

Sie schwiegen. Dann sagte Olivia:

»*Sie* scheint es mit Fassung zu tragen.«

»Wer? Mutter?«

»Hm! Hält die Fassade aufrecht.«

Kate dachte einen Augenblick lang nach. Die Worte, der Tonfall, auch wenn sie nur töchterlich spöttisch klangen, waren unangebracht – in dieser Zeit der Krise. Olivia zeigte kein Feingefühl. Sie sagte ernst, wenn auch ohne Vorwurf:

»Sie hat diese Woche so gut wie keinen Schlaf bekommen, nicht mehr als ein, zwei Stunden. Sie kümmert sich Tag und

Nacht um ihn. Sie ist schlicht ein Phänomen. Ich weiß nicht, wie sie es macht. Dabei ist sie nie gereizt.«

»Vermutlich hat es niemand für nötig gehalten, mich vor dem heutigen Tag zu informieren?«

»Mutter wollte dich nicht unnötig bei deiner Arbeit stören. Sie hat dabei nur an dich gedacht.«

»Oh, wie reizend von ihr.« Sie steht also auch auf Mutters Seite.

»Natürlich wollten wir, daß du kommst ...«

»Es ist vermutlich auch keiner auf die Idee gekommen, daß ich ihn schon vorher gern gesehen hätte ... daß ich gern ...« Sie sprach nicht mehr weiter, biß fest in ihren Daumen. »Er und ich sind immer gut miteinander ausgekommen ...«

»Ich weiß ... Natürlich ...« Kate war vernünftig, ärgerlich, unglücklich, alles auf einmal. »Du hast doch so oft gesagt ... Du hast so oft erklärt, wie schwierig es für dich sei, dir freizunehmen, du seist allein im Atelier.«

Das war ihre Ausrede gewesen, um nicht nach Hause kommen zu müssen oder um wieder früher abfahren zu können ... Oh, gut ... Wenn das so ist.

»Kommt James?«

»Nein. Wenigstens nicht zum gegenwärtigen Zeitpunkt. Mutter wußte nicht, wie sie sich verhalten sollte, aber ich habe ihr geraten, ihn wenn möglich nicht zu beunruhigen. Sie hat ihm noch nichts gesagt. Du weißt, wie er ist ... Jede Gelegenheit ist ihm recht ...«

Wie war James? Er war problematisch. Der einzige männliche Curtis dieser Generation war rebellisch, nicht geneigt, sich anzupassen, ein ruhiges Leben zu führen. Nach einem brillanten Beginn in der Schule, der falsche Hoffnungen weckte, hatte er immer mehr enttäuscht, hatte es nicht geschafft, ein Universitätsstipendium zu bekommen, das die Frage der Berufswahl für einige Zeit hätte aufschieben können. Nach diesem Mißerfolg kam er zu einem Geschäftsfreund seines Vaters nach Bristol, der ebenfalls eine Papiermühle besaß; dort sollte er sein Handwerk lernen. Doch statt dessen ging er, ohne sich zu verabschieden, nach sechs Wochen auf und davon und stand eines Nachts um eins trotzig, mit Fieber und mit Blasen an den Füßen vor der Haustür. Er war drei Tage lang unterwegs gewesen. Natürlich bedeutete es das Ende des Unterfangens in Bristol. Natürlich wusch der beleidigte Lehrherr seine Hände in Unschuld. James selbst hüllte sich in Schweigen. Zwar lehnte er jegliche weitere Tätigkeit in einer Papiermühle mit bitteren, wenn nicht gar unverschämten Worten ab, doch er äußerte keinerlei andere Vorlieben. Zu Hause war er übellaunig und mäkelig, schlug alle Einladungen zu Tennis oder Tanz aus, ging allen aus dem Weg, machte statt dessen tagelange einsame Wanderungen. Des Abends saß er in seinem Zimmer, hörte auf seinem tragbaren Plattenspieler Delius und las Gedichte: Vielleicht schrieb er auch Gedichte – niemand wußte Genaues. Doch er besaß ein dickes schwarzes Notizheft, das niemand sehen durfte. Es war natürlich nur eine Phase, die er durchmachte: junge Männer waren manchmal so. Doch hatte man es für das Beste gehalten, ihn eine Zeitlang zu einer französischen Familie zu schicken, bis er wieder der alte war. Französisch konnte man immer gebrauchen, und dann war es wohl auch von Vorteil, ihn aus Onkel Oswalds Nähe zu entfernen, dessen Gesellschaft ihn offensichtlich zugleich abstieß und magisch anzog. Und die zurückhaltende Mischung aus Freiheit in der Fremde und Familienanschluß, die Monsieur und Madame Latour in Fontainebleau ihm boten, schien genau das Richtige für ihn, um wieder zur Ruhe und zu sich zu kommen. Sicherlich berechtigten Madames mütterlich wortgewaltige Briefe über seinen Zustand zu solcher Hoffnung. Was die Briefe betraf, die James selbst schickte, so waren sie zwar knapp und distanziert, aber kamen doch regelmäßig und enthielten keinerlei beunruhigende Nachschriften, sondern schienen das Werk eines normalen jungen Durchschnittsengländers, der das Leben so nahm, wie es für ihn bestimmt war.

Doch manchmal erinnerte Olivia sich, wie es ihm nach seiner Heimkehr aus Bristol ergangen war: Wie er im Badezimmer gesessen hatte, mit hochgerollten Hosenbeinen, die geschwollenen Füße im warmen Lysolbad. Wortlos nahm er die weibliche Hilfe an, inhalierte Eukalyptus, trank heiße Zitrone; ließ seine Männlichkeit demütigen, verlachen, wirkte wie ein dressierter Zirkushund. Er hatte seine Unabhängigkeit unter Beweis stellen wollen; der Versuch war gescheitert, lächerlich. Welch wilder, wirrer Freiheitsplan ihn anfänglich auch beflügelt hatte, er war schließlich heimgekehrt. Zu etwas anderem war er nicht fähig gewesen, stellte er mit ungläubiger Wut fest. Er hatte lediglich seine Ohnmacht bewiesen, seine Abhängigkeit. Zu etwas anderem war er unfähig. Er würde die Papiermühle übernehmen. Das Leben würde an ihm vorbeigehen. Nach dem ersten Entsetzen hatten sie ihn taktvoll behandelt, hatten versucht, ihre Bestürzung zu verbergen. Niemand versuchte, sein Vertrauen zu gewinnen. An wen waren die Briefe gerichtet, die er hinter verriegelten Türen schrieb, die er heimlich zur Post trug? Wenn die Antworten kamen, immer in derselben kleinen, verkrampften Handschrift, wurde sein armes, nacktes, verschlossenes Gesicht starr vor Aufregung, vor Selbstschutz, vor Angst, entdeckt zu werden. Er war allein. Kein Freund zeigte ihm Liebe und Verständnis, verscheuchte seine finsteren Gedanken.

Eines Nachts, in London, hatte Olivia an ihn denken müssen, hatte versucht, ihn aus ihren Gedanken zu verbannen, es hatte nichts genutzt; mit einem Mal überkam sie das merkwürdige Gefühl, er hätte keine Augen mehr. Er hatte sie verschlossen, sie waren in ihm versunken; sie waren mit Spinnweben bedeckt. Als Kind hatte er große Augen gehabt, eindringlich blau, auffallend geformt und strahlend ... Hätte ich ihm helfen können? ... Hätte ich vielleicht den richtigen Ton gefunden, damit er sich öffnete?

Einmal war sie in sein Schlafzimmer gegangen, die anderen waren alle nicht zu Hause gewesen ... Er war auch nicht da. Und, oh, das Zimmer, wie schwer es an ihm zu tragen schien, fühlbar beladen, geschlagen, seine Jugend, sein geheimnisvolles, hartes, männliches Elend eingepfercht darin; die Ordnung, die alles verbarg, die verschlossenen Schreibtischschubladen, das engbekritzelte Löschpapier; Eliot, Yeats, Hopkins, Owen, Gedichte lagen neben dem Bett, elisabethanische Dramen auch; die Landschaft von van Gogh an die Wand geheftet, zum Trost ... Ich habe ihm nicht geholfen ...

Wenn Vater stirbt, werden sie ihn zwingen, die Mühle zu übernehmen ...

»Kate, was glauben sie wirklich? Ich meine, wird er wieder gesund ... oder nicht?«

»Ich weiß es nicht. Ich glaube, doch.«

»Und werden wir es bald wissen ... heute noch?«

»Wahrscheinlich.« Kate heftete weiter das Schnittmuster auf den Stoff. »Bei Lungenentzündung ist gute Pflege ungemein wichtig, und die bekommt er bestimmt reichlich. Doch es hängt natürlich hauptsächlich davon ab, wie sein Herz es aushält.«

»Hast du ihn gesehen?«

»O ja. Die letzten beiden Nachmittage habe ich Mutter eine halbe Stunde spazieren geschickt, da habe ich bei ihm gesessen.«

»Wie kommt er dir vor? Ist es sehr – schrecklich für ihn?«

»Also – er ist unruhig, und sein Husten schmerzt – aber es ist nicht zu schlimm.«

»Redet er – redet er mit dir?«

»Nicht viel. Nur gelegentlich. Er ist ein wenig verwirrt.«

»Ach? ...« Sie biß sich wieder in den Daumen. Worüber redet er? – Was plaudert er aus ... Ich will nicht, daß sie mir davon erzählt.

»Bei Lungenentzündung kenne ich mich etwas aus. Weißt du noch, Rob hatte eine Lungenentzündung ... im ersten Jahr, als wir verheiratet waren – als Priscilla sechs Wochen alt war.«

»Das hatte ich ganz vergessen.«

»Und ich habe sie trotzdem die ganze Zeit gestillt.«

Kate legte zum ersten Mal ihre Schere beiseite und lächelte, erinnerte sich. In ihrem Gesicht spiegelte sich unbewußt ihr Leben; ruhig, wehmütig vielleicht, ein Hauch amüsiert, stolz. Kate, so jung, frisch, jungfräulichste aller Jungfrauen, war eine geschickte Ehefrau, Hausfrau, tüchtig, erfahren. Was für einen Gesichtsausdruck gibt mir das Leben? Was sieht man mir an? ...

»Ich habe noch niemals jemanden gepflegt. Einmal hatte Ivor eine Blutvergiftung im Daumen, doch ich habe ihn nicht gepflegt. Er war dermaßen außer sich, daß er seine Mutter herbeirief.« Sie kicherte. »Also fuhr ich übers Wochenende allein an die See. Ich wohnte in einem Gasthaus. Es war Ende Oktober, das Wetter war wunderbar. Ich habe niemandem verraten, wo ich war, und als ich zurückkam – du meine Güte! – Daß er schon immer so schwach war, und daß er einen ganzen Tag allein im Haus war, und daß man ihm womöglich den Arm hätte abnehmen müssen, und daß schon einmal jemand nur einen Furunkel an der Nase gehabt und am Ende Arme und Beine verloren habe und in Umnachtung gestorben sei. ›Ivor stirbt nicht‹, habe ich gesagt. ›Ich werde mir größte Mühe geben, ihn zu vernachlässigen, verhungern zu lassen, alles, was in meiner Macht steht. Ich weiß, Sie wünschen sich nichts sehnlicher, als mir seinen Tod in die Schuhe schieben zu können. Aber Ivor ist keiner, der stirbt, auch wenn er so blaß und zart wirkt. Er ist genauso zäh wie Sie.‹«

Kate sah sie an.

»Das hast du doch nicht gesagt, oder?« Wie hart ihre Stimme klang – unfreundlich ... Arme Olivia. Dennoch ... ihr Ehemann; sie wollte ihn unbedingt heiraten ... So, wie sie jetzt über ihn spricht, war die Ehe mit ihr bestimmt kein Vergnügen.

»Nein, nicht wirklich«, sagte Olivia, nachdem sie einen Augenblick nachdenklich geschwiegen hatte. »Ich habe viel Zeit darauf verwandt, mir nachträglich diese Scherze auszudenken.«

»Ich hoffe, sie verschaffen dir ein wenig Befriedigung«, sagte Kate und fügte, während sie eifrig Nadeln steckte, hinzu: »Siehst du ihn manchmal?«

»Vor einem Monat habe ich ihn bei ›Giulio‹ getroffen. Er war in Begleitung einer mächtig energischen mittelalterlichen Dame: schwarze Künstlerfransen, Zigarettenspitze und

Mutterbusen. Er hatte ihr sicherlich gerade von seiner unglücklichen Ehe berichtet. Sie musterte mich dementsprechend.«

»Gesprochen hast du nicht mit ihm?«

»Doch. Er sagte, er würde bald nach Frankreich fahren, um einen Roman zu schreiben. Wahrscheinlich hat sie dort ein Haus und füttert ihn, bis er fertig ist. Ich sagte: ›Dein Buch handelt sicher von mir‹, doch er sagte, nein, das Mädchen in seinem Roman sei klein, rothaarig und grünäugig.«

»War ihm das alles nicht unangenehm?«

»Anscheinend nicht ... Ich weiß nicht.« Olivia schwieg. »Ich frage mich, ob das mit den roten Haaren ein Witz sein sollte ... Ich würde es ihm zutrauen. Verflixt! Darauf bin ich noch gar nicht gekommen. Vielleicht will er mir so eins auswischen.«

»Er hätte es verdient, ich muß schon sagen ...«

»Was soll das heißen?«

»Na, wie konntest du nur?«

»Wie konnte ich was?«

»Ihn einfach ansprechen – in aller Öffentlichkeit –«

»Warum nicht?« Sie wurde dunkelrot. »Wir bedeuten einander nichts mehr. Außerdem ist es doch so viel zivilisierter, oder? Wir sind schließlich keine Todfeinde, nur weil wir uns getrennt haben. Ich weiß ja, daß Mutter und du gern hättet, wenn es so wäre ... Dann sähe es wohl respektabler aus.«

Kate sagte nichts, und Olivia fuhr bitter fort: »In aller Öffentlichkeit! ... Was für ein übler Ausdruck. Du bist genauso schlimm wie Mutter: ›Nicht vor den Dienstboten!‹«

Kate beugte sich mit äußerster Konzentration über den Tisch und schien nichts gehört zu haben.

»Außerdem weiß er genau, daß ›Giulio‹ mein Stammlokal ist. Er weiß, daß ich dort oft mit Anna oder sonst jemandem bin. Ich wage zu behaupten, daß er dorthin gekommen ist, allein um mir eins auszuwischen – bringt dieses antike Pferd von Frau, um mich zu begaffen – nur um zu sehen, wie ich mich verhalte.«

»Ach, komm, halte durch, unbedingt. Ich ergreife doch

nicht für ihn Partei. Ich konnte diesen Mann nie ausstehen, wie du weißt ... So, fertig, Gott sei Dank.« Kate warf die Schere hin und bückte sich, um Schnipsel und Stoffreste vom Boden aufzulesen, ruhig, den Kopf unterm Tisch, fügte sie hinzu: »Ich selbst hätte es nur nicht fertiggebracht. Das ist alles. Ich habe es nicht böse gemeint.«

Olivia sank in ihren Sessel zurück und wandte ihr Gesicht ab. Nach einer Weile sagte sie:

»Nun, mir war auch unvorstellbar, daß ich so etwas tue – bis dahin. Dort. Ich kann es nicht erklären – das ist ja das Schlimme.« Kate mit ihrem konventionellen, ihrem behüteten und erfolgreichen Leben, gebunden an ihren Ehemann durch Kinder und Gewohnheit und Zuneigung und Respekt ... Sie konnte so etwas nicht verstehen. »Er hat aus meiner kleinen Bosheit einen wahren Dschungel gemacht. Er hat es geschafft, daß ich gemein und mies geworden bin. Na ja, ich habe eben einen miesen Charakter. Und ich dachte immer, ich sei so nett.«

»Du bist ganz in Ordnung.« Was für eine verrückte Art zu reden. »Hier, trink deine Fleischbrühe, ich habe sie völlig vergessen. Sie wird schon kalt.« Sie brachte das Tablett, das im Erker vor dem Fenster gestanden hatte, stellte es auf den Boden zwischen ihnen und setzte sich in den anderen Korbsessel. Sie nahmen ihre Tassen und tranken die Brühe in kleinen Schlucken.

»Nur«, sagte Kate, »es war von Anfang an so offensichtlich hoffnungslos, ich verstehe nicht, warum du es nicht ganz und gar hinter dir lassen willst ...«

»Warum ›offensichtlich‹?« Sie biß sich an dem Wort fest – es klang überheblich, besserwisserisch – sie ließ nicht locker. So offensichtlich war es nicht gewesen, bei weitem nicht. Er mit seinen langen bewimperten grünen Mandelaugen, seinem weichen, dicken rabenschwarzen Haar, seinem hübschen Profil, den vollen Lippen, der hellen Haut, der körperlichen Ausstrahlung des jungen, noch nicht erwachsenen Mannes, seinem studentischen Witz, seiner Empfindsamkeit, Verspieltheit – mit all jenen Eigenschaften war er ein Mensch gewesen, in den man sich geradezu zwangsläufig verlieben mußte.

»Also, ohne jegliche Ahnung, was es heißt, zu arbeiten oder ein Heim zu gründen.«

»Er war zu jung.«

Und er wollte sein Leben der Poesie widmen. Sinnlos, Kate das zu sagen. Jene frühen Gedichte, zu geschickt, unklar, doch einzigartig. Sie waren vielversprechend gewesen, jeder hatte das gesagt. Doch ihre Schwäche war auch seine Schwäche gewesen, sie lag in seiner Natur, grundsätzlich und unheilbar. Diese Gedichte waren wie er, wuchsen nicht, wurden nicht fester; nur enger, schwächlicher, nach erstem zartem Blühen wurden sie ein Nichts. Ich habe ihm nicht geholfen. Niemand konnte ihm helfen, natürlich nicht ... Wenigstens ... Ich glaube nicht ... Sie seufzte und sagte:

»Wir hatten beide nicht die geringste Ahnung: wie wir uns verhalten sollten, oder was die Dinge kosteten, oder wie wir überhaupt etwas in Angriff nehmen sollten. Keinerlei praktische Vorstellungen.« Seine zweihundert und meine hundert Pfund schienen für den Anfang ein Vermögen.

»Ich weiß. Du warst nie praktisch begabt. Du hieltest mich immer für geizig, weil ich mein Taschengeld sparte.« Ein alter Kummer klang in Kates Stimme.

»Wir kommen nicht alle so vernünftig zur Welt wie du, meine Liebe. Doch ich wette, mittlerweile könnte selbst ich dir einige Hinweise geben, wie man von nichts lebt. Man lernt, wenn man muß. Aber damals dachte ich, für Menschen wie uns sorgt der Himmel.«

»Einer von euch beiden sollte Gänseblümchenketten flechten und der andere schöne Gefühle beschwören.«

»Genau.«

Er war die Romantik, Kultur, Ästhetik, Oxford in Person, alles, was ich damals wollte. Oxford hatte mich mächtig in seinen Bann gezogen, ich hatte mich an die Atmosphäre geklammert, sie aufgesogen, sie nicht in Frage gestellt. Ich wollte für den Rest meines Lebens so weitermachen – im Elfenbeinturm, erhaben, im Wolkenkuckucksheim, schwärmerisch – es schien der einzig würdige Gipfel menschlichen Glücks.

»Wir hätten einfach nicht heiraten sollen.«

»Nein, natürlich nicht.«

»Natürlich nicht, natürlich nicht ... Es ist kein Kunststück, anderer Leute Verbindungen klug und vernünftig zu bewerten. Du weißt genau, meist ist es schlicht und einfach Glück. Und die erste Wahl trifft jeder – mehr oder weniger – aufs Geratewohl, um nicht zu sagen blindlings, oder?«

»Manchmal.«

»Manchmal. Tu nicht so erhaben. Rob war nicht deine erste Liebe, oder? Stell dir vor, du hättest diesen – wie hieß er noch – damals geheiratet ...?«

»Das habe ich aber nicht«, sagte Kate scharf; und sie errötete nach all den Jahren, und ihr vorwurfsvoller Blick bedeutete, daß sie taktlos, gefühllos sei. Es war *wirklich* nicht freundlich, dieses Thema anzuschneiden. Zweifellos hätte Kate, egal mit wem, eine erfolgreiche Ehe geführt ... Es lag ihr im Blut; das war es eben.

»Wir hätten eine Weile zusammenleben sollen, das hätten wir tun sollen. Dann hätten wir womöglich herausgefunden ...« Wie kurzlebig Verlangen sein konnte; wie davon nichts, gar nichts übrigblieb, beinah über Nacht; nur noch Zurückweichen, Schwere, Widerwillen und Aufregung, dann und wann noch einmal das trügerische Aufflackern der Begierde und Tränen und Streit, die unverzeihlichen Worte, und Reue ... »Aber das hättet ihr auch mißbilligt, nicht wahr?«

»Mir war egal, was du tatest«, sagte Kate und gähnte. »Es ging mich nichts an. Die Sache ist nur, *du selbst* hättest es innerlich abgelehnt. Es ist sinnlos, so zu tun, als seist du entsetzlich frei und unkonventionell – wenigstens warst du es damals bestimmt nicht.«

Olivia schwieg. Es war die Wahrheit. Und was das Schlimme war: sie hatte sich seitdem nicht geändert. Sie wollte immer noch etwas, das ihr so wichtig war, daß es auf ewig hielte.

»O nein«, sagte sie schließlich. »Ich wollte ein geregeltes Leben. Zu Ivors Gunsten muß ich sagen, er hatte seine Bedenken. Wir waren verliebt, also mußten wir heiraten. Ich wußte es nicht besser. Ich nehme an, man kann seine Erziehung nicht einfach ablegen.«

»Man kann die eigene Dummheit nicht einfach ablegen«, sagte Kate. »Was *nicht* persönlich gemeint ist.«

»Ich muß schon sagen, dafür, daß ihr euch alle so sicher wart, es würde unweigerlich schiefgehen, wart ihr erstaunlich entsetzt, als ich ihn verließ. Eigentlich hättet ihr euch freuen müssen.«

»Niemand war entsetzt. Das bildest du dir nur ein. Natürlich war Mutter besorgt. Fragte sich, was zum Teufel du als nächstes anstellen würdest ...«

»Warum konnte sie mir nicht vertrauen?« Fragte sie sich, ob es einen anderen Mann gab? ... Was die Leute sagen würden? ...

»Und kein Geld«, fügte Kate hinzu, betrachtete die Frage als rhetorisch.

»Also, ich habe niemanden von euch um etwas gebeten.« Olivia zündete sich mit unsicheren Fingern wieder eine Zigarette an. Das Blut stieg ihr pochend zu Kopf. Zum Teufel alle miteinander.

»Nein, das hast du nicht«, stimmte Kate ihr freundlich zu. »Mir ist schleierhaft, wie du es geschafft hast.« Habe nie geglaubt, daß sie es schaffen würde.

»Ich habe es geschafft, weil ich es mir geschworen habe.« Olivia rauchte hektisch. »Das reine Vergnügen war es nicht, das kann ich dir sagen.«

»Das glaube ich dir gern.« Kate war die Sachlichkeit selbst.

»Mein Leben ist hart –« Ihre Stimme zitterte.

»Wahrscheinlich bist du viel zufriedener so auf eigenen Füßen. Ich hätte das auch tun sollen.«

Olivia lachte plötzlich.

»Es ist eigentlich gar nicht so schwer. Ich weiß nicht, warum ich so rede. Die Frage ist, wie man es sieht. Ich habe einiges dabei gelernt – ich meine, wie manche Leute leben müssen ...«

»Wie heißt sie noch – sie bezahlt dich doch? – Anna?«

»O ja. Soviel sie kann – mehr eigentlich. Und Provision. Aber nicht sehr häufig. Niemand scheint das Bedürfnis zu haben, photographiert zu werden. Die, die ich kenne, können es sich nicht leisten.«

»Ich muß unbedingt die Kinder bei dir photographieren lassen«, sagte Kate verlegen.

»Sie hat keine besonders gute Hand mit Kindern.«

»Das dachte ich mir schon«, sagte Kate vieldeutig. »Außerdem ist sie *wirklich* teuer.«

»Sie ist weitaus besser als alle anderen.« Das mag sein, bedeutete Kates Schweigen. »Dennoch, du hast dein Soll erfüllt, immerhin bist du selbst gekommen.«

»Oh, na ja, Rob wollte, daß ich mich photographieren lasse.«

»Sie fand dich wundervoll.«

»Das kann nicht sein.« Kate zog eine Grimasse. »Ich weiß, ich sah damals schrecklich aus. Schrecklich wie immer, wenn ich frühmorgens schon mit der Eisenbahn nach London muß. Und von den gräßlichen Scheinwerfern tränten meine Augen. Obwohl das dann auch egal war. Das Ergebnis war allerdings nicht so schlecht, das muß ich zugeben.«

»Anna hat keinerlei Erfahrungen mit frischen jungen Ehefrauen vom Lande. Sie war hingerissen.«

»Oh! ... Frische junge Ehefrauen ... Besten Dank. Ich weiß selbst, daß mein Aussehen auch nicht mehr das ist, was es einmal war, du kannst dir deine Komplimente also sparen.«

»Unsinn!« Es war Unsinn. Sie sah zu ihr hinüber. Etwas war nicht mehr da, doch Kate war eine gutaussehende Frau. »Also, verglichen mit mir siehst du aus wie ein junges Mädchen.«

Kate sagte nichts. Es stimmte nicht, und doch stimmte es so offensichtlich, daß es sich nicht lohnte, darüber zu streiten. Jene unzähligen kleinen Linien um die Augen, die Falte neben ihrem leicht unsymmetrischen Mund; und wie dünn sie war, geradezu dürr, verflixt ... Wenn sie nur ordentlich essen und wärmere Unterwäsche tragen würde, hätte sie mehr Reserven ... Sie sieht aus ... Ich weiß nicht, wie: es hat mit ihrem Alter nichts zu tun – wie ein altes Kind ... Sorgen – Sorgen ...

Nach einer Weile sagte Olivia:

»Wie geht es den Kindern, Kate?«

»Die wachsen und gedeihen. Jane hatte vergangene Woche einen Anflug von Ohrenschmerzen, aber er ist vorüber. Sie hatte kein Fieber, ich brauchte mir also keine Sorgen zu machen. Zur Mittagszeit muß ich George anrufen. O Gott! Nächste Woche habe ich tausenderlei Dinge vor. Der Zeitpunkt hätte nicht unglücklicher sein können. Nicht zu ändern.«

»Vielleicht ... Vielleicht kannst du bald wieder nach Hause.«

»Vielleicht.«

»Wenn es sein muß, kann ich noch ein paar Tage bleiben.«

»Wir werden sehen.« Kate stand auf und reckte sich. »Wann kommst du uns besuchen?«

»Ich weiß nicht, Kate. Ich würde gern kommen.«

»Das sagst du immer, doch du kommst nie. Die Kinder fragen oft nach dir. Du bist beliebt, aus irgendeinem Grund. Polly kennt dich nicht einmal.«

»Die süße Polly – mit drei Wochen war sie die Allerschönste – fand ich.«

Kate warf ihr einen merkwürdigen Blick zu und sagte ein wenig verlegen, eher salopp:

»Wir finden, sie gleicht dir ein bißchen. Sie hat deine Augen.«

»Tatsächlich? Welche Ehre von dir und Rob! ... Familienähnlichkeiten sind immer ein großes Kompliment ... Warum, weiß ich eigentlich nicht. Vermutlich weil sie einem ein Gefühl von Stärke vermitteln.«

»Hm ... Dann kann Rob sich gehörig stark fühlen. Priscilla, Jane *und* Christopher – alle ihm wie aus dem Gesicht geschnitten. Wahrscheinlich sollte ich froh darüber sein.«

Kate rieb sich die Augen. »Ich dachte, Christopher würde anders. Alle sagen immer, daß Jungen nach der Mutter schlagen ...« Sie fügte bitter hinzu: »Und Mutter tut so, als hätte ich es absichtlich gemacht. Sucht ihre Gesichter ab nach unserem Curtis-Kinn und ihrer Nase.«

»Anna wollte genau wissen, ob die Kinder dir glichen. Sie war ganz entrüstet, als ich nein sagte.«

»Tatsächlich?« Kates Mund kräuselte sich ein wenig, doch ihre Augen leuchteten kurz, zufrieden.

»Abgesehen davon ist Rob ja durchaus ein ansehnliches Wesen. Also, ich finde, er ist ausgesprochen attraktiv.«

»Danke.«

»Tatsache ist, wir sind einfach zu besonders, als daß es uns noch einmal geben könnte. Vielleicht sollte ich Polly adoptieren? Drei müßten euch doch reichen. Wenn ich im Park die Kinderwagen sehe, sehne ich mich auch danach. Ich möchte einen Kinderwagen nach Hause schieben, die Stufen hochschleppen und im Flur abstellen.«

Kate wurde plötzlich ernst. Sie stellte sich vor den Wolläufer vor dem Kamin, zog ihren Rock hoch, um ihre Beine zu wärmen, und sagte schließlich:

»Warum läßt du dich nicht scheiden?«

Olivia lachte.

»Ich versuche deinen Gedanken zu folgen.«

»Also, warum nicht?«

»Zuviel Mühe.«

»Du willst doch nicht zu ihm zurückkehren.«

»Gott, nein!«

»Eines Tages möchtest du frei sein, und dann könnte er dir Unannehmlichkeiten machen, wenn er wollte.«

»Warum sollte er das?«

»Nun, man kann nie wissen. Du sagst selbst, wie gehässig er ist. Eines Tages wirst du wieder heiraten wollen.«

»Oh, ich weiß nicht. Ich glaube nicht. Kenne keine heiratsfähigen Männer.«

»Und wenn *er* frei sein möchte? Womöglich spioniert er dir nach – um Beweise zu haben.«

»O Gott! Du denkst aber auch an alles, nicht wahr?« Olivia stieß einen tiefen Seufzer aus und schloß die Augen.

»Du kannst mir gern vorwerfen, daß ich eine üble Phantasie habe – doch er könnte es wirklich tun. Er könnte dir Schwierigkeiten machen.«

»Er könnte – Aber er hätte es dabei schwer. Mein Leben ist sittsam und keusch – leider!«

Sie fühlte sich mit einem Mal entsetzlich niedergeschlagen.

»Anscheinend willst du dir selbst keine Chance geben.« Kate war unerbittlich. »Es ist ja nicht schlecht, wie du dich allein in London durchschlägst. Aber du willst das doch nicht dein Leben lang tun, oder?«

»Vielleicht nicht.« Ganz bestimmt nicht.

»Selbst sehr nette –« Kate stockte, ungewöhnlich für sie, fuhr dann zögernd fort: »Ich meine, selbst die aufgeschlossensten Männer sind ein wenig – nun, auf der Hut vor einer Frau, die auf dem Papier noch mit irgendeinem obskuren Individuum verheiratet ist. Dahinein möchte keiner verwikkelt werden –«

»Möchte das keiner? Möchte das wirklich keiner?« Olivia machte große Augen.

»Nein, das möchte keiner«, sagte Kate scharf. »Hör doch, warum schickst du nicht Rob zu ihm. Er würde bestimmt mit ihm reden. Je länger du die Geschichte laufenläßt, desto schwieriger wird sie. Rob könnte ihm nahelegen, daß er dir die Beweise für eine Scheidung besorgt, ohne sich selbst zu kompromittieren. Rob hat doch eine gute Hand mit Leuten.«

»Da bin ich mir sicher.« Taktvoll ... Hör zu, alter Freund, wir sind doch Männer von Welt ... Kühl, umgänglich, hart in der Sache ... Olivia lachte laut und schrill auf.

»Was gibt es da zu lachen?«

»Ich stelle mir nur vor, wie Ivor eine Hure zum Wochenende nach Brighton einlädt. Oje, wie komisch ... was für Gespräche ...«

»Du bist ein hoffnungsloser Fall«, sagte Kate kalt.

Ungeduldig griff sie den blauen Satin, das Seidenpapier und verließ das Zimmer.

In Ungnade gefallen, dachte Olivia, allein gelassen. Sie stand auf und kniete sich auf das alte, harte, schokoladenfarbene Sofa vor dem Fenster, stützte sich aufs Fensterbrett und sah hinaus. Der Garten lag blau und feucht – genau wie ich es mir vorgestellt habe – und schimmerte hell. Die Blätter des Walnußbaums, alle zitronengelb, waren abgefallen, und Higgs harkte sie zusammen, warf sie auf eine Schubkarre. Bald werde ich hinuntergehen müssen und liebenswürdig sagen: Hallo Higgs! Wie geht es Ihnen? Hinten, wo der Garten endete, ragten golden die Ulmen in den Himmel, gedrungen vor Laub blähten sie sich noch, wurden schon lichter, zeigten schwarze Äste. Stare schwärmten pickend über den Weg, über den Rasen. Mit einem Mal stoben sie auseinander, flogen alle auf; und sie hörte, wie ein Wagen seine Fahrt verlangsamte, hupte, vorfuhr: Dr. Martin.

Das Telefon läutete, kaum vernehmlich: sicherlich fragte jemand nach ihm. Kate würde das Gespräch annehmen. Rollo konnte es nicht sein: noch nicht. Niemals, natürlich. Rollo würde daran denken anzurufen, vielleicht morgen; und dann würde er es nicht tun. Denn nette Männer werden nicht gern in so eine Sache verwickelt ... Rollo gehörte zweifelsohne zur Kategorie der netten Männer, aufgeschlossen. Sie sind auf der Hut ...

Ein merkwürdiges Treffen, eine merkwürdige Unterhaltung ... So gut, so lange verstanden ... Oder doch nicht? ... Was geschah dann im Wagen? Was hatte es zu bedeuten? Wollte er mich bestrafen, unterwerfen? ... Er möchte der Herr sein. Wir waren kurz davor ... Ich glaube nicht, daß ich es falsch sehe ... Kurz davor, weit davon entfernt ... Er konnte hart sein. Ich möchte, ich muß, werde ich ihn wiedersehen? ...

Ach, diese Stimmung, diese Zeit wird vorübergehen. Das Gewicht wird weichen. Was auch geschieht, wir werden alle wieder im alten Trott enden. Staub legt sich über fliegenfleckige Bilder. Mehr kann ich mir nicht vorstellen, wirklich nicht? Werden Erinnerungen wach und verlieren so ihre alte Anziehungskraft für immer? Wird meine Erwartung sich nie erfüllen?

Die schmutzigen Fenster, die braune Straße, lärmend und verregnet; fleckige Wände; der Geruch des Gasofens, des Käses, der im Schrank verdarb; meine Hände, die nach Abwasch rochen, immerzu schmutzige, abgebrochene Fingernägel; die Leute, die im trostlosen Treppenhaus kamen und gingen, zögernd gegrüßt, gemieden vor der Tür der schändlichen, scheußlichen Gemeinschaftstoilette auf dem Stockwerk ... Im Bett lag der, den sie verachtete, schlief um elf Uhr vormittags, graue Bettücher, er ist mein Ehemann, das ist mein Leben, meine Schuhe sind abgetragen. Ich werde kein Kind haben, das auf dem Land groß wird ...

Rollo, es lag nicht nur an mir, ich habe mich bemüht. Wenn wir beide anders gewesen wären, wenn ...

Rollo, ich bin eigentlich nicht so, zynisch, leichtsinnig: du erinnerst mich daran. Beurteile mich nicht nach meinen Reden. Sie benebeln mich mit ihren Erklärungen und Lösungen, sie legen meine Karten für mich auf den Tisch, sie mißbilligen, sie bemitleiden ...

Könnte ich in ein neues Land fliehen, ich würde, was mir jetzt anhaftet, bald wieder ablegen, würde wieder ich selbst.

Der gewöhnliche, eigenartige Tag ging dahin. Das Telefon läutete, jemand antwortete; es läutete wieder. Schritte die Treppe hinauf und hinunter, Flure entlang, knarrend, behutsam. Mahlzeiten wurden pünktlich eingenommen; Gespräche begonnen, abgebrochen, wiederaufgenommen. Nach dem Mittagessen fuhr Dr. Martins Wagen abermals vor. Und als die frühe, neblig stille Dämmerung hereinbrach, stand er noch immer da, schwarz, tödlich, ein lauerndes Monstrum. Kate und Olivia saßen im Wohnzimmer am Kamin, Kate strickte mit schnellen Fingern, Olivia stopfte langsam einen Strumpf. Wie von einem inneren Uhrwerk angetrieben, vollführten sie automatisch ihre Bewegungen. Als die Dunkelheit kam, sprachen sie nicht mehr; angestrengt horchten sie nach Geräuschen von oben; jede ihrer Regungen war hörbar, ihr

Atem schien zu stocken. Sie existierten nur in Erwartung. Alles übrige, alle Energie, alles Gefühl war von ihnen gewichen, konzentriert auf die Stille im Haus; und sie waren machtlos, wesenlos.

Kate stand auf und schaltete das Licht ein, Olivia stocherte im brennenden Kamin. Sie blickten hinaus. Seit es im Zimmer heller war, herrschte vollkommene, undurchdringliche Dunkelheit draußen. Es war Nacht. Mutter war schon viel zu lange fort, ich möchte, daß sie wiederkommt ... Schließ die Vorhänge. Nein. Der Wagen wartet noch draußen ...

Sie setzten sich wieder. Dann hörten sie plötzlich Stimmen, die Haustür öffnete und schloß sich. Das schwarze bedrükkende Ungetüm in der Einfahrt verwandelte sich in einen ganz normalen Wagen; Vibrieren, Anfahren, auf und davon mit vertrautem Aufheulen, Gasgeben.

Sei auf alles gefaßt.

Die Tür öffnete sich, sacht, sicher: die weiße Haube erschien, breit, eckig, hell.

»Hallo! Wird hier unten Trübsal geblasen?« Ihre Stimme klang frisch und ausgeglichen. »Wollen Sie nicht lieber Licht machen?« ... Sie lachte. »Sein Fieber ist gesunken. Er schläft ganz fest – atmet so viel besser. Dachte, ich schau' einmal bei Ihnen vorbei. Warum ziehen Sie die Vorhänge nicht zu? Ist doch gemütlicher, oder? Auf Wiedersehen, bis morgen.«

»Wie ist sein Puls?« fragte Kate. Doch da war sie schon fort.

»Nett von ihr«, sagte Olivia.

»Sie ist schon in Ordnung.«

»Ist das nicht *gut* ...?« – Sie mußte schlucken. »Ich glaube, das beste ist, wir warten.« ... Sie faßte sich vorsichtig.

Sie zogen die Vorhänge zu und standen vor dem Kamin, sprachen dann und wann einen Satz zueinander. Eine halbe Stunde verging. Wieder öffnete sich die Tür. Es war weniger ein Eintreten, sie war einfach da, aufregend, überwältigend, ihr Gesicht schien fremd und weiß.

Sie sahen sie an, konnten nicht sprechen.

»Hier bin ich, meine Kinder.« Sie ging ihnen entgegen, mächtig, geheimnisvoll, lächelnd. »Er hat es überstanden. Er schläft ganz friedlich – wie ein Kind. Sein Herz schlägt regelmäßig.«

»Das ist gut«, sagte Kate mit bleichen Lippen und begann mit einem Mal zu keuchen, als sei sie gerannt.

»Natürlich ist er nicht völlig über den Berg ...«

»Nein«, Olivia nickte, heftig, steif ...

Doch er wird es bald sein: du hast es vollbracht, du außergewöhnliche Frau, du weißt, daß du es geschafft hast.

»Dr. Martin denkt, es liegt jetzt im Bereich des Möglichen ... Bei sorgfältiger Pflege natürlich.«

»Ja.«

»Die Schwester ist bei ihm. Sie bestand darauf, daß ich eine Weile nach unten gehe. Sie ist ein Schatz. Dieses Zimmer scheint mir eiskalt. Kein besonders behagliches Feuer. Olivia, bitte läute doch einmal. Habt ihr schon Tee getrunken?«

»Nein.«

»Ich denke, wir können jetzt alle eine Tasse Tee gebrauchen.«

3

Er öffnete die Augen, sah das Kopfende seines Messingbetts, blaue Vorhänge, die das Fenster verhüllten; Dunkelheit, gedämpftes Licht. Nacht ... Wer ist da? Wer hat Licht gemacht? Die Augen – fielen wieder zu, ein unendlich schweres, sanftes Gewicht schloß sie.

Ein gedämpftes Aufprallen, ein Rascheln – lebendig, leise, behutsam: Kohle regte sich im Kamin. Alles war gut. Das Geräusch, der verdunkelte Raum waren von Anbeginn an dagewesen. Das Bett, gedämpftes Licht, blaue Vorhänge; Knistern, Klopfen, Zischen – sch-sch, das Feuer im Kamin, Lichtspiel auf den Messingknäufen des Bettes; weiter, enger, weiter, enger, Schatten flackern an der Decke. Das kenne ich ...

Jemand ist im Zimmer, rührt sich kaum. Erwartung ... Rufe, vielleicht ...

Wer rührt sich? Wo bin ich? In versunkenen Tiefen begann die Zeit für ihn zu schlagen, allmählich, zögernd. Wann? Wer liegt im Bett? Seine Identität zeigte sich, schwankend, deutlich, umschloß ihn. Jetzt öffnete er wieder die Augen, sah eine Gestalt sich bewegen, aus seinem Gesichtskreis verschwinden. Er bewegte seine Lippen, und es kam ein schwacher Laut.

Leise, schnelles Entgegenkommen; jemand neben dem Bett. Ein Gesicht ... Gut, gut, gut! ... Das Mädchen Olivia. Die Augen schlossen sich wieder.

»Aufgewacht, Vater?« Kaum eine Stimme.

Er brauchte lange, bis er seufzte:

»Sehr schwach.« Ein Zittern ging über sein Gesicht.

»Ich weiß, Vater. Schlimm. Sorg dich nicht. Bald wird es besser.«

Eigenartiger Klang: weinerlich?

»Na, meinst du das?« Das war der Ton. »Was machst du denn hier?«

»Ich sitze hier – falls du etwas brauchst. Brauchst du etwas?«

Er wartete ... Brauchen? Brauchen? Dumm, anstrengend ...

»Etwas zu trinken?« flüsterte sie.

»Nein.«

»Mutter ist unten, schreibt Briefe. Soll ich sie rufen?«

»Nein. Nein.« Er wartete. »Die andere ...«

»Die Schwester?«

»Schwester.« Sie sah, wie sein Gesicht sich aufhellte. »Sehr starke Frau.«

»Ist sie das? Bestimmt.«

»Hebt mich, rollt mich ...«

»Ich weiß ...«

»Wie ein verdammtes Baby ...«

Schwaches Lachen ergriff sie beide, schüttelte sie hilflos. Tränen rollten seine Wangen hinunter. Als der Anfall vorüber war, seufzte er tief, stöhnte beinah und lag regungslos. Sie brachte einen Stuhl und setzte sich neben sein Bett, trocknete ihm mit einem Taschentuch die Tränen. Sein ausgezehrtes

Gesicht war erschreckend, fremd, abstoßend, der Bart sechs Tage alt und grau, der Mund eingefallen, die Lippen vom Fieber gesprungen. Es war das Gesicht eines kranken alten Mannes – nicht sein Gesicht. Doch seine Stirn ist wie früher. Unangetastet, großzügig stand sie über dem Wrack, als besäße sie ein eigenständiges, siegreiches Leben, Geisteskraft und Heiterkeit, als sagte sie: Wisse! Wir werden alle gerettet werden ...

Lebt er? Ist er gestorben? Soll ich jemanden rufen? Wenn er tot ist, bin ich schuld ... Ich rede zuviel mit ihm ... Doch dann sagte er:

»Olivia.«

»Ja, Vater?«

»Ich dachte, du seist tot.«

»Das dachtest du? Ich bin nicht tot. Wenigstens glaube ich das.«

»Scheint so. *Tant mieux.*« Er seufzte. »Schlimme Träume. Entsetzlich.«

»Das war das Fieber.«

»Kein Zweifel. Wie lange ...«

»Beinah eine Woche.«

»Tatsächlich.«

»Ich bin gestern gekommen.«

»Aha. Familienversammlung.« Er lächelte kaum merklich. »Alle da?«

»James nicht.«

Er sah mit einem Mal niedergeschlagen aus und sagte schärfer:

»Oswald?«

»Er ist nicht hier ... Aber er kommt, wann du willst. Mach dir um ihn keine Sorgen, Vater.«

»Armer alter Kerl.« Wieder rollte eine Träne.

»Mutter wollte ihn nicht beunruhigen ...«

»Warum beunruhigen? Er versteht alles. Sie will ihn nicht hierhaben. Wollte es noch nie.«

»Er kommt, Vater. Ich verspreche es dir. Sorg dich nicht. Ich kümmere mich darum. Es ist alles in Ordnung.«

Sehr langsam kam seine Hand unter den Decken hervor, tastete in ihre Richtung. *Oh! Nicht* ... Sie ergriff seine Hand und sagte schmerzlich berührt:

»Ihr zwei werdet wieder zusammenhocken und Klassiker zitieren und langweilige Bücher lesen, soviel ihr wollt. Sorg dich nicht. Sorg dich um nichts. Werde nur wieder gesund.«

Er drückte kaum spürbar ihre Hand. Das Mädchen war ein liebes Geschöpf, sie meinte es gut. Doch armselig ... um sein Leben zu kämpfen und schießlich doch am Ende zu sein. Lächerlich, enttäuschend ... Aufgeben, wieder zurück? ... Nein ... Zu spät ...

Er schlief wieder ein, seine Hand in ihrer Hand. Sie fühlte sich zerbrechlich an, wie eine Klaue ... Ach, wird es sich trotz allem für ihn lohnen? Kann in diesem verbrauchten, ausgezehrten Körper das Leben noch einmal aufblühen, ihn erfüllen; die Klaue, die Maske menschlich wärmen? Er hat uns die Beerdigung erspart, das Schwarz, die Geldsorgen, und geboten werden ihm nach qualvollen Tagen und Nächten die Wolldecke, der Krankensessel: Surrogate des Lebens, Demütigungen, nur ein Warten auf Leben und Tod ...

Seine Frau kam leise ins Zimmer und stand am Bett. Kaum merklich veränderte sich ihr Gesichtsausdruck, wurde starr.

»Er schläft. Er wachte auf und redete ein wenig, ganz normal, dann schlief er wieder ein ... vor einem Augenblick.«

»Nun ... Mach dich bitte zum Abendessen fertig. Ich bleibe jetzt bei ihm.«

Ich bin ihr zuvorgekommen. Ich habe sie betrogen. Seine ersten Worte gehörten mir, nicht ihr ... Ich habe sie verraten ...

Wie ertappt löste sie unter dem gesenkten Blick der Mutter ihre Hand aus seiner Hand.

4

»Ißt du deine Suppe nicht, Olivia? Ada hat sie gekocht, sie ist köstlich.«

»Nein, danke, Mama.«

»Ach, komm, probiere doch wenigstens. Gemüsesuppe – so gesund. Das Rezept ist aus dem *Star*.«

»Ich mag Suppen nicht besonders, das weißt du doch, Mama ...«

»Wie schade. Ada wird enttäuscht sein. Sie hat sie extra für dich gemacht.«

»Nimm dir ein Beispiel an mir«, sagte Kate. »Ich esse meinen Teller leer.«

»Ja.« Mrs. Curtis' Stimme schwankte zwischen Zustimmung und Ärger. »Du bist ein vernünftiges Mädchen, Gott sei Dank.«

»Immerhin entspricht *ein* Kind deinen Wünschen, mehr kannst du nicht erwarten«, sagte Olivia. »Nicht heutzutage.«

Es herrschte Stille, während Kate und Mrs. Curtis ihre Suppe tranken. Olivias Tasse stand wie ein Vorwurf da.

»Und als Kind«, sagte Mrs. Curtis, »hattest du immer einen großen Appetit. Kate war es, die herummäkelte.«

»Und jetzt bin ich ein Vielfraß«, sagte Kate hingebungsvoll.

»Du bist kein Vielfraß, mein Kind ...«

»Seit ich Mutter bin ...«, sagte Kate.

»Vater konnte dürre Frauen nie ausstehen.«

»Ich weiß, meine Liebe, du sagst es nicht zum erstenmal«, seufzte Olivia. »Deshalb hat er uns eine Mama wie dich ausgesucht.«

»Also, es ist nicht in Ordnung, und es tut auch gar nicht gut. Was die Leute sagen, ist mir egal. Deine Großmutter sagte immer: Wer gegen die Natur handelt, wird dafür büßen.«

»*Ich* handle nicht gegen die Natur«, sagte Kate. »Ich bin gut gepolstert.«

»Du bist nicht dick, mein Kind, kein bißchen. Du siehst reizend aus.«

»Ja, genau was ich sage – ganz reizend. Rob mag allerdings dünne Frauen lieber.«

»Unsinn. Rob ist viel zu vernünftig.«

Mrs. Curtis' Entrüstung klang gutmütig, nicht ernsthaft aufgebracht, denn Kate war von jener frühen Neigung zur Widerspenstigkeit geheilt – eine gräßliche, nervenaufreibende Phase im Anschluß an ihre Pariser Zeit – unschöne Bemerkungen, bitterböse Verallgemeinerungen, Tränenausbrüche ohne jeden ersichtlichen Grund. Doch nun war Kate seit langem schon vernünftig, stellte Mrs. Curtis zufrieden fest. Kate hatte, Gott sei Dank, ohne Schwierigkeiten den richtigen Mann geheiratet, lebte nun ganz in der Nähe. War die Ehefrau eines jungen Arztes mit gutgehender Landpraxis – ein solider Mann, ein Mann, dessen Ruf immer besser wurde; als Mutter von vier feinen, gesunden Kindern war Kate fraglos in aller Augen wohlgelitten. Zweifellos war sie immer noch schwierig, konnte immer noch keine Kritik ertragen; dennoch, wenn sie jetzt zusammen am Kamin saßen und strickten, waren sie beide sehr zufrieden, sehr glücklich. Ihre Gespräche waren herzerfrischend wie eine gute Tasse Kaffee. Die Schranke zwischen den Generationen war verschwunden. Es war beinahe, als sei sie selbst wieder jung: beinahe – obwohl May verstorben und ihr Verlust unwiederbringlich war, grausam – beinahe, als hätte sie wieder eine Schwester. Ein Trost, ja, ein Trost, jetzt, da Olivia ... James ... Phasen, hoffentlich; Phasen, natürlich ... besonders jetzt, da Charles ... gerettet, doch ruiniert ... Ich weiß es ... Still ... Weiter.

»Habe ich euch erzählt, daß Dolly Martin heiratet?«

»Es kann nicht wahr sein!«

»Wen?«

»Also, er soll Missionar in China sein. Sie lernte ihn vor einigen Jahren kennen, als sie beide im East End arbeiteten. Sie hätten seit geraumer Zeit miteinander korrespondiert, erzählte mir Dr. Martin. Im nächsten Monat reist sie zu ihm.«

»Na, na, na! Das gute alte Puddinggesicht. Wer hätte gedacht, daß hinter ihrer Hornbrille faustdick die Romantik steckt.«

»Kein Wunder, daß sie immer so erhaben guckte. Das beweist wieder, wo ein Wille ist, ist auch ein Weg. Und niemand braucht einem leid zu tun.«

»Sie ist ein so fähiges, tüchtiges Mädchen«, seufzte Mrs. Curtis. »Sie wird ihm eine große Hilfe sein. Aber es scheint doch ein gewaltiger Schritt.«

»Hoffen wir, daß die Sonne Chinas ihr nicht übel zusetzt. Der Missionar kann sich alle Finger lecken.«

»Die Gegend soll sehr unwirtlich sein, soviel ich weiß, mitten im Landesinneren.«

»Vielleicht wird sie von Banditen verschleppt«, sagte Olivia. »Todsicher. Sie ist die Frau, auf die Banditen fliegen. Noch ein paar Jahre, und man fordert Lösegeld für sie. Ich sehe ihr Bild schon in allen Zeitungen.«

»Diese Missionen leisten Großartiges«, sagte Mrs. Curtis, und in ihrer Stimme schwang eine Spur Strenge: Mußte denn alles ins Lächerliche gezogen werden? »Das Leben dort ist hart und gefährlich.«

»Geschieht ihnen recht, warum müssen sie sich auch in alles einmischen«, sagte Olivia hart.

»Anscheinend brauchen Menschen immer eine Aufgabe.« Kate gähnte.

»Sein Name ist Potts«, sagte Mrs. Curtis und ließ sich nicht vom Thema abbringen. »Cyril Potts – oder Cecil? Kein sehr romantischer Name«, gab sie lächelnd zu, denn natürlich fanden sie auch das komisch. »Doch Dr. Martin sagt, er habe ein ausgesprochen offenes und liebenswürdiges Gesicht. Olivia, ich dachte, du solltest ihr vielleicht schreiben. Sie war doch deine Freundin.«

»Vielleicht.«

»Ich habe mir den Kopf zerbrochen, was man ihr schenken könnte, etwas wirklich Nützliches.«

»Ein Gebäckkörbchen.«

»Einen Ständer für Essig und Öl ... am besten zwei.«

»Ich dachte eher an einen kleinen Scheck, dann könntet ihr

Mädchen ihr eine persönliche Kleinigkeit schenken. Ihr beide zusammen. Es braucht ja nicht viel zu kosten.«

»Nein, das braucht es nicht«, sagte Kate. »Es kommt nur auf die gute Absicht an.«

»Armer Dr. Martin, er wird sie bestimmt schrecklich vermissen. Aber Phyl wird nach Hause kommen und ihm den Haushalt führen. Ihr wißt, daß sie in Wiltshire mit einer Freundin, einer Miss Trotter, zusammenwohnt und ... ich glaube ... Angorakatzen züchtet.«

»Arme alte Phyl«, sagte Olivia. »Schade, daß sie ihren Beruf aufgeben muß. Für Miss Trotter ist es sicherlich auch schwer. Freundinnen wie Phyl gibt es nicht alle Tage.«

»Ja, Dr. Martin tat es auch ein wenig leid, doch sie kommt. Sie hat keinen Augenblick gezögert. Diese Mädchen hängen sehr an ihrem Vater.«

»Und vielleicht kann sie hier Kaninchen züchten.«

Ach, hör auf damit! ... Die handfesten, fröhlichen Martins-Mädchen, Gefährtinnen ihrer Kindertage, sie sind dem Leben gewachsen, sind vernünftige Frauen. Bestimmt wird Dolly niemals eines Morgens in China aufwachen und sich sagen: Meine Ehe ist ein Fehlschlag, mein Leben leer, sinnlos. Sie nicht. Dolly hatte schon immer Glück.

»Der Salat schmeckt köstlich«, sagte Olivia. »Sind das – Backpflaumen darin? Könnte ich noch etwas davon haben, Mama?«

Die Mutter lächelte zufrieden.

»Gern, mein Kind. Ich hatte gehofft, daß er dir schmeckt. Ich habe Ada gebeten, etwas Sahne an die Sauce zu tun.«

Und Sahne war nahrhaft. Und alles nur, weil sie es gut mit mir meinte, weil sie mir etwas Gutes tun wollte. Und sie sieht so müde aus. Ich hasse mich.

»Ist schon jemand in Mrs. Skinners Cottage eingezogen?«

Und danach frage ich nach Miss Robinsons Nervenzusammenbruch ... Und danach ...

Zwischen den dreien entspann sich ein friedliches Hin und Her über den Tisch, überdeckte alte Risse, Schwachstellen mit starken Banden. Sie hielten immer noch fest zusammen;

sie waren eine Familie. Was sie von Anbeginn zusammengefügt hatte, bestand unwiderruflich, auf einer tieferen Bewußtseinsebene, allen gegenwärtigen Verschiedenheiten zum Trotz, verband sie zu einer geheimnisvollen Wirklichkeit, wider alle Vernunft. So wie früher, wie jetzt ... Nur der Kronleuchter spendete sein gleißendes weißes Licht nicht mehr. Die Töchter, die nach Hause kamen, hatten ihre eigenen Vorstellungen von angenehmer Tischbeleuchtung, der Kronleuchter behagte ihnen nicht; und wenn sie zu Besuch kamen, standen vier Kerzen in verschnörkelten viktorianischen Leuchtern auf dem Damasttischtuch, umrahmten die Obstschale. In diesem Licht schien der Tisch zu schwanken, ein geheimnisvolles Feuerschiff, fern der Küste vor Anker, zwischen den Bollwerken Standuhr und Anrichte, unter dem Porträt des Großvaters, das wie ein Leuchtturm aufragte. Es war wohltuend friedlich, war man erst die Schattenzonen gewöhnt, in denen alles hätte geschehen können. Nur Violet versetzte sie in Schrecken, wie sie jedesmal mit dem Tablett an der Schwelle stolperte: absichtlich, sagte Kate ... Wie jung, wie hübsch Kate aussah, wie ein junges Mädchen; und Olivia ebenfalls, weicher, strahlend, wie früher ... und ich sicherlich auch, mehr, als mir lieb ist ... wie früher, bevor ich diese Falten bekam ... Mrs. Curtis leerte ihr Glas Rotwein. Köstlich, belebend ... Die Mädchen hatten darauf bestanden – schließlich war ein besonderer Tag ...

»Ich brauche noch nicht nach oben zu gehen«, sagte sie glücklich, als sie aufstanden. »Er wird eine ruhige Nacht haben, und die Schwester ist da. Ist es nicht ein Segen, daß er sie so ins Herz geschlossen hat? Irgend etwas an ihr gefällt ihm, obwohl ich nicht verstehe, was ... Kommt, wir gehen ins Wohnzimmer.«

Das Feuer brannte hell, und das Licht schimmerte hinter dünnen, weißen, rosenbekränzten Seidenschirmen. Olivia streckte sich auf dem weißen Wolläufer vor dem Kamin aus, die Mutter und Kate, in ihren Sesseln einander zugewandt, flankierten sie. Sie strickten. Kinderstrümpfe, Kinderpullover, Babyhemdchen, Jacken, Babyschuhe – es nahm kein

Ende. Mrs. Curtis hatte damit begonnen, als ihre Töchter klein waren, und Kate hatte die Kunst aufgegriffen und vervollkommnet. Auf den Tischchen neben dem Kamin standen dicht gedrängt die Photographien der Enkel in jedem Alter, mit ordentlichen Frisuren, klaren Gesichtern, sauber und gesund. Ein Teil der verspielteren Vorkriegsphotographien der Curtis-Kinder selbst – Federn, Locken, Schleifen, Rüschen – hatte diesen Bildern weichen müssen. Von Zeit zu Zeit legte Kate ihr Strickzeug in den Schoß und betrachtete die Bilder eingehend, zog fragend die Stirn kraus. Von Zeit zu Zeit hielt auch Frau Curtis in ihrem Tun inne und seufzte tief – ihr schweres, unbewußtes Seufzen. Doch heute warf es auf die Töchter keinen Schatten. Olivia rauchte, blätterte in den *Illustrated London News*. Um sie herum bewegten sich verschwörerisch zwei Paar Hände, zwei Stimmen redeten, redeten, friedlich ... Die Kinder, die Dienstboten, die Kinder, Rob, Vater, James, die Kinder ...

Um zehn Uhr läutete in der Halle das Telephon.

»Wer kann das sein?« sagte Mrs. Curtis. »Zu dieser Tageszeit?«

»Ich gehe.« Olivia sprang auf, von plötzlicher Ahnung getrieben.

»Hallo?«

»Könnte ich – eh – vielleicht – eh – Miss Olivia Curtis sprechen ...«

»Am Apparat.« Ja. Er war es.

»Oh, hallo, guten Abend!« Er klang erleichtert. »Hier ist Rollo Spencer.«

»O ja! Guten Abend ...«

»Ich hoffe, ich störe nicht mit meinem Anruf. Ich wollte gern wissen, wie – ob – wie es Ihrem Vater geht ...«

»Das ist wirklich freundlich von Ihnen, Rollo. Es geht ihm besser – wirklich besser. Wir *glauben*, er ist über den Berg.«

»Oh, es freut mich sehr, das zu hören – das freut mich sehr.« Warme, lebendige Stimme.

»Wie lieb von Ihnen, sich zu melden.«

»Keine Ursache. Ich wollte, ich habe mich gefragt ... Ich

wollte nicht lästig sein. Mama wird sehr froh sein, es tat ihr so leid, als sie erfuhr ... Sie möchte auch mit Ihnen sprechen ...«

»Ach wirklich? ...« Beunruhigend.

»Wie geht es Ihnen?«

»Mir geht es bestens, danke.«

»Tatsächlich?«

»Ja, wirklich. Und Ihnen?«

»Oh ... gesund und munter, wie immer ...«

Sie lachten, zögerten, unsicher, verlegen.

»Bleiben Sie am Apparat, einen Augenblick«, sagte er schließlich. »Mama möchte mit Ihnen sprechen. Einen Augenblick. Ich rufe sie.«

»In Ordnung. Ich bleibe am Apparat.«

Fort. Das war alles. Volle, starke, gelassene Stimme, ein wenig schleppend, unentschlossen; nichts war gesagt worden, das einen Anhaltspunkt bot, im Gedächtnis haftenblieb; übliche Bekundungen oberflächlicher Sympathie ... Nur die Stimme, vielversprechend, irgendwie verheißungsvoll ... Na gut, das war es: fertig. Alle Spencers hatten gute Manieren.

»Spreche ich mit Olivia?« Durchdringende Töne füllten den Hörer.

»Ja, Lady Spencer.« Sofort fühlte sie sich klein und unbedeutend, unter die Fittiche genommen: wie früher.

»Mein Kind, Rollo hat mir die gute Nachricht mitgeteilt. Ich bin so froh! Wir haben uns große Sorgen gemacht, seit Rollo dich getroffen hat. Eigentlich wollte ich nicht stören, doch wir haben so an euch denken müssen. Richte das doch bitte deiner lieben Mutter aus. Mit meinen besten Grüßen. Solche Sorgen, die Arme. Wie geht es ihr?«

»Oh, es geht ihr sehr gut. Ein wenig müde, doch eigentlich erstaunlich gut.«

»Tatsächlich. Das freut mich. Sie soll sich schonen. Sie wird die Anstrengung erst spüren, wenn der Druck nachläßt.«

»Ja, wahrscheinlich. Ich werde es ihr ausrichten.«

»Nun, mein Kind, was meinst du, wann bekommen wir dich zu Gesicht?«

»Oh ... Ich weiß nicht, Lady Spencer. Gern. Es ist eine Ewigkeit her ...«

»Ich weiß. *Viel* zu lange. Glaubst du, deine Mutter kann dich einen Abend lang entbehren?«

»Bestimmt.«

»Das wäre ganz reizend. Nun, Marigold und Rollo sind bis Montag bei uns – und sie möchten dich unbedingt sehen. Also, wie wäre es mit *morgen* abend. Würde dir das passen?«

»Morgen abend wäre perfekt.«

»Oh ja? Ganz reizend. Marigold wird begeistert sein. Ist Kate auch da?«

»Ja, Kate ist hier.«

»Die liebe Kate. Grüß sie herzlich.« Die Stimme klang einen Hauch leiser, nachdenklich. »Würde sie auch kommen?«

»Ich weiß nicht. Wenn es Ihnen nichts ausmacht, frage ich sie.«

Eilig zurück ins Wohnzimmer, richtete sie ihre Grüße aus.

»Wie freundlich von ihr.« Mrs. Curtis war gnädig, angetan. Angemessen, doch unbestritten aufmerksam.

»Ich möchte nicht«, sagte Kate hastig. »Ich möchte wirklich nicht.«

»Komm, Kate, warum nicht? Es wird dir guttun.«

»Nein, ich will nicht. Geh, Livia, beeile dich. Ich leih' dir mein weißes Kleid. Sag ihr, daß du ohne mich kommen wirst.«

Sie eilte zurück.

»Kate läßt sich entschuldigen, Lady Spencer ...«

»Ich verstehe vollkommen«, schnitt ihr die Stimme verständnisvoll das Wort ab. »Ich dachte mir, daß deine Mutter, euch nicht gern beide gehen läßt. Also, mein Kind, wir erwarten dich morgen. Benson wird dich um sieben Uhr dreißig abholen ... Doch, natürlich, Unsinn, ich bestehe darauf ... Und wir freuen uns alle *sehr*, dich zu sehen. Auf Wiedersehen, mein Kind.«

5

Benson hielt neben dem säulengeschmückten Eingang und zog die Glocke, während sie im Wagen wartete. Steif, gealtert, schien er sich nicht aus eigenem Antrieb zu bewegen, sondern mechanisch, als versuchte er zwanghaft, lebendig zu wirken, auf dem Sprung, stets zu Diensten, ein Leben auf Befehl. Er war die Geduld in Person, wie er da auf dem Treppenabsatz stand und wartete: zweifellos der letzte, der eine Änderung seiner Position herbeiwünschte; er beklagte den schrittweisen Zusammenbruch der gesellschaftlichen Hierarchie; und doch war er ein kluger Mann, ein ehrenwerter Mann.

Die schweren Türflügel öffneten sich, in der Halle flammten die Lichter auf, der Diener erwiderte, ebenso schwach, ihr schwaches Lächeln, sie trat ein.

»Ich lege nur meinen Mantel ab.« Anzunehmen, daß mein Bild noch jenem gleicht, das ich zu Hause im Spiegel sah: zufriedenstellend. Ein neues Spiegelbild könnte mich aus der Fassung bringen. Sie übergab den Pelzmantel der Mutter den Händen des Dieners, strich über das weiße Kleid. Fließend, durchscheinend, zart legte es sich leicht um ihren Körper, bauschte sich hinten großzügig, ein schönes, romantisches Tanzkleid. Sie fühlte sich darin von Grund auf verändert, aber dennoch wohl. Es stand ihr.

»Siehst du«, hatte Kate sie gescholten. »Auch wenn du heutzutage das Künstlerisch-Schwindsüchtige bevorzugst, so etwas steht dir vorzüglich, wohingegen ich zu niedlich darin aussehe.« Sie band den Gürtel im Rücken zu einer langen, luftigen Schleife. »Schau!« Sie zog sie vor den großen Spiegel. Es stimmte. Sie sah wie ein junges Mädchen aus, wie ein hübsches obendrein.

»Am besten, du behältst es«, sagte Kate. »Ich bin im Ausverkauf darauf gestoßen, aber ich kann so etwas nicht mehr tragen.«

»O doch.«

»Und laß es dir eine Lehre sein.«

merksam. »Sie sehen heute abend sehr gut aus ... Ach, ich bin froh, daß es Ihrem Vater ...«

»Ja, danke schön. Es ist großartig.«

»Habe ich nicht gesagt, daß es ihm besser gehen wird?«

»Ja. Ich habe Ihnen aber nicht geglaubt.«

»Sehen Sie, Sie können mir ruhig glauben. Sie Ärmste, Sie waren völlig verschreckt. Ich wußte gar nicht, was mit Ihnen los war. Hat mir gar nicht gefallen.«

»Sie waren sehr freundlich ...«

»Ich hasse Trübsal, Sie nicht? Bei mir selbst und bei anderen auch ... Trübsal ist etwas Ungemütliches.«

»Da haben Sie recht.« Sie lachte. »Ich kann Unglück auch nicht leiden.«

»Auch wenn es manchen Leuten gefällt. Tatsächlich. Ich kenne jemanden von der Sorte.« Er zog ein klägliches Gesicht, und sie sagte mit gespielter Überraschung:

»Das ist nicht Ihr Ernst?«

»Doch. Meine Schwiegermutter. Sie können sich nicht vorstellen, was für eine griesgrämige Frau sie ist. Sie braucht jeden Morgen in der Zeitung eine ausgewachsene Katastrophe, sonst ist sie nicht zufrieden. Außerdem sieht sie natürlich grundsätzlich schwarz und beschwört nichts als Unheil.«

»Die Sorte kenne ich.«

»Ach? Wahrscheinlich gibt es sie häufiger.« Er sah ein wenig niedergeschlagen drein.

Sie sagte schnell:

»Ich hatte auch eine Schwiegermutter. Sie war genauso.«

»Aha! ...« Er zögerte. »Sie hatten. Ich *habe* ... Ist die Ihre verstorben?«

»Weit davon entfernt. Solche Schwiegermütter sterben nicht. Doch – wir sind sozusagen füreinander gestorben. Wenigstens hoffe ich das. Ich bin für sie vermutlich etwas noch Schlimmeres als tot. Sie hat es aber nie anders gewollt.«

Er nickte, seufzte betrübt.

»Mein Fall liegt anders. Wir sind leider alles, alles andere als füreinander gestorben. Im Gegenteil. Wir treffen uns mit bemerkenswerter Häufigkeit ... und das unter meinem Dach ... werden es wohl in alle Ewigkeit ...«

»Können Sie sich nicht dagegen zur Wehr setzen?«

»Nein, das kann ich nicht. Ich bin ein schwacher, selbstbezogener, leichtsinniger Mensch und möchte nichts als meine Ruhe haben.« Er sah sie lächelnd an. »Sie nicht?«

»Nein, das ist nicht *alles*, was ich möchte ...«

Er zuckte die Achseln und sah in eine andere Richtung, pfiff leise durch die Zähne.

»Nun«, sagte er, »lassen wir dieses unerfreuliche Thema. Nehmen Sie noch einen Drink.«

»Nein, danke.«

»Warum nicht?«

»Mehr Stärkung brauche ich nicht. Ich fühle mich jetzt gut.«

Er betrachtete sie aufmerksam und lächelte vor sich hin. Sie sah zu ihm hinauf. Ja, alles war gut. An diesem Abend wurde eine Illusion geweckt, ein starkes Bild, so tiefsinnig und spielerisch in seinem Auftauchen, wie von Anfang an zu erkennen war. Kein Grund mehr zur Sorge: es würde sie durch den Abend tragen. Ich werde mich gut unterhalten.

»Also, ich brauche noch einiges an Stärkung.« Er ging zum Flügel und mischte sich einen neuen Drink.

»Es macht aber nicht direkt den Eindruck.«

Er sah gut aus, frischer denn je in seinem pflaumenblauen Dinnerjackett; er duftete nach Erfolg: Zigarren, teures Haarwasser, feine Seife, Leinen ... reich.

»Sie haben recht«, sagte er. »Eigentlich fühle ich mich gesund und munter. Zwei Tage an der frischen Luft – da werden die Spinnweben fortgepustet. Das Jagen ist zwar nicht mein geistreichstes Vergnügen, doch es sagt mir sehr zu.«

»Meinen Sie, ich sitze bei Tisch neben Ihnen?«

»Das denke ich schon. Ich habe Sie für mich reserviert.«

»Oh, gut.«

Sie strahlte ihn aus ganzem Herzen an.

»Olivia! Da sind Sie ja.«

Lady Spencer stand an der Tür, näherte sich in ganzer

Pracht. Heute trug sie strenges Schwarz, Diamanten, die Schultern heldenhaft entblößt, die Wangen, das Haar, weiß, fest. Sie streckte beide Hände aus. »Mein liebes Kind! Welch ein Vergnügen!« Sie küßte sie herzlich auf beide Wangen. »Wir mußten dich einfach sehen – nachdem Rollo von dir erzählt hatte. Laß dich anschauen ... Ja, unsere Olivia. Ganz wie früher. Doch so dünn! ... Böses Mädchen!« Sie gab ihr einen liebevollen Klaps; dann legte sie eine Hand auf Rollos Schulter.

»Ich freue mich so, Sie zu sehen ...« Olivia fühlte die Tränen unter ihren Lidern ... Absurd ...

»Mein liebes Mädchen ...« Lady Spencer betrachtete sie voller Zuneigung, abwesend, sinnend. Da war noch etwas ... Ach, ja ... »Und dein Vater ist *wirklich* auf dem Weg der Besserung? Ich bin ja so glücklich. Richte doch deiner lieben Mutter aus ... Jack!« rief sie: denn Sir John war eingetreten, hatte sich mit knarrenden Schritten der Gruppe zugesellt ... und sie rief seinen Namen zur Bestätigung, sein Eintreten sicher zu begleiten ... Denn etwas war daran ungut; keiner konnte umhin, mit einer gewissen Beklommenheit seine unbeholfenen, bleiernen Schritte zu beobachten ...

»Hallo, Papa!« sagte Rollo.

»Hallo, mein Junge ...«

»Jack, mein Lieber, erinnerst du dich an unsere Freundin Olivia?«

»Wen?«

»Olivia Curtis, Marigolds Freundin, erinnerst du dich an sie?«

Lady Spencer sprach ihn mit behutsamer, aufmunternder Eindeutigkeit an, offensichtlich seit langem gewöhnt, weder Ungeduld noch spürbaren Unmut zu zeigen.

»Ach, ja, ja! Wie geht es Ihnen? Sehr erfreut.«

Seine Hand war trocken und steif.

»Olivia ist aus Little Compton gekommen, um mit uns den Abend zu verbringen.«

»Sehr freundlich von ihr. Gute Jagdgebiete um Little Compton. Netter Ort ... Kennen Sie ihn gut?«

»Du kennst doch Mr. Curtis in Little Compton, Olivias

Vater ... Früher haben wir uns häufig gesehen – mehr als heutzutage, leider.«

»Curtis? Sind Sie die Tochter meines alten Freundes Charlie Curtis?«

»Ja, die bin ich.«

»Du meine Güte! Wie geht es ihm? Habe ihn seit Jahren nicht gesehen ...« Einen Augenblick lang betrachtete er sie wie einst, sein schweres unbewegtes Bluthundgesicht verzog sich zu einem freundlichen, gönnerhaften Lächeln. »Sie sind also Charlie Curtis' Tochter?«

Sein Mund öffnete sich, ratlos sah er sich im Zimmer um. »Eeh ...«

»Wo sind die Hunde, Vater?«

»Habe sie in der Bibliothek eingeschlossen. Alles in Ordnung. Sie haben beide ihre Körbe.« Er lächelte Rollo an, die leichte Verwirrung war aus seinem Gesicht gewichen.

»Bevor ich es vergesse: ich glaube, Lucy ist noch in meinem Zimmer. Bestimmt ist sie tödlich beleidigt, liegt unter dem Bett, und ich muß sie auf Knien bitten, zum Vorschein zu kommen ... Bin gleich zurück.«

Umständlich sah sein Vater ihm nach, folgte ihm mit seinem Blick, als er das Zimmer verließ. Ja, Sir John hatte sich verändert. Er war so langsam, so schwer, wie er neben seiner Frau stand; sie schien sein tödliches Gewicht zu stützen. Beide waren gealtert; ihr Haar war weiß, ihr Gesicht unter den Wangenknochen eingefallen, die zarte Haut von unzähligen spröden Linien zerfurcht, ihre üppige Figur – einst glich sie Königin Mary – hatte an Volumen verloren; doch sie war aufrecht, imposant wie eh und je, eine alterslose Vitalität blitzte aus ihren blaßblauen, vielsagenden, klaren Augen. Er hingegen war unwiderruflich alt. Unter der glatten Stirn und dem dichten, noch braunen Haar waren die blutunterlaufenen Augen verloschen, die rotgeäderten Wangen düster; und obwohl sein Körper sich immer noch aufrecht hielt, breit und groß, schien er wie versteinert, beinah erstarrt, als bestünde er mehr aus Erde denn aus Blut.

Nun kamen die Gäste. Lady Spencers Lebenskraft nahm

sichtlich zu. Sie zog sie alle magisch an, entließ sie dann aus ihrer Obhut und setzte sie in Beziehung zueinander, in Bewegung aufeinander zu. Zum wievielten Mal in diesem Wohnzimmer, an solchem Feuer, entwarf sie mühelos den gesellschaftlichen Plan: nichts sollte dem Zufall überlassen bleiben; niemand ausgelassen, niemand eingeengt werden.

»Meine Schwester, Lady Clark-Matthew – Blanchie, kannst du dich an Olivia Curtis erinnern, sie kommt aus der Nachbarschaft, eine alte Freundin von Marigold? ... Würdest du bitte dieses Häkchen schließen, genau das, Doris übersieht es immer ... Meine Nichte Lady Mary Denham ... meine Liebe, ich habe dir die Adresse herausgesucht und das Rezept, um das du mich gebeten hast. Erinnere mich, daß ich dir beides gebe ... Mr. Denham: Harry, hast du schon Billard gespielt? Sir Ronald Clark-Matthew ... Ronnie, hast du dir schon dein Urteil über die Wilsons gebildet? Jack wollte deinen Rat – nicht wahr, Jack? ... Mr. Bassett, Miss Curtis ... Nun, George, hast du ein Schläfchen halten können? ... O ja, das hast du allerdings, mein Lieber, man konnte es hören. Macht nichts, wir nicken alle ab und zu einmal ein, jetzt im Alter ... *Henriette!*« – Sie neigte sich einer Erscheinung entgegen, die eben den Raum betreten hatte, einer massigen, unförmigen Gestalt, gehüllt in lila-silbernen Brokat, mit schleppenden Röcken, behangen mit Ketten und Bändern; der Kopf war umrahmt von schwarzen Spitzen, aus deren Schatten ein graues Löckchengewirr blitzte; die dunklen stechenden Augen waren mit schwarzer Schminke umrahmt ... »Ma chère! Je voudrais te presenter une jeune amie ...«

»Qu'est-ce qu'elle me dit là!« ... Tonloses Dazwischenkrächzen, an niemanden gerichtet.

Wiederholung, *fortissimo*:

»Une bien chère amie, Olivia Curtis ... Marigolds liebe Patin, Olivia, Madame de Varenne ...« *Sotto voce:* »Sie ist ziemlich taub ...«

»D'où donc arrive-t-elle celle-là?«

Wieder hing die Bemerkung in der Luft, zusammenhanglos, wie ein Wortfetzen aus dem Radio.

»Wo ist das böse Mädchen? Unpünktlich wie immer.«

»Sie war eben noch im Badezimmer«, sagte diejenige, die das Rezept bekommen sollte. »Ich habe sie singen hören. Ich habe an die Tür gepocht und gerufen, wie spät es ist, doch es kam keine Antwort.«

»Das kann ich mir vorstellen.« Rollo war zurück, Lucy bei ihm. Er stellte sich neben Olivia und lächelte ihr verschwörerisch zu. »Sie hat sicherlich nur lauter gesungen, nicht wahr, Mary.«

Mary warf ihm ein gequältes, schicksalsergebenes Lächeln zu und wandte sich ab.

Olivia bückte sich, um Lucy zu streicheln, die feindselig winselnd zurückwich.

»Sie mag mich nicht.«

»Merkwürdig.«

»Sie hatte schon im Zug etwas gegen mich. Ist sie immer so zu Fremden?«

»Nicht immer – sie hat einen unbeirrbaren Instinkt.«

»Das ist nicht gerade ein Kompliment.«

Er lachte.

»Ich glaube, Sie verstehen mich nicht.« Er gab dem wolligen Körper einen Schubs und sagte: »Sie spielt sich als mein Gewissen auf, verstehen Sie ...«

»Nun, wir warten nicht länger«, sagte Lady Spencer und unterbrach ihr Gespräch mit dem langen, dürren rosigen Herrn mit weißem Schnurrbart, der sich ein Urteil über die Wilsons bilden sollte, und drückte die Klingel.

Erwartung lag in der Luft. Ha! Ein gutes Mahl stand bevor, ein gutes Abendessen: wie Hunderte zuvor und Hunderte, die folgen würden – wo immer und wann sie wünschten. Keinerlei Zweifel an Beschaffenheit, Menge, Ort und Zeit ihrer Mahlzeiten ... Sie alle befanden sich offensichtlich in bester Verfassung: keine Pickel, keine Verbrennungen, keine Schwielen, Hornhaut, Frostbeulen, Entzündungen. Keine geflickte Unterwäsche, keine zerrissenen Strümpfe. Wohlstand und Privilegien von Geburt an. Sie brauchten nicht zu arbeiten ... Spüren sie, daß eine unter ihnen nicht zu ihnen gehört? Oder ist das Abendkleid Maskerade genug?

Marigold ...? Wo ist Marigold ...?

»Es ist angerichtet«, hieß es.

Sie verließen nacheinander den Raum, gingen durch die Flügeltür, durch die Halle, zum Eßzimmer. Zuletzt Olivia mit Rollo.

Jemand lief die breite gewundene Treppe herab. Noch unsichtbar, immer im Kreis, gleich unten in der Halle angekommen, hinter uns ... Eine Gestalt schwebte am letzten Bogen der Balustrade vorbei, die letzten Stufen herab, lief ihr leise entgegen, holte sie an der Eßzimmertür ein, faßte sie, griff ihre Hand.

»Marigold!«

»Olivia!«

Hastig, ein wenig keuchend sagte sie, kaum daß sie Olivia ansah: »Du hast dich nicht verändert. Oh, wie ich mich freue! Wie geht es Kate? Ich habe mich verändert, nicht wahr? Zum Teufel, ich wollte nicht zu spät kommen. Nannie brauchte endlos, ich mußte andere Strümpfe anziehen ... Geht es dir gut?«

»Ja ... Marigold.« Sie hielten sich immer noch an den Händen, hielten sich fest, halb lachend, halb weinend. Sie war so anders. Sie war genau wie früher. »Du siehst wunderbar aus ...« Ihr Haar, ihr Mund, ihre Schultern ... und was für ein Kleid ...

»Wirklich? Magst du meine Frisur? Sie ist neu. Du Liebe, ich freue mich so, dich zu sehen. Ich habe zwei Kinder. Kannst du dir das vorstellen? Oh, du hast dich *doch* verändert. Du bist viel hübscher als früher. Damals war Kate die Hübschere. Ist sie das immer noch? Vielleicht nicht. Sieht sie nicht wunderbar aus, Rollo?«

»Wunderbar ...«, sagte Rollo. Er betrachtete sie beide eingehend aus schmalen Augen, lächelte. Sie hatten, von winzigen Unterschieden abgesehen, die gleichen Augen – länglich, mit vollen Lidern, engen Pupillen, weiter Iris, eigenartig elektrisch blau.

»Weißt du noch, der Tanz der Waldnymphen? – mit wehenden Chiffontüchern? Und Monsieur Bertons Hörrohr? Und wie vernarrt er in dich war?«

»Und Miss Baynes, die während unserer Musikstunden immer Tee trank?«

»Ob es *wirklich* Tee war? Sie wurde immer furchtbar rührselig nach ein, zwei Tassen und bekam feuchte Augen ... Alle unsere Lehrer waren verschroben. Kein Wunder, daß ich ungebildet bin!« Sie stieß ein helles Lachen aus. »Du natürlich nicht. Ihr wart immer klug, du und Kate ... Oh, schau, die Fütterung beginnt ... Wo an diesem öden Trog sitzen wir? Wahrscheinlich meilenweit voneinander entfernt. Macht nichts, wir reden nachher weiter. Du sitzt drüben neben Rollo. Auf Wiedersehen.«

Sie winkte im Davongehen – es war die erinnerte Geste – und huschte auf ihren Platz.

Der Abend hatte die Stimmung gewechselt, unwirklich, fremd und vertraut. Es war, als hätte Marigolds Erscheinen die verschiedenen gewöhnlichen Gegenstände, Handlungen, Personen zu einem Ganzen verschmolzen und verwandelt, ein dramatisches Kunstwerk.

Alles schien nun wie in einem Film, einem Spiel, in dem sie zugleich Mitspieler und entrückte Beobachterin war. Der runde Tisch, kühl glänzend, das Silber und die Gläser, die fünfarmigen Leuchter aus der Zeit von George III., die Gesichter, die Hände, die sich geschwind bewegenden Gestalten des Butlers und des Hausdieners, das leise Klappern und Klirren, das Stimmengewirr ... Alles schien entfernt und doch so nah und bedeutungsvoll, beinah schmerzhaft erregend. Ich bin vollkommen in meinem Element. Alles ging jetzt seinen Weg, nichts war dem Zufall überlassen, alles war bestimmt, unausweichlich.

Rollo auf der einen Seite, Sir Ronald auf der anderen. Wer saß noch neben Rollo? Die Dame, die sie Mary genannt hatten ... Und Sir Ronald hatte die böse Fee als Tischdame. Er beugte sich zu ihr, sprach perfektes Französisch, das deutlich nach auswärtigem Dienst klang, erhob kaum seine Stimme. Jetzt verstand sie alles, wirkte lebhaft, verjüngt, geradezu beunruhigend wissend. Marigold saß neben ihrem Vater, zweifellos – mit Tante Blanche als anderer Tischnachbarin – um ihm besondere Mühen zu ersparen. Ihre Hand lag auf der seinen. Sie beugte sich mit runden bloßen Schultern leicht nach vorn, einmal zu ihm, einmal zu George, der zu ihrer Linken saß, unterhielt sie beide, umschmeichelte sie, sprach wie früher, beweglich und angeregt, mit beredten Augen. Ihr Kleid war aus eigenartig steifer Seide, leicht gestreift und getupft, grünlich, weiß, golddurchwirkt, schlicht und anliegend, hinten ein wenig gerafft, das Oberteil gerade und schulterfrei. Die zwei weißen Magnolienblüten vorn berührten den Tisch, wenn sie sich vorbeugte.

Während der Consommé sagte sie zu Rollo:

»Es ist aufregend, sie wiederzusehen.«

»Marigold?«

»Es ist schön, wenn ein Mensch über die Jahre nichts an Ausstrahlung verloren hat. Ich hatte ein wenig Angst davor. Man weiß nie, wie ein Gesicht sich ändert, verwandelt. Manche verlieren so schnell ihren Reiz. Sie blühen halbherzig und verblassen. Es liegt sicher daran, was innen geschieht. Marigold ist außergewöhnlich, mehr noch als früher. Sie ist eine Schönheit.«

»Schönheit?« Er sah sie an. »Kann man das sagen? Sie hat so ein komisches spitzes Gesicht – wie aus Gummi – oder?«

»Das kommt wohl auf den Geschmack an ... darauf, was man mag.«

»Was mögen Sie?«

Sie sagte eifrig:

»Ich mag das Unsichere – das Unvollkommene. Ich mag – was hinter den ebenmäßigen Zügen auftaucht und wieder verschwindet. Ich mag Gesichter, die sich erwärmen, wachsen und in sich zusammenfallen, die immer wieder anders sind ... Tag und Nacht, von allen Seiten betrachtet ... die manchmal auch häßlich oder komisch sind ...«

»Ich verstehe ... Das klingt interessant, wenn auch nicht gerade friedlich.«

Nicola gehörte natürlich zu der anderen Sorte – makellos, unberührbar.

»Ist Ihre Frau noch so schön wie früher?«

»Nicola? – Ja, ich denke schon.« Er klang wenig angetan. »Sie hat sich kaum verändert. Doch von dem, was Sie beschreiben, hat sie nichts. Keine andauernden Überraschungen.«

»Damals war ihr Anblick eine große Überraschung für mich.«

»War er das? Das ist schön. Sie haben sie nie kennengelernt, oder? Das müssen Sie nachholen.« Er schwieg, sein Mund wurde hart. Brüsk fügte er hinzu: »Es ist trostlos, wenn jemand nicht stark ist.«

»Ist sie nicht stark?«

»Nein ... Sie scheint immer irgendein Leiden zu haben. Sie liegt immerzu – muß meistens das Bett hüten.«

»Das tut mir leid. Wie unangenehm für Sie.«

»Das ist es ...« Er klang dankbar. »Verstehen Sie, sie ist entsetzlich ... ich weiß nicht ... empfindlich wahrscheinlich. Wenigstens behauptet ihre Mutter das ... Es ist ein Jammer.«

»Das ist es.«

»Ich komme mir immer wie ein ungehobelter Klotz vor – neben so einer überempfindlichen Person.«

»Das brauchen Sie aber sicher nicht ...«

Wollte er das hören – etwas zu seiner Verteidigung? Sie hatte mit einem Mal ein ungutes Gefühl. Doch er sagte im gleichen niedergeschlagenen Ton: »Nun, ich weiß nicht ...« Er nahm sich eine Portion Fisch, bevor er treuherzig sagte: »Ich ertrage es nicht, wenn Frauen weinen. Ich mißbillige es.«

»Ja, eine schlimme Angewohnheit.«

Er sagte hastig: »Ganz meine Meinung –«, besann sich, fügte unsicher hinzu: »Nein ...«

»Was empfinden Sie, wenn jemand weint?« fragte sie leichtsinnig. »Bedauern? Unmut? Oder was? Schmelzen Sie dahin oder erstarren Sie?«

Er dachte einen Augenblick nach.

»Weiß nicht. Wahrscheinlich eine Mischung von allem. Verdammt ungemütlich auf jeden Fall. Ich möchte dann *nichts* wie weg ...« Er zog eine Grimasse, seufzte. »Es ist eine traurige Geschichte, wie viele Männer Frauen zum Weinen bringen.« Seine Stimme klang wieder vertraut, leicht, spielerisch.

»Tun sie das?«

»Tun sie das nicht?«

»Nun ja ...« Sie zögerte ... O ja! ... Erinnerungen blitzten auf, unzusammenhängend ... Ferne Erinnerungen, damals als sie Ivor noch liebte: so fern, beinahe vergessen. Und er weinte ebenfalls, brauchte Trost ... Besser, sie vergaß es ...

»Vielleicht weine ich zuwenig ...«

»Oh, dabei ist es solch ein Luxus!« rief er mit jenem harten, genüßlichen Spott in der Stimme, der ihr schon früher aufgefallen war. »Wissen Sie nicht, welch ein Luxus Tränen sein können?«

»Nun ...« Sie war ein wenig ratlos. »Vielleicht muß ich das noch herausfinden.«

»Sind Sie sehr puritanisch?«

»Nein.«

»Nein, das kann ich mir auch nicht vorstellen ...«

»Was dann?« Sie sieht ihm in die Augen.

»Ich bin mir nicht sicher ... Sie lassen sich nicht in die Karten gucken, oder? Kluge Frau.«

»Die bin ich bestimmt nicht.«

»Erzählen Sie mir nicht, daß es gar nichts zu gucken gibt ...«

»Es ist nur, mein Leben ... ist nichts Besonderes, ich meine, kein Geheimnis ... nur schwer zu erklären ...«

»Ist es das? Versuchen Sie es.«

»Es ist kein *besonderes* Leben!« rief sie hilflos. »Bestimmt nicht wie irgendeines der Leben, die Sie kennen.«

»Woher wissen Sie, was ich kenne?«

Bestimmt nicht dieses Erwachen und später das Busfahren,

und die Morgen mit Anna; bestimmt keine Einzimmerwohnungen und Studios; nicht das Auskundschaften preiswerter Mahlzeiten; immer die billigsten Plätze im Kino; nicht diese Gespräche, Schlagworte; nicht jene Feste mit jenen besonderen Kleidern, Getränken, Tänzen ... Ganz bestimmt nicht jene Abende, allein in Ettys Kästchen von einem Haus, und den ewigen, unerfreulichen Kampf gegen den Schmutz – Strümpfestopfen und Waschen, Kamm und Bürste waschen, das fleckige Futter der Handtasche reinigen; dann das Telefon, das läutete: wieder für Etty, wie immer, egal zu welcher Tageszeit ... Nicht das Buch, das sie in die Hand nimmt, beiseite legt, bestürzt über die Trostlosigkeit des Verkehrs draußen, der für sie wie die Zeit selbst ist, ewiges Klagen und Sich-Ergießen durch alle Straßen, bestürzt über die Leben derer, die draußen vorübergingen, Schritte, Stimmen, vergeblich, zwecklos, verlorene Bewegung, die mir jede Lebenskraft raubte, ein Sog, zum Fenster hinaus, draußen hallendes Wachen und ich gestrandet, unfruchtbar, einsam eingepfercht in diesem engen ordentlichen Raum, die Gasheizung, die Zigarette, Warten auf den Klang der Türglocke, die stumpfsinnige Gesellschaft des Grammophons, der steife Lehnstuhl, das schmale Bett, die Wärmflasche, die ich mir bereite; Schlaf, den ich schlafen muß ...

»Soll ich entsetzt sein?« fragte er komisch hoffnungsvoll.

Sie mußte lachen.

»Nein, leider nicht ... Nein. Ich will mich nicht interessant machen. Es gibt nichts zu erzählen. Es gibt nichts.«

Sie suchte in ihrem Gedächtnis ... verschwommen, unwirklich ... Am Kaminsims in Ettys Wohnzimmer lehnen, den Kopf gegen die Kanten drücken, bis Stirn und Holz eins zu sein scheinen, denken: Gibt es mich? Wohin gehöre ich? In welchem Spiel bin ich? Wie komme ich hier heraus? Wird es immer so weitergehen? ... So etwas konnte man ihm nicht erklären.

»Nähern wir uns der Geschichte Schritt für Schritt«, sagte er. »Was machen Sie am Morgen?«

»Am Morgen gehe ich zur Arbeit ... Doch das klingt viel

zu geschäftig. Ich helfe einer Freundin, die Photographin ist. Sie heißt Anna Cory. Sie ist eine sehr gute Photographin. Ich bin ihre Sekretärin; und manchmal helfe ich bei den Aufnahmen, wenn sie zu müde oder es leid ist.«

»Klingt interessant«, sagte er höflich.

»Gelegentlich ist es das, aber oft auch nicht. Dann kommen keine Kunden, oder Anna kann keine Gesichter mehr sehen und gibt sich keine Mühe ...« Und zeigt so deutlich ihre Gleichgültigkeit, um nicht zu sagen Verachtung, daß die Kunden aufgeschreckt, beleidigt davongehen und sie ihren Freunden nicht weiterempfehlen.

»Eigentlich ist sie Malerin, eine gute obendrein, nur sie findet sich nicht gut genug; und sie interessiert sich nur für schöne Menschen.«

»Das klingt reichlich launisch und anspruchsvoll. Ich glaube, von ihr möchte ich mich nicht photographieren lassen.«

»Es klingt entsetzlich, was ich von ihr erzählt habe, dabei ist sie sehr nett. Sie sollten sie erleben, wenn sie wirklich bei der Sache ist. Dann ist ihr nichts zuviel. Nur leider ist das keine besonders geschäftstüchtige Art zu arbeiten. Wahrscheinlich wird sie ihr Geschäft bald schließen müssen.«

»Und was werden Sie dann tun?«

»Ich weiß nicht. Mir eine andere Arbeit suchen – weiß Gott, was. Aushalten wird mich wohl niemand.«

Er betrachtete sie einigermaßen beunruhigt, und sie fügte gutgelaunt hinzu: »Den Rest der Zeit vergeude ich, gehe ins Kino, besuche Leute, spiele Schallplatten auf dem Grammophon und rede ... Wie andere Leute auch. Also gibt es wirklich nichts zu erzählen, verstehen Sie. Mein größtes Vergnügen ist ein heißes Bad. Ich bliebe am liebsten den ganzen Tag in der Badewanne, wenn das nicht so an den Kräften zehrte.«

»Welch entsetzliches Geständnis.«

»Was mögen Sie am liebsten auf der Welt?«

Er überlegte, runzelte die Stirn:

»Ich mag eigentlich nur eines.« Er sagte es in eine momentane Stille hinein, lachte leise und fügte hinzu: »Erzählen Sie, wo Sie wohnen.«

»Ich wohne im Haus meiner Kusine Etty Somers. Vielleicht kennen Sie Etty noch?«

»Mein Gott, Etty Somers, wir waren zusammen auf dem Debütantenball. Was ist mit ihr? Hat sie nicht geheiratet?«

»Nein, sie hat niemals geheiratet. Sie geistert immer noch überall herum – wie früher. Hilft ein bißchen aus, geht fein essen und abends in die Nachtclubs.«

»Sie war sehr attraktiv.«

»Ja. Das ist sie immer noch. Mittlerweile sieht sie ein wenig zu jugendlich aus – als wäre sie geschrumpft. Und irgendwie paßt sie nicht in diese ernste Zeit. Eigentlich ist sie ein übriggebliebenes Vorkriegsmodell. Sie verkörpert die Zeit der Gartenfeste und Sonnenschirme, der blauen Samtschleifen und Wohltätigkeitsbasare, Lily Elsie und die *Dolly Dialoge*[5] und Launen und Charme. Arme kleine Ett! Obwohl ich nicht weiß, warum ich arm sage. Sie ist eigentlich recht glücklich und zufrieden ...« Sie hatte ihr eigenes Geld, und Leute mit Geld waren meist zufrieden. »Sie wollte niemals heiraten. Sie hätte es ein dutzendmal tun können.«

»Aha«, sagte er. Er betrachtete sie amüsiert ... Er wundert sich über mich. Sie sagte, einer Eingebung folgend, errötend: »Ich habe vor Jahren geheiratet – eigentlich heiße ich Mrs. Ivor Craig. Ich habe früher auch nicht gearbeitet. Wir haben uns vor zwei Jahren getrennt ... Doch Sie wissen das vielleicht alles schon längst.«

»Pech«, sagte er ruhig.

»O nein. Dummheit. Meine eigene Schuld.«

»Oh, sagen Sie das nicht«, sagte er hastig. »Geben Sie sich keine Schuld. Niemandem. Ich tue das auch nicht.« Er war ernst, sagte, was er auch meinte. »Man tut, was man tun muß«, sagte er und starrte auf seinen Teller.

»Ja«, sagte sie und erschrak dabei. »Das glaube ich auch.« Es war, als liefere sie sich aus. Sie fühlte, wie sie sich ergab, wie er sie verteidigte. Nun wird er für immer der Mensch sein, der mir diesen Satz sagte.

Als sei mit einem Mal etwas beiseite geräumt, das ihr Gesicht und Gehör versperrt hatte, traten der Raum und die Menschen darin ihr wieder ins Bewußtsein, nahm sie die Stimmen und Gesichter im Kerzenlicht wahr. Sie sah Marigold, die sich vor Lachen schüttelte, hörte ihre Stimme; schrill und schnell unterhielt sie sich mit George und über George hinweg mit ihrer Mutter und dem Mann namens Denham, der an der Seite ihrer Mutter saß. Es schien, als scherzten sie alle mit Lady Spencer. Sie wandten sich ihr lachend zu, und sie erwiderte ihre Zurufe mit flinker Zunge und sprühendem Blick. Liebe, liebe Lady Spencer, es gefiel ihr, daß man sie so aufzog, selbst George schien beinahe lebendig. Er erinnert sich nicht an mich. Er wirkte verwirrt, als ich behauptete: Wir haben uns schon kennengelernt ... Als habe er sich verhört. Er hat sich verändert, etwas weniger braunes Haar auf dem runden, wenig gescheiten Kopf; ein bißchen zugenommen, sein Blick noch ein bißchen irritierter, undurchsichtiger ... Erinnern Sie sich, Mr. Basset, wie Sie mich zurechtwiesen, weil ich Rotröcke einfach Rotjacken nannte? ... Oje, welche Demütigung ... Der Herr namens Denham sieht gräßlich aus. Und seine Frau ebenfalls. Ein Paar Ungeheuer ... Rollo müßte sie unterhalten, sie wirkte säuerlich, als wollte sie sagen: Um mich brauchen Sie sich nicht zu kümmern. Es erschüttert mich nicht im geringsten, daß sie von mir keine Notiz nehmen. Ich denke mir meinen Teil. Heutzutage ist man schlechte Manieren gewöhnt. – Gedrungen, zugeknöpft, kinderblaue engstehende Augen, hoffärtige Nase, eigensinniger Mund ... Hinten ist Tante Blanches teilnahmsloses, ständig malmendes Papageienprofil sichtbar.

Nun zu Sir Ronald. Sie wandte sich zu ihm, brach das Eis zwischen ihnen mit einem strahlenden Lächeln. Er sagte mit überraschend hoher, beinahe weiblicher Stimme:

»Ich dachte schon, dieses im übrigen köstliche Mahl würde vorübergehen, ohne das Vergnügen Ihrer Bekanntschaft gemacht zu haben.«

»Das habe ich ebenfalls befürchtet.« Sie strahlte entwaffnend. Er soll nicht denken, er sei zu alt ... oder ich zu sehr in Anspruch genommen ...

»Lieber spät als nie«, sagte er. Seine Augen waren so klar und unschuldig wie Vergißmeinnicht im Morgentau: die mädchenhaften Augen britischer Generäle, kaiserlicher Hofherren, großer Entdecker ... Mit einem Kopfrucken beugte er sich zu seiner anderen Tischnachbarin, sagte versunken: »Wundervolles Geschöpf ...«

»Das muß sie sein. Welch eine Erscheinung. Einfach phantastisch, nicht wahr?«

»Bei weitem wohl die geistreichste Person, die ich kenne«, sprach er feierlich, »und wahrlich eine Frau von Welt! Eine große Musikerin dazu! ... Und was für eine Musikerin! ...«

Olivia folgte seinem Blick hin zu dem hageren Adlerprofil, das in brütender Unbeweglichkeit versunken schien, weder aß noch trank, weder sah noch hörte.

»Sie verkörpert gotische Größe ...«

Was er bedachte.

»Für meinen Geschmack paßt sie wohl zu den großen Franzosen«, sagte er. »Zélide ...«[6]

»Ach ja. Zélide ...« Ihm das Ausmaß meiner Bildung versichern.

»Heutzutage«, seufzte er, »welch glorreicher Anachronismus ... gnädiger Anachronismus ...«

»Aha.« Zeit, das Thema zu wechseln, bevor die Bildung mich verläßt. »Kein Pudding?« Ein besorgter Blick auf seinen leeren Teller.

»Nein ... Nein ...«, sagte er hin- und hergerissen. Er setzte sein Monokel ein und beäugte die rosa-weiße Creme voller Kirschen, mit der sie beschäftigt war. »Nein, wohl nicht.«

»Es ist köstlich – unvorstellbar. Himmlisch.«

»Ganz unter uns«, flüsterte er ihr vertrauensvoll zu: »Ich bin kein Freund der Süßigkeiten. War es nie. Ich spare meine Kräfte fürs Pikante. Es wird wohl etwas Pikantes geben?« Er war beunruhigt. »Ich kann die Speisekarte nicht mehr lesen.«

»Croûtes aux champignons à la crème«, las sie aufmunternd.

»Ah, sehr gut! Croûtes aux champignons à la crème. In diesem Hause immer eine Köstlichkeit. Die Köchin ist wohl schon zwanzig Jahre hier – wußten Sie das? Kenne ihr gesamtes Repertoire. Wie alle wahren Künstlerinnen hat sie Schwachstellen – doch ihr Kalbfleisch ...« Er verdrehte den Blick gen Himmel. »Wohl das beste im ganzen Land ... Croûtes aux champignons à la crème. Werde wohl meine Kräfte dafür sparen und gehörig schwelgen.«

»Ich liebe Pudding«, sagte sie, als beichte sie ein stilles Laster. »Tatsächlich liebe ich das Essen überhaupt.«

»Ausgezeichnet! Ganz Ihrer Ansicht. Eine Dame mit gesundem Appetit ist mir immer ein Vergnügen.« Worauf er sie wohlwollend in Augenschein nahm und bedauerte, daß man es ihr nicht ansah ... Sein Geschmack datierte aus den Tagen König Edwards, als Tante Blanche ihn mit ihren gutgepolsterten Formen betört hatte. Diesen modernen, konkaven Frauen konnte er wenig abgewinnen. Ach, Blanche und Millicent Venables, ein bemerkenswertes Schwesternpaar, anmutig, geistreich, majestätisch! ... Und all die übrigen ... Leider galt das Alte nichts mehr. Die Silhouette heutzutage war nicht nur reizlos, sondern geradezu beunruhigend, wie wohl vieles andere zwischen den Geschlechtern ...

»Meine sehr liebe Schwägerin Millicent Spencer«, fuhr er fort und putzte sein Monokel, »hat wohl immer in besonderem Maße die Lebenskunst verstanden ... heutzutage eine in Vergessenheit geratene Kunst, soweit ich sehe ... entschieden in Vergessenheit geraten. Sie beinhaltet, das brauche ich wohl kaum zu sagen, ein gründliches Verständnis der Prinzipien der Kochkunst ... ein gründliches Verständnis ... Ihre Tafel gehört immer noch zu Englands besten.« Er ruckte mit dem Stuhl, witterte zur Anrichte hinüber: Immer noch nichts Pikantes?

»Ich verehre sie«, sagte Olivia und sah zu ihrer Gastgeberin hinüber. »Ich kenne sie seit meiner Kindheit. Marigold und ich wurden zusammen unterrichtet.«

»In der Tat ... in der Tat?« Ich steige in seiner Achtung. »Welch ein reizendes Kind sie war! Meine Herren, ja; tadellos ...« Er klemmte sich das Monokel ins Auge und seufzte wehmütig. »Doch niemals wird sie wie ihre Mutter werden, niemals.«

»Nein, das glaube ich auch nicht. Man kann sie nicht mit gleichem Maß messen, nicht wahr? – sie sind so grundverschieden wie ein lyrisches Gedicht und eine Ode: ein elisabethanisches Sonett und eine große Miltonsche Ode.« Aufs Geratewohl, wieder ein Treffer.

»Exakt. Wie passend.« Er war angetan. »Beide wohl auf ihre Art von seltener Erlesenheit – von seltener Erlesenheit ... Oder, um einen allgemeinen Vergleich zu benutzen: Sie sind wie Klassik und Romantik. Ich neige zum Klassischen. Besonders heutzutage«, fügte er wohlwollend hinzu, »da ich mich unaufhaltsam dem Zustand der Greisenhaftigkeit nähere, finde ich in der Strenge und Förmlichkeit Trost ... Doch in der Jugend«, lächelte er gewinnend, »in der Jugend können wir es uns wohl leisten, Kapriolen zu schlagen und mit der Ausschweifung zu kokettieren.«

»*Verstand hat Monde ...*[7] Sie wissen doch«, gurrte sie geistreich.

»Wie bitte? Kenne ich das? ...«

Sie zitierte mit niedlicher Stimme:

»Verstand hat Monde, doch sein Meer
spiegelt uns fremde jetzt,
stören seine Astronome sehr,
doch hat es mich ergötzt!

Mich ergötzen diese Monde auch, muß ich gestehen.« Sie warf ihm einen berückenden Blick zu.

»Ach!« Er besann sich, besah sie, des Monokels wegen, mit einem verzückten und einem lüsternen Auge. »Sehr hübsch und sehr beziehungsreich. Ob wir der Ansicht zustimmen oder nicht ... oder nicht ...« Er seufzte. »Selbst ein verknöchertes Krustentier wie ich folgt an lauen Abenden wohl manchen verzwickten Gedankensprüngen ... an lauen Abenden ... und in schöner Gesellschaft.« Ein Lächeln der alten Schule. »*Le cœur a ses raisons* ... Daran denke ich oft. Diese Wahrheit ist wohl nicht überholt ... noch nicht.«

Endloses, gescheites nostalgisches Geplänkel ... Auf welchem Posten hatte er sich verdient gemacht – mit Monokel und gewählten Worten? Er strahlte immer noch Bedeutung aus; die geschmackvolle Umgebung gebildeter Abendgesellschaften schien sein Terrain; die wohlhabenden Vertreter der Oberschicht seine natürlichen Gefährten, die nun alle wohlgenährt, wohlbestallt, wohlgesittet waren: *A la recherche du temps perdu.*[8] Bestimmt war er Kenner ... Sammler ... Genießer ...

Sein Essen stand nun vor ihm, reichlich, duftend, unwiderstehlich. Er widmete sich ihm mit stillem, konzentriertem Ernst.

»Wie schön der Raum ist.« Tiefseeblaue Wände, vertäfelt, verziert, mit kunstvoll vergoldetem Stuck; in der Deckenwölbung tummelten sich Seejungfrauen, Muscheln trieben dahin, strahlend umkränzte Meeresgötter, und aus Tiefen tauchte Venus auf. »Der Raum ist wundervoll geschnitten.«

»Ein Juwel«, sagte er mit einiger Befriedigung. »Einzigartig, schätze ich. Obwohl es natürlich Holkhurst gibt – kennen Sie Holkhurst? ... Ach, nach Holkhurst müssen Sie einmal fahren. Ich war am vergangenen Wochenende dort. Also, das Speisezimmer dort – das kleine Speisezimmer, nicht das große – ist im gleichen Stil. Wohl eine Kopie. Die Details sind deutlich gröber – deutlich gröber.« Er gönnte sich ein wenig Zeit, sein Monokel einzusetzen und einen prüfenden Blick zur Decke zu werfen, fuhr dann fort: »Manchmal frage ich mich, ob diese Arbeit nicht mehrere Handschriften trägt. Sie ist nicht ganz gleichmäßig. Die Malerei der rechten Gruppe zum Beispiel ... schien mir schon immer einen Hauch grob zu sein ...«

»Ja.« Sie betrachtete die üppigen Nymphen. »Ich verstehe, was Sie meinen ...«

»Ach, diese Schätze sind ein großes Erbe!« Er ließ sein

Monokel geübt aus dem Auge schnellen, wischte sich den Schnurrbart und krächzte plötzlich schrill: »Und was geschieht wohl damit? Sehen Sie sich Holkhurst an! Sehen Sie sich an, was mit Hilton geschieht! Drei Viertel des Jahres geschlossen!«

Sie wagte sich zögernd vor:

»Vielleicht ist ein Kapitel am Ende?«

»Ja, am Ende! Es ist das Ende aller kulturellen Werte! Ich frage mich: Wer wird sich in hundert Jahren noch um die schönen Künste kümmern...? Ich frage mich, wer?...«

»Vielleicht werden mehr Menschen die Kunst zu ihrem Anliegen machen?« Vorsicht, Vorsicht... Sein Blick glitzerte fanatisch, stechend ... Beruhigung. »... Menschen mit mehr Muße, einer besseren Erziehung...?«

»Ach...!« Er bezwang sich, schluckte, drosselte seine Stimme. »Konservierte Kunst! Zum billigen Verbrauch! Ja, ja, ja... Ohne Zweifel. Museen allerorts. Die lange Galerie in Holkhurst eingezäunt, bewacht, und für billiges Geld drängen sich Ausflügler durch Tore und Gänge...« Überwältigt, doch auch befriedigt von diesem dramatischen Zukunftsbild, fügte er mit Grabesstimme hinzu: »Ja. Manchmal wenn ich mich umschaue, sage ich mir: Alles, was mir lieb und teuer ist, hat seine Tage längst gesehen, und ich wohl auch, Gott sei Dank...«

Am besten mit einem mitfühlenden Lächeln Abbitte leisten. Noch ein falscher Schritt, und er wird womöglich den Tisch verlassen oder zumindest später mit verstimmtem Magen wachliegen.

Er fuhr gnädig fort:

»Man muß wohl versuchen, weitsichtig zu bleiben, die historische Perspektive nicht aus den Augen zu verlieren... Doch was mir zu Herzen geht«, er neigte sich zu ihr und stotterte: »... ist, sie in solcher Bedrängnis zu sehen. In der Tat. Man sieht ihnen die Sorgen an. Auch wenn sie sich nichts anmerken lassen. Man sieht es ihm an.« Er deutete zuckend mit seinem Monokel in Richtung Sir John.

»Es tut mir leid ... So ein Besitz muß heutzutage eine große Last sein.«

»Daß sie sich von dem Rembrandt trennen mußten, war ein schwerer Schlag. Und der Himmel weiß, was danach an die Reihe kommt.« Diesmal deutete er in Rollos Richtung. »Was in seiner Zeit geschieht, will ich mir gar nicht ausmalen. Es sei denn, er macht gehörig Geld. Er ist ein fähiger Kerl, oh, gewiß fähig. Natürlich wäre eine vorteilhaftere Heirat der Angelegenheit dienlicher gewesen, aber da war wohl nichts zu machen ... Bei einem jungen Mann seines Kalibers gehen andere Dinge vor ... Die liebe Nicky ... Kennen Sie seine Frau, seine Nicola?«

»Nur vom Sehen.«

»Schönes Geschöpf, reizendes Geschöpf ... Solch ein inniges Paar ... Nein, das läßt nichts zu wünschen übrig ... Nur«, er senkte seine Stimme zu einem Flüstern, »es wäre zu wünschen, daß sie ein wenig kräftiger wäre.«

»Ist sie denn so zart?«

»Reichlich zart, fürchte ich. Schlechte Gesundheit. Die Ärmste. Hm. Sehr schade.« Er räusperte sich und fuhr mit stärkerer Stimme fort: »Ach, wenn ich mir vor Augen führe, wie hier einst gelebt wurde! ... In den alten Tagen ... vor dem Krieg ... Wie viele glückliche Stunden haben wir hier verbracht! Früher trafen sich alle hier. Die Einladungen zum Wochenende waren berühmt ... Sie besaß die außerordentliche Gabe, das Beste in jedermann zum Vorschein zu bringen.« Das klang wie ein Nachruf in der *Times*. »Ach ja!« Er lachte wehmütig auf. »Manche der Scharaden werde ich niemals vergessen. Es waren so kunstreiche dramatische Darbietungen: jedermann war verkleidet und spielte mit: selbst der Butler und die Zofen. Ach ja, eine Zofe meiner Frau hatte einen beachtlichen Sopran – ungeschult zwar, doch wirklich reizend. Wir planten sogar, ihre Stimme ausbilden zu lassen ... Doch daraus ist wohl nichts geworden. Ich war damals für die Klavierbegleitung zuständig. Stundenlang saß ich am Klavier ... unbedeutend, wissen Sie – ich konnte niemals frei spielen – doch es diente seinem Zweck – seinem Zweck.

Meine Frau und Millicent – Lady Spencer, wissen Sie – waren beide sehr musikalisch, hatten gute Stimmen und sangen gern im Duett ... Warum wird heutzutage nicht mehr gesungen?«

Sie hatte das Bild scharf vor Augen: Blanche und Millicent, in Weiß, mit ihren Wespentaillen und auf den Rüschen Rosenknospen, standen wohlgeformt und strahlend am Klavier, öffneten ihre ungeschminkten Münder und sangen. Oje, und dort drüben saß die eine von ihnen: gealtert, mächtig und nüchtern mit leicht gerunzelter Stirn tat sie unmißverständlich ihre Meinung kund: zur Landwirtschaft womöglich, oder zum Wohlfahrtswesen; die andere Schwester, ein wenig weiter entfernt sitzend, knackte eine Walnuß, unbeholfen, erstarrt, ächzend: beide trugen sie Schwarz. Oje ...

»Ich erinnere mich wie heute an eine klassische Scharade mit dem kleinen Guy als Amor – er trug ein Flügelkäppchen und einen Bogen und sonst nichts ... wie bezaubernd er aussah ... Manche der Nachbarn waren entsetzt ... Oje, oje! Kannten Sie Guy? Welch ein lieber hübscher Junge er war! ...«

»Nein, Guy habe ich nicht gekannt. Wahrscheinlich war ich zu jung.«

»Ja, ja, natürlich. Das vergaß ich beinah. Ja. Natürlich. Das war lange vor Ihrer Zeit ...«

»Ich habe sein Porträt oft betrachtet. Er sah wunderschön aus.«

Die Kohlezeichnung seines Knabenkopfes, gemalt von John Singer Sargent[9], ein eduardisches Traumkind mit romantischem Haar und jenem feinen Hals im offenen Krickethemd ...

»Eine Blüte seines Stammes ...«

Doch er starb für England: er überschritt den Gipfel, seinen Männern voran, ins Herz getroffen ... Alles, wie es sein sollte. Und sie taten, was sie tun konnten: trugen zur Trauer Weiß; stifteten ein Kirchenfenster zu seinem Andenken; sammelten seine Briefe und Gedichte und alle Nachrufe und ließen sie drucken. Alle legten Zeugnis ab – die Kindermädchen, Hauslehrerinnen, Schulmeister, Freunde mit gebrochenem

Herzen – alle bekundeten sie das eine: er war freundlich, strahlend, tugendsam, tapfer – Guy, ein Bild von einem Sohn, einem Stammhalter …

»Ich erinnere mich – an einen sehr hübschen Jungen, einen Vetter – Archie –«, sie wagte es. Denn natürlich mußte er Archies Vater sein, und man konnte nie wissen: vielleicht war Archie verstorben, oder ein Sorgenkind, eine Schande …

»Ach, Sie kannten Archie? Mein hoffnungsvoller Sprößling … Ein Taugenichts war er …« Seine Stimme schien an Wärme zu verlieren, klang unzufrieden, reserviert vielleicht. »Ja, als Schuljunge verbrachte einen guten Teil seiner Zeit hier. Seine Tante war außerordentlich gütig zu ihm … außerordentlich gütig. Sie hatte wohl eine Schwäche für ihn …« Er schüttelte den Kopf. Es war deutlich, daß Archie am rosaroten Glanz der Vergangenheit keinen Anteil hatte. »Damals lebten wir noch nicht wieder in England … während meiner letzten Jahre als Gouverneur …«

»O ja, natürlich …« Das war es also. Aber wo? Wo gibt es Gouverneure? …

Sir Ronald wandte sich seiner anderen Tischnachbarin zu.

»Zigarette, Olivia?«

»Danke schön.« Glücklich drehte sie sich zu Rollo hinüber. Die Art, wie er »Olivia« sagte, klang angenehm und fremd, weckte in ihren Ohren ein Echo. Sie warf ihm über das brennende Feuerzeug hinweg einen vielsagenden Blick zu.

»Die Sache ist«, sagte sie leise, »nichts ist mehr so gut wie früher, als wir noch nichts davon wußten.«

»Und die Toten sind mit Sicherheit besser als alle Lebenden … Aber wenn er Ihnen erzählt hat, daß Guy ein besserer Mensch war als ich, können Sie ihm ruhig glauben. Der liebe alte Guy, er war wirklich ein guter Kerl. Er hatte genau die richtige Art …«

»Vermissen Sie ihn sehr?«

»Früher einmal. Heute denke ich nur selten an ihn.« Er zündete sich wieder seine Zigarre an. »Manchmal empfinde ich immer noch eine Art kalte Wut über diese Vergeudung ... und die Fähigkeiten der schlechteren Menschen, stets zu überleben. Ich zum Beispiel.«

Sie sagte nichts. Nach einer Weile fuhr er mit sachlicher Stimme nachdenklich fort:

»Er verabscheute den Krieg, er war entsetzt, er glaubte an Gott. Ich bin niemals wirklich entsetzt. Ich hätte den Krieg wahrscheinlich aufregend gefunden ... Verflixt aufregend, wie die meisten, oder?«

»Vermutlich konnte man sich an den Krieg leicht gewöhnen. Immerzu kann man nicht erschüttert oder zornig sein ... Das strengt zu sehr an.«

»Es hat auch keinen Sinn.«

»Warum nicht?« Er fing wieder damit an ... »Man muß doch an *irgend etwas* glauben?«

»Sicherlich ...« Er zog an seiner Zigarre, kniff die Augen zusammen; fuhr dann fort: »Ich möchte gern immer einen klaren Kopf behalten – insgeheim wenigstens – Sie nicht? – egal, in welcher Situation ich mich befinde ... Ich finde, das könnte hilfreich sein.«

»Es könnte eine gewisse Befriedigung bedeuten, meinen Sie. Ein Gefühl von Überlegenheit.«

»Nein, das meine ich nicht.« Er knabberte an seinem Zeigefinger, krauste die Stirn. »Eher eine Art Glauben ...«

»Daß man sein eigener Herr bleibt, egal, wie sehr man im öffentlichen Interesse ...?«

»Vielleicht, so ähnlich ...«

Marigold rief über den Tisch:

»Rollo, bist du ein Hitzkopf?«

»Und wie!«

»Mama behauptet, ihre Kinder hätten sich niemals gestritten. Daß ich nicht lache! Ich weiß noch genau, wie du und Archie euch gegenseitig übers Treppengeländer werfen wolltet. Ich war damals vier und habe euch von oben zugesehen.«

»Marigold, welch ein Unfug!«

»Doch. Weißt du noch, Rollo?«

»Keine Ahnung. Doch du hast sicherlich recht.«

»Ich war hingerissen von dem Spektakel.«

»Es war ein Spiel, du dummes Mädchen«, sagte Lady Spencer ein wenig ärgerlich.

»Nein, das war es nicht. Denn sie gaben keinen einzigen Laut von sich. Es war wie ein Kampf im Film. Daran habe ich begriffen, daß sie es bitter ernst meinten. Ich habe es niemals vergessen.«

»Du hast das nur geträumt.«

»Nun stellt euch vor, wir dürfen kein Temperament haben«, sagte Marigold und zog eine Schnute. »Wir sind doch keine Eunuchen.«

Es gab ein Gelächter, und dann wandte sich jeder wieder seinem Gespräch zu.

»Was ist aus Archie geworden?« sagte Olivia leise zu Rollo.

»Oh, der treibt sich herum ... Wann haben Sie ihn zuletzt gesehen?«

»Damals auf Marigolds Fest. Er hinterließ einen tiefen Eindruck.«

»Oh, tat er das?« Harte, feindselige Stimme.

»Damals war er der allerschönste junge Mann, der mir je über den Weg lief.«

»War er das? Davon ist leider nicht mehr viel übrig. Er hat einen Bauch, und sein Haar lichtet sich.«

»Oh, wie traurig.«

»Schrecklich traurig. Er ist durchaus bekümmert darüber.«

»Er war auch der erste Betrunkene, mit dem ich je zu tun hatte. Das war ein gehöriger Schock.«

»Hat er Sie belästigt?«

»Weniger das. Es war grundsätzlicher – wichtiger. Ich stellte fest, daß Menschen sich ändern und vergessen können – daß sie nicht meinen, was sie sagen ... Damals habe ich mit einem Mal für mein ganzes Leben schwarz gesehen – es schien beinahe mehr, als ich ertragen konnte. Wenn man jung ist und solch einen Schlag erlebt, ist das eine Angelegenheit auf Leben und Tod ... Das war übrigens damals der Grund, warum ich hinaus auf die Terrasse ging ...«

»Wo ich ebenfalls Luft holen wollte ...« Er betrachtete sein Weinglas, drehte es in der Hand. »Sehr merkwürdig.«

Sie schwiegen ... Und als wir wieder hineingingen, rief Archie nach Nicola. Rollo schob ihn beiseite, und es war deutlich, wie sehr sich die beiden ablehnten und beneideten ... Nicola kam die Treppe herunter und winkte.

»Und seit damals«, sagte er, »wollte ich Sie wiedersehen.«

Sie wandte sich ab, sah über den Tisch. Es klang so widersinnig – wie die Stimme aus einem Traum.

»Ich auch ...«

Veränderung lag in der Luft. Der Abend nahm seinen Lauf. Lady Spencer und Tante Blanche erhoben sich. Rollo stand auf und rückte ihren Stuhl, ohne sie dabei anzusehen. Lady Spencer ergriff im Vorbeigehen herzlich ihre Hand und zog sie mit sich.

Zufrieden, behaglich umringten die Damen den Kamin im Wohnzimmer, glätteten ihre Kleider, wärmten ihre Rükken ... Jetzt unterhalte ich mich mit Marigold. Doch nein, Marigold bewegt sich geistesabwesend, berührt hier und da einen Gegenstand, zeigt ein Lächeln, pudert sich, ohne hinzusehen, die Nase, sagt plötzlich:

»Mama, ich gehe nur nach oben und schaue, wie es Nannie geht. Sie ist beleidigt, wenn ich kein Schwätzchen mit ihr halte, und du weißt, was das bedeutet ... Sie bekommt hektische Flecken und tyrannisiert die Hausmädchen. Ich bin so bald wie möglich zurück.«

Sie verließ hastig das Zimmer, ohne Olivia auch nur eines Blickes zu würdigen. Als hätte sie meine Existenz vergessen. Es war typisch für sie, auf eine bestürzende Weise typisch. Sie hatte sich ganz und gar nicht verändert; tauchte immer noch unruhig da und dort auf, abwesend, aufmerksam; wie eine Katze.

»Arme alte Nannie«, sagte Lady Spencer versonnen. »Sie ist ein schwieriger Fall. Sie hat Rheuma und ist dermaßen verschroben und anstrengend für die jungen Bediensteten ... Doch was soll man tun?«

»Kannst du sie nicht in den Ruhestand schicken?« sagte Tante Blanche.

»Das würde ich gern tun, aber wohin mit ihr? Sie hat kaum noch Verwandtschaft – nur eine alte verheiratete Schwester in Wales, mit der sie sich nicht verträgt. Und sie kann es sich auch nicht einfach bequem machen. Es bräche ihr das Herz, wenn sie das Gefühl hätte, sie sei zu nichts mehr nütze. Sie lebt und wartet, daß die Kinder zu Besuch kommen. Marigold ist wirklich freundlich zu ihr.«

»Ich denke oft«, sagte Cousine Mary und setzte sich, zog eine Gobelinarbeit aus einer großen schwarzen Tasche, »was hat man als Nannie für ein trauriges Leben. Ich weiß auch nicht, was ich mit meiner anfangen soll. John geht im nächsten Jahr zur Schule, und die Mädchen haben die Gouvernante. Dann gibt es für die Ärmste wirklich nichts mehr zu tun. Ich denke, ich werde sie behalten und die Nähereien erledigen lassen. Sie ist im Flicken sehr geschickt. Doch Harry meint, wir können es uns nicht leisten.« Sie seufzte selbstgefällig und fädelte einen Faden durchs Nadelöhr.

»Und dann nähst du selbst ja soviel.« Tante Blanche setzte sich mit einem Ruck, daß es knarrte, spreizte die Beine, die in einem seltsamen Mißverhältnis zu ihren eleganten schmalen Füßen standen.

»Ich nähe den Mädchen fast alle Kleider«, sagte Mary mit bescheidener Miene.

»Fabelhaft.«

»Man spart natürlich viel Geld.«

»Woran arbeitest du gerade?« Tante Blanche hob ihr Lorgnon und beugte sich mühsam vor. »Schöne Farben.«

»Gefällt es dir?« Mary glättete den Stoff, betrachtete ihn abwägend. »Das Muster ist wirklich nicht schlecht. Ein Tudor-Muster.«

»Mary hat schon immer wundervolle Handarbeiten gemacht«, seufzte Lady Spencer. »Weißt du noch – das Kissen, das du mir einmal gestickt hast. Es liegt bis zum heutigen Tage in meinem Zimmer.«

»Oh, das!« Sie zog ein verächtliches Gesicht. »Das gesteppte. Ach ja, das Muster war nicht schlecht.«

»Ich wünschte, ich wäre ebenso geschickt.«

»Ich muß immer etwas zu tun haben«, beichtete Mary. »Die Winterpullover für die Kinder sind fertig und die Strümpfe für John, da dachte ich mir, ich tue zur Abwechslung einmal mir etwas Gutes.«

»Was wird es denn, meine Liebe?«

»Oh, nur ein Bezug für einen Stuhl. Es sollen acht Stück werden, fürs Eßzimmer.«

»*Soviel* Arbeit?«

»Mir ist es ein Vergnügen«, sagte sie bescheiden und hielt die Stickerei hoch, lugte mit ihrem kleinen altmodischen Kopf daran vorbei.

Keiner deiner Einfälle kann jemals ein Vergnügen sein, und wissen deine Kinder schon, daß sie dich hassen?

»Und was ist das für ein Meisterwerk, Blanche?« fragte Lady Spencer, als ihre Schwester ebenfalls ihren Handarbeitsbeutel öffnete, der schwer und hübsch aus weinrotem Damast gearbeitet war, ein Paar dicke hölzerne Stricknadeln und dazu ein lilafarbenes Wollknäuel und ein längliches Etwas herauszog.

»Oje, das wird wohl etwas zum Anziehen. Für meinen Handarbeitsverein. Du weißt doch, jeder fertigt ein, zwei Kleidungsstücke für die Weihnachtsfeier im Armenhaus an. Ich glaube, es wird ein Bettjäckchen.« Sie betrachtete es nachdenklich, unentschlossen.

»Auf alle Fälle wird es schön bunt«, sagte Mary im Bewußtsein ihrer Überlegenheit. »Was für Maschen strickst du?«

»Ach, einfach rechts. Links geht bereits über meinen Verstand.«

»Das bekommst du niemals fertig, Blanche.«

»Ich weiß, es ist hoffnungslos. Wahrscheinlich wird Tucker die ganze Geschichte aufribbeln und noch einmal stricken müssen. Dennoch ... Ich dachte, ich fange einfach einmal an. Die armen alten Leute freuen sich so sehr, wenn sie wissen, daß etwas selbstgemacht ist.«

Olivia setzte sich auf den Hocker neben Tante Blanche.

»Welch eine prächtige Tasche«, sagte sie. Der üppige Handarbeitsbeutel auf dem berstenden Schoß gab ihr das Gefühl, schwach und nachgiebig und behütet zu sein. Tante Blanche sah in ihrer Fülle freundlich rehäugig auf sie herab.

»Hübsch, nicht wahr. Ich habe sie in London in der Blindenanstalt gekauft. Gehen Sie auch manchmal dorthin?«

»O ja, die kenne ich auch«, sagte Mary. »Da gibt es wunderbare Dinge. Ich kaufe dort immer meine Weihnachtsgeschenke. Leider sind sie entsetzlich teuer ...«

Welche Blindenanstalt? ... Was ist wohl aus dem Blinden geworden? Timmy hieß er, und seine Frau und er züchteten Hühner, und sie hatten ein Kind namens Elisabeth ... Sie erinnerte sich schmerzhaft deutlich an ihn, hier in diesem Zimmer, vor zehn Jahren: sie hatte mit ihm Walzer getanzt, »An der schönen blauen Donau«, seine Hände hatten gezittert ... sie hatte gespürt, daß er seit Stunden auf Marigold wartete ...

»Handarbeitest du auch, Olivia, mein Kind?«

»Nein, leider nicht. Ich schaffe es gerade noch, meine Strümpfe zu stopfen. Kate war immer die geborene Näherin, ich habe mich von Anfang an geschlagen gegeben.«

»Die liebe Kate, wie geht es ihr? Ich habe sie immer bewundert. Sind ihre Haut und ihr Haar immer noch so außerordentlich?«

»Ja, das sind sie immer noch.«

»Olivias Schwester«, erklärte Lady Spencer, »hatte eine ungemein zarte Haut und wunderbares Haar.«

»Kate ist ganz die alte«, sagte Olivia, »obwohl sie sich natürlich auch verändert hat.«

Mary stieß einen mißbilligenden Ton aus.

»Wie wir alle.« Lady Spencer lächelte, seufzte. »Und ist sie glücklich, die liebe Kate?«

»Ja, ich glaube schon. Sie würde sicherlich sagen, daß sie im großen und ganzen glücklich ist.«

»Sie war immer so ein fabelhaft tüchtiges Mädchen.« Die vernünftige Schwester ... die sich nicht ins Unglück stürzte: anders als die Jüngere ... »Und *wie* viele Kinder sind es mittlerweile?«

»Vier sind es. Und alle in wunderbarem Abstand zueinander.«

»Vier! Wie entzückend. Die ideale Zahl für eine Familie. Ich hoffe, sie gleichen ihr?«

»Nein, das tun sie nicht. Sie gleichen dem Vater, doch es sind sehr nette Kinder; drei Mädchen und ein Junge. Der Junge ist noch ein Baby.«

Ein seltsames Blöken, eine Mischung aus Schnaufen, Stöhnen, Gurren kam aus Marys Richtung.

»O-o-o-h! Wie alt?«

»Acht Monate, glaube ich. Soweit ich mich erinnere.«

»Acht Monate! Solch ein *Lämmchen*! Wie beneide ich sie. Wenn ich nur höre, daß jemand ein Baby hat, werde ich grün vor Neid. Ach, blieben sie doch immer winzig und knuddelig und würden niemals groß! Wenn sie einen Monat alt sind, gefallen sie mir am allerbesten. Oje, wenn ich da an meine Kinder denke, diese riesigen langbeinigen Geschöpfe! – Nicht zum Aushalten.«

»Wirklich?« sagte Olivia. »Ich dachte immer, der einzige Grund, sie in die Welt zu setzen, sei ihr Heranwachsen. Wie die Pflanzen im Garten, oder nicht?«

Mary warf ihr einen Blick zu. Hände ohne Ringe, schmale Hüften, kein Bauch ...

»Ich glaube, das kann man nicht miteinander vergleichen«, sagte sie nachsichtig, gönnerhaft. »Bestimmt nicht, Mütter fühlen da ganz anders.«

»Ich habe keine Kinder«, sagte Olivia deutlich, »also kann ich nicht mitreden.«

»Ich empfand ihre Gesellschaft, als sie älter wurden, immer als ein Vergnügen«, unterbrach Lady Spencer einlenkend das Gespräch. »Die Babys vermißt man natürlich auch.«

»Ich für meine Person konnte Babys nicht ausstehen«, sagte Tante Blanche und kämpfte mit einer gefallenen Masche. »Dennoch, wenn Archie nur ein nettes Mädchen heiraten und mich zur Großmutter machen würde! Ich wäre zu gern Großmutter, Millicent. Das muß am Alter liegen.«

»Ein erfreulicher Zustand«, seufzte Lady Spencer. »Die beiden von Marigold sind so liebe Kinder. Allerdings muß man wissen, was sich für eine Großmutter gehört. In die Erziehung darf man sich niemals einmischen.«

»Das fällt dir sicherlich schwer, meine Liebe.«

»Nicht so schwer, wie es dir fallen würde, du Gute.«

»Sind Sie Archies Mutter?« sagte Olivia und spielte mit dem Wollknäuel. »Ich erinnere mich an ihn. Wir haben auf den Kinderfesten miteinander getanzt.« Sie lächelte zu Lady Spencer hinüber. »Ich habe ihm die Babypolka beigebracht, und er fand das komisch. Er stand einfach da und krähte vor Lachen. Ich hatte keine Ahnung, warum. Und einmal habe ich zu ihm gesagt: ›Was hast du schöne blaue Augen.‹ Und er sagte: ›Oh, findest du? Deine sind braun, nicht wahr? Ich finde Blau auch schöner.‹«

Tante Blanche kicherte bebend. »Der Bösewicht!« Sie war entzückt. »Ich hoffe, Sie haben ihm einen Korb gegeben.«

»Nicht ich. Ich war viel zu verliebt in ihn. Ich war ein beängstigend liebestolles Kind. Doch er war wohl auch unwiderstehlich.«

Mary lachte näselnd, schrill: bemängelte den Ton ... Ich war bestimmt schon immer ein Mädchen mit schmutzigen Gedanken.

»Zu seiner alten Mama war er immer sehr gut«, sagte Tante Blanche. Sie sah Olivia zustimmend, beinahe dankbar an. Sie mag mich ... Ohne daß ein Wort darüber verloren wurde, war alles klar: Archie genügte keinesfalls den Erwartungen, stand mit seinem Vater auf schlechtem Fuß, erhielt heimlich Geld, Liebe, Trost und Nachsicht von seiner törichten Mutter ...

»Er ist ein lieber Kerl«, sagte Lady Spencer und schien ungewöhnlich nachdenklich.

»Treffen Sie ihn manchmal?« fragte Tante Blanche, und ihre Stimme klang einen Hauch verlegen, entschuldigend ... »Er hat so viele Freunde, ich weiß wirklich nicht ... Er ist so selten da ...«

»O nein, ich habe ihn seit Jahren nicht gesehen. Er würde sich bestimmt nicht an mich erinnern. Wir leben mittlerweile in verschiedenen Welten.«

Lady Spencer unterbrach hastig:

»Womit beschäftigst du dich noch, mein Kind? Deine liebe Mutter hat es mir einmal erzählt –«

»Ich arbeite in London.«

Es erschien ein sinnloses Unterfangen, die ganze Geschichte noch einmal zu erklären; doch sie tat es kurz.

»Wie interessant«, sagte Lady Spencer, denn Arbeit war ein Prinzip, das sie billigte. »Es klingt angenehm.«

»Sie müssen mir Ihre Adresse geben«, sagte Tante Blanche. »Nicht für mich – Gott bewahre! – doch Archie sollte sich einmal photographieren lassen. Seit seiner Zeit in Eton gibt es kein nettes Photo mehr von ihm. Findest du nicht auch, Millicent? Archie sollte sich photographieren lassen.«

»Wie sind Ihre Preise?« sagte Mary.

»Höchstpreise.«

»Oh, tatsächlich? Wie bedauerlich! Ich meine, ich finde, es ist bedauerlich, die Preise nicht niedrig zu halten in einer Zeit, in der alle wenig Geld haben. Ich meine, jedermann ist so knapp bei Kasse ... Das hält sicherlich manchen Kunden davon ab zu kommen, oder?«

»Doch, allerdings.« Das nennt man besonders geschäftstüchtig: man speist in den besten Häusern, knüpft Kontakte, setzt seinen ganzen Charme ein, und schon gibt es alles umsonst.

Auf einmal erfüllte Tanzmusik den Raum.

»Du meine Güte! Wo gibt's denn so etwas? Und das an einem Sonntag!«

»Sicherlich ein ausländischer Sender«, sagte Olivia.

Leise trat Marigold ein, blieb vor dem Kamin stehen,

knabberte an den Fingern – die gleiche Angewohnheit wie Rollo.

»Was für eine hübsche Melodie«, sagte Tante Blanche.

»Könntest du die Musik nicht ein wenig leiser stellen, mein Kind?« sagte Lady Spencer. »Wir verstehen unser eigenes Wort nicht mehr.«

»Nein, nein«, sagte Tante Blanche. »Es ist gut so. Am liebsten würde ich tanzen.« Sie klopfte im Takt mit dem Fuß und wiegte ihren Oberkörper im Sessel hin und her, summte laut.

»Ich habe seit Jahren nicht mehr getanzt«, seufzte Mary. »Harry weigert sich auszugehen. Er ist ein richtiger Pantoffelheld geworden. Ich versuche ihm klarzumachen, daß er langsam alt wird und – ich auch. Bald sind wir ein langweiliges Paar, das nur noch zu Hause am Kamin hockt.« Sie zog einen mädchenhaften Flunsch. »Und dabei tanze ich *so* gern.«

»Warum suchst du dir keinen Verehrer und wagst dich mit ihm aufs Parkett?« sagte Marigold.

»Oh, Marigold!« schrie Mary schrill und entrüstet. »Tante Millicent, ist sie nicht schrecklich? Was sonst noch?«

Marigold ließ sich neben Olivias Hocker nieder, legte ihren Kopf an Olivias Schulter.

»Was sonst? Was sonst?« sagte sie leise.

Dann drehte sie sich leicht zum Feuer, starrte in die Flammen. Der Raum verwandelte sich. Während die brüchigen Klangfetzen des Schlagzeugs, des Saxophons hereindrangen, schien der Raum strahlend zu erstarren. Die Gruppe am Feuer wirkte wie leblos. Die Nadeln standen still. Die Damen stützten sinnend die Köpfe, blickten unverwandt.

Nur Lady Spencer stand aufrecht, majestätisch vor dem Kamin, als sei dieser Zustand ihr einziger Zweck und Sinn: als sei die Pose ein heroischer Akt. Die Zeit zog um die Szene einen Kreis. Es war jetzt: es war vor hundert, vor zweihundert Jahren ...

Nichts Wesentliches hatte sich verändert ...

»Was für eine gräßliche Musik«, sagte Marigold unvermittelt. Sie sprang auf, ergriff Olivia bei der Hand, zog sie mit sich ins Vorzimmer.

Sie schaltete das Radio aus, warf sich aufs Sofa und zog Olivia zu sich. In der darauf folgenden Stille war aus dem Nebenraum deutlich Tante Blanches Stimme zu hören:

»Was für ein attraktives Mädchen, Millie. Wo hast du die denn hergeholt?«

Olivia versetzte der Tür einen Schubs, warf der unsichtbaren Tante Blanche einen Handkuß zu.

»*Wir hören alles!*« trompetete Marigold laut und übermütig. Sie kicherten.

Aus dem Allerheiligsten drang unverständliches leises Murmeln ... Finger wurden vor die Lippen gelegt, Stirnrunzeln, Nicken ... *Wie bedauerlich ... Tatsächlich? ... Wer war er? ... Und ist sie ...? Oje, oje! ... Wie schade ...*

Verschwiegen, vorsichtig, bedauernd.

Marigold sprang auf.

»Ach, komm.«

Olivia holte sie erst im Flur bei den finsteren Ahnenporträts wieder ein.

»Laß sie sich die Köpfe heiß reden«, sagte Marigold. »Mein Gott, wie ich Frauen hasse. Diese Mary möchte ich in die Luft jagen, und zwar mit größtem Vergnügen ... Olivia ...« Sie hielt inne und drückte sie. »Ich bin wirklich froh ... Warum sehen wir uns nie? Warum hast du mich niemals in London besucht? Du bist gemein. Ich denke oft an dich – an dich und Kate. Oje! Was haben wir manchmal gelacht! Oder? Mm? Weißt du noch?«

»Ja.«

Sicherlich haben wir gelacht ... Ja ... Doch woran ich mich erinnere, scheint viel schwieriger zu sein: sehr aufregend, gefühlsbeladen – im großen und ganzen eher traurig ...

»Soviel Spaß ...« Sie ging scheinbar ziellos voran durch Flure, bog in Gänge ein. »Du mußt mir alles von dir erzählen. Meine Liebe, ich habe zwei Kinder. Wußtest du das? Kannst du dir das vorstellen? Ich habe meine Pflicht getan, meinst du nicht? Sie sind lieb. Oh, und ich weiß noch, du hast mir, als Iris geboren wurde, einen hinreißenden Brief geschrieben, und ich habe dir nie geantwortet.«

»Das macht nichts. Ich habe keine Antwort erwartet.«

»Oh, ich wollte aber schreiben. Was Briefe angeht, bin ich ein hoffnungsloser Fall. Ich weiß nicht, warum. Ich *schaff's* einfach nicht. Und es kamen so viele Briefe«, fügte sie unsicher hinzu.

Sie öffnete am äußersten Ende des Ganges eine Tür: sie befanden sich in einem Flügel des Hauses, den Olivia noch niemals betreten hatte. Marigold schaltete das Licht an, und sie betraten einen kleinen engen, verwinkelten Raum mit roten Wänden, dunkelroten Vorhängen und schwerem viktorianischem Mobiliar. An den Wänden hingen Geweihe, Fuchsschwänze, Tierköpfe; und in einem Glaskasten stand ein ausgestopfter Otter mit gebleckten Zähnen, wie bösartig knurrend, auf moosigem Fels. Silberpokale und andere Trophäen schmückten das Regal, und darüber hingen Photographien von Pferden, Fischen, Gruppenaufnahmen von Schule und Sport. Es roch durchdringend nach Politur und Filz.

»Huch! wie muffig!« Marigold krauste ihre Nase. »Macht nichts. Wenigstens sind wir ungestört. Hier werden sie uns niemals finden. Ich muß telephonieren.« Sie schloß die Tür hinter ihnen und schaltete den elektrischen Kamin ein, schaute sich um. »Mein Gott! Welch ein Alptraum von einem Zimmer! Früher ist mir das niemals aufgefallen. Es heißt das Telephonzimmer, weil es hier einen Anschluß gibt, den nur die Familie kennt – und du jetzt –, und alle führen hier ihre Privatgespräche. Der Diener anscheinend am häufigsten, wenn man vom Geruch ausgeht.« Sie nahm den Hörer des altmodischen Wandapparats hinter der Tür und nannte der Vermittlung eine Londoner Nummer. »Setz dich, Olivia. Mach es dir gemütlich. Ich habe Sam versprochen, ihn anzurufen.«

»Soll ich nicht lieber gehen?«

»Nein, natürlich nicht. Es ist nichts Privates ... Außerdem möchte ich mich mit dir unterhalten.« Sie lehnte sich an die Wand, hielt den Hörer unentschlossen. »Livia ... Es ist so schön, daß Rollo dich getroffen hat. Er war so begeistert. Ist er nicht ein Goldstück? ... Ich liebe ihn ...« sie wurde mit einem Mal förmlich und sagte: »Hallo! ... Oh, Lang? ... Ich bin's ... Würden Sie meinen Mann rufen, ich möchte ihn sprechen? ... Nicht da? ... Oh ... Wurde er nicht erwartet? Ich dachte, er gäbe heute abend ein Essen ... Ich verstehe ... Vielleicht ... Nein, nichts ausrichten. Wenigstens ... Nein, macht nicht's. Auf Wiedersehen, Lang.«

Sie hing den Hörer ein, daß es krachte, und stand fingerknabbernd da, die Augen zusammengekniffen unter den Haarfransen. »Seine Lordschaft rief um sieben Uhr an, um zu erklären, er sei leider aufgehalten worden«, zitierte sie. »Genau – wie – ich – mir – dachte. Verdammt! Jetzt sitzen wir in der Patsche ... Na gut, was soll's.« Ihre Augen flackerten unruhig.

»Was ist geschehen?«

»Oh, eigentlich nichts ... Er sollte heute in London mit seinen Eltern zu Abend essen. Es war alles arrangiert. Er sollte ihnen unsere Lage eröffnen und sie um Geld bitten. Wir sind so verschuldet. Und sie sind so empfindlich, sie werden wütend sein und tief getroffen und wer weiß was sonst noch alles. Sie waren unsere letzte Hoffnung. Er hält *niemals*, was er verspricht. Nie. Ich habe es noch nie erlebt.« Sie lachte. »Na gut ... Egal. Es ändert auch nicht viel. Wir sind seit Jahren bankrott, doch wir machen mit großer Begeisterung immer weiter, leben in Saus und Braus wie alle anderen auch. Sam ist phantastisch, was Geld angeht. Du kannst es dir nicht vorstellen. Und ich bin auch nicht besonders sparsam ... Was kann man da tun? ... Ob mich Mr. Pond[10] für seinen Harem kaufen möchte? Soll ich deswegen den Kopf verlieren? Nicht doch, Lady Britton ... Vielleicht sollte ich mich für 500 Pfund zu Markte tragen?« Sie begann auf und ab zu gehen, griff wahllos nach Gegenständen, schob sie hin und her. »Weißt du, es würde mir *absolut* nichts ausmachen, arm zu sein. Bestimmt nicht. Ich weiß es. Es ist eine der wenigen Tatsachen, deren ich mir sicher bin, auch wenn alle mich auslachen. Ich meine – wenn ich jemanden lieben würde – und wir womöglich auf und davon gehen wollten – es wäre mir *restlos* egal, wenn er keinen Penny besäße – es würde mich nicht einen Augenblick zurückhalten. *Jede Menge* Frauen, die ich kenne, nette Frauen auch, sagen klipp und klar: Kein Geld, keine Liebe! – und damit hat es sich ... Aber ich wäre froh ... ja ... Ich glaube, es wäre mir sogar lieber. Ich hätte endlich das Gefühl, *wirklich* etwas zu tun ... oder nicht? Ich denke oft, wie es wäre, in einem kleinen Haus zu leben, zu kochen und zu sparen, um sich ab und zu etwas Schönes zu leisten ...«

»O Marigold! Welch ein Tagtraum!«

»Warum?« Sie besann sich, schien überrascht. »Bist du arm, Olivia?«

»Ziemlich arm.«

»Ich weiß, jemand hat es mir erzählt.« Sie betrachtete Olivia von Kopf bis Fuß, und die Freundin sagte lächelnd:

»Sieht man es mir nicht an?«

»Nein, du siehst fabelhaft aus. Aber so saht ihr immer aus, du und Kate. Ihr macht immer eine gute Figur.«

»Es macht keinen Spaß, arm zu sein, du Liebe. Es würde dir nicht gefallen, bestimmt nicht. Es sei denn, du verstehst darunter etwas anderes als ich. Wahrscheinlich tust du das ...« Mit einem gesicherten Hintergrund und jemandem, auf den man immer zurückgreifen kann, und einem ordentlichen Überziehungskredit obendrein ...

»Ich weiß nicht, was ich meine. Weiß es nie. Wahrscheinlich rede ich wie üblich das Blaue vom Himmel herab. Aber ich habe einfach das Gefühl, alles wäre besser als diese unendliche Sinnlosigkeit ... Ich wäre gern gezwungen zu arbeiten. Tagein, tagaus so müde nach Hause zu kommen, daß ich nur noch friedlich in der Ecke sitzen kann.« Sie lehnte in Gedanken versunken gegen den Kaminsims. »Sag, Livia, fühlst du dich manchmal, als seist du nicht wirklich?«

»Oft.«

»Oh, tatsächlich. Das hätte ich von dir nicht gedacht. Es ist ein unmenschliches Gefühl. Alle haben ein handfestes echtes Leben, nur man selbst nicht. Man ist eine Art Imitation ... hohl.« Sie sprach das letzte Wort langsam und bedeutungsvoll aus. »Ich dachte, Kinder zu bekommen würde mich heilen:

das wäre doch etwas, wobei man nicht immer nur tun könnte als ob. Ich dachte, egal, wie hübsch und proper du am Anfang bist, am Ende bist du einfach reif. Aber ich weiß nicht ... Auch das entpuppte sich als Traum. Sie betäubten mich dermaßen bei der Geburt, daß ich das Schlimmste in so benebeltem Zustand erlebt habe, als hätte es nichts mit mir zu tun. Und dann war ich wieder da: als junge Mutter. Rührend. Ein gefundenes Fressen für die Photographen.« Sie lachte plötzlich.

»Ich würde deine Kinder gern kennenlernen.«

»O ja, das mußt du auch. Sie sind goldig.« Ihre Stimme klang unsicher. In verändertem Tonfall fuhr sie fort: »Ich liebe sie abgöttisch, natürlich, aber irgendwie bin ich jedesmal fassungslos, wenn ich sie sehe, ich frage mich, wo, um Himmels willen, sie herkommen und warum sie in meinem Haus wohnen. Und dann ... Bennie ist dermaßen beängstigend frech und wild – ein Gangster. Wenn ich ihn sehe und er einen seiner Wutanfälle bekommt, denke ich – *schau*, was du angerichtet hast ... und möchte ihn nur noch aus der Welt schaffen. Als sei das der einzige Ausweg.«

Olivia mußte schallend lachen; und Marigolds konzentriertes, hitziges Gesicht entspannte sich allmählich; verwirrt, amüsiert, erleichtert.

»Wahrscheinlich wird schon alles gut«, sagte sie unsicher und fügte noch hinzu: »Ich frage mich, ob das Sterben auch nur ein Traum sein wird. Fragst du dich das auch manchmal? Ich kann nicht glauben, daß ich dann daliegen werde, *ich* und sterben ... Huch! Muß ich das wirklich?« Sie öffnete ihre Augen, so weit es ging, und sie schienen leer und blind, so groß waren ihre Pupillen, wie Augen aus Glas. »Manchmal überkommt es mich dermaßen – mitten in der Nacht oder wenn ich ganz allein zu Hause und niedergeschlagen bin. Dann habe ich ein Gefühl, als fiele ich Hals über Kopf durch eine Falltür.«

Sie drehte sich und legte beide Arme auf den Kaminsims, stützte mit den Armen ihren Kopf. Ihre Locken fielen über dieses besondere Kleid, und es wirkte nachlässig, kindlich.

Wie die Jahre ihr Aussehen geprägt hatten: mit einem Mal war es deutlich. Das Gesicht, jene wenigen, leichten Linien waren nicht greifbarer geworden, nicht erwachsener, aber sie hatten eine seltsame Läuterung erfahren. Die alte Vieldeutigkeit, die Widersprüche waren nun benannt. Dem fesselnden paradoxen Zwischenspiel der Ebenen und Flächen war für einen Augenblick Ruhe geheißen: kühl, sinnlich, zärtlich, unzerstörbar ... durchschaubar, heuchlerisch ... ein rührend romantisches Geschöpf ... ein hinterhältiges Geschöpf. *Mad, bad, and ...*[11] Nein, welch ein Unsinn!

»Bist du oft allein und niedergeschlagen?«

Sie hob den Kopf und betrachtete Olivia aus den Augenwinkeln.

»Nein, nein, ich nicht.« Sie wirkte ein wenig bang, ein wenig spöttisch, wie früher im Unterricht, wenn sie, anstatt sich mit Shakespeare zu beschäftigen, Bilder gekritzelt hatte. »Ich bin so gut wie nie allein und vergnüge mich immerzu *schrecklich*. Du nicht? Es wäre dumm, das nicht zu tun, findest du nicht? ... Livia, du Liebe, erzähl mir mehr von dir. Warum bist du fortgegangen und aus meinem Leben verschwunden? Ich wünschte, die Menschen würden das lassen. Ich war ganz aufgeregt, als Rollo von dir erzählte ... Er war versessen darauf, dich hierher einzuladen – nicht daß er versessen hätte sein müssen, wir wollten dich natürlich alle gern sehen ... Nur, bei Rollo ist das etwas Besonderes, so ist er selten ... Ich war so froh. Ich hoffe, du magst ihn. Der Arme, es wird Zeit, daß er ein wenig Abwechslung hat.«

»Warum? Hat er die nötig?«

»Ich finde schon. Er vergeudet seine Energie. Dabei ist er so freundlich und gutmütig, daß er selbst niemals darauf käme. Unter uns, obwohl es eigentlich jeder hören kann, diese Nicola ist ein verflixt nutzloses Geschöpf.« Sie zog eine Grimasse und ließ sich Olivia gegenüber in einen der Ledersessel fallen. »Da! Der Beweis: Dieser Sessel riecht nach Alberts Haaröl. Vermutlich amüsiert er sich hier mit dem Zimmermädchen. Ich hatte schon immer das Gefühl, daß dieser Raum etwas Schwüles hat.«

»Warum sagst du, sie tauge nichts?«

»Wer? Oh, Nicola? Ach, sie ist eine dumme Ziege. Sie verabscheut mich, und ich verabscheue sie. Sie ist eifersüchtig. Mama kommt auch nicht mit ihr zurecht, doch sie würde natürlich darüber nie auch nur ein Wort verlieren ... Dieses Familiengetue! Rollo möchte natürlich nichts davon hören ... Er betet sie an – wenigstens glaubt er das. Meine einzige Hoffnung ist, daß jemand ihm eines Tages die Augen öffnet.«

»Du meinst, in Wirklichkeit empfindet er etwas anderes?«

»Genau, er ist nur so loyal ... Sie gibt ihm gar nichts ...«

»Das spielt oft keine Rolle, im Gegenteil.« Warum spreche ich weiter? Warum bin ich verlegen – fühle mich beinahe schuldig? ... und zugleich angetan? »Betrügt sie ihn?«

»O nein, nicht so! Dazu hätte sie keinen Mut ... Wenn sie wenigstens irgend etwas täte, sich einen Liebhaber nähme, Alkohol, Drogen, dann gäbe es Hoffnung. Oh, ich weiß nicht. Sie ist die geistloseste, kraftloseste und farbloseste Person, die man sich vorstellen kann. Und keinen Deut Humor. Sie hatte eine Fehlgeburt, ganz harmlos, vor mindestens zwei Jahren, und anstatt es noch einmal zu versuchen, hat sie beschlossen, daß sie seitdem eine Invalide ist. Ihre Mutter ist ein wahrer Giftzahn. Ich wette, sie hat Rollo erklärt, Nicola sei zu schwach und er dürfe nicht mit ihr schlafen. Sie liegt immerzu auf irgendwelchen Sofas, und wenn man mit ihr zankt, weint sie und bekommt Depressionen, behauptet ihre Mutter ... Armer alter Rollo ...« Sie griff einen kleinen Silberrahmen, der auf dem Tisch neben ihr stand, und betrachtete darin das Bild mit zusammengekniffenen Augen. »Wer ist denn dieses rundliche Kind? Wahrscheinlich einer von uns.« Sie stellte das Bild zurück, streckte ihre Füße mit den goldenen Sandalen von sich, besah sie, während sie die Zehen bewegte. »Tatsache ist ... in mancher Hinsicht ist sie wirklich liebenswürdig. Sie ist wie ein Kind, ein verwöhntes Kind. Und natürlich ist sie sehr, sehr hübsch. Man muß ihr wohl jeden Gefallen tun. Sie ist nicht verdorben. Nicht so wie Sam. Livia, du mußt Sam unbedingt kennenlernen. Du wirst ihn mögen. Alle Frauen mögen ihn. Er sieht schrecklich gut aus, und liebenswürdig ist er auch, er kann lediglich sehr in Wut geraten, besonders wenn er etwas getrunken hat. Er steckt voller Überraschungen: er ist sehr musikalisch und manchmal geht er einfach allein ins Konzert ... sein liebstes Thema ist Irland: er ist Ire, weißt du, und kann gut reden, und besonders zuverlässig ist er auch nicht.« Unruhig und unentschlossen sprang sie wieder auf. »Ich muß schon sagen, ich würde gern wissen, was er an diesem Wochenende treibt ... Ich hatte gleich so ein Gefühl: er betonte so auffällig, wie er sich ohne mich langweilen würde ... Soll ich ihn anrufen und gehörig überraschen? Soll ich? Jetzt?«

»Wenn du magst.«

Sie warf Olivia einen zweifelnden, eindringlichen Blick zu ... Sam anzurufen: ein feindseliger Akt mit meiner Unterstützung ...

»Und daß ich es tue!« Sie ging zum Telephon, hielt inne. »Nein ... Ich weiß nicht einmal, wo er steckt. Ich wollte ihn noch fragen und habe es dann vergessen.« Sie lachte tonlos. »Livia, die Ehe ist die Hölle, nicht wahr? So erniedrigend ... Obwohl es mir recht geschieht.« Sie besann sich mit einem Mal; erinnerte sich an meinen zweifelhaften Status. »Livia ...«, sagte sie liebevoll, ungewiß.

»Meine Ehe entpuppte sich als ein Fiasko«, Olivia kicherte und wurde rot.

»Du lachst noch wie früher ... Du Liebe, es tut mir leid. Entweder hat man Glück, oder man hat es nicht.« Sie sprach langsam, als wüßte sie nicht, was sie sagen sollte.

»Oh, es läßt sich nicht ändern. Ich hätte ihn nicht heiraten sollen ... Ich wage zu behaupten, daß ich mich zur Ehe nicht besonders eigne.«

»Du nicht? Warum nicht? Wenn man es so sieht, dann weiß ich nicht, wer überhaupt dazu geschaffen ist. Mary vielleicht. Ehe oder Mord ... Ich weiß nicht, was mehr ihr Ressort wäre ... Mein Gott, was für ein Wochenende. Sie machen jedesmal solche Umstände, wenn ich komme – und natürlich komme ich liebend gern – nur *warum* muß Mama all diese verschrobenen Gestalten einladen – deren Knochen schon klappern, die völlig eingemottet sind? Treffen der Skelette! ... Tante Henriette ist in Ordnung, die aus Frankreich – sie hat immer noch das gewisse Etwas – eine teuflische Frau – nur leider taub und krank ...! Aber die anderen! Kannst du dir vorstellen, daß du im Alter so herumsitzen möchtest wie sie und nur noch deine leiblichen und angeheirateten Verwandten – egal, ob dir bekannt oder unbekannt, egal, welchen Alters und welcher Generation – auskundschaftest und nachforschst, ob sie den typischen Sehfehler oder die berühmte Hammerzehe geerbt haben? ...«

»Ich kenne das. Meine Mutter ist ganz genauso. Wahrscheinlich gibt es ihnen ein Gefühl der Sicherheit ... als ginge das Leben so eher weiter.«

»Vermutlich.« Ernüchtert dachte sie nach. »Die Ärmsten. Und Papa ist auch vollkommen verkalkt ... Ich glaube, sie sind alle nicht besonders gut in Form. Sie schaffen nichts mehr. Hast du bemerkt, wie vergeßlich er ist? Es ist traurig. Man kann dagegen nichts tun. Am besten geht es ihm, wenn alte Freunde um ihn sind, die ihn so nehmen, wie er ist.«

»Ich fand, er wirkte eigentlich ganz glücklich. Er sieht sehr friedlich aus.«

Sie sagte lebhaft und dankbar: »Ja, nicht wahr? Als er krank wurde, war er ganz anders, so trübsinnig; ich konnte es gar nicht ... Doch jetzt ist er heiter. Und er macht immer noch seine kleinen Scherze, und er kann ein wenig angeln gehen und ein wenig zur Jagd ... Aber es muß Augenblicke geben, da –« Sie stand und starrte. »Er war wirklich ein guter Mensch. Weißt du, er war – großherzig. Das gibt es nicht häufig.« Dann schaltete sie mit ihrem ausgestreckten Fuß den elektrischen Kamin aus. »Was suchen wir eigentlich in diesem höchst ungemütlichen Zimmer? Komm, wir gehen zurück.« Sie zog Olivia zu sich, legte einen Arm um ihre Taille. »Du liebe Olivia, es ist so schön, wieder mit dir zu sprechen. Wie dünn du bist. Wie ein Junge. Ist alles in Ordnung mit dir?«

»Tipptopp in Ordnung.«

Sie lehnten aneinander. Marigold sagte auf einmal, und ihre Stimme klang ganz hell: »Kennst du Leute, die merkwürdig sind?«

»Jede Menge.« Olivia lachte. »Eigentlich nur.«

»Ich meine – weißt du – wie heißen sie, Lesben und so weiter ...«

»Oh, ich verstehe.« Olivia wich unwillkürlich zurück. »Oh, ein paar, vermutlich.«

»Mögen sie dich?«

»Nein, nicht besonders.«

»Ich frage mich, wie es wohl wäre ... Ich *meine*, ich glaube, es würde mir nicht gefallen. Zu Frauen habe ich mich niemals hingezogen gefühlt ... aber einmal habe ich jemanden gekannt. Man weiß nie ... Viele Leute sind so, nicht wahr? Mehr, als man denkt ...«

»Schon möglich.«

»Hast du dich je zu so jemandem hingezogen gefühlt?«

»Nein, nie.«

»Ich wette, wenn ich so wäre, würde ich dir den Hof machen.« Sie strich Olivia nachdrücklich über die Hüfte.

»Danke. Danke, gleichfalls.« Olivia hob eine Hand und strich sich schnell übers Haar ... »Irgendwie ist es mir unangenehm ...«

»Erinnerst du dich noch an das Wochenende hier bei uns, als wir im selben Bett schliefen und so taten, als seien wir verheiratet? Wie alt waren wir damals? Vierzehn? ... Unschuldige Spielerei ...«

»Ich erinnere mich.«

Sie schwiegen. Der Geruch, das Gewicht, das Dunkel von Plüsch, Holz und Leder schienen Olivia mit einem Mal erdrückend, nahmen ihr den Atem. Worauf wollte sie hinaus? Sie drehte sich um, sah Marigold ins Gesicht und sagte: »Aber das ist nicht der Grund, warum meine Ehe gescheitert ist.«

»Nein, natürlich nicht ... Das habe ich auch nicht gemeint ...«

Oh, wirklich nicht? ... Aber warum dann? Mein Aussehen? Ein Gerücht? Eine plötzliche kühne Eingebung?

»Kein Liebhaber irgendeiner Art«, sagte Olivia lachend. »Nichts Romantisches. Es war eher, als würde man beim Ein- und Aussteigen in oder aus dem fahrenden Bus immer ungeschickt den falschen Fuß benutzen und auf allen vieren auf der Straße landen, mit zerdrücktem Hut, schmutzigen Strümpfen und einem dummen Gefühl ... Ich war mir wochenlang unsicher, ob ich nicht zurückgehen sollte. Aber ich habe es nicht getan. Irgendwie ging es in eine andere Richtung. Es gab nichts, was man als einen glatten Bruch bezeichnen könnte.«

»Also, ich finde das fürchterlich mutig von dir«, sagte Marigold und schien bereits an etwas anderes zu denken. »Ich würde es niemals wagen ...«

Sie schob ihr Haar sorglos zurück, und wieder fielen scheinbar unbewußt die unvermeidlichen Locken. Sie machte einige Schritte ins Zimmer hinein, stand wie angewurzelt, das blasse Licht leuchtete von der Zimmerdecke auf ihre frische silbrige Haut, das grünliche, golddurchwirkte Kleid. In diesem beengenden, jämmerlich menschlichen Raum wirkte sie fremd, nymphengleich. Ihre nicht auszulotende Erscheinung war zeitlos, als sei sie ohne Sorge, Mühe, Kunst. Sie hatte den ganzen Abend nicht einmal in den Spiegel geschaut oder ihr Kleid glatt gestrichen ... Woran denkt sie?

»Ich glaube, wir sollten zurück ins Getöse«, sagte sie schließlich.

Sie seufzte tief, hakte sich bei Olivia ein und ging mit ihr leise summend durch die langen Gänge. Sie sprachen nichts mehr. Es gab nichts mehr zu sagen.

Sie langweilt sich mit mir. Sie machte einen falschen Schritt. Also ist sie fertig; es interessiert sie nicht mehr. Es war vor zehn Jahren, und dieser Versuch, etwas davon zurückzuholen ... eigentlich ein Fehler. Sie würde gern gähnen. Es war falsch, sie wird es nicht noch einmal versuchen.

Es ist das letzte Mal, daß wir allein zusammen sind.

Die Herren hatten sich zu den Damen gesellt.

Rollo ... Er lehnte am Kamin, unterhielt sich mit George. Als sie eintraten, blickte er auf, sah wieder fort, unterhielt sich anscheinend angeregt weiter. Auch die anderen Männer standen: der Abend war noch nicht in seinen ruhigen Bahnen. Lady Spencer saß mitten im Raum Blanche gegenüber am Backgammontisch. Sie warfen geschäftig, konzentriert ihre Würfel. Dies ist das erste Mal, daß ich sie entspannt erlebe, gelöst, beim Spiel, nicht auf dem Sprung, auf dem Quivive, nicht formell und kontrolliert. Sie sah weniger alt und müde aus, auf ihrem blassen Gesicht lag ein Lächeln. Bestimmt gewinnt sie.

Madame de Varenne war auch wieder da; sie saß in einem geraden Lehnstuhl, nicht weit von Mary, rauchte ein Zigarillo und starrte ins Feuer.

Rollo? ... Er hat den Abend mit mir noch nicht abgeschlossen? ... Das altvertraute unsichere Gefühl von Verlorenheit überkam sie.

»Oh, da seid ihr ja!« rief Mary und legte ihre Handarbeit in den Schoß, um sie durchdringend anzuschauen. Ihr vorgerecktes Gesicht schien wie eine Seeanemone nach ihnen zu schnappen. »Ich dachte schon, jemand hätte euch fortgehext.«

»Ach ja?« sagte Marigold gedehnt und griff eine Ausgabe von *Country Life*, studierte die Immobilienseite.

»Na, was habt ihr ausgeheckt?«

»Hm, einiges. Wir haben einen Mord geplant, nicht wahr, Livia? Ich habe schon oft gedacht, ich gäbe eine erstklassige Mörderin ab. Es ist nur eine Frage des passenden Opfers. Und ich *glaube* – ich *glaube* ... ich – habe mein Opfer schon gewählt ...«

Rollo lehnte immer noch am Kamin, drehte sich ein wenig, wie um ihnen zuzuhören. Olivia fing seinen Blick auf; er lächelte kaum merklich. Die Französin hatte ebenfalls aufgeblickt, schwarz und leblos ruhten ihre Augen auf Olivia und Marigold. Hörte sie? Sah sie?

»Marigold! Rollo!« rief Lady Spencer in ihrer Rolle als

Gastgeberin, ohne vom Tisch aufzusehen. »Möchte denn niemand Bridge spielen? ...«

»Möchte denn niemand Bridge spielen?« wiederholte Marigold düster die Frage. »Hände hoch oder das Leben«, zischelte sie Olivia zu und hob übertrieben gestikulierend ihren Arm.

»Also, wer spielt mit?« rief Mary voller Hoffnung. »Harry spielt mit, wenn Not am Mann ist, nicht wahr, Harry? Wer fühlt sich noch stark genug?« Niemand antwortete, und sie fügte einladend hinzu: »Wer spielt mit mir?« Sie neigte den Kopf zur Seite und sah Rollo an.

Er verließ seinen Platz am Kamin und kam herüber zu Olivia.

»Spielen Sie Bridge?« fragte er.

»Nein, leider nicht. Aber kümmern Sie sich nicht um mich. Ich bin ganz zufrieden.«

»Sie sieht sich solange die Photoalben an«, sagte Marigold.

»Muß ich wirklich mit Mary Bridge spielen?« stöhnte Rollo leise.

»Nein.« Marigold lehnte sich an ihn, befingerte seine Hemdenknöpfe, schaute scheinbar gedankenlos. Dann sagte sie: »Bleib hier stehen und sprich mit Olivia. Tu einfach so, als seist du vollkommen beschäftigt. Lasse sie nicht aus den Augen, und wenn Mary nach dir ruft, sei taub.«

»Das schaffe ich nicht.«

Marigold verließ sie eilig und ging zum Kamin.

»Sie macht das schon«, sagte Rollo. Er drehte der Gesellschaft den Rücken zu und stützte sich aufs Klavier, betrachtete Olivia gutgelaunt. »Bitte tun Sie so, als ob wir tiefschürfende philosophische Gespräche führten ... oder sonst etwas ... Olivia, geht es Ihnen gut?«

»Ja, Rollo.«

»Sagen Sie mir: Werden wir uns in London sehen?«

»Ja, Rollo. Ja.«

»Gut. Gut. Jetzt fragen Sie mich etwas.«

»Wo ist Lucy?«

»Sie können diesen Hund nicht vergessen. Sch! Sie schläft

hinterm Sofa in ihrem jungfräulichen Korb. Punkt zehn verschwindet sie, Gott sei Dank, egal, was geschieht. Danach darf ich tun, was ich will.«

»Sie kamen mir auch gleich viel freier vor.«

»Sehr viel freier. Werden wir beobachtet?«

»Ihr Vater kommt. Er sieht so aus, als würde er sich gern mit Ihnen unterhalten.«

Er wandte sich sofort um, und Sir John, der – unsicher, ob er willkommen sei – innegehalten hatte, schritt nun schwerfällig auf sie beide zu.

»Hallo, Papa.«

»Hallo, mein Junge.« Er stand unbeholfen vor ihnen, atmete tief.

»Was hast du gerade vor?«

»Ziehe mich zurück ... ziehe mich zurück aus dem Kreis der Glücklichen.« Das letzte Wort war kaum zu verstehen.

»Das würde ich auch gern.«

»Gehe in die Bibliothek und rauche vielleicht noch eine Pfeife. Dann ins Bett, denke ich, eh?«

»Gut so, Papa. Geh ruhig. Ich schaue später noch bei dir herein.«

Sie waren voller Zuneigung füreinander, herzlich, wie früher, und doch war es anders; Rollo war nun der zärtliche Beschützer, der Dulder, und sein Vater schien der Zweifelnde, Bittende, als fühle er sich ein wenig verloren, als suche er einfach Rollos Nähe.

Er stand auf dem Teppich wie ein schweres Gewicht.

»Wir erörtern gerade die polnische Frage«, sagte Rollo.

»Ah, sagte Sir John. »Brenzlig ...« Und sein melancholisches unbewegtes Gesicht belebte sich, lächelte. Sie lächelten alle, zufrieden, freundschaftlich, als seien sie in diesem Raum etwas Besonderes, Verschworene. Wäre es Mary aufgefallen, hätte sie gerufen: »Was gibt es da zu lachen?«

Ohne Übergang fragte Sir John: »Mögen Sie Heliotrope?«

»Sehr.«

»Ich auch.«

»Sie sind selten geworden.«

»Finde ich auch. Ich weiß nicht, warum. Wahrscheinlich sind es altmodische Blumen ... Statt dessen produzieren wir tonnenweise so etwas hier.« Er wies mit dem Kopf auf die Chrysanthemen und Poinsettia. »Künstlich ... keine richtigen Blumen.«

»Ich bewundere sie gewaltig. Aber vielleicht sind sie doch ein wenig zu feudal.«

Sie lachten.

»Ein wenig zu feudal.« Er sprach undeutlich. »Ja.« Sir John sah sie an, als besänne er sich ... Fragte sich bestimmt, woher, um Himmels willen, ich kam, ob er mich kannte ... Hatten in *seinem* Leben Frauen eine große Rolle gespielt? Er hatte früher gut ausgesehen, männlich, wohlsituiert, wie Rollo. Welche Erinnerungen barg sein Kopf, was hatte er alles vergessen? *Dear dead women with such hair too ...*[12] Welche stürmischen oder dramatischen Geheimnisse hatte es einst zwischen ihm und Lady Spencer gegeben? – Oder war es eine gradlinige, ereignislose, monogame Lebensgeschichte der Pflichterfüllung und Vaterschaft ...? Fast war es vorüber. Seine Zeit war Vergangenheit.

Er erwiderte ihr Lächeln und sagte schließlich: »Kennen Sie sich hier aus?«

»Sie wohnt in der Nachbarschaft, Papa.« Geduldige Stimme. »Sie lebt in Little Compton.«

»Ach ja. Little Compton ... Sie wohnen also in Little Compton. Da komme ich nur noch selten hin. Wenn ich mich recht erinnere, hat mein alter Freund Charles Curtis dort ein Haus.«

»Ja, das hat er immer noch. Er ist mein Vater.«

»Was, Sie sind Charles Curtis' Tochter? ... Du meine Güte, wie die Zeit vergeht. Nun ... Das ist bestimmt sehr angenehm für meinen alten Freund Charles Curtis.«

»Vielen Dank.« Sie lächelte, wie es sich gehörte.

»Sehr fähiger Mann ... und, was wichtiger und seltener ist, ein sehr kluger Mann. Das war er. Tut mir leid, daß er zur Zeit nicht gut beieinander ist.«

»Nein. Der Ärmste, er ist momentan schwer krank.«

»Ach, das tut mir leid. Großes Unglück für einen so aktiven Menschen wie ihn. Kann er – ist er – ist er noch gut zu Fuß, eh?«

»Nein, leider nicht. Ganz und gar nicht, zur Zeit wenigstens.«

Er schüttelte bedauernd den Kopf. »Der arme Kerl. Grüßen Sie ihn von mir ... Hm.«

Er dachte: Ich kann immer noch gehen: nicht wie Charlie Curtis.

Er legte seine große Hand auf Rollos Schulter und sagte: »Wie wäre es morgen mit einem Ausritt?«

»Ja, Papa, danke. Ich dachte, am besten vor dem Frühstück, wenn sich das Wetter hält.«

»Gut. Ich werde es Naylor ausrichten.«

»Schon erledigt, Papa. Mach dir keine Umstände.«

Sir John nickte.

»Ich käme gern mit dir.« Über sein Gesicht huschte ein ungewollt wehmütiges Lächeln. »Denke, ich lasse es lieber bleiben.«

»Würde ich an deiner Stelle auch. Ich reite sonst auch nicht so früh, nur muß ich mittags leider wieder in London sein.«

»Mußt du das? Hatte gehofft, du könntest bis übermorgen bleiben.«

»Das ist leider unmöglich, Papa. Ich habe eine wichtige Verabredung.«

»Schade. Nun gut ...«

Sir John nickte wieder und hob dann andeutungsweise die Hand zum Abschied. Sein Gesicht fiel in sich zusammen. Mühsam setzte er sich in Bewegung und verschwand durch die Flügeltür.

Marigold warf Rollo einen aufmunternden Blick zu, und er und Olivia gingen zum Kamin. Mary stichelte vor sich hin, über ihre Arbeit gebeugt, verzog angespannt den Mund. Marigold hockte auf der Armlehne des Sessels, in dem ihre Patin saß, umarmte deren violett-brokatene Schultern. Die Zigarre glühte hektisch. Sir Ronald ließ sein Monokel fallen und setzte die Brille auf, um den Gainsborough zu studieren – eine junge Dame mit zartem, langem Hals, in rosafarbenem Satin, mit Mandelaugen unter geschwungenen Brauen; anmutig, sprechend, zerbrechlich.

»Ein wunderbares Bild«, sagte er vor sich hin. Sein großes rosiges Gesicht schaute verzückt. »Weißt du, Rollo, mein Junge, für mich ist es in diesem Haus wohl das Feinste – eines der feinsten Bilder Englands überhaupt. Ein kleines Format, doch ein wahres Meisterwerk. Ich bin mir allerdings nicht sicher, ob es den richtigen Platz hat. Da war ich mir niemals ganz sicher, ob es gerade hier gut zur Geltung kommt. Ich habe den Eindruck, dort hinten zwischen den Schränken hinge es womöglich besser ... Ich habe den Eindruck ...«

»Ach ja?« sagte Rollo höflich.

»Donnerwetter!« rief Harry begeistert. »Ich glaube, du hast recht.«

Er starrte zuerst auf das Bild, dann an die Wand, dann in die Runde, und sein Mund stand vor Aufregung offen. Doch seine Begeisterung fand keinerlei Echo. Er stand und starrte, stand breitbeinig, reckte seinen roten Hals.

Lady Spencer, die spürte, daß etwas nicht stimmte, rief vom Spieltisch aus ihre Schäflein zur Ordnung: »Kein Bridge heute abend?«

»Heute nicht, Mama. Wir sind alle zu faul«, rief Marigold schnell und fügte hinzu: »Wer von euch beiden gewinnt?«

»Deine Mutter«, sagte Tante Blanche bitter. »Sie hat ein solches Glück. Es ist nicht zu fassen.«

»*Glück*, meine Liebe?« sagte Lady Spencer honigsüß und setzte mit sichtlichem Vergnügen ihre Spielsteine.

»Du warst immer schon eine *grauenhafte* Spielerin.«

»Wie hübsch das aussieht«, sagte Olivia und betrachtete den Tisch mit seinen schmalen roten und schwarzen Dreiekken, den aufgetürmten Spielsteinen.

Marigold lehnte sich vor und zog sie zu sich neben den großen Lehnstuhl. Madame de Varenne drehte ihren Kopf und musterte sie durch den Rauchschleier, ohne mit der Wimper zu zucken. Nach einer Weile bemerkte sie monoton krächzend:

»C'est un visage assez bien fait.«

»N'est-ce pas?« rief Marigold und nickte lebhaft.

»Mais l'autre là-bas ...«. Sie wies mit der Zigarre zu Mary hinüber. »Je la trouve assommante, hein?«

Wieder nickte Marigold, und ihre Augen zwinkerten. Sie flüsterte ihr hörbar ins Ohr: »Specimen très mal réussi.«

»Quelle banalité ... Mon dieu!« Sie legte ihre Zigarre beiseite, und ihrer eingefallenen, wie wattiert wirkenden Brust entwich ein langer Seufzer, Zeichen unaussprechlicher Verachtung und Langeweile. Dann fuhr sie fort:

»Mais qu'est-ce qu'elle vient donc faire ici, cette petite?«

»Ah! Ah! Voilà!« rief Marigold, lehnte sich an ihre Patin, spielte mit einer der Ketten, die sie trug, einem schweren topas- und diamantenbesetzten Kreuz. »Voilà ce que je me demande!«

Sie warf Olivia ein verstohlenes Lächeln zu ... Sagte nicht: Sie ist meine Kinderfreundin ... Schloß mich nicht in ihre Scherze ein ... wandte sich ab, fort, spöttisch, fremd ... Jetzt sah sie wie eine hübsche Ratte aus.

Ein kalter, bedrohlicher Luftzug kam vom Kamin. Diese Leute sind nicht meine Leute. Ich möchte nicht mehr hierherkommen ... Rollo ... Ich sage ihm, daß ich gehen möchte ...

Harry hatte ihn mit Beschlag belegt und sagte aufgekratzt:

»Ich meine, alter Kerl, du kennst dich da doch aus ... Tu mir einen Gefallen und gib mir einen Rat ...« Es ging ums Jagen ... Doch Rollo blieb kühl, unverbindlich.

Armer Harry, er fühlte sich in diesem Hause auch nicht wohl. Gleichgültige oder irritierte Blicke, wohlerzogene Ablehnung schienen sein Los. War er sich dessen bewußt? Klagte er später im Schlafzimmer darüber, wenn er die schwarze Krawatte lockerte, das Hemd aufknöpfte; erzählte er im Ehebett, was ihn bedrückte? Munterte Mary ihn auf, tröstete sie ihn? – oder wies sie ihn ungeduldig, verächtlich zurecht, bedauerte seine Anwesenheit, wünschte, ein anderer läge neben ihr auf den Kissen? ... Ein von Grund auf langweiliger Mensch; jede Geste, jeder Satz zeigte ihn als geradeheraus, treu; doch etwas trennte ihn von den anderen, etwas, das tiefer lag: Harry gehörte nicht zu ihrer Klasse ... Mary hatte – wahrscheinlich aus Furcht – sitzenzubleiben unter ihrem Stand geheiratet: den Verwalter ihres Vaters? – den Hauslehrer ihres Bruders? – den Sekretär der Mutter? ... Die Verwandten hatten die Wahl nach außen hin gebilligt, der Familie, Mary zuliebe ...?

Er sah nicht glücklich aus, dennoch wirkte er selbstbewußt, eher selbstgefällig als verschreckt. Sein Mund war schmal, seine Nase wie ein Schnabel. Einzelne sandblonde Haare wuchsen ihm aus Ohren und Nasenlöchern ... Wie wäre es, mit ihm ins Bett zu gehen? Er hatte etwas Zähes, Reptilgleiches an sich, etwas Schuppiges, auch etwas Geschmeidiges, wie eine Schildkröte oder ein Fisch ... Er hatte die gleichen gierigen Augen wie sie.

»Il est beau, Rollo, hein?« krächzte die Geisterstimme.

»Très beau.«

»En voilà un au moins qui n' a rien d'ignoble. A votre âge, il m'aurait fait des folies.«

Olivia sah ihr ins Gesicht, hin- und hergerissen, lächelnd; und auf einmal lächelte sie zurück, unwiderstehlich, rührend, unerwartet, freundlich, und das Lächeln erleuchtete sie, ihre Vergangenheit ...

»Elle est gentille«, bemerkte sie nach einer Weile zu Marigold, eine bloße Feststellung.

Olivia griff nach der Hand mit den schmalen, beringten Fingern, den Armbändern und drückte sie.

Es war wieder wärmer um den Kamin. Es war schließlich doch gut. Es war nur ein momentanes Gefühl gewesen ...

»Comme on est triste ce soir!« Ihre Stimme klang lebhaft, herausfordernd. »Ronald, viens donc ici me raconter quelquechose ... Et toi, Rollo, qu'est-ce que tu fais là à te gratter le menton? Voici une demoiselle qui s'ennuye horriblement auprès de moi. Tu n'a rien à lui proposer?«

»Mais beaucoup de choses ...«

Er hatte sich gähnend den Rücken am Kaminsims warm gerieben, doch nun beugte er sich vor und zog Olivia zu sich hoch, hakte sich bei ihr ein.

»Geisterstunde«, sagte Marigold.

Sie sprang auf und ging zu George hinüber, sagte: »Liebster George, komm, sieh dir die jungen Katzen an.«

»Katzen?« sagte George. »Gern, Marigold.«

»Nichts spaßiger als Katzen, die ein paar Monate alt sind«, sagte Harry.

»Oh, diese haben nicht einmal die Augen geöffnet«, sagte Marigold. »Es lohnt sich noch gar nicht, sie anzuschauen. Nur George mag sie, wenn sie noch so klein sind.«

»Harry«, griff Mary spitz ein: »Würdest du mir von oben meine Jacke holen? Sie hängt im Schrank. Mir ist kühl. Ich weiß nicht, ich finde, es zieht. Vielleicht habe ich mich heute nachmittag etwas erkältet. In dem hohen Gras sind meine Füße ganz feucht geworden, und mit nassen Füßen habe ich mir schon häufig eine Erkältung geholt.«

»Am besten legst du dich mit einer Wärmflasche ins Bett«, schlug Harry vor.

»Nein.« Mürrisch. »Es wird schon besser. Hol bitte meine Jacke.«

»In Ordnung.«

Pflichtergeben, ohne besondere Begeisterung machte Harry sich auf den Weg.

»Trink eine heiße Zitrone mit Whisky«, sagte George freundlich. »Es gibt nichts Besseres.«

»Huch! Nein!« Sie verzog angewidert ihr Gesicht. »Ich mag keine Zitronen, und Whisky *kann* ich nicht ausstehen. Mir wird übel davon.«

»Wer hat sich erkältet?« rief Lady Spencer, ohne von ihrem Tisch aufzusehen. »Chinin hilft bestimmt.«

»Also, kommt endlich«, sagte Marigold, die sich bei George eingehakt hatte. »Wir wollen die armen Kätzchen nicht bis Mitternacht wach halten.«

»Interessieren Sie sich für Katzen?« sagte Rollo zu Olivia.

»Sehr.«

»Es sind nur kleine Tigerkatzen«, sagte Marigold, »aber ihr werdet schon sehen.«

Mary schaute den Fortgehenden mit großen Augen nach.

»Oh, wie spät ist es eigentlich«, sagte Marigold und gähnte, ließ sich im Vorraum in einen Sessel fallen. »Ich möchte nur noch ins Bett und meine Füße massieren.«

»Ich muß nach Hause«, sagte Olivia.

»Nein, nein«, sagte Rollo schnell. »Marigolds Bemerkungen waren rein rhetorischer Art, nicht wahr, Maggie. Nachdem wir nun endlich die leeren Hüllen abgeschüttelt haben, können wir zum angenehmeren Teil des Abends übergehen.«

»Dann brauche ich aber erst einmal etwas zu trinken«, sagte Marigold mit geschlossenen Augen. Sie langweilt sich zu Tode. Hoffnungslos, alle ...

»Wo sind die jungen Katzen?« fragte George.

»Die Katzen? ... Oh, die Katzen!« Marigold setzte sich auf, warf ihm einen tragischen Blick zu. »O George. Es war wirklich eine Katastrophe. Ich wollte es dir eigentlich gar nicht erzählen. Die Ärmsten ... zehn Stück ... alle sind sie tot zur Welt gekommen.«

»Großer Gott!« George, der Tierfreund, war entsetzt.

»Es war das beste so, George.«

»Tatsache ist, George«, sagte Rollo, »es gab sie eigentlich gar nicht, die armen Teufel.«

George war sprachlos, dann ging ihm ein Licht auf.

»Oh, ich begreife ...« Er begann langsam schallend zu lachen. »Aaah, ha, ha, ha, ha, ha, ha! Nur ein Vorwand, he?«

»Was sind wir doch für Menschen!« rief Marigold. Sie stand auf und umarmte ihn. Doch als er versuchte, sie in seinen Armen zu halten, löste sie sich hastig.

Olivia sagte zu ihm: »Gehen Sie immer noch zur Jagd?«

»Ich?« Er sah sie erstaunt an. »Oh ... so dann und wann, wissen Sie ... Wann immer ich kann.«

»George ist ein vielbeschäftigter Mann«, sagte Rollo. »Was der Wald an ihm verlor, gewann die Stadt.«

»Die Füchse wissen ihren Vorteil zu nutzen«, sagte Marigold.

»Sie erinnern sich nicht an mich?« Olivia strahlte entgegenkommend.

Sein Gesicht verzog sich, mißtrauisch, störrisch, alarmiert.

»N-nein ... Leider ... Nicht, daß ich wüßte.«

»Macht nichts. Ich bin darüber froh. Bei unserem letzten Zusammentreffen mußten Sie mich mehrfach korrigieren. Was Sie, der Sachlage entsprechend, freundlich taten. Ich habe es niemals vergessen.«

»Du großer Gott! ... Ich? ... Verwechseln Sie mich auch nicht, eh?«

»George hat in seinem ganzen Leben noch keiner Frau etwas Böses gesagt«, erklärte Rollo, »es sei denn, sie hätte sich unverzeihlich über das Jagen geäußert.«

»Es ging ums Jagen. Mein Pech.«

»Wollen Sie mich auch zum Narren halten, he?« Georges Gesicht glättete sich, war bereit zum Lachen.

»Worüber redet ihr eigentlich?« sagte Marigold und gähnte erneut. »Ich möchte einen Drink. In der Halle steht etwas zu trinken.«

Sie sprang auf, öffnete den Rundfunkschrank, drehte an den Knöpfen, bis es zischte, gluckste, brummte, jaulte, und dann, lauthals, eine Jazzband.

»Hamburg.«

Sie schwebte vor ihm, blieb einen Augenblick stehen; griff nach einem großen Jungmädchenphoto, das sie lächelnd, pummelig, im Ballkleid zeigte, und drehte es zur Wand.

In der Halle, zwischen Geweihen und Fellen, maurischen Truhen und Stühlen, dröhnte die Musik durch die geöffnete Tür. Marigold summte, wiegte sich, hielt in der Hand ein Glas, das sie leerte und absetzte; sie legte beide Hände auf Georges Schultern und tanzte mit ihm davon.

Rollo trank Whisky und Soda, stand neben Olivia, beobachtete die beiden Tänzer eine Weile. Dann:

»Tanzen«, sagte er und legte seinen Arm um sie.

Nach einigen Drehungen seufzte er wie müde oder unzufrieden.

»Warum seufzen Sie?«

»Habe ich das? Entschuldigung. Üble Angewohnheit.«

Er drehte sich, wiegte sie sacht, gekonnt, im Takt; er war ein guter Tänzer. Dann sagte er unvermittelt:

»Kommen Sie, gehen wir fort ... hm?«

Es klang so hastig, unbeteiligt, merkwürdig, trotz der Frage, als spräche er unbewußt, versehentlich, beinahe ...

»Fort ... Möchten Sie fort?«

»Sie nicht?« Er sah zu ihr hinab, lächelte nicht. Sie zögerte, unsicher, verwirrt; und dann lachte er kurz.

»Nein. Egal. Was rede ich denn? Man kann nicht einfach fort, nicht wahr?«

»Wahrscheinlich nicht.« Ich helfe ihm nicht, ich weiß nicht weiter ... »Vielleicht doch ... ein bißchen ... wenn man es will.« ... Vorsichtig, sei vorsichtig ... Aber er wartet. Ich muß etwas sagen. »Es hängt wohl davon ab, wie gebunden man sich fühlt ...«

»*Das* hängt von einem selbst ab, nicht wahr?« sagte er schnell. »Ob man sich binden läßt ... Das muß nicht sein ...«

»Muß es nicht ...?«

»Es gibt Gelegenheiten – sehr seltene Gelegenheiten –, in denen ich mich nicht binden lasse ... Das ist aus meiner Sicht dann das einzig Richtige ... Und Sie?«

»Ich kann das nicht beurteilen. Ich bin nicht gebunden.«

»Gar nicht?«

»Ich bin allein – ganz und gar.«

»Sie haben Glück.«

»Das finde ich nicht immer. Sie haben ...«

»Da bin ich mir nicht sicher.«

»Warum nicht?«

»Ich möchte etwas – und ich weiß nicht, ob ich es bekommen werde.«

Die Stimmen, die einander antworteten, klangen so leicht, schnell, unbewegt, als sprächen sie einen gelernten Text. Sie tanzten nun, mechanisch, ohne einander anzusehen. Sie fühlte ihr Herz klopfen und seine Hand kaum merklich zittern. Was war geschehen? Alles war gesagt worden. Still, schweig, kein Wort mehr. Es ist noch nicht wahr.

Schließlich sagte er schläfrig:

»Daß man jemanden trifft, ist so selten ... und unfaßbar,

wenn man bedenkt, wie viele Menschen es auf unserer Erde gibt.«

Sie lachte, war auf einmal glücklich, auch zufrieden.

»Ich begreife es nicht«, sagte er. »Man hat eigentlich nicht besonders danach gesucht ... Man hat sich kaum mehr darum geschert – um das Jungsein und die Begeisterung und ... Hat sich verschlossen. Eingeigelt.«

»Wer ist ›man‹?«

Er lachte. Seine Worte, seine neue zärtliche Art beängstigten sie, drangen in sie ein, blieben, versteckt, zu betörend – zu sicher – zu ...

»Ich sollte nun gehen.«

»Ja. Ich werde Sie nach Hause bringen.«

»*Sie* bringen mich ...?«

Es wird also wahr. Ich kann es nicht aufhalten.

Nun bemerkte sie, daß Marigold und George immer noch im Raum waren. Sie standen an dem Tisch mit den Getränken, und Marigold sagte streitsüchtig:

»Warum nicht? Ich bin nicht betrunken. Warum meinst du, ich sei betrunken? George bewacht mich! Das liebe ich, ich muß schon sagen! Den nächsten Drink verstecke ich oder schütte ihn fort. Rette mich, George, rette mich. Ich bin vom Dämon Alkohol besessen!« Sie trank ihren Whisky Soda und sagte ruhiger: »Ich bin angeheitert – aber mehr nicht. Wäre ich wenigstens sturzbetrunken – überall wäre ich das mittlerweile, nur nicht hier zu Hause. Unter diesem Dach kommt man unmöglich richtig in Fahrt. Ich muß gestehen, George, eigentlich habe ich restlos genug – es wirkt in die falsche Richtung. Mir wird schlecht, wenn ich so weitermache, oder ich heule, und dann mußt du mich ins Bett bringen. Und das würdest du sicher nur ungern tun, George?«

»Es würde mir nichts ausmachen.«

»Mir aber. Ich möchte nicht unhöflich sein, aber es würde mir sogar *gewaltig* etwas ausmachen. Du bist zwar einer meiner ältesten und liebsten Freunde, George, aber ich wäre doch sehr dagegen, wenn du mich ins Bett brächtest. Oje! Ich bin wohl gerade weder besonders witzig noch geistreich ... Laßt uns, um Himmels willen, mit der Tanzerei aufhören. Idiotisch, immer nur im Kreis herum ... Wie die beiden da drüben ... Siehst du, sie hören auch auf.« Sie reichte Rollo ihr Glas. »Noch einen Drink, liebster Rollo.«

Rollo nahm das Glas.

»Einen Augenblick«, sagte er besänftigend. »Erst ist Olivia an der Reihe.«

»Entschuldigung. Entschuldigung, Livia! ... schlechte Manieren.« Sie schüttelte den Kopf.

»Ich möchte nichts, danke«, sagte Olivia.

»Versuchen Sie etwas hiervon«, sagte Rollo bestimmt und goß ihr einen Irish Whisky ein. »Der tut gut. Wärmt auf für die Fahrt. Ich schütte Ginger Ale dazu, dann schmeckt es noch besser.«

»Gib mir auch einen«, sagte Marigold, die mit geschlossenen Augen im Lehnstuhl saß.

Er goß ihr ein halbes Glas Ginger Ale ein. »Hier.«

Sie nahm das Glas, trank, wartete einen Augenblick und lachte.

»Du Mistkerl«, sagte sie. »Da lachen ja die Hühner.«

»Marigold, ich muß gehen.«

»Bringt Rollo dich nach Hause?«

»Ja, ich fahre sie.«

»Wenn es nicht zu umständlich ist.«

Marigold lehnte sich mit geschlossenen Augen zurück, rollte mit dem Kopf auf dem Sesselrücken hin und her.

»O nein, es macht Rollo bestimmt *keine* Umstände. Er freut sich schon darauf. Und du bist auch *vollkommen* sicher, denn er ist stocknüchtern – und tut sowieso niemals etwas Unerlaubtes. Er ist immer höflich und – ganz außerordentlich höflich und st – st ...«

»Streitbar«, sagte Rollo. »Stürmisch.«

»Nein. Das meine ich nicht.«

Sie öffnete die Augen und gönnte ihnen allen ein süßes Lächeln.

»Alles, mir ist alles restlos egal«, sagte sie. »Ihr seid sowieso alle todsterbenslangweilig. Ihr solltet euch einbalsamieren lassen. Ich möchte jetzt sowieso nichts mehr trinken. Und wenn, dann hole ich mir selbst etwas.«

Sie saß und lächelte, räkelte sich, wie eine Schlange, hinterhältig – wie eine fleischige, weiß-grün rankende Pflanze – unbeschreiblich geheimnisvoll und schlafwandlerisch – wie ein Aronstab.

»Mußt du wirklich gehen, meine Liebe?« Sie stand auf, stolperte und kicherte. »Ich wünschte, du gingest nicht fort.«

»Ich sehe nur nach Papa«, sagte Rollo, »und hole den Wagen. Ihr verabschiedet euch inzwischen.«

»Hetz das Mädchen nicht«, sagte Marigold. Sie legte einen Arm um Olivia. Sie waren gleich groß, die eine dunkel, die andere blond. »Wir gehen verschlungen«, sagte sie, »wie Busenfreundinnen – die wir sind, die wir sind. Livia, würdest du mich bitte un – unauffällig halten. Ich möchte Mama nicht vor die Füße fallen. Riecht man etwas? Gib mir eine Zigarette. Da.« Sie begann hilflos zu lachen. »Du siehst dermaßen hilfsbereit und verständnisvoll drein. Dabei bin ich nüchtern wie eine Eule. Auf Wiedersehen, George. Das Fest ist vorbei, mein Lieber, und du kannst getrost zu Bett torkeln.«

»Worauf du dich verlassen kannst«, sagte George gleichmütig. »Gute Nacht. Ich genehmige mir noch ein letztes Glas.«

»Ich muß George loswerden«, murmelte Marigold und blickte sich noch einmal um, während sie die Halle verließen. Er wirkte verloren, so allein, wie er am anderen Ende des großen Raumes zurückblieb. Sein runder Kopf mit den glattgestriegelten Haaren glänzte, sein Hemd schien steif, seine Schultern kantig, als er den Siphon betätigte – nach all diesen Jahren erwartete er nichts mehr von Marigold, die er dennoch liebte; erwartete nur noch seinen Drink.

Im Wohnzimmer klimperte Sir Ronald auf dem Flügel Scarlatti. Madame de Varenne war nach oben gegangen, Mary ebenfalls. Die Schwestern saßen noch am Backgammonbrett, doch das Spiel war zu Ende. Sie stapelten die Spielsteine, räumten die Würfel auf, sprachen schwesterlich leise.

»Olivia möchte sich verabschieden«, sagte Marigold.

»Oh! ... Olivia, mein Kind ...« Lady Spencer stand auf und ergriff Olivias Hand. »Meine Liebe, es war uns eine große Freude. Jetzt, da wir dich wieder getroffen haben, möchten wir dich nicht wieder aus den Augen verlieren – nicht wahr, Marigold? Das nächste Mal, wenn Marigold nach Hause kommt, müssen wir versuchen, etwas zu arrangieren ... Wir rufen dich an ...« Sie zögerte. »Du kommst doch sicherlich öfter, nicht wahr, meine Liebe – deinen Vater besuchen?«

»Ja, wenn möglich.«

»Das ist gut. Deine liebe Mutter muß froh darüber sein, dich in Reichweite zu haben ... Wo bleibt denn der Wagen ... Marigold, weiß Benson Bescheid?«

Marigold, die am Flügel lehnte und ihrem Onkel beim Spiel zusah, schien taub, und Olivia sagte zaghaft:

»Ich glaube – Rollo ist so freundlich – er wollte mich nach Hause fahren.«

»Ach! ... Rollo fährt dich ... Dann ist ja alles gut.«

War wirklich alles gut? ... Nicht ganz. Kaum merklich, ein widersprüchlicher Tonfall, übertriebene Herzlichkeit ... Lag es an mir?

»Ich hoffe, es macht ihm nichts aus. Es bedeutet solche Umstände.«

»O nein, bestimmt nicht. Rollo fährt ausgesprochen gern ... und er dachte sicherlich ... der liebe alte Benson wird langsam alt. Seit dreißig Jahren ist er bei uns ... kaum vorzustellen ... Rollo ist wirklich rücksichtsvoll.«

Rücksichtsvoll ... Dennoch, wenn da nicht diese Geschichte wäre. Wie schade. Weshalb lebt sie nicht mit ihrem Mann zusammen? – Sicherlich hätte ich allen freundlich die Hand geschüttelt und wäre, wie es sich gehört, vom Chauffeur nach Hause gefahren worden.

»Wie schön wäre es«, sagte Lady Spencer, »wenn du unsere liebe Nicola kennen würdest.«

Rollo kam und trug einen Mantel, in dem er groß und mächtig wirkte; und seine Mutter sagte, indem sie ihre feste, starke Hand auf seine Schulter legte:

»Gerade habe ich gesagt, mein Junge, wenn doch Nicola auch hier wäre. Es wäre schön, wenn Olivia sie kennenlernte.«

»Ja«, sagte Rollo wohlerzogen, doch ungerührt.

»Sie leidet unter entsetzlichen Kopfschmerzen«, Lady Spencer seufzte. »Ich werde sie zu diesem neuen österreichischen Arzt schicken, von dem Tante Blanche mir erzählt hat.«

»Oh, tatsächlich?« sagte Rollo freundlich. »Das wird ihr sicherlich gefallen ... Neue Ärzte auszuprobieren ist ihre liebste Beschäftigung.«

»Ich hörte, er wirkt wahre Wunder. Er macht all diese modernen Tests, weißt du. Die müssen einfach Erfolg bringen. Ich denke, schon deshalb kann sie ihm vertrauen. Nun, Olivia, mein Kind –« Sie neigte sich zu ihr und küßte sie herzhaft, beendete auf diese Weise das unerquickliche Thema. »Grüße deine Mutter von mir – und die liebe Kate.«

»Besuchen Sie mich doch einmal in London«, sagte Tante Blanche. »Es würde mir Spaß machen, Sie zu sehen.«

»Richte Parr aus, er braucht nicht auf mich zu warten«, sagte Rollo zu seiner Mutter. »Ich schließe selbst auf und mache auch alles wieder zu.«

Marigold sagte leise: »Wartet in der Halle auf mich«, eilte aus dem Zimmer und verschwand.

Olivia ging neben Rollo hinaus. In der Tür drehte sie sich noch einmal um (doch Lady Spencer sah ihr nicht nach, kein letztes Lächeln) und ließ die Szene auf sich wirken: ein Interieur. Ich behalte es in Erinnerung. Vielleicht ist es das letzte Mal.

»Marigold sagte, wir sollen warten«, meinte Olivia an der Tür.

»Weshalb?« sagte Rollo. »Ist das Ihr Mantel?« Er nahm den

Bisam ihrer Mutter von der Garderobe. »Eigentlich geht es mir gegen den Strich, Sie so zu verhüllen«, sagte er, während er den Mantel hielt, und betrachtete sie. »Ich liebe Weiß. Dunkle Damen in Weiß.«

Er half ihr in den schweren alten Mantel, legte ihn fest um sie herum.

»Ich frage mich manchmal, woher solche Vorlieben kommen«, sagte er. »Man hat sie, ohne zu wissen, warum.«

»Wahrscheinlich hatten Sie früher eine freundliche dunkelhaarige Amme mit weißer Schürze.«

»Darauf bin ich nie gekommen ... Das erklärt natürlich einiges.«

Nicola trug weißen Satin ... und ihre dunkel glänzenden Haare zum Knoten geschlungen.

Marigold kam die Treppe heruntergelaufen, in einen langen Nerzmantel gehüllt, den breiten Kragen wie eine Kapuze hochgestellt. Sie rief atemlos, während sie lief, seinem abweisenden Blick entgegen:

»Rollo, nimmst du mich bis zum Südtor mit?«

»Bis wohin?«

»Laß mich kurz hinter dem Südtor raus, ich sage, wo.«

Sie vermieden, einander anzusehen, und öffneten die Haustür.

»Was hast du vor? Machst du noch einen Spaziergang?«

Er war offensichtlich verärgert.

»Nein. Ich möchte jemanden besuchen.«

»Wen?«

Ihre Stimme klang zänkisch: »Oh, kannst du nicht einfach tun, worum ich dich bitte – ist das denn schon zuviel verlangt?« Sie ging die Treppe hinunter, stieg hinten in den Wagen ein und sagte von dort, zögernd, aber ruhiger: »Wenn du es wissen willst, ich möchte Timmy besuchen. Nun komm schon!«

»Steig ein, Olivia.« Er setzte sich ans Steuer und sagte, immer noch ungehalten: »Wer um Himmels willen ist Timmy?«

»Der Blinde?« sagte Olivia.

»Ja.« Ihre Stimme klang dankbar. »Olivia erinnert sich. Du weißt doch, daß er krank ist, oder ist es nicht zu dir durchgedrungen?«

»O Gott, ja. Der Mensch, über den wir beim Mittagessen gesprochen haben.«

»Ja.«

Er sagte freundlicher: »Aber Marigold, du kannst doch jetzt keinen Krankenbesuch machen.«

»Doch, das *kann* ich!« rief sie aufgebracht. »Du glaubst doch nicht, daß er schläft – bei seinem Husten ...«

»Erwartet er dich?«

Sie warf sich zurück auf ihren Sitz, ohne zu antworten; und sie fuhren ohne ein weiteres Wort los.

Der Mond war beinah voll, die Nacht war windstill, bewölkt, grau, die Luft roch nach verwesendem Laub.

Durch den Park, das Südtor, dann über die heckengesäumte, gewundene Straße.

»Halte hier an«, sagte Marigold dann.

Er verlangsamte die Fahrt und hielt.

»Aber hier ist doch gar nichts.«

»Doch, da sind ein Gatter und ein Pfad durch die Felder zu ihrem Garten. Ich möchte schließlich nicht mit großem Getöse vorfahren – vielleicht auch noch hupen.«

»Schon gut, schon gut.«

Sie stieg aus und stand auf der Straße.

»Eine eigenartige Nacht ...«

Sie hob den Kopf und seufzte. Ihr Gesicht schwebte über dem Pelz, bleich wie Papier, leuchtend, und Augen, Lippen, Nase waren nur schwarze Striche ...

»Ich weiß noch nicht, ob ich hingehe«, sagt sie. »Ich weiß es noch nicht. Ich werde sehen ... Vielleicht möchte ich ihn gar nicht besuchen. Fahrt ihr nur.«

»Möchtest du wieder abgeholt werden?«

»Nein. Ich gehe zu Fuß nach Hause.«

Ihre Stimmen klangen im Freien flach, gaben einander Antwort, unpersönlich, geläutert, klagend wie Menschenstimmen des Nachts. Marigold sah immer noch in den Himmel und sagte abwesend:

»Gute Nacht, Olivia.«

»Gute Nacht, Marigold.«

Er legte den Gang ein und fuhr langsam, ganz langsam von ihr fort. Sie stand am Straßenrand, unbewegt, verschwand dann.

»Was wird sie tun?« fragte Olivia.

»Das weiß Gott ... Da drüben ist ein Haus.«

Sie sahen in einer Hütte oder einem Schuppen auf der Wiese Licht brennen und dahinter den hellen Umriß eines kleinen, kompakten Hauses, das halb von Obstbäumen verdeckt war.

»Da ist noch Licht.«

»Ich habe ihn einmal gesehen. Ich erinnere mich genau an ihn. Er war auf jenem Ball, und ich tanzte mit ihm. Was ist mit ihm?«

»Er ist lungenkrank. Seit einem Jahr schon. Sie sind furchtbar arm. Mutter wollte ihn in die Schweiz schicken – in ein Sanatorium irgendwo, doch er weigerte sich schlichtweg. Er möchte nicht fort. Sie hat ihn die Hütte bauen lassen, und da liegt er nun. Möchte nicht gepflegt werden, möchte nicht, daß irgend jemand sich um ihn sorgt. Möchte sein Kind nicht sehen und so selten wie möglich seine Frau.«

»Will er nicht mehr gesund werden?«

»Danach hört es sich an.« Er machte eine unbehagliche Bewegung. »Es geht ihm ziemlich schlecht, glaube ich. Armer Teufel. Ich habe ihn nicht besonders gut gekannt, doch er soll ein sympathischer Kerl sein ... Vermutlich hängt er nicht besonders am Leben ... Obwohl es ja immer heißt, Blinde seien so heitere Menschen.«

»Und Lungenkranke so geduldig.«

»Ich wußte nicht, daß sie ihn so gut kennt ...«

»Ich weiß nicht, wie gut sie ihn kennt ...«

Niemand würde es jemals wissen.

Eine plötzliche Eingebung? ... Ein ausgeklügelter Plan? ... Liebe? ... Mitleid? ... Neugier? ... Niemand würde je wissen, was zwischen ihnen gewesen, was immer noch war. Gefühlvolle Bilder, Bruchstücke von Zwiegesprächen kamen in den Sinn. »Timmy, ich bin's ...« – »Marigold! Ich wußte, du würdest kommen.« – »Natürlich komme ich.« »Ich wollte nicht fort von hier, falls du kämst ...« – »Timmy, ich liebe dich, du darfst nicht sterben ...« War es das? Oder floh sie in panischer Angst vor seinem Tod, vor der Zerstörung? ... die auch ihr Element war, dem sie niemals entrinnen würde, das sie vor langer, langer Zeit bei Tanz und Spiel aneinander erkannten ...

»Dennoch, wie unvernünftig«, sagte Rollo. »Das wird ihm sicherlich den Rest geben.« Er schwieg und fügte dann hinzu: »Ich muß schon sagen, meine Schwester weiß, wie sie es anstellen muß, um jemanden völlig gefangenzunehmen.«

»Wie ist es wohl, mit ihr verheiratet zu sein?«

»Na? Es ist mir ein Rätsel, wie jemand den Mut dazu hatte, obwohl eine ganze Reihe eigentlich vernünftiger Männer sich darum gerissen haben.«

»Natürlich. Jeder würde sie wollen. Verstehen Sie, es liegt an dem schönen Schein, den sie aufrechthält ...«

»Welchem schönen Schein?«

»Der Illusion, frei zu sein, wahrscheinlich. Fliehen, sich befreien. Die Männer sehen, daß sie ungebunden ist, immer auf dem Sprung ... Sie möchten ihr nachlaufen, sie fassen ...«

»Sie haben wohl ›The Green Hat‹[13] gelesen?« sagte er und dachte nach. »Ich verstehe allerdings, was Sie meinen ... Dennoch wird sie sich nirgends einlassen. Dazu ist sie um einiges zu klug. Außerdem mag sie Sam. Sie kommen ganz gut miteinander aus. Ein Paar Verrückte ...«

»Sind die Kinder nett?«

»Die Kinder sind fabelhaft«, sagte er knapp.

Es war leicht, sich Rollo als den Lieblingsonkel vorzustellen – der sie durch die Luft wirbelte, ihre Spardosen füllte, jeden Spaß mitmachte. Sicherlich war es nicht Rollos Schuld, daß er keine Kinder hatte? Eigentlich jemand, der von Natur aus geneigt war, sich fortzupflanzen ... Er mochte nicht mehr über Marigold sprechen. Obwohl sie verschwunden war, stand sie zwischen ihnen. Hinterließ ein Vakuum, das sie nicht füllen konnten. Sie hingen in der Luft, getrennt, kühl und leicht – als seien sie leer.

Unten im Tal. Links leuchteten tief unten im Nebel späte Lichter aus dörflichen Fenstern. Rechts das Buchenholz, steil am Rande der Straße: Hier sind Kate und ich früher Fahrrad gefahren, haben Picknick gemacht, und manchmal kamen die Martins, oder Marigold durfte auf dem Pony zu uns reiten. Wir schnitten mit dem Taschenmesser jede unsere Initialen in einen anderen Stamm und sagten, in zwanzig Jahren würden wir zurückkommen ... Und ich kletterte auf den Baum, und Kate grub Pflanzen aus; und wir brachten unsere Bücher mit und aßen Nußschokoladenriegel und schlugen am Lattenzaun Purzelbäume und radelten am Abend mit Schlüsselblumen und weißen Veilchenwurzeln in unseren Fahrradkörben wieder den Hügel hinab; und an unseren Jacken und Strümpfen war totes Laub; und im Tal ging die Sonne unter, jedesmal anders ...

... All das war wichtig: die Gefühle, die ich damals erfahren habe, waren vielschichtiger, eindringlicher und tiefer, ja, tiefer als die in der Ehe ...

Sie fuhren einen Bogen, die Kurve hieß in ihrer Familie »Die Schlechte«: ein Ort immerwährender mütterlicher Ahnungen und Warnungen, obwohl dort eigentlich nichts geschehen war. Dort unten, hinter den ersten Cottages, standen Großvaters Häuser, dreigieblige unansehnliche Schnörkelfassaden. Im mittleren Giebelfenster ein Licht – es brannte für gewöhnlich die ganze Nacht – das Fenster der jüngsten Miss Robinson. Dort oben saß sie, hasengesichtig, einfältig, schmal, gemein; vielleicht spähten ihre wilden Augen aufgerissen durch die Spitzengardinen; oder sie lag flach auf dem Rücken und flüsterte; oder sie ging in ihrem Zimmer auf und ab und lachte und weinte abwechselnd. Sie war nicht gefährlich: es waren nur sehr ermüdende Anfälle. Dann kämmte sie sich nicht und zog sich nicht an. Sie verließ nie das Haus, ging nicht einmal in den Garten; manchmal schrieb sie anonyme Briefe; doch ihre Schwester, die bei der Post arbeitete, fing sie ab: keine obszönen Briefe, nur puritanische Drohbriefe, Warnungen – Hinweise direkt von Gottes Vertrauter – Prophezeiung ewiger Verdammnis für Winnie Pratt, Tochter des Bahnhofsvorstehers, Hure; eine Gottesbotschaft für den jungen Milchmann; ein Fingerzeig, mehr nicht, für den Vikar, seine Haushälterin Miss Sibley betreffend, die Werkzeug des Satans war ... Auch mußten sie das Klavier abschließen, das Klavier, auf dem die Decke aus gefältelter rosafarbener Seide lag; mehrmals verursachte Miss Robinson einen solchen Aufruhr, mitten in der Nacht, am frühen Morgen, weckte die Nachbarn. Sie weinte darüber bitterlich – Oh! Wie sehr sie weinte! Am liebsten hätten sie das Klavier ganz fortgeschafft, um sie nicht dermaßen aufzuregen, doch es hatte schon zu Vaters Zeiten dort gestanden, und zu Großvaters Zeiten ebenfalls: die Stelle würde seltsam leer wirken ... Scheren durfte man ihr auch nicht mehr anvertrauen – nicht, daß sie sich etwas zuleide tat, doch sie zerschnitt zwanghaft jeden Stoff, der ihr in die Quere kam – schneiden, schnipseln, zerfetzen. Mit der Schneiderschere hatte es angefangen, damals vor fünf Jahren: Mrs. Uniacks neues blaues Kreppkleid, eines Morgens nach der zweiten Anprobe kurz und klein geschnitten; Miss Robinsons Geschäft jäh am Ende ... Doch sie aß gut: O ja, sie aß so gern. Manchmal fühlte sie sich königlich.

Dunkel und gedrängt standen die beiden Cottages nebeneinander; in dem einen wohnten Miss Toomer und Miss Mivart, schliefen nur leicht, fröstelten immerzu, steckten die Nasen unter den Bettdecken hervor, als so spät noch ein Wagen vorüberfuhr (was für Gesichter, wenn sie Olivia mit Rollo sähen); das andere, einst bewohnt von Major und Mrs. Skinner, stand nun leer.

Oh, lieber, schrecklicher Major Skinner, nun ruhen Sie in Frieden, nie durften Sie Kate und mir das Golfspielen beibringen. Nie durften wir zum Tee zu Ihnen kommen, zu Mrs. Skinner und den goldenen und violetten Kissen ... Die böse Winnie, dieses unerhörte Mädchen hatte ihn auf dem Gewissen – raubte ihm seine letzte Kraft mit ihren Fahrten nach Tulverton – Geschäfte, Kinos, Cafés, Geschäfte. Eines Winterabends verkühlte er sich. »Unsinn: quicklebendig«, hieß es in der ersten Woche, »Fix und fertig, ein gebrochener Mann, sorgt für meine Hunde«, sagte er in der zweiten. Und in der dritten beerdigte Mrs. Skinner ihn ohne besonderen Aufwand und verschwand danach aus Little Compton, hinterließ lediglich Dutzende leerer Whiskyflaschen in ihrer Küche.

Bald bin ich zu Hause ... Ist das alles? Finden wir einander noch? Oder soll es doch nicht wahr werden?

»Weiter geradeaus?« sagte Rollo, und seine Stimme klang schroff nach dem langen Schweigen. An der Kreuzung verlangsamte er seine Fahrt.

»Ja, und dann die nächste Straße an den Büschen links. Bitte fahren Sie nicht vor.«

Er hielt nahe am Zaun unter dem Lorbeerbaum, schaltete die Scheinwerfer aus.

»Da ...« Sie wartete einen Augenblick. »Gute Nacht, Rollo. Vielen Dank fürs Nachhausefahren ... Es war ein wunderschöner Abend ...«

Er saß da und sagte nichts. Er zog sein Etui heraus und zündete sich bedächtig eine Zigarette an. Dann sagte er:

»Wann sehe ich dich wieder?«

»Wann möchtest du?«

Wie sie ihm antwortete, die Hand schon am Türgriff, schien ihr ungewollt leichtherzig, beinah schrill. Er streckte seine Hand aus und schob die ihre zurück auf ihren Schoß, sagte fast grob:

»So bald wie möglich.«

Überwältigt, gefaßt, bestraft ...

»Gut«, sagte sie schließlich seufzend.

Sie drehte sich leicht, um ihn anzuschauen – die dunkle Gestalt, die neben ihr saß, den Kopf im Profil, die kurze, hoch angesetzte Nase, der schmale dichte Schnauzbart, das volle runde Kinn; die Schattenhand auf seinem Knie hielt eine Zigarette. Der Rauch kräuselte sich. Langsam drückte er die Zigarette im Aschenbecher aus. Er sagte:

»Möchtest du mich auch wiedersehen?«

»Ja.« Ich denke schon ...

»Dann ist es gut.« Er umfaßte ihre sich windende Hand warm und fest. »Erinnerst du dich, was ich gesagt habe – daß ich mir etwas wünsche, wovon ich nicht sicher bin, daß ich es bekomme?«

»Ja, ich erinnere mich.«

Seine Stimme klang so ruhig, man mußte zuhören, ebenso antworten ... Denken, denken ... Doch alle Gedanken waren fort.

»Nun?«

»Ja ... Wenigstens ... Wenn du dir sicher bist ...«

»Ich bin mir sicher. Doch du mußt dir auch sicher sein.«

Ich muß es auch ... Ich muß sicher sein ... Wie lautet da die Antwort? ... Er sagte zögernd:

»Glaubst du, daß du mich – gern haben kannst?«

»O *ja* ...«

Er flüsterte: »Oh ... Liebste ...« und zog sie zu sich und küßte sie.

Befangen ... widerstrebend ... erschrocken: Rollo Spencer, verheirateter Mann. Nicolas Mann, eigentlich ein Fremder, Rollo *Spencer* ... Was werden sie sagen – Lady Spencer, Sir John ... Mutter, Papa, Kate ... Alle sehen zu ... Unrecht, entsetzlich – böses Mädchen, du verführst einen verheirateten Mann ... einen Feind ... Ivor nicht ... Warum denkst du, hör auf, an Ivor zu denken ...

Er küßte sie, flüsterte Worte, sie schwebte davon. Namen, Gesichter, Zeit und Orte schwanden in Dunkelheit. Nur seine Stimme, seine Hände, sein Gesicht – unbekannt – erkannt – blieben.

Ihr Kopf auf seiner Schulter, als sei es ganz natürlich, als gehörte er dorthin ... Benommen.

»Du bist so jung«, sagte er. »Ich habe noch niemanden so Junges gekannt.« In seiner Stimme klang Genuß. »Du bist ein junges, junges Mädchen ...«

Was erwartete er? ... Eine selbständige Frau, sagte ich, nicht so jung an Jahren ... Eine erfahrene Frau? ... Was vermutete er? Angst berührte sie, nur ein Hauch, sofort vorüber ... Er ist nicht jung ... So sicher, so selbstgewiß ... Einer, der sich auskannte.

»Ich muß nun hineingehen.« Immer noch meine Stimme.

»Ich bringe dich zur Tür.«

Sie stiegen aus dem Wagen. Er nahm ihren Arm, hielt sie und ging mit ihr über den Weg; seine Schritte auf dem Kies knirschten laut und hart. Wo der Weg einen Bogen machte, bei den Büschen, kam das Haus in Sicht, und er hielt inne, sah im Mondlicht den rechteckigen, festgefügten Umriß des Backsteingebäudes mit seinen stämmigen Schornsteinen.

»Ist dies dein Zuhause?«

»Das ist mein Zuhause.«

Er stand da und betrachtete es. Die Büsche rührten und regten sich, und eine Eule rief.

»Ich sage dir hier gute Nacht.«

Er zog sie sanft aus dem Sichtkreis der dunklen Fenster, die wie Augen zu blicken schienen, legte seine Hände um ihr Gesicht und sah sie an.

»Woran denkst du?«

»An nichts. Ich kann jetzt nicht denken.«

»Du hast keine Angst, oder?«

»Nein.« Sie seufzte.

»Was dann?« Er hatte eine freundliche, feste Stimme.

»Ich kann es wohl kaum glauben.«

Er lächelte.

»Bald wirst du es glauben. Es wird nicht lange dauern – dafür werde ich sorgen – und dann gewöhnst du dich daran – und dann wirst du es womöglich leid ...«

»Sag das nicht ... Warum sagst du so etwas?« Sie war erschrocken, mit einem Mal ganz wach.

»So etwas geschieht ... Womöglich langweilst du dich in kürzester Zeit ...«

»Du dich vielleicht auch ...«

Sie küßten einander, wehmütig, hingebungsvoll, ungläubig, voller Entsagung, wissend.

»Wann hast du daran gedacht?« fragte sie, zum erstenmal lächelnd.

»Gleich als ich dich sah.« Er lächelte ebenfalls.

»Wie meinst du das?«

»Im Zug. Gleich nachdem ich die Würstchen bestellt hatte. – Nein, eigentlich schon früher, um ehrlich zu sein.«

»Wann?«

»Als wir uns kennengelernt haben. Damals beim Ball.«

»Das glaube ich nicht.«

»Doch. Auf der Terrasse. Ich hätte dich damals beinah geküßt.«

»Oh, das stimmt nicht! Welch ein Unsinn!«

»Doch, ich spielte wirklich mit dem Gedanken ... Ich fand dich damals sehr reizend.«

»Eher hätte ich geglaubt, der Heilige Geist sei über mich gekommen.«

»Na, jetzt redest du aber Unsinn.«

»Nun ja, *vielleicht* – *vielleicht* habe ich damals auch einen Augenblick daran gedacht ... Aber lediglich auf der Gary-Cooper-Ebene ...« Lachen, Vertrauen waren jetzt ganz leicht. »Es war ein besonderer Abend, mir war eigenartig – alles war in Bewegung ... Als sähe ich mich in vielen verzerrenden Spiegeln ...«

»Ich fand, du sahst ganz in Ordnung aus. Du schienst kühl und freundlich.« Seine Stimme klang ernst, beinah niedergeschlagen. »Wie der Wind draußen auf der Terrasse. Friedlich ...«

»Liebster ...« Worte, kaum zu glauben, wunderbar.

»Danach habe ich manchmal an dich gedacht – richtig ernsthaft an dich gedacht. Nicht oft. Vielleicht zweimal pro Jahr. Ohne besonderen Grund. Wenn ich in der Untergrundbahn saß – oder beim Rasieren – oder wenn ich bei einem Dinner mit jemandem dummes Zeug redete ... Dann kamst du mir plötzlich in den Sinn, und ich dachte: ›Ich würde sie gern wiedersehen ...‹«

»Ich habe auch an dich gedacht. Ich wußte immer, daß ich dich wiedersehen würde. Es überkam mich manchmal ohne einen ersichtlichen Grund – wenn die Sonne schien –

oder wenn es regnete – einfach so ... Seltsam, eigentlich wundert mich das jetzt gar nicht mehr – dich?«

Er lachte.

»Ganz und gar nicht.«

»Wir wissen noch nicht, *wo* das hinführen wird – nicht wahr?«

Sie wartete ... Sag: Sie spielt keine Rolle, es macht ihr nichts aus, es ist vorbei, ich bin frei für dich ... Doch er schüttelte nur seinen Kopf, schnell, unbeholfen.

Sie sagte hastig:

»Es macht nichts.« Liebe zu ihm überkam sie. Es war dieses Kopfschütteln, das so hilflos gewesen war.

»Verstehst du –«

Was? Er hielt inne, nahm ihre Hand, küßte sie. Nicht davon sprechen.

»Bist du glücklich?« fragte sie.

Er küßte auch die Innenseite ihrer Hand und nickte.

»Natürlich.«

»Ich wollte immer glücklich sein«, sagte sie. »Ich wußte immer, daß ich eines Tages glücklich sein würde. Daran habe ich fest geglaubt ...«

Er zog sein Notizbuch aus der Tasche und schrieb im Schein des Streichholzes, das sie ihm hielt, ihre Londoner Adresse und Telephonnummer auf.

»Ich schreibe dir«, sagte er. »Und wenn du mich erreichen möchtest –« Er beschrieb eine leere Seite, riß sie heraus und gab sie ihr. »Das ist mein Büro ... Ruf mich dort an, wenn du mich sprechen möchtest.«

Sie nahm das Blatt. Er meint: Ruf mich dort an, nicht zu Hause. Ruf mich nicht zu Hause an.

»So viele Verabredungen.« Sie lächelte, sah all die Eintragungen, während er blätterte.

»Die bedeuten nichts. Die können alle abgesagt werden. Fast alle.« Er schloß das Buch. »Ich habe ein entsetzliches Gedächtnis, ich muß alles aufschreiben.«

Nicola diktiert das Wann und Wo ihrer gemeinsamen gesellschaftlichen Verpflichtungen. Sie hat ihm das kleine Buch geschenkt. Ein reiches gesellschaftliches Leben, natürlich, viele Verabredungen – nicht wie ich. Sie ließ das Streichholz fallen.

Sie küßten einander. Sie hörte seine Schritte auf dem Weg verhallen, laut, gleichmäßig, klangen sie nicht nach schlechtem Gewissen. Sie wartete, bis sein Wagen ansprang, lief ins Haus.

Der erwartete Brief lag auf dem Tisch in der Halle. *Bitte die Kette vorlegen und das Licht im Treppenhaus ausschalten.* In all den Jahren hatte sich wenig verändert. Die Keksdose, die Schale mit den Äpfeln und Bananen. Nur keine Thermosflasche mehr, höchstens für James. Er mochte *Ovaltine*, doch die Mädchen rührten es nicht mehr an. Dann vielleicht Kakao? Heiße Milch? ... Es täte euch so gut ... Nein, Mama, danke. Nicht einmal *Horlick's*[14], einst Olivias Leib- und Magengetränk während ihrer Studienzeit in Oxford. Doch natürlich gingen beide Mädchen keiner anstrengenden geistigen Tätigkeit mehr nach. Schade, besonders was Olivia betraf. Eine verheiratete Frau mit Kindern hat reichlich Beschäftigung, auch wenn sie sich nicht bildet; dennoch bedauerlich, daß keine von beiden sich für Politik oder sonstiges Gedankengut interessierte: sie zogen immer noch *Pip, Squeak und Wilfred*[15] oder den albernen *Beachcomber*[16] und jede Klatschkolumne dem Leitartikel oder dem Nachrichtenteil der *Times* vor. Schade. Sie waren beide gescheite Mädchen, hatten genug Verstand, wenn sie ihn nur nutzen würden. Mrs. Curtis selbst und Tante May hatten sich im weitesten Sinne fortgebildet, auf dem laufenden gehalten.

Sein Hut, seine Mütze und sein Überzieher hingen an der Garderobe: keine stummen Zeugen des Leids mehr, Zeichen der Häuslichkeit; ihr Sinn war wiederhergestellt, sie waren stumme Diener, Wächter.

Einen Keks knabbern ... Um mich herum das Mobiliar, nächtlich erstarrt, still, freundlich, fremd ... Kate, Mutter, Vater, die Hausmädchen schliefen oben, die Krankenschwester war sicherlich auch in ihrem Stuhl eingenickt – alle wußten sie nichts von mir, von den männlichen Schritten im Garten, dem fremden Umriß an der Hecke, den lauschenden Blättern, dem sprechenden Kies; von den beiden Gestalten, die aufeinander einsprachen, einander umarmten; dort sollen sie bleiben: dort werden sie immer bleiben, umarmt, wie am Anfang einmal erträumt. Er sollte es sein, und dies war die Nacht. Nun ist ein neuer Anfang, nun beginnt, wovon ich geträumt habe.

Mein Bett erwartet mich, behütet mich ... Ein Blick noch in Kates Schlafzimmer. Dann ein heißes Bad: im Wasser liegend sacht zerfließen; gedankenlos in tiefem Schlaf versinken.

Doch an der Treppe ein Rascheln: die Schwester in steifknisternder Tracht ... Ohne hinzuschauen, konnte Olivia die breite Gestalt sehen, tadellos und munter, mit federndem Gang und festem Tritt, klappernd, in blauen bestickten, pelzverbrämten Pantoffeln.

Sie schaltete das Licht in der Halle aus, ging leise nach oben, den Flur entlang. Die weiße Figur stand wartend an Vaters Tür.

»Hallo! Hatten Sie einen schönen Abend?«

»Danke, wunderschön.«

»Gut so. Etwas Abwechslung kann man immer gebrauchen – tut Ihnen gut.« Die steinernen blauen Augen maßen Olivia mit Blicken ... Hörte wahrscheinlich den Wagen halten und wieder abfahren, soviel später? ... Wer weiß? Eine gute Stunde ... zwei vielleicht? Und mein Gesicht muß verändert sein ...

»Wie geht es ihm?« Mit einem Mal sorgte sie sich.

»Oh, gut. Er hat gerade ein wenig heiße Milch mit Brandy getrunken ... Er hat nach Ihnen gefragt.«

»Wirklich? Wann? Soll ich zu ihm gehen?«

»Ja, gern. Aber nur kurz. Er schläft dann vielleicht ruhiger.«

Die Lampe, verhängt mit Mutters grünem Seidenschal, gab gedämpftes Licht. Das Bett im Schatten. Er lag mit geschlossenen Augen auf dem Rücken, gestützt von drei Kissen, erschöpft. Sie ging und stand an seiner Seite.

»Hallo, Papa –«

Mühsam öffneten sich seine Augen.

»Ach, du bist es.«

»Ich war eingeladen – bin gerade zurückgekommen.«

»Dachte schon, du wärst fort ...«

»Nein, nein. War nur in Meldon – bei den Spencers. Sie senden dir jede Menge Grüße. Sie sind so froh, daß es dir wieder besser geht.«

»Hm. Jack Spencer ... Kranker Mann ... Hm ...«

Sein ungewohnt graues bärtiges Kinn bewegte sich ... Schließlich sagte er mit geschlossenen Augen:

»Laß mich überlegen ... Wie viele Kinder hat Kate?«

»Vier. Nette Kinder. Ich glaube, das Baby kennst du noch nicht, oder?«

»Nein, noch nicht ... Wenigstens, ich glaube nicht ... ihr Mann ... er ist in Ordnung, oder?«

»Ja, Rob ist in Ordnung. Er paßt zu Kate. Sie verstehen sich und kommen gut miteinander aus.«

Ein tiefer Seufzer kam über seine dünnen schlaffen Lippen. Dann sagte er:

»Geht es dir gut?«

»Ja, Papa. Natürlich.« Er macht sich immer noch Gedanken um mich. »Sorg dich nicht. Mir geht es bestens.«

Nach einer Weile sagte er vorsichtig:

»Ich habe vergessen, wie es um dich steht ...«

Darauf will er hinaus ...

»Um mich und Ivor, meinst du, Papa? Weißt du, ich lebe nicht mehr mit Ivor zusammen. Es ist vorbei. Wir haben uns getrennt – schon vor einiger Zeit.«

»Keine Hoffnung«, sagte er bedauernd, »daß ihr wieder zusammenkommt?«

»Nein. Es war ein großer Fehler. Es ist das beste, daß wir uns getrennt haben.«

»Schade.«

»Ja.«

»Soweit ich mich erinnere, war er ein anständiger junger Mann ...« Seine Stimme klang schwach.

»Ja, das war er.« Vater hatte ihn gemocht, auch wenn er ihn nur selten sah. »Wir hätten nur nicht heiraten sollen, das ist alles.«

»Du weißt es am besten.« Wieder ein Seufzer. »Es beunruhigt mich. Ich wünschte ...«

»Mach dir keine Sorgen, Papa. Es wird schon werden. Es tut mir leid, daß ich dir Unannehmlichkeiten gemacht habe.«

Er wartete; stellte dann fest:

»Ich möchte, daß du glücklich bist.«

»Das will ich auch«, sagte sie schnell, bewegt. »Werde gesund, dann bin ich vollkommen glücklich.«

»Oh! ...« Er seufzte widerwillig. »Was das betrifft ...« Beruhige ihn, bring ihn auf andere Gedanken; er war so müde; das Sprechen strengte ihn so sehr an ...

Sie beugte sich über ihn und sagte eindringlich:

»Hör zu, ich werde glücklich sein. Ich verspreche es dir.«

Seine geschlossenen Lider zuckten ein wenig, wie zum Zeichen seiner Zustimmung. Er sagte undeutlich – ähnlich wie der andere, wie Rollos Vater:

»Kein Grund, etwas zu bereuen. Schlecht. Reue ist eine dumme Angewohnheit. Unklug. Jeder macht einmal einen Fehler. Du hast das Leben noch vor dir.«

»Ja, das habe ich.« O ja! ...

Er wollte noch etwas sagen, doch sein Kopf, eine Last, die nur mit Schmerzen zu tragen war, schwankte. Er konnte nicht mehr weiter. Schwach und feierlich sprach er:

»Du kannst – dich auf – mich – verlassen ... Hätte – ich – dir – schon – früher ... War – mir – nicht – sicher ...«

»Danke, Papa. Ich werde es nicht vergessen. Gute Nacht. Schlaf jetzt schön.«

Sie küßte ihn auf die Stirn ... Ein ganz anderer Kuß ... Sie ging hinaus, schloß geräuschlos die Tür. Er rührte sich nicht.

Im Ankleidezimmer nebenan, im Sessel am Kamin: die weiße Flügeltracht. Auf dem Tisch neben sich: ein Tablett mit Butterbroten, eine Thermoskanne. Ein Buch, die Zeitung.

»Haben Sie alles, was Sie brauchen?« Olivia stand vor dem lodernden Feuer und wärmte sich die Beine ... »Sie knausert nicht mit Kohlen; ich muß mit ihr darüber reden«, hatte Mutter gesagt. »Die *halbe* Menge reicht in solch milden Nächten ...«

»Ja, danke, alles in Ordnung.«

»Ich kann mir nicht vorstellen, wie Sie es schaffen, wach zu bleiben.«

»Ach, daran kann man sich gewöhnen. Gegen Morgen beginne ich allerdings zu gähnen. Aber ich halte zwischendurch ein Schläfchen. Man braucht ja nicht mehr ständig nach ihm zu schauen.«

»Was meinen Sie, wie geht es ihm?«

»Oh, nicht schlecht. Er macht Fortschritte.«

»Er ist unglaublich geduldig.«

»O ja, er ist ein guter Patient. Ich sage immer, Männer sind mir als Patienten lieber.«

»Er ist entsetzlich schwach.«

»Nun, das ist immer so. Ich denke, das wird sich allmählich legen. Er wird natürlich langsam machen müssen und darf sich nicht überanstrengen. Wie früher wird es nicht mehr werden, nehme ich an.«

»Er sieht jetzt eigentlich kränker aus als gestern. Das muß wohl so sein ...«

»Hm ...« Genug über den Patienten. Daß die Verwandten sich sorgten, war natürlich, aber nun reichte es. Es ging ihm gut, sie hatte es gesagt. »Wie laut die Eulen des Nachts hier sind.«

»Ja, hier gab es schon immer viele Eulen – solange ich denken kann. Mögen Sie Eulen?«

»Kann ich nicht behaupten. Unheimliches Geräusch. Sicherlich gibt es hier auch Nachtigallen, oder?«

»Früher hatten wir eine Nachtigall ... Jedes Jahr im Mai in der Hecke bei der Auffahrt.« ... Genau da ... »Aber sie kommt nicht mehr. Ich weiß nicht, warum. Wahrscheinlich ist es hier zu vorstädtisch geworden.«

»Hm. Vorstädtisch nennen Sie das?« Sie stieß ein kurzes scharfes Lachen aus. »Natürlich, für eine Weile ist das Landleben in Ordnung – aber länger würde ich es nicht aushalten.

Du meine Güte, ich würde hier trübsinnig. Besonders im Winter. Könnte es nicht aushalten. Im Winter muß ich in London sein. Ich liebe London.«

»Tatsächlich? Es ist natürlich aufregend, aber ich liebe es nicht besonders. Ich würde lieber auf dem Lande leben. Besonders im Winter.«

Oh, aufhören, fürchterliche Stimmen, glatte Worte gleiten aneinander, hoffnungsloses, sinnloses Geratter ... Ist es wahr, kann es wahr sein, das Fühlen, Sprechen, noch vor einer halben Stunde? Sind die Umrisse dessen, was wir zurückgelassen haben, noch da, vollkommen, in der Novembernacht, im Garten gleich hinter diesen Fenstern? Ist die Nacht immer noch so schön – monddurchdrungen; der warme Laubgeruch, der kühle Nebelduft, heimliches Sterben und Erleben? Ist alles nichts? Läßt es sich entstellen, verunstalten, in den Schmutz ziehen durch eine Stimme? Kann man es auch anders sehen – aus ihrer Sicht, nicht meiner? ...

»Ich hoffe, meine nächste Stelle wird in London sein.«

»Das wünsche ich Ihnen. Hier muß es entsetzlich langweilig für Sie sein.«

»Nun ja, so ist es eben. Man kann es sich nicht aussuchen.«

»Wahrscheinlich nicht.«

»Ihr Kleid ist schön. Steht Ihnen, die schmale Linie. Ich mag Weiß. Nicht, daß ich es trage – meine Tracht reicht mir – weiß, weiß, weiß – ich wähle deshalb immer eine Farbe. Aber ich finde, Weiß sieht immer vornehm aus. Eine Frau in Weiß fällt auf – ich meine, eine gutgekleidete Frau.«

»Es freut mich, daß es Ihnen gefällt.« Oh, genug, genug ... Sie gähnte gekünstelt, ausgiebig, reckte sich. »Ich bin müde, ich gehöre ins Bett. Gute Nacht, Schwester.«

»Wenn Sie wollen, können Sie sich hier ausziehen und ein bißchen aufwärmen.«

»Oh, vielen Dank – das ist ein freundliches Angebot – aber ich soll noch bei meiner Schwester hereinschauen.«

»Aha.«

Die blauen Augen wurden schmal, kalt, berechnend, obszön ... Na, was war denn vorhin? Sie sind doch sonst nicht so zurückhaltend, Ihre Sorte kenne ich. Los, keine falsche Scham. *Männer! Wir* kennen sie ... Wollen alle nur das eine. Ich kann Ihnen ein Lied davon singen ...

War es doch anders gewesen? Grob, oberflächlich? Habe ich mir etwas vergeben, Freiheiten erlaubt? War es nur Lust, eine flüchtige Laune, war es gemein, eine Schande?

Schnell, schnell, fort ...

»Also, gute Nacht, Schwester. Haben Sie alles, was sie brauchen?« Gewinnendes Lächeln.

»Ja, danke. Gute Nacht.«

Die Augen starrten, wandten sich ab, der Zeitung zu ... Zurückgewiesen.

Kate.

Sie drückte die Klinke und blickte ins Zimmer. Die Nachttischlampe brannte, doch Kate schlief fest. Sie hatte wach bleiben wollen, doch sie war zu müde gewesen. Zusammengekauert lag sie, gut zugedeckt, mit rosigem Gesicht wie ein Kind, friedlich, den Kopf in die Kissen gedrückt.

Warum ist dieses Bild so rührend – warum ist Kate so liebenswert?

Kate schlief tief und fest, wenn sie fort von zu Hause war, genoß die Ruhe. Im Schoß ihrer Familie war ihr Schlaf leicht und wurde oft unterbrochen – sie war nervös, voller Fragen: Weinte ein Kind? War es ein Nachtvogel? Draußen das Vieh? Würden der anfahrende Wagen, die späten lauten Stimmen den zahnenden Säugling wecken? ... Ja? Nein? ... Immer auf dem Sprung, dabei ganz ruhig ... Ja? Nein? ... wieder leichter Schlaf.

Dennoch wurde sie nicht gern vom Schlaf überrascht, mochte nicht, wenn morgens noch das Licht brannte. Oder daß ich käme und es ausknipste, ohne sie zu wecken. Dann fände sie, ich hätte sie ertappt: das würde ihr gar nicht gefallen.

Welch ein Glück, daß sie schlief – verheiratete, unschuldige Kate. Morgen wird mein Gesicht wieder undurchschaubar, mir nichts mehr anzusehen sein.

Mein Schlafzimmer, mein Bett. Sie streckte sich aus, entspannte sich, müde vom heißen Bad. Seit Vater krank war, wurde der Boiler spät noch einmal geheizt, so gab es die ganze Nacht hindurch warmes Wasser. In Sicherheit, endlich allein. Nun kann ich an ihn denken, nachdenken, was ist, was sein wird ... Ist er schon zu Hause, nicht mehr draußen in der Dunkelheit? Schläft er schon, denkt er auch nach? ... Bilder kamen ihr in den Sinn, scharf, zerfließend, vergangen, verwirrend: als sei sie bisher erstarrt, gelähmt gewesen und erholte sich nun langsam, zögernd, Schritt für Schritt. Als erwache sie aus einer Betäubung, gewinne nach und nach ihr Leben zurück ... Lange versiegte Quellen rührten sich, sprudelten wieder, als flösse endlich neues Blut in ihren Adern; nach all den Jahren allein, in denen sie nichts geteilt, in denen sie gedacht hatte: Es ist nicht so wichtig; es kümmert mich nicht, ich vermisse nichts, unterdrücke nichts ... wenigstens die meiste Zeit nicht ...

Rollo, ich hatte noch nie einen Geliebten. Ich habe mich in niemanden verliebt, habe mich auf nichts eingelassen: die Sache war es niemals wert. Nicht weil ich kalt bin; nur weil ich Liebe wollte – weil ich daran glaube, weil ich darauf wartete, auch wenn sie mich kindisch, neurotisch, unfreundlich nannten ... Es war deinetwegen ...

Ich werde ihm alles sagen. Ich sage ... Er sagt: Genau wie ich, wir dürfen nichts verderben ... Er sagt: Ich bin glücklich ... Wäre er hier ... Ich wünschte, er wäre hier ... Einmal hat Ivor ... Ich möchte nicht an Ivor denken ... Einmal sind wir lange am Fluß geblieben, haben unsere Kleider ausgezogen, vom Kahn aus gebadet, er sagte, wie schön du bist, du bist so glatt und weiß; da sahen wir uns zum erstenmal nackt ... Später weinte er, warum weinte er, er glaubte, er genüge mir nicht, ich mußte ihn trösten ... Ich möchte nicht an Ivor denken ... Einmal ging ich früh schlafen, er las noch, und ich wurde davon wach, daß er mich ansah: so betroffen, mitleidig, zärtlich, betrachtete meinen Schlaf; und ich streckte meine Arme nach ihm aus ... Wir waren verheiratet. Rollo ist mit Nicola verheiratet ...

Warum, ich möchte nicht, ich will nicht an Ivor denken ...

Rollo, schreib mir. Ich wünsche mir, daß der Brief auf mich wartet, wenn ich wieder nach London komme, und es wird wahr sein, ein Brief von Rollo. Wird er so schreiben, wie er spricht, liebste Olivia, willst du ...

Ja, werde ich sagen ... Ja. Alles, was du willst. Ja.

Zweiter Teil

Damals begann die Zeit, in der es keine Zeit gab. Es war eine Reise im Dunkeln, ohne Anfang oder Ende, als seien keine Grenzen mehr gezeichnet, die Richtung verloren: schlafend? ... wach? ... Die Zeit verging im Wirbel, hielt inne und enthüllte wie in paradoxem Zeitlupentempo ein Zeichen, eine Szene, gestochen scharf, bestürzend, nachhaltig wie ein Schlag aufs Herz. Ein Blick, leuchtend, voll dringlicher Bedeutung, prägt sich für immer, immer, immer ein ... Fort wie der Blitz, ein Gesicht in einem vorüberfahrenden Zug – nie wiederzuholen. Eine Stimme rief, sagte etwas – endlos, endlos, ein ewiges Echo ... verhallte, blechern, hohl, der wahre Sinn verloren, der Klang bedeutungslos. Eine Stimme ruft des Nachts an einem fremden Ort, durch den der Nachtzug, ohne anzuhalten, fährt ...

Innerlich war es ein Doppelleben, unfaßbar beeinflußt von wechselndem Dunkel und Licht: wenigstens wenn wir zusammen waren. Nicht-Zusammensein war Leere. War ein ungeborener Raum im Schatten früherer Zeit, kommender Zeit. War Erinnerung und Vorausschau, beides schmerzhaft, aufs äußerste angespannt ... Ermüdend ...

In dieser Zeit gab es keine Fragen. Alles war Zustimmung, Fragen über Fragen schmolzen dahin, lösten sich ineinander: »Ja«; »Ja, Liebster«; »Ja« – Lächeln, Hinnehmen, Küssen, Abwinken ... Kein Streit, keine Auseinandersetzung. Kein Einzelwesen, das es galt zu beurteilen, einzuschätzen, kennenzulernen, Schritt für Schritt. Er war wie der Atem, der Herzschlag – unbekannt, unerläßlich, geheimnisvoll. Er war wie das Dunkel ...

Also, eigentlich weiß ich, was es heißt, verliebt zu sein ... Was geschah mit der Person, die ich gerade kennengelernt hatte – damals, als ich nach Hause fuhr, als ich in Meldon eingeladen war? ... Mit einem Mal war die Verbindung unterbrochen ... Ich kann mich noch genau an ihn erinnern: angenehm, umgänglich, auf eine klassenbewußte Art liebenswürdig und geistreich; freundlich; und dann nicht freundlich: feindselig, eigensinnig, auf der Hut ... Schafft die Liebe einen neuen Menschen? Kannte ich ihn damals und nicht jetzt? Habe ich ihn verschlungen? *Venus toute entière* ... Nein, nein! Niemand konnte behaupten, Rollo sei ein Opfer ... Oder doch? ... Höchstens, daß er ein wenig schwach und durcheinander war ...

Außerhalb der Glasglocke, die mich umgab, war das Wetter, waren die winterlichen Straßen in Regen, Wind, Nebel, an klaren, frostigen Tagen und Nächten, an milden, feuchten, grauen Tagen. Bilder des Londoner Winters auf der anderen Seite des Glases – erreichten den Körper nicht; keine nassen Füße, schmutzigen Strümpfe, kein zerwehtes Haar, keine kältestarren Wangen, Augen, Hals, Nase, schmerzend vor Nebel ... nicht mein Winter mit den üblichen Busfahrten. Alles geschah in geschlossenen Räumen, in Taxen oder seinem warmen Wagen; meist im sicheren Dunkel oder im Halbschatten im hintersten Winkel des Restaurants, soweit wie möglich außer Sicht. Verschlossene Vorhänge, gedämpftes Licht oder nur das Kaminfeuer ...

In dieser Zeit gab es keine Fortsetzung, keine Entwicklung. Jedesmal war es neu, war es anders, es gab kein Vorher oder Danach; alle Male waren eins und gleich.

Das Telephon läutete am Morgen. Ich wollte gerade ausgehen.

»Sieh mal.« Das sagte er immer am Telephon. »Was hast du heute abend vor?« Er war am Telephon immer auf der Hut, schroff, unverbindlich, niemals sprach er lange, traf nur schnell eine Verabredung. Er sagte niemals etwas Freundliches.

»Also, ich wollte mit einigen Leuten zu Abend essen und dann wahrscheinlich ins Kino gehen.«

»Ich verstehe.«

»Aber ich könnte absagen –«

»Also, ich bin auch eingeladen.«

So war er immer am Telephon – reserviert – ungehalten

klang es: eher abweisend; doch dann gewöhnte ich mich daran und konnte darüber scherzen.

»Ach ... dann hat es wohl kaum Zweck ...«

»Ich dachte nur, ob wir uns anschließend treffen könnten? Um zehn kann ich fort. Wir könnten noch essen gehen. Oder hast du schon fest zugesagt?«

»Ich habe nicht fest zugesagt. Es paßt mir gut.«

Es war eine seltsam halbherzig klingende Einladung ...

»Soll ich dich irgendwo abholen?«

»Ich weiß nicht genau, wo ich sein werde. Ich werde bei meinen Freunden sein, weißt du, aber nicht ins Kino gehen ... Natürlich macht es mir nichts aus, ich habe diese Woche schon drei Filme gesehen.« Das hatte ich tatsächlich – es war das einzige, wozu ich fähig gewesen war. »Am besten komme ich hierher zurück ...« Schnell alles geplant. »Hol mich hier ab.«

»Gut. Dann bis zehn Uhr.«

Es klang sehr gewöhnlich und direkt – eine nüchterne Verabredung. Ich konnte gar nicht denken, nichts fühlen – nicht bewußt. Das einzige, was mir durch den Kopf ging, war, daß Etty nicht da war; ich hatte das Haus für mich allein.

Wir aßen in Simons Atelier zu Abend, das mochte ich am liebsten. Simon kochte, und Anna half ihm, sie konnten wie die meisten Maler beide gut kochen. Ich brachte ihnen Zigarillos mit, das gefiel ihnen. Es wurde eine richtige Feier, ich weiß nicht, warum; alle waren guter Stimmung, lustig und ein wenig übermütig. Adrian brachte eine neue Entdeckung mit, Ed, einen Boxer, sehr hübsch und freundlich, mit wunderbaren Manieren, ganz reizend, sagten wir alle, ein faszinierender Mensch, sagten wir. Wir nahmen alle Adrian beiseite und gratulierten ihm zu Ed; und Adrian sagte, Tatsache ist, ihr Lieben, er ist außergewöhnlich klug und ungemein ironisch, wir sollten erst einmal seine Geschichten über den Boxring hören. Ed erzählte auch etwas darüber, knappe, genäselte Sätze, wirklich faszinierend, sagten wir da alle ... Ich habe vergessen, was er erzählte. Ich verstand mich gut mit dem lieben Ed, am Ende hielten wir Händchen, sehr freundschaftlich, nicht sehnsüchtig. Ich dachte: Er ist wie Rollo – seine Kraft, Güte liegen tief verschlossen, eine unbekannte Menge, aufregend – nicht überall vergeudet oder verdünnt, nicht kopflastig und demonstrativ. Ich sah Rollo durch Ed, ganz klar, einen Augenblick lang, wie sie sich beide eindeutig von allen Frauen abhoben, sie dadurch magisch anzogen ... Keinerlei Kameraderie ...

Jeder Bissen der Mahlzeit, jeder Schluck, den wir tranken, schmeckte würzig und gut, alle Gesichter, Bewegungen waren lebhaft, einnehmend; und ich bemerkte im Zimmer Dinge, die mir früher niemals aufgefallen waren – die ich nie mit Bewußtsein wahrgenommen hatte: der Entwurf auf den handbedruckten grauen Leinenvorhängen, ein unordentlich mit bunter Wolle besticktes Kissen – ein Muschelmuster; eine kleine Frauenfigur aus Blei oben auf dem Regal, ein bemalter Krug mit billigen Papierblumen darin, eine Karikatur von Simon, wie er seine Kakteen betrachtete, ein, zwei Bilder, Stilleben, die mir noch nie aufgefallen waren, eine Maske, die Colin geformt hatte – wohin auch immer der Blick fiel, Zeichen von Leben, von Witz, Geschmack, Erfindung – die kräftigen Formen, Muster, Farben bildeten ein ästhetisches Ganzes – alles hing von der schöpferischen Hand, dem individuellen Gespür ab – der Schmutz, die Unordnung, das einfache Material waren ganz und gar unwichtig. Ich dachte: Der Raum lebt; ihre Räume sind dagegen tot, voll toter Dinge. Ich meinte damit Meldon. Fragte mich, wie es Rollo hier gefiele, wie Nicola sich einrichtete, und Marigold ...

Colin hatte sich seit Tagen nicht rasiert, er trug ein blaues, kragenloses Hemd und um den Hals ein rotes Tuch, heute sah er wie ein Bergarbeiter aus, ein Heizer, mit seinem muskulösen Nacken, seinem hageren Gesicht, der vorspringenden Stirn mit den Locken darüber. Er erklärte uns den Zusammenhang zwischen Musik, Malerei und Dichtung, um uns anschließend zu bedeuten, wie unerklärlich dieser Zusammenhang sei. Anna strahlte still, wie immer, wenn sie glücklich war; ihr Mund war leicht geöffnet, die Vorderzähne sichtbar; sie lief zwischen Küche und Zimmer hin und her, versuchte alles für Simon zu tun, bediente jeden von uns ... Simon war sehr blaß, seine Augen glühten; blitzschnell lief er hierhin und dorthin oder saß ruhig und auf dem Sprung ... als hätte jemand ihm Einhalt geboten, als warte er ab, daß er weiterdürfe ...

Manchmal, wenn ich Simon zusehe, scheint er der einzige Mensch, der sich wirklich *bewegt*, andere Leute taumeln. Zum Beispiel, wenn wir aus dem Kino kommen. Wir drängen die Treppe hinunter, machen zwischendurch halt, eingepfercht in der Menge, wir reden, stehen gefangen zwischen allen übrigen plumpen Körpern mit linkisch langsamen Armen, Beinen. Simon dagegen geht voran, bahnt sich geschickt einen Pfad durch das Gedränge, und schon wartet er auf dem Gehweg, den Blick geradeaus, als stützte eines jener biegsamen stählernen Maßbänder seinen Rücken, hielte ihn aufrecht, ohne ihn zu versteifen, hielte ihn in der Waage ...

Es war neun Uhr, als sie sagten, gehen wir ins Kino, und Anna erklärte, es gebe im *Academy* einen französischen Film, und ich stand auf und sagte: »Ich muß leider gehen, ihr Lieben.« Sie protestierten, und ich sagte: »Meine Cousine, deren Existenz mir keiner glaubt, liegt mit Fieber im Bett, und ich habe ihr geschworen, daß ich um neun zu Hause bin und sie versorge.« Bald waren alle draußen auf der Straße, Simon, Colin, Adrian rauchten ihre Zigarren, Adrian trug den neuen riesengroßen Filzhut aus Paris. Ed sagte:

»Sie müssen doch noch nicht gehen, oder?«

»Ich wünschte, nein.« Bedauernd sah ich ihn an.

»Komm, laß die Cousine im Stich«, sagte Simon.

»Soll ich? Soll ich? Nein, ich kann nicht, ich kann nicht.«

»Sie kann nicht, das ist ihr Problem«, sagte Colin.

Ich rief: »Auf Wiedersehen, ihr Lieben« und lief in die entgegengesetzte Richtung. Am Platz nahm ich eine Taxe, in Panik, ich käme womöglich zu spät. Simons Uhr geht immer nach, vielleicht habe ich keine Zeit mehr, mich zurechtzumachen ... Um halb zehn war ich zu Hause.

Zehn. Zehn nach zehn. Zwanzig nach zehn bog ein Wagen

in die Straße ein und hielt, und im nächsten Augenblick läutete es an der Tür. Mir war vor Warten flau im Magen, ich lief die Treppe hinunter, zwang mich, langsam zu gehen – und dann stand er da. Sein langer, großer schwarzer Wagen draußen schien von der Haustür bis zur Eckkneipe zu reichen, ein beachtliches Vehikel, keins, das ungesehen blieb.

»Hallo! Darf ich hereinkommen?«

Er trat in die winzige Halle, seine Stimme klang so laut, so voll, seine Schultern schienen den Raum zu blockieren, sein Kopf reichte beinah an Ettys kümmerlichen Kronleuchter. Er zog seinen Mantel aus und hängte ihn an den Haken, heiter, leicht, selbstbewußt in allem, was er tat. Er trug ein Dinnerjackett mit gefälteltem Hemd aus weicher Seide, ich war einigermaßen entsetzt, ich trug noch das schwarze Kleid von vorhin.

»Wie geht es dir?« sagte er und ging die Stufen hinauf. »Du siehst gut aus. Tut mir leid, daß ich zu spät komme. Die Gegend ist ein Irrgarten. Ich habe ein halbes Dutzend Straßen abgesucht, von denen ich noch nie etwas gehört habe.«

»Ein verworrenes Viertel«, sagte ich. »Das Waterloo aller Taxifahrer.«

Er trat ins Wohnzimmer. »Sehr nett«, sagte er, als er sich umsah. Er ging auf und ab, anscheinend amüsiert, blickte aus dem Fenster, griff nach einem rosafarbenen Kristallelefanten auf dem Kaminsims.

»Reichlich heimelig, leider. Ettys Nest. Ich habe nur ein Zimmer oben. Etty ist ausgegangen.«

»Etty ist ausgegangen?« wiederholte er abwesend, betrachtete auf dem Schreibtisch die riesige Photographie mit Widmung: Der liebsten Et, immer und ewig, Mona – eine runde, weiblich verschnörkelte Handschrift, schwungvoll – Ettys Busenfreundin. Die Widmung deprimiert mich manchmal, doch Mona ist keine üble Person, man würde sie niemals verkennen, immer für die gutaussehende Engländerin halten, die sie ist: zwischen dreißig und vierzig, mit Perlenkette und dem korrekten, wenn auch nicht richtig sitzenden Hut, geschieden, eine kleine Tochter namens Averil. Mona ist immer freundlich, wenn ich ihr und Etty beim Tee Gesellschaft leiste – Künstlerleben interessieren sie. Einmal hatte sie beinah eine Affäre mit einem russischen Grafen – einem Künstler ...

»Zigarette?« sagte ich.

»Vielen Dank. Ich habe meine eigenen. Möchtest du eine? Ich glaube, ich komme zu einer unmöglichen Tageszeit«, sagte er. »Ich war bei Marigold. Sie hat ein Fest gegeben, und ich hatte ihr versprochen, den Gastgeber zu vertreten, Sam ist verreist. Ich hoffe, es macht keine Umstände, daß ich so spät komme ...«

»Kein bißchen. Ich könnte jetzt sowieso nicht mehr ausgehen. Ich war auch eingeladen. Ich bin eben erst zurückgekommen.« Er sollte nicht denken, daß ich hier gesessen und gewartet habe ...

»Sie sind noch auf einen Wohltätigkeitsball gegangen, doch ich durfte mich aus dem Staube machen. Ich kann diese Galaveranstaltungen nicht ausstehen.« Er sprach eigentümlich geziert.

»Du siehst sehr elgant aus ...« Ich konnte an nichts anderes denken, konnte ihn nicht ansehen, fühlte mich starr, unbehaglich, entsetzlich ... fragte mich: Ist alles ein gräßlicher Fehler? ...

»Tut mir leid«, sagte er. »Es ging nicht anders. Ich hasse diesen Aufputz, du nicht? Solch ein Unfug ... Obwohl es angenehm ist, sich nach einem Arbeitstag umzuziehen, man fühlt sich danach frischer ...«

»Ich mache mich auch gern schön, wenn ich eingeladen bin«, sagte ich. »Ich habe allerdings selten die Gelegenheit dazu. Am liebsten würde ich mich jeden Abend in aller Form zurechtmachen und herausputzen wie der Papst persönlich. Aber wann ziehe ich einmal ein Abendkleid an ...«

»Früher hat man häufiger Abendkleidung getragen«, sagte er abwesend. »Im Theater, zum Beispiel – heute nicht mehr – oder? ... Eigentlich viel vernünftiger ...«

»Vergangene Woche in Meldon habe ich – oh, seit Monaten – wieder einmal lang getragen.«

»Tatsächlich? Der Abend hat Spaß gemacht ...« Ihre

Blicke trafen sich, sie wußten nicht, ob sie lachen sollten, sahen wieder fort ... Spaß, allerdings!

»Was hast du seither unternommen?« sagte ich hastig.

»Oh, nichts Besonderes ... Die Woche war ziemlich voll. Weiß nicht mehr, was alles los war. Nichts Bestimmtes. Hier in London ist es immer gleich. Erschreckend, wenn man es genau bedenkt.«

»Das ist es.«

Er trat an den Kamin, wo ich stand – kerzengerade, wie immer, wenn ich irritiert bin – warf seine Zigarette ins Feuer – das elektrische Feuer – als ob es wirklich brannte. Er stand neben mir, den Ellenbogen auf dem Kaminsims, spielte mit dem Elefanten und den drei Elfenbeinaffen, der Cloisonnédose, unruhig, wie Marigold. Ein Fremder. Alles war schwer, mühsam, hart wie Steineklopfen ... Ich fragte mich: War er gekommen, alles zu widerrufen?

»Rollo, möchtest du etwas zu trinken?« Und meine Stimme, kalt, scharf, glatt. »Ich glaube, es gibt keine große Auswahl. Bier ... oder Gin?«

»Nein, vielen Dank. Jetzt nicht.«

Ich setzte mich auf den Hocker.

»Wie geht es deinem Vater?« sagte er.

»Viel besser, vielen Dank. Er sitzt schon wieder und ißt ordentlich. Ich habe erst heute abend angerufen.«

»Oh, ausgezeichnet. Da bin ich froh ...«

Seit es Rollo gab, auch wenn ich nur an ihn dachte, fühlte ich mich schuldig, sorgte ich mich um Vater. Ich hatte sogar zweimal angerufen. Mutter freute sich, doch beim zweiten Mal klang sie eine Spur gereizt – es schien ihr eine Laune, nun doch unnötig.

»Verreist du wieder übers Wochenende?« fragte ich.

»Ich glaube schon. Du auch?«

»Ich weiß es noch nicht.«

»Nicola ist gestern nach Cornwall gefahren – zu ihrer Mutter. Vielleicht fahre ich sie besuchen – nur übers Wochenende – gehe dort zur Jagd ...«

»Oh, tatsächlich?« Eine weite Reise für zwei Tage, dachte

ich – teuer – doch das spielte bei ihm keine Rolle ... Ich dachte: Wie treu und anhänglich es klingt.

»Sie bleibt dort eine Weile«, sagte er. »Ich bin Strohwitwer.«

»Oh, wirklich?«

Plötzlich sagte er: »Ich bin gekommen, sobald ich konnte ...« Als versuchte er, ein Hindernis zu überwinden, als bäte er um Verständnis, als erklärte er: Ich mußte warten, bis sie fort war, das verstehst du doch ...

»Danke für deinen Brief ...« Jetzt konnte sie es sagen, ihn anschauen, ein wenig gelöster, lächelnd.

»Brief konnte man das wohl kaum nennen.«

»Er war freundlich.« Mit der Post am Montag abend, und heute war Donnerstag ... drei Zeilen in seiner kleinen, breiten Schrift, unregelmäßig und nicht besonders leserlich, beinah quer übers Blatt: »Liebste, ich war den ganzen Tag so glücklich, du warst so süß zu mir. Wie fühlst du dich? Ich rufe dich an, sobald es geht – R.«

Lesen und noch einmal lesen ...

Vom Hocker aufstehen und noch eine Zigarette holen, unruhig, so unruhig ... Er hielt mir das brennende Streichholz hin, sagte sehr weich, mit eigenartig scheuer, kläglicher Stimme: »Ich habe so oft an jenen Abend gedacht.«

»Ich auch.« Die Zigarette betrachten, angespannt rauchen.

Dann senkte er den Kopf und küßte mich auf die Wange, leicht, schnell. Zwecklos. Wie das Hindernis überwinden, zum Schmelzen bringen? Wie beginnen? ... Er war da, er war gekommen, wollte holen, was ich versprochen hatte, es mußte also geschehen ... Wir standen Seite an Seite in Ettys vollgestopftem Wohnzimmer ...

»Freust du dich, daß ich da bin?« Schmeichelnd ...

»Ja, Rollo.«

»Hab keine Angst«, sagte er.

Es war bereits alles vorbei, es war immer noch nichts, würde niemals geschehen ... Ich weiß nicht, wie, es geschah ohne Übergang, durch ihn wurde es leicht und richtig, so wie alles, was er tat, er sagte einfach: »Sie kommt doch nicht zurück, oder?«

»Vor Mitternacht bestimmt nicht ...«

Er schaute sich im Zimmer um, er überragte mich. »Nicht hier«, sagte ich. Wenn es sein mußte, dann dort, wo ich wohnte, nicht bei Etty ... Es sollte ernst sein und wichtig ... »Warte. Ich rufe dich.«

Nach oben laufen, eine Treppe hoch, vorbei an Ettys Schlafzimmer, noch eine Treppe, mein Zimmer, die Gegenstände, die mir gehörten. Das war besser. Bett, Bücher, Frisiertisch, Sessel, mein Photo von Leuten in Liegestühlen unter einer Platane im Sonnenschein – eine Frau mit einem Kinderwagen, eine andere mit rotem Sonnenschirm – das Bild, das ich so aufgeregt mit Ivor in einer Londoner Ausstellung gekauft hatte, von dem Geld, das wir zur Hochzeit bekommen hatten: mit dem es sich leben ließ, wenn auch nicht so gut, wie ich gedacht hatte. Ich schaltete die Gasheizung an, die Nachttischlampe mit Annas Schirm. Ich dachte: Es muß ihm alles gefallen, er darf es nicht leicht und billig finden. Schnell zog ich mich aus, zog meinen rotseidenen Morgenmantel über, wickelte ihn fest um mich, es sollte wunderschön werden, nicht erbärmlich, ich dachte: Solch ein ungeheurer Schritt, ich muß ihm das sagen, erklären ... Doch ich war schon in jenem Raum, in dem es keine Entscheidungen mehr gab und kein Gefühl ... Sein Schritt hallte laut auf der Treppe, er trat ein, als kenne er das Zimmer schon. »Ich konnte dort unten nicht mehr warten.« Er sah sich nicht um, sah nur mich. Das ist seine Art, war immer schon so, von Anfang an – seine Direktheit, keine Zurückhaltung, Unbeholfenheit, kein Zweifel bezüglich dessen, was er wollte. Als handelte er aus einem einfachen warmen Drang, und alles wurde so leicht und richtig ... Er sagte: »Oh, Liebste, ich wußte, du bist schön.« Hingerissen ... »Es ist ein großer Schritt«, versuchte ich zu sagen, doch das war es nun nicht mehr.

Dann war es nachher. Er flüsterte:

»Ich bin dein Geliebter ...«

Ich dachte darüber nach. Ich hatte einen Geliebten. Doch nichts schien verändert. Es war nicht direkt enttäuschend ... Eher, als hätte es keine Bedeutung ... Nicht wunderbar – noch nicht ... Es fiel mir nicht leicht, ihn anzusehen, doch er war freundlich, heiter. Seine Wange wirkte im Schein der Lampe grobporig, rauh. Ich sah die Haare in seinen Nasenlöchern ... Ich hatte Angst, daß es enttäuschend für ihn war ... Dachte: Liebst du ihn denn? ... Das Wort ›Liebe‹ hatte keiner von uns ausgesprochen ... Dachte: Es ging alles viel zu schnell, vielleicht, und jetzt ist es aus ... Ich dachte an Simon und Anna und die übrigen im Kino, sah alle deutlich vor mir, dachte: Welch ein Unterschied: selbst die Gesichter waren anders, eine völlig andere Sorte Menschen. Wo war ich zwischen ihnen? Rollo mit Anna war unvorstellbar. Simon und ich ... Ich liebe Simon; doch das ist wieder anders, wir werden niemals miteinander schlafen, das ist gewiß ... Dennoch dachte ich damals: Ich liebe Simon, nicht Rollo – dachte, ich hätte gegen Simon gehandelt ... natürlich war das verrückt ... dachte, ich gehörte nun zu Frauen wie Etty und Mona, hätte mich gegen Anna und ihre Art zu lieben entschieden, indem ich Rollo zum Liebsten gewählt hatte ...

Er sagte: »Ist es nicht schön, so ruhig und friedlich danach?« Er war so freundlich und zärtlich.

»Ja«, sagte ich ... dachte, wie allein man sofort danach wieder war.

»Wie spät ist es?«

Ich hatte keine Ahnung. Vielleicht war eine halbe Stunde vergangen, vielleicht auch zwei Stunden ... Er sah auf seine Armbanduhr.

»Halb zwölf.«

»Ich habe solche Angst, Etty könnte zurückkommen.«

»O Gott, das wäre nicht gut, oder?«

Ich sagte: »Ich habe Hunger.« Wir lachten. »Komm, wir gehen noch etwas essen.« Ich zog mich an. Er saß auf dem

Bett und rauchte eine Zigarette, fühlte sich offensichtlich wohl. Ich dachte: Ob er so etwas schon öfter getan hat?

»Das Zimmer gefällt mir«, sagte er. Besonders mochte er den Lampenschirm, fand die reitenden Damen darauf anzüglich und komisch. Er erklärte, so etwas hätte er auch gern für sein Ankleidezimmer. Er ging in seiner typischen Art im Zimmer umher und glättete mit meiner Bürste sein Haar, bückte sich, um sich im Spiegel zu betrachten. Es war gemütlich ... Mit Rollo verheiratet, das würde niemals sein ... Dachte, das war das Schlimmste an meiner Ehe, niemals genug Geld, um ausreichend Platz zu haben, einen eigenen Raum. Ivors Kleider und Kamm und Zahnbürste zusammen mit meinen Sachen; Ivor, gelangweilt im Bett, schaute zu, wie ich mich anzog ... Rollo und Nicola kannten so etwas bestimmt nicht, hatten sie getrennte Schlafzimmer? ... Ich strich das Bett glatt, worüber er lächelte, ordnete alles, öffnete das Fenster, um den Zigarettenrauch hinauszulassen – der Wind sollte alles davonblasen. Das Feuer niedrig schalten, das Licht ausknipsen. Da. Er ist verschwunden. Heuchlerischer Raum, als wäre nichts geschehen! In der Tür umarmte er mich, küßte mich – anders als zuvor – zärtlich, dankbar, beschützend.

»Liebe«, sagte er.

Wir gingen hinunter und schalteten alle Lichter aus. Dann gingen wir hinaus auf die leere Straße, stiegen in den Wagen und fuhren davon. Das Restaurant *Rules* war an jenem Abend kaum besetzt. Ein paar Theaterleute, vage vertraute Gesichter, waren da und eine nicht einzuordnende Gesellschaft kräftiger, dicker Leute mit verschwommenen Dutzendgesichtern, Frauen wie von *Derry und Toms*[17], die künstliche Blumen an ihren Kleidern trugen und große schwarze Lederhandtaschen mit grimmigen Schließen und Henkeln; Männer mit schütterem Pomadehaar, steifen Kragen, über denen Hals und Gesicht eins waren; alle hatten sie falsche Zähne; alle schwiegen sie oder raunten nur. Wir kannten niemanden. Wir gingen zum hinteren Teil des Restaurants, der Ecktisch war frei, und wir saßen Seite an Seite auf rotem Plüsch. Uns gegenüber waren zwei junge Männer, beide blond, sie strichen sich übers Haar und sagten gekünstelt: »Die Sache ist ...« Sie nahmen von uns wenig Notiz. Als sie aufstanden, dabei die Köpfe zurückwarfen, die Krawatten zurechtrückten, waren wir hinter der Trennwand ganz allein und hielten uns an den Händen. All der Krimskrams, die alten Stiche, die Marmorbüsten, Ölbilder, die Lampe mit der Negerin, der Plüsch, das trübe Licht, die stickige Luft – alles vermittelte eine Atmosphäre von Sinnlichkeit und Romantik – wie sonst vielleicht in manchen Trödelläden oder altmodischen Kabaretts: der schwere, dunkle, intime Duft der Dinge, die viele hundert Menschen gehortet hatten, kunterbunt, ungelüftet, angestaubt ... Damals war es gerade richtig ...

Wir bestellten Würstchen, Rollo ein Bier und ich eine große Tasse Kaffee. Er fühlte in seiner Brusttasche und zog eine Münze heraus, zeigte sie mir auf seiner offenen Hand. »Ich habe dir gesagt, daß ich dich beim Wort nehmen werde«, sagte er.

»Weshalb?«

»Daß ich dir einen Kaffee spendiere.«

»Ist das mein Shilling?«

»Genau.«

»Meinst du damit, du hast ihn wirklich verwahrt?«

»Genau.«

»So haben wir uns das Kaffeetrinken nicht vorgestellt, oder?«

»Ich schon«, sagte er. »Ich habe viel Phantasie ...« Hatte er *damals* schon gedacht: Ich habe etwas vor? ... Warf die Münze, steckte sie ein – hatte den Scherz schon geplant? ...

»Du bist ein guter Geschäftsmann. Geht bei dir alles so flüssig?«

»Ach, nicht doch«, sagte er spielerisch. »Sag so etwas nicht, komm, Liebste. Ich bin der glücklichste Mann der Welt. Du weißt nicht, wie stolz ich bin. Du weißt nicht, was du für mich getan hast. Ich bin dankbar und stolz ...« Wir hielten uns an den Händen und sahen einander lächelnd in die Augen; alles war zärtlich, entspannt, müde und glücklich, die letzten Vorbehalte, die ich gegen ihn gehabt hatte, wichen, und ich war ganz Zustimmung, Genuß, als triebe ich in warmem hellem Wasser.

Er sagte: »Mein Gott, wie war ich nervös, als ich heute abend zu dir kam.«

»Das hast du gut verborgen«, sagte ich.

Er sagte: »Du warst wie eine Statue. Ich dachte, ich könne dich niemals zum Leben erwecken.«

»Ich hatte auch Angst, es ginge nicht«, sagte ich. »Doch du hast es für mich genau richtig gemacht.«

Er sagte: »Hast du immer noch das Gefühl, daß es richtig war, du Süße?« Wenn er liebevoll sprach, klang seine Stimme anders – unwiderstehlich.

»Es war *wundervoll«*, sagte ich. So schien es mir mit einem Mal ... Ich wünschte uns zurück in mein Zimmer und alles geschähe noch einmal und ich verhielte mich anders, entgegenkommender ... Ich wünschte es wirklich.

Wir sprachen leise miteinander, sagten, es mußte geschehen, nicht wahr? Es stand schon immer fest, daß wir uns treffen sollten ... Wenigstens behauptete ich das, er stimmte mir zu. Wir hätten die ganze Nacht so sitzen können, doch wir blieben nicht sehr lange. Die Trennung fiel uns ganz leicht ... Er fuhr am nächsten Morgen zu Nicola nach Cornwall, doch es spielte keine Rolle, es schien auch unwichtig, unser nächstes Treffen zu verabreden; alles würde sich ohne unser Dazutun und ohne Sorgen entwickeln und gut werden ... Seltsam, wie wenig neugierig, wie wenig besitzergreifend wir beide damals waren. Es hätte an jenem Abend vorbei sein können. Vielleicht genügte es schon ... oder nicht?

Wir warfen den Shilling in die Vase mit den borstigen, verdorrten Chrysanthemen auf dem Tisch, wir wollten nicht wissen, was aus ihnen würde. Ich fuhr allein im Taxi nach Hause. Falls Etty schon zurück war, wollte ich in dieser winzigen Straße nicht mit diesem sensationellen Wagen vorfahren ... Schätzchen, *wessen* plutokratisches Automobil? ... Wir winkten einander durch das Taxifenster, und ich warf ihm im Fortfahren eine Kußhand zu, wie er da auf dem Gehweg stand und mich ansah. Schließlich war ich vor Etty zu

Hause. Ich war froh, so verging der letzte Rest meiner Furcht, daß sie die Veränderung spüren könnte ...

Er sagte immer: »Ich kann mir nicht vorstellen, daß du jemals eine Szene machst.« Er sagte das damals häufig. »Du bist die einzige Frau, die nicht ständig klagt. Du läßt die anderen in Frieden. Das ist dermaßen wohltuend.« – »Aber natürlich«, sagte ich. »Das ist doch nicht selten? Ungewöhnlich?« – »Du weißt gar nicht, wie selten es ist«, sagte er dann und krauste die Stirn ... Aber worüber sollte ich klagen, dachte ich damals. Ich habe alles ... Er ist mein Geliebter ... Das war genug. Mir war es genug ... Vielleicht war ich nicht so besitzergreifend wie manche Frauen, dachte ich damals selbstgefällig. Ich lobte mich und sagte: Ich glaube, ich war niemals besonders eifersüchtig. Wahrscheinlich ist es nicht meine Art. Damals schüttelte er mich und sagte: »Dich würde ich gern eifersüchtig machen« ..., und als wir uns liebten, spielten wir ein eifersüchtiges Spiel, provozierten, quälten uns mit Worten, und im Spiel ergriff mich wirklich, nur für einen Augenblick, eine wilde Eifersucht. Ich erkannte, wie es wäre ... doch dann war es schon vorbei, verschwand zwischen all den Worten und Gefühlen damals, so weit entfernt von allem Alltag, kaum vorstellbar. Ich dachte nur noch, es sei aufregend gewesen ... Er gab mir immer zu verstehen, daß er eifersüchtig sei. »Mein Gott, ja«, sagte er, und ich dachte: Nicola? – und konnte nicht fragen.

In jener Zeit fiel der Name Nicola selten. Wir hielten das Leben, das er ohne mich führte, abseits, wir unterdrückten es, vielleicht spielte es auch keine Rolle. Doch ihretwegen konnte er mich häufig nicht treffen oder mußte früher nach Hause gehen. Ich war nicht neugierig – oder ich stellte mich so – wenigstens glaubte ich das ... »Jetzt, da ich dich habe«, sagte er, »ist alles andere bedeutungslos – alles, wovon ich dachte, ich würde niemals damit fertig ...« Niemals drückte er sich deutlich aus, doch ich hatte den Eindruck, er sei lange in seinem Leben traurig oder unzufrieden gewesen, und ich wollte ihn trösten, ohne viel zu fragen ... Es reichte, wenn er den Kopf an meine Brust legte ... Ich frage mich, wie lange jene Zeit andauerte ... Vielleicht gar nicht lang ... ein paar Wochen vielleicht ...

Es verstand sich von selbst, daß wir uns kaum treffen konnten, solange sie in London war, doch in jenem Winter war sie viel fort. Sie fuhr nach Deutschland, um einen Arzt zu konsultieren, ansonsten fuhr sie häufig zu ihrer Mutter. Ich hatte von ihr den Eindruck einer völlig hilflosen Person, die ständig bedient und von allen mit größter Vorsicht behandelt wurde, die ihre Mahlzeiten wie eine Invalide im Bett einnahm und wunderschöne Nachthemden, Schals trug – wie sie im Schaufenster von *Givans*[18] auslagen oder bei der Königlichen Handarbeitsgesellschaft. Ich stellte sie mir unter einer weißen Satinsteppdecke vor, im Rücken pralle rosa- und aprikosenfarbene Kissen mit gesticktem Monogramm, um die Schultern einen blauen Spitzenschal und stets umgeben von beflissenen Ärzten. Eine Frau mit jenem einnehmend hygienischen, unterdrückten Sexappeal, der so wirkungsvoll ist ... Solch ein Bild habe ich mir von ihr gemacht, eine unberührbare Wachsfigur hinter Glas, so erklärte ich sie mir, versuchte, sie zu verharmlosen ...

Er durfte mir keine Kleider kaufen. Er wollte gern, doch ich ließ es nicht zu. Einerseits, weil ich nicht zugeben wollte, wie dringend ich sie nötig hatte, wie sehr ich Kleider mochte – er ertrug den Gedanken nicht, daß ich arm war und arbeiten mußte –, andererseits, weil es unmöglich gewesen wäre, plötzlich neu eingekleidet zu erscheinen, und alle sich darüber gewundert, sich gefragt hätten, woher; doch es war auch Stolz. Ich wollte nicht ausgehalten werden. Er war überrascht, doch es gefiel ihm auch, er sagte: »Du bist wirklich bescheiden.« ... Obwohl er so großzügig, verschwenderisch war, freute es ihn, daß ich sein Geld nicht ausgeben wollte ... Ich dachte entrüstet: Er bekommt Rechnungen genug, bezahlt ihre Négligés ... Doch er schenkte mir wunderschöne Strümpfe und Blumen und alle Bücher, die ich haben wollte. Vermutlich dachte ich, niemand würde es merken. Ob es stimmte, weiß ich nicht. Dann natürlich der Ring zu meinem

Geburtstag – ein eckiger Smaragd mit einer Platinfassung, wunderbar geschliffen, makellos, weiß Gott, was er gekostet hatte. Ich war sprachlos. Ich schaute und schaute, und der Ring sah nur nach Nicola aus, nach Marigold, gar nicht nach Olivia. Sagte nichts über uns, glitzerte nur, unanfechtbar, ein Ring für die Öffentlichkeit, der lediglich zeigte, welchen Luxus er sich für seine Frau leisten konnte. Er sagte: »Ich wollte dir unbedingt einen Smaragd schenken, du Liebe, ich mag Smaragde so sehr, du auch?«

»O ja. O ja«, sagte ich.

»Sieh mal«, sagte er dann. »Ich fand, dieser hier gleiche dir. Ich weiß nicht, warum. Ich mußte ihn kaufen.«

Er drückte ihn mir in die Hand, und es war genau der Ring, den ich wollte, unser Ring – für den kleinen Finger, frühviktorianisch, glaube ich, ein Peridot, umgeben von einem kleinen Perlenkranz in einer kunstvollen Goldfassung. Handgearbeitet, etwas Besonderes. Er gefiel mir auf den ersten Blick. »Ich werde ihn immer tragen«, sagte ich, »und den großartigen trage ich nur nachts, oder wenn wir gemeinsam ins *Ritz* gehen – wenn du mit mir Staat machen möchtest.« Ich legte ihn in meinen Schmuckkasten in der rechten oberen Schublade meines Frisiertisches, und da ist er nun. Manchmal schaue ich ihn mir an und denke: Wirklich ein kostbares Stück. Ich besitze etwas für den Fall, daß ich jemals in der Klemme stecke ... Jetzt habe ich ihn wochenlang nicht mehr hervorgeholt. Er wird wohl immer noch da liegen ... Meinen lieben kleinen Ring ziehe ich niemals ab. Ich erzählte Etty und Anna, er habe meiner Großmutter gehört, und Kate und Mutter erklärte ich, Anna habe ihn mir geschenkt, er habe ihrer Großmutter gehört.

Das Zigarettenetui aus weißem Email mit Onyx und einer Einfassung aus Markasiten war sein Weihnachtsgeschenk. »Liebe« war in seiner Handschrift in den Deckel graviert ... Doch es scheint mir nicht wirklich zu gehören, trotz der Widmung. Ich benutze es, wenn wir zusammen sind oder wenn ich allein bin, ich glaube, es ist noch niemandem aufgefallen ... Kate wird es früher oder später bestimmt entdekken ... Es ist angenehm, das muß ich zugeben, zur Abwechslung einmal mit einem wohlhabenden Mann auszugehen. Ich frage mich, wie reich er ist, es scheint keine Grenzen zu geben bei dem, was er ausgeben kann, obwohl es ihnen allen finanziell doch eher schlecht gehen soll. Es ist alles relativ, nehme ich an. Leute wie er können ihr Konto überziehen, und niemand fragt danach.

Fragen dürfen nicht gestellt werden, niemand darf etwas wissen. Am Anfang verwirrte es mich ein wenig, daß Rollo so vorsichtig war, immer auf der Hut, daß niemand ihn sah, erkannte; immer hieß es, besser nicht, lieber nicht dorthin, nicht dies oder jenes unternehmen; nicht zu häufig im Büro anrufen ... Bald war ich davon angesteckt ... Zu Weihnachten, bevor er mit Nicola verreiste, überreichte er mir einen Stapel billiger gelber Geschäftsumschläge mit seiner Adresse in Maschinenschrift, für meine Briefe an ihn.

»Hast du sie alle sofort verbrannt?« fragte ich.

»Ja, du Liebe«, bekümmert ... Ich hörte das gar nicht gern ...

»Ich mochte sie so sehr«, sagte er schmeichelnd. »So wunderschöne Briefe ...« Ich hatte gehofft, er würde sagen: »Ich wollte es tun, doch ich brachte es nicht übers Herz ...«

Seine behielt ich. Ich mußte es tun. Doch ich sagte es ihm nicht. Es waren keine schönen, langen Briefe wie meine, in denen alles stand, sie waren flüchtig und kurz, handelten vom Sport, und am Schluß vielleicht ein kleiner liebevoller Satz, beinah schüchtern ...

Ein- oder zweimal dachte ich, vielleicht hat er so etwas schon einmal getan und Ärger bekommen, vielleicht hatte er deshalb solche Angst, entdeckt zu werden? ... Ich sprach ihn darauf an, im Scherz, doch er war entsetzt: er fragte, ob er mir wie ein erfahrener Verführer vorkäme ...

»Nun, da bin ich mir nicht sicher«, sagte ich.

»Nein«, sagte er ernst. »Es ist lediglich, daß ich es nicht ertragen könnte, wenn unsere Geschichte in den Schmutz gezogen würde. Die Welt ist widerlich, die Menschen sind ekelhaft – du bist so kostbar.«

Einmal sagte ich: »Sei ehrlich, bist du unglücklich, daß du jemanden betrügst? Sag es mir, Liebster. Mich würde es nämlich bedrücken.«

»Leider nein«, sagte er auf seine komisch zerknirschte Art. »Was jemand nicht weiß, kann ihn nicht verletzen, oder? Ich verletze sie nicht, solange sie nichts herausfindet, oder?«

»Vermutlich nicht«, sagte ich. »Ich würde mir an deiner Stelle dennoch Gedanken machen. Ich verstehe aber, wie schwierig es für dich ist«, sagte ich, ungemein verständnisvoll.

Er sagte nichts. »Weißt du –«, begann er, sprach nicht weiter. Dann sagte er: »Frauen sind entsetzlich. Sie wollen den Kuchen essen und behalten. Das nennen sie dann ehrlich. Wenn meine Frau einen Liebhaber hätte, dann hoffe ich nur, daß sie es unangebracht fände, mich davon in Kenntnis zu setzen. Diese Art von Beichte und das ganze ehrliche Getue finde ich unanständig.« Als er »meine Frau« sagte, schien er nicht von Nicola zu sprechen.

»Weil deiner Ansicht nach dieser andere Mann ein unverschämtes Glück hat«, sagte ich. »Das würde dich wahrscheinlich genauso stören wie die Untreue selbst. Du fändest das unfair ... Eigentlich magst du Frauen nicht, oder?«

»Ein, zwei Dinge an ihnen mag ich schon«, sagte er lockend und küßte mein Ohr.

Wenn ich versuche, mich an jene Zeit zu erinnern, scheint sie mir verworren, immerzu Verstecken, Ausreden und Vorwände, Spurenverwischen ... dennoch schien das damals unwichtig. Erst jetzt sehe ich, wie doppelbödig das Leben war; Rollo zu lieben war das wichtigste, die Treffen mit ihm die einzige Wirklichkeit, doch in anderer Hinsicht existierte in Wirklichkeit alles gar nicht. Für ihn muß es ähnlich gewesen sein. Wir führten unser eigenes geschäftiges Leben ohne einander; das eigentliche Zusammensein mußte eingeschoben werden, meist mit Schwierigkeiten, sorgsam bemessen und immer begrenzt. Etty konnte überraschend nach Hause kommen, oder er war eingeladen, verreiste übers Wochenende, wurde im Büro aufgehalten, ich fuhr, Papa zu besuchen ... Mir fiel unser Debattierzirkel in Oxford ein – wie wir alle am

Boden hockten und ohne eine Spur Humor die These diskutierten: Liebe ist eine Beschäftigung für Müßiggänger. Ich war damals dagegen ... Doch nun erfuhr ich, wie beschäftigt Menschen ohne Liebe sein können, und manchmal geriet ich deshalb in Panik. Wo hatte diese Geschichte ihre Zeit und ihren Ort? Wo? Wenn Rollo stürbe, mein äußeres Leben änderte sich nicht im geringsten. Wo, wie sollte ich weinen? ... Wie vielen Frauen in England ging es so? Ihre Geliebten bei einem Unfall getötet, gestorben im Krankenhaus, und sie konnten gar nichts tun, niemand würde je etwas erfahren. Sie gehen zur Arbeit, sie kochen ihren Kindern das Essen und kaufen sich einen neuen Frühjahrsmantel und gehen mit ihren Ehemännern ins Kino ... Ich hatte immerzu Angst, Rollo könnte etwas zustoßen, er würde mir hinterrücks von seinen Freunden und Verwandten genommen, die nicht auf meiner Seite standen ... Weil ich ihn liebte, war er bedroht – von mir – ich weiß nicht ...

Wenn wir ein Restaurant betraten, versuchten wir uns unsichtbar zu machen. Starren Blicks sahen wir nur unseren Tisch; erst nach einer Weile hatten wir den Mut, uns in Ruhe umzuschauen. Eigentlich traurig, denn ich bin stolz darauf, mit ihm zusammenzusein, er ist ein schöner, gutaussehender Mann, ich hätte mich gern mit ihm gezeigt, wollte beneidet werden ... Ich wäre gern mit ihm in jene Restaurants gegangen, die gerade in Mode waren, ins Theater, zum Tanzen. Er wollte es nicht. Natürlich war es unsinnig, er kennt so viele berühmte Leute, sie sind seine Welt ... Er wollte nur irgendwo allein sein und mich lieben. »Wohin können wir gehen?« sagte er. »Können wir zu dir?« Manchmal sagte ich: »Nein, Mrs. Banks bleibt heute länger« oder: »Etty ist ohne Schlüssel ausgegangen, sie wird früh heimkommen«, ich wollte nichts riskieren; dann zog er ein betrübtes Gesicht, trotzig beinah ... verfluchte London und Mrs. Banks und Etty und die ganze Welt ... Ich erklärte, er habe immer nur das eine im Sinn ... Um ihn aufzuziehen, sagte ich, ich suchte einen Seelenfreund. »Das stimmt nicht, oder?« sagte er dann zerknirscht, schmeichelnd. »Und außerdem«, sagte er, »unterhalte ich mich liebend gern mit dir. Das weißt du doch. Du bist eine kluge junge Frau ... Wir führen so schöne Gespräche.«

Wir führten sie, natürlich, wirklich schöne Gespräche – besonders montags, wenn wir gemeinsam zu Mittag aßen. Jeden Montag, ohne Ausnahme. Ich kam immer zu früh, wollte sichergehen, daß wir unseren Tisch ganz hinten in der finstersten Ecke bekamen, beinah ein Séparée. Rollo kam aus der Stadt, deshalb verspätete er sich häufig. Ich saß da und rauchte, trank einen Cocktail, während ich wartete und mein Buch las und all die blinkenden Weinflaschen betrachtete, alle Formen und Größen, die rings im Raum auf einem Bord standen. Wir mochten diesen Ort hauptsächlich wegen seiner Dunkelheit, wir fühlten uns sicher; das war es und die Leere. Ich weiß nicht, warum es so leer war, denn das Essen war köstlich. Zu teuer wahrscheinlich – wirklich unerhört teuer; doch Rollo war es egal, wieviel er für eine gute Mahlzeit bezahlte. Er aß niemals in zweitklassigen oder minderwertigen Lokalen. Er ist ein Genießer. Meist waren noch ein, zwei Geschäftsleute dort, Männer mit großen Wagen, gelegentlich ein Offizier mit seinen Freunden oder ein Amerikaner, und später kamen einige dunkelhäutige Franzosen, Freunde oder Verwandte des Besitzers, die aßen, was übrig geblieben war. Unser Ober war ein Franzose, er sah wie eine Karikatur von Mr. Redmond[19] aus einer alten Ausgabe des *Punch* aus, nur grimmiger. Er nannte Rollo »Milord«. Rollo sagte: »Hallo, alter Schurke«, und es verstand sich von selbst, daß die Rechnung ungefähr doppelt so hoch war, wie sie sein sollte, und Rollo alles durchstrich und eine völlig andere, immer noch enorme Summe bezahlte. Wir waren dort sehr glücklich, so nebeneinander an unserem Tisch. Nur einmal rief jemand: »Rollo!«, und Rollo wandte sich um und sagte auf seine umgängliche Art: »Hallo, alter Junge! Dich habe ich eine Ewigkeit nicht gesehen. Wo hast du gesteckt?«, und ich schlenderte weiter zur Tür, lächelte, wie es angebracht war, sah im Vorübergehen einen hellhaarigen, untersetzten jungen Mann mit rosigem Gesicht und Zahnbürstenschnauzer und ein stilles kühles Mädchen, das vielleicht Schottin hätte sein können, mit lustigen Augen und einem Silberfuchs um den kurzen Hals. Als wir ins Taxi stiegen, fragte ich: »Wer war das?«, und Rollo sagte: »Jemand, mit dem ich in der Schule war. Dickie Vulliamy. Mit seiner neuen Frau. Nett sieht sie aus.« ... Ich weiß nicht, warum ich danach so niedergeschlagen war ... Ich fühlte mich ausgestoßen. Alle waren in Sicherheit, alle außer mir, sie war seine neue Frau, nicht seine Geliebte, sie waren gegen mich ...

Donnerstags aßen wir anderswo, kein verborgenes Schlemmermahl, angenehm, auf andere Art. Es war ganz in der Nähe, meist recht voll, doch wir kannten die Gäste nicht. Bewohner von Chelsea, Knightsbridge, Belgravia, junge Männer, die vielleicht im Museum arbeiteten, ein, zwei Schauspieler, die von der gesunden, ordentlichen Sorte; Schauspielerinnen, fast ungeschminkt, wahre Damen. Dort hatte man das tröstliche Gefühl, daß die Welt liberal war, kultiviert, frei von Verdächtigungen, Anzüglichkeiten. Männer und Frauen konnten sich dort ohne irgendwelche Unterstellungen treffen. Die Ober waren unpersönlich, und die Atmosphäre hatte etwas Selbstverständliches ... Selbst die eigenen Verwandten hätten nichts vermutet, wenn sie einen dort getroffen hätten. Man benahm sich liebenswürdig, korrekt, steril. Und das Essen war gut. Damals dachte ich oft ans Essen, ich war immerzu hungrig. Dort kamen wir einer normalen Beziehung am nächsten, in jener Welt war sie wirklicher als irgendwo sonst. Der Zwiespalt war dort beinahe aufgehoben. Wir unterhielten uns über die Stadt und unsere Familien. Ich amüsierte ihn mit Geschichten aus unserer Kindheit; er brach dann in lautes Gelächter aus, er mochte meine Scherze. Er fragte mich nach meinen Freunden, er war immer neugierig; er sagte, er würde sie gern kennenlernen, sie klängen vernünftiger und interessanter als die Leute, die er kannte; doch er vermutete, sie seien zu intellektuell für ihn. Er hatte höchst unsinnige Ansichten über Maler und Schriftsteller: Hochachtung und Mißtrauen und Bewunderung, Neid und Verachtung, alles durcheinander. Ich erzählte ihm auch von Ivor; es war eigenartig, er verstand so gut, wie alles gekommen war – er ist sehr einfühlsam – und verurteilt nichts und gibt niemandem schuld. Wir taten ihm beide leid ... Oh, Rollo, du hast ein weiches Herz ... Großzügig ... Gelegentlich sprach er auch über Nicola, doch kaum persönlich, abwesend, nachsichtig – wie sehr ihr die Sache mit dem Kind zugesetzt habe, solch ein Schlag für sie, die Ärmste – oder so ähnlich ... Er schien der Ansicht, daß nach einer solchen Katastrophe nichts mehr von ihr erwartet werden dürfe, es entschuldigte alle Launen, jeden Zusammenbruch. Ich sagte nie, warum reißt sie sich nicht zusammen und versucht es noch einmal, natürlich sagte ich das nie, denn die Vorstellung war mir unerträglich ... daß er mit ihr ein Kind zeugen könnte ... Ich zog es vor, anzunehmen – ich meine, ich nehme an – ich bin mir sicher – ein Kind kommt nicht in Frage, sie schlafen nicht mehr zusammen, es ist keine Ehe ... Eine wunderbare, umhegte Puppe in seinem Haus, keine Frau ...

Über seine eigenen Gefühle, was das Kind betraf, sprach er niemals; nur einmal erklärte er, einen Mann berühre das natürlich anders ... Ich glaube, er weiß selbst nicht, wieviel es ihm ausmacht; mir scheint es offensichtlich. Als ich einmal sagte, wie gern ich ein Kind von ihm hätte ... Nur einmal sagte ich es, danach nie mehr, es bedrückte, bekümmerte ihn. »Ach, du«, sagte er, »es geht doch nicht ...« Seine Kinder müssen ehelich sein, sie bekommen die richtige Erziehung, und eines Tages erben sie.

Gelegentlich nach dem Mittagessen beschloß er, nicht in die Stadt zurückzukehren, und dann fuhren wir nach Richmond. Zuerst rief er zu Hause an und ließ sich zum nächsten Parkplatz den Wagen mit Lucy bringen. Nach einer Weile wartete der Wagen dann auf uns, Lucy saß darin, aufgeregt, wußte genau, was als nächstes kam. Es war befreiend, dieser schrulligen, angstzerfressenen Dame zuzuschauen, wie sie Etikette und Verantwortung abwarf und wieder zum Hund wurde, kläffend Kaninchen jagte. Selbst mir gegenüber milderte sie ihre sonst eindeutige Abneigung und sprang anschließend neben mich auf den Sitz, durchaus liebenswürdig, ungerührt. Wir gingen spazieren, betrachteten das Wild auf den breiten blauen Nebelwegen; damals war es sonnig und still, auf den Farnen lag Rauhreif.

Auf der Rückfahrt sagte er dann: »Können wir nirgendwo hingehen?« Er schlug ein Hotel vor, aber das wollte ich nicht. Dann fragte er, warum wir kein Zimmer mieten könnten, warum ich ihm nicht erlaubte, eine Wohnung für mich zu mieten. Aber nein, sagte ich, nein ... In den Tiefen seines Herzens, glaube ich, wollte er es auch nicht. Ich wollte auch nicht den Anschein einer Situation, wie sie von der Welt anerkannt und geduldet wurde, weil sie unter Ausschluß der Öffentlichkeit geschah, dezent und diskret. Begleitet von Geflüster, Augenzwinkern, einem Blick durchs Schlüsselloch ... Ich stelle mir vor, daß wir für diese Welt zu schade waren, unsere Liebe nichts mit der vulgären Welt zu schaffen hatte, und ich verabscheute selbst den geringsten Schritt in diese Richtung. Was dachte ich wirklich? Sei ehrlich! ... Was hatte er behauptet? ... Frauen wollten den Kuchen essen und behalten? ... Vielleicht wollte ich mir selbst versichern, daß ich immer noch zwischen den Welten lebte, daß ich mich nicht mehr als nötig gegen Simons Welt wenden wollte ... Nicht daß Simon es jemals erfuhr oder es ihm irgend etwas ausgemacht hätte, wen ich wählte oder was ich täte ... Er wäre eher überrascht gewesen, wenn er erfahren hätte, daß er eine Art persönlicher Maßstab für mich war – Maßstab eines völlig unbestimmten und unbestimmbaren Verhaltens ... seelisch, geistig, um es vorsichtig so beim Namen zu nennen ... Ihm hätte das gar nicht gefallen.

Natürlich träumte ich davon, Rollos Frau zu sein ... Manchmal sagten wir: »Wären wir verheiratet«, doch nur im Konjunktiv und nur im Scherz. Er wußte dabei vermutlich immer, was er wollte. Und ich war vermutlich mit einem fortdauernden Traum zufrieden, versuchte ihn intakt zu halten, vor den Einbrüchen der Wirklichkeit zu schützen ... So war die Situation ... Ich glaube, so war's.

Mein Gott, ich war glücklich! ... Nie zuvor so glücklich. Zum erstenmal in meinem Leben glücklich.

Nein ... Glücklich war ich eigentlich nicht ... Wir fragten einander viele Male ... »O ja. Du auch?« – »Ja, ja natürlich.« Er sah durchaus nicht immer glücklich aus ... nur Augenblicke lang, danach, friedlich, völlig entspannt; oder wenn ich ihn zum Lachen brachte ... Ich glaube, ich war glücklicher als er ... hatte wahrscheinlich mehr Möglichkeit dazu; man behauptet, ich hätte eine glückliche Natur ... Dann führte ich auch nicht ein solches Doppelleben. Was bedeutet schließlich Glück, die Leute reden soviel darüber, als sei es das einzige Lebensziel – doch eigentlich stimmt das nicht; es spielt, soweit ich sehe, kaum eine Rolle; der Wunsch nach Glück ist nicht das Motiv, aus dem heraus die Menschen handeln ...

Ich glaube, Simon ist glücklich; und das nicht, weil er danach strebt – er strebt niemals danach, etwas zu sein oder etwas zu tun ... Es ist ihm angeboren – eine Art unbewußter Ausgeglichenheit, ein Magnetismus, ziellos, ohne intellektuellen Anspruch ... Simon scheint eine ungemein feingesponnene Anziehungskraft zu besitzen, die alle spüren; alle suchen seine Nähe; doch er ist von allem eine Spur entfernt, er braucht nichts und niemanden ... Er ist belebend, erfrischend ... Lieber Simon.

Mehr als einmal sagte er: »Liebste, bitte mag mich nicht zu sehr.«

»Möchtest du nicht, daß ich dich liebe?«

»Doch, doch, natürlich, fürchterlich. Aber du darfst nicht zu große Stücke von mir halten, bitte. Ich tauge nicht viel, und das darfst du nicht vergessen. Ich habe noch nie jemandem irgend etwas genützt ...« Er machte sich immerzu schlecht, warnte mich, nicht aus einer Laune heraus, sondern durchaus sachlich, lakonisch, beinahe – aber nur beinahe – ausweichend, als entschuldigte er sich, als wollte er die Verantwortung für sein Tun abschütteln ...

Nicht wie ich. Wenn er so oft sagte: »Du bist der freundlichste Mensch, den ich kenne«, dachte ich: »Wahrscheinlich bin ich das.« Ich widersprach ihm nie ... Einmal erklärte ich allerdings, ich sei feige.

Wenn ich es recht überlege, waren wir gar nicht so häufig allein. Wenn wir zusammen in Ettys Haus waren, begann ich nach einer Weile zu glauben, die Wände und die Fenster hätten viele Augen. Er hatte diesen großen Wagen, und zweimal vergaß er seine brennende Zigarette, auf dem Kaminsims im Wohnzimmer und auf dem Tischchen neben meinem Bett waren Brandflecke. Mrs. Banks wunderte sich, was über mich gekommen sei, ob ich verliebt sei ... Und dann verdächtigte ich sie, daß sie nicht nach Hause ging, sondern uns aus der Eckkneipe beobachtete. Ich gebe zu, es war alles Einbildung, oder wenn nicht, dann hätte sie niemals ein böses Wort darüber verloren, sie wäre entzückt gewesen, hätte Etty und mich jederzeit ermutigt, uns Liebhaber zu nehmen, sie findet, junge Leute sollten sich amüsieren, ist nicht wie Paul Pry oder Mrs. Grundy[20], sie bedauert zutiefst, wie altjüngferlich und halbherzig wir leben. Dennoch fing ich an, ihre kleinen scharfen Cockney-Augen zu hassen und zu fürchten, ich glaubte, sie schnüffle in meinem Zimmer herum ... Seine schwere körperliche, männliche Gegenwart schien das Haus zu belasten, auch wenn er wieder fort war ... Ich erfand immer mehr Ausflüchte, um ihn nicht mitnehmen zu müssen.

Ich glaube, er war nach unserem gemeinsamen Wochenende nie wieder in Ettys Haus. Mit dem Wochenende war die erste Phase vorüber.

Es muß im Januar gewesen sein. Erstaunlich, daß wir es erst dann einrichten konnten. Es gab immer wieder Gründe dagegen; seine Wochenenden waren ausgebucht, er war so beliebt ... Und dann natürlich Nicola. Doch im Januar fuhr sie für drei Wochen in die Schweiz. Marigold und Sam ebenfalls, und George und eine Reihe anderer Bekannter. Es waren nicht mehr so viele Freunde und Verwandte in der Stadt, er fühlte sich in Sicherheit, hatte mehr Zeit für mich ... Wie schade, daß es niemals umgekehrt war. Ich bin immer abrufbar, warte auf ihn.

Er holte mich am Samstag morgen mit dem Wagen ab. Etty war am Vorabend verreist, ich hatte Mrs. Banks erklärt, sie brauche sich nicht die Mühe zu machen zu kommen. Die Sonne kam heraus; das Wetter war mild, so, wie ich es am liebsten hatte. Als er gegen zehn Uhr kam, machte ich gerade Kaffee. Er schaute sich in der Küche um, war bester Laune. Er hatte Hunger, und ich schickte ihn Würstchen einkaufen, die ich dann für ihn briet. Das begeisterte ihn. »Du bist eine richtige Hausfrau.« Vermutlich hatte er noch niemals erlebt, daß eine Frau einen Kessel Wasser aufsetzte oder eine Bratpfanne benutzte, er war gerührt: wie Marigold – romantische Vorstellungen vom einfachen Leben. Wir saßen zusammen am Küchentisch und tranken Kaffee und waren guter Dinge. Es war ein glücklicher Beginn. Ich fühlte mich an jenem Tag besonders gut, und schon ging alles mühelos. Wir fuhren zu seinem Club, wo er Geld holen wollte, und ich saß draußen im Wagen vor der Tür, die so wichtig wirkte, und fühlte mich wohl an meinem Platz, fühlte mich jedem ebenbürtig, der diese Stufen hier herunterkam. Ein junger Mann, der eine Eton-Krawatte trug, kam heraus, warf mir einen Blick zu, ich lächelte ihn an, er lächelte zurück – erkannte wahrscheinlich Rollos Wagen, dachte vielleicht: Sie sieht gut aus, wer sie wohl ist ...? Rollo kam heraus, lief die Treppe hinunter – er war selten in Eile, beinah immer gemächlich, eher schwerfällig, und sagte: »Du Liebe, komm mit, wir nehmen einen Drink. Es ist sonst niemand da.« Er brachte mich in das Gastzimmer für Damen, und wir versanken in den Sesseln mit altrosa Brokatbezügen. Die Wände waren jadegrün, getäfelt, mit vergoldeten Spiegeln und Emblemen, die Decke stucküberladen. In dieser diskret kostspieligen, großzügigen Atmosphäre tranken wir Champagnercocktails und sprachen im Tonfall jener, die in den Clubs zu Hause sind. Unter uns dröhnte das Peng – Tock der Squashspieler.

»Nach sechs ist es hier ausgesprochen belebt«, sagte er.

»Tatsächlich«, sagte ich. Es sah nicht danach aus.

»Doch, weißt du – Mitglieder und ihre Freundinnen ...« Ich sah frische junge Männer und nette, wohlerzogene hübsche Mädchen zusammensitzen, sich wohlklingend blasiert über Tanzveranstaltungen, Pferde und Hausbälle unterhalten, maßvoll rauchen, Cocktails trinken, unverbindlich flirten oder kameradschaftlich miteinander scherzen ... Warum auch nicht? Ich war eifersüchtig, wirklich ...

Er bestellte noch zwei Champagnercocktails und ging, um einen Scheck einzulösen. Ich blätterte im *Bystander*.[21]

Es dauerte eine ganze Weile, und ich fühlte mich auf einmal bedrückt, gedämpft, als lasteten die Umgebung, die Stille auf mir. Ich dachte: Er kommt niemals zurück; und als er kam, schien er weit, weit fort gewesen, wie im Traum, tauchte winzig klein aus einem langen Tunnel auf ... Der Champagner um elf Uhr vormittags wird der Grund gewesen sein. Ich erinnere mich an das Gesicht des Obers, der uns bediente – blaß, hohe Backenknochen, feine Züge, er lächelte kaum merklich, als hegte er für Rollo eine Vorliebe.

Es war ein so himmlischer Tag. Wir schienen London auf Sonnenstrahlen schwebend zu verlassen – bestimmt lag auch das am Champagner. Wir hatten keine genauen Pläne, wollten nur zur Küste und uns einen Ort suchen, der uns gefiel. Es war einer jener Tage, an denen die Landschaft nur aus Licht und Schatten geschaffen ist; silbrige Baumstämme schienen gold- und kupferrändrig, zwischen Zweigen violettes Schimmern. Die Berge waren wie körperlos, als könnte man durch sie hindurchgreifen. Die feuchten Straßen blitzten eisvogelblau. Ich weiß noch, wie an einer Leine Wäsche hing – solche Farben, Scharlachrot und Senfgelb, Himmelblau, Röcke, wahrscheinlich Unterkleider – immer unter Schwarz und Grau getragen – erstaunlich. Ich weiß noch, wie das Licht auf den Flügeln flatternder Kraniche blendete; und der Stechpalmenhain an einem Wegekreuz, und rote Ziegelhäuser aus Königin Annes Zeiten, am Rande alter Dörfer – alles paßte, war heiter. Oh, wie war ich an jenem Tag glücklich. Ich sagte immerzu: »Sieh doch! ...« Die Luft war wie im April. Es roch nach Schlüsselblumen, fand ich.

Am Nachmittag erreichten wir die Küste von Dorset: Wir fuhren durch Corfe und hinunter nach Swanage. Er kannte einen Weg zum Strand; wir verließen den Wagen und stiegen hinab, ein langer Weg, ein steiniger, steiler, mühsam sich windender Pfad. Wir waren die einzigen Menschen an diesem sonnenbeschienenen, grünen, grandiosen Hang. Die Sonne stand niedrig. Ich erinnere mich nur noch an die Weite, das berstende Grün, die abendlichen Schatten in den Senken, die bleiernen, dunklen Felsen, die sich schemenhaft türmten, alles überragten; unter uns die See, ausgebreitet, und wir, die hinabstiegen, hinab, hinab ... Es war Ebbe und vollkommen still, schmale graue Wellen brachen sich mit leichtem, sommerlichem Geräusch. Wir gingen den Strand entlang, und er ließ Steine übers Wasser hüpfen. Ich sammelte Muscheln und Achatstücke, sagte: »Schau doch!« – »Schön«, sagte er nachsichtig, geduldig. Wir saßen auf einem Felsen, und es dämmerte, wurde kühl. Die großen, bleichen runden Steine am Strand waren eiskalt. Unsere Füße versanken, rutschten aus, ein rauhes, knirschendes Geräusch – es klang nach Schrecken und Vergeblichkeit, wie wir uns so quälten. Wir stiegen die Steilküste wieder hinauf, langsam, umarmten uns, hielten inne, um uns zu küssen. Oh, wie schön! ... Zusammen dort in der Dämmerung gehen, friedlich sicher, und stehenbleiben, um einander zu küssen. Eigentlich ist der Aufstieg eine gewaltige Kletterpartie, die ich verabscheue, doch diesmal ging es mühelos: wie von unsichtbaren Seilen gezogen ... Ich atmete leicht und ohne Anstrengung. Die Möwen schrien. Vor dem Gipfel standen wir und lauschten. »Hunderte von Möwen«, sagte er ... Es war beinahe dunkel. Ich höre sie immer noch. Es war auf einmal zuviel, zuviel Weite und zu traurig. Wir waren bedroht ... Wir wollten drinnen sein. Wieder im warmen Wagen, an ihn gelehnt, die große Decke um mich gelegt, fühlte ich mich besser. Wir hatten Hunger, wir hatten in einem Gasthaus nur wenig gegessen, weil wir weiterwollten. »Ich brauche erst mal ein gutes Essen mit allem Komfort«, sagte er. Ich auch. Wir fuhren nach Swanage, doch das war trostlos und verlassen, also fuhren wir vorbei am erleuchteten

Hafen von Poole nach Bournemouth. Wir fragten jemanden vom Automobilclub, wo es das beste Essen gebe, und er erklärte uns einen Weg über sandige Straßen durch Kiefernwäldchen, worbei an erstaunlichen stuckverzierten Backsteinhäusern mit Türmchen, Erkern, Giebeln, Zinnen, Balkonen – alle architektonischen Auswüchse waren dort vereint. So kamen wir zu dem erstklassigen modernen Hotel mit Seeblick. Der große Speisesaal war mit rosafarbenem Teppich ausgelegt. Ein Orchester spielte, und die Stühle waren goldrosa und rosig auch die Lampenschirme. Es war ein luxuriöses Hotel, und die Frauen, die dort speisten, sahen teuer, vornehm und achtbar aus. Das Essen war gut, wir genossen es sehr. Die Leute beobachteten uns, doch wir kannten niemanden, nur einmal glaubte Rollo von weitem jemanden zu erkennen. Nach dem Essen tranken wir Kaffee in der Halle, einem modernen Raum in sanften Beigetönen mit glatten Chrommöbeln. »Sollen wir uns hier einnisten?« fragte er. Also ging er zur Rezeption, wo alle diensteifrig und beflissen waren, wie ich von meinem Sessel aus beobachten konnte, und kam dann zurück, erklärte, er habe ein Doppelzimmer mit Bad gebucht, ob das richtig sei. »Ich bringe besser den Wagen in die Garage«, sagte er. »Geh schon hinauf.« Und während ich auf den Lift und das Gepäck wartete, schlug der livrierte Herr am Empfang höchst verbindlich vor, ich solle doch unsere Namen eintragen, dann brauche er uns später nicht zu belästigen. »Ach ja«, sagte ich freundlich. Ich griff nach dem Bleistift. Mir fiel beim besten Willen in diesem Augenblick kein einziger Name ein, nur »Spencer«. Er mußte mit einem ›S‹ beginnen, denn auf dem Koffer standen die Initialen R. B. S. Zögern war zwecklos. Ich kritzelte hastig Mr. und Mrs. Spender, London. Das ›d‹ kam mir erst in den Sinn, nachdem ich schon ›Spen‹ geschrieben hatte. »Danke, gnädige Frau«, sagte er, nahm einen Schlüssel und begleitete mich persönlich zum Lift und zum zweiten Stock. Das Zimmer war großartig – Betten mit vergoldeten Kopfteilen, dicke rosafarbene Daunendecken, der Balkon mit Blick übers Meer und ein modernes Bad mit eingebauter Wanne.

Als er kam, lachten wir über die Episode mit den Namen. Wir standen noch ein wenig auf dem Balkon in der milden, sternenklaren Nacht und sahen die Bucht und die Lichter, hörten das Flüstern der See. Wir waren ruhig und zärtlich wie die Nacht ... Ich nahm ein Bad und ging zu Bett. Wir waren beide ein wenig verlegen. Ich überlegte, ob mein neues Nachthemd schön genug sei ... Es war eigenartig, wie er in seinem blauseidenen Schlafanzug mit meiner Schere einen abgebrochenen Fingernagel schnitt. Doch als wir das Licht ausmachten, waren wir ruhig und sanft, als schliefen wir schon lange zusammen. Nicht die Nacht, die ich mir vorgestellt hatte, doch wunderschön; und das Aufwachen am Morgen war Lächeln und Nähe, schlaftrunken. Wir frühstückten im Bett, und dann wollte ich aufstehen und fort. Ich fühlte mich nicht wohl, mir schien, der Ober, der das Frühstück brachte, grinste vielsagend. Rollo ging als erster hinunter, für den Fall, daß doch ein bekanntes Gesicht auftauchte (wir dachten schon wieder daran). Er bezahlte die Rechnung, eine gehörige, möchte ich annehmen, und nach einer Weile, als ich sicher sein konnte, daß der Wagen vorgefahren war, ging ich die Treppe hinunter, schaute nicht rechts noch links und machte mich so unsichtbar wie möglich ... Eine Angewohnheit, die ich wohl nie wieder ablegen werde. Schlecht für die Haltung ...

»Ist dir jemand über den Weg gelaufen?« fragte ich, als wir im Wagen saßen.

»Du wirst es nicht für möglich halten, ja«, sagte er. »Ein unangenehmer Bursche namens Podge, mit dem ich in Sandhurst war. Er stand plötzlich in der Halle mit einer üppigen Rothaarigen. Er wollte seine Anwesenheit genausowenig an die große Glocke hängen wie ich, also gingen wir diskret aneinander vorbei ...«

»Podge«, sagte ich. »Etty hatte einmal einen Verehrer, der so hieß. Sie brachte ihn mit auf euer Fest. Ich bin sicher, daß er das war ...« Es paßte zu ihm, dachte ich.

»Wie gut, daß du nicht bei mir warst, Liebste«, sagte Rollo leichthin, vergaß Podge, und wir fuhren davon. Doch ich mußte weiter an ihn denken, an sein gräßliches gönnerhaftes

Lachen damals, seine hervorquellenden glanzlosen Augen ... Hörte wieder, wie er zu Etty sagte: »Deine kleine Kusine ist nicht schlecht, doch sie muß noch manches lernen ...« *Muß noch manches lernen* ... Warum tauchte er ausgerechnet jetzt auf. Mir war schlecht, wenn ich bedachte, daß er in der vergangenen Nacht in diesem Hotel gewesen war, mit einer »üppigen Rothaarigen«. Ich ertrug nicht, daß Rollo so etwas sagte. Liebe und Leidenschaft wurden mit einem Schlag zu Hohn, Begierde und Elend. Ich dachte: Ich werde mich mehr an jenen Satz von ihm erinnern als an unsere Nacht. Nach einer Stunde trüber Gedanken schüttete ich dem ahnungslosen Rollo mein Herz aus, und er war überrascht, doch er half mir über meinen Kummer hinweg, und wir kamen gutgelaunt nach Weymouth.

Gegen Mittag bewölkte es sich, begann sachte sprühend zu regnen. Wir verließen die Küste nach dem Essen und fuhren durch wildes, offenes Land, durch Moor, Ginster und Heide, dazwischen braunes Gras und Marsch, Kiefern und Birkengruppen. Der lautlose dünne Regen löschte die Ferne aus. Ich sagte ihm: *»O Western wind when wilt thou blow? That the small rain down may rain«*,[22] und es gefiel ihm sehr, er sprach es mir nach, bis er es konnte. Der Gute, er ist so sentimental. Sonst weiß ich von jenem Tag nicht mehr viel. Wir fuhren wie im Traum, er lenkte den Wagen mit einer Hand, die andere lag auf meinem Knie. Ein-, zweimal hielten wir an, um eine Zigarette zu rauchen. Am Abend kamen wir zu einer Stadt mit einer Kathedrale, die Glocken läuteten. Es muß Salisbury gewesen sein. Wir aßen im Hotel zu Abend und beschlossen, dort zu übernachten. Wir tranken Burgunderwein zum Essen, und nachher einen Brandy. Wir tranken reichlich, weil das Essen so schlecht war. Mir war heiß, und ich fühlte mich benommen, als wir nach oben aufs Zimmer gingen. Es war eines jener ländlichen Hotels mit verzweigten unebenen Gängen und flachen Treppen, breiten Treppenabsätzen, Palmen auf Säulen, einem kolorierten Stich, auf dem König Edward zu sehen war, andere Bilder und alte Wärmflaschen an den Wänden in Flur und Treppenhaus, Porzellan und indisches

Messing, Holzschnitzereien, wohin man auch schaute, ausgestopfte Vögel und Fische hinter Glas, in riesigen Vasen Pampasgras; und an den Wänden Dunkelbraun und Oliv, überall roch es nach Staub und Bier und Käse, nach alten Teppichen und Möbelpolitur und vielem mehr ... Das Schlafzimmer war groß und quadratisch, farblos und stickig; die Vorhänge aus dicht drapierter Spitze, das Mobiliar wuchtig und hellbraun, eine weiße Häkeldecke lag auf dem harten, hohen Doppelbett. Wir ließen den Kamin heizen und schalteten die grelle Lampe über dem Frisiertisch aus, da war es besser. Das hochgetürmte Kohlenfeuer tauchte unser Bett in seltsame Glut ... Der Wein und das eigenartige, furchterregende Zimmer, das mit keinem je gekannten Raum zu vergleichen war, der Regen draußen, all das schloß einen engen Kreis um uns ... O Rollo! Wer waren wir? ... Nie mehr hat es eine solche Zeit gegeben ... Verrückt ... Die ganze Nacht – so schien es – hallten draußen Schritte auf und ab; späte Wagen fuhren vorüber, und die Stadtuhren schlugen viertelstündlich, das Feuer beleuchtete die Zimmerdecke immer noch in sehnsuchtsvollem Rot, als ich endlich einschlief.

Früh am nächsten Morgen fuhren wir zurück nach London. Er setzte mich am Hyde Park Corner ab und fuhr weiter in die Stadt. Ich nahm eine Taxe zu Ettys Haus, stellte dort meinen Koffer ab und ging weiter ins Atelier.

Nach diesem Wochenende war es anders. Ich konnte nicht mehr zurück zu jenen verstohlenen, halbwegs enttäuschenden, gelegentlichen Treffen. Ich wußte keinen Ausweg – doch damals sorgten wir uns noch nicht. Wir zehrten von dem Wochenende. Wir trafen uns beinahe täglich mittags zum Essen, und zweimal aßen wir auch zusammen zu Abend, gingen anschließend ins Kino. Es war eine friedliche Woche. Ich sehe uns immer noch im Gespräch miteinander, sehe uns warm und ruhig lächeln, beinahe begierdelos. Es schien so einfach! Es waren stille Tage ... Sie gingen zu Ende. Er verreiste am nächsten Samstag: eine Wochenendeinladung, die er nicht absagen konnte, sagte er, also fuhr ich nach Hause. Mutter war froh, mich zu sehen, erleichtert, weil ich Farbe bekommen hatte und gut aussah. Ich erzählte ihr von Etty und Mrs. Banks, unterhielt sie, bat sie um Rat wegen meiner Garderobe. Ich schob Papa im Rollstuhl durch den Garten, las ihm stundenlang vor, viel hatte er nicht davon, er schlief immer wieder ein. Damals begriff ich zum erstenmal, daß er an Körper und Geist nie wieder genesen würde ...

Erst am Dienstag, als Simon sein Fest gab, fuhr ich zurück nach London. Wir freuten uns, es hatte seit langem kein richtiges Fest mehr gegeben. Mit Rollo hatte ich verabredet, daß ich zuerst mit ihm zu *Cochrans* ginge, um die neue Revue anzuschauen. Endlich war ich es einmal, die anschließend noch etwas vorhatte, das sie nicht versäumen wollte. Ich war in Hochstimmung und aufgeregt. Ich dachte sogar daran, ihn mitzunehmen. Ich trug das weiße Kleid, mein Glückskleid. Ich erzählte Etty, ich ginge zu Marigold und ihrem Mann – Marigold habe mich eingeladen. Etty war in heller Aufregung, huschte begeistert um mich herum, während ich mich anzog, überredete mich, ihren silbernen Mantel mit dem grünen Seidenfutter zu tragen. Wir aßen bei *Boulestins* und waren in Feststimmung. Rollo sah nobel und gut aus, das weiße Kleid war romantisch. Ich sah ihm an, wie verliebt er war. Er erzählte, er habe das Wochenende in Wiltshire genossen, er sei in der richtigen Stimmung gewesen, sich zu amüsieren. »Es lag nur an dir, Liebste«, sagte er. »Du bist so süß zu mir, machst mich so glücklich.«

»Gab es genug Mädchen, mit denen du flirten konntest?« fragte ich.

»O ja«, sagte er und runzelte mit gespieltem Bedauern die Stirn. »Eine war besonders nett. Eine entfernte Cousine aus Frankreich – eine Großnichte der alten Dame, die du in Meldon kennengelernt hast, erinnerst du dich? Sehr jung, verträumt, spontan und unverdorben – eine Figur, wie ich sie seit Monaten nicht zu Gesicht bekommen habe – von dir natürlich abgesehen, Liebste«, fügte er hinzu. Ich zog ein ungläubiges Gesicht. »Ehrlich, wirklich«, schmeichelte er. »Sie war nett, aber nicht so nett wie du. Ich habe sie die ganze Zeit mit dir verglichen, und du bist dabei besser weggekommen. Ich mag dich bei weitem mehr.« Er griff unterm Tisch nach meiner Hand. Ich war damals nicht ein bißchen eifersüchtig. Ich fragte noch ein bißchen weiter und pflichtete ihm bei, es sei doch angenehm, so unerwartet eine französische Cousine kennenzulernen. Attraktive Cousinen seien ungemein vorteilhaft – eigentlich die einzig erfreulichen Verwandten. Ich bin mir sicher, damals spürte ich nicht die geringste Eifersucht.

Die Revue gefiel mir außerordentlich, sie war glanzvoll und frivol. Wir saßen in der dritten Reihe, in den Pausen konnte ich mit ihm flanieren. Er kannte keinen der übrigen Zuschauer, nur ein, zwei Leute vom Sehen. Im zweiten Teil, kurz vor Schluß, tanzte ein Mädchen mit ihrem Partner – ein schwingender, wirbelnder, fliegender Walzer ... Ich werde es niemals vergessen ... So aufregend war sie ... ihr langer blauer Chiffonrock glitt, kreiselte, zeichnete ihren Körper, umschwebte sie – zeigte ihre langen schlanken Beine, ließ sie verschwinden, ein schmaler, heller Schlangenkörper, der sich drehte und wiegte; ihr Gesicht lächelte entrückt, geheimnisvoll, Mund und Lippen wie Mandeln unter Wolken von weißblonden kurzen Locken. Ihr Name stand im Programm: Thalassa. Das heißt: die See. Die Zuschauer hielten den Atem an, auch ich, und ich spürte, wie gebannt Rollo war. Anschließend sagte er kein Wort, klatschte nur, klatschte. Ich warf ihm einen Blick zu, lächelte begeistert und klatschte auch. Doch ich fühlte mich grauenhaft ... als erstickte ich an einer widerlich bitteren Staubwolke ... ich hatte mich noch nie im Leben so schlimm gefühlt.

Wir gingen mit der Menge ins Freie, zum Wagen und stiegen ein.

»Mein Gott, was für eine Figur!« sagte er, als wir losfuhren.

»Ja«, sagte ich. Ich wußte, er wollte sie vom ersten Augenblick an. Nach einer Weile sagte ich mit heller, dünner Stimme: »Gutgebaute Frauen beschäftigen dich offenbar.«

»Eigentlich immer«, sagte er; es schien wie ein schneller Schlag zurück, ein Hieb, ein Treffer, doch er hielt alles noch für einen Scherz, er merkte gar nichts ... Es war nicht das erste Mal, daß er eine Zeitlang brauchte, bis er begriff, daß die Stimmung umgeschlagen war; in mancher Hinsicht ist er nicht besonders feinfühlig ... Das blaue Lichterspiel der Straße wechselte aufreizend, höhnisch. »Wohin?« fragte er. Ich nannte ihm die Adresse am Fitzroy Square. Ich fühlte mich fürchterlich, doch ich schwieg. Wir fuhren vor und stiegen aus, immer noch unentschieden, ob er mitkommen sollte oder nicht. Er wollte es gern. »Soll ich?« fragte er. Ich fühlte mich starr, wie erstickt, konnte weder ja noch nein sagen. Ich ging einfach weiter, nickte oder zuckte mit den Achseln – ich weiß nicht mehr, was ich tat – er folgte mir. Wir gingen schweigend ins Haus, standen in dem ohrenbetäubenden Getöse, das durch Simons Wohnungstür drang ... Matrosenanzüge, kurze Hosen, Baskenmützen, Schiebermützen, Halstücher, grauer Flanell, Bauernblusen, kleine Samtjäckchen, steife Schneiderkostüme; Myra in rosafarbenem Satin mit blaßblauen Handschuhen; Mrs. Cunningham, stattlich und edel in einem geerbten Kleid aus kastanienbraunem Samt mit alten Spitzen, lehnte in unbeschreiblicher Pose an der Wand; Gil Severn trug Frack und Monokel; Billy Meaker im hautengen weißen Trikot, kahlköpfig mit rasierten Augenbrauen, weiß geschminkt, geschmückt mit künstlichem weißem Weinlaub. Es roch nach Whisky und Haut und Puder und wer weiß, wonach sonst noch ... Eine bewährte Mischung, die brodelte, toste, den Eingang versperrte – das Fest war in vollem Gang.

»Kommst du?« fragte ich, und der Anblick der Menge hob meine Stimmung bereits.

»Großer Gott!« rief er und starrte über mich hinweg; ich dachte, er sei entsetzt über das Fest. »Da steht Marigold.« Ich schaute, und es stimmte. Sie trug ein rückenfreies, einfaches schwarzes Kleid und im Haar einen Messingblütenkranz, sie tanzte mit David Cooke und schien sich offensichtlich zu amüsieren. Von ihrer Sorte tauchten immer ein paar auf Simons Festen auf; seine Welt grenzt an Mayfairs Nobelbohème. Es war ein Schock, das muß ich zugeben. Rollo war wütend. »Wer ist der Typ bei ihr?«

Ich erklärte es ihm: »Er schreibt die Klatschkolumne in der Zeitung.«

»So sieht er auch aus«, sagte er. »Da wird er sicherlich einiges über sie berichten können ... Er wird es euch allen zeigen ...« Seine Eifersucht löste die meine in Luft auf, beinahe ging es mir wieder gut. »Ich mache, daß ich hier fortkomme«, sagte er hart, trotzig. Einen Augenblick lang war ich auch entschlossen zu gehen. Doch Anna, die mit Ed tanzte, hatte mich entdeckt und winkte, und ich winkte zurück und sagte:

»Oh, da ist Ed!«

Worauf er auf dem Absatz kehrtmachte, »Na, dann gute Nacht«, sagte und ging. Ich kämpfte mir mir, dann lief ich ihm nach, holte ihn auf der Treppe ein und hielt ihn am Arm.

»Was hast du vor?« fragte ich.

»Ich werde wohl ins Bett gehen.« Er wirkte unglücklich, gekränkt, kindisch.

»Ich bleibe nicht lange, ich verspreche es«, sagte ich. »Wir treffen uns hinterher.«

»Kommst du zu mir nach Hause?« fragte er eigensinnig.

»In Ordnung«, versprach ich schnell.

»Ich bleibe auf und warte«, sagte er, und ich küßte ihn und ging dann zurück; dort, wo die Getränke standen, lief ich Freunden in die Arme.

»Wie eine Dame siehst du aus«, sagten sie.

Ich erklärte: »Ich bin mit einem reichen Wohltäter ausgegangen.«

Ich trank ein wenig Gin und fühlte mich besser; Ed legte seinen Arm um mich und tanzte mit mir. Wir kamen gut miteinander aus. Er sagte:

»Sie sind auch ein stilles Wasser, genau wie ich ... Ich mochte Ihre Art sofort.«

»Ich Ihre auch«, sagte ich.

»Die Leute sind komisch«, sagte er. »Komische Vorstellung von Vergnügen. Morgen haben sie alle einen schweren Kopf.« Er schaute sich um und lachte in sich hinein. »Anna ist sehr freundlich«, sagte er. »Ich mag sie sehr. Simon auch.«

In der folgenden Stunde kam er manchmal zu mir, machte einige Bemerkungen, überließ mich wieder der Menge, dann ging er nach Hause. Ich hielt nach Marigold Ausschau, doch sie war verschwunden. Simon kümmerte sich um das Grammophon, um die Getränke, und Anna half ihm gelegentlich; er war betrunken, was soviel hieß wie übermütig, geschickt, flink, zugewandt. Er küßte mich und sagte: »Dich würde ich gern öfter sehen.« Es bedeutete nichts Besonderes, doch es freute mich. Colin war geradezu dramatisch betrunken, laut, wild, anstrengend überschwenglich; seine Locken fielen ihm tief in die Stirn, sein Blick war glasig. Er schien von einer Person zur nächsten zu fallen, alle stützten, umarmten ihn. Als ich an die Reihe kam, erklärte er, die Eichen würden durch das Salz im Meer zerstört, der Tang wüchse direkt unter Kohlköpfen und Kornfeldern. »Was ein Symbol ist«, sagte er und spuckte das Wort so heftig vor mir aus, als hätte ich es noch nie gehört.

»Ich weiß.«

»Du weißt gar nichts. Du bist eine Frau. Du hast keine Ahnung.«

»Ich weiß alles«, sagte ich dumm, und er sah mich feindselig an und lachte verächtlich.

»Wenn du etwas wüßtest«, sagte er, »*wenn* ... dann würdest du den Zusammenhang zwischen Geschlechtstrieb und Leben kennen ... Den ich dir erklären könnte, *in der Tat,* aber ich will nicht. Du bist eine Frau. Es würde dich doch nur *langweilen* ...«

Ich sagte: »Colin, ich bin verliebt ...« Doch er taumelte schon weiter und rief:

»Los! Los! Los!«

Adrian beugte sich zu mir, reichte mir ein Glas Whisky und verkündete unheilvoll feierlich:

»Meine Liebe, ich würde gern mit dir ein Wörtchen über Miles und Rachel reden. Ich habe gehört, sie *trennen* sich. Mein Gott, sind diese Paare anstrengend! Nun hat er endlich eine wahrhaft unverfrorene, teuflische Person wie

Rachel gefunden, warum kann er sich nicht mit ihr zufriedengeben? Sie hat doch immerhin sein Geld gut angelegt ...«

»Ja«, sagte ich, »wir werden sie vermissen ...«

»Allerdings, meine Liebe«, sagte er. »Niemand mehr als ich ...« Er sah mich lachen und zog beleidigt ab, sagte: »Es ist gemein von dir zu lachen, Olivia.« Ich hörte, wie er sich bei einer Gruppe Leute beschwerte: »Olivia lacht mich aus.« Und Colin, der alles gehört hatte, rief: »Olivia lacht uns alle aus!« und kam und zischte mich boshaft an. Ich wich zurück, fühlte mich niedergeschlagen, einsam; wieviel Feindseligkeit schien es ringsum zu geben, soviel Mißtrauen. Ein junger Cambridge-Student stand abseits allein, wirkte unsicher und überheblich, er erinnerte mich an Ivor, der nicht da war; er schien dankbar, als ich auf ihn zuging, hielt mich wohl für vertrauenswürdig.

»Alles in Ordnung?« fragte ich. »Amüsieren Sie sich?«

»Ich finde es hier trostlos«, sagte er übertrieben näselnd.

»Vielleicht«, sagte ich, »sollten wir mehr trinken. Dann würden wir nicht mehr nur zuschauen, sondern uns unter die Leute mischen.«

»Nicht unbedingt«, sagte er steif.

»Fühlen Sie sich ausgeschlossen?« fragte ich.

»Fühlen wir uns nicht alle so?« sagte er gleichgültig achselzuckend. Mit einemmal schien er jung und munter, schaute zu Colin hinüber, der tobte. »Vielleicht alle außer Mr. Radford ...«

Colin rief gerade: »Licht! Mehr Licht!«

»Vielleicht«, sagte ich und dachte: Du Narr! Colin am allermeisten.

Gil Severn kam zu uns und fing an, sich über spanische Hotels zu unterhalten. Der junge Mann kannte sich aus, und nach einigen Minuten ging ich unbemerkt davon, ließ sie reden, dachte: Der junge Mann wird diesen Abend nicht vertan finden, schließlich hat er sich mit dem berühmten Kritiker Gil Severn unterhalten ... Desmond Fellowes saß auf dem Sofa und auf seinem Schoß ein gutaussehendes Mädchen. Sie trug riesige Ohrringe und um den Hals eine bunte Perlenkette, dazu ein Jäckchen mit smaragdgrünen und orangefarbenen Samtblüten. Sie war gedrungen, dunkelhaarig, lebhaft, und auf ihrer Schulter hockte eine Katze. Immer saß er so auf Festen da; wo findet er diese Mädchen, worüber unterhalten sie sich? Sie paßten so gar nicht zu seiner kargen, spartanischen Art, dem Intellektuellenbart und der Brille. Die Katze setzte allem die Krone auf ... Peter Jenkin erschien auch, natürlich, er war ein Zugvogel, immer umgeben von einem Schwarm zweitklassiger Zecher, blutjunger Schauspieler etcetera, er übersah mich, bewußt oder unbewußt – grüngesichtiger, dürrer und gehässiger denn je. Wenn ich bedachte, wie er mein erstes Jahr in Oxford vergiftet hatte – der Brief damals: »Es ist eine Schande, daß du es für unnötig hältst, mich zu retten, auf Wiedersehen«, die fahrige Handschrift – ich rannte, einer Ohnmacht nahe, zu seiner Wohnung, wo eine Cocktailparty in vollem Gange war und er betrunken und unverschämt rief: »Ich wollte dich nicht belästigen, Herzchen ...« Billy machte seltsame Geräusche, tanzte hingebungsvoll allein, schnipste mit den Fingern, beinah bewußtlos, die weiße Schminke streifig, das Weinlaub dahin. Anna wanderte eng umschlungen mit Mrs. Cunninghams schönem Sohn Peter. Sie küßten sich lange und innig – sie hatte ihn seit jeher hinreißend gefunden, deshalb freute ich mich, daß sie ihn sich für diesen Abend geangelt hatte. Sie war so hübsch, strahlte, glühte ... Dann war mit einem Mal Marigold wieder da, und bei ihr David Cooke. Sie ging mit suchendem Blick durchs Zimmer und sagte ernst und höflich: »Entschuldigen Sie bitte, haben Sie vielleicht mein Armband gefunden? Nein? ... Oh, vielen Dank.« David kam auf mich zu, geschniegelt, auffallend in Schwarz, und sagte:

»Meine liebe Olivia, falls ein Teil eines Armbands mit alten Rubinen und Glaspaste auftaucht, es gehört Lady Britton ...« Wie er den Titel auf der Zunge zergehen ließ. »Kann ich mich auf Sie verlassen, daß Sie sich darum kümmern? Es ist ein Erbstück, und es ist ihr teuer. Ich muß sie nun nach Hause bringen.«

»Ja, es wird Zeit«, sagte ich.

Er ging, und ich suchte ein wenig, und da lag das Armband, ganz nah, unter dem Klavier. Ich hob es auf und ging Marigold nach in den Flur. Sie lehnte am Treppengeländer, sehr blaß, blickte starr vor sich hin.

»*Da* bist du, Livia«, sagte sie und wirkte ertappt, ausweichend. »Warum bist du nicht früher gekommen und hast mit mir geredet?«

»Du warst verschwunden«, sagte ich.

»Oh, also ...«, sagte sie. »Es war so laut und voll ...«

»Hier ist auch dein Armband.« Ich steckte es ihr in die Tasche.

»Gott sei Dank«, sagte sie. »Ich dachte schon, ich hätte es oben verloren, hoch oben zwischen den quietschenden Betten ... Wo der Tag federnd beginnt ... Wessen Zimmer das wohl war, frage ich mich? *Zu* merkwürdig ...« Sie kicherte, sie atmete scharf, ihr Blick flackerte. »David hat die andere Hälfte des entzweigegangenen Armbands eingesteckt. Er ist doch ein ehrlicher Mensch, oder? Ist er nicht süß, ich verehre ihn, du auch? Heute abend war er allerdings ein bißchen lahm. Aber er bringt mich nach Hause, das ist immerhin verdienstvoll ... Er holt nur meinen Mantel. Den konnte ich *wirklich* nicht mehr selbst holen ... Livia, was ist das für ein entsetzliches Fest? Oder nicht? Ich weiß nicht, wie ich hierhergekommen bin. David hat mich mitgenommen. Warum tragen sie so schmutzige Kleider? Hast du Rollo getroffen? Du solltest ihn anrufen. Nicky ist in der Schweiz, genießt die gesunde Gebirgsluft.«

»Ich dachte, du auch«, sagte ich gedankenlos.

»Ich war auch da, aber ich bin früher zurückgekommen«, sagte sie. »Sam ist noch da.«

»Ich habe ein Photo von dir im *Tatler* gesehen«, fügte ich hastig hinzu, doch sie hatte nichts gemerkt.

David kam mit ihrem Nerzmantel, offensichtlich überrascht, daß ich mich mit Lady Britton unterhielt, besonders als sie schließlich »Gute Nacht, du Liebe« zu mir sagte und mich ausgiebig umarmte, ihn fragte: »David, ist Olivia nicht süß?« Dann sagte sie hektisch: »Um Himmels willen, wenn du mich nicht bald nach Hause bringst, garantiere ich für nichts mehr.« Er legte mit wichtiger Beschützerpose seinen Arm um sie, und sie gingen die Treppe hinunter. Auf halbem Weg begann sie zu wimmern: »Oh ... Oh, David ... Oh ...« Ich überlegte, ob ich zu ihr gehen solle, doch dann dachte ich, lieber nicht. Ich hörte ihn sagen: »Es ist schon gut, meine Liebe, gleich wird es wieder ... Draußen wartet eine Taxe ...« Vermutlich bekam er an jenem Abend mehr von Lady Britton zu spüren, als ihm lieb war. Er schob sie geradezu durch die Tür und in die Taxe hinein. Es war ein Uhr. Ich mischte mich wieder unter die Gäste. Die sittsameren gingen bereits, doch die Feier war noch in vollem Gange; überall lehnten und lagen Menschen, tanzten taumelnde Gruppen, wirkten angestrengt. Dick hatte die Blondine namens Muffet erobert, eigentlich gehörte sie Jasper, und der beglotzte und begeiferte Dick, sein Gesicht grimassierte wie bei den Bösewichten in Stummfilmen, es sah so unecht aus, daß ich gern gelächt hätte. Jemand hatte sich in den Kamin übergeben, und jemand anders sagte: »Rum auf Whisky. *Fatale* Wirkung ...« Simon kümmerte sich mit christlicher Geduld darum. Die dicke alte Cora Maxwell war hingefallen und hatte sich den Kopf aufgeschlagen, die Menge umringte sie, sie wurde verbunden, gewaschen. Simon brachte ihr ein Glas Wasser, richtete sie auf und gab ihr zu trinken. Ihr Gesicht war puterrot, ein Taschentuch schief übers Auge gebunden, der Haarknoten stand ihr vom wasserstoffblonden Schopf ab, so saß sie mit breiten Hüften, die kurzen Beine weit von sich gestreckt, und darüber Simon, blaß und hell mit seinem schönen, sanften Mund, zwinkerte mit den Augen, hielt ihr das Glas an den Mund ... Ich traf Jocelyn, er war eben erst gekommen, hatte noch geschrieben. Wir saßen zusammen in einer Ecke auf dem Tisch und unterhielten uns ruhig. Er bildete in diesem Raum eine kühle Insel. Er schrieb mir seine Adresse in Tirol auf, wo er im nächsten halben Jahr sein Buch schreiben wollte; er fragte, warum ich nicht auch dorthin käme und schriebe. Er glaubte, ich könne schreiben, seit ich ihm meine Skizzen gezeigt hatte. Er erklärte auch, ich könne sein Zimmer benutzen, solange er fort sei, er vermiete es nicht weiter, er würde mir die Schlüssel schicken ... Lieber Jocelyn, du bist mein Freund, du schaffst es, daß ich ruhig dasitze und nachdenke – über Ungerechtigkeit und Arbeitslosigkeit, über die Macht und Heuchelei der Herrschenden, über Revolution und Beethoven und Shakespeare und was die Dichter denken und schreiben ... Darüber, und nicht über individuelle Beziehungen und anderer Leute Geschlechtsleben, Kleider und Automobile ... Wenigstens für eine Weile ... Dann kam Jasper und legte seine Pranke auf mein Handgelenk, zog mich gegen meinen Willen fort, um zu tanzen. »Die Jungfrau«, verkündete er und deutete auf mein weißes Kleid. Er tanzte eine Zeitlang wie üblich, preßte mich an sich, schwenkte und quetschte mich, stoppte, schob mir hinten mein Kleid hoch, wie damals, als ich sechzehn war und immer an die schwer atmenden feuchtfingrigen Partner geriet, die so an meinem Kleid zerrten, bis die Kniekehlen zu sehen waren. Dann schaute er mir eindringlich in die Augen wie ein Hellseher oder eher noch wie ein wollüstiger alter Auerochse und behauptete lauthals: »Du hast einen Liebhaber ...«

»So?« fragte ich. Wie ich ihn hasse – all sein einfühlsames prophetisches Getue, sein salbungsvolles, angeblich angeborenes Wissen über Frauen; und ausgerechnet ihm gaben seine Eltern den anspruchsvollen Namen Jasper. Leider trifft er manchmal per Zufall den Nagel auf den Kopf ... »Habe ich das?« fragte ich und krauste unschuldig und überrascht die Stirn. Doch dann konnte ich es nicht länger ertragen, ich mußte zu Rollo. Überall Zigarettenstummel, Asche, leere Flaschen, schmutzige Fußabdrücke und eine Pfütze auf dem Linoleum neben der Toilettentür. Alle Anwesenden spielten immer noch das übliche alte Spiel. Ich dachte: Ich brauche sie nicht, ich bin ihnen überlegen, ich habe etwas Eigenes, brauche nicht zu bleiben ... Ich schickte Jasper, etwas zu trinken zu holen, und rannte zur Garderobe, zog meinen Umhang über. Das letzte, was ich sah, war, wie Billy mit dem Besen den Unrat zusammenfegte, die Girlanden abriß und alles auf einen Haufen mitten auf den Boden warf, ein Streichholz daranhielt, während Colin, mit dem Gleichmut des Tüchtigen, einen leeren Syphon ergriff, um zu löschen. Ich nehme an, auch darum kümmerte sich Simon ... Jasper erwischte mich, als ich die Treppe hinunterlief, er wollte mir folgen, fluchte – doch ich lief ihm davon und stand auf der Straße. Es war zwei Uhr morgens. War er zu Bett gegangen? Falls ich ihn nicht mehr anträfe, was sollte ich tun? Ich bat den Taxifahrer, mich in der Straße abzusetzen, die zum Platz führte. Nur einmal war ich dort gewesen, war aus Neugierde an seinem Haus vorbeigegangen ... Das Londoner Wohnviertel hinter dem Bryanstone Square war unbekanntes Territorium für mich. Ein kalter Wind wehte. Ich fröstelte. Da war es, Nummer zwei, das Eckhaus, Rollos Haus. Die Flurlampe schien durchs Oberlicht der Haustür, rechts ein erleuchtetes Zimmer, die Vorhänge waren nicht ganz geschlossen, so daß ich hineinspähen konnte. Da sah ich ihn. Er stand an den Kamin gelehnt und rauchte Pfeife. Von draußen schien das Zimmer warm, reich und gemütlich – ein erstklassiges, angenehmes Zuhause. Ich lehnte mich, auf der Türschwelle stehend, über den Zaun des Vorgartens, klopfte an das gewölbte Regency-Glas des Fensters. Das Taxi, mit dem ich gekommen war, fuhr vorüber, und der Fahrer starrte mir nach ... Rollo, mein Liebster, du öffnetest die Tür, zogst mich ins Haus hinein, schlossest die Tür, und da standen wir umarmt im Flur, flüsterten: »Oh ... Ich wollte unbedingt zu dir ...« Und: »Ich hatte dich beinahe aufgegeben. Wenn du nicht gekommen wärst, ich hätte es nicht ertragen.« Und: »Verzeih mir, es tut mir so leid ...« – »Es ist ja alles gut.« Wir liebten uns so sehr und waren endlich getröstet. Er führte mich ins Zimmer, und ich saß im Sessel am Kamin, auf seinem Schoß, wärmte mich.

»Ich darf hier nicht bleiben«, sagte ich.

»Ich werde zu dieser Tageszeit nicht mit dir auf die Straße gehen«, sagte er. »Was kann schon geschehen? Alle liegen seit Stunden im Bett. Ich bin ganz allein.«

Also rückte ich dicht an ihn, verkroch mich vor seinem

Haus. Das Zimmer, in dem wir saßen, wirkte nicht privat, war eher ein großzügiges Büro mit großem herrschaftlichem Schreibtisch, ein Telephon stand darauf, und auf einem Bord das Telephonbuch, Ausgaben von *Debrett, Who is Who* und in einem Bücherschrank hinter Glas edle, in Kalbsleder gebundene Klassikerausgaben, alle dunkelrot oder braun. Über dem Kamin hing ein bestürzend schlechtes Pastellbild von Nicola, mit schief grinsendem Mund und unnatürlich langem, geblähtem Hals – das typische Gattinnenporträt, wie es vermutlich in jedem dieser Häuser hängt, eigentlich zu unbedeutend, um irgendeinen, selbst einen unangenehmen Eindruck zu hinterlassen. Das erste, wonach er fragte, war Marigold. Es hatte ihn entsetzt, sie da zu sehen, er hatte angenommen, sie sei noch in der Schweiz. Ich erzählte, daß ich kurz mit ihr gesprochen hätte, sie sei wohlauf gewesen, früh gegangen.

»Sie drängte mich, dich unbedingt anzurufen«, sagte ich. »Sie denkt, es sei an der Zeit, daß du dich amüsierst.«

»Diese Schlange«, sagte er. »Man darf ihr nichts erzählen. Sie ist von der fixen Idee besessen, du hättest meinen Ruin im Kopf, seit wir uns in der Eisenbahn trafen.«

»Meinst du, sie weiß etwas und läßt es nur nicht durchblicken?«

»Nein«, sagte er nachdrücklich. »Das ist unmöglich. Niemand weiß etwas. Wir waren dermaßen vorsichtig.« Und ich merkte, wie er sich hastig umschaute, bestimmt dachte: Was wir jetzt tun, ist gar nicht vorsichtig. Er fragte, ob ich mich gut amüsiert hätte, und ich sagte:

»Nein, ganz im Gegenteil, es war mir zuwider. Sie schienen alle so oberflächlich, betrunken, schrill ...«

»Das kann ich mir nicht vorstellen«, sagte er ruhig und berichtigte, wie üblich, meine Verallgemeinerungen, freundlich, ohne mich zurechtzuweisen – ich kam mir dann immer kleinlich vor ... »Sie sahen sehr lustig aus. Ein Kostümfest, nicht wahr? Du warst nur nicht in Feststimmung.«

»Tatsache ist«, sagte ich, »man sollte nicht auf Feste gehen, wenn man verliebt ist ... Man benimmt sich nur überheblich, erhaben, und alle spüren es und werden mißtrauisch.«

»Das wird es wohl sein«, stimmte er zu und strich mir über die Schulter ...

Es war wie ein Wiedersehen nach überstandener Gefahr, eine Versöhnung, ohne den bitteren Nachgeschmack eines unerfreulichen Wortwechsels ... Nach einer Weile sagte ich:

»Sie war wunderschön, nicht wahr?«

»Wer?«

»Das Mädchen, Thalassa – die Tänzerin«, sagte ich. »Ich muß immer noch an sie denken.«

»O ja«, sagte er beinahe beiläufig, gleichgültig. »Hieß sie so? Ja, sie beherrschte ihr Metier ...«

Mehr sprachen wir nicht über sie, und ich ließ mir nichts anmerken ... In dieser neuen Umgebung, seiner Umgebung, war er in gewisser Hinsicht wieder ein Fremder – unentdeckt, bedeutungsvoll, so wie damals in Meldon; und ich trug wieder das weiße Kleid – und es war spät, still, wir waren voller Erwartung ... Als stünden wir wieder am Anfang ...

»Hier ist es verdammt ungemütlich«, sagte er. »Komm mit nach oben.«

Wir gingen ins nächste Stockwerk – der Teppich im Treppenhaus war kastanienbraun, die Wände in sattem Gelb, hübsch – und öffneten eine Tür, knipsten Lichter an.

»Was für ein schöner Raum!« rief ich erstaunt, und er sagte:

»Ja, hübsch, nicht wahr. Wir haben einfach aus zwei Zimmern eins gemacht.« Das »wir« tat weh. Ich stellte mir vor, wie sie gemeinsam planten, einrichteten, Räume für Nicola, sicher zeigten sie sie stolz ihren Freunden, hatten niemals vorausgesehen, daß ich einmal hierherkommen würde ... Ich beruhigte mich, die Räume eines Ehepaares, der gemeinsame Besitz spielten doch keine Rolle, seien kein festes Band, unwichtig ... Nein, wichtig, mächtig ... Das Licht leuchtete indirekt in drei Wandnischen, in denen hohe, weiß glasierte Vasen standen, stilvolle italienische Gebilde voll künstlicher Blumen – leuchtend bunte Gestecke, formal, doch nicht steif, wie zu rhythmischen Mustern zusammengestellt. Ich dachte: Wenn Nicola das gemacht hat, dann kann sie immerhin etwas ... Aber vermutlich sind sie von *Fortnum & Mason* ... Der Raum war lang und leer, schlicht, die Farben glänzend, kühl wie das Innere von Muscheln – die tiefen, breiten geraden Sessel und Sofas mit weißem Brokat bezogen, alles Holz rosig grau. Es war ein guter, moderner Raum. Es gab nur ein Bild, ein Querformat an der Stirnwand, zeitgenössisch, von wem, habe ich vergessen – zwei große sitzende Frauen an einem Strand, gitarrespielend, im Vordergrund Zuhörer, lauschend ausgestreckt, in blassen Farben, Blau-, Braun-, Grautöne. Es überraschte mich, beunruhigte mich. Es gefiel mir. Doch ich kann mich nicht mehr klar an das Bild erinnern – auch an nichts sonst; nur an diese Bestürzung, die ich spürte, den allgemeinen Eindruck von Weite und Weiß, den das Zimmer hervorrief ... Wir waren lange dort. Ich lag mit geschlossenen Augen auf dem Sofa, versunken in Kissen hörte ich die weiße Uhr ticken ...

»Was ist das?« Ich erschrak mit einemmal.

Er horchte. »Was?« sagte er.

»Ich glaube, ich habe etwas gehört ... kann jemand draußen sein? ...«

»Unwahrscheinlich«, sagte er. Er stand auf, glättete sein Haar und ging leise zur Tür, öffnete sie. Nichts, natürlich. Der Flur war leer, und ich sah die leere Treppe. »Warum bist du so unruhig?« fragte er im Zurückkommen. Ich saß aufrecht auf dem Sofa, mit untergeschlagenen Beinen, und sah Rollo in seinem Wohnzimmer nach Zigaretten suchen. Etwas war geschehen – tief im Innern, unter allen Bewußtseinsschichten. Ja, damals begann die Veränderung ... Ich verlor meine Sicherheit ... Rollo hatte ein schönes Haus, lebte darin, hatte Menschen, die von ihm abhingen, Verpflichtungen ... Nun wußte ich es. Es ist hart, Tatsachen zu akzeptieren, die gegen einen sprechen.

Ich sagte: »Ich muß jetzt gehen.«

»Nächstes Stockwerk, Liebste, wenn du möchtest«, sagte er. »Zwei kleine Stufen hoch und dann geradeaus. Ich gehe nach unten.« Er gab mir einen Kuß, und ich ging die Treppe hinauf ... Dachte: Die erste Tür ist bestimmt ihr Schlafzimmer ... Ich stand unentschlossen vor der ersten Tür rechts ... Der Türknauf war gläsern, das weiß ich noch. Die Stille war dunkel, starr ... Ich hatte das verrückte Gefühl, von oben aus der Dunkelheit beobachtet zu werden. Ich öffnete die Tür zu Nicolas Schlafzimmer, knipste ein Licht an, schaute hinein ... trat wieder hinaus und schloß die Tür. Über der Steppdecke auf dem Doppelbett mit dem silbrigen Kopfteil lagen Schonbezüge, der Spiegel, in Zeitungspapier verpackt, lag flach auf dem Frisiertisch, blaßblaue Wände, blaue Vorhänge mit Magnolienblättermuster, ein Bild von Rollo, als er jünger war, über dem Kamin zwei Blumenbilder, Iris und rosa Lilien, hübsch; eine Tür, die vermutlich in Rollos Ankleidezimmer führte. Verhangen, verlassen ... Die Herrin des Hauses fort ... Ich ging ins Badezimmer, wusch meine Hände und trocknete sie an ihrem blaßrosa Handtuch ab, seidenweich, sah ihre blauen Glasbehälter mit Badesalz, Puder, Kleinkram, betrachtete Rollos großes Badehandtuch auf dem Heizständer. Die hintere Tür führte wahrscheinlich ebenfalls in sein Zimmer ... Die Privaträume eines Ehepaares ... angenehm, gut eingerichtet, mit allem Komfort ... Was habe ich getan? Warum nur? Wie konnte ich? ... Ich hätte nicht im Traum gedacht, daß der Schmerz so brennen würde, so heiß und beharrlich ... als sei ein dumpfer Gong angeschlagen und halle für immer.

Ich lief nach unten. Rollo stand am Fuß der Treppe, in der Hand ein Glas Bier, und sah nach oben. Links im Eßzimmer war Licht – da aßen sie gemeinsam und mit feinen Gästen.

»Ich habe nach irgend etwas Erfrischendem gestöbert«, sagte er. »Aber alle Kekse und das Obst sind anscheinend unter Verschluß, und das in meinem eigenen Haus ...« Mein eigenes Haus ... Ich hatte keinen Hunger. Ich fröstelte wieder. Er ließ mich aus seinem Glas trinken, hielt mich umarmt. Wir gingen hinaus zum Taxistand, und er brachte mich zu Etty. Es war fünf Uhr, als ich zu Bett ging. Tot, erschlagen ... Ich habe erlebt, daß Rollo müde war, doch er hatte immer warme Hände, sein Blick blieb lebhaft, seine Haut rosig frisch. Er ist kerngesund. In seinen Armen spüre ich, wie sich ein warmes Glühen auf mich überträgt. Wie kann Nicola immerzu kränkeln, wenn sie mit einer solchen Wärme und Kraft zusammenlebt? Wenn sie mit ihm schliefe ... Doch das tut sie natürlich nicht – daran liegt es ... Sie will nicht. Armer Rollo ... Ich tröste ihn, werde ihn immer trösten.

Dann kam das nächste Wochenende, auf unabsehbare Zeit das letzte, an dem wir zusammensein konnten; sie kam in einer Woche zurück. Etty war zu Hause, also holte er mich nicht ab. Ich fuhr mit meinem Koffer nach Paddington und wartete auf einer Bank auf dem Bahnsteig. Er kam eine halbe Stunde zu spät – ein trostloser Anfang. Ein Mann mit Bowlerhut und steifem Kragen, mit feuchten Lippen und gierigen Zähnen setzte sich neben mich und versuchte, mich in ein Gespräch zu verwickeln. Er spuckte, wenn er sprach. Eine ältere, runzlige Dame mit brauner Stola und Kneifer ging auf und ab, beäugte mich, und ich hatte die wahnwitzige Vorstellung, sie sei vom Verein für gefallene Mädchen oder die Wohlfahrt sei hinter mir her. Als Rollo endlich auftauchte, konnte ich zur Begrüßung nur noch steif nicken, als ob alle zuschauten und wüßten, was wir vorhätten. Er sagte nur: »Entschuldige, es ging nicht anders.« Ich war vor unausgesprochenen Vorwürfen ganz erstarrt.

Welch ein Tag – dunkel, naß, ruiniert vom frühen Morgen an. Wir fuhren gen Westen. Etwas stand zwischen uns, schwer, wollte sich nicht lösen. In Oxford aßen wir im *George* zu Mittag; es war spaßig, wieder dort zu sein, diesmal mit Rollo. Danach gingen wir zu *Blackwell* und sahen uns um. Rollo kaufte einen riesigen Bildband über griechische Kunst, und ich bestellte einen Band Gedichte von einem jungen Schriftsteller, von dem Jocelyn mir erzählt hatte. Durch Stow-on-the-Wold fuhren wir weiter ... Das weite, traurige grüne Land mit seinen Buchenhainen und Steinwällen war regengepeitscht. Es war wie das Ende der Welt; als gäbe es keinen Ausweg, als sei die Katastrophe unvermeidlich. Diesmal wollten wir nicht im Hotel übernachten. Mir graute vor dem Register, den Gesichtern der anderen Gäste, die uns anstarrten, wir erregten zuviel Aufmerksamkeit. Rollo gehört zu jener Sorte Engländern, die durch Erscheinung und Auftreten sämtliche Ober, Dienstboten in Geschäftigkeit versetzen: in Erwartung eines großzügigen Trinkgelds wird er stets bevorzugt behandelt. Niemals sähe er aus wie ein mittelmäßiger Durchschnittsreisender mit Gattin ... Unsere Idee war, nach einem romantischen kleinen Gasthaus zu suchen, nach einem Bauernhof, der Zimmer vermietete. Dort wollten wir zwei wunderbar friedliche Nächte in ländlicher Abgeschiedenheit verbringen. Morgens sollten uns die Kühe und Hühner wecken, offene, gesunde Gesichter uns umgeben, Stimmen, die Dialekt sprachen. Blaue unvergeßliche Berge, vielleicht ein finsterer Wald, doch niemals dieser undurchdringliche suppengraue Regen ... Oh, der Regen!

Als es dunkel wurde und wir auf einer Landstraße weit hinter Tewkesbury waren, begann der Wagen zu stottern und zu spucken, ein Zylinder war ausgefallen. Wir fuhren unter einen Baum, ich hielt im Regen die Taschenlampe, während er – endlos, wie es schien – am Motor bastelte. Dann ging es weiter; doch bald begann der Wagen wieder zu husten und zu keuchen. »Oje«, sagte er, »der Ärmste hat sich erkältet. Uns bleibt nichts anderes übrig, wir müssen zur nächsten Werkstatt.« Also krochen wir im niedrigsten Gang weiter, und nach ein, zwei Meilen hatten wir Glück, an der Straße stand ein hölzerner Schuppen: eine Werkstatt mit Monteur. Wir fuhren unter ein Vordach, und Rollo und der Mann bastelten an der Maschine, holten öliges Werkzeug, fachsimpelten, während ich halb benommen im Wagen saß und sah, wie die beiden sich bückten, aufrichteten, ihre Lippen bewegten, hörte ihre Stimmen, unwirklich jedoch, wie im Traum.

Schließlich öffnete er die Tür und sagte: »Es ist nichts zu machen, wir müssen den Wagen bis morgen hierlassen. Es wird eine größere Reparatur, und er möchte nach Haus, er hat Feierabend.« Seine Stimme klang bedauernd, einsichtig, ich wußte, ihm machte die Bastelei Spaß, er freute sich auf die

Fortsetzung am kommenden Tag. »Er sagt, es gibt zwei Meilen weiter einen Gasthof, wo wir übernachten können. Er fährt uns in seinem Wagen hin. Er ist nett. Sollen wir uns die Kneipe ansehen, du Liebe?«

Der Wagen des Mannes roch wie früher Walkers Taxi, in dem wir nach Meldon oder Tulverton gefahren waren. Der Gasthof wirkte in der fast völligen Dunkelheit ordentlich, massiv, weiß getüncht, mit einer niedrigen, düsteren, stickigen Bar voller faltiger, bärtiger Männer, die Pfeife rauchten und auf Holzbänken saßen. Frauen waren in der Bar nicht zugelassen, also wartete ich im Salon – einem finsteren luftlosen Verlies mit einer grünen Plüschdecke auf dem Tisch und darauf ein Aschenbecher, auf dem »Smoke Players« stand, einem Kalender von 1920, einer Guinness-Reklame und auf dem Kaminsims einem rosafarbenen Eierbecher. Unser Mann bestellte uns etwas an der Bar, rief jemanden aus der Küche, es wurde beraten, und eine Frau erschien, die zweifelnd sagte:

»Wir *hätten* ein Zimmer ...«

Ich wollte es sehen, und sie führte mich nach oben. Es war nicht so schlecht, nur klein und stickig, es roch ländlich, auf einem Eisenbett waren Federbetten aufgetürmt, und aus einem kleinen Fenster überblickte man die Felder. Hier könnten wir durchaus glücklich sein, dachte ich, wenn das Kaminfeuer brannte, das Fenster geöffnet war. Die Frau hatte keinesfalls ein freundliches Apfelgesicht, sie war grobknochig und rauh, krumm, das Haar hing ihr in unordentlichen Strähnen ins Gesicht, das blaß war und lang, angespannt und gleichzeitig leer. Der Mann kam von der Bar, schaute herein – ein kleiner scharfäugiger Mann mit falschen Zähnen und Schlägermütze – er klang anbiedernd, neugierig. Kein sympathisches Paar. Sie sprachen beide Cockney ... Ein Bad gab es natürlich nicht – ich hätte eins verdient gehabt. Als ich wieder herunterkam, saß Rollo mit dem Mechaniker zusammen, gutgelaunt und jovial. Also setzte ich mich wieder in den schrecklichen Salon und wartete. Bald hörte ich, wie er sagte: »Also, gute Nacht und vielen Dank. Ich komme gleich morgen früh ...« Und dann gesellte er sich zu mir und erklärte noch einmal, wie nett dieser Mann sei.

»Ich glaube, wir werden es hier nicht schlecht haben, oder, du Liebe?« sagte er beschwichtigend, besorgt, daß ich mich beschweren könnte – was ich natürlich nicht tat. Er behauptete oft, ich sei die einzige Frau, die sich niemals beklagte, seiner Ansicht nach erwarteten die meisten Frauen verdammt viel und klagten ununterbrochen. Ich frage mich, ob Nicola nörgelt. Ich hasse Frauen, die ständige Aufmerksamkeit erwarten und nichts zurückgeben; die auf Ritterlichkeit pochen und gleichzeitig die Gleichheit der Geschlechter verkünden. Ich glaube, bei Ivor ... bei Ivor habe ich manchmal geklagt ... Ja, das habe ich. Aber er hat mich auch provoziert ...

Rollo setzte bald alles in Gang, bestellte ein Feuer im Salon, Getränke, Abendessen. Die Frau erklärte, sie könnte schon etwas zubereiten, der Mann sagte: Was Sie wollen, Sie brauchen es nur zu sagen. Wir aßen Spiegelei und Speck, mit Bier schmeckte es gut, und Rollo aß noch kaltes Rindfleisch und eingelegte Gurken dazu. Ich ging dann ins Bett, er blieb noch ein Weilchen unten, spielte mit einigen Einheimischen Pfeilwerfen ... machte sich bei allen beliebt ... Gönnerhafte Leutseligkeit, wie bei seiner Mutter und allen übrigen ... Nein, nein, *nein*, so ist er nicht – niemals ...

Das Bett war bemerkenswert grauenhaft, die Bettücher aus dicker Baumwolle – Twill? – irgendwie haarig, und sie rochen eigenartig. Sie waren klamm. Draußen in der schwarzen Nacht regnete es in Strömen ...

Ich weiß nicht, was geschah. Ich erinnere mich nicht, wie es begann. Ich bemühe mich, doch ich weiß es wirklich nicht. Er schlief schon lange, ich konnte nicht einschlafen, ich fühlte mich so unwohl, und auf der anderen Seite der Wand schnarchte und schnarchte jemand, stundenlang, ein dumpfes rhythmisches Dröhnen, dazwischen ein Röcheln. Es klang so schwer, so zerstörerisch und feindselig, als ob ein grober, bösartiger Mensch jeden Schlaf haßte, verspottete. Und der anhaltende Regen schien um uns herum etwas Unwiderrufliches anzuschwemmen – das Schicksal. Rollo schlief fest und tief, von mir abgewandt ... Ich begann zu weinen, zuerst still für mich, ich war so müde, so erschöpft – dann schluchzte ich, schniefte, damit er wach würde, er mußte mich trösten. Schließlich drehte er sich um, rührte sich, protestierte schläfrig und brummte: »Oh, nicht doch, du ... Was ist denn? Wein doch nicht. Es ist alles gut. Schlaf schön ...« Er wollte nichts hören, wollte seine Ruhe. Ob er so auch zu Nicola redete? ... Ich wollte ihn nicht in Ruhe lassen, ich schluchzte immer lauter.

Mit einem Mal war er hellwach, ungläubig, entsetzt. Armer Rollo. Es war das erste Mal, daß ich vor seinen Augen weinte, abgesehen von gelegentlichen genüßlichen Tränen der Rührung ... In Meldon damals hatte er so sonderbar gesagt: »Oh, Tränen sind doch solch ein Luxus! Wissen Sie das nicht?« – »Vielleicht weine ich zuwenig«, hatte ich kühl gesagt.

»Was ist los?« fragte er. »Warum weinst du? Olivia!« Er schüttelte mich. Er nannte mich niemals Olivia, immer Liebste oder so ähnlich, das Wort brachte mich zur Besinnung. Nun brach alles verworren, unter Weinen und Wehklagen, aus mir heraus. Ich konnte nicht mehr so weitermachen, ich konnte nicht mehr, ich liebte ihn doch ... Warum sollte ich immer abseits stehen, warum sollte ich niemals zählen? Ich hatte begriffen, wie er lebte. Ich stand außerhalb und hatte nichts. Ich würde ihn verlieren. Trotz des Jammers war mein Kopf ganz klar, ich sagte nichts, das ich nicht meinte. Wußte er nicht, was Liebe war? fragte ich. Glaubte er, ich sei damit zufrieden, so wie er offenbar, daß wir uns einmal pro Woche heimlich trafen – hatte er sich jemals in meine Lage versetzt? ... Ich schluchzte, bis das Kissen naß war, dachte im Hinterkopf die ganze Zeit an das gräßliche Paar nebenan, das sicherlich wach geworden war, lauschte, sich anstieß, flüsterte: »Irgend etwas stimmt nicht ... Ich habe es doch gleich gesagt ...«

Der Ärmste, er war fassungslos. »Aufhören, aufhören«, sagte er immerzu und versuchte, mich zu sich zu drehen. Er zündete eine Kerze an und stand auf, um ein Taschentuch zu holen. Ich putzte mir die Nase, und dann sah ich im Kerzenschein sein Gesicht, ruhig, nachdenklich, ernst; und ich hörte auf zu weinen. War es schlimmer, als ich annahm? Hatte ich etwas Endgültiges, Unwiderrufliches gesagt? Würde er gleich antworten: Wenn du so empfindest, dann müssen wir die Geschichte beenden? Ich erschrak, kam zu mir, lag flach auf dem Rücken, erwartete seine Reaktion.

»Ich muß sehr blind gewesen sein«, sagte er. »Ich hatte keine Ahnung, daß du nicht glücklich bist, Olivia.«

»Bin ich doch – manchmal wenigstens ...«

»Ich dachte, wir seien so glücklich.«

»Vielleicht sind wir das ja auch ...« Blödsinnig, ich wollte alles ungesagt machen. »Ich weiß, daß wir es wirklich sind.«

»Warum hast du mir früher nichts davon gesagt?«

»Ich wußte nicht, daß ich mich so fühlte.«

»Was ist denn geschehen?«

Ich konnte es nicht sagen. Ich konnte nicht ... Eifersüchtig ... Ich habe dein Zuhause gesehen, sie ist wirklich, ich bin eifersüchtig auf sie, obwohl ich immer behauptet hatte, ich sei nicht eifersüchtig, nicht besitzergreifend. Ich sagte: »Wahrscheinlich hat es sich langsam zusammengebraut. Ich habe versucht, es zu unterdrücken, ich wollte dich nicht beunruhigen. Aber manchmal habe ich solche Angst ...« Und ich schluchzte schon wieder.

»Verstehst du –« Er hielt inne. So hatte er schon einmal begonnen – und dann innegehalten. Ich wartete in panischer Angst. Das Schnarchen nebenan war die ganze Zeit weitergegangen, plötzlich schien auch er es wahrzunehmen. Er horchte und sagte: »Großer Gott!« und stieß ein Lachen aus. Ich ebenfalls. Danach war es leichter. Er nahm meine Hand und streichelte sie, während er sehr ruhig sprach.

»Hör doch, Liebste. Du kennst doch mein Leben ...«

»Ja ...« Es war, als redete ein Erwachsener freundlich bestimmt auf mich ein, erwartete, zu meinem eigenen Besten, daß ich seinen Standpunkt verstünde, Vernunft annähme, unerbittlich ...

»Ich bin verheiratet.«

Ich hätte schreien können, wie er das so einfach erklärte, direkt und ohne Beschönigung, zum ersten Mal.

Zorn. Ich grub meine Fingernägel in seine Hand, es tat bestimmt weh, doch er streichelte mich weiter.

»Ja, du bist verheiratet.«

»Genauso ist es«, sagte er, und dann schwiegen wir. So ist es, so ist es. Er ist verheiratet. Das stand von Anfang an fest ... Das hast du davon, wenn du dich mit einem verheirateten Mann einläßt.

»Ich kann ihr nicht weh tun«, sagte er.

»Nein.« Warum eigentlich nicht? Und ich? ...

»Und – was auch geschieht – solange sie will, daß ich bei ihr bleibe – kann ich sie nicht verlassen.«

»Nein.« Sie ist seine Frau, sie kommt zuerst. »Möchte sie denn, daß du bei ihr bleibst?« ... Qualvoll, das zu fragen.

»Ja, das möchte sie.«

»Ich verstehe ...« So ist es also. Dann zwang ich mich: »Habt ihr jemals darüber gesprochen, euch zu trennen?«

Armer Rollo, er litt ebenfalls. Er wußte nicht, was er sagen sollte, er saß in der Klemme.

»Das tun die meisten Ehepaare gelegentlich ... wenn sie Schwierigkeiten haben. Doch sie weiß, daß ich niemals – nur wenn sie es wollte. Und das glaube ich nicht – eines Tages vielleicht, aber ich glaube es nicht ... Sie möchte – sie braucht – jemanden, auf den sie sich verlassen kann ...«

»Wie schön für sie ...« Ich konnte nicht anders.

Wir schwiegen. Das Offensichtliche brauchte nicht gesagt zu werden. Nicht ein einziges Mal, nicht einmal während der glücklichen, dankbaren, unfaßbaren Tage zu Anfang, hatte er ... Nein, nicht einmal ... hatte er sie an zweiter Stelle gesehen – hatte er überlegt, was mit ihr geschehen sollte, war ihm der Gedanke gekommen, bei mir zu bleiben ... Nicht ein einziges Mal. Darüber war kein Wort gefallen. Nichts Grobes war gesagt worden, nichts Feindseliges, das meine Gefühle verletzt hätte, aber – so ist es also ... Ich hätte früher daran denken sollen, hätte mich gleich mit meiner Hälfte zufriedengeben sollen. Ich hätte nicht zu ihm nach Hause kommen dürfen ... Er saß auf dem Bettrand, hielt meine Hand, ließ die Schultern hängen, und im Kerzenschein war sein Gesicht gefaßt, müde, traurig. Erschöpft, ausgeweint, wollte ich nur noch schlafen ... Ich sprach aus, was er nicht ausgesprochen hatte, ich wußte, es würde mich nicht wesentlicher schmerzen können:

»Du liebst sie.«

»Ja, ich liebe sie.«

»Obwohl sie – obwohl es nicht besonders gut läuft?«

»Nein, es läuft nicht besonders gut.«

Er kämpfte, was er sagen sollte, nicht sagen sollte. Es war eine Qual für ihn, die ganze Geschichte, der arme Junge. Er sagte:

»Aber ich dachte, du wüßtest das – ich dachte, du verstündest alles.«

»Wahrscheinlich habe ich das auch. Zuerst glaubt man nicht – versucht ...«

Er schlug sich mit der Faust in die Hand, sagte:

»Ich bin ein verflucht egoistisches Schwein ... Du hast mich so glücklich gemacht. Ich habe nicht im Traum daran gedacht ... Ich habe einfach angenommen, du seist auch glücklich, es sei so für dich in Ordnung ... Was soll ich nur tun?«

»Ach, komm«, sagte ich, »es ist schon in Ordnung. Es macht nichts. Solange du ...« Ich hielt inne, wollte ihn nicht zwingen, etwas zu sagen, das er nicht sagen konnte ... was er sagte:

»Olivia, ich liebe dich.« Nie hatte er es so ruhig gesagt. Oft: »Ach, ich liebe dich«, danach, aber das war etwas anderes gewesen.

»Du glaubst mir doch?« fragte er. »Du mußt. Hör doch. Ich kann nichts ändern. Ich kann mich nicht ändern. Ich kann sie nicht zerstören. Aber ich liebe dich, ich werde dich immer lieben. Wenn dir das reicht, dann verlaß mich nicht.«

Elend und Verzweiflung verschwanden wie dunkles Wasser, das geräuschlos versickerte, in die Tiefe glitt, fort ... Das Leben kam wieder hervor, wie nach einem bösen Traum, zeigte sein gewohntes, harmloses Gesicht. Ich dachte: Ich war verrückt. Warum so ein Theater?

»Ich bin schrecklich glücklich«, sagte ich. »Wenn du mich liebst, ist alles gut. Auf alles andere kann ich verzichten. Und ich verspreche«, sagte ich, »ich mache dir nie mehr Kummer.« Ich sagte: »Verzeih mir.«

»Eines Tages«, sagte er, »wirst du mich nicht mehr wollen, warum solltest du? Dann bist du mich leid. Jemand wird kommen und dich heiraten, dich mir fortnehmen. Das ist nur natürlich.« Er war sehr traurig. »Du solltest wieder heiraten, wirklich. Ich denke mir das oft.«

»Es wird nicht geschehen«, sagte ich.

»Doch, doch. Du solltest ein Zuhause haben, du solltest Kinder haben. Es wäre sonst Vergeudung.« Entsetzlich unglückliche Stimme. »Ich habe Angst, daß ich dir im Weg stehe. Mir graut davor. Du möchtest vielleicht heiraten und hast Angst, es mir zu sagen. *Versprich* mir, daß du es mir sagst ...«

»Wen, um Himmels willen, sollte ich heiraten?« Ich lächelte, angetan von der Vorstellung, daß er befürchtete, mich zu verlieren; er hatte den Spieß umgedreht.

»Diesen Simon, von dem du immer erzählst, oder sonst irgendwen ...«

Ich lachte laut. Er war auch eifersüchtig. Warum gerade Simon, frage ich mich. Ich rede selten über Simon – eher über Colin und die anderen, wenn überhaupt.

»Das wird nicht geschehen, ich garantiere es dir. Simon könnte ich niemals davon überzeugen, mich zu heiraten, leider.«

»Oh, hoffentlich nicht!« Er hielt mich fest. »Ich hoffe, niemand wird es tun, ich könnte es nicht ertragen. Ich bin nicht besonders edelmütig oder großherzig. Ich will dich für mich allein.«

Also war alles gut. Ich war begeistert. So, wie er über die Zukunft sprach, klang es, als ginge alles so weiter, bis wir alt wären: Ich sah mich als alleinstehende Frau, die tapfer ein wenig wehmütig lächelte und ein Geheimnis hütete. Nie Kinder. Ich dachte, das würde ich aushalten. Rollo stürbe und ich beträte die Bildfläche, erklärte, ich liebte ihn auch; und Nicola tröstete mich, wir zögen zusammen, ich versorgte sie ... Ich weiß nicht, was für ein Unsinn mir noch durch den Kopf spukte ...

»Vielleicht können wir zusammensein«, sagte ich, »wenn wir alt sind.«

»An meinem siebzigsten Geburtstag«, sagte er, »verbringen wir die Nacht zusammen und schwelgen in Erinnerungen. Abgemacht?«

Wir lachten darüber. Er tauchte meinen Schwamm in kaltes Wasser und kühlte mein geschwollenes Gesicht. Ich legte meinen Kopf an seine Schulter, und so schliefen wir ein. Was ich wissen *mußte*, war nicht gesagt worden; ich fragte erst am nächsten Tag. Die Drohbilder wichen, konnten mir nichts anhaben ... Doch das Erwachen war trüb, schwer. Ich hatte ausgerechnet von Ivor und seiner Mutter geträumt: Ich war bei ihr zu Hause, und sie öffnete mir die Tür, ich war versöhnlich, gab viele vernünftige Erklärungen ab, warum ich Ivor verlassen hatte, sie war freundlich, lächelte viel, ich forschte nach finsteren Absichten hinter ihrem Lächeln, doch ich fand keine. Ich wachte auf und dachte: Wie gut, daß ich diese Geschichte hinter mir habe, und da saß Rollo, halb angekleidet, wollte sich bald um seinen Wagen kümmern.

Er war freundlich, doch nicht recht ansprechbar, in Gedanken schon bei seinem Vorhaben. Es hatte aufgehört zu regnen, der Tag war düster, grau, kalt und frisch – am Himmel riß der Wind blaue Zwischenräume in die Wolkendecke, blies sie dann wieder fort. Vor dem Fenster flache Felder. Ein Schuppen aus rostrotem Wellblech, Telegraphendrähte, einige Hühnerkörbe und ein neues, gelbes, stuckverziertes Haus. Er riet mir, ich solle mich ausruhen, ich sähe blaß aus. Ich betrachtete mich im Spiegel: mein Gott, welch ein Anblick: wie eine Leiche, augenlos, selbst meine Lippen bleich, verquollen.

»Du Ärmste«, sagte er abwesend, tröstend. »Bald geht es dir besser«; das hieß, daß jetzt mit mir nichts anzufangen sei.

Er küßte mich und ging gutgelaunt fort, erklärte, er würde mir das Frühstück bringen lassen. Ich badete mein Gesicht, und die Schwellung ließ ein wenig nach; ich legte Rouge auf. Bald darauf kam die Frau und setzte mit viel Getöse ein unappetitliches Tablett auf meinem Bett ab. Sie unterhielt sich ein wenig mit mir, doch nicht besonders freundlich – unzufrieden, übellaunig, jammernd. Sie waren erst seit einem Jahr hier, sie kamen aus London, sie haßte das Land. Sie war häßlich, sie machte alles grob, grell, abstoßend. Ich döste noch ein wenig, doch das Bett war ungemütlich und alles tat mir weh. Als ich angezogen war, kam Rollo gutgelaunt und mit öligen Händen zurück. Um drei würden wir den Wagen bekommen, es sei mehr zu reparieren gewesen, als er angenommen habe. Im Salon aßen wir zu Mittag, kaltes Fleisch, mir schmeckte nichts, ich war immer noch benommen. Ich erinnere mich, wie klein und leicht meine Stimme klang, wie ich mich langsam und mühsam bewegte. Ich wollte ihn zur Werkstatt begleiten, doch dann regnete es wieder in Strömen, und er ging allein. Ich quälte mich nach oben, legte mich aufs Bett und blätterte in seinem Buch über griechische Skulpturen. Es war fast vier, als ich den Wagen vorfahren hörte, und Rollo kam zu mir, setzte sich aufs Bett und fragte, wie ich mich fühlte. Was ich wissen mußte, hatte ich noch nicht gefragt. Ich fragte jetzt. Ich hätte es nicht tun sollen, doch ich mußte einfach … Ob er und Nicola – jemals, zur Zeit … das Gesicht von meinem Arm verdeckt, fragte ich schnell und ruhig … Er wartete einen Augenblick, ich sah ihn nicht an, es schien eine Ewigkeit, bis er sagte: »Nein.«

Mehr wollte ich nicht wissen, ich war beruhigt. Wenigstens ein bißchen … Ich bat ihn um Verzeihung, ich hätte kein Recht, doch ich müsse es wissen.

Er nickte und zündete sich eine Zigarette an. Ich sagte: »Komm, wir gehen« und sprang auf und packte meine Sachen, wollte fort. Es war nach fünf, als wir fuhren; im Westen ballten sich schwermütige Wolken.

»Gauner sind sie«, sagte er halb amüsiert, halb verärgert, als er in den Wagen stieg. Doch was sie ihm abgeknöpft hatten, wollte er nicht verraten, er zeigte mir niemals die Rechnungen. Ich fühlte mich unwohl, angespannt, ich hatte dröhnende Kopfschmerzen. Er war ebenfalls in keiner guten Verfassung – ein wenig niedergeschlagen und in Gedanken. Wir fuhren wieder in Richtung London, wir hatten keine besonderen Pläne mehr. Zum Abendessen waren wir in Oxford, kehrten im *Mitre* ein.

»Sollen wir hierbleiben?« fragte er nach dem Essen. »Oder fahren wir weiter nach London?«

»Wie du möchtest, Lieber.«

»Ich muß morgen so entsetzlich früh zurück sein, ich glaube, es ist besser, wenn wir nach Hause fahren. Ich finde es gräßlich, in aller Herrgottsfrühe aufstehen zu müssen. Ich fühle mich dann für den Rest des Tages teuflisch. Aber was meinst du?«

»Dann fahren wir weiter«, sagte ich. Ich erinnere mich, daß es mir ziemlich egal war. Das Wochenende hatte sich in Regen und Tränen aufgelöst. Wir konnten es nicht mehr ändern. Er war auch müde. Wir wollten nur noch allein sein, jeder für sich, und schlafen. Wir fuhren nach London.

Es ist seltsam, nach diesem Wochenende scheint es eine Lücke zu geben. Wir sahen einander nicht viel, dessen bin ich mir sicher. Die Frage, wohin, wurde immer dringlicher. Die gestohlenen Stunden und heimlichen Treffen waren mir zunehmend verhaßt – obwohl er es anders empfand; und ein-, zweimal ging er beleidigt nach Hause, weil ich nein sagte, unmöglich. Bald wurde es Frühling, er schenkte mir Fresien, Mimosen, Tulpen. Es muß früh im März gewesen sein, als Jocelyn mir, wie versprochen, seine Schlüssel schickte zusammen mit einem Brief, in dem er mitteilte, er fahre nun nach Österreich, ob ich nicht später nachkommen wolle. Ich rief ihn an und fragte, ob er etwas dagegen hätte, wenn ich etwa einen Monat lang seine Wohnung benutzte und dort nach meiner Arbeit bei Anna zu schreiben versuchte. Er freute sich darüber – beschrieb, wo ich Bettwäsche und Handtücher finden würde, und erklärte mir den Gasboiler, fragte, ob seine Aufwartefrau mir das Frühstück machen solle. Ich sagte nein, ich würde mich selbst versorgen, doch sie solle jeden Morgen, wenn ich nicht da war, für eine Stunde kommen – der ständige Abwasch deprimiert mich. Ich sprach mit Etty, erklärte ihr, daß ich für einige Wochen einfach einen Arbeitsraum benötigte, daß ich mit einem Verleger bekannt sei, der sich für meine Arbeit interessiere; natürlich war sie völlig aus dem Häuschen. Ich muß zugeben, sie ist erstaunlich arglos und gutgläubig. Mutter hegte zunächst Verdacht, doch dann war sie angetan von der Idee. Sie denkt immer noch, es sei bedauerlich, daß ich nicht mehr schriebe, wo doch in Oxford manches von mir gedruckt worden war. Sie glaubte, ich würde endlich zur Ruhe kommen und etwas aus mir machen. Arme Mama; sie traut weder Etty noch Anna, noch mir, was das betrifft. Also hatte ich mein Lügennetz sorgsam gesponnen. Zu Rollo sagte ich kein Wort. Am Tage meines Einzugs aßen wir zusammen zu Mittag. Ich erklärte, ich wolle ihm etwas zeigen, ließ ihn im Wagen dorthin fahren, öffnete die Haustür, führte ihn nach oben, alles sehr geheimnisvoll, geleitete ihn in die Wohnung. Eine großartige Überraschung. Die Sonne schien strahlend durchs Fenster, und er war begeistert, hoch erfreut. Ich dachte, hier würde ich sehr glücklich sein. Ich mag jenen Teil Londons, die Gegend um die Fulham Road. Nachdem er fort war, wurden Berge von Blumen abgegeben, und dann am Abend ein großer Korb von *Fortnums* voller Köstlichkeiten – Früchte in Brandy, Leberpastete, eingelegte Feigen und so weiter – eigentlich eher unpraktisch, man weiß nie genau, zu welcher Gelegenheit man sie essen soll, und eigentlich ist es schade, die schöne Verpackung zu zerstören. Eine Flasche Calvados war auch dabei. Traurig nur die Tatsache, daß Rollo nicht bei mir zu Abend essen konnte, er war eingeladen, wenn möglich, würde er später noch vorbeikommen ... Manchmal denke ich daran, was er damals sagte, als ich einen Blick in sein Notizbuch warf: »Sie können alle abgesagt werden.« Sie wurden selten abgesagt ... Er kann es nicht ändern ... Ich war zu träge, mir allein etwas zu kochen. Ich aß eine Banane, trank eine Tasse Kaffee, ging und sah mir im *Forum* einen schlechten Film an. Ich kam nach Hause, die Gasheizung brannte, und ich wartete. Um Mitternacht läutete es, und er war da. Er blieb ein, zwei Stunden, es war himmlisch, endlich sicher vor Überraschungen zu sein. Er ging wieder, und ich hörte seine Schritte auf der blanken Treppe ... Ich fühlte mich einsam und bedrückt. Das Zimmer schien falsch – zu hoch – ein Kasten – oder was? Ich mag keine Einzimmerwohnungen, besonders des Nachts nicht. Ich kann darin nicht richtig schlafen. Das Haus kam mir so leer vor: ein deutsches Ehepaar wohnte im Erdgeschoß, doch zwischen ihnen und mir im zweiten Stock waren die Räume unbewohnt. Einer gehörte einem Maler, doch der lebte auf dem Land und benutzte ihn nur, wenn er einen Porträtauftrag hatte: während ich dort wohnte, hatte er keinen ... Und Jocelyns Fenster waren groß, kahl, leer, nur mit unschönen Vorhängen von verwaschenem Blau, die wie überdimensionale Gewänder herabhingen ... Er hat einfach keinen Sinn für Einrichtungen; nicht, daß es ihm einerlei ist, er mag sein Zimmer; er ist nur kein Augenmensch. Junge Schriftsteller sind das wohl selten. Maler sind da anders: egal, wie unordentlich oder schmutzig es bei ihnen ist, die Zimmer leben. Doch ernsthafte junge Autoren wie Jocelyn leben oft in unpersönlichen Wohnungen mit viel Braun und Blau und mit Eichenbüffets und Korbstühlen, die ihnen ihre Mütter von zu Hause mitgegeben haben. Nicht direkt ungemütlich oder richtig häßlich; eher unausgegoren, studentisch. Nicht direkt puritanisch, aber irgendwie sittsam: damit man nicht auf dumme Gedanken kommt ... Zur Zeit war Jocelyn gegen jeglichen Besitz und hatte viele seiner Bücher verschenkt. Und an den Wänden hingen nur zwei Photographien, eine von Gaudier-Brzeska, eine von D. H. Lawrence, aus Büchern ausgeschnitten und mit schwarzen Passepartouts versehen; dann eine Lithographie – ein Akt – ein gutes Bild. Die Wände waren rehbraun getüncht; tagsüber lag auf dem Bett ein Paisley-Schal ... Selbst mit Rollos Blumenpracht war diesem Raum kein richtiges Lächeln abzugewinnen.

Tatsache ist, daß ich eigentlich nicht gern allein lebe. Plötzlich bläst der Wind gegen die Fenster, oder ich beginne nachzudenken, wer vorher hier gewohnt hat, schon lange gestorben, und ich sterbe auch, was soll das Leben? ... Ich sitze im Sessel und unternehme gar nichts, lehne am Kamin ... Ich lernte Gaudier und Lawrence gut kennen, und jene häßliche neugotische Kirche, auf die ich durchs Fenster blickte. Ich war in dieser Wohnung häufiger allein, als ich gedacht hatte. Es war eine Enttäuschung. Nicola blieb die ganze Zeit über in London; diese Möglichkeit hatte ich vorher nicht in Betracht gezogen. Manchmal dachte ich, warum überredet Rollo sie nicht, für ein paar Tage zu verreisen. Er hätte es bestimmt geschafft. Gern hätte ich ein Wochenende mit ihm in der Wohnung verbracht, oder wenigstens eine ganze Nacht, und er wollte es eigentlich auch.

»Aber ich *kann* sie doch nicht drängen fortzufahren«, sagte er zerknirscht, runzelte die Stirn. »Es kommt mir so gemein vor. Du Liebe, findest du es nicht auch gemein?« Es war eine jener Kleinigkeiten, zu denen er nicht fähig war ... Er berichtete, es gehe ihr soviel besser, sie sei kräftiger, gehe gern und häufig aus, das Leben mache ihr mehr Spaß. Ich antwortete, darüber sei ich froh.

Er hatte die ganze Zeit über so gute Laune, war so lieb zu mir, daß ich ihm nicht zeigen konnte, in welch schlechter Verfassung ich selbst war. Ich hatte versprochen, nie wieder zu klagen oder eine Szene zu machen; ich habe mein Versprechen gehalten. »Die Andere« darf keine zu großen Ansprüche stellen: Regel Nummer eins ... Manchmal dachte ich – denke ich immer noch –, er war während jener Zeit irgendwie anders als früher ... Wie? ... Er verwöhnte mich mehr, war aufmerksamer ... Als hätte er ein schlechtes Gewissen, als wollte er mich entschädigen ... Vermutlich, weil er mich seltener besuchte, als ich gehofft hatte ...

Einmal in der Woche kam er zum Essen. Ich machte mir in der winzigen Kochnische zu schaffen, während er, höchst zufrieden mit sich, den Tisch deckte. Ich werde nie im Leben gern kochen, ich habe kein Talent dazu, doch es machte Spaß, ihm etwas zuzubereiten, er wußte es wirklich zu schätzen. Ich kaufte ein modernes Kochbuch und tischte ihm alle möglichen interessanten Gerichte auf. Manchmal, wenn er nicht bei mir essen konnte, läutete er spät nachts, gegen eins, an meiner Tür. Es war zermürbend zu warten, oft war es nach eins, ich wartete, bis es halb zwei schlug, dann zwei, halb drei; immer horchte ich auf die Türklingel, das Telephon, in meinem Kopf hörte ich den Wagen vorfahren und halten, wie erstarrt saß ich in meinem Sessel – eine Horchmaschine ... Ich fragte ihn, wie er sein spätes Fortgehen erkläre. »Ich besuche George«, sagte er. Ich wußte, George war ein alter Hausfreund – Nicolas Freund –, die Ausrede schien mir wenig sicher. Doch er behauptete, George habe seit zehn Jahren den strikten Befehl zu jeder Tages- und Nachtzeit ein hieb- und stichfestes Alibi zu liefern. Er war ein zuverlässiger Kerl, stellte niemals Fragen.

Während dieser Zeit kamen auch seine Eltern für eine Woche zu ihnen zu Besuch. Sir John war bei einem Spezialisten in Behandlung. In jener Woche sah ich ihn kaum, und wenn er kam, schien er Lady Spencer mitzubringen – was grauenerregend war. Ich dachte: ihr Sohn. Wie kann ich es wagen ... Ein solches Unrecht ... Ich dachte daran, wie sehr sie das alles mißbilligen würde, dachte, Rollo könnte allen etwas vormachen, doch ihr bestimmt nicht ... Wenn es an der Tür läutete, befiel mich immer die verrückte Angst, es könnte Lady Spencer sein, die mir eröffnete, daß alles entdeckt sei, ich müsste ihn aufgeben. Ich sah im Geiste, welchen Hut sie tragen würde, hörte ihre Stimme, die majestätisch und endgültig ihre Befehle erteilte – wie die Königin, wenn sie in Ascot unschicklich gekleidete Damen von der Tribüne wies. Mein Herz schlug mir bis zum Hals, wenn ich die Tür unten öffnen mußte. Wahnsinnig ... Es zeigt, wie schuldig ich mich fühlte.

Gelegentlich versuchte ich zu schreiben, schaffte es halbwegs, verlor dann den Faden; und das ständige Horchen und Warten kam immer dazwischen. Ein Mensch in meinem Zustand kann nicht arbeiten ... Oh, manchmal wünsche ich mir ... nein ... doch, manchmal wünsche ich mir, wieder frei zu sein, mein eigener Herr ... Die Last wiegt zu schwer, das Glück hat beinahe keinen Raum mehr ... Und ich würde wirklich gern etwas mit meinem Leben anfangen ...

Es lief darauf hinaus, daß die Abende, an denen ich wußte, daß er nicht kommen würde, beinah eine Erlösung waren. Etty kam ein-, zweimal vorbei, und Anna natürlich; und einmal besuchte mich Kate und blieb über Nacht. Sie lud mich ins Theater ein, und ich machte ihr ein Bett auf dem anderen Sofa. Es gefiel ihr, obwohl sie den Gasboiler bemängelte und am nächsten Morgen ungemein früh aufstand ... Wenn man verliebt ist, dann ist man seinen Freunden kaum von Nutzen. Es kümmerte mich in jener Zeit wenig, wie es ihnen ging.

Wenn ich wußte, daß er nicht kam, schlief ich nachts besser. Meine andere Sorge war, daß er in Dunkelheit und Kälte wieder hinaus und quer durch London nach Hause mußte. Ich sorgte mich zunehmend. Daran hatte keiner von uns gedacht; wir hatten nur den Frieden und die Erleichterung im Sinn gehabt, wenn er endlich lange bei mir bleiben konnte. Jetzt stellte ich fest, daß es ihm nicht guttat, es bedeutete wenig Schlaf, Nervosität ... Ich begann für ihn zu fürchten. Ich glaube, ihm graute auch davor. Ich drängte ihn: »Du solltest gehen ...« Ich folgte ihm in Gedanken auf seinem Heimweg, schaute auf die Uhr, bis ich annehmen konnte, daß er zu Hause angekommen war. Erst wenn ich mir einbilden konnte, daß er sich nun auszöge und zu Bett ginge, entspannte ich mich, versuchte einzuschlafen. Einmal holte er sich eine Erkältung, er war nachts in einen Schneesturm geraten; er steckte mich an, und ich wurde die Erkältung lange nicht los ... O Gott! Für uns gibt es keine Lösung. Was wir auch versuchen, immer ist die Uhr gegen uns, selbstgefällig ruft sie uns rechtmäßige Ansprüche ins Gedächtnis, denen wir uns gehorsam fügen ... Warum stehen *ihr* solcher Schutz, solche Rücksichtnahme zu? Warum wird ihr jede Sorge abgenommen, keines ihrer Spitzentaschentücher ist jemals tränendurchweicht ... Warum soll sie ihn nicht verlieren, warum nicht? Woher hat sie das Recht, ihn zu behalten? Soll sie doch für sich selbst sorgen, sich auf eigene Füße stellen. Dann würde sie erwachsen! Würde endlich ihr Bett verlassen und sich zusammenreißen. Drückebergerin! Feine Schmarotzerin! Hysterischer kleiner Vampir! ... *Hör auf!*

Einmal, als er mich nach dem Mittagessen mit dem Wagen zurück zu Jocelyn brachte, hielten wir vor einem Blumengeschäft in der Fulham Road. Er hatte im Schaufenster rosafarbene Lilien gesehen, die er mir schenken wollte. Er sagt es mit Blumen ... Weißen Flieder wollte er mir auch kaufen. Er wählte sie, Stiel für Stiel, die Verkäuferin packte sie ein, auch die Lilien, in kirschrotes Papier. Meine Arme waren voller Blumen. Er ging wie immer hin und her, dann fiel sein Blick auf einige Zweige Stephanotis. Sie wirkten kostbar in dem Glas auf dem Bord. »Die nehme ich außerdem«, sagte er kurz entschlossen. Sie nahm sie herunter, und er sagte: »Die möchte ich per Boten schicken. Geben Sie mir eine Karte.« Er kritzelte »Mrs. R. Spencer« und die Adresse, kein Gruß. »Schicken Sie die Blumen bitte umgehend.«

Draußen entschuldigte er sich ein wenig: »Es sind ihre Lieblingsblumen.«

»Sie sind *himmlisch*«, sagte ich munter und kühl. In meinen Armen türmten sich Lilien und Flieder, es hätte mir egal sein können. Ich hätte sie am liebsten alle fortgeworfen. Ich stellte mir vor, wie sie ihm bei seiner Rückkehr für die Aufmerksamkeit danken würde – vielleicht würde sie sie heute abend am Kleid tragen ... ohne zu ahnen, wer sie zuvor mit einem ziemlich abschätzigen Blick bedacht hatte. Es war das einzige Mal, daß er offensichtlich taktlos war. Wahrscheinlich hatte er sich nach dem üppigen Essen nicht mehr ganz im Griff.

Eines Abends läutete es spät; es war um Mitternacht, ich lief in Windeseile nach unten, dachte, Rollo sei unerwartet gekommen. Ich öffnete eilig, und auf der Schwelle stand ein unbekannter junger Mann. Als er mich sah, verflog sein erwartungsvolles Lächeln. »Ist Jocelyn zu Hause?« fragte er zögernd. Er trug keinen Hut, sein Haar war wirr und braun, er trug einen schäbigen Mantel mit hochgestelltem Kragen. Er hatte große braune, glänzende Augen und feingeschnittene Lider, eine breite hervortretende Stirn; und sein erschöpftes, stolzes, jungenhaftes Auftreten weckte mütterliche Gefühle: man wollte ihm gleich etwas Gutes zu essen, etwas Warmes anzuziehen geben.

»Es tut mir leid«, sagte ich, nachdem ich ihm alles erklärt hatte.

»Das macht überhaupt nichts.« Seine Stimme klang sanft. »Ich wollte nur vorbeischauen.«

Ich wollte etwas für ihn tun, ihn hereinbitten – doch ich tat es nicht. Er sah aus, als sei er lange unterwegs gewesen. Er lächelte freundlich und entgegenkommend, sagte gute Nacht und ging davon. Ich weiß nicht, warum dieses Ereignis mich dermaßen beeindruckte, doch das tat es. Es verfolgt mich immer noch. Ich frage mich, wer er ist, was er tut ... Er war so anders als die Person, die ich sonst durch diese Tür einließ. Er hätte da sein sollen, hereinkommen sollen – nicht Rollo ... Ich weiß nicht ... Es war nicht richtig, daß er wieder fortgehen mußte.

Wahrscheinlich war ich insgesamt sechs Wochen dort. Ich weiß noch, daß es April war, als zwei Dinge geschahen. Zum einen bekam ich die Grippe, zum anderen war da seine Reise nach Amerika. Zwei Monate, im Auftrag der Firma: immerhin allein. Ich glaube, er erzählte mir davon am selben Tag, als ich krank wurde. Jedenfalls mischt sich rückblickend beides miteinander: eine Wasserwüste, ein Dampfer, die Skyline von New York verbinden sich in meinem Kopf mit Schüttelfrost und Schmerzen und Herzklopfen, den Versuchen aufzustehen, dem Wieder-zurück-ins-Bett-Sinken. Als wie immer gegen zehn Uhr Mrs. Crisp zum Saubermachen kam, fand sie mich. Sie war zwar kein tröstlicher Anblick für eine Kranke, doch sie ging und kaufte mir Aspirin; dann staubte sie ein wenig ab, klapperte mit dem Geschirr und ging wieder. Als sie fort war, raffte ich mich auf, um Rollo im Büro anzurufen, er solle nicht kommen; er fuhr in zehn Tagen und mußte schließlich gesund bleiben. Der Tag quälte sich dahin, ich fühlte mich wie ausgedörrt, benommen. Ich dämmerte und wachte und nahm Aspirin, döste wieder. Später am Nachmittag läutete es. Jemand gab rosa Lilien und Pfirsiche ab, mit

Grüßen von Rollo. Danach kam niemand mehr, auch das Telephon läutete nicht. Die Nacht war fürchterlich. Am nächsten Morgen war Samstag, Anna war fort, Rollo war fort, allein würde ich das Wochenende nicht überstehen. Ich war mir nicht darüber im klaren, doch ich muß ziemlich krank gewesen sein. Als Mrs. Crisp kam, bat ich sie, Etty anzurufen, und sie kam, und der Doktor kam, und sie packten mich in Decken und fuhren mich im Wagen des Arztes zu Etty. Der Doktor war freundlich, natürlich einer von Ettys Bekannten. Ich schaffte es noch, Rollo ein paar Zeilen zu schreiben, während Etty Mrs. Banks anrief, die mein Bett und die Wärmflasche richten sollte. Mrs. Crisp bat ich, den Brief zur Post zu bringen. Das also war das Ende meiner Zeit in Jocelyns Wohnung. Vermutlich nahm Mrs. Crisp die Lilien und die Pfirsiche an sich. Als Etty freundlicherweise am folgenden Tag meine restliche Habe abholte, waren sie fort.

Etty versorgte mich, und der Arzt kam weiterhin, und ich hatte weiterhin Husten und Fieber. Ich war wohl seit langem in schlechter Verfassung. Mit Rollo heimlich in Verbindung zu bleiben war zu anstrengend. Ich gab auf und vertraute mich mit munteren, ironischen Sätzen Etty an – nach der zweiten Ladung Treibhausblumen. Anscheinend dachte er, Blumen erregten keinerlei Verdacht. Natürlich war sie hingerissen, und danach brachte sie mir die Sträuße mit wissendem Blick – auch wenn sie gar nicht von ihm waren. Simon schickte einen Blumenstrauß, Anna ebenfalls. Als er einmal anrief, um sich nach mir zu erkundigen, hielt Etty ein Schwätzchen mit ihm, was sie sehr begeisterte.

»Er ist beängstigend aufmerksam, meine Liebe. *Zu* sehr.«

Ich sagte: »Das kommt nur daher, daß wir an jenem Tag, als ich krank wurde, zusammen essen gehen wollten – seine Frau ist verreist –, und leider mußte ich ihm absagen. Er ist ungemein aufmerksam – verschwenderisch. Die Sorte Verehrer, mit deren Aufmerksamkeiten man in Krankenhäusern Eindruck schinden kann. Ich denke, er ist auf diesem Gebiet gut abgerichtet – seine Frau ist häufig krank ... Ich möchte es nicht herunterspielen«, sagte ich, »zur Abwechslung ist es wirklich angenehm, und ich weiß es auch zu schätzen, aber Blumen sind nicht die schlechteste Art, sich seiner Verpflichtungen zu entledigen.«

»Es gibt noch eine bessere Art«, sagte sie, »keine Blumen zu schicken.«

»Nicht immer«, sagte ich. »Weißt du, ich kenne ihn zwar ewig, doch ich finde ihn nicht besonders attraktiv.«

Glücklicherweise stimmte sie mir in diesem Fall zu, er ist nicht ihr Typ, sie schwärmt für kleine, unenglische, flinke Männer.

»Aber, meine Liebe, manche Frauen beten ihn geradezu an, soweit ich weiß. Iris Mountfort war vollkommen vernarrt in ihn – und diese Ungarin, die Ronnie Arkwright geheiratet hat, Ronnie mußte mit ihr eine Weltreise machen.«

»Wann war das?« fragte ich.

»Oh, vor seiner Heirat – Jahre her. Ich glaube, er ist jetzt vorsichtig geworden und häuslich, oder?«

»O ja«, sagte ich. »Wenigstens soweit ich weiß.«

»Nimm dich in acht«, sagte sie und schüttelte vielsagend den Kopf. »Tugendhafte Ehemänner sind manchmal die schlimmsten – bei weitem tückischer als die Sorte, die einem offen den Hof macht.«

»Oje ...« Ich zuckte die Achseln und sagte resigniert: »Keine Bange.« Ein deprimierendes Gefühl ergriff mich, ich dachte an die Ungarin, an seinen Ruf als tugendhafter Ehemann, an Ettys selbstverständliche Annahme, daß alle verheirateten Männer nichts Gutes im Sinn hatten.

Nach einer Woche ging es mir viel besser, doch der Arzt verschrieb mir weiterhin Bettruhe. Ich war dankbar. Ich glaube, mein Unterbewußtsein tat mir einen großen Gefallen. Es war wesentlich einfacher, sich im Bett zu verkriechen, der Abschied war so leichter zu überstehen. Er kam eines Abends um sechs, um mir auf Wiedersehen zu sagen. Ich hatte in den vergangenen Tagen bereits einigen Besuch gehabt, deshalb fiel es nicht zu sehr auf. Etty verließ mit vielsagendem Blick taktvoll das Zimmer. Er brachte ein Flasche Champagner mit, was die Situation rettete, so verflog das hohle und dürre Gefühl in meinem Innern, von den Tränen ganz abgesehen, die sonst geflossen wären. Ich wurde recht munter und brachte ihn zum Lachen, er war erleichtert und zufrieden mit mir. Wahrscheinlich hatte er eine Szene befürchtet. Er behauptete, ich sei hübscher geworden – sehr verlockend. Ich nahm aus seiner Tasche ein blaugrünes Seidentaschentuch, ich wollte etwas haben, das ich nachts mit ins Bett nehmen konnte. Was ich auch tat. Er überlegte, was er von mir mitnehmen konnte, etwas Unpersönliches, nicht Verräterisches. Meine Zahnbürste, schlug ich vor. Schließlich zog er eine Schleife aus meinem Nachthemd und steckte sie in das Gefach seines Notizbuchs.

»Ein schlichtes weißes Satinband, wenige Zentimeter breit, ohne Wäschezeichen oder Monogramm«, sagte er. »Bei Verlust, Unfall oder Diebstahl nicht zu identifizieren … Hier ist es sicher. Ich werde täglich abends und morgens einen Blick darauf werfen … und wenn möglich mittags auch.«

Wir küßten uns, er hielt mich umarmt; es ist nicht für lange, sagten wir, schreib oft, schick mir ein Telegramm … »Heute abend esse ich *en famille*«, sagte er. »Leider kann ich dich deshalb nicht anrufen. Außerdem gehörst du früh ins Bett.« Es gab keinen richtigen Abschied, oder ich erinnere mich nicht daran, aber er ging … Und dann war er fort. Es war ziemlich schlimm … Später am Abend wurde eine Kiste Champagner abgegeben – natürlich. Obwohl ich zugeben muß, daß er meine Genesung förderte. Am Morgen, bevor Etty erwachte, schlich ich mich ins Wohnzimmer und rief bei ihm zu Hause an: Das erste Mal, daß ich die Regel durchbrach. »Hallo!« Einen Augenblick lang dachte ich, er sei es – der Butler ahmte offenbar seine Stimme nach. »Könnte ich bitte Mr. Spencer sprechen?« Um mich herum verschwamm alles. Ich zitterte am ganzen Körper.

»Mr. Spencer ist in die Vereinigten Staaten verreist, gnädige Frau, er ist vor zwanzig Minuten abgefahren. Mrs. Spencer begleitet ihn nach Southampton und wird heute zurückkommen; möchten Sie eine Nachricht hinterlassen?«

Gut gesagt; tüchtig, präzise, höflich. »Aha ...« Betont beiläufig. »Nein, keine Nachricht, danke. Es ist nicht so wichtig. Vielen herzlichen Dank.«

Als es mir besser ging, erklärte Anna, sie habe sich entschlossen, das Atelier zu schließen, jedenfalls den Sommer über. Statt dessen wollte sie wieder malen. Sie hatte seit einiger Zeit das Gefühl, sie müsse sich wieder der Malerei widmen. Sie stellte sich vor, ihre Technik zu ändern und so vielleicht besser voranzukommen. Simon würde den ganzen Sommer in Frankreich verbringen, er hatte ihr für zwei Guineen die Woche sein Cottage überlassen. Warum ich nicht mitkäme? Sie würde allein die Miete zahlen, doch ich könnte mich an den übrigen Unkosten beteiligen. Sie sorgte sich, das wußte ich, weil sie meinen wöchentlichen Lohn von einem Pfund nicht mehr zahlen konnte, doch sie wollte auch meine Gesellschaft. Also sagte ich zu. Ohne Rollo war London ohnehin entsetzlich. Wenn er zurückkommen würde, wäre immer noch genug Zeit, festzustellen, wie ihm die Tatsache gefiel, daß ich zwar nicht in der Stadt, doch leicht erreichbar war. Ich hoffte, daß ich ihn vielleicht auch länger, friedlicher, mit mehr Muße sehen würde ... ich stellte mir malerische Landsommerabende vor, gemeinsame Abende in ländlichen Gasthäusern. Mutter gefiel es ungemein, daß ich mein ungesundes Londoner Leben aufgab. Vor einem Jahr hätte sie mich sicherlich überredet, nach Hause zu kommen, mich gesund pflegen zu lassen, doch nun mit Vater und der Krankenschwester im Haus scheint es ihr leichterzufallen, mir meinen Willen zu lassen. Sie hat genug zu tun. Violet und Ada müssen genug Mahlzeiten und heiße Getränke bereiten. Als ich das letzte Mal zu Hause war, wollte sie nur unterhalten werden, alles erzählt bekommen. Über James und seine Wanderungen in Frankreich sprach sie beinahe abgeklärt, auch über seinen plötzlichen Entschluß, in Paris ein Zimmer zu mieten. Als hätte sie sich entschlossen, endlich zu sagen: »Ach, zum Teufel! Was soll's ...« Sie ist müde. Das Zuhause ist eng geworden, tägliche Krankenpflege, eine unabänderliche Routine.

Mai, Juni gingen ins Land. Zweifellos sind mir die Tage zu Anfang klarer in Erinnerung – die ersten winterlichen Wochen ... Nun, da der Mai vorüber ist, jetzt im August, ist es mir, als sei ich weniger lebendig, impulsiv – über jeder Szene liegt ein leichter Schleier. Empfinde ich weniger? Es ist wohl natürlich. Die anfänglichen Gefühlshöhen sind auf die Dauer nicht durchzuhalten, sie sind erschöpfend. Die Trennung ist ein schmerzhafter Bruch. Zuerst ist es unvorstellbar, daß es erträglich sein könnte, dann gewöhnt man sich daran ... Die Sehnsucht versinkt und versandet. Nie wieder wird sie so unirdisch frisch wie damals zum Vorschein kommen ... Das war es wohl. Wochenlang unwiderruflich einander fern. Nachts wach im Bett und verzweifelte Fühler ausstrecken nach ihm, die ihn finden sollten in Gedanken, wo immer er war – aber ich konnte ihn nicht finden. Manchmal machte ich mir vor, ich hätte ihn sekundenlang erreicht ... Vielleicht ist Gedankenverbindung nur möglich, wenn beide sie suchen. Ich bin mir sicher, er hat es nie versucht. Natürlich schickte er Briefe. Doch seine Briefe waren wie immer flüchtig, sie halfen nicht viel, dennoch, wären sie gar nicht gekommen, ich wäre verrückt geworden ... Insgesamt aber war es einfacher, als ich erwartet hatte; was wirklich half, war das Zusammensein mit Anna, das Landleben und Simons Haus.

Simons Haus muß man mögen, es ist ein bedeutsames Haus, eines mit Eigenleben und Widersprüchen. Es füllte die Leere, es war in mancher Hinsicht Ersatz für das, was Rollo verkörperte: ich konnte meine Gefühle darauf konzentrieren. Simons Haus ist poetisch. Nicht hübsch, niedlich, heimelig, nichts davon ... Wenn ich es recht bedenke, scheint es vielmehr entrückt, wie der kleine viktorianische Kupferstich eines Hauses – eine Vignette wie aus einem Buch; oder als betrachte man es durch die falsche Seite des Fernrohrs. Dennoch sieht man solche Häuser, wenn man über Land fährt, zu Dutzenden; kleine weiße Häuser, schmuck, eher eng, mit schlichten Fassaden, grünen Fensterläden, zwei Fensterpaaren, von denen die unteren länger, größer sind als die oberen; ein tiefgezogenes, schiefergedecktes Dach mit zwei Luken dort, wo die Schlafzimmer sind. Ich würde gern wissen, wer es gebaut hat und wann ... Es ist keinesfalls ein architektonisches Schmuckstück – und doch ist es etwas ganz Besonderes; vielleicht liegt diese Besonderheit am Standort, am Gefühl von Abgeschiedenheit, daran, daß es Simon gehört. Als Billy uns besuchte, fand er es unheimlich, was typisch für ihn ist ... Die Anlage des Gartens ist so eigenartig. Keine Blumenbeete, nur Gras, Bäume, Wasser. Vor dem Haus ein schmales Wiesenstück, rundherum eingefaßt mit wucherndem Weißdorn ... Zwei Rosmarinbüsche unter den Fenstern im Erdgeschoß. Auf der Wiese der Birnbaum, hoch und alt, seltsam gebogen, erhaben, ein Tänzer, der in seiner Pose innehält ... Drei Ulmen hinten auf der Wiese. Die Haustür ist rechts, grün gestrichen, keine Pforte, statt dessen eine Lücke in der Hecke, ein Rasenfleck, und schon steht man auf der Schwelle. Von der Haustür führt ein holpriger Weg zu einem kreisrunden schwarzen Teich, gesäumt von stattlichen Kastanien; dahinter, halb verborgen, ein Schuppen, Kuhställe, alte Backsteingebäude mit bemoosten Dächern, windschief, seit langen Jahren nicht mehr benutzt. Wenn man lange in den Teich schaut, scheint sein schwarzer schlammiger Grund unendlich – bodenlos, heißt es. Die Oberfläche bewegt sich nie, doch darunter wimmeln Myriaden winziger Wesen. Der Karrenpfad schlängelt sich am Feld entlang, mündet in den heckengeschützten Dorfweg; und zum Fluß geht es über den Zauntritt, unten neben den Ulmen, eine flasche grüne Wiese, wieder ein Zauntritt, wieder eine Wiese, ein Weidenknick – und dann der Fluß mit seinem dort flachen, bröckelig erdigen Ufer, Binsen, Schwertlilien, Mehlkraut, Weidenröschen; dann der kleine Strand, wo wir baden, Muscheln suchen.

Anna liebt das Haus. Sie behauptet, dort könne man im Umkreis von zwei Meilen ein Leben lang malen. Morgens, nachmittags, abends ging sie mit ihrer Staffelei ins Freie – eigentlich immer, wenn sie nicht gerade kochte. Sie kocht gern, bestimmt kochte sie mehr als ich, das muß ich zugeben.

Manchmal war sie so unglücklich über ihre Malerei, daß sie zwei Drittel vernichtete, doch sonst, fand sie, kam sie besser zurecht. In allen Räumen roch es nach Terpentin und feuchter Leinwand. Wenn wir zusammen aßen, war sie meist in Gedanken versunken, hatte Farbkleckse im Gesicht, vergaß, sich zu kämmen. Liebe Anna, ich mag sie sehr. Sie ist ruhig. Sie ist unabhängig, ihr Urteil stimmt, ist immer ein wenig pessimistisch. Sie stellt keinerlei Ansprüche – und das, obwohl sie eigentlich kein heiterer oder zuversichtlicher Mensch ist. Wenn sie ein Tief hat, betrinkt sie sich in aller Ruhe. Ihr Innenleben, ihre Gedanken, Empfindungen sind intensiv, konzentriert, niemals überheblich, selbstgefällig oder pedantisch; und wenn ihr etwas gefällt – ein Picknick, ein Ausflug, ein Fest –, wird sie geradezu komisch übermütig; sie geht so einfach und selbstverständlich aus sich heraus wie ein Kind. Dann tritt das groteske Element in ihr zutage – sie hat etwas vom Clown, vom weltfremden Narren ... Ich kenne keine andere Frau, die so ganz und gar nicht gemein oder gewöhnlich ist ... Farblos ... Wer nicht genau hinsieht, hält sie für langweilig, fade. Es stimmt nicht. Bricht man Weiß, erscheinen sämtliche Farben ... Ich frage mich, ob sie jemals wieder heiraten, ein gesetztes Leben führen wird ... Arme Anna, sie hat wenig Glück, sie hat keinen guten Griff, sucht sich die unmöglichsten Menschen aus. Ich glaube, eigentlich, in ihrem tiefsten Innern möchte sie Simon nicht ersetzen ... Er hält all ihre Gefühle gefesselt ... Auch wenn ich nicht weiß, wie ihre Beziehung früher war. Niemand scheint das genau zu wissen. Darüber spricht sie selten. Jetzt scheint alles beruhigt, dauerhaft freundschaftlich. Sehr befriedigend wird es für sie niemals gewesen sein. Sie war wohl immer irgendwie schmerzhaft, ihre Liebe zu Simon ... Ich bin stolz, daß Anna mich mag. Es liegt nicht nur daran, daß sie soviel älter ist als ich, daß ich mich deshalb auf sie verlassen kann ... Redlichkeit hat heutzutage beinahe einen negativen Klang, sentimental, wie Reinheit; sonst würde ich sagen: Anna ist redlich.

Mai, Juni ... Der Mai war naß und kalt, der Juni sonnig von Anfang bis Ende, meine Beine und Arme waren gebräunt,

Annas staubfarbenes Haar hatte helle Strähnen, ihre Augen leuchteten blau im fahlbraunen Gesicht. Im Mai triefte die Weißdornhecke vor Nässe, in einer Nacht fegte der Wind alle Ulmenblüten hinten im Garten zu Haufen zusammen. Wie schön sie sind; es war mir früher nie aufgefallen: Büschel grüner Scheiben, die in der Mitte einen klaren roten Fleck haben. Seit ich mit Anna zusammenwohne, sehe ich solche Einzelheiten.

Ihre visuellen Fähigkeiten sind so stark, so durchdringend, sie lehrte mich zu sehen; nicht einfach nur schauen, träumen, halb erinnern, halb übersehen und vergessen. Mit ihr spazierenzugehen ist immer ein Erlebnis, keine Ausflucht oder Tagträumerei, kein blindes Durch-die-Gegend-Rennen, wie Jocelyn es tut, wenn er nur die Literatur und das Proletariat im Kopf hat. Sie blickt tief in die Hecken hinein, sieht Blätter und Motten und Käfer; sieht einen Baum und die Landschaft, die ihn trägt.

Im Mai war noch Frost; abends war es eigenartig. Die voll erblühten, kerzenbeladenen Kastanien waren wie gefangen, gestrandet auf dem bleich-blaugrünen arktischen Himmelsfeld. Überall auf der Erde war blühendes Frühlingswachsen; am Himmel aber schien schwaches Winterlicht ... *A dream of winter, sweet as spring ...*[23] Das lebendige Grün, die Obstbaumblüten, umschlossen von einer kalt schimmernden Lichthülle – brüchig, gefährdet ... Der Kuckuck klang merkwürdig, sein Ton war eisig. An jenem Abend sehnte ich mich so nach Rollo. Wir waren bedroht.

Nach dem Frost wurde das Wetter milder, kamen warme Tage. Türen und Fenster standen von morgens bis abends offen, am folgenden Wochenende kam Besuch. Abends gingen wir durch Butterblumenwiesen, vorbei an Weidenbäumen zum Fluß und badeten; und anschließend zum *Dog and Duck*, um Pfeilwerfen zu spielen und etwas zu trinken. Wenn jemand mit dem Wagen kam, fuhren wir nach Oxford ... Es klingt wie ein ideales Leben ... hätte es sein können ... Abgesehen von der Sonne und dem Warten auf Post erinnere ich mich nicht an viel; das Baden im Fluß ... Ich schrieb ein wenig, doch ich machte kaum Fortschritte; ich plante drei Geschichten, die alle das Wasser als Hintergrund hatten, jedesmal anders – ein Fluß, ein See, das Meer. Die Idee klang gut, doch ich schaffte nichts. Ich machte mir wirklich gute Notizen; doch dies und meine Briefe an Rollo erschöpften bereits meine Energie. Alle drei Tage brachte ich einen dicken Brief zur Post – eigentlich ein Tagebuch. Er liebte diese Briefe; allerdings. Jeder Brief, den er schrieb, war eine Enttäuschung und mir dennoch lieb und teuer ... Es schien ihm ausgesprochen gut zu gehen, er erklärte, wie sehr er mich vermisse, doch ich wüßte nicht, wann er mich hätte vermissen können. So viele Feste, Einladungen zum Wochenende, fabelhafte amerikanische Mädchen ... Jede Menge reizende Frauen, schrieb er, doch keine, die mich wirklich fesselt, Liebste. Ich glaubte es nicht immer. Ich sah ihn zu jedem Abenteuer bereit – er flirtete, sagte die Worte, die sonst für mich bestimmt waren; ich stellte mir vor, wie er für die Dauer seines Aufenthaltes ein Verhältnis pflegte. Frauen, die dazu willens waren, würde er reichlich finden – und was sollte ihn davon abhalten? Ich? Nicola? Er war ihr untreu, warum sollte er mir nicht untreu sein? *Ce n'est que le premier pas qui coûte* – und mit mir hatte er angefangen. Warum sollte er sich nicht auf eine Laufbahn als Liebhaber einlassen, eine Affäre in der Affäre, alles geheim, in sich abgeschlossen? ... Vielleicht war es schon geschehen ... Natürlich war es schon geschehen. Ich erlebte bange Momente ... Die Eifersucht kam wie eine Giftwolke aus heiterem Himmel, verzerrte das Gesicht der Welt. Einmal las ich in einem Brief, wie er ein Wochenende auf Long Island beschrieb, lag auf meinem Bett, zerriß sein blaues Taschentuch und schlug und schlug mir an den Kopf ... Das tat ich ... Ich kann es kaum glauben, doch das habe ich getan ... Danach konnte ich es nicht mehr aushalten, abends erzählte ich Anna, daß er mein Geliebter sei. Durch dieses Geständnis wurde die Geschichte wirklicher, eine Last wich von mir, ich war glücklicher. Wir sprachen bis spät in die Nacht über ihn. Sie sagte genau das Richtige und munterte mich auf. Das wichtigste war: Sie nahm es als selbstverständlich hin, akzeptierte es mit ihrer kühlen Sympathie als eine lebendige, wirksame Beziehung. Und sie schien das Wie und Warum zu verstehen; sie durchleuchtete die Geschichte von allen Seiten, stellte Fragen, die mich und ihn deutlicher werden ließen. Ich versuchte, so nüchtern und präzise wie möglich zu beschreiben, wie er war, was geschehen war; ich konnte ihn aus jenem trüben Gefühlsnebel herauslösen, ihn objektiver betrachten, so, wie ich ihn ganz am Anfang eine kurze Zeit lang gesehen hatte. Sie verstand, warum ich eifersüchtig war ... Ich fragte sie, ob sie etwas geahnt habe, und sie sagte ruhig, ja, aber sie habe nicht nachfragen wollen. Sie *ist* eine gute Freundin. Ich bin froh, daß ich es ihr erzählt habe. Ich kann mich auf ihr Stillschweigen verlassen, sie tadelt mich nicht, gibt keine wohlmeinenden Ratschläge ...

Anfang Juli fuhr sein Schiff zurück nach Hause. Doch er ging nicht in England an Land; Nicola traf ihn in Southampton, und sie gingen erst in Cherbourg von Bord, verbrachten eine Woche in Paris. Ein Wiedersehen, Ferien von jedermann; ihre Idee, behauptete er; er persönlich wäre lieber gleich nach Hause gefahren. Ich frage mich, ob es stimmt ... Ich frage mich, warum ... Von Paris erzählte er wenig, nur, daß es eine schöne Stadt sei, sie hätten sich gut amüsiert, doch es sei ihre Idee gewesen; sie sei seit Jahren nicht in so guter Verfassung gewesen, aktiv und voller Pläne. Ich sagte, gut, wie schön, dann geht es ihr wohl besser. Ich fragte mich insgeheim, ob sie wohl einen Geliebten hatte ...

Es war Mitte des Monats, als er zurückkam und anrief. Ich wollte auf der Stelle nach London kommen, doch er erklärte, lieber nicht, er sei viel zu sehr in Anspruch genommen; sobald er könne, würde er sich aus dem Staub machen und mich einen Tag lang besuchen. Er habe zu Hause ein vollkommenes Durcheinander vorgefunden. Er klang beschäftigt und in Gedanken. Zwei Tage später kam das Telegramm – ich solle mittags um ein Uhr in Oxford im *Mitre* auf ihn warten. Es war an einem Freitag, es war heiß und sonnig. Ich fuhr morgens mit dem Bus nach Oxford, trug mein sauberes korallenrosa Leinenkleid und den einfachen mit Mohn und Margeriten geschmückten Strohhut aus Südfrankreich. Ich spazierte die Long Wall hinunter, die Broad Street, versuchte mir die Häuser anzuschauen, die Geschäfte, doch ich war viel zu aufgeregt. Ich zitterte, meine Hände waren eiskalt und feucht. Um eins ging ich ins *Mitre*. Er kam eine Viertelstunde zu spät, er wirkte abgehetzt und großstädtisch ... Wir tranken Gin Fizz, da wurde es besser, wir konnten einander anschauen und lächeln. Er sagte: »Oh, du Liebe, mit dem Hut siehst du wie siebzehn aus.« Er sagte mehrmals: »Wie freue ich mich, dich zu sehen, Liebste ...« Doch er war – wie war er? – innerlich ein wenig abwesend ... nicht direkt ausweichend, aber nicht ganz bei der Sache, ein wenig unaufmerksam und zu gewandt, schwer festzulegen. Er konnte kaum erzählen, was er in all den Wochen erlebt hatte ... Doch er kann nie genau beschreiben, was er so alles unternimmt. Er behauptet, er sei vergeßlich ... Er erzählte, wie schwierig es gewesen sei, von zu Hause fortzukommen, er habe eine höchst komplizierte Geschichte erfinden müssen, um ein Familientreffen am Abend zu umgehen, man sei gehörig enttäuscht gewesen; er habe gesagt, daß er George verabschieden müsse, der auf dem Weg zum Kontinent sei, und deshalb könne er unmöglich die ganze Nacht hierbleiben. Sie habe in seinem Namen eine Einladung zum Wochenende angenommen, morgen früh müßten sie losfahren ... Ja, es war nicht nur die verständliche Unsicherheit eines Wiedersehens in aller Öffentlichkeit, sondern etwas an ihm war grundlegend anders geworden ... Vielleicht hatte auch ich mich geändert ... Vielleicht lag es einfach an der Unterbrechung, und keiner von beiden war mehr wie früher – war es jemals ... Natürlich können Beziehungen nicht stillstehen, sie müssen sich entwickeln ...

Wir fuhren nach dem Mittagessen zurück zum Haus, ich zeigte ihm alles. Wir hatten das ganze Haus für uns; Anna war mit Colin und den übrigen zum Fluß gegangen, wir wollten nach dem Tee zu ihnen stoßen und zusammen baden. Das Haus begeisterte ihn, besonders innen – die hellen leuchtenden Farben, die bemalten Wände und Türen; der Geschmack dieses Hauses ist so stark, ich kann ihn beinah auf der Zunge kosten, jeder Gegenstand, jeder Stoff, alles ist mit sicherem Griff gewählt – bis hin zum Wasserkrug, Salznäpfchen, auch wenn in materieller Hinsicht alles wertlos ist, das meiste verblichen, angestoßen, abgenutzt ... Und die Räume selbst sind nicht besonders groß, nicht einmal gut geschnitten. Er sagte, er habe nie gewußt, was man aus einem Cottage machen kann. Ich glaube nicht, daß er nur mir zuliebe so enthusiastisch war, Rollo hat ein empfindliches Gespür für Orte, er hat eine schnelle Auffassungsgabe. Er sagte, und er hat recht, das Haus sei zwar anregend, dennoch nicht ganz heiter ... Er wünschte sich, Marigold könnte es sehen. Doch es würde ihr nicht gefallen, bestimmt nicht – niemandem von diesen Leuten; auch Kate nicht. Mutter wäre entsetzt. Die Einrichtung ist ausgesprochen provisorisch; merkwürdige Matratzen und eine stürmische, eigensinnige Klosettspülung, und eine einfache kleine, leuchtendgrüne Badewanne in einem Badezimmer, von dessen Wänden die Farbe abblättert: so winzig ist es, daß man vor Dampf bald nichts mehr sehen kann. Ich persönlich mag es sehr – gemütlich und verschwiegen – man sieht seine eigenen Beine nicht mehr. Mit Haut und Haaren zurück in den Mutterleib. Anna meint, wenn ich meine Badelust sublimierte, hätte ich gute Chancen, doch noch erwachsen zu werden. Sie jedenfalls hat ihre Lust sublimiert: ich hatte das Bad beinahe für mich.

Zusammen allein, den ganzen Nachmittag. Oh, endlich! ... Es war so still, wir hörten in der brennenden Hitze die Bienen im Rosmarin summen. Die Jalousie schlug, schlug. Durch ihre Spalten schien die glühende Nachmittagssonne violett, beinah schwarz. »Nein, bestimmt nicht, Liebste«, flüsterte er schmeichelnd, »ich habe keine andere gefunden ... Keine einzige ... Ich konnte dich nicht vergessen ... Ich habe dich vermißt ...« Dennoch frage ich mich manchmal ... Gegen fünf gingen wir hinunter, tranken in der Küche Tee und aßen Honigbrote. Unten war es kühl. Dann gingen wir mit unserem Badezeug übers Feld ... Ich war unsicher gewesen, Rollo vorzuzeigen; sie wußten nur – von Anna abgesehen –, daß er ein Freund war, der mich besuchte; doch nun machte ich mir keine Sorgen mehr. Der Grund war sicher, daß ich mich befreit, erleichtert fühlte, friedlich nach unserem Nachmittag. Er war unsicher. Er sagte immer wieder: »Worüber soll ich mit ihnen reden? Von Büchern und Bildern habe ich keine Ahnung, du Liebe.«

Der Abend war ein großer Spaß. Ein Vergnügen! ... Um das Eis zwischen Fremden zu brechen, gibt es kein besseres Mittel, als gemeinsam schwimmen zu gehen. Die Leute kommen sich auf der Stelle näher. Als wir aus dem Wasser kamen, waren alle gute Freunde. Adrian war mit einem jungen Deutschen aus Berlin gekommen, dem er Oxford gezeigt hatte. Der junge Mann hieß Kurt und war auffallend höflich, ungemein interessiert, wild entschlossen, der englischen Art in nichts nachzustehen. Er trug einen Amethystring, eine modisch leichte Tuchjacke, zugeknöpft bis zum Hals, er zog sie nur zum Baden aus, und das auch nur außerhalb unseres Gesichtskreises. Adrian hatte sich offensichtlich mit ihm gelangweilt und vernachlässigte ihn schändlich. Anna war nett zu ihm. Er war ein ausgezeichneter Schwimmer und mit gutem Recht stolz auf seinen Körper. Seine Anwesenheit machte unser Treffen eigenartig, beinah unwirklich.

Die Sonne im Westen ergoß sich übers Wasser. Ein Vergnügungsdampfer kam vorüber, vollbesetzt, an Bord wurde zum Grammophon getanzt. Alle winkten. Gegenüber am Ufer hielten kleine Mädchen ihre Röcke gerafft und bespritzten sich kreischend. Neben unseren Umkleideplatz setzten sich zwei dicke Paare mittleren Alters, zogen ihre Stiefel aus und tranken Ingwerbier, aßen ihre mitgebrachten Brote, starrten, kauten, musterten uns und schwiegen. Sie machten wohl einen Ausflug. So nebeneinander aufgereiht, glichen sie einem Bild von Henri Rousseau: die ewige Bourgeoisie.

Colin und Rollo verstanden sich auf der Stelle. Colin war damals glücklich, lachte, verfluchte die Bremsen, versuchte Purzelbäume zu schlagen und von Rollos Schultern zu tauchen. Sie hoben sich auffällig voneinander ab: Rollo groß, breitschultrig, mit schmalen Hüften, weißer Haut, rosig, mit jener mühelosen, harmonischen, privilegierten Ausstrahlung;

Colin, klein, gedrungen, sonnenverbrannt, muskulös, mit dünnem, strähnigem, vor Nässe auf der Stirn klebendem Haar, sein ausgeprägtes Gesicht wie aus Ton geformt: breite, steile Ebenen, an Schläfen und Wangenknochen eingefallen. Welcher Kontrast ... An jenem Abend hatte Colin alle selbstquälerischen, zermürbenden Gedanken beiseite geschoben. Sein Gesicht leuchtete, er genoß den Augenblick, er lachte, seine Stimme klang flink, munter, ohne jenen schweren, melancholisch hallenden Unterton. So wollte ich ihn in Erinnerung behalten, wie er im sonnigen Wasser badete, ganz unbekümmert, ein einfaches Dasein. Später, bevor sie sich ankleideten, standen sie neben einem Dornbusch in der Sonne, zündeten sich gegenseitig Zigaretten an, zogen gedankenverloren ihre Hemden über die zerzausten Köpfe, die klaren, festen Oberkörper – in Gesprächen versunken, ohne Eile, sie hatten uns vergessen. Ich sehe sie immer noch vor mir, entrückt, müßig in der Sonne ... »Solch ein faszinierendes Wesen«, sagte Anna ruhig zu mir, als wir am Ufer saßen. Sie sagt nichts, was sie nicht meint, und ich war froh. Sie beobachtete ihn, ich spürte, wie angetan Anna von seiner ungezwungenen Art war. Wir gingen nach Hause und aßen zu Abend. Wir brauchten noch Eier, und Rollo fuhr mich mit dem Wagen zum nächsten Bauernhof. Es war der einzige Augenblick, den wir an jenem Abend allein waren. Rollo war gut gelaunt, begeistert, daß Intellektuelle so normal und freundlich sind. Er fand Colin fabelhaft – was machte er beruflich? Ich erklärte, daß er Nervenleiden studiere, und beließ es dabei. Das Wort »Psychoanalyse« erweckt in Rollo beharrlichen Widerspruch; als ich einmal davon zu sprechen begann, behauptete er stur und steif, jeder sollte fähig sein, seine Probleme selbst zu lösen, alles andere erschien ihm wie Feigheit ... Er wußte eigentlich nichts darüber, gab zu, daß es sicher wichtig sei, doch er persönlich könne sich nicht vorstellen, jemals einem wildfremden Menschen seine Sorgen anzuvertrauen. Warum nicht gleich katholisch werden und zur Beichte gehen? Seine Ansichten waren verworren und ablehnend zugleich. Also zählte ich auf, was Colin in der Vergangenheit alles getan hatte. »Donnerwetter«, sagte er, »der ist vielseitig!« Es klang so schuljungenhaft, daß ich erschrak – die Bewunderung für Colin wegen seiner vielen Unternehmungen, in die er sich mit Begeisterung gestürzt, die er bald wieder aufgegeben hatte: Lehrer, Übersetzer, Journalist, Sekretär einer Galerie, Gärtner – er hatte Holzschnitte gemacht, Masken, Stoffdrucke – und nichts von allem erklärte ihn auch nur annähernd, sondern verdeutlichte lediglich den Zwiespalt, in dem er lebte, seine Zerrissenheit, die früher oder später dazu führte, daß jede Beschäftigung ihm widerwärtig wurde. »Vermutlich zuviel Grips, um zur Ruhe zu kommen«, sagte Rollo zufrieden – der Dumme. Zum erstenmal begriff ich, wie zwecklos es war, ihm jemanden *wirklich* zu erklären. Es interessiert ihn nicht ... Wenn ich ihn nicht liebte, würde es mich dann stören? Würde es mich erzürnen? Langweilen? ...

»Es geht mir ausgesprochen gut, Liebster«, sagte ich.

Nach dem Abendessen zwängten wir uns in seinen Wagen und fuhren wie der Wind zu einem Gasthaus, das Adrian kannte, ein paar Meilen den Fluß entlang. Wie hieß es noch? ... Ein hübscher Name: »Maienkranz.« Malerisch ist genau das richtige Wort – alt, riedgedeckt, weißgetüncht, geduckt mit Fachwerkbalken. Wir saßen auf einer Bank draußen vor dem Haus. Der Garten ist ziemlich groß, reicht bis ans Wasser. Das Licht war voll und still, stand golden zwischen den Schatten. Gäste saßen in Gruppen auf dem Rasen unter Apfelbäumen, und das Gras leuchtete, auf Beeten wuchsen Bauernrosen, rot, weiß, rosa, sorgfältig gepflegt. Zwei Schwäne watschelten den Pfad vom Fluß hinauf. Aus der Bar hinter uns drangen Lachen und Gläserklirren. Männer mit lauten Oxfordshire-Stimmen dröhnten auf ihren Motorrädern vorüber, auf den Rücksitzen klammerten mühsam geziert Mädchen mit steifen Strohhüten und hohen Absätzen. Wir tranken Ale aus Krügen. Colin war bald betrunken und hielt eine Rede über Bäume ... Er stierte auf die hohen Pappeln, Erlen, Weiden, die gegenüber am Straßenrand wuchsen, kommentierte Umrisse, Farbe, Rinde, Laub. »Also, warum können Maler sie nie richtig darstellen? ... Anna? Du malst sie einfach alle gleich und denkst dann, du malst Bäume ... Selbst Simon ...«

Anna lächelte nur. Es wurde dunkel. Sterne standen wie Stickmuster in der irisblauen Luft, eine weiße Eule stieg aus der Pappel auf und flog zum Fluß, und Colin hüpfte begeistert, schwenkte seine Arme, rief: »Habt ihr das gesehen? Habt ihr das gesehen? Das *bedeutet* sicherlich etwas! ...« Kurt sagte interessiert: »Die Eule ist ein englisches Symbol, ja?«, und Colin fiel in sich zusammen, kicherte fassungslos. Nach einer Weile seufzte er und sagte:

»Es ist das erste Anzeichen von Wahnsinn, wenn jedes Ding eine verborgene Bedeutung zu haben scheint – nichts ist, was es ist ... Im nächsten Augenblick begreift man, was wirklich gespielt wird, erfaßt man den wahren Sinn. Es geschieht nie ... Diese Kinder heute nachmittag am Fluß – sie waren ungemein bedeutungsvoll, wichtig in irgendeinem kosmischen System, das ich beinah durchschaut hätte ... Falsch, schlecht. Mystisch ... Ich finde das absolut übertrieben.«

Dann schwieg er, wir schwiegen alle ... Wir gingen hinein und tranken drinnen weiter. In der Bar stand ein altes Klavier, auf dem Anna spielte, und wir sangen lauthals. Adrian vollführte mit Colin einen verrückten Tanz. Kurt begann mit einem Mal zu singen; er hatte eine wunderschöne Stimme, er sang immer lauter, bald allein, deutsche Lieder, und alle kamen näher und hörten ihm zu. Adrian borgte sich mein Taschentuch, trocknete seine Tränen, drückte mir außer sich vor Rührung wortlos die Hand ... Als wir gingen, waren wir alle angetrunken, jeder auf seine Art. Anna scheint zu schwingen, wenn sie betrunken ist, auf dünnen Beinen wie eine Katze zu schleichen, stillvergnügt. Mit Rollo geschieht gar nichts, seine Art wird eindeutiger ... er ist dann wie eine Elektroheizung, die man von halber auf volle Kraft geschaltet hat, er strahlt einfach doppelt soviel Energie aus. Er leuchtet und überragt alle und ist ausgesprochen beherrscht ... Was in jener Nacht unser Glück war; es war eine wilde Gesellschaft, die er in seinen Wagen lud und durch die Gegend kutschierte. Das

Wagendach war offen, und Colin stand hinten, grüßte mit großartiger Geste alle Vorbeikommenden. Adrian fand die Strohtaschen, in denen wir unser Badezeug mitgebracht hatten, für den Fall, daß wir noch einmal schwimmen gehen sollten; er stülpte sich die eine und Kurt die andere auf den Kopf, Henkel unters Kinn ... Gott! Sahen sie komisch aus ... Einmal hielten wir an, weil alle hinausmußten; Adrian machte einen wilden Satz auf die Hecke zu und landete kopfüber darin, stak fest, fuchtelte mit seinen langen Armen und Beinen und rief in einem fort: »Ich bin ein Adler! Ich habe Flügel! Ich bin ein Adler!« Und Anna und ich gaben es auf, an seinen Beinen zu zerren, und brachen lachend am Boden zusammen ... Rollo, soviel ich mich erinnere, fühlte sich für alles zuständig, kümmerte sich um jeden von uns, brach immer wieder in schallendes Gelächter aus, führte uns schließlich wie eine Herde ins Haus. Gegen Mitternacht fuhr er zurück nach London, nahm Adrian und Kurt mit; sie konnten nicht bleiben, denn Kurt reiste am folgenden Tag zurück nach Deutschland. Mittlerweile waren alle wortkarg und schläfrig geworden, doch Colin, der uns übers Wochenende besuchte, war immer noch in Hochform. Ich küßte Rollo zum Abschied, und er genierte sich, bis er begriff, daß alle sich küßten, da küßte er mich und Anna auch, und Colin und er schüttelten sich ausgiebig die Hände.

»Ein letzter Liebesdienst«, sagte Adrian. »Der Gin.« Er nahm die Flasche an sich und kletterte mit Kurt in den Wagen. Sie setzten sich in Bewegung, wir winkten ... und dann rannte Colin im Galopp dem Wagen hinterher, die Straße hinunter, sprang aufs Trittbrett und tauchte kopfüber durchs offene Fenster. Wir sahen nur noch seine Füße herausragen, als sie um die Ecke bogen, dann waren sie verschwunden ... Colin kam am nächsten Nachmittag per Eisenbahn wieder, gelb um die Nase und melancholisch. Er erklärte nur, die Heimfahrt sei erfolgreich verlaufen. Rollo besitze den Charme der Oberschicht, sagte er ... »Offensichtlich wahnsinnig neurotisch ...« Ich war wütend.

Sonst trafen wir uns in jenem Monat vielleicht noch fünfmal. So lustig war es nicht noch einmal. Er stahl sich davon und besuchte mich kurz. Niemals über Nacht. Es zerriß mir das Herz, wie man so schön sagt ... Einmal saßen wir in einem Kornfeld, und ein-, zweimal fuhren wir mit dem Kahn auf dem Fluß. Der Monat war fast vorüber, und er war immer in Gedanken versunken, seine gute Laune vergangen. Er stritt es ab – doch wenn er sich unbeobachtet fühlte, war sein Gesicht schwer, hingen die Mundwinkel herab. Immer wenn ich fragte, antwortete er: Nein, nichts ...

Deshalb war es eine Überraschung, als er vorschlug, wir sollten zusammen verreisen. Ich hatte gedacht, er und Nicola würden im August bestimmt miteinander Ferien machen, hatte mich schon gefragt, wie ich das ertragen könnte, doch ich hatte das Thema niemals angeschnitten – hatte Angst davor, vermutlich – hatte mich entschlossen, mit meinem wenigen Geld Jocelyn zu besuchen, wollte nicht allein bleiben, wollte mich nicht grämen, immer in der Rolle derjenigen, die ohne Pläne zurückblieb. Anna ging eine Zeitlang mit anderen Freunden nach Südfrankreich, sie wollte in Simons Nähe sein ... Sie ist vermutlich immer noch dort ... Ich werde es erfahren, wenn ich wieder zu Hause bin ...

Warum nicht, sagte er. Warum nicht? So hatte ich ihn noch nie sprechen gehört, er klang trotzig, bitter, es hörte sich mehr danach an, als wollte er sich gegen die Welt zur Wehr setzen, als mit mir etwas zu unternehmen. Nicola ging es nicht gut. Die Besserung war nur kurzfristig gewesen, erfuhr ich, ohne es übermäßig zu bedauern. Sie wollte nach Cornwall und nicht nach Irland, wie sie eigentlich geplant hatten. »Und ich sehe verdammt keinen Grund, sie zu begleiten«, sagte er. Ich war einerseits hingerissen, andererseits alarmiert, als er das erzählte. Er konnte nur zwei Wochen fort, deshalb beschlossen wir, nach Wien zu fliegen, dort Georges Wagen zu übernehmen und uns die Gegend anzusehen. Der liebe George, er war wirklich ein nützlicher Freund. Er hatte seinen Wagen in Wien zurückgelassen und suchte jemanden, der ihn nach Hause fuhr. Das hatten wir vor. Es schien zu schön, um wahr zu sein; es kam so unerwartet, ich war ganz außer mir vor Freude. Das einzige Problem schien mir, es Mutter beizubringen; ich fürchtete neugierige Fragen, doch auch das war schließlich kein Problem. Als ich für einen Tag nach Hause fuhr, erwartete sie Kates Kinder, war vollauf damit beschäftigt, die Schnauze des Schaukelpferdes rot zu streichen. Sie schlug zwar kurz vor, ich solle über Frankreich fahren und James besuchen, schärfte mir ein, gut auf meinen Paß achtzugeben, ansonsten war sie durchaus zufrieden bei der Vorstellung, daß ich mit Freunden verreiste. Sie mag Reisen, Reisen bildet, behauptet sie. Schließlich kramte sie in ihrem Kleiderschrank und förderte einen Tuchbeutel zutage, den man sich unterm Rock um die Taille legen konnte, um Geld und Wertsachen darin aufzubewahren. Sie hat ihn getragen, als sie vor zwanzig Jahren mit Vater in Italien war. Es war ein kurioses, durchaus pikantes Kleidungsstück. Ich schickte es Anna mit Gebrauchsanleitung ... Sie schenkte mir fünf Pfund, was freundlich von ihr war, und ich kaufte mir im Ausverkauf einen hübschen Mantel.

Eigenartig, daß ich kaum tiefere, lebhaftere Erinnerungen an diese Zeit habe ... Vielleicht später, wenn die Bilder ihren Platz gefunden haben, wenn ich sie alle mit Abstand betrachten kann. Oh, was für eine wunderschöne Reise! ... Werde ich so etwas je noch einmal erleben? Was kommt danach? Alles entwickelt sich, wächst oder vergeht. Es war zu lange ruhig, bewegungslos. Wie der Monat August, diese trügerische Pause mitten im Jahr ... Doch der August geht vorüber, das Jahr unmerklich der Veränderung entgegen. Ich fühle die nahende Veränderung, ich weiß, sie muß sein; doch ich sehe nicht, wie oder wann ...

Mein erster Flug, ich saß neben ihm, zwischen den anderen unwirklich stillen Passagieren, die hierhin und dorthin sahen, nach Zeitungen griffen, beiseite legten; Sonne auf riesigen Flügeln, unser Schatten tief unter uns auf dem Wasser; Sonne, Hitze, die ganze Zeit über; landen außerhalb fremder Städte, erneut abheben; der Flug so glatt, so sicher, so einfach mit ihm – dem englischen Herrn mit dem unverkennbar großen Portemonnaie. Eine Nacht und ein Tag in Wien; doch es war zu heiß, wir holten den Wagen und fuhren aufs Land, wo wir untertauchen und uns sicher fühlen konnten ... Oh, es war friedlich ... Wir übernachteten stets in kleinen einfachen Gasthäusern, aus Furcht vor englischen Touristen; es liefen uns zwar eine Menge über den Weg, aber es war niemand darunter, den Rollo kannte. Nie länger als eine Nacht am gleichen Ort ... Die romantische Postkartenlandschaft – Gipfel, Nadelwälder, Seen, Wasserfälle, Dörfer auf Wiesen in leuchtendem Grün – bestimmt weder Annas noch Simons Geschmack –, Flüsse, deren strudelndes, undurchsichtig graues Schmelzwasser durch Innsbruck, Salzburg floß; geräumige weiße Bauernhäuser mit bemalten Fassaden und Fensterläden und reichverzierten hölzernen Balkonen, überwuchert von Weinlaub, von Geranien; Kirchen mit weißen Türmen und grünen Zwiebelhauben standen hoch oben; in den Gasthauszimmern, in denen wir übernachteten, blankgeschrubbte Kieferndielen und ländliches Mobiliar; die lächelnden umgänglichen Österreicher, die so offen und einfach und unschuldig schienen, ihr Lachen und die Kaffeehausmusik, ihr freundliches Grüß Gott, Bitt'schön, Mahlzeit ... Wir mochten das gute Essen. Ich wurde in einer Woche rundlich von all den Eierspeisen, dem Fleisch, Gemüse, den Soßen und dem Kaffee mit Schlagsahne. Wir wanderten durch Wälder, wir pflückten Blaubeeren, wir badeten, hatten Bremsenstiche, tranken aus Bergbächen ... Gott, welch ländliche Idylle. Der Tannenduft des Nachmittags, wenn ich ihm Gedichte vorlas. Housman mochte er am liebsten, und Wilfred Owen.[24] In Innsbruck kaufte er mir ein Dirndlkleid – aus hübschem Stoff mit Silberknöpfen am Mieder. Ich trug es jeden Tag, es gefiel ihm; als hätte ich mich für ihn verwandelt, neu, aufregend ...

Es dauerte gar nicht lange. Alles in allem zehn Tage. Es schien viel länger – und doch wie nichts – kaum eine Atempause. Wir stritten uns nie, zankten nicht miteinander. Wir wurden täglich zärtlicher, traumgleicher, nicht von dieser Welt.

Eines Abends fuhren wir spät ins Gebirge. Kein Mond, nur Sternenlicht, gedämpftes Glühen ... Als Kind empfand ich die Unendlichkeit des Universums stärker als jetzt. Ich schaute in die Sterne, bis ich Welten in ihnen sah, die riesig im All kreisten und mich in Ehrfurcht und Schrecken versetzten, bis ich mich zaghaft verkroch. Jetzt mache ich mir selten die Mühe, die Sterne zu betrachten, und wenn, dann bleiben sie Lichtpunkte am Himmel ... In jener Nacht jedoch kam das Gefühl zurück. »Schau, *schau* doch die Sterne!« Sie hingen mächtig über Gipfel und Tal.

»Mein Gott! Sie sind hell!« sagte er. »Warum sind sie so groß?«

Er schaltete die Scheinwerfer aus und hielt am Wegrand. Im Gebirge war es kalt; er wickelte die Decke um mich, ich lehnte meinen Kopf an seine Schulter. Wie still es war ... Ich horchte. Wie viele Geräusche! Rollo, der leise vor sich hin pfiff. Ein Frosch, sehr laut. Der Wind, eine sanfte Brise dann und wann. In der Ferne Kuhglocken. Ein kleiner Wasserfall plätscherte einschläfernd; es war erstaunlich, wie viele Geräusche es gab; als bildeten sie gemeinsam die großartige Stille ... Er reckte die Nase in die Luft und sagte:

»Wo wir wohl sind? Nah am See kann es nicht sein. Ich rieche kein Wasser.«

Ich kicherte. »Rollo, kannst du wirklich Wasser riechen?«

»Natürlich«, sagte er. »Du nicht?«

Es wurde zu kalt, und wir fuhren weiter. Hinter der nächsten Kurve lag der See, große Sterne hingen schwer im Himmel, spiegelten sich verschwommen im Wasser. »Na also, du hast doch keine Nase fürs Wasser!«

Und natürlich erinnere ich mich an den vorletzten Abend. Wir kehrten in einem kleinen Gasthaus ein, es lag ein wenig zurückgesetzt an der von Apfelbäumen gesäumten Straße. Unter Kastanien standen Tische und weiße Stühle, und in einer Ecke des Hofs spielte eine Kapelle – drei gelbblonde Jugendliche in Lederhosen, grünen Jacken, Federhüten –

zwei Geigen und ein Akkordeon. Sie spielten lustige, ein wenig alberne Lieder, manchmal sangen sie auch. Nach einer Weile packten die Musiker ihre Instrumente ein, und Rollo gab ihnen ein Trinkgeld – reichlich, vermutlich, denn sie strahlten und wünschten uns Glück; und dann holten sie ihre Instrumente noch einmal hervor und spielten uns zu Ehren ein Abschiedslied. Die merkwürdige kleine Kapelle rührte uns. Nach einer Weile waren wir die einzigen Gäste; wir saßen unter Bäumen, tranken den eiskalten gelben Wein ... Oh, laß mich noch einmal daran denken, laß mich erinnern ... Wir sahen einander in die Augen, damals liebte er mich ... endlich ... Ich wußte es.

»Hör mir zu«, sagte er. »Laß uns nicht zurückfahren. Warum sollen wir jemals zurück. Ich brauche niemanden außer dir. Laß uns einfach zusammenbleiben – irgendwo – wir fahren um die Welt – wenn du willst. Es gibt nie wieder etwas so Gutes wie diesen Abend, warum sollen wir darauf verzichten? – Warum aufhören? Laß uns morgen nicht nach Salzburg fahren und unsere Post abholen ...« Seine Stimme klang anders, so hatte ich ihn niemals gehört ...

»Wir müssen es tun«, sagte ich.

»Hör mir zu«, sagte er, »du kannst alles mit mir machen. Sag einfach etwas. Du bestimmst. Sag etwas.« Dringlich, beharrlich, beinah grob, übertrug er mir die Verantwortung, wie damals am Anfang.

»Laß uns heute abend nicht denken«, sagte ich. »Laß uns abwarten. Dann sehen wir, was zu tun ist.« Ich beschwichtigte ihn, er klang so wild, so anders als sonst. Seine Stimme drang in mich, ich durfte meinen Kopf nicht verlieren. Ich empfand solchen Triumph, solche Zuversicht, ich konnte getrost für Geduld, Umsicht plädieren. Dachte: Ich habe gewonnen! Kümmerte mich um nichts weiter. »Laß uns nach Salzburg fahren, dann entscheiden wir, was zu tun ist«, sagte ich.

»Nein, nicht«, sagte er. »Ich will nicht, ich will nicht mit all dem englischen Kram belästigt werden.«

»Heute morgen hast du erklärt, daß du deine Briefe abholen mußt«, sagte ich sanft und vernünftig. »Meine hätte ich übrigens auch gern.« ... Ich hatte das Gefühl, wir müßten zur Welt zurückfinden, vielleicht nur eine einzige Stunde lang, es wäre ein gutes Omen. Es sollte sich nichts gegen uns zusammenbrauen, niemand sollte zum Schlag gegen unser unerlaubtes, verwerfliches Außenseiterdasein ausholen ... Ich hatte immer Angst, Papa könnte sterben, und ich inzwischen unauffindbar, verloren, für immer verdammt ... Er sagte nichts mehr, schwieg auf der Fahrt zur Pension; doch beim Abendessen war er wieder der alte – höchstens noch liebevoller als sonst. Kein Beharren mehr auf tollkühnen Plänen. Als wäre nichts gewesen. Am nächsten Morgen fuhren wir nach Salzburg und gingen zum Postamt, um unsere Briefe abzuholen. Die Straßen waren voller Menschen, Gesichter aus dem *Tatler*, die zu den Festspielen angereist waren, eine Reihe vornehmer englischer Wagen. Jocelyn hatte mir geschrieben, schickte mir seine neue Salzburger Adresse; ein Brief von Kate, einer von Mutter. Alles war in Ordnung. Nichts von Anna. Rollo bekam ein Paket Briefe ausgehändigt. Er öffnete sie nicht. Wir wagten nicht, uns die Stadt anzuschauen, sondern stiegen in den Wagen und fuhren zum Wolfgangsee. Nach dem Mittagessen ging ich auf mein Zimmer, ich hatte Kopfschmerzen, ein Gewitter lag in der Luft. Von meinem Fenster aus sah ich auf der Terrasse am See Rollo sitzen, dort unter dem feuerroten Sonnenschirm, wo wir eben noch Kaffee getrunken hatten. Ich beobachtete ihn lange.

Dann nickte ich wohl ein. Er kam am späten Nachmittag, setzte sich an mein Bett und nahm meine Hand, sagte, er müsse morgen zurück nach England. Es war keine Überraschung, ich hatte es gewußt ... Termine waren durcheinandergeraten, sagte er, ein Partner wollte in die Ferien fahren, er konnte nicht länger fortbleiben, schon wegen der Amerikareise nicht; er wolle ja auch im September zur Jagd nach Schottland ... Wir sagten, macht nichts, es war vollkommen, mehr, als man vom Leben erwarten könne, wenn man vernünftig war. Die besten Tage unseres Lebens, wir werden sie niemals vergessen ... Ich empfand weder Angst noch Trauer

... ich war so randvoll glücklich und zufrieden, ich hätte selbst eine lange Trennung ausgehalten. Wir überlegten einen Augenblick, ob ich ihn begleiten sollte, es war verlockend, doch er drängte mich nicht, und ich wollte noch nicht wieder zurück nach England – Ettys Haus war leer, Anna fort, zu Hause war Kate mit ihrer Familie.

Ich wollte Jocelyn besuchen, wollte eine Woche in seiner – sicherlich völlig anderen – Gesellschaft verbringen ... Wir suchten auf der Straßenkarte Rollos Rückweg, ich schickte Jocelyn ein Telegramm, daß ich käme. Wir waren guter Dinge.

In jener Nacht, vor Morgengrauen, kam das Gewitter. Ich hatte Angst. Ich werde mich ein Leben lang vor Gewittern fürchten. Nach dem ersten entsetzlichen Donner kam er aus seinem Zimmer nebenan zu mir, sagte: »Hab keine Angst.« Da liebte ich ihn. Danach hatte ich mich immer gesehnt, hatte nie geglaubt, es einmal zu bekommen – jemanden, der mir in der Not ruhig beistand und diesen Satz sagte – jemanden für mich ganz allein ... Das Gewitter zog weiter, die Sonne ging nebelverschleiert über dem See auf, die Luft schimmerte frisch und kalt. Wir gingen ans Fenster und sahen hinaus. Er drehte mich zu sich, faßte meine Schultern und sagte: »Vergiß nicht, ich liebe dich.«

Vergiß nicht, ich liebe dich ...

Ich packte und half ihm beim Packen. Er gab mir Geld für ein Schlafwagenbillet nach Hause, er wollte, daß ich bequem reiste. Wie bin ich heute froh darüber. Das dunkelhaarige Zimmermädchen brachte uns zum Abschied einen Strauß Dahlien und Gladiolen. Wir fuhren nach Salzburg und ließen meinen Koffer am Bahnhof. Ich stieg am Pferdebrunnen aus und sagte auf Wiedersehen, sah, wie der Wagen davonfuhr, über den Platz, und dann war ich allein in Salzburg. Ich spazierte ein wenig herum und saß im Mirabellgarten und dann ging ich zu Jocelyns Hotel.

Er saß an der Schreibmaschine in einem Zimmer, das eher Zelle genannt werden konnte. Es roch nach Essen und Abwasch, seine Kleidungsstücke lagen übers Bett verstreut. Er freute sich, mich zu sehen. Er war im Begriff, zu Freunden an den Attersee zu fahren. Wir fuhren also gemeinsam stundenlang mit dem Bus. Er saß da und hielt seine Schreibmaschine im Arm und erzählte von einem Artikel, den er schreiben wollte. Ich konnte kaum zuhören, ich war mit einem Mal erschöpft; und ich sah Rollo auf fremden Straßen fahren, fort, immer weiter fort, allein, mein Platz neben ihm leer.

Welch ein Kontrast, jene letzten zehn Tage. Jocelyn, alles, was er verkörperte, seine Ansichten, Ideen – politisch rigoros, überzeugt, starrgläubig auch – alles andere als selbstzufrieden: Europa, nicht England, war seine Welt, sein Ausgangspunkt in allen Debatten, Gesprächen; sein fanatisches Klassenbewußtsein; die Kleidung, die er trug, saß schlecht, war einfach Kleidung – eine Notwendigkeit – hatte mit seinem Innern nichts zu tun; er sah ernst, übernächtig, karg aus, seine Zuneigung zu mir war wenig überschwenglich ... Welch ein Kontrast! ... Es war ein Leben, wie ich es noch niemals geführt hatte – alles andere als komfortabel, ein wenig steril, ein wenig humorlos, doch gutgelaunt, freundlich, sanft geregelt. Ein Leben voller Überzeugungen – das ist der wahre Unterschied. Jocelyn und seine Freunde glauben an sich, an ihre Arbeit, an eine Zukunft, zu der sie beitragen müssen. Diesen Glauben haben weder Colin noch Anna und deren Freunde, auch Rollo nicht ... Mit Simon ist es wieder anders, er besitzt eine unbewußte Kraft, ohne Richtung oder moralischen Eifer. Es war ein sparsames Leben, Gelder wurden sorgsam gestreckt, Gasthausbesuche und Ausflüge gemeinsam geplant ... Man ging sich gegenseitig nicht auf die Nerven ... Johann und Willi, die österreichischen Freunde, so ordentlich und ärmlich makellos, so einfach glücklich, empfindsam, feinfühlig, alles andere als grob und einfältig ... Willi seit drei Jahren arbeitslos, Johann, dessen älterer Bruder bei den Wiener Aufständen erschossen wurde ... Solch eindrucksvolle Schicksale, Kämpfe ums nackte Dasein. Wäre ich frei, würde ich mehr darüber nachdenken ... Willi brachte mir ein wenig Deutsch bei. Er ist sympathisch mit seinen trägen blauen Augen und seinen schönen Zähnen. Der blasse Johann spielte abends auf dem Kaffeehausklavier. Willis Freundin Liesel kam aus dem Dorf, um mit uns Boot zu fahren, und fiel ins Wasser ... In der Villa, in der wir wohnten: das flachshaarige Kind mit dem Pagenkopf, seine weiße Katze, seine Begeisterung für Johanns Schreibmaschine ... Wir schwammen lange im schweren, pfauenblauen Wasser, muntere kleine Dampfer wie Theaterdekorationen, das Café am Anleger, der Mond auf dem Wasser ... Rollos himmlischer Brief, bei weitem der schönste, den er jemals schrieb, ein eindeutiger Brief ... Ich las ihn wieder und wieder, beinahe ungläubig. Jocelyn lieh mir Bücher; ich dachte wieder ans Schreiben ... Machte Notizen für meine See-Geschichte. Ich hätte mehr zustande gebracht, wenn ich nicht so unruhig gewesen wäre ...

Was sie jetzt wohl unternehmen, fragte ich mich ... Sicher schlafen sie fest ... Auf Wiedersehen, Jocelyn, Willi, Johann ... Ihr wart gut zu mir, ich war glücklich ... bis ich anfing, mir Sorgen zu machen. Auch noch danach; denn eigentlich brauche ich mich nicht zu sorgen. Sechs, sieben Tage zu spät ... Ich mache mir Sorgen. Doch ich kenne das schon, im ersten Jahr meiner Ehe mit Ivor war es schon einmal so; mehr als eine Woche, ich war mir schon sicher – doch es war nur falscher Alarm ... Damals war auch August – also liegt es womöglich an der Jahreszeit; oder an den vielen Bädern im kalten See, das Wasser im See ist sehr kalt, daran kann es liegen ... Ich mache mir Sorgen. Sich etwas holen, nennt Mrs. Banks das. »Als ich mir unsere Doris geholt habe ...« Mir ist ein wenig übel. Vermutlich Reiseübelkeit. Vom Zugfahren war mir noch nie im Leben übel. Heute morgen beim Aufstehen, beim Waschen mußte ich mich beinah übergeben ... Die Nerven. Wenn ich liege, geht es mir gut. Morgen ist es wieder besser. Schlaf. Wie gut, daß ich liege, ein Schlafwagenabteil für mich allein habe. Was, wenn mir morgen früh beim Aufstehen übel wird? ... Das wäre der Beweis. Nein. Eine lange Reise kann manches durcheinanderbringen.

Das blaue Licht einschalten. Nein, wieder aus – zu düster. Die Wasserflasche klirrt. Ist sie gut verschlossen? Die

Schranktür steht offen? Meine Hände sind trocken, ich spüre den Schmutz unter meinen Fingernägeln …

Eigenartig, welche Bilder eine Bahnfahrt heraufbeschwört, wie sich Erinnerung und Sehnsucht regen …

Die Geschichte wird noch einmal aufgerollt, in schneller Folge von Anfang an, wie wenn einer ertrinkt …

Ai, dieses Kreischen … Den Tunnel hinein, meine Ohren dröhnen … wieder hinaus. Bald zu Hause, bald bei Rollo. Morgen, bitte komm … komm nicht … Langsamer … Ein Bahnhof, Lichter auf der Jalousie, unten ein Spalt, grelles Blitzen; Rattern, Rumpeln; eine Männerstimme ruft auf französisch, was sagt der Mann? … Abgehängt … Weiter, schneller, die Geschwindigkeit nimmt zu …

Ruhig, überlaß dich der schnellen Fahrt, dem Schaukeln … Atme, atme leicht …

Schlaf …

Dritter Teil

1

Sie verließ den Victoria Bahnhof und dachte: Ich bin bald in meinem Zimmer, liege zwischen kühlen Laken, verstecke mich, schlafe wenigstens für einige Stunden. Morgen werde ich den Tatsachen ins Gesicht sehen ... mit Rollo sprechen. Aber ich will nicht ... Ich will ihn nicht sehen, nicht einmal an ihn denken. Wie kann das sein, ist in nur vierundzwanzig Stunden alles anders geworden? Ist es ein Zeichen, ist mein Schicksal besiegelt? ... Die Frau, ihr Körper benutzt, schwanger, unberührbar, wendet sich erbittert und feindselig vom Mann ab, jenem siegreichen und bösen Feind ... Wie Katzen oder Hündinnen ... Pfui!

In London herrschte sengende Hitze, das reizbare, stickige Ende des Tages schien eine Konsequenz der eigenen qualvoll drückenden Gefühle. Die Abgase verursachten Übelkeit, der Verkehr bewegte sich sinnlos, widerstrebend, mühselig einem sinnlosen Ziel entgegen; die Filmtheater mit ihren lüstern schwülstigen, falschen Fassaden verhießen kühles Dunkel und hitzige Leidenschaft und bargen doch nichts als Flitter, Ekel, Lug und Trug. Die Hauptverkehrsstraßen wirkten leer und entmutigt. Nur in den Nebenstraßen, dort, wo die Gassen in harmloser Tuchfühlung mit den besseren Vierteln ans Elend grenzten, bevölkerten Kinder, die sonst selten zum Vorschein kamen, die Gehwege: Londons hochsommerlicher Wildwuchs, eine zähe Vegetation in wasserloser Steinwüste; sie riefen, rannten, leckten gemeinsam an Eistüten, zogen den Mißmut jener wohlmeinenden Passanten auf sich, die sie mit Sandschaufel und Eimer an die See versetzt wünschten, wo sie es sicherlich besser hätten ... Doch sie scheinen robust und guter Dinge, vielleicht werden sie bald in die Ferien verschickt – das nächste Mal solltest du etwas in die Sammelbüchse werfen ...

Vor der Eckkneipe lag ein gelber Hundemischling ausgestreckt im Schatten auf dem Pflaster, fliegengeplagt, mit tropfendem Maul. Kleine Knirpse in zerlumpten Badeanzügen bespritzten einander mit Wasser aus einer Gießkanne ... Oh, wenn ein Springbrunnen mich über und über mit belebenden Tropfen besprühte, eine salziggrüne kalte Welle sich über mir bräche und mich erlöste! ...

Schwere Lasten zu tragen soll gut sein. Sie schleppte ihren Koffer die Treppe hinauf zum zweiten Stock. Ettys Schlafzimmertür öffnete sich, und niemand anders als Etty im Morgenmantel trat heraus.

»*Schätzchen!*«

»Etty! Ich wußte nicht, daß du hier bist.« Sie zwang ihrem Gesicht ein begeistertes Begrüßungslächeln ab. »Ich wollte hier nur übernachten, einige Sachen holen und dann nach Hause fahren. Was tust *du* denn in London?«

Etty war aus dem gleichen Grund für zwei Nächte zurückgekommen, erklärte sie: sie wollte nur ihre Garderobe auffrischen, bevor sie mit Mona und anderen Bekannten eine Mittelmeerkreuzfahrt unternahm.

»Meine Liebe, *Griechenland*! Zu schön, um wahr zu sein! Endlich werde ich alles besichtigen. Ich habe mich *genauestens* über die Akropolis und *sämtliche* Tempel informiert. An Bord werden auch Vorträge gehalten – am Ende bin ich gebildet wie ein *Blaustrumpf*.«

»Etty, schön, daß du da bist.«

Das war es wirklich: ein Trost ... womöglich die Rettung. Etty weiß sicherlich jemanden für alle Fälle ... Alles wird wieder gut. Natürlich. Die Übelkeit war schon weniger geworden, war in handhabbare Ferne gerückt.

»Komm und setz dich und erzähl mir *alles*. Ich wollte mich gerade ein wenig ausruhen.« Sie ging zurück in ihr Zimmer und legte sich wieder aufs Bett, Olivia versank im Sessel, den Rücken zum Licht. »Hattest du es schön? Österreich ist ein *himmlisches* Land, nicht wahr? Es ist einfach *reizend*. Du bist fabelhaft braun. Oh, wie sehr ich dich beneide!« Sie warf im Spiegel einen Blick auf ihre weißen Wangen, die sie um nichts in der Welt der Sonne preisgeben würde. »Sieh mal, dort drüben liegen mehrere Briefe für dich. Ich wußte nicht, wohin ich sie dir nachschicken sollte.«

Zwischen allen möglichen Briefen ein dicker von Anna. Nichts von Rollo ... obwohl ich ihn bat, mir hierher zu schreiben ... Es ist mir egal.

»Schätzchen, leider bin ich zum Essen eingeladen, und es gibt nicht einen einzigen *Bissen* im Haus. Ich habe nicht im *Traum* daran gedacht, daß irgend jemand außer mir noch in London sein könnte, doch heute morgen rief *Jack* an, er sitzt den ganzen Monat im Büro *fest*. Was *sollen* wir tun? Es wäre doch *zu* unfreundlich, ihn in *letzter* Minute zu versetzen, oder? Soll ich ihn anrufen und *vorschlagen*, daß du mitkommst?

»Gott bewahre! ... Nicht daß ich etwas gegen ihn hätte, du Liebe, er ist bestimmt himmlisch.«

»Also eigentlich ist er das nicht. Er ist nett, aber ich glaube, *du* würdest dich langweilen.«

»Ist er verrückt nach dir?«

Das erwartete Frage-und-Antwort-Spiel – aus jenen Tagen, da Etty ihre Cousinen mit schwarzer Taftschleife und hochhackigen Lacklederpumps und Korsett imponierte – kam ihr leicht und prompt über die Lippen.

»Nun ja, einigermaßen ... Er ist keine *Leuchte*, der Ärmste, aber er ist ein guter *Freund*.« Sie fügte mit neuer Selbstironie bissig hinzu: »Was wir überflüssigen Frauen durchaus zu schätzen wissen!«

Beunruhigend, eigentlich paßte es nicht zu Etty ... Als habe jemand ihr insgeheim mit Abscheu die Augen für die verflossene Zeit geöffnet, ihr verdeutlicht, welche unbefriedigende Rolle sie darin spielte.

»Ach, weißt du, Ett, ich glaube, ich werde ins Bett gehen. Ich brauche nichts zu essen, höchstens einen Keks. Die Reise hat mich erledigt.«

»Schätzchen, wie *schade*. Natürlich kein Wunder. Diese Schlafwagen machen mich auch immer *fix und fertig*.«

»Das macht die Hitze. Es war fürchterlich.«

»Ich kann es mir vorstellen! Einfach *verheerend*. London war heute auch wie ein *Backofen*. Ich mache dir einen Cocktail. Glücklicherweise gibt es noch einen Rest Gin und Pampelmusensaft im Schrank. Ich wollte mir auch eben einen Tropfen gönnen, mich für Jack *stärken*. Bleib, wo du bist.«

Sie schwang sich geschäftig aus dem Bett. Olivia, die aus alter Gewohnheit: »Laß mich ...« sagen wollte, gab auf und blieb, wo sie war, öffnete Annas dünnen französischen Briefumschlag. Annas Handschrift war klein, fahrig, wie Spinnenbeine, unausgeschrieben, ihr Stil kindlich, lebhaft, eigentümlich exzentrisch, ihre Zeichensetzung, die kapriziösen Kommata, warf ein obskures, dennoch enthüllendes Licht auf ihr Wesen.

»Liebste Olivia«, schrieb sie, »hier sind wir also in Villefranche, und was mich angeht, möchte ich nie mehr fort. Doch angesichts der 100 Pfund, die ich mittlerweile ausgegeben habe, naht der Tag der Abreise unaufhaltsam. Es war der letzte Lohn der Photographie, und der Winter wird mir Armut bescheren. Das Spielen hat mich fertiggemacht, Simon ist in jeder Hinsicht leichtsinnig, verspielt meine Gefühle und mein Geld, als seien sie Wasser. Meist ist er bester Laune und schart bemerkenswerte Freunde um sich. Arthur Menzies ist einer davon – erinnerst du dich, seine verschmähte Geliebte schoß auf ihn – der arme Mann, er hält sich in seiner üppigen Villa versteckt und leidet mehr oder weniger unter Verfolgungswahn, was ihn natürlich zum gefundenen Fressen für Colin macht. Peter Cunningham hat ihn entdeckt; er nahm uns alle mit, und wir gewannen sofort und unbeabsichtigt sein Herz, weil wir uns per Bus ankündigten. Seitdem schickt er uns täglich den Wagen.

Im Hotel gibt es mehrere Ungeheuer mit Zeichenutensilien, wir wechseln kein Wort mit ihnen, und eine Französin, die aussieht wie eine Südseeschönheit – ich würde sie gern malen, doch natürlich traue ich mich nicht, sie zu fragen, und würde das Bild sowieso verderben. Ich habe bisher keinen Pinsel angerührt. Die Französin hat einen prächtigen Zweisitzer, in dem sie mit ihrem Gatten herumkutschiert, beide tragen dann weiße leinene Motorradkappen. Wir sitzen hinten und brausen mit ungeheurer Geschwindigkeit nach Juan-les-Pins, lassen den Gatten im Casino und tanzen unter Palmen Rumba mit schönen Schwarzen zu schönen schwarzen Rumbarhythmen.

Unser letzter Abend kostete den armen Gatten 9000 Francs, weil wir von Juan nach Cannes eilten und ihn bis vier Uhr morgens völlig vergaßen. Er verspielte alles, während er auf uns wartete, zuerst gewann er, steckte alles ein und erwartete uns, bis ihn die Langeweile ergriff, weil wir nicht auftauchten, und er weiterspielte und alles verlor. Die großartige Rückfahrt fand im Morgengrauen statt, wir aßen noch Hotdogs in einer amerikanischen Bar. Wenn du nur die schwarzen Damen sehen könntest, in Strandanzügen, mit Segelmütze und Monokel.

Was die Gefühle angeht, so ist mein Zustand gemischt, doch ich bin entschlossen, mich treiben zu lassen, zu baden, zu trinken, mir keine trüben Gedanken zu machen, bevor ich wieder zu Hause bin. Was bald sein wird, denn Mrs. Cunningham ist aufgetaucht und hat einen schlechten Einfluß auf Peter. Sie mischt sich eigentlich nicht ein, reist mit einer anderen Gruppe, sie befindet sich in nobler, wohlklingend literarischer Gesellschaft, darunter Gil Severn. Wir trafen sie kürzlich beim Spaziergang in Cannes, und sie trug statt ihrer Handtasche eine lauwarme Wärmflasche in rosa Plüschbezug. Sie schien wenig überrascht, als wir sie darauf hinwiesen, sie wirkte auch keinesfalls lächerlich, wir benahmen uns weiterhin äußerst respektvoll.

Cora ist ebenfalls aufgetaucht und verfolgt Simon bei Tag und bei Nacht, was er ungerührt über sich ergehen läßt. Wie nichtig auch immer mein eigenes Los ... (die folgenden zwei Zeilen waren schwarz durchgestrichen), ich melde mich, sobald ich zurück bin. Simon meint, wir könnten auch im September sein Haus benutzen, ich hoffe, du kommst mit. Ich hoffe, alles ist in Ordnung, ich denke an dich. Ich persönlich glaube nicht, daß es mir in Österreich gut gehen könnte, ich mochte es damals nicht, als ich dort war, es schien mir so dickhäutig, sichtlich unkultiviert – nicht gut – doch das ist vermutlich eine anmaßend engstirnige Sicht von Berufs wegen. Mir fällt kein österreichischer Maler ein, aber wahrscheinlich darf man die Musik nicht vergessen. Alles Liebe, A.«

Sie faltete den Brief und steckte ihn zurück in den Umschlag, amüsiert und deprimiert zugleich. Es klang nicht richtig nach Anna: so glatt und oberflächlich. Offensichtlich ist sie wegen Peter in schlechter Verfassung ... Wie schaffen wir alle den Wechsel zum Winter? Worauf sollen wir uns freuen?

Etty kam zurück, hielt in jeder Hand ein Glas mit gelber Flüssigkeit.

»Ich habe nur schnell dein Bett bezogen«, sagte sie. »Dann kannst du dich hinlegen, wann immer du Lust dazu hast.«

»Du bist ein Engel, Ett.«

Sie griff nach ihrem Glas. Die Eiswürfel klimperten verlokkend, doch der Gingeruch, der dem Glas entstieg, schien überwältigend. Es ist ein Versuch: wenn ich dies trinken kann ... Sie schlürfte, und ihr Mund verzog sich. Klebrig, widerlich, unsauber ... Ihre Backenmuskulatur verkrampfte sich, sie kämpfte gegen die Übelkeit ... Gott sei Dank, das Eis. Sie fischte es heraus und lutschte daran, sagte lächelnd: »Danach habe ich mich gesehnt.«

»Schätzchen – dir ist doch nicht übel, oder?«

»Großer Gott, nein. Ich bin nur durstig und irgendwie nicht frisch – du weißt, wie man sich nach einer Reise fühlt. Wenn du nicht ins Bad möchtest, werde ich jetzt baden und dies hier später im Bett austrinken, mir damit meinen einsamen Abend versüßen.«

»Mir klingt das eher melancholisch.« Etty sah sie bedauernd an.

»Ganz und gar nicht. Bett, Buch und Getränk – perfekt.«

Etty seufzte.

»Es ist tröstlich, zu wissen, daß, egal, wie schlimm es kommt, das Bett und der Alkohol immer die beste Gesellschaft bleiben. Manchmal glaube ich, ich ende eines Tages im benebelten Dauerzustand.«

Sie trank einen kleinen Schluck, legte dabei jedesmal den Kopf in den Nacken, wie ein Kanarienvogel.

»Schätzchen, du nimmst ein Bad, und dann stecke ich dich ins Bett. Ich gehe erst um neun fort. Ich fühle mich dermaßen *schlapp*, ich möchte nur noch in Ruhe packen und *alle viere* von mir strecken.«

Sie ließ keinen von Olivias Einwänden gelten und bemühte sich mit verbissener Vergeblichkeit und kraftlosen Armen, den schweren Koffer nach oben zu tragen; dann trippelte sie wieder die Treppe hinunter, ließ Badewasser ein.

Sie legte sich ins Bett und streckte sich aus. So ist es besser. Das Zimmer war beinahe kühl, die Sonne hatte seit Stunden nicht mehr hineingeschienen. Das Bild, das über dem Kamin hing, schaute sie an – Männer und Frauen, kühl und friedlich im sonnengefleckten Schatten. Auf dem Tischchen neben ihr der Brandfleck von Rollos Zigarette ... Oh, fort damit, mit allen Zeichen und Erinnerungen, bis ich dieses Durcheinander hinter mir habe. Rollo, ich bekomme ein Kind, was sollen wir tun? ... Nein, ich will nicht. Noch nicht. Sie döste einen Augenblick lang, glitt auf der Stelle in verworrene wilde Wachträume; wurde von Etty aufgeschreckt, die mit einem Teller trockener Weizenkekse hereinkam.

»*Schätzchen*, diese Kekse sind unser einziger Vorrat. Ich hatte welche mit Orangensaft zum Frühstück, sonst habe ich auswärts gegessen. Es tut mir *furchtbar* leid. Soll ich nicht Obst und Eier einkaufen oder was du sonst gern hättest?«

»Nein, du Liebe, danke schön.« (Eier – grauenhafte Vorstellung.) »Mehr brauche ich wirklich nicht.«

Sie knabberte gierig: die Kekse schmeckten gut, trocken, knusprig, eine Spur salzig.

»Ett ... meine Freundin hat mir geschrieben ... Wo ist der Brief? ... Oh, in meiner Handtasche ... Sie sitzt fürchterlich in der Klemme.«

Etty saß am Fußende des Bettes und zeigte ein mitfühlend erwartungsvolles Gesicht.

»Sie hat eine Affäre mit irgendeinem Mann, verheiratet, soweit ich weiß, und hat mit Entsetzen festgestellt, daß sie schwanger ist.«

»Oh, du meine Güte, wie *verheerend* ...«

War es Einbildung – ein schneller, fragender Blick von Etty?

»Sie möchte wissen, ob ich ihr helfen kann.«

Etty sah nachdenklich aus.

»Hat sie es mit Tabletten versucht?«

»Davon sagt sie nichts. Gibt es Tabletten dagegen? Helfen sie wirklich? Sie würde alles versuchen, dessen bin ich mir sicher. Gibt es die Tabletten in der Apotheke?«

»Ich kennc eine, wo sie verkauft werden. Aber wenn es wirklich ernst ist, helfen sie nicht, wenigstens nicht meines Wissens. Vielleicht natürlich doch.« Etty schwieg, fügte dann hinzu: »Man bekommt einen grauenhaften Durchfall, soviel ich weiß ... Aber sie sollte es versuchen.«

»Sie ist verzweifelt. Verstehst du, sie ist Schauspielerin, geht auf Tournee. Es wäre für sie alles zu Ende.«

»Wo ist sie?«

»Irgendwo bei Weymouth – an der Südküste.« Wenn Etty einen Verdacht hegte, dann mußte er sich nun gelegt haben, die Geschichte klang so glatt, so plausibel. »Sie schreibt, wenn nötig, könnte sie auch nach London kommen.«

»Hat sie Geld?«

»Nein ... Aber ich glaube ... Sie meint, das kann sie besorgen – etwas wenigstens – ich weiß nicht, wie – vielleicht hat der Mann etwas.«

»Ich kenne jemanden ...«, sagte Etty unsicher.

»In London?«

»Ja. Laß mich überlegen ... Sein Name ... Es ist Ewigkeiten her, seit ich ... Tredeaven – so heißt er.«

»Steht seine Adresse im Telephonbuch?«

»O ja. Er ist – wie nennt man das – Chiropraktiker oder so ähnlich ... Er hat eine richtige Praxis. Das ist nur seine Nebenbeschäftigung.«

»Wie kann ich ihn erreichen? Kann ich ihn anrufen und einen Termin vereinbaren? Oder sie dorthin bringen?«

Etty schwieg.

»Er nimmt niemanden, der ihm nicht empfohlen worden ist«, sagte sie schließlich. »Verstehst du, es ist *fürchterlich* gefährlich für ihn. Wer erwischt wird, landet im Gefängnis ... Dabei ist er eigentlich ein *Wohltäter*. Vermutlich hat er Heere von unglücklichen Frauen vor dem *Ruin* gerettet ...«

»Meinst du«, sagte Olivia, »er würde sich weigern, wenn sie einfach so käme?«

Wieder Schweigen.

»Du könntest ihm meinen Namen nennen, nehme ich an ...« Etty bewegte sich auf dem Bett. Ihre ein wenig vorstehenden Augen unter den Puppenwimpern betrachteten die Cousine mit leerem, wildem Blick. »Es ist nur schon so lange her ...«

»Warst du bei ihm, Ett?«

»*Einmal*, meine Liebe. Verheerend, nicht wahr?« Ihr zartes ovales Gesicht errötete schmerzlich. Sie lachte mühsam. »Der Lohn der *Sünde*, Schätzchen.«

»Arme Ett.«

Eine Überraschung. Ein Schock. Auch Ettys schmaler, zierlicher Körper gefallen, den Risiken und Folgen der Weiblichkeit unterworfen. Es zeigte zum hundertsten Male, wie schlecht man selbst einen nahestehenden Menschen wirklich kannte ... Ich habe nur Ettys puppengleiche Oberfläche gesehen, hätte immer geschworen, daß sie, egal, wie sehr sie mit dem Feuer spielte, niemals ihren Körper aufs Spiel setzen würde.

»Ich habe es keiner *Seele* erzählt«, sagte Etty und wischte sich die Augen. »Ich bin beinah daran *gestorben*. Erzähle niemandem auch nur ein Wort davon.«

»Natürlich nicht. Wann war das?«

»Vor ungefähr fünf Jahren. Oje! Und er war auch *verheiratet* ...«

»Warst du sehr verliebt?«

»Nein, Schätzchen – unter uns gesagt – das war ja das

Schlimme. Es war nur *einmal.* Er war so stürmisch ... Ich habe nicht im Traum daran gedacht ... Oh, wie *gemein!* ... Ich konnte ihm nichts davon erzählen. Ich habe ihn danach gehaßt. Ich wollte ihn *niemals* wiedersehen.«

»Das kann ich gut verstehen ...« Natürlich war es nicht das gleiche wie bei mir und Rollo: nicht gemein. Ich liebe ihn. Ich wollte immer ein Kind von ihm.

»Wirklich«, seufzte Etty und betrachtete sich in Olivias Handspiegel. »Körper sind etwas *Heimtückisches.* Warum sind gerade Frauen so geplagt? ...« Sie puderte ihre Nase, kam und setzte sich wieder aufs Bett; sie sah rührend aus, wie sie dort saß, als hätten die Gefühle sie völlig erschöpft. »Ich habe mir damals geschworen, den Pfad der Tugend nicht mehr zu verlassen.« Sie warf Olivia einen Blick zu, verschwörerisch, spitzbübisch. »Doch *leider* vergißt man das wieder, nicht wahr?«

»Leider.«

»Es ist schon ein *Trost,* zu wissen, daß es ihn gibt ... Nicht daß ich seine Dienste *jemals* wieder in Anspruch nehmen möchte ...«

»War es schlimm?«

»Nicht wirklich – nicht zu verheerend. Er war himmlisch. Er ist ein Goldstück. Aber ich habe mich *erbärmlich* gefühlt.«

»Bist du allein dorthin gegangen?«

»Nein. Mona war ein *Engel* – sie hat alles arrangiert. Verstehst du, die Ärmste war *kurz* vorher bei ihm.«

Mona auch! Na also ... Sie fühlte sich auf fatale Weise geborgen, in tröstlicher Gesellschaft, die Siegel strengsten Stillschweigens über das gemeinsame Los gebrochen, gebrochen ... Schließlich keine Katastrophe: ein häufiges Unglück, bedauerlich natürlich, dennoch bald überstanden und vergessen ...

Eigentlich, Etty, ist von mir die Rede – ich stecke im Schlamassel. Ich habe eine Affäre mit Rollo Spencer ... Schätzchen, wie traurig für dich. Aber sorg dich nicht mehr, wir werden das Kind schon schaukeln ... Eine weibliche Verschwörung, taktvoll, mitfühlend, Tabletten und Wärmflaschen, wir sitzen alle im gleichen Boot; es wird, ein wenig indiskret, von allen unglücklichen Frauen die Rede sein. Laß die großen Gefühle. Verrate ihn und dich und was die Liebe schuf. Was ist schon Liebe? Du bist doch kein Dienstmädchen, dazu verurteilt, uneheliche Kinder zu gebären, die Vaterschaft klären zu lassen, lebenslänglich gezeichnet ... Du kratzt das Geld zusammen und kaufst dich frei. Los, los ... Sie biß sich in den Daumen. Ich erzähle nichts. Ich kann lange lügen; ich kann allein sein.

»Weißt du, wieviel er verlangt?«

»Er ist leider nicht billig ... Aber er ist sicher. Und ich glaube, er nimmt nur, soviel man aufbringen kann. Wenn deine Freundin sagt, sie sei knapp mit ihrem Geld, kommt er ihr bestimmt entgegen.«

»Könnte ich ihn anrufen und um einen Termin für sie bitten, sagen, daß du mich schickst? ... Ich muß ihr helfen.«

Etty dachte nach.

»Weißt du was, nenne Monas Namen. Er klingt *besser*, weil sie verheiratet ist. Ich bin sicher, daß es ihr nichts ausmacht. Du weißt auch genau, daß deine Freundin *Mama* wird? Morgen, bevor ich fahre, suche ich dir seine Telephonnummer heraus, erinnere mich bitte daran. Seine Praxis ist in einer der kleinen Seitenstraßen der Welbeck Street – in welcher, habe ich vergessen.« Sie horchte nach der Uhr, die unten schlug.

»Neun Uhr. Ich *muß* noch ein, zwei Dinge erledigen. Gute *Nacht*, mein Herzchen. Paß gut auf dich auf und schlaf schön. Trink dein Glas aus. Ich komme bald zurück, ich muß morgen *unmenschlich* früh aufstehen. Mutter Banks kommt natürlich. Steh nicht auf, wenn du dich nicht danach fühlst.«

»Oh, morgen ist alles wieder gut. Wahrscheinlich werde ich mit dem Mittagszug nach Hause fahren. Gute Nacht, Ett, vielen Dank. Mach dir einen schönen Abend. Gib Jack eine Chance.«

Vielleicht wird sie ... Alle denken in dieser widerlichen Welt nur an das eine.

Etty stand in der Tür und lächelte, warf ihr mit blutroten Fingerspitzen eine Kußhand zu, und Olivia lächelte zurück ... Liebe, hübsche Etty, vertraute, verschwiegene, verläßliche Freundin: Sie hütet jedes Geheimnis, verrät es zum Trost; liebenswerte Schwatzliese, was sagte sie, wußte sie? Was steckte in diesem Kopf mit dem federflusigen Haar? Führte sie Selbstgespräche, des Nachts, allein? Kühle, zerbrechliche Etty, von Hitze unberührt, spendet sie meinen kranken Sinnen Frische; angenehm distanziert und doch wissend von Anfang an. Retterin Etty.

Morgen zur Apotheke: Wahrscheinlich wirkt das Mittel, ich habe immer Glück. Wenn nicht, der himmlische Tredeaven, ein Goldstück, bei knapper Kasse bevorzugte Bedingungen ...

Läuten, Stimmen, Haustürschlagen, verebbender Wagenlärm – Olivia stand auf und goß den Cocktail ins Waschbecken, ging zum Telephon. Benommen, benebelt, das Rattern des Zugs, Schlingern des Schiffs noch in den Knochen, hob sie den Hörer und nannte Rollos Privatnummer, zum zweiten Mal ... Es läutete am anderen Ende lange, lange ... Niemand zu Hause. Warte noch ein wenig, nur ein wenig noch ... Endlich eine Stimme ... »Hallo!« Keinesfalls die ausdruckslose männliche Stimme vom vergangenen Mal; diesmal weiblich, außer Atem, ungehalten ...

»Könnte ich Mr. Spencer sprechen?«

»Der ist nicht da.« Ein Hausmädchen aus den Dienstbotengefilden: im August lebt Rollo nur mit wenig Personal.

»Sie wissen sicherlich, wann er zurückkommt?«

»Das hat er nicht gesagt. Er hat vor dem Abendessen seinen Hund geholt und ist gleich wieder weg.«

»Aha. Da kann man nichts machen. Vielen Dank.«

Am anderen Ende der Leitung wurde eingehängt. So war das also, und für heute reichte es.

Da kann man nichts machen, da kann man nichts machen ... Auch gut. Irgendwo, vielleicht ganz in der Nähe geht Rollo mit Lucy spazieren.

Sie ging zurück ins Bett, zitterte heftig am ganzen Körper, bis sie in tiefen Schlaf fiel.

Sie träumte von grünen Wellen, die niemals brachen. Sie schaukelte, schaukelte von einer gläsern kühlen Kuppel zur nächsten, auf und ab, auf ... ab ... Im Traum rief sie dem Schattenwesen neben sich zu: »Oh, dies ist Seligkeit! Ich bin selig! ... Selig ...«

2

Der Rollstuhl rumpelte munter über den Rasen. Großpapa saß mit geschlossenen Augen darin, trug seinen altmodisch korrekten hellgrauen Sommeranzug, und Großmama hatte ihm den Panamahut auf den Kopf gesetzt. Großmama schob den Rollstuhl; Jane, sechs Jahre alt, und Christopher, dreieinhalb, lenkten ihn, manövrierten in holpriger Irrfahrt vom Rosenbeet zum Gebüsch, zum Walnußbaum; kreuz und quer, auf und ab, so schnell wie möglich fuhren sie Großpapa in der frischen Spätnachmittagsluft spazieren. Großmama war unermüdlich. Im blauen Leinenkleid, das hinten ein wenig spannte, um die Taille ein adretter Gürtel, lief sie wie ein junges Mädchen daher. Sie strahlte, machte große Schritte, warnte oder ermutigte. Der Rollstuhl begeisterte die Kinder. Alles war gut.

Kate und Olivia saßen in Liegestühlen unter dem Walnußbaum. Gelegentlich fragte Kate: »Wo ist das Kind?« – stand auf und förderte aus irgendeinem Winkel das kleine Mädchen zutage, brachte es zurück, setzte sich wieder.

»Wie alt ist sie, Kate?«

»Beinah sechzehn Monate.«

»Sie ist sehr weit für ihr Alter, oder?«

»Ich glaube nicht.« Kate stieß einen tiefen Seufzer aus, beinah wie Mutters übliche Seufzer: mit Sicherheit aus der gleichen Quelle. »Sie waren alle mehr oder weniger gleich. Sie konnten mit einem Jahr alle laufen – außer Christopher, der war langsam ... Aber er konnte am frühesten sprechen. Ich kann mich gar nicht erinnern, daß er jemals *nicht* gesprochen hätte.« Sie sah über den Rasen zu ihrem Sohn, blinzelte, runzelte leicht die Stirn. »Er kann jeden um den Verstand bringen.«

»Er ist wirklich ein Phänomen.«

»Oh, er ist ein komischer Vogel.« Kate rieb sich die Augen. »Ich weiß nicht, woher er das hat.«

»Er schlägt wohl eher der ferneren Verwandtschaft nach.«

»Dabei gleicht er von allen Rob am meisten.«

»Nur an der Oberfläche. Darunter steckt etwas ausgesprochen Pfiffiges: nichts, wofür Rob verantwortlich wäre, da bin ich mir sicher.«

Kates Stirn glättete sich. Sie blähte die Nasenflügel, protestierend, amüsiert. Es machte Spaß, mit Olivia über die Kinder zu sprechen. Sie war vernünftig. Sie behandelte die Kinder wie außergewöhnliche Wesen, beobachtete entzückt ihre Kämpfe und kleinen Frechheiten; man fühlte sich als Mutter ein wenig von der Verantwortung befreit. Vergaß die pädagogischen Erklärungen ...

»Er ist wirklich außergewöhnlich«, gab sie mit mütterlichem Stolz zu.

»Er erinnert mich an James«, sagte Olivia, »obwohl er ihm überhaupt nicht gleicht.«

»Ich hoffe, er macht uns nicht solchen Kummer wie James«, sagte Kate, von diesem Vergleich weniger begeistert.

Die Ähnlichkeit war tief verwurzelt, das derzeitige Aussehen eher zeitbedingt. Kleine Mädchen waren schon von Anbeginn Frauen, Jungen dagegen schienen häufig ganz und gar eigenständige, unerklärlich und beunruhigend animalische Wesen. Sie versuchte Kate ihre Sicht zu erklären.

»Vielleicht«, sagte Kate. »Ich glaube, was du wirklich meinst, ist, daß Jungen nicht versuchen, sich Liebkind zu machen. Es ist ihnen egal, ob sie einen guten Eindruck hinterlassen.« Sie blickte dem Rollstuhl nach. »Er hat viel zuviel Phantasie«, sagte sie beunruhigt und schob die Theorie beiseite. »Es ist angenehm, wenn er zur Abwechslung einmal den Rollstuhl durch die Gegend kutschiert.«

»Er ist in Ordnung«, sagte Olivia.

»Etwas ist seltsam«, sagte Kate. »Er hat noch niemals Angst

vor der Dunkelheit gehabt. Da sind sie alle ausgesprochen unempfindlich. Nur Jane brauchte nachts eine Zeitlang Licht – nachdem Robs Mutter sie zu einem dummen Kinderfest mitnahm und jemand sie dort mit einer Tiermaske erschreckte. Aber es dauerte nicht lange.«

»Ich finde, du schaffst das alles sehr gut.«

»Meine Erziehung ist modern«, sagte Kate und lehnte sich zurück, »wenn du meinst, daß sie vor Rob und mir zuwenig Respekt haben, dann hast du recht. Sie ärgern Rob und kritisieren mich – Priscilla vielleicht am wenigsten, die läßt mich eher links liegen – aber Christopher kommentiert sogar meine Kleider. Kannst du dir das vorstellen! ... Er mag es nicht, wenn ich Braun trage, er mag mein Taftkleid nicht, ich darf keine Charmeusewäsche tragen und wer weiß, was sonst noch alles. Rob prophezeit, daß eines Tages aus ihm einer von diesen weibischen Modeschöpfern wird. Er kann es nicht ausstehen, wenn auch nur ein Fleckchen Schmutz an seinen Händen ist, und beim Anziehen macht er jedesmal großes Theater. Wenn Jane doch nur ein bißchen so wäre, sie könnte ein Landstreicherkind sein – was hast du da in der Hand, Polly?« Sie unterbrach sich, griff fest und sanft nach der Kinderhand. Eine halbzerquetschte unreife, grünlich-rosafarbene Maulbeere lag darin. »Du hast nichts davon gegessen?« Sie schaute dem Kind prüfend in den Mund. »Polly darf das nicht essen, liebes Mädchen, schmeckt schlecht, Polly, nein!«

Das Mädchen untersuchte aufmerksam die Maulbeere auf seiner Handfläche. Es hielt fasziniert inne und schrie dann: »Weg!«, nahm Anlauf, schwenkte den Arm hin und her und schleuderte die Beere fort. »Weg!« verkündete Polly. Sie betrachtete suchend das Gras, krähte dringlich: »Wo? Wo? Wo?«

»Da ist sie«, sagte Kate träge und deutete mit der Fußspitze.

»Da«, rief sie begeistert. Sie bückte sich und betrachtete noch einmal die Beere, zerstampfte sie dann mit wilder Miene und sah Kate an. »Ba! Ba! Ba!« Sie klang vor Abscheu ganz heiser.

»Sie steckt alles in den Mund«, sagte Kate.

»Sie ist ungemein intensiv.« Olivia sah zu, wie die kleinen

prallen Beine sich wieder auf den Weg zum Maulbeerbaum machten.

»Sie ist ein bißchen zu dick«, sagte Kate, die ihr ebenfalls nachblickte. »Der Kinderarzt wäre entsetzt. Aber meiner Ansicht nach macht es nichts. Die Gewichtstabellen sind allesamt Unfug.«

»Sie wird einmal ein hübsches Mädchen«, sagte Olivia. »Sie hat so ein spitzbübisches Lächeln.«

»Genau wie du!« rief Kate mit liebevollem Spott. »Ich habe dir doch erzählt, daß sie dir gleicht. Sie hat deine Augen. Alle finden es, außer Mutter merkwürdigerweise.«

»Aha.« Tadel, Lob ...

Es könnte immer so weitergehen. Es war wie eine Droge, so brauchte man nicht zu denken. Ich miete mir irgendwo ein Cottage in Kates Nähe, bekomme einfach das Kind und ziehe es mit Kates Kindern groß. Ich versorge es ganz allein, pflanze Sonnenblumen und Stockrosen in meinen Garten, lege mein Kind in eine hölzerne Wiege und singe es in den Schlaf. Wenn alle im Bett sind, sitzen Kate und ich draußen unter Bäumen und reden über sie ... Sie steckte sich eine Zigarette an. Nicht doch, du Unmensch, nicht doch, warum rauchst du, du willst doch gar nicht rauchen; wer möchte in dieser Hitze rauchen? ... Sie wandte den Kopf ab, vom Rauch wurde ihr übel, sie schloß die Augen. Das Blut stieg ihr heftig und heiß in den Kopf. Nun kam der böse Teil des Tages, bald mußte sie sich oben verkriechen, so übel wurde ihr: ein grenzenlos zäher, langsamer Kampf.

Kate warf ihr einen verstohlenen Blick zu. Hohlwangig, fahl ... Eine gräßliche Farbe, unter aller Schminke grau. Dünner denn je. Verflixt ... Und sie hatte soviel besser ausgesehen, glücklich: offensichtlich verliebt, anscheinend jemand mit Geld – Seidenstrümpfe, teure Blumensträuße, diese Handtasche. Wer ist er, was ist schiefgelaufen? Verdammt. Verdammt.

Sie sagte streng:

»Du hast mir gar nichts über Österreich erzählt. Hat es dir gefallen? Was hast du unternommen?«

»Es hat mir gut gefallen.« Olivia öffnete die Augen, versuchte zu denken, ihrer Stimme einen munteren Klang zu geben: »Es ist nur schwierig, Ferien zu beschreiben, nicht wahr? Wenn der andere das Land nicht kennt.«

»Gott weiß, wann ich jemals wieder ins Ausland komme«, sagte Kate bitter. »Niemals wahrscheinlich ... Seit meiner Hochzeitsreise war ich nicht mehr fort. Und die gefiel Rob nicht.« Sie grübelte.

»Eines Tages verreisen wir miteinander. Das haben wir immer vorgehabt. Auch wenn ich glaube, daß du es niemals fertigbringst, deine Familie allein zu lassen.«

»Und ob! ... Vielleicht wenn Christopher in der Schule ist ... Wenn Priscilla mich nicht mehr so dringend braucht ...«

Nach einer Weile sagte Olivia:

»Die verflixte Lebensmittelvergiftung hat die Reise ziemlich verdorben.«

»Wie geht es dir mittlerweile?«

»Oh ... besser ... Aber ich spüre es noch.«

»Krämpfe?«

»Hm. Scheine nicht viel bei mir behalten zu können. Aber wie sagt Mrs. Banks, einmal Übergeben schadet nicht.«

»Sei nicht verrückt«, sagte Kate streng, besorgt. »Das behauptest du nun seit fünf Tagen – seit du hier bist. Du solltest zum Arzt gehen.«

»Großer Gott, nein! Es ist wirklich nichts. Ettys Arzt hat mir etwas gegeben. Er meint, damit würde es wieder gut.«

Zeit für die nächste Dosis ... Wann werden die Tabletten wirken? »Wir hatten noch keinerlei Beanstandungen«, erklärte wissend der rattengesichtige junge Mann im weißen Kittel zwischen all den Fläschchen und Gläsern. »Sie müssen natürlich eine Weile durchhalten.« Ich halte durch. Per aspera ad astra.

»Um Himmels willen erzähle Mama nichts von einem Arzt.« Nicht Dr. Martin, der »Nun, mein Fräulein« sagte, sie durch seine Brille betrachtete und brummte: »Ist die Farbe dieser Wangen echt oder nicht?« – der mich schon als Kind kannte, als ich ein liebes Mädchen war ...

Doch Kate suchte Polly, rief Jane, hörte Christopher zu. Die kurzen Minuten, in denen sie nicht als Mutter in Anspruch genommen war, schienen vorüber. Nun war ihre Aufmerksamkeit wieder abgelenkt, sie war wieder auf dem Sprung. Von ihr drohte keine Gefahr.

»Ich!«

»Nein, *ich*!«

»Er soll heraus, Großmama.«

»Also, bitte«, sagte Kate.

Großpapa, nur noch Abbild seiner selbst, eine lebende Puppe, doch ohne die finstere Macht eines Fetischs, die magischen Kräfte einer Bauchrednerfigur, wurde aus seinem Gefährt gehoben und in seinen Lehnstuhl gesetzt. Er öffnete kurz die Augen, schloß sie wieder. Christopher kletterte in den Rollstuhl, Jane schob, und auf ging's in gehörigem Tempo; Christopher schrie vor Vergnügen und Jane rannte mit hochrotem Kopf, zog wilde Grimassen.

»Ohne Großpapa ist es viel besser«, rief Jane.

»Gebt auf Polly acht, überfahrt sie nicht«, rief die Großmama geduldig. Der Rollstuhl war wirklich ein Segen, hielt die Kinder stundenlang beschäftigt.

»So, Christopher, jetzt bin ich an der Reihe. Steig aus, ich will allein den Berg hinunter.«

Der Stuhl mit Jane schoß den leicht geneigten Abhang hinunter, gewann an Geschwindigkeit und landete am äußersten Ende des Gartens, rumpelte gegen die Mauer des Küchengartens. Großmama wollte sich in Bewegung setzen.

»Laß sie«, sagte Kate scharf. »Warn sie nicht. Sie verletzt sich eher, wenn du ihr angst machst.«

»Mein Blumenbeet«, sagte Mrs. Curtis hin- und hergerissen. »Na gut ...« Sie setzte sich. »Offensichtlich hat sie starke Nerven. Es ist erstaunlich, wieviel weniger ängstlich

Mädchen sind. Du und Olivia wart ganz genauso. James brauchte mit dem Fahrrad immer doppelt so lange.«

Sie sagten alles, was gesagt werden konnte, es nahm kein Ende. Sie hatten sich mit Haut und Haaren dem Nachwuchs verschrieben.

»Liebe Kate«, sagte Mrs. Curtis sanft, »ich habe Miss Mivart und Miss Toomer am Samstag zum Tee eingeladen. Sie möchten so gern die Kinder sehen.«

»Hoffentlich haben *sie* starke Nerven«, murmelte Olivia.

Kate stöhnte. Aber sie widersprach nicht mehr zornig, machte keine bissigen Bemerkungen, war nicht mehr so ablehnend wie früher. Wenn sie wollten, konnten die alten Vogelscheuchen die Kinder sehen.

»Halte sie von Papa fern« war alles, was sie sagte. »Du weißt doch, Miss Mivart versucht immer, ihm die Hand zu geben, ihm beim Tee Brot und Butter zu reichen, sich aufs taktvollste bei ihm bemerkbar zu machen.«

»Papa stört es nicht«, sagte Mrs. Curtis zufrieden. »Er nimmt davon keine Notiz. Sie sorgt sich so sehr um ihn. Sie hat ihn schon immer bewundert.«

»Ich frage mich, ob sie nun begreift, warum Gott in seiner Güte ihr die Ehe mit Papa versagte.«

Mr. Curtis saß regungslos in seinem Stuhl, blaß, das Kinn eingefallen, nur seine Lippen bewegten sich ein- und ausatmend, während er zu schlafen schien.

Der Rollstuhl stand verlassen im Blumenbeet neben der Mauer, halb verborgen in den blühenden Stauden. Jane und Christopher kamen herbeigelaufen.

»Es tut uns sehr leid, Großmama«, rief Jane aus einiger Entfernung. »Wir haben aus Versehen dies hier abgebrochen.« Erhitzt, ehrlich besorgt, zeigte sie eine rosafarbene Stockrosenrispe.

»Oje!« sagte Großmama, »wie schade. Arme Stockrosen.«

»Wir nennen sie anders«, sagte Christopher.

»Wie nennt ihr sie denn?«

Er überlegte einen Moment mit boshaftem Blick.

»Berge«, sagte er dann.

Polly war auch wiedergekommen.

Sie standen in einer Reihe vor den Älteren – die zwei stabilen, unproblematischen kleinen Mädchen mit ihrem Maushaar, der staksbeinige gefährliche kleine Junge.

»Wenn doch unsere Priscilla da wäre«, versuchte es Mrs. Curtis noch einmal, gönnte ihrer ältesten Enkelin, die bei der anderen Großmutter zu Besuch war, einen freundlichen Gedanken.

Jane und Christopher warfen einander vielsagende Blicke zu. »Lieber nicht«, sagte Jane. Kichernd sangen sie im Chor: »Lieber nicht! Lieber nicht!«

»Ihr wollt Priscilly nicht? Oh, warum denn nicht?«

Christopher krähte weiter, doch Jane sah nachdenklich drein, schlug einen Purzelbaum, der nur halb gelang, bevor sie antwortete:

»Also, sie ist ziemlich frech. Sie beißt.«

»Sie beißt«, sagte Christopher, »aber sie ist nicht frech. Ich kenne freche Leute. Die zertreten Blumen.« Er schlug ebenfalls einen Purzelbaum. »Ich habe solche Leute in Schottland gesehen.«

Großmama hob fragend die Augenbrauen, und Kate schüttelte den Kopf.

»Das ist frech«, sagte Christopher. Er lief einige Schritte und streckte ihnen sein Hinterteil entgegen.

»Was könnte frecher sein?« sagte Olivia schwach. Sie konnte ihr Lachen nur hinter einem vorgehaltenen Taschentuch verbergen.

»Mabel sagt, es ist frech. Pip ist auch manchmal frech. Weißt du, wer Pip ist? Er ist unser Hund. Ich nenne ihn Pudel. Rate, was er trägt. Fell oder Federn?«

»Natürlich Fell«, sagte Jane entrüstet. »Nur Vögel haben Federn.«

»Feine Herren tragen Fell an den Beinen«, sagte Christopher und kugelte sich am Boden. »Papa auch. Mabel ebenfalls, aber die ist kein Mann, sondern unser Kindermädchen.«

»Mami, Polly hat etwas in der Hand, sie will es nicht hergeben.«

»Polly, zeig es Mami.«

Wieder eine unreife Maulbeere. Jane entriß sie ihr, und Polly schrie. »Eine Maulbeere, Mami.«

»Wirf sie fort«, sagte Kate und rieb sich die Augen.

»Kann man sie essen?«

»Nein, sie schmeckt bitter.«

Jane beugte sich über die Maulbeere, murmelte bedauernd: »Du bist zu bitter« und warf sie ins Gebüsch. »Eine Schande, sie abzupflücken«, bedauerte sie.

Großmama begann zu summen, ließ die weinende Polly auf ihren Knien reiten:

»There was – an old woman – tossed up in a blanket, seventeen times as high as the moon«, sang sie.

Erstaunlich, wie einem die alten Kinderlieder wieder in den Sinn kamen. James hatte sie am liebsten gehört. Sie wechselte von Trab in Galopp: *»Polly put the kettle on, Polly put the kettle on . . .«*[25]

»Ich mag nicht, wenn du singst, Großmama«, unterbrach sie Christopher. »Also laß es bitte.«

Mrs. Curtis war auf der Stelle still . . . Nein, *kein* angenehmes Kind. Sein Vater verwöhnt ihn. James hatte einmal eine ähnliche Phase, doch ich habe sie ihm ausgetrieben . . . Am besten so tun, als sei nichts gewesen. Sie sang, jedoch leiser, weiter.

Christopher setzte sich auf die Lehne des Großvaterstuhls. Der erstarrte Mann hinter ihm streckte eine Hand nach ihm aus, berührte ihn, lächelte leise . . . ein schwaches, schwebendes Flackern . . . Doch alles geschah unbemerkt. Christopher regte und rührte sich nicht einmal. Er schien zu träumen, betrachtete nacheinander mit melancholischen Haselnußaugen die Erwachsenen.

»Du hast ein freundliches Gesicht, Mami«, sagte er zärtlich.

»Habe ich das?« Kate warf ihm lächelnd einen prüfenden Blick zu.

»Ich mag freundliche Gesichter. Papa hat das freundlichste Gesicht.«

»Hat deine Großmama auch ein freundliches Gesicht?« schmeichelte Mrs. Curtis, lief, wie immer, ins offene Messer.

»Du hast ein Kuhgesicht«, sagte er selbstverständlich. Niemand sagte etwas, niemand tat irgend etwas. Er fügte hinzu: »Du hast das allerfreundlichste Kuhgesicht.«

»Mami, Polly ist naß«, sagte Jane.

»Macht nichts«, sagte Kate. »Da kommt Mabel. Los, Christopher, ab ins Bett. Ich komme gleich nach. Mutter, kann Jane bei dir bleiben? Mabel holt sie, wenn Polly gebadet ist. Polly, sag Großmama gute Nacht. Christopher, sag gute Nacht, gib Großmama einen Kuß.«

Jane saß auf der Schaukel, drehte sich um sich selbst, wirbelte im Kreis.

»Wie schade, daß sie alle glattes Haar haben«, sagte Mrs. Curtis zu Olivia. »Ihr hattet so reizende Locken, alle beide. Ich denke, es liegt am Bürsten. Aber erwähne es nicht vor Kate.«

Zu Jane sagte sie: »Paß schön auf, daß du nicht schwindlig wirst, mein Kind. Soll ich dir etwas vorlesen?«

»Nein, danke.«

»Komisch, daß sie nichts vorgelesen haben möchten. Ihr hattet es immer so gern.« Zu Jane: »Wie wär's mit einem Spiel?«

»Ja, sollen wir aufs Schuppendach klettern?« Jane sprang von der Schaukel.

»Sehr gut. Olivia, mein Kind, du bleibst bei Papa, nicht wahr?« Sie zog ein Taschentuch aus Mr. Curtis' Tasche, putzte ihm die Nase, steckte das Taschentuch zurück. »Dann komm, Jane.«

Sie gingen Hand in Hand davon.

»Wie hoch schaffst du es?« hörte Olivia Jane fragen. »Kommst du bis zur Spitze?«

Jane liebte Großmama. »Sie ist genau wie ich früher«, sagte Großmama. Nur Jane erzählte sie, welch ein Wildfang sie früher war: wie sie mit sechs Jahren vom Apfelbaum fiel und mit ihrem Rock am obersten Ast hängenblieb; wie sie über hohe Hecken springen konnte und wie sie einmal alle Jungen übertrumpfte, indem sie über ein Gatter mit fünf Latten sprang ...

»Und als wir Kinder waren«, sagte Kate gekränkt, »tat sie so steif und würdig, als hätte sie keine Beine.«

War es Janes Einfluß oder der schwindende Einfluß ihres Mannes? ... War eine Last von ihr gewichen, jetzt, da sie frei war, nur noch unpersönliche Hilfe leisten mußte – ihre Gedanken und Reden befreit waren von jener immer ungleich scheinenden Verbindung?

Da lag er. Manchmal erkannte er jemanden, manchmal nicht. Ab und zu murmelte er unzusammenhängend; doch meist war er still. Onkel Oswalds Besuche schienen ihn zu beleben, doch Onkel Oswald kam nicht mehr oft: Mrs. Curtis hatte den kleinen Mann nie gemocht. Vater war dick geworden. Sein Vogelgesicht hatte nun ein Doppelkinn, glich einem Pelikan. Ein Wunder: sein Asthma war fort. Keine Spur mehr davon, seit sein Geist schläfrig geworden war. Eigentlich hatte er es nicht schlecht. Er fühlte sich offensichtlich behaglich.

Nur manchmal ... wenn er wie eben die Hand nach Christopher ausstreckte, war es ein Schock. Sonst nahm ihn jeder so, wie er war. Jedenfalls hatte er nichts mehr gesagt – was immer er hätte sagen sollen, was er noch hätte sagen wollen. Er hatte aufgegeben, allem seinen Lauf gelassen; und nun machte es nichts mehr aus ... selbst mir nicht ... nicht mehr. Was geblieben war, hatte langsam und unmerklich an Macht verloren, konnte nicht mehr beunruhigen, rief weder Liebe noch Trauer hervor. Nur Mitleid und mühsame Geduld. Wenn er stirbt, werde ich mich an ihn erinnern und weinen ... mich erinnern, daß er sagte: Ich möchte, daß du glücklich bist, und ich antwortete: Ich werde glücklich sein, ich verspreche es.

Seine Augen waren jetzt offen. Er lehnte zur Seite, betrachtete einen Sonnenfleck, der übers Gras wanderte, windbeschattet. Dann sah er sie beinah schelmisch an:

»Versuch niemals, ihm seinen Knochen fortzunehmen.«

»Nein, Papa, das würde ich nicht wagen.«

»Sonst beißt er dir den Fuß ab.« Er kicherte.

Simpkin, der Pekinese, der schon lange eine Handvoll Knochen war und unter den Schlüsselblumen beim Haselnußstrauch begraben lag, besuchte seinen Herrn bei Mond- oder Sonnenschein, lag als Schatten am Boden neben seinem Stuhl, als Kissenhügel am Fußende des Bettes.

Er schloß wieder die Augen. Beinah hätte sie sich über ihn gebeugt und gefragt: »Papa, machst du uns etwas vor?« – So stark war ihr Gefühl, daß er immer noch da war, daß alles nur Spiel, Verdrehung, Trägheit, Enttäuschung war: wie wenn jemand sich taub stellt. Doch der Augenblick ging vorüber. Er war wieder unerreichbar.

Janes laute tiefe Stimme klang vom Schuppen über den Garten. Sie stand auf und schlenderte über den Rasen. Im Küchengarten sah sie Janes braune Beine, ihr scharlachrot berocktes Hinterteil auf dem moosbewachsenen Schuppendach behende hochklettern. Großmama stand noch unten auf dem Pfad, stellte die Leiter auf, um ihr zu folgen.

Olivia rief:

»Mutter, ich gehe ins Haus. Mit Papa ist alles in Ordnung. Er ist eingeschlafen.« Welche Mühe, laut zu sprechen ... Geradezu verhängnisvoll.

»Gut, mein Kind.«

»Sei vorsichtig auf dem Dach, Mutter. Dein Rock ist zum Klettern zu eng.«

»Alles in Ordnung. Ich gehe nicht ganz nach oben ... Geh schön, Jane, Großmutter kommt.«

Mrs. Curtis schwang sich beherzt auf die Leiter.

Olivia ging eilig ins Haus, getrieben von der sich ankündigenden Übelkeit.

Gott sei Dank ... Das habe ich hinter mir.

Jetzt muß ich, muß ich wirklich endlich Rollo schreiben. Wahrscheinlich ruft er jeden Tag bei Etty an, der arme Junge, und niemand geht ans Telephon. Auf dem Bett sitzend schrieb sie mit Bleistift einen kurzen Brief.

Liebster, kein Wort von dir – oder hast du womöglich geschrieben, und dein Brief ist in dieser Sackgasse August gelandet – anders läßt sich der Monat wohl kaum beschreiben. Ich bin wieder da, und Gott sei gedankt für dein Schlafwagenbillett, denn ich bin auf der Reise krank geworden und immer noch nicht wieder richtig gesund. Um dir meinen trostlosen Anblick zu ersparen, habe ich mich nach Hause begeben, um dort meine Familie zu belästigen. Ich habe keine bestimmten Pläne. Laß mich wissen, ob du in London bist. Ich möchte dich sehen. Deine O.

Sie steckte den Brief in einen Umschlag, verschloß ihn, schrieb die Anschrift; dann öffnete sie ihn noch einmal und schrieb hastig unter ihren Namen: Ich *muß* dich sehen.

Etwas mußte geschehen, etwas ...

Soll ich es ihm sagen oder nicht?

Ich möchte es ihm nicht sagen. Ich kenne ihn gar nicht ... Tief in ihrer Erinnerung bestand ein geliebtes, beinah abstraktes Bild, unversehrt. Um ihn nicht zu hassen, mußte sie ihn so sehen, losgelöst, ohne Beziehung zu ihr, unpersönlich.

Sie nahm zwei Tabletten und machte sich frisch; konzentrierte alle Energie auf ihr Make-up. Ich darf mich nicht gehenlassen. Wenn niemand sonst Verdacht schöpft, der gräßlichen Krankenschwester wird bald etwas auffallen ... Sie ging hinunter und schob den Umschlag in die Mitte des Briefstapels: Kates und Mutters Briefe, die postfertig auf der Anrichte lagen. Der Pflaumensaft in der Vorratskammer kam ihr in den Sinn, davon mußte sie unbedingt trinken. Pflaumensaft, Pflaumensaft ... Ich muß davon trinken ... Sie nahm ein Glas aus der Anrichte und schlich zur Vorratskammer. Niemand da. Sie hörte in der Küche das Radio spielen, Ada kochte Abendessen. Geräuschlos öffnete sie die Tür, sah die große Schüssel, in der die Pflaumen schwammen, schöpfte sich ein Glas Saft und trank gierig. Mehr. Mehr. Muß etwas übriglassen ... Nur ein bißchen noch. Dann stahl sie sich hinaus, spülte das Glas unterm Wasserhahn neben der Anrichte ab und stellte es zurück.

Kate rief oben von der Treppe:

»Liv, sie möchten dir gute Nacht sagen. Magst du kommen?«

»Natürlich.«

Sie ging betont munter nach oben. Jane im Feldbett, Christopher in dem alten Gitterbett saßen erwartungsvoll mit vom Baden geröteten Gesichtern in ihren luftigen Schlafanzügen da.

Olivia setzte sich auf Janes Bett und begutachtete ihre Stofftiere: ein Affe, ein Teddybär, ein Kaninchen im Schlafanzug, ein traurig dreinblickender Plüschhund.

»Wie heißen sie?«

»Sie haben keine Namen.« Sie sah besorgt aus. »Sie sind meine Stoffel.«

»Kurzform für Stofftiere«, sagte Christopher.

»Hast du auch welche?« sagte Olivia.

»Nein, ich habe keine Stoffel. Bei mir haben alle Namen.«

»Er hat eine Puppe«, sagte Jane. »Sie heißt Barriecasie.«

»Darf ich Barriecasie sehen?«

»Sie ist nicht hier. Ich wollte heute abend etwas anderes.« Seine Hand kroch unters Kissen, sein Blick fixierte sie gefährlich: *Wenn du lachst, zerreiß ich dich in Stücke.*

»Seine neuen Schuhe«, sagte Jane und hüpfte auf der Matratze.

»Darf ich sie sehen?«

Er förderte ein Paar leuchtend roter Sandalen zutage.

»Oh, wie schön. Kein Wunder, daß du mit ihnen schlafen möchtest.«

»Er muß immer seine neuen Sachen mit ins Bett nehmen«, erklärte Jane verständnisvoll. »Letztes Jahr hat er eine Gepäckträgermütze zu Weihnachten bekommen.«

»Eine echte«, fiel ihr Christopher ins Wort und deutete mit den Händen die Form an.

»Und er wollte sie unbedingt beim Schlafen tragen. Er schlief einfach mit der Mütze auf dem Kopf ein.«

»Beim Aufwachen war sie aber verrutscht«, sagte Christopher.

»Ich glaube, wir sollten uns jetzt hinlegen«, sagte Jane. Sie legten sich hin. »Aber du brauchst noch nicht zu gehen«, fügte sie hinzu.

»Wie blau der Himmel ist«, sagte Christopher und schaute aus dem Fenster. »Glockenblumenblau. So blau wie Percys Augen. Kennst du Percy? Er ist Mabels Freund.«

»Er hat meine Schubkarre repariert«, sagte Jane.

»Einmal haben wir auf dem Rasen Tee getrunken, als Mami fort war, da kam Percy. Er hat mit uns allen Tee getrunken. Meinst du, Mrs. Eccles hätte auch mit uns Tee getrunken? Nein, das hätte sie nicht.«

»Mrs. Eccles war eine Köchin«, sagte Jane. »Jetzt ist sie nicht mehr da.«

»Percy ist sehr komisch«, sagte Christopher. Er sagte: »Mabel, Mabel hat einen Säbel.« Er lachte schrill.

»Er hat ein Motorrad«, sagte Jane.

»Er hat noch etwas gesagt. Er sagte: Wenn ich mich rasiert hab', geht es ab ins Grab.« Christopher kugelte sich krampfhaft.

»Macht ihr manchmal Gedichte?« fragte Olivia.

»Nein«, sagte Jane.

»Ich schon«, sagte Christopher.

»Gar nicht wahr.«

»Kannst du mir eins aufsagen?« bat Olivia.

Sein Gesicht erstarrte vor Konzentration. Ein Gedicht. Unbedingt. Er sagte schnell:

»Die Wolken wandern und wandern. Willi liegt im Wind.«

»Sehr gut«, sagte Olivia. »Noch eins?«

Er drehte seinen Kopf fort, die Augen fielen ihm zu, und er murmelte:

»Ich kann keinen Stimmen mehr antworten.«

»Ich glaube, wir sollten jetzt schlafen«, sagte Jane höflich. »Wir haben schon gebetet. Würdest du die Jalousie herunterlassen?«

Der Ordnung halber und Kate zuliebe folgte sie den Anweisungen der Kinder, küßte sie und ging zur Tür. Jane sagte aus dem gelblichen Zwielicht heraus:

»Wenn wir morgen im Wald ein Picknick machen, kommst du dann mit?«

»Möchtet ihr das?«

»Ja.«

»Dann komme ich.«

»Wir wußten gar nicht mehr, wie du aussiehst«, sagte Jane. »Wir dachten, du hast ein Gesicht wie Tante Ruth.«

»Seid ihr froh, daß ich anders aussehe?«

»Ja«, sagte Jane. Christopher machte unter seiner Decke einen wilden Satz und lag still.

»Kate, möchtest du jemals noch mehr?«

»Noch mehr was?«

Kate lag auf dem Rücken im Unterholz, entspannt, schaute hoch in die Buchenwipfel. Sie waren mit den Kindern zum alten Picknickwald gefahren.

»Kinder.«

»Oh ... Nein ... Zuviel Mühe.«

»Es ist schrecklich anstrengend, nicht wahr?«

»Wenn sie erst einmal da sind, geht es – aber die Schwangerschaft und die Geburt sind jedesmal eine gehörige Aktion, und das viermal. Das möchte ich nicht unbedingt noch einmal erleben.«

»Hast du dich sehr schlecht gefühlt, als sie unterwegs waren?«

»Zu Anfang war mir übel. Aber das geht den meisten so.«

»Wie lange?« Ich mußte es wissen.

»Oh, ich weiß es nicht mehr. Unterschiedlich. Sechs Wochen – acht Wochen.«

Kate rieb sich die Augen, gelangweilt, eine Spur irritiert, wie immer, wenn ihre Gesundheit zur Debatte stand. Warum jetzt so ein Thema? ... Sie fügte auftrumpfend hinzu: »Ich habe mir natürlich nichts anmerken lassen. Niemand hat geahnt, wie mir zumute war. Man will schließlich nicht, daß jeder gleich weiß, was los ist.«

Es ist ihr sicherlich nicht so schlechtgegangen wie mir, bestimmt nicht ...

»Und danach, ging es dir dann gut?«

»Es ging mir einigermaßen, mehr oder weniger. Man fühlt sich nicht gerade blendend.«

Ich darf nicht so weiterfragen.

In einiger Entfernung spielten die Kinder, suchten die Bäume, in die wir damals unsere Initialen ritzten. Gelegentlich rief eines von ihnen: »Ist schon Teezeit?«

»Ja«, rief Kate schließlich und setzte sich auf. Sie kamen im Laufschritt, und sie packte den Picknickkorb aus, wohlverpackte Butterbrotportionen kamen zum Vorschein.

»Diese Farbe nennen wir Geleerot«, sagte Christopher und zerteilte sein Butterbrot. »Manchmal nennen wir sie auch Rosa. Bei mir heißt sie Mischung.«

»Als wir bei David zum Tee waren, gab es Kringel«, sagte Jane. »Und weißt du, was sein Papa sagte? Er sagte: Wenn ich dich noch einmal erwische und du deine Schwester ein Schwein nennst, schlage ich dich mit dem Pantoffel; also sagte er ›Pferd‹ zu ihr. David ist älter als ich, ein ganzes Jahr, aber ich kann ihn ganz leicht hochheben.«

Christopher rülpste. Er sagte überrascht und stolz:

»Hast du das gehört?«

»Wenn Mabel es tut, sagt sie Verzeihung«, sagte Jane.

»Weißt du, warum ich es tu'? Weil ich ein Windbeutel bin.« Er schaute verträumt. »Männer finden es komisch, aber Damen mögen es nicht ... Mama?«

»Ja?«

»Wer von allen Männern, die du kennst, soll dieses Geräusch für dich machen?«

»Ich glaube, du.«

Er lächelte zufrieden, geschmeichelt, selbstbewußt.

Gesättigt liefen sie jeder mit einer leeren Papiertüte herum.

»Christopher, hier ist ein klitzekleines Kind drin!«

Er spähte ins Innere.

»Halt gut zu! Halt gut zu!«

Sie hielten die Tüte dicht verschlossen und eilten davon, steckten sie in einen Hohlraum unter Buchenwurzeln.

Christopher spähte in seine Tüte. Er zog ein wildes Gesicht.

»Jane, in meiner ist ein *Riese*!«

»EIN RIESE ... Halt gut zu, halt gut zu.«

»Versteck sie, damit er uns nicht sehen kann.«

»Nein, begrab sie, begrab sie, dann kann er nicht heraus.«

Sie liefen wie wahnsinnig laut schreiend umher.

»Ein bemerkenswertes Spiel«, meinte Olivia.

»Verrückt«, sagte Kate.

Sie lag wieder auf dem Rücken, war sich des hintersinnigen Tuns um sie herum keinesfalls bewußt. Dann sagte sie mit veränderter Stimme, einer Stimme, die nur Olivia galt:

»Gott, wenn sie doch alle erwachsen wären. Wenn ich mir etwas wünschen dürfte, dann das. Erwachsen und – in Ordnung – unabhängig – daß ich nicht mehr für sie sorgen müßte ... Es scheint eine *Ewigkeit*, bis sie hoffentlich alles heil und sicher durchgestanden haben ... Vielleicht niemals ... Und wenn sie nicht glücklich werden ... Manchmal, wenn ich aus London zurückkomme und das Badezimmer riecht *schon wieder* nach Eukalyptus und ich weiß sofort, daß sie sich *alle* anstecken, und Christopher bekommt Fieber und Priscilla Husten – dann werde ich dermaßen – dann frage ich mich, was das für einen Sinn hat, warum ich sie nicht einfach die ganze Nacht über draußen oder sonstwo lasse ...«

»Das kann ich mir gut vorstellen ...«

Liebe Kate, das bist du, ich kenne dich, du bist so verletzlich. Weiß Rob das? Ich bekomme das Kind, um dies hier mit dir zu teilen.

Ich bekomme ein Kind.

Es war zum erstenmal wirklich, es war Liebe und Wahrheit, sie freute sich. Ein Sohn, meiner und Rollos ... Jetzt erzähle ich es, und dann ist es unabänderlich. Kate, hör mir zu ...

Sie drehte den Kopf und betrachtete die Gestalt neben sich – den geschwungenen festen Mund, leicht geöffnet, jung, rosig, Augen wie klares Wasser, die versonnen aufschauten, das wellige Haar locker zurückgestrichen, der schlanke Körper, der vier Kinder geboren hatte ... Immer noch schön; doch wo war jene Poesie, die erstaunliche Anmut, die sie früher einer Blume hatte gleichen lassen, einem jungen Baum? ... Sie war die Frau des Arztes Dr. Emery, lebte ein gewöhnliches gutbürgerliches Familienleben, angesehen, erfolgreich, durchaus zufrieden. Wie es aussah, nahm ihr Leben seinen Lauf, friedlich, ohne besondere Vorkommnisse, bis zum Ende: Warum darüber weinen? Kates Leben ist nicht vergeudet. Und doch hätte da noch etwas anderes sein sollen. Ich allein kenne sie. Irgend etwas Großartiges ...

Kate, hör mir zu ... Wahnsinn ... Kate, ich ...

Kate starrte in das schimmernde schwarzgeäderte Dach aus Buchenzweigen und sagte mit einem Mal:

»Was meinst du, wen ich heute morgen auf dem Weg zur Post getroffen habe? Tony Heriot. Kam aus der Post, als ich hineinging.«

»Hast du mit ihm gesprochen?«

Das war wichtig. Sie sprachen beide hell und kühl.

»Nein ... Er sah mich an und zog seinen Hut und ging weiter, stieg in seinen Wagen. Als ich den Wagen sah, wußte ich sofort, daß er ihm gehörte ... Wie lange er wohl zu Hause ist? ...«

»War er verlegen?«

»Ich weiß es nicht ... Ein bißchen, glaube ich. Wir wußten beide nicht, ob wir anhalten oder lächeln oder sonst etwas tun sollten ...« Sie rollte den Kopf auf dem welken Buchenlaub zur anderen Seite, fort von Olivia. Sie sagte kaum lächelnd: »Ich bin beinah in Ohnmacht gefallen.«

»Kate ... was ist damals geschehen?« Denn kein einziges Wort war in jenen verweinten, schweren Tagen über Kates Lippen gekommen. Sie hatte alles für sich behalten, verschlossen, resigniert, ungläubig, sie hatte ihnen allen widerstanden. Hatte auch mich nicht ins Vertrauen gezogen, hatte mich ausgestoßen ...

»Nichts«, sagte Kate schließlich. »Es war nichts. Er wollte mich in Paris besuchen – es war alles abgemacht – und dann ist er niemals gekommen. Hat nie geschrieben. Verschwand einfach von der Bildfläche. Als ich wieder zurückkam, war er schon in Indien ... Oh, ich weiß nicht – es war verrückt. Er hatte es sich wohl einfach anders überlegt ... Oder manchmal bin ich mir sicher, daß seine widerlichen Eltern dagegen waren – Angst hatten, er würde sich binden ... Gott weiß was.«

»Er hat geheiratet, nicht wahr?«

»Mm. Vor ungefähr fünf Jahren, die Anzeige stand in der *Times*.« Sie schwieg wieder. Auf dem Laubkissen sahen die Augen in ihrem Gesicht wie schmale glänzendgrüne Glasscheiben aus. Nach einer Weile sagte sie:

»Ich bin froh, daß ich ihn getroffen habe. Es stand mir immer wie ein Berg bevor. Mir graute richtig davor.« Sie schaute geradeaus nach oben. Sie sagte einfach: »Egal, was geschieht, nichts kann noch einmal so schlimm werden, wie es damals war. Die endlose Leere, die Anspannung ... Nichts, wovor man sich schützen konnte ...«

»Macht es dir immer noch etwas aus ... Kate?«

»Nein, es macht mir nichts mehr aus. Eines Tages kommt man über alles hinweg.«

Christopher kam von irgendwoher angelaufen. Er setzte sich schnell neben seine Mutter. Dann sagte er:

»Dieser Wald ist ganz schön groß, nicht wahr?«

»Ziemlich groß, aber nicht finster, oder? Ein freundlicher Wald.«

»Hm.« Er lehnte sich an sie. »Wann ist es Zeit, nach Hause zu gehen?«

Kate seufzte unhörbar.

»Jetzt, glaube ich«, sagte sie munter, stand auf, hielt seine Hand.

Dieser Anfall vor dem Abendessen war bisher der schlimmste. Vielleicht lag es an der Autofahrt ... oder an den gefühlsbeladenen Gesprächen im Wald. Das gute Gefühl war vollkommen vergangen. Nichts als die schwarze Pest. Kalter Schweiß brach ihr aus allen Poren. Ohnmacht ... Du mußt hier heraus. Sie griff nach der Badezimmertür und schloß fieberhaft auf, lief den Gang entlang zur Treppe.

So laut sie konnte, schrie sie:

»Mutter!«

Mrs. Curtis war sofort da, erschien wie aus dem Nichts mit entsetztem, fassungslosem Gesicht. Olivia fiel ihr mit Getöse vor die Füße.

Dann lag sie auf ihrem Bett, und Mrs. Curtis hielt das Riechsalz und die Krankenschwester fühlte ihr den Puls.

»Hallo!«, sagte sie, »mir geht es gut.« Sie schob das Salz beiseite.

»Was Sie da getan haben, war dumm«, sagte die Schwester mit kaltem Kennerblick.

»Es war ... Die Hitze hat mir den Rest gegeben.«

»Lieg still«, sagte die Mutter.

»Möchten Sie einen Schluck Brandy?«

»Danke, bitte nicht ...«

»Eine Tasse schwachen Tee?«

»Das wäre gut.«

Die Krankenschwester ging.

»Verzeih mir, Mama. Ich weiß nicht, warum ich so nach dir geschrien habe ...«

»Bist du unwohl?« Mrs. Curtis schüttete Eau de Cologne auf ein Taschentuch und betupfte Olivias Stirn.

»Das, und diese verflixte Übelkeit.«

Kate kam mit einer Tasse Tee. »Du hättest die Schwester nicht zu schicken brauchen, ich hatte den Tee schon aufgebrüht. Hier, kannst du die Tasse halten? ... Du bist ein ganz schöner Brocken, wenn man dich tragen muß.«

Sie hörte ihre Stimmen hell und selbstverständlich, sah, wie nachdenklich und besorgt ihre Gesichter waren. Sie wiederholte ihre Erklärung.

»Ich habe noch nie erlebt, daß du einfach in Ohnmacht fällst«, sagte Mrs. Curtis. »Kate wurde früher manchmal ohnmächtig.«

»Oh, darf ich dann nicht auch einmal? Kate kann doch nicht immer alles für sich haben.« Sie setzte sich auf und nippte an der Teetasse.

»Ich glaube, ich werde Dr. Martin herbitten.« Wenn man es genauer betrachtete, sah sie in letzter Zeit wieder schlecht aus ... Schwieriges Mädchen ... Obwohl sie gut aß ...

»Ja«, sagte Kate streng.

»Oh, Mama, mach dich nicht lächerlich. Nur wegen einer kleinen Ohnmacht. Außerdem ißt der arme Kerl sicherlich gerade zu Abend.«

»Also –« Mrs. Curtis schwankte. Der liebe alte Dr. Martin, sein wohlverdienter Feierabend, es schien wirklich schändlich. »Wenn es dir morgen nicht besser geht ...«

»Ganz bestimmt. Es ist eigentlich nichts. Ich fühle mich schon wieder königlich, wie Mrs. Banks so schön sagt.«

»Also, bleib ruhig hier oben. Ich glaube, du brauchst lediglich ordentliche Nachtruhe. Ich schicke dir etwas Fisch zum Abendessen und den Nachtisch.«

»Sie sollte lieber zu Bett gehen«, sagte Kate. »Ich kümmere mich um sie.«

»Ja, tu das bitte. Ich muß Vater das Abendessen bringen.«

Mrs. Curtis verließ das Zimmer; Kate blieb, blickte streng, schwieg, während Olivia sich auszog und zu Bett ging. Sie redete ununterbrochen, dumme, alberne Scherze rutschten ihr glatt über die Lippen: Kate sollte lachen, sie nicht so anschauen ... Sie schaffte es. Als der Gong ertönte, hatte Kate ihre Bedenken vergessen, lächelte gelöst.

Als alle sicher im Eßzimmer saßen, stand sie auf und holte die Flasche mit den Tabletten hinten aus der Schublade hervor – dort, wo ich früher Gesichtspuder versteckte, damals auch strengstens geheim –, ging ins Badezimmer, ließ Wasser laufen und schüttete alles fort. Gott sei Dank. Beinah hätte ich mich vergiftet. Jetzt wird es mir besser gehen.

Ich muß morgen abreisen, erklären, daß Anna zurückkehrt, daß sie mich eingeladen hat. Sie werden mich nicht vermissen. Hier zu bleiben ist nicht mehr sicher. Sie werden mich ab jetzt beobachten ... Morgen früh schicke ich Rollo ein Telegramm. Sie entwarf es in Gedanken.

Fahre heute fort, erbitte Anruf oder Brief, London. Liv.

3

»Bin ich mit Mr. Spencers Haus verbunden?«

»Ja, gnädige Frau.«

»Könnte ich Mr. Spencer bitte sprechen?«

»Mr. Rollo – Mr. Spencer ist nicht in der Stadt.«

»Oh, wirklich nicht? Können Sie mir sagen, wann er zurückkommt?«

»Das kann ich Ihnen leider nicht genau sagen, gnädige Frau. Mr. Spencer ist nach Irland verreist, und wahrscheinlich fährt er von dort aus bis Mitte September nach Schottland.«

»Aha ... Briefe werden ihm sicherlich nachgeschickt ...«

»O ja, gewiß, gnädige Frau. Alles, was an ihn gerichtet ist, wird sofort weitergeleitet.«

»Vielen Dank.«

Zum dritten Mal versuchte sie Rollo zu erreichen. Zum dritten Mal hatte sie kein Glück. Die Stimmen, die für ihn sprachen, machten ihn zum Rätsel, rückten ihn außer Reichweite, bewachten ihn wie eine bekannte Persönlichkeit in einer Welt künstlicher Wichtigkeit. Diesmal war es wieder eine andere Stimme: verhalten, wohlwollend, älter ... Irgendwie vertraut, gewiß ... Wer konnte es sein?

Es blieb nichts anderes übrig, als auf einen Brief zu warten. Er mußte doch schreiben. Warum hat er noch nicht geschrieben? ... Er schreibt bestimmt, sobald er meinen Brief bekommt oder jedenfalls mein Telegramm ... Wer hat es ihm nachgesandt? Unangenehmer Gedanke ... unterschrieben *Liv*.

Es macht nichts.

Sein Brief kam am letzten Tag im August mit derselben Post wie Annas Brief.

Er schrieb, Liebste, er schrieb eine Seite, schrieb: Es tut mir leid, daß es dir nicht gut geht, ich habe dein Telegramm und deinen Brief bekommen. Ich habe angerufen, doch niemand antwortete, dachte, du vergnügtest dich noch außer Landes, hielt es für sicherer, erst zu schreiben, wenn du wieder zurück wärst. London war so fürchterlich, ich habe es nicht ausgehalten, schrieb er. Hier ist es angenehm, aber nicht aufregend, ein bißchen Entenjagd. Dickie Vulliamy mit seiner neuen Frau ist hier, sie ist eine nette, unterhaltsame Person. Er sei nicht in bester Verfassung, schrieb er, doch es gehe ihm nicht schlecht, die gute Luft und die Bewegung täten ihm gut. Nächste Woche Schottland, anbei meine Adresse im Hochland, bin Mitte kommenden Monats zurück. Paß gut auf dich auf, Liebste, schrieb er. Du weißt, ich bin kein guter Briefschreiber, aber ich liebe dich.

Nicola erwähnte er nicht.

Annas Brief war auf eine herausgerissene Heftseite gekritzelt, beinah unleserlich. Sie war im Begriff abzureisen, doch Simon ging es nicht gut, er hatte sich erkältet, heute auch Fieber, er fühlte sich fürchterlich. Sie würde also noch ein paar Tage bleiben, bis es ihm besser ging, und sich nach ihrer Ankunft sofort mit Olivia in Verbindung setzen. Und dann würden sie nach Sallows fahren. Simon sandte liebe Grüße.

Allein in London zu sein in diesen trockenen, unfruchtbaren, ausgebrannten letzten Sommertagen bedeutete, verlassen in einer Stadt zu leben, die von der Pest heimgesucht wurde; hieß, in einem Wartesaal dritter Klasse zu hausen zwischen Schmutzflecken und Gerüchen, Abfall und Verwesung. Sie versank und vegetierte lichtlos in wüstem Land. Träge und widerwillig reihten sich die Tage einförmig aneinander. Morgens schwerfälliges Erwachen von schwerem Schlaf, aufstehen, ihr ist übel, zurück ins Bett; sie knabbert einen Keks, döst im Halbschlaf bis mittags; dann zieht sie sich wohl oder übel an, jeder Handgriff mühsam, widerwärtig, der Körper eine häßliche Last. Das Schlafzimmer aufräumen, schlecht und recht, im Wohnzimmer Staub wischen, die verbliebene Luft ins Haus lassen. Mrs. Banks hatte Ferien, niemand hielt die Wohnung instand, kein scharfer Blick, keine schärfere Zunge, gegen die sie sich wappnen mußte. Sie machte sich fertig, um zum Mittagessen zu gehen. Rouge, Lippenstift, Puder ... einerlei, es war nicht ihr eigentliches Gesicht, es war eine miese Fassade, eine kümmerliche Maske. Sie ging durch zwei Seitenstraßen zum *Bird Cage*: Frühstück, kleines Mittagessen, feiner Tee, ein Restaurant, geführt von kultivierten Damen; blaue Tische, orangefarbene Stühle.

Sie verwahrte in einem Fach ihrer Handtasche einen Vorrat Salzmandeln, die sie auf dem Weg dorthin kaute ... Sie kaute ununterbrochen, bis die Serviererin mit dem Häubchen ihr die erste Köstlichkeit des Dreigängemenüs zu zwei Shilling vorsetzte. Wenigstens roch es im *Bird Cage* nicht auffällig, kaum jemand rauchte, und Stärkeres als Orangeade wurde nicht getrunken. Nichts erinnerte an Männer. Das Porzellan feminin, die Rezepte aus *Woman's World*. Sie aß gierig, las dabei den *Daily Express*. Die Serviererin hielt den Kopf unter dem Spitzenhäubchen schief, trug ein kariertes Kleid mit kurzen Puffärmeln und eine zierliche Schürze. Der trübsinnig gesenkte Kopf schien Leiden, weibliche Geduld und Ergebenheit anzudeuten. Nach dem Pudding fragte sie beflissen: »Das Übliche?« – und brachte mit traurigem Lächeln eine Portion Mausefallenkäse, zusätzliche Kosten drei Pence; manchmal, nicht immer, sagte sie dazu: »Käse werden Sie niemals leid, nicht wahr?« Olivia dankte mit wenig begeistertem Lächeln; und wenn die Serviererin fort war, aß sie ein Stück und ließ den Rest in ihrer Handtasche verschwinden. Not macht erfinderisch. Erwischt wurde sie bei dieser Handlung nie. Die übrigen seltsamen Vögel, die ihr im *Bird Cage* Gesellschaft leisteten – nie mehr als zwei oder drei, die anderen waren alle ausgeflogen –, schienen zugleich zaghaft und ausgehungert, konzentrierten sich mit starrem Blick auf die Speisekarte, versuchten durch leichtes Räuspern und vornehme Pausen beim Kauen ihren Hunger zu vertuschen.

Allein essende Frauen wirken erschreckend gierig.

Nach dem Essen nahm sie einen Bus zum Park. Sie fuhr auf dem Oberdeck und der Käse fiel ihr ein. Käse. *Käse!* KÄSE!! Der Klumpen in ihrer Handtasche schien es ihr zuzuschreien, das Wasser lief ihr zwanghaft im Munde zusammen. Manchmal war der Käse fort, bevor der Schaffner ihr eine Fahrkarte verkauft hatte. Und dann, mehr ... *mehr* ... MEHR ... widersinnige Gaumenqual. Ein paarmal hielt sie es nicht mehr aus und fuhr weiter bis *Selfridges*, um mehr zu kaufen.

Sie ging bis zu den Bänken am Wasser; es war die einzige Freude, die ihr geblieben war: der Anblick des Wassers. Auch dies ein Bedürfnis, ein Wahn, kein ästhetisches Vergnügen. Konnte sie es nicht betrachten, so träumte sie davon, tags und nachts, sah es kühl, im Schatten der Weiden, still in der Dämmerung; oder es glitt glänzend schwarz wie Obsidian über Wehre, bäumte sich unirdisch leuchtendgrün auf zu tosendem Weiß. Oh, liegen in so lebendigem Wasser, sehen, wie die glatte Säule fällt, fällt, über mir für immer zusammenbricht, mich ertränkt, alles löst in jener reinen leichten Klarheit ... Frisch, frisch ... frisch sein; reingewaschen, so licht wie die Luft ... Fisch sein, kalt im Schilf, hinausschwimmen, sich treiben lassen, schaukeln, schwingen in leisen Wellen.

Aus Fischreihers und Bläßhuhns Versteck hüpfe ich hervor, glitzere zwischen Farnkraut, plätschere ich durchs Tal.[26]

Schön ... schön ... leicht und frisch. Bach: ein schönes Wort.

Dunkelbraun der Fluß, golden der Sand ...[27] Dunkelbraun, gut, gnädig, wäscht den goldenen unfruchtbaren Sand. *Reine Vergebung ...*

Sie buken ihr Kuchen aus gelbem Schaum.[28] Oh, köstlich. Luftige Bissen, knusprig und ohne Geschmack. Könnte ich sie nur kosten ...

Sie trug tagtäglich ein einfaches Kleid aus blaugrünem Crêpe. Rot und Gelb waren grell, sengend. Sie trug die Farbe des Wassers, der See.

Das Gras im Park war braun und verdorrt, die Blätter trokken, wie aus Metall geschnitten. Abgesehen von den Kindern und den eindeutig als Fremde erkennbaren, unaufdringlichen Touristen, den barhäuptigen Studenten aus nordeuropäischen Ländern, schien der Park bevölkert von seltsam hilflosen, exzentrischen Gestalten: bärtige Männer führten Selbstgespräche, ausgezehrte alte Damen trippelten auf Streichholzbeinen, trugen lange bortenverzierte Röcke, Jacken wie zu König Edwards Zeiten, Käppchen mit Parmaveilchensträußen, zerfledderte Federboas; uralte asthmatische Hunde wurden ausgeführt; Papageien und Kakadus hockten auf menschlichen Schultern; vogelköpfige Wesen fütterten die Vögel.

Manchmal fand sie eine leere Bank, manchmal saß sie schweigend Seite an Seite mit anderen, gelegentlich sprach jemand sie an und konnte nicht wieder aufhören, Wortfluten überschwemmten sie, der Damm der Isolation war gebrochen.

Einmal war es ein Mann mittleren Alters im grauen Drillichanzug mit steifem Kragen, an den Füßen schwarze Stiefel mit runden Kappen. An seiner Uhrkette hing das Zeichen einer Bruderschaft. Seine Stirn war wild zerfurcht, und darunter, unter blinzelnden Lidern blickten ein Paar kleine, tiefliegende graue Augen panisch gejagt. Er blinkte und blickte verstohlen, dann rückte er seine Beine auf die Bank und döste. Dann wieder sprang er jäh auf, setzte sich, begann zu sprechen. Tödlich monoton ergossen sich von seinen Lippen die Worte, zwanghaft, unpersönlich. Nach einer Weile begriff sie, daß er von Automobilen sprach. Ölverbrauch, Reifen, Lenkrad, Gaspedal, Zündkerzen. Er redete und redete, blinzelte, zuckte, warf ihr verstohlene Blicke zu, sagte: Riley, Wolseley, Austin, Ford, Vauxhall, sagte Motorschaden, sagte ...

»Ich habe schlechte Nerven«, sagte er auf einmal. »Man hat mir geraten, eine Seereise zu machen. Kann man nach Ägypten den Wagen mitnehmen?« Sein Blick war wilder Verdacht. »Aber«, sagte er, »gibt es Paßschwierigkeiten?«

Die Paßschwierigkeiten ... Sie sah sie in seinem Kopf sich auftürmen, unüberwindlich, eine mystische Bedrohung, jede Vernunft hemmend. »Sieh mich an!« flehte sein wahnsinniges Auge. »Erlauben Sie mir, Sie zu belästigen.«

Nach einer Weile beruhigte er sich. Sein starrer Blick entspannte sich, seine Stimme klang normal. Er sprach von schlechten Zeiten, beklagte seine Arbeitslosigkeit.

»Heutzutage braucht man etwas, worauf man sich stützen kann«, sagte er.

»Das braucht man wohl.«

»Sie sehen aus, als seien Sie in Schwierigkeiten.«

»O nein, das glaube ich nicht.«

»Ihr Gesicht ist jugendlich, aber Sie haben schon graues Haar, wenn ich nicht irre, meine Augen sind nicht sehr gut.« Er kam näher.

Ich muß fort, muß seinen Speichel abwischen.

»Für mich persönlich«, sagte er dann, »für mich ist die Religion ein großer Trost.«

»Tatsächlich?« Jetzt ... in einer Sekunde ist es zu spät. Sie stand auf. »Ich muß nun gehen.«

Er zog schnell etwas aus seiner Tasche. »Einen Augenblick noch«, sagte er. »Bitte nehmen Sie das. Doch, bitte ... Sie machen mir eine Freude ... Ich habe noch mehr davon. Ich trage sie häufig bei mir ... Sie sind eine große Hilfe, finde ich.«

Sie erwartete ein befremdliches Symbol, ein Zeichen, doch was er ihr überreichte, war ein Federmesser aus Geschützmetall mit gravierten Buchstaben und Emblemen. Auf der einen Seite las sie: *Das Wort Gottes ist schnell und mächtig und schärfer als ein zweischneidiges Schwert. Heb. 4–12*, darüber das Bild einer geöffneten Bibel. Auf der anderen Seite stand: *Denn was gewinnet der Mensch, wenn er die ganze Welt erobert und seine Seele verliert. Matt. 16–26*, und dazu das Bild der Erdkugel.

»Eigentlich wollte ich zur Automobilschau«, sagte der Mann angestrengt. »Doch ich bin zu früh gekommen. Sie findet erst nächste Woche statt. Dann werde ich nach Ihnen Ausschau halten.«

Ein andermal kam eine Frau mit einem blassen Kind an der Hand und setzte sich neben sie. Der Junge trug einen Korb mit Spielsachen und hatte Sonntagskleider an: ein Mäntelchen, eine Mütze, einen weißen Pullover, weiße kurze Hosen, alles selbstgefertigt, ordentlich und blitzsauber. Er saß schweigend neben der Frau, hielt den Korb auf seinem Schoß, ohne ihn zu untersuchen. Von Zeit zu Zeit beugte sich die Frau zu ihm und küßte ihn. Er rührte sich nicht. Einziges Kind, zweifelsohne eines jener Geschöpfe, die durch überschwengliche Umarmungen, laute, stürmische Liebkosungen aller Verwandten in frühe Teilnahmslosigkeit verfallen: Hosen, die nicht knittern durften, die feuchte Bürste, mit der geschwind die hübschen Locken behandelt wurden, Mahlzeiten, peinlich überwacht; bestimmt durfte er nicht mit anderen Kindern spielen … So war es. Schon nahm sie ihm die Mütze ab, berührte seine silbrigblonden Locken: genau wie ich vermutet hatte. Er drehte den Kopf und sah sie ausdruckslos an. Seine großen blauen Augen wanderten umher und ruhten schließlich gleichgültig auf Olivia. Ein feines, beinah schönes Gesichtchen. Die Frau beobachtete ihn aufmerksam, schaute zu Olivia, lächelte.

»Wie alt ist er?«

»Er ist drei … Er weiß es nicht, doch er muß ins Krankenhaus.« Gefaßte, freundlich vertrauliche Stimme. »Mit seinem Kopf stimmt etwas nicht. Ja. Krämpfe. Ja. Zweimal wöchentlich. O ja, er leidet. Er schreit fürchterlich. Seit er fünfzehn Monate alt ist. Die Ärzte interessieren sich sehr für ihn, sie möchten ihn beobachten. Nur ein Wunder kann ihn retten, sagen die Ärzte, sonst hat er nur noch ein Jahr zu leben. Sprechen? O ja, er kann sprechen – alles. Aber es interessiert ihn nicht. Er ist ein gutes Kind. Wenn er einen Anfall bekommt, sagt er zu mir: ›Mami, wieder gut.‹ Ja, er nimmt seine Spielsachen mit, doch er möchte nicht spielen. Er möchte lieber etwas Richtiges tun, wenn Sie verstehen, was ich meine. Er ist seinem Alter weit voraus, das ist sein Problem. O ja, er ist mein Einziger.« Sie war gesprächig. Sie schien weder angestrengt noch bekümmert. »Ich hätte ihn zu Weihnachten gern zu Hause«, sagte sie, »aber ich weiß nicht … O ja, vielen Dank, das hoffen wir natürlich auch.«

Gewohnheit? Mangelnde Vorstellungskraft? Gleichgültigkeit? Vernunft? Christliche Duldsamkeit? War es das? … Ein kleiner Märtyrer auf Erden – bald ein Engel im Himmel? Nicht verloren, lediglich vorausgegangen in eine bessere Welt … Ein feiner Grabstein, erstklassig … Und schließlich interessierten die Ärzte sich … Doch wie sie ihn beobachtete, küßte, nicht überschwenglich, eher beschützend: eine hilflose, fast unbewußte Geste, die – was? – besagte?

Hoffen wir, die Ärzte ... Was kann ich dazu tun? Meine Visitenkarte anbieten, schreiben Sie mir doch bitte ... Später einen Kranz schicken, *mit tiefem Mitgefühl* ...

Dagegen war nichts zu machen. Es waren nur wenige von Abermillionen Atomen, kaum früher als all die anderen zum Untergang verurteilt ... Wenn man es so betrachtete. Es war eigentlich unwichtig. Die Menschen sind krank, wir sind alle krank ... So ist es.

»Auf Wiedersehen.«

»Auf Wiedersehen, Fräulein. Sag der Dame auf Wiedersehen, mein Kind.«

Dort, wo sie gewöhnlich saß, ging täglich ein junger Mann auf und ab. Groß, hager, blond; schäbige graue Flanellhose, das Hemd am Hals offen, unterm Arm Bücher. Er ging, stolperte, in Gedanken, verwirrt von der weiten Welt in seinem Kopf, stieß sich an Pflastersteinen, stieß gegen Stühle und Menschen. Sein glühender Blick irrte umher. Der Freunde Last, der Eltern Sorge. Er redete zuviel, er vertraute jedermann, erwartete von der Menschheit unheilbar zuviel; schrie dann: »Verräter! Schweine!«; wurde zynisch, dankte freudlos lachend Gott für seinen letzten Funken Humor. Fünfmal täglich verlief er sich, vergaß er sein Ziel; bei schlechtem Licht verdarb er sich des Nachts die Augen; täglich briet er sich ein Würstchen auf dem Gaskocher; er hatte eine schlechte Verdauung, in seinem möblierten Zimmer lag er schlaflos im Bett ... Kam der Winter, erkältete er sich. Er trank die Milch, die rußig in Flaschen vor der Haustür stand, schaute zur Wand, wenn er die Flasche an die Lippen setzte. Nachts war er einsam. Er stand auf, und weil er keinen Morgenmantel besaß, wickelte er sich in die Plüschdecke und betrachtete durchs Fenster die Lichter Londons. Er bedachte, wie ungeliebt er sei, dachte an das Leid der Menschheit. Sie kaufte ihm einen Schal. »Du mußt dich warm halten.« Was er tat. Den

Schal trug er ständig, den ganzen Sommer hindurch. Sie war freundlich zu ihm und er mochte sie, doch bald zog er weiter, fort von ihr. Sie war nicht, was er suchte. Niemand war es. Für ihn gab es keinen Trost. Er war vom gleichen Schlag wie Jocelyn, wie der junge Mann, der eines Nachts an Jocelyns Tür gekommen war. So wanderte James durch Frankreich, füllte verstohlen sein Notizbuch ... Es schien in Europa viele von ihnen zu geben. Alle waren sie dünn. Nicht satt und sicher und angepaßt. Vielleicht wichtiger als ein Dickie Vulliamy ... oder Rollo.

Gegen fünf Uhr verließ sie den Park. Auf dem Weg nach Hause kaufte sie in einer Imbißstube belegte Brote zum Abendessen. Manchmal trank sie ein Glas Ingwerbier. Oh, köstlich! Mehr, mehr ...

Die Abende waren schlimm, sehr schlimm. Sie nahm ein Bad, benutzte dabei Wright's Kohle-Teerseife, der durchdringend herbe Geruch erinnerte sie an ihre Kindheit. Die Martins-Mädchen hatten immer so gerochen, wenn sie nicht gerade nach Radiergummi, Meerschweinchen, Lakritzen gerochen hatten. Sie ging zu Bett, stellte die belegten Brote auf den Nachttisch. Schinken schmeckte ihr gut. Niemals wurde ihr davon übel. Oh, jetzt ein ausgiebiges, schmackhaftes Mahl! ... Wildbret ... *Welsh Rarebit* ... Wenn mir jetzt jemand geeiste Suppe servierte; oder ein einziges Lammkotelett ... Mir selbst etwas zu kochen, eine undenkbare Vorstellung ...

Sie war nicht mehr so dünn: es wuchs, bekam reichlich Nahrung. Ihre Brüste schmerzten. Sie fand ihre Figur auffällig verändert. Wann werden mir die Kleider zu eng? ... Sie wußte noch, wie ungewohnt und rührend Kate im grauen Umstandsrock mit weißen Rüschen gewirkt hatte. Mich werden diese Gewänder nicht schmücken. Ich will es los sein, los sein, nur noch los sein. Ich will nicht mehr, daß mir übel ist. Ich sollte mich recken, strecken, ständig Schränke, Klaviere rücken, die Treppe hinabfallen, tun, was in meiner Macht steht. Statt dessen ruhte sie Tag für Tag, stumpfsinnig, ging, versank in Sesseln, kroch ins Badezimmer, fiel ins Bett: bewahrte sich vor ihren eigenen widernatürlichen Angriffen, erniedrigte sich kampflos; ein pflanzliches Dasein: madig, verdorben ... Ich weine nicht, ich klage nicht. Ich lebe dahin; wie eine Made hoffe ich auf Sonne und Regen: dumpf, klebrig, zäh.

Im Bett las sie die viktorianischen Romane, die sie in ihrer Studienzeit gelesen hatte. *Jahrmarkt der Eitelkeit, David Copperfield, Mansfield Park, Villette* – weiter, weiter ... Die gestrigen Personen, gegenwärtig, lebten – fieberhaft überhöht, beinah abstoßend – wichtig in ihr, je entrückter, desto wirklicher.

Manchmal wurde es ihr blitzartig bewußt: Ich trage Rollos Kind. Bald nicht mehr. Oder ein guter Traum weckte sie freudig, verfolgte sie mit überirdisch schönen Bildern, Klängen. Jede Nacht häuften sich die Träume: üppige, sinnliche Träume von Rollo – nicht immer nur Rollo. Gesichter und Gefahren ihrer Kindheit und Jugend, lang vergessen oder unterdrückt; folgenreiche Dramen, verworrene Verschwörungen; Wasserbilder, Schwäne, Seerosen; eine Flut undurchdringlicher Zeichen ...

Zwei Wochen vergingen allein in London. Das Telephon läutete niemals, und Rollo schrieb nicht mehr.

4

Ein schlechter Nachmittag. Im Park stand die Luft. Der Himmel bewölkte sich von Westen her, färbte sich safrangelb: das trockene Wetter würde sich bis Mitternacht ändern. Es würde ein Gewitter geben, und dann käme der Regen. Sie war unruhig, wartete auf den Wetterwechsel, konnte kaum atmen. Die Gestalten, die vorübergingen oder in der Ferne auf Bänken saßen, wirkten wie geschrumpft, flach und heimtückisch, leblos wie in einem Alptraum. Sie verließ den umzäunten Park, die gespenstischen Bäume und winkte ein Taxi herbei. Gott sei Dank brauche ich noch nicht zu sparen. Taxen, Ingwerbier,

Schinkenbrote – der Rest des Reisegeldes, das Rollo mir gab, reichte für alles.

Zu schlapp, die Treppe zu ihrem eigenen Zimmer hinaufzusteigen, legte sie sich im Wohnzimmer aufs Sofa. *Oje und ach, ich bin so schwach, daß ich nicht lach'. Krach* ... Der Vers ging ihr wieder und wieder durch den Kopf. Erfunden vor hundert Jahren, als ich zehn war und wir Masern hatten ... Das Zimmer wirkte stickig, vernachlässigt. Keine Blumen. Ruß auf den Fensterbänken; morgen raffe ich mich auf und mache sauber. Ich nehme mir fest vor, mich nicht mehr so hängenzulassen. In zehn Tagen kommt Etty zurück. Anna sicherlich auch bald. Anna wird über meine Geschichte entsetzt sein. Sie wollte nie ein Kind. Schon ein Gespräch übers Kinderkriegen ruft bei ihr Unwohlsein hervor. Sie ist neurotisch; sie würde eher ins Wasser gehen als ein Kind bekommen. Ich muß ihr aus dem Weg gehen, oder sie wird mir aus dem Weg gehen. Es gab einen Abgrund, und auf der einen Seite standen die schwangeren Frauen, auf der anderen die Männer, die kinderlosen Frauen. Sie stand allein auf der einen Seite. Auf der anderen Anna, Simon, Colin, alle wandten sich von ihr ab, wie Fremde ...

Sie wurde vom Schrillen der Türglocke durchbohrt. Wer? War er wieder da, war er gekommen? Es läutete noch einmal. Sie ging und öffnete die Tür, und da stand Lady Spencer.

»Lady Spencer ...« Sie kam zu mir.

»Ach, Olivia ... Ich wußte doch, daß ich dich zu Hause antreffen würde.«

Ja, da war sie ... Genau wie ich es mir immer ausgemalt hatte, daß sie eines Tages auf meiner Schwelle stehen würde. Ein großer schwarzer Strohhut mit wippenden Straußenfedern thronte auf ihrem Kopf. Ihr Kleid aus fließendem schwarzgeblümtem Chiffon, rüschenverziert, perlenbehangen, reichte ihr bis zu den Knöcheln. Lavendelblaue Glacéhandschuhe, ein grauseidener Sonnenschirm. Ihr Blick eisblau und fest: Diktatorenaugen, eisern, selbstbewußt, mitleidslos.

»Kommen Sie doch herein.« Gegen ihren Willen begann sie verbindlich zu lächeln. »Wie reizend von –« Nein ...

»Darf ich eintreten? Ich möchte nicht lange bleiben.« Der Ton war angenehm, doch undurchdringlich, die gewohnte Herzlichkeit fehlte.

»Ich wußte nicht, daß Sie in London sind.« Ihre Stimme klang schuldig, schwankend. Sie konnte ihr nicht ins Gesicht sehen, sie führte sie ins Wohnzimmer. Lady Spencer nahm feierlich auf dem Sofa Platz, Olivia setzte sich auf eine Sesselkante ... Möglichst mit dem Rücken zum Licht.

»Möchten Sie eine Zigarette? Oh, es tut mir leid, ich glaube, oben sind welche. Ich hole sie sofort ...« Und bin für eine Minute allein, fasse mich, lege einen Tupfer Rouge auf.

»Nein, nein, ich rauche niemals, danke.«

»Ich eigentlich auch nicht.« In meinem Zustand würde mich ein einziger Zug erledigen ...

»Welch ein reizendes kleines Haus.« Finger für Finger zog sie die lavendelblauen Handschuhe aus.

»Ja, nicht wahr? Etty ist verreist.«

»Du bist also allein?«

»Im Augenblick, ja. Wahrscheinlich werde ich nächste Woche wegfahren.«

»Du mußtest wegen deiner Arbeit hierbleiben?« Zum ersten Mal klang sie mitfühlend: Lady Spencers Respekt vor der arbeitenden Klasse.

»Nein, eigentlich arbeite ich zur Zeit nicht ...« In der Falle, in der Falle ... Sie fragte hastig: »Sind Sie lange in London?«

»Das weiß ich noch nicht.« Lady Spencer faltete ihre Handschuhe, schaute fort. »Ich habe meinen armen John vor drei Wochen hierherbegleitet. Wir konsultieren die Ärzte. Eigentlich ist es eine grauenhafte Zeit für einen Stadtaufenthalt, doch wir hoffen so sehr, daß ihm geholfen wird – der Arzt ist ein so kluger, feiner Mann, wir setzen großes Vertrauen in ihn – hoffentlich lohnt es sich.« Wie sie so betont sprach, klang sie hörbar unsicher. Sie ist genauso wirr wie Marigold ... Sie weiß nicht, wie sie beginnen soll. Doch sie wird bald davon anfangen.

»Das tut mir leid. Ich hoffe, es ist nichts Ernstes.«

»Danke, Olivia, wir *hoffen* es auch. Wir wissen es noch

nicht ... Man stellt uns *deutliche* Erleichterung, wenn nicht sogar *Heilung* in Aussicht ... Wir haben also allen Grund, dankbar zu sein, nicht wahr? Außerdem sind wir gut untergebracht. Rollo war so lieb und hat uns sein reizendes Haus zur Verfügung gestellt.«

»Oh, hat er das?« Also war es der alte Butler gewesen, den sie am Telephon gesprochen hatte: der uns früher, wenn wir mit Marigold in die Vorratskammer gingen, rosa Lutschpastillen schenkte.

»Rollo ist bis Mitte des Monats verreist.«

»Aha. Beide vermutlich.«

»Ja, beide.«

»Wie geht es Marigold?«

»Marigold geht es gut. Sie ist auf dem Weg nach Venedig.« Lady Britton brät am Lido ...

Sie schwieg. Ihr Pulsschlag schien durchs ganze Zimmer zu dröhnen. Lady Spencer lockerte ihre Halskette, als ersticke sie.

»Ich muß dich sprechen, Olivia.«

»Wahrscheinlich kein Gespräch unter Freunden.« Olivia lächelte schwach.

»Doch, das hoffe ich, Olivia. Ich hoffe, du glaubst mir, daß ich als Freundin komme ...«

Das mag schon sein. Ich sage nichts. Ich lasse mich nicht bequasseln; ein gutes Wort: bequasseln.

»Ich habe lange gezögert«, sagte Lady Spencer und sah sie durchdringend, heldenhaft an, »bevor ich mich entschlossen habe zu kommen ... Du glaubst sicher, daß ich als Rollos Mutter kein Recht habe, mich einzumischen ...« Olivia war stumm, und Lady Spencer fügte mit der gleichen alarmierenden Überzeugung hinzu: »Das muß ich riskieren.«

»Hat er Ihnen etwas gesagt?«

Sie sagte schnell und entschieden: »Rollo hat mir gar nichts erzählt.«

Das ist immerhin etwas – sogar eine ganze Menge. Nur Vermutungen. Behalte einen klaren Kopf. Sie weiß, daß sie mich einschüchtern kann: damit rechnet sie. Sie weiß, daß ich sie verehre.

»Woher wissen Sie es?«

Lady Spencer warf ihr einen eigenartigen Blick zu ... vielsagend ... beinahe entschuldigend.

»Du hast ihm ein Telegramm geschickt.«

»Oh, haben Sie es geöffnet?«

»Ja, man brachte es mir. Natürlich«, fügte sie hinzu, »wurde es ihm auf der Stelle nachgesandt.«

Gott, welch ein Pech, wie dumm von mir ... Mit der vertraulichen Unterschrift – *Liv* – von ihr gelesen, weitergeleitet. Darüber war er sicherlich erzürnt, ärgerlich. In seinem Brief hatte er nichts davon geschrieben ... Über kurz oder lang wird der Übeltäter leichtsinnig und verrät sich selbst.

»Aber natürlich«, fuhr Lady Spencer fort, »wußte ich es bereits eine ganze Weile.«

Olivia starrte sie staunend an.

»Oder sagen wir – ich habe es geahnt ...« Lady Spencer sah nervös zu Boden.

»Wie?«

»Das ist schwer in Worte zu fassen. Ich bin seine Mutter ... Ich habe eine Ader für ... Er war verändert.« Sie errötete.

»Glücklicher«, sagte Olivia.

Sie schwieg.

»Er war anders«, sagte sie. »Er war wie ausgewechselt. Wenigstens fand ich das.«

»Sie merken alles.«

»Eigentlich nicht.«

»Er hat sich nicht geschämt – er fühlte sich nicht schuldig. Warum sollte er auch?«

Widerstand war sinnlos, demonstrierte höchstens schlechte Manieren. Lady Spencer sagte ruhig:

»Ich kümmere mich nicht um das Privatleben meiner Kinder. Aber natürlich wußte ich, daß er Schwierigkeiten hatte – in seiner Ehe, meine ich.« Sie fuhr bitter fort: »Die Vertreter meiner Generation mögen euch höchst unwissend und altmodisch vorkommen. Ihr bildet euch ein, daß wir Scheuklappen tragen und in Watte gepackt leben, doch manche von uns wissen durchaus, was in der Welt vor sich geht. Ich hatte schon lange erwartet, daß Rollo sich eine Geliebte nimmt.«

Der plötzlich so eindeutige, direkte Ton erschreckte sie, ließ sie erröten. Unerwartet ...

»Und nachdem du damals zu uns nach Meldon kamst«, Lady Spencer lächelte beinah, »ahnte ich, daß du es sein würdest.« Sie dachte nach. »Das klingt ein wenig unverschämt. Es soll nicht heißen, daß dein Benehmen ...« Also doch. Ich war nicht *comme il faut*: Ich wußte es schon damals ... »Du bist eine ungewöhnlich attraktive Frau, und – ich nenne es mütterliche Intuition ...«

»Wissen es also alle?«

»Ich weiß nicht, wen du mit ›alle‹ meinst«, sagte sie scharf. »doch was mich angeht, habe ich die Angelegenheit mit niemandem erörtert.«

»Ob Marigold davon weiß? Sie hat auch einen sechsten Sinn. Sie hat es außerdem immer gewollt.«

Wieder die falsche Bemerkung.

»Ich habe keine Ahnung«, unterbrach Lady Spencer sie scharf, »was Marigold wollte. In diesem Fall interessiert mich ihr Wollen nicht im geringsten.«

Als richtete sie Scheinwerfer auf Olivia, schaute sie ihr ins Gesicht und sagte mit aller ihr zur Verfügung stehenden Macht und Eindringlichkeit:

»Olivia, liebst du ihn?«

»Ja.« Eisiger Schweiß perlte über ihre Stirn ... Brutal ... Aufhören, ich bin krank ...

»Ich glaube dir. Natürlich. Verzeih mir.« Sie machte eine leichte, hastige Bewegung, als wolle sie zum Beweis ihrer Zuneigung die Hand nach ihr ausstrecken. Sie sagte ruhig: »Gibst du ihn dann auf?«

»Warum sollte ich –?« Olivia wich in ihrem Sessel zurück, starr, entsetzt.

Lady Spencer saß still, gab ihnen beiden Zeit.

»Ich glaube, er ist unglücklich«, sagte sie schließlich.

»Unglücklich –?« Ihr wurde schwarz vor Augen. Was weißt du, Feindin?

»In letzter Zeit habe ich den Eindruck. Ich bin mir sicher.«

»Wieso, hat er sich beklagt?« ... *Mama, ich bin so unglücklich* ... Komm, schütte mir dein Herz aus, mein Junge ... Das Schwarz wogte ihr in Wellen vor den Augen ... Sie hat immer recht.

»Ich habe dir schon gesagt, er hat kein Wort darüber fallen lassen. Das wird er niemals tun.« Sie griff nervös nach ihren Handschuhen, glättete sie. »Ich weiß, daß ich mir viel herausnehme ...«

»Allerdings. Zuviel, finde ich.« Unerträgliche Einmischung ... Doch ich darf das nicht sagen, nichts behaupten. Sie zitterte, atmete tief und flach. Ich darf nicht in Ohnmacht fallen.

Lady Spencer überging ihre Bemerkung. Sie sagte einfach:

»Ich habe den Eindruck, daß er die Geschichte beenden möchte.« In die Stille hinein fügte sie hinzu: »Und ich glaube nicht, daß ich unrecht habe.«

Sie bestimmt nicht ...

»Wenn, dann hätte er es mir gesagt. Er ist kein Feigling. Wir vertrauen einander. Wir wissen, daß wir uns alles sagen können –« Das wissen wir doch, Rollo, oder nicht? ... Wissen wir das? ... Damals am Fenster sagte er: Vergiß nicht, ich liebe dich.

»Ja ...« Lady Spencer war eine Spur verlegen. »Das kannst natürlich nur du beurteilen. Ich bin mir sicher, daß Rollo niemals ... äh ... er wäre niemals egoistisch ... leichtsinnig ...«

Olivia lachte.

»Sie denken sicher, daß ich ihn verführt habe.«

»Nein, nein. Wie sollte ich?« Bestimmt denkt sie das. »Ich weiß – ich zweifle nicht – aber lassen wir das.«

Im Zimmer war es mit einem Mal dunkel geworden. Draußen donnerte es, Regen prasselte aufs Pflaster. Sie horchten auf.

»Wenn Sie denken, ich wüßte nichts von *ihr* ...«, sagte

Olivia. »Ich weiß, daß er sie liebt. Sie ist die wichtigste – Ich weiß das. Er hat es mir gesagt. Ich verstehe es ...«

»Ja, er liebt sie«, stimmte Lady Spencer ungerührt zu.

»Ich weiß, er wird sie meinetwegen niemals verlassen, wenn Sie das –«

»Nein. Nein, niemals ...«

»Die Monogamie ist in Ihrer Familie wohl Tradition ...«

Wenigstens nach außen hin ... Stets eine Fassade von Tugend und Prinzipien, immer den niederen Klassen ein Vorbild. Hinter der Fassade mag alles geschehen, denn sie sind privilegiert. Marigold, zum Beispiel, taugt gar nichts. Sie ist eine Trinkerin, eine Hure. Und Sir John in jungen Jahren, da bin ich mir auch nicht sicher ...

»Eine Auflösung seiner Ehe ist undenkbar ...«, fuhr Lady Spencer würdevoll fort. »Auch wenn sie bisher höchst unerfreulich verlaufen ist ... Ihre Schuld ... Sie und ihre ...« Sie schien aufgebracht. »Doch nun hoffe ich – daß sie – daß ihre Schwierigkeiten ... daß sich alles regelt ... ihre Gesundheit macht Fortschritte ... daß sie mit Freuden ihren Pflichten nachkommt ... Ich bin mir dessen sicher. Eigentlich ist sie ein liebes Kind ...« Mehr als aufgebracht: völlig aus der Fassung, ihre Erhabenheit war dahin. Sie bewegte ihre Hände unruhig auf dem Schoß. Sie bat: »Du kennst ihn doch. Du weißt, daß er ein richtiges Zuhause braucht.«

»Ja.« Kinder ... Ich sage es nicht für sie.

»Olivia, bist du großherzig? Kannst du ein Opfer für ihn bringen? Gibst du ihnen eine Chance?«

Wieder wurde ihr schwarz vor Augen. Nicht nachgeben ... Schwach, heftig brach es aus ihr heraus:

»Was soll das alles? Was haben Sie ...« Ihre Augen schlossen sich. »Ist etwas geschehen, wovon ich nichts weiß?« Rollo, wo bist du? Wie konntest du? ... Ich stehe Qualen aus, und dich kümmert es nicht ...

Lady Spencer schwieg. Draußen trommelte der Regen einen Wirbel, hörte mit einem Mal seufzend auf.

»Rollo ist schwach«, fuhr die Stimme unerbittlich fort. »Das weiß ich ... Er kann niemandem weh tun ... Jeder –

jeder empfindsame Mann in solch einer Lage ist zwangsläufig schwach ... Glaub mir, Olivia, ich bin als deine Freundin hier ...« Unfug. Sie ist ein Spitzel, will mich auskundschaften, sehen, wie gefährlich ich bin, will mich mit Gefühlen erpressen: ihr Pech, daß sie mir keine Abfindung vorschlagen kann ... »Olivia, wirst du ihm helfen?«

»Ich helfe ihm. Ich gebe ihm, was ich kann. Ich habe ihn glücklich gemacht – Er hat es mir gesagt ... Sie sollten sich darüber freuen.«

Wieder Schweigen. Und das Mobiliar lauscht ... In diesem Zimmer begann es. Spürt sie, daß wir uns hier geküßt haben?

»Vielleicht«, sagte Lady Spencer zurechtweisend, bedauernd, »stimmen wir in diesem Punkt nicht miteinander überein. Vielleicht sind unsere idealen Vorstellungen vom Glück ... vom *wahren* Glück ... Aber lassen wir dieses Thema ... Ich möchte damit lediglich zum Ausdruck bringen, daß Rollo niemals Frieden finden wird, wenn er – sagen wir – seine Zuneigung teilen muß. Daß, wenn du diesen ... diesen ...« – Betrug, würde sie am liebsten sagen, doch das wagt sie nicht – »dann fügst du ihm großen Schaden zu. Ich spreche ganz offen. Mehr kann ich nicht tun. Vielleicht irre ich mich ...«

Dabei sind Sie sich Ihrer Sache verdammt sicher.

»Mehr gibt es dazu eigentlich nicht zu sagen.«

Unentschieden? Jedenfalls kein Sieg für sie. Ich habe ihr wenig Raum gelassen: habe meine Position verteidigt ...

Plötzlich sagte sie ungehalten, wie erzürnt über die erwiesenermaßen dilettantische Organisation:

»Offenbar wart ihr beachtlich indiskret.«

»Wie meinen Sie das? ...« Sie hörte ihre eigene Stimme schwach, schuldbewußt, furchtsam. Worauf wollte sie hinaus ...?

»Ich hätte euch für so klug gehalten, wenigstens einen Bogen um eine Stadt zu machen, in der halb London die Festspiele besucht.«

Großer Gott!

»Sind wir gesehen worden?«

»Allerdings.«

»Wir dachten, wir wären vorsichtig.« Es ist entsetzlich. »Wer hat uns gesehen?«

»Ich möchte keine Namen ins Spiel bringen«, sagte Lady Spencer vernichtend und preßte schulmeisterlich die Lippen aufeinander.

»Wir waren so vorsichtig ... Wir haben niemals in Städten übernachtet ... Es war doch nur eine Woche ...« Jämmerlich, jämmerlicher: Entschuldigungen, Ausflüchte, Verlegenheit ... O Gott! Ein Scherbenhaufen. Es schien so schön – so fern der Welt, endlich allem entronnen. O Gott! Überall lauerten Krötengesichter, Rattenaugen, nichts als Mißgunst. Wir haben so sehr achtgegeben, immer auf dem Sprung, angespannt, immer auf der Hut ... Nur als wir uns verabschiedeten, am Pferdebrunnen, habe ich ein einziges Mal die Menge um mich herum vergessen ... Hat man uns da gesehen?

»Glücklicherweise«, sagte Lady Spencer, »ist mein Informant von *verbürgter* Diskretion.« Sie betonte wieder die Worte. »Ich kann mich darauf *verlassen*, daß alles unter uns bleibt.« Sie nickte majestätisch selbstsicher ... Jemand, über den sie Macht hatte ... Jemand aus der Verwandtschaft. Mit einem Schlag kam ihr Mary Denham in den Sinn ... die mich damals nicht mochte ... meine Feindin ... Bestimmt. Sicherlich war sie nach Salzburg zu den Festspielen gefahren ... Es war doch so in Mode ... Sie hat uns gesehen und gehässig die Neuigkeit gleich zu Tante Millicent getragen, hat sich wichtig gemacht, und zum Wohle der Familie ewige Verschwiegenheit geschworen. Welch ein Triumph für sie ... Es war reine Vermutung, natürlich, äußerst unwahrscheinlich, sicherlich Unsinn ... Jenes nichtssagende, neugierige Gesicht, das ungesehen spähte und spionierte, durchs Wagenfenster? aus dem Café heraus? vom Gehweg herüber? – das Bild hatte sich in ihr festgesetzt.

»Wie dumm ...« Sie seufzte tief.

»Ich wollte lediglich darauf hinweisen, daß ihr nicht unsichtbar seid«, sagte Lady Spencer. Sie hob hart die Stimme. »Rollo muß verrückt gewesen sein – wenn man das Risiko bedenkt! Wenigstens *du* hättest ... Der Skandal! Hast du dir jemals Gedanken darüber gemacht – was es für ihn bedeutet hätte? Was für ein Recht hast du – wenn du schon deinen eigenen Ruf opferst –, jemanden dermaßen in Gefahr zu bringen? Wenn ihr das zu Ohren gekommen wäre ... Ein Wunder, daß nicht ... Unvorstellbar –«

»Oh, warum eigentlich nicht? *Ich* kann es mir durchaus vorstellen! Warum sollte sie nicht, wie wir alle, ihre Sorgen haben. Es täte ihr nur gut!« – Grob, feindselig, wie zwei streitsüchtige Weiber – Lady Spencer und ich – wie gräßlich – »Was ist mit ihr? Was ist an ihr so besonders? Liegt sie im Sterben? Nur weil sie unfähig ist, sich selbst die Strümpfe anzuziehen – muß man sie deshalb wie eine zerbrechliche Ming-Vase behandeln? Finden Sie es in Ordnung, wie sie sich aufführt? Sie ist so wohlerzogen und damenhaft – man muß sie aus allem heraushalten. Und was mit minderwertigen Wesen wie mir geschieht, ist vollkommen egal. Wir können krank sein. Uns kann man jederzeit über Bord werfen – solange *Sie* ...«

Tiefschwarz wurde ihr vor Augen. Ich brauche nicht mehr zuzuhören. Nicht mehr zu antworten. Welche Erleichterung. Bin ich in Ohnmacht gefallen, spiele ich nur? Sie fühlte, daß sie beinah vom Sessel gerutscht war, ihr Kopf lag auf der Armlehne. Angenehme Stellung. Kann mich nicht rühren.

Von fern hörte sie es rufen, rascheln. Eine Stimme sagte:

»Olivia ...«

»Alles in Ordnung«, sagte sie ernsthaft, ohne sich zu bewegen.

»Soll ich dir Wasser holen?«

»Nein, danke.«

Sie setzte sich wieder auf. Lady Spencer stand mit rotem, besorgtem Gesicht über sie gebeugt. Ihre Blicke trafen sich, sie sahen einander fragend an ... Die Zeit setzte wieder ein. Lady Spencer nahm Haltung an.

»Wie fühlst du dich?«

»Besser. Es tut mir leid. Es geht mir nicht besonders gut.«

Zwei Tränen rollten über ihre Wangen. Sie wischte sie fort, und wieder liefen zwei Tränen.

»Das hättest du doch sagen können.«

»Es liegt am Wetter. Bei Gewitter geht es mir immer schlecht.«

»Ißt du ordentlich? Wer versorgt dich?«

»Ich versorge mich selbst. Alle sind verreist – außer Ihnen und mir.« Sie lächelte. »Es geht schon. In dieser Situation ginge es jedem so, nicht wahr?«

»Es tut mir leid. Ich mache mir wirklich Sorgen ...« Ihre Stimme schwankte, ihr Gesicht zuckte. Für so empfindlich hatte sie mich nicht gehalten ...

»Ach, lassen Sie doch. Ich weiß, daß Sie gekommen sind, weil Sie es für Ihre Pflicht halten.«

»Eines Tages wirst du begreifen, daß ich nur das Beste will.« Sie wandte sich ab, eine alte Frau mit faltigem Gesicht. »Soweit ich es beurteilen konnte.«

»Ja ... Ich finde nur, Familien sind eigentlich fürchterlich.«

Sie stand aufrecht, schaute durchs Fenster. Nach einer Weile sagte sie:

»Dies ist nicht die Zeit, über meine Gefühle zu sprechen, doch ich habe dich immer sehr gemocht, Olivia.« Sie sprach sachlich, aber überzeugend.

»Ich Sie auch. Mehr als gemocht.« Ich habe sie alle immer geliebt.

»Ich habe dich und Kate immer bewundert. Es ist schade – ich fand es bedauerlich, als ich von deiner Ehe – ich sähe dich gern glücklich verheiratet.«

»Dann wäre ich keine Bedrohung mehr, nicht wahr?«

»Sei nicht so bitter«, sagte sie mit trauriger Würde. »Nach all den Jahren hätte ich gehofft – daß du mein Anliegen weniger zynisch beurteilst. Ich selbst habe Glück gehabt – ich war in meiner Ehe glücklich – ich halte sie dennoch nicht für die einzige Lösung für jede Frau. Doch was dich betrifft, du solltest ...«

»Er sagt das auch ...« Sie stand auf und stützte sich auf den Kaminsims, legte ihren Kopf in die Hände.

»Geh nicht leichtfertig mit dir um«, sagte Lady Spencer ernst.

Das alte Gefühl stieg wieder in ihr auf. Lady Spencer, ich bin in Schwierigkeiten, helfen Sie mir. Sie wissen alles. Geliebte, unfehlbare Wohltäterin ... Straf mich und vergib mir, sei mir wieder gut. Sag: Ich wußte, meine Olivia enttäuscht mich nicht.

»Ich kann Ihnen nichts versprechen ... Wenn ich ihn wiedersehe, wenn ich wirklich weiß, er möchte ... Ich weiß es, wenn ich ihn sehe.«

»Nur die Wahrheit ist wichtig. Darin verstehen wir uns wenigstens, nicht wahr?« Sie lächelte traurig, ermutigend. »Mach es ihm leicht. Du bist nicht schwach.«

»Doch.«

Sie begann ihre Handschuhe anzuziehen.

»Ich kann mich auf dich verlassen – kein Wort zu ihm über unser Gespräch?«

»Nein. Ich verspreche es.«

»Du brauchst keine Angst zu haben, daß ich dich wieder belästige, Olivia. Ich verschwinde von der Bildfläche, *endgültig*, für immer. Es sei denn, du möchtest mich sehen ... das werde ich immer gern ... Sonst werden wir uns nicht mehr treffen.«

Nie mehr die herzliche Begrüßung, der freundliche Kuß, die wohlmeinenden Fragen ... Wie traurig ...

Sie ordnete Ketten und Rüschen, rückte ihren Hut zurecht, erklärte: »Jeder muß sein eigenes Leben meistern.«

»Ich wußte immer, daß Sie kommen würden«, sagte Olivia. »Ich habe Sie seit beinahe einem Jahr erwartet.«

Lady Spencer warf ihr einen zweifelnden Blick zu, als wüßte sie nicht, was sie von diesem Satz halten sollte, wartete, entschied sich, ihn zu übergehen.

»Ich muß nach Hause gehen«, sagte sie. »Er regt sich auf, wenn ich zu lange fort bin.«

Sie gingen zusammen zur Tür.

»Es tut mir leid, daß es ihm schlecht geht. Hoffentlich geht es ihm bald besser.«

»Vielen Dank, mein Kind. Ich fürchte, wir dürfen uns keine großen Hoffnungen machen. Bis jetzt hat er wenigstens keine Schmerzen. Solange er davon verschont wird, darf ich mich nicht beklagen.« Olivia öffnete die Haustür, und sie stand auf der Schwelle, ihr einprägsames adliges Profil zur Straße gewandt. »Er hat ein erfülltes, glückliches Leben hinter sich«, sagte sie. »Beide haben wir das. Eigentlich dürfte es nicht so schwer sein, dem Ende entgegenzusehen.«

Wie traurig, wie traurig: sie waren am Ende angekommen ... Er sollte sein erfülltes, glückliches Leben in Frieden beschließen; dafür kämpfte sie, sorgte sie: kein Hauch eines Zweifels, kein Schatten eines Kummers seines einzigen Sohnes wegen sollten seine letzten Tage beschweren.

»Der Regen hat aufgehört, nicht wahr?« Sie spähte kurzsichtig hinaus.

»Ja, ich glaube, die Luft ist jetzt frischer.«

»Köstlich. Ein Segen.« Sie drehte sich um und streckte ihre Hand aus: »Auf Wiedersehen, Olivia. Gott schütze dich. Paß gut auf dich auf.«

Ihr Blick ruhte auf Olivia, die vor ihr im Licht stand. Da erstarb das Lächeln jäh, die blauen Augen schauten prüfend, deutlich erschrocken. »Du siehst gar nicht gut aus«, sagte sie. Ihre Stirn rötete sich.

Sie ahnt etwas.

»Wieso? Mir geht es gut.« Ganz ruhig, ganz ruhig.

»Bist du in Schwierigkeiten?«

Welche Überwindung sie diese einfache Frage kostete, stand ihr im Gesicht geschrieben. Sie war so weiß wie das Taschentuch geworden, das sie sich an die Lippen hielt. Ihre Augen waren winzige schwarze Höhlen.

»Nein. Wieso sollte ich? Was meinen Sie damit?« Ich klinge schuldbewußt ... Sie versuchte zu lachen. »Meinen Sie – ich sei ein Dienstmädchen?«

»Ich glaube, du verstehst mich.« Ihre Stimme schleppte.

»Sie sind sehr mißtrauisch.« Demonstration eisiger Erhabenheit.

»Das möchte ich nicht. Ich ... So etwas kann schließlich

passieren.« Sie preßte das Taschentuch unsicher an ihren Mund. »Es täte mir so leid ... Das wäre ja schrecklich für dich ...«

»Ich bekomme kein Kind, wenn Sie das meinen.«

Sie fuhr fort, als hätte sie nichts gehört:

»Rollo könnte niemals ... Ein uneheliches Kind wäre völlig undenkbar ...«

»Was sollte er dann tun? Meinen Sie, er sollte mich heiraten?«

»Bitte laß das. Es tut mir leid, daß ich ... es war nur ... du mußt mich entschuldigen. Ich muß ...« Verwirrt schaute sie die Straße hinunter. »Ich nehme am besten ein Taxi.«

»Soll ich eins bestellen?«

»Danke, nein; es wird mir sicherlich eins begegnen.«

»Gewöhnlich steht eins gleich an der Ecke.«

»Ja –«

Sie ging die Straße hinunter, eilig, aufrecht, doch offensichtlich müde ...

Sie war fort.

Sie hat mich am Ende nicht mehr angesehen. Sie traute sich nicht. Wie hat sie es erraten? Steht es mir ins Gesicht geschrieben? Gedankenübertragung oder Eingebung? Habe ich sie überzeugt?

Nun habe ich sie also einmal völlig verstört erlebt, erregt, ganz und gar konfus ... In ihrer Fassungslosigkeit sah sie Marigold merkwürdig ähnlich: derselbe Blick, derselbe gehetzte Ausdruck, wenn sie sich in die Enge getrieben fühlt, verzweifelt nach einem Ausweg sucht.

Wie entsetzlich, welch ein verheerender Abschied.

Ich bekomme kein Kind, wenn Sie das meinen.

Ich bekomme kein Kind.

Sie ging nach oben und übergab sich, legte sich dann hin.

Sie sah den Tatsachen ins Gesicht.

Er sagte: Vergiß nicht, ich liebe dich. Er sagte es, nachdem er seine Briefe gelesen hatte. Was hatte er gelesen? ...

Hieß es: Vergiß unsere besten Zeiten nicht? ... Hieß es: Vielleicht geht es nun abwärts?

Die Worte hallten wie ein Klagelied.

Und er hat nicht geschrieben, nicht in London auf mich gewartet.

Es ist einerlei. Ich fühle absolut nichts.

Ich bin in schrecklichen Schwierigkeiten.

Rollo, wo bist du? Hilf mir.

Nein, ich muß allein damit fertig werden. Denn er wird nicht sagen: Oh, *Liebste* ... zärtlich, mitleidig, tröstend, überwältigt; er wird nicht, wie in den Romanen, sagen: »Unser Kind.« ... Natürlich nicht. Er sagt: »Um Gottes willen! Bist du dir sicher? Was willst du dagegen unternehmen?«

Ein uneheliches Kind wäre völlig undenkbar.

Ich muß damit fertig werden, bevor er zurückkommt. *Alles wie zuvor, Lieber* ...

Sie stand auf und ging ins Wohnzimmer, suchte im Telephonbuch ›Tredeaven, W. P.‹.

»Hier Praxis Dr. Tredeaven. Mr. Tredeaven ist verreist.«

»Oh ... Wann kommt er zurück?«

»Er wird kommende Woche zurückerwartet. Möchten Sie einen Termin vereinbaren?«

»Ja, gern.«

»Ich gebe Ihnen einen vorläufigen Termin. Am kommenden Dienstag um zwölf Uhr. Wie ist der Name, bitte?«

»Mrs. Craig.«

Mit der Abendpost kam an jenem Tag ein Brief von Rollo aus Schottland, ein großes bekritzeltes Blatt.

Liebste, ich hoffe, es geht dir besser. Du schreibst nichts darüber. Hier ist es angenehm, ich bin acht Stunden täglich an der frischen Luft, da werden die Spinnweben fortgepustet. (Das sagt er immer.) Ich wohne in einem alten Schloß – meterdicke Wände – alles eichengetäfelt – keine Vorhänge oder Tapeten. Geheimtüren führen zu Geheimgängen – sehr romantisch, genau das Richtige für dich. Das Leben ist einfach, reichlich Trinken und Essen, und Schnepfen, Schwarzwild,

Moorhühner, Rebhühner, was in Schottland so gejagt wird. Es ist sehr feudal, was mir fehlt, ist allein ein schönes Mädchen, das mein Lager teilt – ich wüßte schon, wer das sein könnte. Ich fühle mich prächtig. Hier könnte ich mich zur Ruhe setzen und als Einsiedler den Rest meiner Tage verbringen. Vielleicht auch nicht. Aber es geht ja nicht. Um den 15. bin ich zurück, Liebste, dann sehen wir uns, oder bist du im Cottage? Der Tag damals war so schön. Ich komme ungern zurück, freue mich nur, dich wiederzusehen.

Am nächsten Tag kam Annas Brief mit der Nachricht, daß Simon noch krank sei. Sein Fieber war täglich gestiegen, es ging ihm schlecht. Es schien mehr als eine Erkältung zu sein. Sie befürchtete, ihn nicht richtig zu pflegen, und holte den Arzt, der ihn ins britische Krankenhaus überwies, ihn dort beobachtete. Sie ging ihn täglich besuchen. Sie konnte also noch nicht nach Hause fahren. Er ließ sie herzlich grüßen.

5

»Nein, mein Ehemann ist nicht hier, er ist im Ausland«, sagte sie. »Er ist im vergangenen Monat nach Indien gereist, und ich soll Weihnachten nachkommen. Sie sehen also, unglücklicher hätte es nicht kommen können. In diesem Zustand *überstehe* ich die lange Seereise nicht. Mir ist ständig übel, sonst würde es mir nicht dermaßen viel ausmachen. Doch auch das Leben, das wir im kommenden Jahr führen werden – in der Wildnis – ich wüßte nicht, wie wir da ein Kind haben könnten.«

»Ich verstehe. Ich verstehe«, sagte Dr. Tredeaven und faltete die Hände.

Sie saß in seinem Sessel und drehte den Ring an ihrem Ringfinger: Rollos Smaragd, aus den Tiefen der Schublade zutage gefördert ... um Eindruck zu schinden.

»Es würde all unsere Pläne ruinieren.«

»Ich verstehe.«

»Natürlich möchten wir später eins ... wenn wir eine feste Bleibe haben. Nur jetzt –«

»Ich verstehe. Das kann schon einmal passieren. Die Launen der Natur. Nein, nein, Sie brauchen sich keine Sorgen zu machen. Meine Behandlung ist absolut harmlos – ganz einfach.«

Er lehnte sich zurück, drückte die Finger gegeneinander. Das Licht schien durchs Fenster auf seinen kahlen Schädel, den nur noch ein spärlicher, mausfarbener Haarkranz umgab. Er trug einen Straßenanzug, darunter ein Hemd mit hohem steifem Kragen. Sein Gesicht war breit, ausdruckslos, glatt, verschwiegen, die undurchsichtigen Augen standen unter vollen Lidern weit auseinander, die Wangen waren wie aufgedunsen, der Mund groß und schmal. Er glich ein wenig einem Methodistenprediger, einem Zauberer auch.

»Keine Sorge, Mrs. Craig, wir bekommen das schon wieder hin.«

»Vielen Dank ...« Sie spielte nervös mit ihrer Handtasche. »Und – ich weiß nicht genau – die Kosten – was berechnen Sie? ...«

»Ich berechne einhundert –« Mr. Tredeaven schlug die Beine übereinander. »Pfund, nicht Guineen«, fügte er aufmunternd lächelnd hinzu.

»Aha.«

Betroffenes Schweigen ... Ein harter Schlag ... Mr. Tredeaven nahm seinen Füllfederhalter vom Schreibtisch, schraubte ihn auf, hielt ihn in der Hand, schraubte ihn wieder zu.

»Das ist ein wenig schwierig«, sagte sie. Ihr Herz schlug schwer. Was hatte ich gedacht? Zwanzig höchstens. Hatte der Smaragd den Preis erhöht?

Er pochte mit dem Füllfederhalter an seine Nase.

»Ich möchte Ihnen keine Schwierigkeiten machen«, sagte er schließlich. »Sagen wir achtzig.«

In ihren Ohren klang er eine Spur kühler, weniger entgegenkommend. Er war von ihr enttäuscht.

»Achtzig kann ich aufbringen ...« Wenn ich mit ihm handle, wirft er mich hinaus.

Wieviel bekomme ich für den Smaragdring?

»Abgemacht.«

»Vielen herzlichen Dank.« Denn schließlich hatte er sich großherzig gezeigt. »Wann möchten Sie es haben? Vorher? Jetzt?«

»Nein, nein, nein.« Er schalt sie. Aber ich bitte Sie, wo sind Sie denn, meine Dame! ... »Es hat keine Eile.« Er öffnete seinen Terminkalender. »Paßt es Ihnen, wenn Sie es bei Ihrem nächsten Besuch mitbringen?«

»Ja, das geht.«

Er sagte verbindlich:

»Vorzugsweise nicht als Scheck, wenn Ihnen das möglich ist.«

»Große Scheine?«

»Wenn es Ihnen nichts ausmacht. Einfach im Umschlag, bitte.«

»Gut, das werde ich tun. Dann am Freitag um drei Uhr.« Sie stand auf.

»Freitag um drei.« Er stand ebenfalls auf. Er streckte seine Hand aus; kräftige, plumpe, bewegliche Finger mit weichen Kuppen.

»Tut es weh?« fragte sie.

»Soviel Angst!« Er schüttelte beinah väterlich den Kopf, hielt immer noch ihre Hand.

»Ich habe keine Angst. Ich möchte es nur wissen.«

»Sie brauchen sich nicht zu sorgen«, sagte er. »Denken Sie nicht daran. Ein paar Tage Ruhe anschließend, und dann ist Ihr Kummer vergessen.«

»Wie gut.«

»Ganz bestimmt.« Er nickte entgegenkommend, verständnisvoll. »Sie Ärmste ... Wenn Sie mich fragen, die Natur behandelt die Frauen ungerecht – ich habe es immer gesagt – ausgesprochen ungerecht, arme Geschöpfe.« Er tätschelte ihr die Schulter. »Kopf hoch, Mrs. Craig. Folgen Sie meinem Rat: Vergessen Sie Ihren Zustand. Unternehmen Sie etwas

Erfreuliches, vielleicht mit einer Freundin. Gehen Sie ins Theater – oder ...«

Er führte sie zur Tür, zögerte, als sie am Kamin vorbeigingen, sagte: »Sie mögen schöne Dinge, nicht wahr?«

»Ja.« ... Allerdings.

»Das dachte ich mir. Wie gefallen Ihnen diese hier?« Er deutete auf zwei Bronzefiguren – weiblich, halb entblößt, halb verhüllt, Fackelträgerinnen. »Die habe ich kürzlich erworben. Schön, nicht wahr? Empire ...«

»Entzückend.« Sie betrachtete sie. Unbedeutend, kostspielig, abscheulich. »Diese Stilrichtung kenne ich leider zuwenig.«

»Gelegentlich erwerbe ich das eine oder andere, das mir gefällt.« Er ließ seine auffallend weißen Hände über die Figuren gleiten.

Mit wessen Geld hatte er sie bezahlt? Was wird er sich demnächst kaufen?

»Ich gelte nicht als wirklicher Kunstkenner«, sagte er, indem er sie losließ, und öffnete die Tür.

6

Der Herr im Gehrock mit Perlenkrawattennadel kam mit dem Ring in der Hand aus dem hinteren Geschäftszimmer, beugte sich über den Verkaufstisch aus Panzerglas und erklärte vertraulich: »Siebzig Pfund, würden wir sagen.«

»Aha. Danke. Dafür kann ich ihn leider nicht abgeben.« Sie nahm ihm den Ring ab und hielt ihn hoch, betrachtete ihn. Grün, funkelnd, makellos ... Ein bedeutungsloser grüner Stein. »Ich weiß, er ist sehr viel mehr wert.«

»Er mag mehr gekostet haben, gnädige Frau«, er zuckte die Achseln. »Der Markt für solche Steine schwankt. *Vielleicht* war er teurer – ich behaupte nicht das Gegenteil – doch unter uns – *falls* ... Ich meine eher ... nun ...« Sein Achselzucken drückte Bedauern, heimliche Verachtung aus. »Vielleicht lag der Preis ein wenig höher als gerechtfertigt ...«

Rollo, Liebster, verzeih mir, welche Schande – dein großartiges Geschenk ... Ich kann nicht anders, Rollo.

»Wahrscheinlich wissen Sie nicht, wo er gekauft wurde?« fragte er und trommelte mit seinen Fingern gegen das Panzerglas. Er trug einen hübschen Siegelring.

»Nein, das weiß ich nicht.« Sie starrte auf den Ring. »Der Stein ist vollkommen, nicht wahr?«

»Ein guter Stein ... durchaus ein guter Stein.« Wir sind immer korrekt. »*Vollkommen* wäre vielleicht zuviel gesagt. Die Farbe ist eine Spur zu hart. Also, wenn sie einmal vergleichen möchten ... Ich zeige Ihnen gern ...«

»Nein, danke. Bemühen Sie sich nicht.« Sie schob den Ring in sein rotes Lederetui. Ich muß es woanders versuchen. Ich brauche achtzig Pfund ... Was mache ich, wenn ich sie nicht bekomme?

Der Juwelier nahm das Etui und untersuchte noch einmal den Ring.

»Sagen wir fünfundsiebzig«, erklärte er.

»Also gut ... fünfundsiebzig.«

Ich kann nicht mehr, mir geht es zu schlecht ... Ich möchte nach Hause. Morgen verpfände ich das Zigarettenetui. Es bringt bestimmt einen Fünfer.

Unheilvoll, vorwurfsvoll starrte das grüne Auge auf seinem schwarzen Samtkissen sie ein letztes Mal an. Er ließ den Kästchendeckel zuschnappen.

Ich frage mich, um wieviel er mich betrogen hat. Macht nichts. Der Wert ist relativ.

Sie berührte den Ring an ihrem kleinen Finger. Noch da. Solange ich den besitze ...

Zehn Pfund für das Zigarettenetui: eine angenehme Überraschung. Offensichtlich ein feines Ding. Die Übergabe war durchaus schmerzhaft.

Achtzig Pfund im verschlossenen Umschlag; und fünf Pfund übrig. Ausgesprochen annehmbar, denn Rollos Reisegeld war verbraucht.

7

»Bleiben Sie, wo Sie sind, Mrs. Craig«, sagte er leise. »Na also. Alles in Ordnung? Gut. Keine Angst. Es ist vorüber. War doch nicht so schlimm, oder?«

»Nein. Danke.«

Er schob ihr ein Kissen unter den Kopf, deckte sie mit einer leichten Decke zu. Flach lag sie auf dem harten Untersuchungsbett und schloß die Augen. Ein paar Tränen liefen ihr übers Gesicht, trockneten dort.

»Ganz ruhig, Mrs. Craig.«

»Ja.« Sie lächelte, blind, gehorsam, demütig, eine gute Patientin. Er schob ihr eine Wärmflasche unter die Decke.

»Danke.« Mir ist kalt – komisch bei diesem Wetter – froh über die Wärmflasche.

Er bewegte sich sacht, drehte ihr den Rücken zu, beschäftigte sich am anderen Ende des Zimmers. Sie öffnete die Augen. Das Zimmer lag im Halbschatten, obwohl draußen an diesem Nachmittag die Septembersonne schien. Die ockerfarbenen Jalousien waren heruntergelassen, und nur wenig Licht drang düster und unheimlich durch weinrote Spitzengardinen. Von ihrer Liege aus sah sie einen mit lilafarbenem Stoff bezogenen Sessel, einen schwarzgoldenen Paravent, der einen zweistöckigen chirurgischen Instrumententisch beinah verbarg; seinen großen Schreibtisch voller Papiere, auf dem mehrere Silberrahmen mit Photographien standen.

Schließlich kam er zurück.

»Alles in Ordnung, Mrs. Craig?«

»Ja, danke.« Sie lächelte ihn schwach und ergeben an. Sein Gesicht tauchte bedrohlich über ihr auf, breit und leer. Der Vatermörder mit den spitzen Kragenecken paßte zu seinen abstehenden Ohren.

Mein Geburtshelfer. Dein Opfer, hier liege ich ... »Aber ich fühle mich schwach.«

Er ging fort, kam mit einem Glas zurück.

Sie trank. Es war Riechsalz.

»Mir wird übel.«

Er stellte eine nierenförmige Emailleschüssel neben sie; sie mußte sich übergeben.

»Tt-tt-tt ...« Voller Mitgefühl nahm er die Schüssel fort. »Sie Ärmste, bald ist alles überstanden.«

Sie setzte sich auf, schob langsam die Beine über das Bett, zog die Strümpfe an, kämmte ihr Haar.

»Mein Hausdiener besorgt Ihnen ein Taxi.« Er läutete.

»Ich mag Ihren Diener nicht.« Er hatte ihr einen schiefen schwarzen Blick zugeworfen, hatte sie schweigsam und geräuschlos hinaufgeleitet. »Er macht mir angst.«

Er sah sie an, als phantasiere sie; dann lachte er.

»Wieso? Er ist ganz harmlos. Ein höchst vertrauenswürdiger Kerl. Seit Jahren bei mir.«

»Vermutlich ist er in Ordnung.« Sie seufzte. »Ich mag sein Gesicht nicht.«

»Es kann nicht nur attraktive junge Frauen geben«, sagte er gleichmütig.

Zwischen ihnen war eine grauenhafte Intimität, geschlechtlich, aber ohne Verlangen: Verschworene, einander verbunden in einer Loyalität wider Willen. Sie beugte sich vor und betrachtete die Photographien auf seinem Schreibtisch: eine gutaussehende Frau mit einer geflochtenen Vorkriegsfrisur, die ein Abendkleid trug; zwei Kinder, Mädchen und Junge, mit lachenden Gesichtern, mit auffallend feinen Söckchen und Schuhen.

»Das sind meine beiden«, sagte er und nahm die Bilder in die Hand.

»Sie sehen sehr nett aus.« Über welchen Anblick haben die Kinder gelacht? ...

»Ein lustiges Pärchen.« Er betrachtete sie väterlich gutmütig. »Die Aufnahmen sind schon ein paar Jahre alt. Der Junge ist jetzt in Harrow.« Er kann sich für seine Kinder natürlich eine kostspielige Erziehung leisten. »Das ist meine Frau ...«

»Reizend ...« Weiß sie, woher das Geld kommt?

Er hob einen vergrößerten Schnappschuß hoch: ein Mann in Gummistiefeln mit Tweedhut hielt einen toten Lachs.

»Erkennen Sie das?« fragte er beinah schüchtern. »Das bin

ich ... Das war 1928. Der größte, den ich jemals geangelt habe: dreißig Pfund. Ein zäher Bursche. Der Kampf meines Lebens. Vier Stunden lang. Unter uns, ich dachte, ich wäre eher tot als er.« Stolz und Vergnügen wärmten seine Stimme. Er stellte das Photo zurück, seufzte: durchaus nicht finster, vielmehr wehmütig; Lachsfang war mehr nach seinem Geschmack als Abtreibungen. »Fischen ist ein großartiger Sport«, sagte er. »Haben Sie es schon einmal versucht?«

»Nicht oft«, sagte sie bedauernd. »Ich habe selten die Gelegenheit dazu.«

Sie öffnete ihre Handtasche und überreichte ihm den Umschlag.

»Oh, danke, vielen Dank.« Er schob ihn in eine Schublade.

»Wann fängt es an?«

»Oh, irgendwann in den nächsten zwölf Stunden.«

»Aha.«

»Auf Wiedersehen, Mrs. Craig.« Er schüttelte ihr die Hand. »Viel Glück auf Ihren Reisen.«

»Vielen Dank. Auf Wiedersehen.«

Sie standen und schauten einander an. Hoffentlich auf Nimmerwiedersehen, so Gott will.

»Ich an Ihrer Stelle ginge gleich nach Hause und ins Bett und läse ein Buch. Etwas Heiteres. Sie brauchen sich keine Sorgen zu machen. Wenn Sie mich sprechen möchten, rufen Sie mich an. Aber bitte, lassen Sie mir nichts ausrichten ... Verstehen Sie mich recht?«

»Ich verstehe vollkommen. Ich werde nicht anrufen.«

Er legte leicht den Arm um sie und führte sie zur Tür. Dahinter, in der dunklen Halle, wartete der Hausdiener. Er öffnete ihr die Tür, und dort in der stillen sonnigen Straße wartete ein ganz gewöhnliches Taxi.

Sie legte sich ins Bett und las Jane Austen, *Stolz und Vorurteil.*

Gegen acht stand sie wieder auf, kleidete sich an und ging hinaus, nahm einen Bus zum Leicester Square. Eine gute

Stunde des Vergessens im *Empire* Kino, und alles war womöglich wieder gut.

Es gab einen amerikanischen Gangsterfilm, nicht erstklassig, doch immerhin spannend, fesselnd ... Die Menschen auf den Sitzen um sie herum machten die Dunkelheit lebendig. Sie spürte ihr Gewissen: als würde sie im Dunkeln beobachtet ... Offenbar stört mich der Rauch jetzt weniger: ein gutes Zeichen?

Sie lehnte sich zurück und überließ sich dem Film.

Bevor der Film zu Ende war, begann das Unbehagen. Schmerzen? Allerdings ... Doch ich halte aus. Sie schlich davon, bevor die Lichter angingen, wartete nicht mehr, bis »God Save thc King« ertönte. Ein paar andere Besucher stolperten mit ihr ins Freie. Im gleißenden Licht der Eingangshalle sah sie Ivor vor sich, der langsam hinaus auf die Straße ging.

An der ersten Kreuzung blieb er stehen, und sie holte ihn ein. Er schaute auf den Verkehr.

»Hallo, Ivor.«

Er drehte sich um und sah sie.

»Hallo!«

»Ich sah dich aus dem Kino kommen.«

»Oh, hast du auch den Film gesehen?«

»Ja.« Er schien nicht überrascht: das schien er niemals. »Kein richtig guter Film, oder? Wir haben einen schlechten Geschmack.«

»Mm.«

Er sah blaß und ungesund aus, seine Augen waren ohne Glanz. Er schien in schlechter Verfassung. Sein weißes Hemd, die graue Flanellhose, die marineblaue Jacke wirkten schäbig ... Besonders gut ging es ihm wohl nicht ...

Sie gingen zusammen in Richtung Piccadilly.

»Was tust du in London, Ivor? Ich dachte, du seist im Ausland.«

»War ich auch. Ich war den ganzen Sommer in der Bretagne. Ich bin gerade zurückgekommen.«

»Mit ... wie heißt sie noch?«

»Mit Marda«, klärte er sie auf. »Sie hat ein Haus in der Nähe von Quimper. Ich habe an einem Buch gearbeitet.«

»Fertig?«

»Nicht ganz. Ich bin nicht weitergekommen. Da hielt Marda es für besser, wenn ich es ein wenig beiseite lege und etwas anderes unternehme. Sie meint, ich hätte mich überarbeitet.«

Vermutlich war sie ihn leid geworden und hatte ihn hinausgeworfen ...

»Außerdem«, sagte er und zog die Schultern hoch, zog das theatralische wild entschlossene Gesicht, das sie von früher kannte. »Vielleicht habe ich bald eine neue Arbeit.«

»Was?«

»Also, es steht noch nicht fest. Deshalb möchte ich noch nicht darüber reden.« Doch nachdem sie eine Zeitlang schweigend Schulter an Schulter gegangen waren, sagte er: »Tatsächlich hat mir Halkin so gut wie versprochen, daß ich beim Film arbeiten kann.«

»Wer ist Halkin?«

»Du hast bestimmt von ihm gehört. Er ist einer unserer größten Regisseure.«

»Was sollst du tun – schauspielern?«

»Nein – etwas im Produktionsbereich. Es müßte interessant sein, für ihn zu arbeiten. Ich weiß, wenn ich einmal im Filmgeschäft bin, kann ich bestimmt etwas tun ... Da wollte ich schon immer arbeiten.«

Sie warteten gemeinsam an der Ecke, überquerten Piccadilly Circus in Richtung *Criterion Theatre*, gingen dann Piccadilly hinunter.

Es war erstaunlich und trostlos, wie die alte Beziehung sich gleich wieder einstellte, ohne eine Spur Verlegenheit oder Unsicherheit: sie selbst, erhaben und kalt, ließ jede der Illusionen, die er ihr vorgaukelte, bissig zerplatzen, eine gewissenhaft sadistische Gouvernante; er, empfindlich, angriffslustig, wehrte sich und würde doch am liebsten nachgeben, sich beschützen lassen.

»Schon zu Abend gegessen?« Er sah sie von der Seite an.

»Reichlich.«

»Wohin gehst du jetzt?«

»Nach Hause. Wenn du mitkommen und dir in der Küche etwas zurechtmachen möchtest, kannst du das gern tun. Ich kann dir nicht viel anbieten – aber eine Büchse Tomatensuppe, Brot und Käse sind bestimmt da – vielleicht auch ein bißchen Schinken.«

»Danke. Wenn es dir nichts ausmacht, komme ich mit.«

Seine Miene hellte sich auf. Er hatte Hunger ... Sein mädchenhafter Gang wurde flotter. Er setzte die kurzen Beine schräg voreinander, zog eine Schulter hoch.

»Also, ich kann nicht mehr laufen«, sagte sie schließlich. »Wink bitte nach einem Taxi.«

Das Taxi hielt auf der Höhe von Burlington Haus. Schmerzen ... Die Lichter, der Verkehr verschwammen, brachen sich vor ihren Augen, während sie wartete. *Schmerzen ...*

Sie kauerte sich in die Ecke des Wagens. Nach einer Weile mußte sie lachen. »Dies ist ein verrückter Zufall«, sagte sie.

»Vermutlich«, sagte er abwesend. Er lehnte sich vor und beobachtete den Taxometer.

»Schon gut, ich habe zwei Shilling.«

»Obwohl, ich weiß nicht ...«, sagte er. »Außergewöhnlich finde ich es nicht. Eher angenehm ...?«

Sie antwortete nicht, und er stellte fest, daß es ihr anscheinend schlecht ging.

8

Sie drehte sich auf die andere Seite und sah ihn an ihrem Bett stehen.

»Wie geht es dir?« fragte er.

Sie sagte mit zusammengebissenen Zähnen:

»Schmerzen ...«

»Hast du eben das Geräusch gemacht?«

»Welches Geräusch?«

»Jemand hat gerufen ...«

»Wahrscheinlich. Eine Katze gibt es nicht.«

»Wo hast du Schmerzen?«

»Im Magen.«

»Hast du Brandy im Haus?«

»Nein.«

»Hast du eine Ahnung, was dir fehlt?« Er wirkte verwirrt, besorgt.

»Nichts. Ich bin sehr krank.« Die Krämpfe ließen zeitweilig nach, und sie fragte: »Hast du genug gegessen?«

»Ja, danke. Es hat gut geschmeckt. Hatte noch nichts zu Abend gegessen.«

»Du könntest mir eine Wärmflasche machen.«

»Gern. Wo finde ich sie?«

»Am Haken hinter der Küchentür ... Der Kessel steht auf dem Herd ...«

Er trottete davon, geräuschlos, froh, sich nützlich machen zu können. Er war immer hilfsbereit, wenn jemand krank war ... taktvoll, zupackend. Als ich einmal Grippe hatte, verabreichte er mir meine Medizin fünfmal täglich und wechselte nachts zweimal meine Wäsche, als mein Fieber endlich sank. Ich weiß noch, wie er ständig das Thermometer schüttelte ...

Sie hörte Ivor unten in der Küche wirtschaften. Nach einer Weile kam er die Treppe herauf.

»Hier«, sagte er.

Sie rührte sich nicht, und nach einer irritierten Pause schob er ihr die Wärmflasche zwischen die Laken, sah auf sie herunter, griff ratlos nach ihrer Hand und fühlte ihr den Puls. Mitten im tiefsten Elend war ihr auf einmal zum Lachen zumute, sie dachte: Das ist die falsche Stelle ... Laut sagte er:

»Olivia!«

Sie hörte, wie sie klar und deutlich sagte:

»Ich habe eine Fehlgeburt.«

»Soll ich einen Arzt holen?«

»Ja ... Schnell.«

Er rannte die Treppe hinunter. Sie rief atemlos:

»Komm bald zurück!«

Er hörte es schon nicht mehr.

Aus unbekannten Tiefen, ferner als Schlaf, tauchte sie auf und sah Ivor vor sich.

»Hallo!« sagte sie. »Wie lange warst du fort?«

Sein Gesicht zeigte Erleichterung.

»Ich weiß nicht. Ich mußte lange durch die Straßen laufen, bis ich ein Haus mit einem Arztschild fand. Dann mußte ich ihn erst herausläuten.«

»Wen?«

»Den Arzt.«

»Ist er wieder fort?«

»Nein, er ist zu seinem Wagen gegangen, um etwas zu holen.«

»Was hat er bisher getan?«

»Er hat dir etwas unter die Nase gehalten.«

»Oh ...« Mehr nicht? »Also, es geht mir besser.« Die Schmerzen waren nur noch ein schwaches, schwindendes Echo. »Wie spät ist es?«

Der Arzt trat eilig ins Zimmer, trug einen kleinen Koffer. Er hatte einen schwarzen Spitzbart, und auf der Nase saß ein Nickelkneifer. Der Bart – du meine Güte! ... Sie lächelte gewinnend. Er schob seinen Arm unter ihren Kopf, verabreichte ihr eine Medizin, ließ sie zurück auf die Kissen sinken. Wieder Riechsalz. Diesmal wird mir zur Abwechslung nicht übel davon.

»Mir geht es wieder gut.«

Er fühlte ihren Puls.

»Nun, junge Dame«, sagte er, »Sie haben Ihrem Gatten einen gehörigen Schrecken eingejagt.«

»Das tut mir leid.«

Sie warf Ivor einen Blick zu; sie lächelten sich schüchtern zu.

»Es geht ihr bald besser«, sagte er zu Ivor.

»Ich bin gestern zu lange geschwommen. Ich muß mich erkältet haben.«

»Sie müssen in diesem Zustand vorsichtiger sein«, sagte er

streng und unerbittlich. »Sport mag schön und gut sein, doch junge Frauen sollten etwas mehr Vernunft haben. Wenn Sie nicht vorsichtiger sind, ruinieren Sie Ihre Gesundheit.«

»Ich weiß«, sagte sie ergeben. »Ich werde daran denken.«

Als sie ihn ansah, hätte sie am liebsten gelacht. Er hatte in aller Eile sein Bett verlassen und eine buschige Augenbraue hing ihm schräg übers Auge. Er trug ein Hemd mit steifem Kragen, jedoch keine Krawatte, auch keine Weste, und diese gewisse Nachlässigkeit – Bart, Brille, schwarzer Anzug und Bauch – ließen ihn unwirklich scheinen, wie eine Kunstfigur, wie der bedrängte Bürger in einem Film von René Clair. Er war alles andere als jung: wahrscheinlich machte er eine Vertretung, war in Wirklichkeit längst schon im Ruhestand. Welche Schande, ihn aus dem Bett zu holen.

»Es tut mir schrecklich leid, daß ich Sie so spät belästige. Ich komme mir wie eine eingebildete Kranke vor.«

Sie mußte unaufhörlich lächeln. Heiter, schwach, behaglich, fühlte sie sich wie auferstanden.

»Machen Sie sich deshalb keine Sorgen«, sagte er weniger ungnädig. »Das gehört zum Beruf. Noch Schmerzen?«

»Nur ein winziges bißchen.«

»Die werden Ihnen helfen.« Er nahm aus seinem Koffer eine Schachtel Tabletten und schickte Ivor, ein Glas Wasser zu holen. Gleich nachdem Ivor fort war, sagte er ruhig, während er umständlich langsam seinen Koffer packte und schloß:

»Sie haben doch nichts eingenommen, oder?«

»O *nein* ...«

Zu schnell, zu überschwenglich, ich wußte zu gut, was er meinte ... Doch er war alt, müde, er wollte zurück ins Bett. Er sagte nur:

»Gut. Pfuschen Sie niemals an sich herum. Ihr Herz scheint mir eine Spur angegriffen. Übertreiben Sie es nicht.«

»Ich hatte in letzter Zeit viel Arbeit. Ich war sehr beschäftigt ...«

»Wie lange sind Sie verheiratet?«

»Nicht sehr lange –«

»Sie möchten doch Kinder bekommen –«

»O ja.«

»Dann machen Sie keine Dummheiten. Überanstrengen Sie sich nicht. Sie können die Natur nicht zum Narren halten, ohne dafür zu bezahlen.«

Ich habe in letzter Zeit einiges über die Natur zu hören bekommen. Nichts Gutes ... zorniger selbst als Gott ...

Ivor kam mit dem Wasser zurück. Sie schluckte die Tablette. Der Arzt sagte:

»Geben Sie ihr in vier Stunden noch eine, falls sie weiter Schmerzen hat. Sie sollte noch ein paar Tage im Bett bleiben. Halten Sie sich ruhig und ernähren Sie sich ordentlich. Sie sind dünn. Sind Sie auch dem Schlankheitswahn verfallen?«

»Nein. Ich bin einfach so ...« Es hat keinen Sinn, er mag mich nicht ...

»Also, wenn Sie möchten, daß ich noch einmal hereinschaue, rufen Sie mich an.«

»Vielen herzlichen Dank. Ich glaube nicht, daß es nötig sein wird.«

Ivor begleitete ihn hinaus; sie deutete heftig zum Frisiertisch, wo ihre Handtasche stand.

»Bezahl ihn«, flüsterte sie.

Er holte eilig ihre Brieftasche und lief hinter dem Arzt die Treppe hinunter.

»Na, das hätten wir geschafft.« Ivor kam zurück und setzte sich auf den kleinen Eichenlehnstuhl. Er strich sich übers Haar. Sein dichtes, weiches welliges Haar hatte er immer gut in Form gehalten.

»Es tut mir leid, Ivor. Ich habe soviel Unannehmlichkeiten gemacht.«

Er sagte freundlich:

»Das macht nichts. Eigentlich gut, daß wir uns über den Weg gelaufen sind, nicht wahr?«

»Allerdings ...« Sie fragte gleichmütig: »Was hast du ihm überhaupt gesagt?«

»Daß du Schmerzen hättest.«

»Sonst hast du ihm nichts erklärt? ...«

»Nein.«

»Ich glaube, ich habe wie wahnsinnig hinter dir hergeschrien ...«

»Das hast du. Ich wußte nicht, was es bedeuten sollte, deshalb habe ich nichts davon erzählt.«

Er sprach ganz selbstverständlich, gar nicht neugierig. Typisch.

»Du hast wohl gesagt, ich sei deine Frau?«

»Nun ja. Es schien mir das einfachste, statt langer Erklärungen. Es stimmt doch auch, nicht wahr?«

»Anscheinend.«

Sie lachten.

»Sein *Bart*«, sagte sie, »ich dachte, ich sähe nicht richtig.«

»Ich weiß. Prächtig.«

»Ich hätte immer angenommen, daß solch ein Bart berufshinderlich sei.«

»Damals wohl nicht – da war er womöglich ein Pluspunkt.«

»Seltsam: Er sieht – in jeder Hinsicht – *ganz* genauso aus, wie ich mir *Dr. Fell*[29] vorgestellt habe.«

Sie lachte wieder.

»Geht es dir besser?« fragte er.

»Ja, danke.«

»Ich denke, für den Fall, daß du etwas brauchst, bleibe ich hier oben und lese die Zeitung. Falls ich dir nicht im Weg bin.«

»Kein bißchen.«

»Ich habe die Zeitung vor Stunden gekauft, eigentlich wollte ich sie zu Hause im Bett lesen.« Er zog den *Evening Standard* aus der Tasche.

»Wo wohnst du?«

»Also, Marda hat mir für eine gute Woche ihre Wohnung überlassen – bis ich selbst etwas gefunden habe. Sie ist noch verreist.«

Er spürte, daß er sich auf gefährliches Terrain begab, und schlug hastig die Zeitung auf, verbarg sich dahinter.

»Wenn du mehr Licht brauchst, hol dir die Lampe herüber.« Ich denke nicht daran, meine Nase in seine kleinen schmarotzerhaften Abmachungen zu stecken.

Er drehte seinen Stuhl herum, zog die Lampe – Annas Lampe, die Rollo so spaßig fand – zu sich herüber, verschob den Schirm.

»Hat Anna die gemacht?« fragte er.

»Mm.«

»Ganz schön pfiffig ...« Er deutete mit dem Kopf auf das Bild mit den Liegestühlen. »Schön, das wiederzusehen. Kein schlechtes Bild.« Er betrachtete es mit kennerhaft blinzelndem Blick.

»Ich mag es immer noch. Werde es immer mögen – sicherlich aus den falschen Gründen – eher literarischen. Es gibt mir ein Gefühl von Kontinuität ...« Sie schloß die Augen und seufzte vor Erschöpfung. »Was rückblickend manchmal schwer aufrechtzuhalten ist.«

Sie döste vor sich hin, dachte an Rollo: nebelhafte Gedanken und Bilder, nicht traurig. Ivor saß ruhig da, las, raschelte ab und zu mit der Zeitung.

»Stört es dich, wenn ich rauche«, fragte er schließlich.

Sie wachte auf und sagte nein.

Er zündete sich eine Pfeife an. Der erste Zug, der ihr in die Nase stieg, roch seltsam – nicht direkt angenehm, doch auch nicht schlecht. Die Übelkeit ist fort. Mir wird nicht mehr übel. Ich kann wieder überall hingehen, mit Leuten reden, sie anschauen, ich habe nichts mehr zu verbergen, kann essen, trinken, rauchen. Oh, wie wunderbar! Es ist vorüber ... Was habe ich durchgemacht ... Doch jetzt ist es vorüber. Irgendwie schaffe ich es immer ... Glückliche Olivia ... Ich kann wieder Mensch sein und denken. Mein Gesicht wird wiederkommen, und ich kaufe mir von dem übriggebliebenen Geld ein neues Kleid, damit ich hübsch aussehe für Rollo ...

Sie sah zu Ivor hinüber. Da saß er wie in alten Zeiten und rauchte seine Pfeife: hatte sie seitlich zwischen die Zähne geklemmt und zog gelegentlich zischend daran, genau wie früher ... Sie betrachtete sein Profil. O Ivor, du hast dich verändert, wie traurig! ... Der Schwung der Nase, des Munds war gröber geworden, die köstliche Süße dahin. Ein leichtes Doppelkinn deutete sich an ... Ob er trank? Was wird aus ihm werden?

Sie nickte wieder ein. Als sie die Augen öffnete, war Ivor der Kopf auf die Brust gesunken. Sie bewegte sich hörbar, und er setzte sich mit einem Ruck auf.

»Wie fühlst du dich?« sagte er beinah automatisch, aus seinem Schlaf geschreckt.

»Großartig. Die Tablette hat Wunder gewirkt. Was war es wohl für eine? Ich hätte eigentlich angenommen, er sei grundsätzlich gegen die Erleichterung weiblicher Leiden ... Wie spät ist es?«

»Zwei Uhr.«

»Ich habe Hunger.« Heißhunger. Keine morbiden trostlosen Gelüste, sondern richtigen, echten Hunger. »Ich könnte den *Evening Standard* verspeisen.«

Bereitwillig sprang er auf, durchaus interessiert.

»Ich könnte auch einen Bissen vertragen. Soll ich uns Schokolade machen? Unten steht eine Büchse.«

»Heiße Schokolade. O ja, Milch ist auch da.« Sie hatte nachmittags bei ihrer Rückkehr aus dem weinroten Zimmer eine Flasche gekauft, hatte vage vorausgesehen, daß sie abends womöglich ein warmes Getränk würde gebrauchen können. »Ich möchte aber noch mehr.« Sie setzte sich aufrecht im Bett auf. »Ich habe Hunger auf etwas Handfestes. Weißt du was – Fleisch, Würstchen – oh!« Ihr lief das Wasser im Mund zusammen. »Gibt es in diesem verflixten Haus denn nichts Gescheites zu essen? Brot wahrscheinlich ... Ob irgendwo noch ein Laden offen ist?« Wie *dumm*, daß sie die Vorratskammer nicht gefüllt, keine Eier gekauft hatte, Speck, Sahne und andere gute Dinge.

»Ich weiß was: Es gibt noch eine Büchse Bohnen.«

»Gebackene Bohnen! – Bist du dir sicher?«

»Ja – im Regal neben der Suppe.«

»Ich hatte keine Ahnung! Oh, gute Mrs. Banks! Sie hält immer eine in Vorrat, falls Etty einmal abends zu Hause ist. Ettys Leibspeise. Gebackene Bohnen sind genau das *Rich-*

tige.« Sie lachte vor Begeisterung. »Komm beeil dich, sei ein guter Junge.«

»Ich mache so schnell ich kann.«

Er trottete begeistert davon; ein Mitternachtsmahl! ... Er ist so bemüht und häuslich. Er wäre glücklich, wenn er immer so leben könnte: mit jemandem, der ihm Gesellschaft leistete, dem er jeden Gefallen tun konnte, der den Überblick behielt – mit jemand Angenehmem, der nicht an ihm herummäkelte. Für eine kränkelnde Dame mit kultivierten Bedürfnissen wäre er ein wahrer Schatz. Er würde ihren Rollstuhl schieben, die Blumenzwiebeln im Garten bewundern und zum Tee heiße Brötchen reichen.

Er kam mit einem beladenen Tablett.

»Da ich einmal dabei war, habe ich mir auch eine Schokolade gemacht«, sagte er.

»Gut. Nimm dir auch von den Bohnen – ein paar wenigstens.«

»Also, wenn du nichts dagegen hast.«

»Na los.«

Vielleicht hatte er ebenfalls karge Tage hinter sich. Er war immer schon ein gieriger Esser gewesen. Sie erinnerte sich, wie er früher fragend anderer Leute Mahlzeiten betrachtet hatte; der diebische Blick, mit dem er jedes Essen begrüßte.

Er hatte die Bohnen ordentlich auf Toast serviert: ein verlockendes Gericht. Die Schokolade war üppig, kochend heiß. Oh, gut, *gut*! ... Selten im Leben etwas dermaßen genossen.

»Tut mir leid, daß kein Bier da ist«, sagte sie.

»Die Schokolade reicht mir«, sagte er zufrieden.

»Wie heißt der Mann, der heute abend im Film den Detektiv gespielt hat? Ich habe ihn noch nie gesehen.«

»Harry Wallace? Den mußt du doch kennen.«

»Er sieht gut aus. Das Mädchen war auch gut – schlechte Figur, aber gut. Diese glänzenden gescheiten Schauspieler in den harten amerikanischen Filmen sind ein Phänomen.«

Sie unterhielten sich übers Kino.

Sie trank ihre Tasse aus, legte sich wieder hin. Sie begann zu pfeifen, eine sehnsüchtig wiederkehrende Melodie: *Wir gehen noch nicht nach Hause* ... Über den zweiten Vers kam sie nicht hinaus ...

»Wir sollten jetzt schlafen«, sagte sie nach einer Weile. »Wo möchtest du deine müden Glieder ausstrecken?«

»Wo du willst«, sagte er entgegenkommend. »Ich kann überall schlafen.«

»Das weiß ich. Ich glaube, Etty hätte nichts dagegen, wenn du ihr Bett benutzt. Es ist aber nicht gemacht.«

»Ich brauche nur eine Decke. Ich kann auch zu mir nach Hause gehen. Aber ich denke, es ist besser, wenn ich bleibe, falls du irgend etwas brauchst.«

»Das werde ich wohl nicht – aber in Ordnung.«

Unmöglich, jetzt unfreundlich zu sein. Er war so bemüht, sich der möglichen Spannungen gar nicht bewußt. Er sucht eine Bleibe, er wird sich hier einnisten, bestimmt ... Er wird morgen den ganzen Tag in Ettys Zimmer hocken, wenn ich ihn nicht vor die Tür setze ...

»Du kannst nur heute nacht bleiben«, sagte sie und richtete sich zum Schlafen ein. »Morgen, spätestens übermorgen kommt die Aufwartefrau und macht Hausputz, bevor Etty zurückkommt. Sie wacht wie ein Luchs über Ettys Habe – sie würde sogar die Polizei holen. Zieh deine Schuhe aus, und leer deine Pfeife nicht in den Kamin.«

Er sagte freundlich:

»Bestimmt nicht. Gute Nacht.«

»Gute Nacht.«

Entgegen ihren Erwartungen erschien er vor zehn Uhr an ihrem Bett. Sie wachte gerade auf. Er hat sich offensichtlich bemüht. Hat sich Sorgen um mich gemacht.

»Wie geht es dir?«

»Sehr gut.« Erschöpft, zufrieden, klaren Kopfes.

Im Morgenlicht wirkte er elend: unrasiert, blaß, geschwollene Lider.

»Ich habe Hunger«, sagte sie.

»Ich auch.«

Sie gab ihm Geld und schickte ihn einkaufen, Kaffee, Brötchen, Eier, Marmelade, Butter.

Gegen elf brachte er zwei Tabletts mit Köstlichkeiten herauf. Sie aßen schweigend und konzentriert. Dann ging er aus dem Haus, und sie schlief wieder.

Der Tag tröpfelte dahin, träge, animalisch – Schlaf, Essen.

Es war wieder Abend.

»Ich habe den ganzen Tag versucht, Brian zu finden«, sagte er, setzte sich in den Eichenlehnstuhl und zündete eine Pfeife an. »Er hatte mir eigentlich versprochen, mich zu Halkin zu fahren.«

»Wer ist Brian?«

»Carruthers. Erinnerst du dich? ...«

»Oh, *der* ... Du bist also immer noch mit diesem Haufen zusammen?«

»Welchem Haufen?« fragte er trotzig. Sie gab keine Antwort, und weil er keinen Streit wollte, fuhr er gelassen fort: »Ich dachte, er wäre womöglich im alten Café. Da ist er häufig. Ich habe um die Mittagszeit und gegen Abend dort nach ihm Ausschau gehalten, aber ich habe ihn nicht entdeckt.«

»Vielleicht solltest du noch einmal nachschauen.«

»Eventuell ... aber etwas später. Oft taucht er dort gegen Mitternacht auf.«

Er saß da und rauchte.

»Schreibst du noch Gedichte?« fragte sie schließlich.

»Manchmal.« Er klang ausweichend. »Im vergangenen Jahr habe ich etwas geschrieben – eine Art Satire. Marda mochte sie. Den Anfang habe ich Beckett Adye gezeigt – es gefiel ihm sehr. Er versprach, die fertige Satire zu veröffentlichen, aber du weißt, daß er nicht mehr bei *Clarion* ist. Es war Pech. Jetzt will ich es überarbeiten und an *New Poetry* schikken ... Weiß nicht, ob sie es annehmen.«

»Versuch es unbedingt. Ich würde es gern lesen.« Kurze Satiren waren durchaus seine Sache. Er hatte Witz und eine bissige, unabhängige eigene Art.

»Ich schicke es dir zum Lesen, wenn ich damit fertig bin«, sagte er erfreut. »Mir liegt viel an deinem Urteil.«

Er schlug den *Evening Standard* auf.

»Dies ist eine eigenartige Situation«, sagte sie in das Schweigen hinein.

»Was?« fragte er und blickte über den Rand der Zeitung. »Du meinst uns beide hier?«

»Mm.«

»Ziemlich komisch, ja. Aber warum eigentlich nicht? Ich meine – eigentlich haben wir niemals miteinander gestritten, oder?«

»Nein, gestritten haben wir eigentlich nie.«

»Ich sehe keinen Grund, warum wir uns nicht gelegentlich treffen sollten, du vielleicht? Tatsächlich war ich manchmal nah daran, dich anzurufen oder bei dir vorbeizuschauen ... Aber dann war mir doch nicht danach.«

Er war auf der Hut, zögernd, wartete auf eine Reaktion.

»Nun – ein bißchen erbärmlich ist die ganze Geschichte schon.« Sie pfiff ein wenig schief vor sich hin. »Es gäbe eine gute Satire ...«

Alles schien elend, miserabel, auf der Schattenseite des Lebens ... Vielleicht lag es an ihrem Zustand. Daß er ausgerechnet jetzt aus der Versenkung auftauchte, selbstverständlich, ungerührt ... Als ob unsere gemeinsame Vergangenheit keinen von uns beiden auch nur andeutungsweise mit Bedauern, Zärtlichkeit, Reue erfüllte ... Wir sind ein hoffnungsloses Paar.

Er überhörte, überging die Andeutung und fügte hinzu:

»Ich habe eigentlich immer angenommen, daß du mir wohlgesonnen bist –«

»Natürlich, Ivor.«

»Dennoch hütet man sich davor, einfach so hereinzuschneien.«

Ein Wunder, daß er nicht auftauchte, während Rollo zu Besuch war ... Er zog an seiner Pfeife. Dann schaute er sie seltsam undurchdringlich an und sagte:

»Marda fragt mich immer, warum ich mich nicht scheiden lasse.«

»Fragt sie das auch in letzter Zeit?«

»In allerletzter Zeit nicht mehr. Doch im vergangenen Jahr häufiger. Ich habe mich dazu nie geäußert. Ich fand, es gehe sie nichts an.«

Immer noch vorsichtig forschende und zugleich beschwichtigende Fragen ... nun verbunden mit pompösen, aber seltsam hohlen Phrasen: als äußerte ein Parlamentsabgeordneter seine Meinung zu einer Angelegenheit, die ihm weder vertraut noch interessant war: dennoch in dem Bewußtsein, daß von ihm harte Sätze erwartet wurden.

»Sie möchte dich wohl dazu bringen.«

»Sie scheint zu meinen, daß ich frei sein sollte ...«, sagte er unschlüssig.

»Aha, das meint sie. Will sie dich heiraten?«

»Da bin ich mir nicht sicher.«

»Möchtest du sie heiraten?«

Sein Mund öffnete sich hilflos. Er sah sie ratlos an.

»Also, ich glaube nicht«, sagte er schließlich.

»Ich würde es nicht tun. Es geht mich zwar überhaupt nichts an, doch ehrlich gesagt, ich würde es nicht tun.«

»Nein, ich glaube nicht.« Sie spürte seine Erleichterung, obwohl sein Tonfall weiterhin kritisch und stolz war.

»Sie ist zu alt, Ivor. Ich meine, das muß kein Problem sein, doch in diesem Fall ist es das bestimmt. Außerdem ginge dir ihre gelackte Frisur bald auf die Nerven. Ich möchte nicht unhöflich sein ...«

»Nein, nein, ich weiß.« Er dachte nach. »Sie ist eine intelligente Frau, weißt du. Denkt wie ein Mann. Mitfühlend ist sie auch. Sie war furchtbar freundlich, nachdem –«

»Nachdem was?«

»Nun, nach dem traurigen Ereignis«, sagte er verlegen, witzelnd. »Du weißt – Mama ...«

»Deine Mutter?«

»Ja. Sie starb vor beinah einem Jahr. Vergangenen November, um genau zu sein. Wußtest du das nicht?«

»Mein Gott! Ich hatte keine Ahnung.« Ihr brach der Schweiß aus. In meinem Zustand vertrage ich keine Erschütterungen ...

»Das dachte ich mir. Du hättest mir sicher ein paar Zeilen geschrieben, wenn du davon gehört hättest ... Ich hätte dir beinahe geschrieben – aber dann wollte ich dich nicht belästigen.«

»Ich hätte es gern gewußt.«

Es hätte mir einige Alpträume erspart ... Oder würden die Schuldgefühle bleiben, bis auch ich sterbe? ... Vergangener November: als es mit Rollo begann ... Sie erinnerte sich, wie sie in Meldon über Schwiegermütter gesprochen hatten. »Ist Ihre schon verstorben?« – »Weit davon entfernt ...«

»Es tut mir leid, Ivor.«

»Es war schlimm«, gab er verlegen zu. »Es ging ihr gar nicht gut. Krebs.«

»Du hast bei ihr gewohnt, nicht wahr?«

»Ja«, sagte er in jenem defensiven Ton, der ihr so vertraut war. »Sie nahm sich eine kleine Wohnung in Knightsbridge – nachdem wir uns getrennt hatten. Ich hatte mein eigenes Zimmer – konnte tun und lassen, was ich wollte, aber für mich war es natürlich nicht ideal. Damals schien es erst einmal die einfachste Lösung ... Leider gefiel ihr London gar nicht. Sie war einsam ... Ich habe zwar versucht ...«, er sprach schleppend, kleinlaut, niedergeschlagen ...

Mit einem Mal verlor Ivors Mutter ihre Macht, ihre Bosheit: war nur noch eine der vielen hundert harmlosen älteren bürgerlichen Witwen, die resignierten und an Krebs starben ... Gleich weine ich, weil ich gemein zu ihr war und sie mich haßte und wir uns am Totenbett nicht versöhnten.

»Sie verabscheute mich«, sagte sie zögernd. Es ist schrecklich, wenn ein Feind stirbt.

Trübsinnig, hilflos trommelten seine Finger auf der Stuhllehne, er sah ratlos aus.

»Sie hat dich nie wieder erwähnt«, erklärte er schließlich unsicher. »Sie wußte – ich wollte ihre Angriffe – du weißt ja, wie sie war – ich wollte nichts davon hören.« Er fügte beherzt hinzu: »Das habe ich ihr ein für allemal klargemacht, als sie damit anfing.«

»Das war freundlich von dir.« Freundlicher, als ich war ...

»Sie war keine besonders vernünftige Frau.« Er zündete wieder seine Pfeife an. »Du weißt ja, ich war der einzige Mensch, der für sie zählte. Besonders gut hat *mir* das nicht getan. Dennoch ...«

»Ich bin froh, daß du Marda hattest.«

»Ja, immerhin etwas«, sagte er versonnen.

Ivor eine Waise ... Das war nicht gut. Jemand sollte sich um ihn kümmern. Jemand würde sich bestimmt um ihn kümmern; er käme schon zurecht; wenn nicht mit Marda, dann mit einer anderen Mutter. Die Welt war voll von Müttern. Er war anhänglich und sah immer noch gut aus; und hatte jenen Charme, eigenartig kühl, jungenhaft, durchaus nicht leicht zu durchschauen.

Sie schwiegen, dann sagte er vorsichtig:

»Was hältst du von einer Scheidung?«

»Oh ... mir ist es eigentlich egal. Irgendwie erscheint es mir überflüssig – es sei denn, einer von uns beiden möchte wieder heiraten.«

»Und das hast du nicht vor?«

»Nein, im Augenblick nicht. Hast du etwas anderes gehört?«

»O *nein* ...«

Hatte er oder hatte er nicht? Bei Ivor war man sich niemals sicher. Was führte er im Schilde? Er war geschickt. Undurchschaubar. Wenn Marda ihr die Schuld zuschieben wollte, einen Detektiv auf sie ansetzte – würde er sich dagegen wehren? Sie sagte mit erhobener Stimme:

»Leider kann ich dir zur Zeit mit keinem Alibi dienen.« Während sie das sagte, fiel ihr etwas ein. »Außerdem wäre jedes Alibi wertlos, nicht wahr?«

»Wie meinst du das?«

»Nun ja, wir haben gerade eine Nacht unter dem gleichen Dach verbracht. So etwas nennt man Versöhnung, soweit ich weiß. Du hast mir damit alles verziehen.«

»Oh, habe ich das«, sagte er einfach. »Aha.«

»Dr. Fell war Zeuge.«

»Dann ist das auch erledigt«, sagte er ... Spaßeshalber? ...

Wie so häufig verzog er keine Miene. Darin war er unübertrefflich.

»Ich möchte dir nicht im Wege stehen«, sagte sie.

»Das tust du auch nicht«, sagte er. »Ganz und gar nicht.«

Er nahm die Pfeife aus dem Mund, untersuchte den Kopf.

»Du erzählst Marda am besten nichts von heute nacht«, sagte sie.

»Nein, nein.«

»Ist sie eifersüchtig?«

»Schon möglich ... Ich erwähne lieber nichts davon.«

Sie konnte sich in diesem Punkt auf ihn verlassen.

Er sah zu ihr hinüber, schaute wieder fort, geradeaus. Sie spürte, daß ihm etwas durch den Kopf ging. Schließlich sagte er:

»Ich weiß nicht, wie es dir geht, doch mir scheint es bemerkenswert natürlich, daß wir wieder zusammen sind.«

»Alles erscheint mir, soweit ich sehe, bemerkenswert natürlich«, sagte sie.

»Wir sind eigentlich niemals richtig schlecht miteinander ausgekommen, oder?«

»Es hätte schlechter sein können.«

Er hielt inne, überging den Satz.

»Wenn zwei halbwegs zivilisierte Menschen in etwa die gleichen Ansichten haben, dann sollten sie logischerweise doch miteinander auskommen.«

»Die Annahme klingt vernünftig ...« Sie seufzte. »Aber leider stimmt sie wohl nicht.«

Er zog an seiner Pfeife, betrachtete die gegenüberliegende Wand, sagte:

»Was hältst du von einem neuen Versuch?«

»Du meinst, wir beide?«

»Ja.« Sie schwieg, und er, der sich für diese Vorstellung zunehmend erwärmte, fuhr fort: »Ich nehme an, daß du mehr oder weniger frei bist ... Wir könnten es wenigstens versuchen. Natürlich würde es einiges Gerede, einigen Tratsch verursachen, doch das wäre uns schließlich beiden egal. Ich bekomme bestimmt diese Arbeit – ich wüßte wenigstens keinen

Grund, warum nicht ... Ich verdiene ordentlich Geld – beim Film verdient man blendend. Und vermutlich hast du auch etwas. Wir müßten keine Not leiden wie beim letzten Mal – meines Erachtens hat uns das auseinandergebracht ... Was hältst du davon?«

Sie sagte schmerzlich berührt, bedauernd, aber bestimmt:

»Es geht nicht, Ivor. Ganz und gar nicht. Verstehst du, ich lebe mein eigenes Leben. Ich möchte es nicht anders.«

»Auch gut«, sagte er auf der Stelle beherzt, ohne eine Miene zu verziehen.

Sie lag erschrocken da und schwieg. Genau, wie ich vermutet hatte ...

»Es tut mir leid«, sagte sie.

Er sagte gleichmütig:

»Es war auch nur ein Vorschlag.«

Was sieht, weiß, fühlt er? Irgend etwas? ... Wie Stein, so undurchdringlich.

»Am besten gehst du jetzt, Ivor«, sagte sie. »Du kannst leider nicht über Nacht hierbleiben. Morgen früh um acht kommt Mrs. Banks. Es ist in unser beider Interesse, wenn sie uns nicht zusammen sieht.«

»Du hast recht.« Er stand eilig auf und legte die Zeitung zusammen, stopfte sie in seine Jackentasche. »Kann ich die mitnehmen? Ich habe noch nicht alles gelesen.«

»Gern, nimm sie.«

Er glättete sorgfältig sein Haar. »Könnte ich mir zehn Shilling von dir leihen? Bis ich die Arbeit bekommen habe. Ich bin ziemlich bankrott.«

»Wieviel brauchst du?« Er hat die Scheine in meiner Tasche gesehen.

»Nun ja, ein paar Shilling ... Ich zahl' sie dir zurück.«

»Nimm sie«, sagte sie, »aber laß mir den Rest. Ich muß noch eine ganze Weile davon leben.«

»Es sind noch mehr als zwei Pfund«, sagte er, nachdem er ihre Tasche inspiziert hatte.

»Bei mir hat es Geld geregnet.«

»Du hast Glück.«

»Allerdings.«

»Also, bis bald. Vielleicht komme ich morgen noch einmal vorbei und sehe nach, wie es dir geht.«

»Es wird schon gehen. Morgen stehe ich auf. Gute Nacht, Ivor. Danke, daß du mir geholfen hast.«

»Keine Ursache.« Er blieb in der Tür stehen. »Vielleicht können wir manchmal gemeinsam essen ... wenn du in London bist.«

»Wahrscheinlich fahre ich bald wieder aufs Land. Aber wir können es trotzdem tun.«

»Gute Nacht.«

»Gute Nacht.«

Sie hörte, wie er die Haustür schloß, dann ging sie hinunter, um die Spuren seines Tuns zu beseitigen. Die Küche war wunderbar aufgeräumt. Er hatte abgewaschen, die Tassen, den Krug, die Teller an ihren Platz, die Lebensmittel in die Speisekammer geräumt. Die unbezogenen Kissen auf Ettys Bett wirkten ein wenig unordentlich und zerdrückt ... Oh, dieser seltsame Mann, der wie in einem steinernen Gehäuse steckte, hatte die ganze vergangene Nacht dort gelegen ... Wir waren einmal verliebt, wir erklärten einander unsere Liebe, küßten uns, teilten ein noch engeres Bett als dieses ... Unvorstellbar. Was sagten wir einander? ... War er damals schon versteinert? ... Habe ich ihm etwas angetan? ...

Sie schüttelte die Kissen auf, glättete die Decken, den Bettüberwurf, ging wieder nach oben in ihr Bett.

Trübsinnig.

Bald habe ich alles hinter mir, werde ich wieder leben.

Das Blut fließt langsam ... reinigt mich. Ich werde Rollo mit klaren Augen sehen, ich werde die Wahrheit sehen.

Ich werde rein sein, weißer als Schnee.

Nicht am folgenden Morgen, doch am Tag danach, kurz vor Mittag, kam er vorbei. Sie packte ihren Koffer, um Kate zu besuchen: Kate überrascht, aufgeregt am Telephon, vor Freude beinah überschwenglich ... Die Türglocke klingelte. Mrs. Banks rief im Flüsterton zu ihr hinauf:

»Erwarten Sie jemanden?«

»Nein.«

»Sind Sie zu sprechen oder nicht?«

Sie huschte in Ettys Zimmer und spähte durch die Spitzengardinen. Da stand er auf der Schwelle, sah die Straße entlang, Hände in den Manteltaschen. Sie sah sein stumpfes, blasses Kinderprofil.

Leise rief sie hinunter:

»Sagen Sie, ich sei aufs Land verreist. Wenn er fragt, für wie lange, dann sagen Sie, daß Sie es nicht wissen.«

Sie hörte, wie die Haustür geöffnet wurde, Stimmen, hörte, wie die Tür ins Schloß fiel. Nun ging er die Straße entlang, enttäuscht, schnellen Schritts, vielleicht fühlte er sich abgewiesen ... Jämmerlich!

Mrs. Banks kam die Treppe herauf.

»Er ist fort«, sagte sie. »Keine Ahnung, was er wollte. Er fragte, wann Sie zurückkämen, da sagte ich, was Sie mir sagten. Ich fragte, ob ich etwas ausrichten könne, doch er sagte, nein, das sei nicht nötig, er käme ein andermal.«

»Wer er wohl war?«

»Er sah nicht schlecht aus, der junge Mann. Langhaarig. Wie ein Künstler. Ungesund. Schlechtes Essen. Oder Alkohol.« Sie versetzte der Lampe einen Stoß mit dem Staubwedel. »Ob er wiederkommt? Ich glaube, er kommt wieder.« Sie hoffte es wirklich. Sie war diesmal besonders neugierig. War um ihn besorgt. Eigentlich war sie nicht gefühlsduselig.

Oh, er wird schon zurechtkommen.

Vierter Teil

1

Sie fuhren am frühen Nachmittag von London fort, ließen sich im *Dog and Duck* die Schlüssel geben, fuhren dann weiter zu Simons Haus.

Gleich als sie die Tür öffnete, empfing sie der neue Geruch; ungewohnt, nicht wie sonst – durchdringend, aufregend, erdig, wie Farn oder Pilze – jedenfalls anders – feucht, bitter, beißend; etwas hatte vom Haus Besitz ergriffen; ein bedrohlicher Geruch ... Sie schlug im Wohnzimmer die Fensterläden zurück, öffnete die Fenster. Rollo stand schweigend hinter ihr. Sie schauten hinaus auf den Rasen, die Ulmen wirkten trocken, dürr, der Birnbaum warf blaßbräunliches, graues Laub ab. Das Wetter war trüb, böig, wolkig; Wind schien aufzukommen.

»Welchen Tag haben wir heute?« fragte sie.

»Den 25. September.«

»Es ist Herbst.«

»Hm. Traurige Vorstellung.« Er bewegte sich unruhig, fröstelte, ihm war kalt.

»Das Gras muß gemäht werden. Ob ich mich darum kümmern soll?«

Erstaunlich, wie vernachlässigt das Haus nach zwei Monaten wirkte. Es schien unnormal. Simons Haus ist ein leeres Haus ... Es sieht nicht so aus, als ob irgend jemand je wieder hier wohnen könnte.

»Letztes Mal sah es völlig anders aus«, sagte er. »Das war ein lustiger Abend damals, nicht wahr, Liebste?«

»O ja, lustig.«

»Dieser Simon ist mir ein Rätsel. Ihr erzählt alle von ihm, ihr behauptet, dies sei sein Haus, doch ich frage mich, ob er wirklich existiert.«

»Da hängt sein Porträt.«

Er ging langsam zum Kamin hinüber und betrachtete Simons Bild. Billy hatte es vor Jahren mit schwarzer Kreide, grün und gelb gemalt.

»Das ist zwar nicht das, was ich unter einem Porträt verstehe, Liebste, doch bestimmt ist er ein aufregender Kerl.«

»Er ist genau wie auf dem Bild.« Sie ging durch das Zimmer und stand sinnend neben ihm. »Er ist krank«, sagte sie.

»Schwer krank?«

»Ja, er hat Typhus. Doch es geht ihm schon besser. Gestern kam eine Karte von Anna – sie sind in Südfrankreich. Sein Fieber ist gesunken. Sobald er reisen kann, bringt sie ihn zur Erholung hierher.«

Der Gedanke begeisterte sie – zusammen mit Simon in seinem Haus zu wohnen, ihn versorgen zu helfen, ihn besser kennenzulernen. Darauf konnte sie sich konzentrieren, so konnte sie leichter den Herbst überstehen; konnte über den toten Punkt, die Sinnlosigkeit hinwegkommen. Wenn er da ist, werde ich sehen, was geschieht ...

»Bist du dann hier?« fragte Rollo und schaute fort.

»Ich nehme es an – eine Weile wenigstens.« Wenn von Simon die Rede war, reagierte er eigenartig, ablehnend, mißtrauisch. »Immerhin etwas, worauf ich mich freuen kann.« Er schwieg, betrachtete das Fenster, verzog gekränkt den Mund. Sie fügte hinzu: »Aber bald werde ich mich um eine neue Arbeit kümmern müssen. Ich habe keine Vorstellung, was.«

Er zog ein klägliches Gesicht.

»Was soll ich tun, Rollo? Soll ich bei der Operette vorsprechen? Zu alt – und ich kann weder tanzen noch singen. Vielleicht könnte ich Mannequin werden – wenn ich Beziehungen hätte ... Kennst du einen eleganten Schneider, bei dem eine Stelle frei ist?«

Wo ist das gemeinsame klare Element, in dem wir uns gefahrenlos bewegen können? ... Rollo, schau mich an! ... Ich wollte es schön und einfach: eine gemeinsame Nacht in diesem Haus, in dem wir einmal glücklich waren; vielleicht die letzte Nacht, wer weiß? ...

»Oder ich werde Statistin beim Film. Vor vierzehn Tagen

habe ich Ivor getroffen – habe ich dir davon erzählt? Er machte sich Hoffnungen, weil er einen Filmmagnaten kennt. Womöglich kann er mich dort empfehlen?«

Auf dem langen, niedrigen, gelbgestrichenen Bücherregal stand, noch unfertig, eins von Annas Bildern; Heuwagen, Felder, Ulmen, in der Ferne der Kirchturm; eine Sommerlandschaft. Lange vergangen, eine alte Geschichte ... Wird sie das Bild im Winter beenden? Sie führt nie etwas zu Ende.

Er ging im Zimmer auf und ab. Ruhelos. Als belaste ihn etwas.

Vergiß nicht, ich liebe dich.

»Lieber Rollo, wenn du möchtest, bleibe ich in London. Ich muß nicht hiersein, wenn sie zurückkommen. Am allerliebsten bin ich in deiner Nähe. Doch du kommst so selten – wir schaffen es so selten, uns zu sehen, nicht wahr? Und ich habe inzwischen – bis jetzt – so wenig für mich getan. Ich treffe die meisten meiner Freunde nicht mehr.« Sie denken, ich hätte mich zurückgezogen; ich lebe wie unter einer Glasglocke, distanziert. Sie finden mich langweilig. »Das heißt«, fügte sie hinzu, »von Anna und Simon einmal abgesehen.«

Vor einem Jahr noch war mein Leben reich und voll, kein Bruchstück, nirgendwo Leere, keinerlei Lücken.

Er ging weiter auf und ab, kam ihr nicht nah.

Oh, hör auf umherzugehen! ... Sie richtete sich auf und sagte aufmunternd:

»Komm, wir gehen nach oben und lüften die Schlafzimmer. Lassen die schlechte Luft hinaus.«

Sie hakte sich bei ihm ein, als sie die Treppe hinaufstiegen. Rühr dich, rühr dich, komm näher, schau mich an, gib mir einen Kuß, damit ich sprechen kann.

Ein hoher dünner Straßensängersopran begann in ihrem Kopf ein immerwährendes Lied: *Laß unsere Liebe – heiter enden ...*

»Ach, mein Guter«, sagte sie hastig, »ich habe dich vermißt.«

»Hast du das?« Er zog sie einen Augenblick an sich. »Ich dich auch.«

Doch als sie oben ankamen, lockerte er seinen Griff, und ihre Hand fiel hinunter ... Oder ich zog sie fort.

Zuerst gingen sie in ihr Schlafzimmer. Sie stieß das Fenster auf, sah sich um. In der Ecke stand das niedrige, enge, ein wenig windschiefe Bett mit der rot-weißen Flickendecke darauf. Sie sagte lächelnd:

»Sehr bequem wäre es nicht, die ganze Nacht hier gemeinsam zu schlafen. Du kannst gern das Gästezimmer nebenan benutzen.«

»Mir ist einerlei, wo ich schlafe«, sagte er freundlich.

Das sagte er. Der Gast, der keine Umstände macht.

Sie sagte schnell: »Hier scheint es nicht so stickig.«

»Nein, du hast recht.«

»Warum sieht alles so trostlos aus? Ist das nur Einbildung?«

Sie lehnte sich aus dem Fenster und schaute hinaus. Alles wollte sie lieber sehen als den veränderten Raum und darin den veränderten Mann, so niedergeschlagen und teilnahmslos; hier in diesem verdunkelten Zimmer standen wir an jenem heißen Nachmittag, und die Bienen summten blind im Rosmarin. Sie betrachtete das wuchernde graue Gebüsch unter den Wohnzimmerfenstern. Zwei Blaumeisen hüpften geräuschlos ein und aus, pickten, flatterten.

»Ein elender Tag«, sagte er. »Bedrückend, finde ich.«

Verdrießliches Wetter, menschenfeindlich ... Ich stecke wieder in der Sackgasse, wo die Luft steht, wo Bettler die Mülleimer plündern, Fischköpfe zutage fördern ... Was sollen wir tun? Wie können wir hier sein?

»Wie wär's mit einem Spaziergang?« sagte sie und sah ihn an. Er machte einen Schritt auf sie zu und sagte kaum verständlich, erschrocken:

»Warum bist du so blaß?«

»Ich? Ich bin doch immer blaß.«

»Nein ... du siehst anders aus.«

»Es tut mir leid, wenn ich nicht hübsch für dich bin.« Sie rieb sich die Wangen, lachte unsicher. »Ich wollte eigentlich ... ich habe mich nicht besonders gut gefühlt in letzter Zeit.«

Sie spürte, wie er zurückwich, sein Mitgefühl verweigerte, fürchtete, sie gebe ihm die Schuld.

»Aber jetzt geht's dir wieder gut, nicht wahr?«

»O ja, alles in Ordnung.«

»Hoffentlich.«

Die andere ist schon immerzu krank ...

»Alle Welt scheint kränklich zu sein. Es ist ein Zeichen der Zeit.«

»Oh, sag solche Sachen nicht«, bat er gereizt. »So etwas kann ich nicht ertragen.«

Ein einfacher Mann mit einfachen Gedanken ... Sie lachte kurz und sagte:

»Bei *dir* ist alles in Ordnung, nicht wahr? Du siehst immer noch so gut aus wie in Österreich. All die frische Luft hat dir gutgetan.«

»Ja, ich fühle mich blendend, das muß ich schon sagen. Ich hatte einen prächtigen Sommer, wirklich ...« Er hielt abrupt inne, fügte hinzu: »Wenigstens –«, und verstummte unsicher.

»Siehst du«, sagte sie, »man kann gerade noch den Fluß sehen. Ich glaube, dorthin sollten wir nicht gehen, oder? Es sieht kühl aus.«

»Allerdings, ziemlich.«

»Erinnerst du dich an die Nacht in den Bergen, als du Wasser riechen konntest?«

Sie lächelte ihn an.

»Ja.« Er lächelte auch, legte seinen Arm um sie. »Das war eine wunderschöne Nacht, nicht wahr, du Liebe?«

Er möchte meine Zärtlichkeit. Sie lehnten aneinander. Jetzt ... Rollo, geh nicht wieder fort. Sie versuchte, etwas zu sagen. Rollo, hör mir zu ... Die Stimme versagte ihr, schmerzte. Kein Wort kam heraus. Er strich ihr über den Rücken und ließ seinen Arm wieder fallen. Lady Spencer hatte den Schauplatz einen Augenblick lang verlassen, doch nun stand sie wieder zwischen ihnen – wie schon den ganzen Tag ... Er hat sich erst eine Woche nach seiner Ankunft bei mir gemeldet.

»Soll ich im Wohnzimmer den Kamin heizen? Das würde das Haus aufheitern.«

Er liebte lodernde Feuer.

»Olivia ...« Er blickte wie ein Gefangener im Zimmer umher. »Laß uns nicht hierbleiben.«

»Gut«, sagte sie schnell, so schnell. »Meinst du – wir sollen nach London zurückfahren?« Sie fühlte einen Abgrund in sich.

»Nein. Nein. Ich möchte mit dir zusammensein. Das heißt, wenn du es auch möchtest. Nur nicht hier. Es ist so unglaublich trostlos. Irgend etwas stimmt hier nicht.«

»Was meinst du mit ›stimmt hier nicht‹?« Er spürt es also auch. Unsinn – Simon wird wieder gesund.

»Das Haus hat eine merkwürdige Ausstrahlung, nicht wahr? Es ist mir schon früher aufgefallen – ich wäre hier ungern allein. Vielleicht ist es Unsinn, aber manchmal empfindet man Orten gegenüber so. Es tut mir leid, wenn ich dich enttäusche, Liebste. Laß uns irgendwohin fahren, wo es nicht so bedrückend ist. Würde es dir sehr viel ausmachen?«

»Wohin möchtest du?«

»Mir fällt nichts ein. Dir?«

»Nein. Wahrscheinlich ist es überall so.«

Sie schloß die Fensterläden.

»Was ist mit dem kleinen Gasthaus, wo wir damals abends waren – wo der deutsche Student sang? Das war doch freundlich. Sollen wir dorthin fahren?«

»Der *Maienkranz*«, sagte sie. »Ja, der war gemütlich. Gut, versuchen wir es dort.«

Sie verriegelte die Fensterläden. Der kleine quadratische Raum versank in trauriger Eintönigkeit. Sie gingen hinunter, verschlossen das Haus, gingen davon. Der Wagen stand unter der Kastanie am Teich.

»Kein sehr einladendes Gewässer«, sagte er.

Sie stiegen in den Wagen und holperten über den Feldweg. Sie schaute zurück. Es war ein kleines weißes Haus mit grünen Fensterläden und einem bleiernen Dach auf einer ungepflegten Wiese: düster, wenig anheimelnd. Nichts außer der allesumgrenzenden wilden Dornenhecke war daran besonders. Der Schrein war zerbrochen, der Geist des Ortes fort.

Niemand war im *Maienkranz*. Sie gingen durch die Holzpforte in den Garten. Sommerabenderinnerungen wurden wach: Motorräder, die knatternd vorfuhren, hielten, noch immer dröhnend. Gruppen von Gästen unter den Apfelbäumen, die lustig lauten Männerstimmen an der Theke. Nun war alles verlassen. Eine Leiter lehnte gegen den Apfelbaum, drei, vier Hühner scharrten im Gras, auf einem blauen Gartentisch stand eine Wasserlache und die Farbe blätterte ab. An den gestutzten Büschen die letzten Rosen. Sie schaute über die Hecke zu den hohen ineinander verwachsenen Pappeln, Erlen, Weiden – wo die Eule geflogen kam; und Colin eine Rede über Bäume hielt ... Beim Betrachten des Gasthauses bemerkte sie, was ihr früher nicht aufgefallen war: nur ein Teil war alt, der Rest schäbig, eine Imitation, das Dach nur dünn riedgedeckt. Rollo öffnete die bleiverglaste Gartentür zum alten Teil des Hauses. Sie mußten sich bücken, traten in die dunkle, ungelüftete Gaststube mit der schweren, niedrigen Balkendecke ein. Rollo konnte nur vor dem Kamin aufrecht stehen.

»Woanders geht es nicht, siehst du«, sagte er.

Er stellte sich mit gesenktem Kopf unter den mittleren Balken. Die ganze Last der Decke schien auf ihm zu ruhen. Sie lachten.

»Wonach riecht es hier? ... Schimmel? Mäuse?«

Er ging mit eingezogenem Kopf durch den Raum, gab einem Kinderschaukelpferd einen Schubs, klopfte an die Eichentäfelung. »Scheint massiv zu sein«, sagte er. »Wahrscheinlich furchtbar alt. Sollen wir Tee bestellen, Liebes?«

»Ich kann mir nicht vorstellen, daß es hier sehr angenehm ist, oder?«

»Jedenfalls gibt es reichlich Sitzgelegenheiten.«

Der finstere Raum war mit hart aussehenden Armlehnstühlen vollgestopft; wahrscheinlich waren sie einmal ein günstiger Kauf gewesen. Zwei davon zog er vor den Kamin. Dann kam eine dünne Frau in weißer Bluse mit einer großen rosafarbenen Perlenbrosche vom Garten herein; überrascht und mißtrauisch stand sie in der Tür.

»Möchten Sie etwas?« fragte sie.

»Bringen Sie mir bitte zwanzig *Players*«, sagte er, ans Befehlen gewöhnt. »Und ich hätte gern ein Feuer im Kamin.«

Sie betrachtete ihn widerwillig, feindselig.

»Zu dieser Jahreszeit machen wir kein Feuer. Es sei denn, der Gast bittet ausdrücklich darum.«

»Ich bitte Sie ausdrücklich darum«, sagte er mit leicht erhobener Stimme. »Würden Sie bitte Feuer machen? Vielleicht bleiben wir über Nacht, vielleicht aber auch nicht.«

Sie verschwand wortlos. Nun ist sie gegen uns eingenommen. Ein grauenhafter Beginn.

»Schreckliche Frau«, sagte er. »Was gibt es in England für Gastwirte ...«

Schließlich erschien ein rundliches Landmädchen in schmuddeliger schwarzer Kellnerinnentracht und brachte die Zigaretten. Sie bückte sich und reichte ihnen ein brennendes Streichholz, zeigte im Bücken ihre breiten Hüften. Als sie sich wieder aufrichtete, lächelte Olivia sie an und sagte: »Vielen Dank.« Einer mußte ihnen doch wohlgesonnen sein ...

Sie sagte in breitem Oxfordshire-Dialekt:

»Möchten Sie vielleicht Tee?«

»Nein, danke.«

Wie sie es gelernt hatte, fuhr sie schwerfällig fort:

»Möchten Sie etwas zu Abend essen?«

»Was gibt es denn?« fragte Rollo gutgelaunt.

»Weiß nicht, mein Herr.«

»Können Sie uns eine Forelle fangen?«

»Nein, mein Herr.« Sie drehte und wand sich und verzog das Gesicht: »Sie sagt, Sie können ein Hähnchen bekommen, wenn Sie es jetzt bestellen«, flüsterte sie.

»Wir bleiben zum Abendessen«, sagte Rollo und zündete sich eine Zigarette an. »Nicht wahr, Liebste? Wir essen Hähnchen. Hoffentlich ist es schön fett.«

Sie warf ihm einen Blick zu und verschwand.

Olivia sah, wie er lächelte, und lächelte auch. Er mußte das Mädchen für sich gewinnen. Er brauchte wohlgesonnene Menschen um sich herum, Ergebenheit, Dienstbeflissenheit.

Das Feuer brannte hell. Er legte Kohlen nach.

»Hier ist es gar nicht so übel, oder?« sagte er. »Laß uns erst einmal etwas trinken.«

Sie hörten nebenan das Mädchen singend hantieren. Er stand auf und verriegelte die Gartentür, zog die kurze karierte Gardine vor das Türfenster, öffnete die andere Tür, stellte fest, daß sie zu einem gepflegten Gang führte, schloß sie wieder.

»So«, sagte er. »Wer nun hereinkommen möchte, muß von dort kommen, und wir hören ihn von weitem.«

Er kam, setzte sich, zog sie zu sich.

»Oh, meine Liebste, so gefällt es mir.« Er küßte sie.

War doch alles wie früher? Sie schafften alles aus der Welt, sie waren sich einig, nahmen einander an, die vertrauten Körper überspielten jeden Mißklang? ... Würde das sperrige Unglück sich wohlig erweichen, wie dunkles Wasser geräuschlos versickern? ... Alles war wie früher, bewährt, unbestritten ... Sie sagte leise:

»Rollo, es gibt soviel zu sagen.«

»Nicht jetzt.«

»Weißt du nicht, wieviel gesagt werden müßte?«

Er seufzte. »Ja« und legte seinen Kopf an ihre Brust. »Vielleicht ... Ja? Ich weiß nicht. Oh, ich habe mich nach dir gesehnt.«

Doch dann küßte er sie nicht mehr. Mein Fehler, ich kann nicht ... Sie setzte sich fern von ihm auf den dunklen Wolläufer vor dem Kamin, legte Kohlen nach.

Er griff in seine Tasche und zog ein Kästchen hervor.

»Liebste, das habe ich gestern zufällig gesehen. Ich dachte, es könnte dir gefallen.«

Es war eine Armbanduhr mit einem Platinband und winzigem diamantenbesetztem Gehäuse.

»Oh, wie prächtig!« Wieder ein Geschenk für Nicola. »Rollo, das sollst du nicht ...«

»Du hast doch keine Uhr, oder?«

»Nein, allerdings nicht.« Sie streifte sie über. »Viel zu fein für mich. Ich kenne mich nicht wieder.«

»Sei nicht dumm.«

Sie betrachtete die elegante, kostbare Uhr an ihrem Handgelenk. Wieviel hätte ich dafür bekommen? ...

»Ist das ein Abschiedsgeschenk?« fragte sie nachdenklich.

»Wie meinst du das?« Er klang geknickt, argwöhnisch.

»Ich weiß nicht – es sieht so aus.« Doch dann lachte sie, als habe sie sich versprochen. So ging es auch nicht.

»Nun«, sagte sie. »Jetzt kann ich dir auf meiner wunderschönen neuen Uhr genau sagen, wie spät es ist. Punkt sechs. Wie wär's mit etwas zu trinken. Du gehst an die Theke und holst mir etwas. Gin und Limonensaft. Einen doppelten.«

Er stand auf, entriegelte die Tür und ging.

Sie saß weiter am Kamin, und ihr Kopf war klar.

Wir dürfen uns nicht an das *Vergiß nicht, ich liebe dich* erinnern – nicht auf dieser Ebene miteinander sprechen. Als wir in jener Welt waren, waren wir nicht in der Welt. Als er die Wahrheit sprach, damals unter dem Kastanienbaum im Gasthausgarten, damals am Fenster, als wir den See sahen, schauten, wie Wasser und Licht eins wurden, war er sich selbst nicht treu. Wir alle sagen manchmal, was wir nicht meinen. Oder selbst wenn wir es meinen, können wir es nicht wahrmachen: das Gefühl ist zu groß für diese Welt, bedrohlich, nicht handhabbar, am besten ganz und gar fort damit ... Es wäre schändlich, ihn darauf festzunageln ... Wir müssen den Tatsachen ins Gesicht sehen: er war nicht er selbst. Wir waren in einer anderen Welt. Das Leben muß hier weitergehen, nicht dort. Gingen wir zurück, fänden wir das Leuchten nicht wieder, nur den ausgebrannten traurigen Rest.

Er ist eigentlich ein einfacher Mann, er ist beharrlich, er liebt ein ruhiges Leben. Jetzt hat er Angst vor mir, weil ich einmal gesiegt habe. Ich bin zu weit gegangen ... wie wenn man jemanden im Rausch ausnutzt. Er meint, es sei das beste, mir eine Zeitlang aus dem Weg zu gehen, bis alles sich wieder beruhigt hat. *Alles wie früher, Liebe* ...

Vielleicht ein gemeinsamer Abend, eine gemeinsame

Nacht, dann und wann, wenn es nicht zu schwierig ist. Das wäre ein erfreuliches Übereinkommen ...

Wir leben nicht an Seen unter Kastanienbäumen, wir leben in Straßen, wo man uns listig bespitzelt und durchs Schlüsselloch beäugt.

So ist es.

Lady Spencer, Ihr Sohn ... Ich darf Sie nicht enttäuschen.

Er kam zurück, trug in der einen Hand einen Whisky Soda, in der anderen ihr Glas. Er wirkte gelöster.

»Es tut mir leid, daß es so lange gedauert hat, Liebes. An der Theke war ein komischer Handlungsreisender, und wir haben ein Bier miteinander getrunken. Seltsames Leben, das diese Männer führen – durchaus interessant – ich hätte nichts dagegen ... Die böse Wirtin ist mittlerweile auch zugänglich. Ein doppelter Gin hat sie ausgesprochen aufgemuntert. Eigentlich ist sie nicht so übel.« Herzlich, umgänglich, gönnerhaft ... Warum keine gute Laune haben? »Trink dein Glas aus, ich hole dir gern noch einen Gin. Dann fühlst du dich besser.«

Er setzte sich, beugte sich zu ihr, streichelte ihr Gesicht, ihren Hals. Schließlich sagte er schmeichelnd: »Heute nachmittag waren wir wirklich trübsinnig, was meinst du? Ich war in gräßlicher Verfassung – es tut mir leid. Wie dumm, unser erstes Treffen nach so langer Zeit zu verderben ... Wie fändest du es, wenn wir hierblieben? Laß uns das tun. Ich habe oben die beiden Schlafzimmer inspiziert, es gibt schlimmere.«

»Oh, gut. Dann laß uns bleiben.«

Es sollte alles so bleiben wie bisher. Vergiß jenen kurzen Anflug von Rücksichtslosigkeit, von Taktlosigkeit, und alles geht weiter wie zuvor ...

Sie nippte an ihrem Glas.

»Ich mag diesen komischen Raum«, sagte er. »In welch seltsamen Räumen wir gewesen sind, nicht wahr, Liebste?«

»Ja ... und Feuer gemacht haben! ... Weißt du, daß es beinah ein Jahr her ist?«

Sie fragten einander: Erinnerst du dich – an unser erstes

gemeinsames Wochenende, den Abend, als wir in *Chochran's* Revue waren, all die anderen Ereignisse. Den See und die Kastanienbäume erwähnen wir nicht. Sie rückte näher, lehnte sich an ihn ...

Alles ist gut, wozu die Aufregung?

»Wie geht es deinem Vater, Rollo?«

Er lächelte nicht mehr, machte ein besorgtes Gesicht.

»Oh, der Arme – es geht ihm nicht besser. Er hat alle möglichen Spritzen bekommen, doch niemand kann ihn heilen. Vor einem halben Jahr hätte eine Operation vielleicht noch genützt, doch nun ist es zu spät. Sein Herz ist zu schwach. Sie waren eine Zeitlang in London.«

»Oh, wirklich? Vermutlich zur Behandlung.«

»Ja, sie haben bei uns gewohnt, während wir fort waren. Doch er wollte wieder nach Meldon, also sind sie abgereist. Er hat keine Ruhe.«

»Deine arme Mutter.«

»Ja, es ist schrecklich für sie. Sie hält sich natürlich fabelhaft.« Er dachte nach. »Du hättest sie besuchen sollen – das hätte ihnen gefallen. Sie mochten dich immer besonders gern.«

Sie besuchen! ... Nimm's leicht; mach dir das Leben nicht schwer; was einer nicht weiß, belastet ihn nicht. Verwisch deine Spuren und tu niemandem weh. Hier ein bißchen Betrug, dort ein bißchen Betrug, so bleibt die Welt in Gang.

»Ich könnte sie jetzt nicht treffen. Ich kann die Dinge nicht auseinanderhalten. Anscheinend habe ich das schlechtere Gewissen. Ich würde zusammenbrechen und beichten.« Sie fügte heftig gefühlvoll hinzu: »Ich werde sie nie mehr sehen – nie mehr!«

Verschwinden Sie von der Bildfläche, Lady Spencer, Hüterin der Moral, salbungsvolle alte Frau, die sich überall einmischt ... Hören Sie jetzt gefälligst fort – hier spricht einer, den Sie – wie schon immer – nicht verstehen, und eine, die Sie ganz und gar nicht kennen. Wenn Sie wüßten, was die ihm jetzt erzählen wird. Er sah sie erschrocken an, sagte beruhigend:

»Geht in Ordnung, du Liebe.« Er strich ihr durchs Haar, streichelte sie. Sie lehnte ihren Kopf gegen ihn.

»Rollo, Liebster, soll ich dir etwas erzählen?«

Er wird zärtlich sein, wird mich bedauern. Wir sind uns nahe. Keiner kann so trösten wie er.

Sie begann zu erzählen, was geschehen war.

Er war zu fassungslos, zu entsetzt, um irgend etwas zu sagen, nur: »O Gott!« tonlos, wieder und wieder.

»Doch jetzt ist alles wieder gut. Es ist vorbei ...« Sie griff nach seinem Arm, eindringlich, schüttelte ihn, damit er sie ansah.

»Warum hast du mir nichts gesagt? ...« fragte er schließlich. Er sagte es nicht vorwurfsvoll, weil sie sich von ihm ferngehalten hatte, nicht liebevoll bekümmert, weil sie seine Hilfe, seine Anteilnahme nicht in Anspruch genommen hatte; eher schien es – ja –, als unterdrücke er sein äußerstes Grauen, seine Bestürzung. Schnell zog er seine Hände weg.

»Du warst so weit fort«, sagte sie in Panik, suchte nach Worten, wollte es ihm erklären. »Ich konnte dir nicht nahe kommen. Ich habe mich bald – beinah sofort – schrecklich gefühlt – ich wollte nicht, daß du mich so siehst. Und dann war ich in einem solchen Zustand, ich war unfähig, irgend etwas zu unternehmen, ich konnte nicht einmal mehr einen Brief schreiben. Es ging nur noch darum, die Tage zu überstehen und abends wieder zu schlafen. Und natürlich es niemanden wissen zu lassen ...«

»Weiß es *irgend jemand*?«

»Keine Seele – nur der Mann, der es getan hat. Sonst habe ich keinen Menschen getroffen. Ich habe in der Wildnis gelebt – auf einer einsamen Insel ...«

»Mein Gott!« Er zerraufte sich die Haare. »War er schrecklich? Hat er viel Geld genommen? Sie sind doch teuer, nicht wahr?«

»Es war nicht so schlimm. Ich hatte genug. Ich habe mir etwas von Kate geliehen ...«

»Du hättest mich – du mußt es mich bezahlen lassen ...«

»Nein, nein! Mach dir darum keine Gedanken.«

»Bitte! Um Himmels willen! Das ist doch das Geringste -«

Sie weinte, hielt sich die Ohren zu:

»*Du hast es bezahlt!* ... Ich habe deinen Ring verkauft.«

Er schwieg, dann fragte er ruhig:

»Was, den Smaragd?«

»Ja.« Sie brach in Tränen aus. »Es tut mir leid. Es tat mir auch leid. Was sollte ich denn machen? Ich konnte nicht mehr. Er hat mich überrumpelt – ich mußte das Geld sofort auftreiben. Ich konnte dich doch nicht brieflich darum bitten – ich habe dich niemals um Geld ... Und ich konnte es doch nicht im Brief erklären, ich konnte nicht. Ich wollte dich nicht damit belästigen. Ich dachte, es ist am besten, daß ich alles so schnell wie möglich durchstehe. Weißt du, ich *wußte* doch ... Es hatte keinen Sinn – wir können kein ... du würdest niemals – du hast immer gesagt, es ginge nicht ... ich *wußte* es doch ... ich dachte – es wäre besser, wenn ich es allein durchstehe – das würde es wiedergutmachen – ich wollte es gern – du nicht. Für dich wäre es ein lästiger Fehler, aber für mich war es ein Kummer, den wollte ich allein ertragen. Ich dachte – auch als es am schlimmsten war –, ich tu' es für *dich* ... Ich habe deinen Namen gesagt. Das half. Ich konnte etwas für dich tun. Es war nicht, daß ich etwas Ungewolltes loswerden wollte. *Ich wollte es!* Ich wollte es! Ich hätte es dir niemals erzählen sollen. Das mit dem Ring tut mir leid. Mir tat es auch leid. Ich habe kaum genug dafür ...«

»Sei still! *Hör auf!*« Er faßte und schüttelte sie, nicht hart, doch auch nicht sanft. »Als spielte der Ring eine Rolle ... Oh, ich bin froh, daß er fort ist – wenigstens hat er etwas genützt ... Nur daß du –« Seine Stimme versagte. »... Ganz allein ... Ich bin –«

»Du brauchst dich nicht schuldig zu fühlen – überhaupt nicht. Es ist vorüber.«

»Aber bist du sicher, daß alles in Ordnung ist?«

»Völlig in Ordnung.« Sie trocknete die Tränen, putzte sich die Nase. Der Tränenstrom hatte sie erleichtert. Sie fühlte sich ruhig, klar. »Vielleicht war es nicht ganz so, wie ich gesagt habe. Zuerst hat es mir nicht soviel ausgemacht – gar nicht. Ich wollte nur, daß mir endlich nicht mehr übel ist – das war dann eine solche Erleichterung! Erst danach – es hat mir immerzu leid getan – ich habe mich so danach gesehnt. Das ist wohl die Rache der Natur; der Körper pocht auf sein Recht ...«

»Wie schade«, sagte er hilflos. »O Liebste, so ein Unglück.«

»Ich hatte die verrücktesten Ideen, wie ich es behalten könnte – ich wollte allein fortgehen und nach einem Jahr zurückkommen, sozusagen um dir das fertige Produkt zu präsentieren. Ich malte mir aus, daß du vielleicht dennoch begeistert wärest, du wärest einfach froh, du ... Ich weiß nicht. Es wäre niemals gutgegangen.«

Er schüttelte den Kopf, vergrub ihn in den Händen, atmete schwer.

»Bestimmt nicht. Ich bin froh, daß du ... Es wäre schrecklich –«

Ein eigenartiger Laut brach aus ihm hervor – ein Stöhnen – fast ein Lachen.

»Ich weiß, es war ein wunderschöner Ring – aber diesen mag ich lieber.« Sie drehte den Ring an ihrem kleinen Finger. Mit dem Perlenkranz glich der Stein einem Auge. »Solange ich den trage ... Das ist unser Ring, nicht wahr?«

Er lächelte knapp, ergriff ihre Hand und küßte sie, ließ sie wieder fallen. Er sagte nichts.

Im gepflasterten Gang hallten Schritte. Die Frau mit der weißen Bluse trat ein, lächelte freundlich, trug eine Petroleumlampe mit weißem Glasschirm. Sie stellte sie mitten auf den Tisch, auf die grüngefranste Tischdecke, entzündete ein Streichholz.

»Dachte, so wäre es gemütlicher«, sagte sie. »Es wird wirklich schon früh dunkel. Richtig hell ist es hier sowieso selten. Aber die Gäste mögen es. Es ist alt, wissen Sie – echt – das gefällt den Leuten. Deshalb haben wir in diesem Teil des Hauses kein elektrisches Licht – es würde nicht dazu passen. Ich mag zwar keine Antiquitäten – sehe keinen Sinn darin.

Schließlich stellt man auch keine Greise in Rollstühlen aus, also warum umgibt man sich dann mit Altertümern. Das finde ich sinnlos.« Sie lachte schrill und klirrend. »Oje! Bald kommt der Winter. Ich spüre schon meinen Rheumatismus. Im vergangenen Jahr war der ganze Garten überschwemmt. Jeder würde davon krank ... Na also! Besser so? Ist das Feuer richtig? Wann möchten Sie zu Abend essen? Acht Uhr? Geht in Ordnung.«

Vor dem Abendessen machten sie einen Spaziergang; Arm in Arm gingen sie den weidengesäumten Weg zur Schleuse. Sie lehnten sich übers Brückengeländer und betrachteten das Wasser, das schwindelerregend fiel und toste. Das Geräusch unter ihnen beruhigte sie, ewig und monoton sang es mit dem Wind und dem Regenrauschen der Pappeln hinter dem Haus des Schleusenwärters.

»Warum fesselt Wasser so?« sagte er. »Ich könnte ewig zuschauen.«

Sie fanden, es wäre schön, Schleusenwärter zu sein. Sie bewunderten die alte, sanft geschwungene Brücke mit ihren gotischen Bögen aus rosenroten Ziegeln. Dann gingen sie zurück durch den Gasthausgarten, vorbei an einer spärlich bewachsenen Pergola, hin zum Flußufer, wo ein Landungssteg war, daran vertäut ein Boot und ein Kanu mit einem grünen Segeltuchschutz. Gegenüber ging das Ufer gleich ins Unterholz über, Baumstümpfe, und im Hintergrund ragte ein grauer kantiger Kirchturm empor: ein fremdes Panorama. Die untergehende Sonne überzog den Himmel mit tiefer Glut. Dunkle feuerrandige Wolkenfetzen eilten westwärts, spalteten sich in giftig grünem Licht. Erde, Himmel und Wasser spiegelten einander in einem einzigen klaren, fließenden Element. Nicht weit entfernt lag im Wasser ein Schwarm weißer Enten, schaukelte und wippte, quakte und schwatzte leise. Zwei Schwäne trieben mitten auf dem Fluß, friedlich gebrüstet gegen das Auf und Ab der leichten windigen Strömung. Sie standen am Ufer und sahen die Schwäne flußabwärts gleiten.

»Schau!«

Es war, als sähe sie zuviel. Sie wandte sich um und sah statt dessen ihn.

Was geschieht nun?

Oh, ich verstehe ... Es war wie eine Erleuchtung, scharf, ergreifend und schon vergangen. Darauf habe ich gewartet. Alle Teile fielen zusammen ... wie die Glasfragmente in James' Kaleidoskop, durch das wir schauten und staunten.

»Oh, ich verstehe ...«

Sie war sich kaum bewußt, daß sie gesprochen hatte, bis sie ihn unwillkürlich zärtlich oder fragend antworten hörte.

Doch es hatte nichts mit ihm zu tun ... Wir werden geboren, wir sterben vollkommen allein; ich habe gesehen, wie es ist. Sie hatte im selben Augenblick solche Zerstörung und Erlösung erlebt, es war eine große Erfahrung an sich, weit wesentlicher als der See, die Kastanienbäume. Weiter sollte es nicht gehen.

Alles verging wieder ... So ist es: eine Tatsache, die allem weltlichen Handeln zugrunde liegt.

»Schau die Tiere dort«, sagte er schließlich.

Sie ging mit ihm zum Zaun und warf einen Blick hinüber. Eine alte Frau im schwarz geblümten Kleid setzte drei rotbraunen Tigerkatzen Schalen mit Milch vor.

»Ich wollte immer eine rotbraune Katze.«

»Soll ich dir eine schenken, Liebste?«

Sie spazierten Arm in Arm zurück, vorbei an der windschiefen Pergola.

Das alles verwandelnde Licht war vergangen; nun war es dunkel und kalt, windig, als würde es bald regnen.

Der Speisesaal befand sich im neuen Teil des Gasthofs: ein langer, öder, farbloser Raum mit rosafarbenen Kattungardinen, großen Tischen mit weißen Tischtüchern und mehreren Palmen in Blumenständern. An der Decke hing ein dreiarmiger Kronleuchter mit orangefarbenen Schirmen aus imitiertem Marmor. Offensichtlich war der Raum eingerichtet, um Sommergesellschaften, die mit den Vergnügungsdampfern oder per Pferdekutsche kamen, zu verköstigen; doch an diesem Abend war nur ein einziges anderes Paar anwesend, das sich am anderen Ende des Saals an einem Tisch gegenübersaß und schweigend aß. Ein jüngeres, wind- und wettergewohntes Paar. Der Mann trug graue Flanellhosen und Jackett, die Frau ein königsblaues Trikotkleid mit umhäkeltem Ausschnitt. Beide hatten unendlich lange Nasen und engstehende Augen.

»Sicherlich zelten sie. Ich wette, ihnen gehört das Kanu mit dem Überdach. Sie wollen nur eine warme Mahlzeit und ein Bett. Demnach wird es heute nacht kalt und feucht, denn eigentlich wirken sie wetterfest.«

Aprikosen aus der Dose folgten dem zähen, angebrannten Hähnchen, dann gab es eine Tasse Kaffee, lauwarm und bitter. Anschließend führte die griesgrämige, aber dienstbeflissene Wirtin sie in ein enges Schlafzimmer, dessen Wände mit einem Fries von schwarzen, blauen und orangefarbenen Blättern geschmückt waren; auf den Betten ein Überwurf in Orange. Im Kamin lag gefächertes Papier. Um ein wirklich einladendes Feuer zu entzünden, war er zu klein und jämmerlich. Als die Wirtin fort war, zog Rollo eine Grimasse.

»Es tut mir leid, Liebste. Ich war wohl nicht ganz nüchtern, als ich das Zimmer besichtigt habe. Als die Sonne schien, sah es nicht schlecht aus.«

»Die Betten sind eher für respektable Paare.«

»Vielleicht für die Zelter. Die Dekoration übertrifft alles bisher Dagewesene ...«

»Die Wände sind aus Pappe. Nebenan schlafen leider die Zelter. Der Mann schleppte einen Rucksack aufs Zimmer.«

»Da machen sie sicher große Wäsche.«

»Mehr aber auch nicht, was meinst du?«

»Worüber sie wohl reden?«

Die übermütigen, albernen Sätze waren ihnen niemals leichter über die Lippen gekommen. Schon während des Essens hatte sie ihn zum Lachen gebracht. Wir sind hohl und unsere Worte leicht und wunderlich. Narrengeklapper. Ich brächte ihn immer zum Lachen ... Man lacht über mich ...

»Es tut mir leid, daß es nicht schöner ist. Da habe ich dir etwas eingebrockt.«

»Das macht nichts.«

Denn so, wie die Dinge liegen, werde ich hier nicht mit ihm schlafen. Wohin gehe ich? Werde ich die Nacht draußen verbringen, gehe ich oder liege ich in der Gosse, lasse ich mich von einem Lastwagen nach London mitnehmen? Es ist unklug. Die Nacht ist kalt. Ob er es verhindern kann, daß ich fortgehe? ... Wenn er das könnte. Er ist so geschickt ...

»Wir vergessen es einfach, nicht wahr?« Er legte seinen Arm um sie, doch sie drehte sich fort, als betrachte sie sich im Spiegel über dem Frisiertisch. Er warf ihr einen Blick zu. Sie fühlte, wie er zusammenschrak, sich abgewiesen, verwirrt zurückzog. So etwas spürte er sofort. Was denkt er jetzt? »Ist sie nun auch empfindlich geworden? ...« Die Szene war ihm vertraut. Sein Blick, seine Reaktion entsprang einer alten Wunde.

»Hast du uns in die Gästeliste eingetragen?« sagte sie munter und puderte sich die Nase.

»Noch nicht. Wer sind wir diesmal?« Er wollte nicht schwermütig werden, war wie immer bemüht, alles leicht zu nehmen ...

Sie kicherten, erfanden, erinnerten Namen.

»Laß uns unten noch ein wenig am Kamin sitzen, Liebste. Ich habe die alte Gaststube für uns reserviert.« Er dachte: »Sie wird sich schon ändern ...«

»Oh, gut!«

Er dachte an alles.

Die Gaststube war überwältigend stickig, der Dunst der Petroleumlampe hatte die übrigen Gerüche überdeckt. Sie öffnete die Gartentür und zog den dunklen Plüschvorhang zu. Dort kann ich, wenn nötig, hinaus. Sie standen vor dem Kamin und zündeten sich Zigaretten an. Es war wie damals, beim ersten Mal in Ettys Haus – wir stehen nebeneinander, sind höflich, widerstehen wie Mühlsteine trotzig dem Druck, der uns unweigerlich zusammendrängt, uns zusammenzwingt ... Sie konnten einander schon nicht mehr erkennen; so leer war ihr Blick, zu nah.

Olivia fragte:

»Wo ist sie?«

»Sie ist noch auf dem Land. Doch sie kommt morgen zurück.«

»Wie geht es ihr?«

Er sagte verlegen, beinah geistesabwesend:

»Anscheinend gut. So gut wie nie zuvor. Am vergangenen Wochenende habe ich sie besucht.«

»Manche Frauen fühlen sich in diesem Zustand am besten – die kränklichen manchmal besonders.«

Er schien schwerer, leerer, wie er so dastand, starr über sie hinwegschaute.

Sie sagte: »Sie bekommt ein Kind?«

Er sagte ja, und dann war es gesagt. Sie wußten es beide schon lange. Zwischen dem Davor und Danach gab es keinerlei Veränderung. Es war ganz einfach gewesen.

»Wer hat es dir erzählt?« fragte er.

»Niemand ...« Deine Mutter hätte es nicht deutlicher sagen können. Ich habe nur nicht zugehört ... »Wann?«

Er stöhnte, kaum hörbar – als fragte er: Müssen wir darüber reden?

»Irgendwann im Frühjahr. Ich weiß nicht – April, glaube ich.«

Also im vergangenen Juli ...

»Wie aufregend! Sicher sind alle begeistert ... die Freunde und die Verwandten? ...« Sie wurde gehütet und umhegt, endlich tat sie ihre Pflicht: Gefäß mit kostbarem Inhalt: der Stammhalter. Wenn ihr jetzt etwas zu Ohren käme – in ihrem Zustand ... Undenkbar.

»Wahrscheinlich«, sagte er verdrossen. »Mir haben sie nicht viel gesagt.«

»Ich wünsche euch allen, daß es diesmal gut geht.« Gespräche wie im modernen Theater: aalglatte Ironie. Es machte beinah Spaß – sie fühlte nichts. »Hoffen wir, daß es ein Junge ist.«

Er wandte sich von ihr ab. Sein breiter Rücken versperrte den Ausgang zum Garten, den Fluchtweg. Er sagte:

»Wie hast du es erraten?«

»Oh ... ich habe Eingebungen, weißt du. Botschaften aus dem Jenseits offenbaren mir geheime Machenschaften ... Stimmen und große Lichter.«

»War es unten am Fluß?«

»Ja.« Soviel hatte er also gemerkt.

»Ich wußte, irgend etwas war geschehen«, sagte er. »Ich wußte nur nicht, was.«

Manchmal begreift er ganz schnell ... Intuitiv ... Verschwiegen obendrein – läßt sich nichts anmerken ...

»Ich kann es nicht erklären«, sagte sie. »Es war mit einem Mal klar.« Der Augenblick, wenn der Deckel gelüftet wird und dir das Narrengesicht entgegenspringt. »Wenn ich Wasser betrachte, werde ich hellsichtig ... Es war wie eine Verkündigung – Gedankenübertragung.« Sie lachte. »Außerordentlich. Frauen haben in der Schwangerschaft eine besondere Ausstrahlung. Daß werdende Väter sie auch haben, ist mir neu.«

Er zuckte die Achseln. Sie schwiegen, dann sagte sie:

»Hättest du es mir erzählt? Oder sollte es eine Überraschung für mich werden?«

»Ich wollte es dir sagen«, stotterte er, kehrte ihr noch immer den Rücken zu. »Natürlich wollte ich das. Doch als ich dich sah, wußte ich nicht, wie. Besonders als du mir erzähltest –«

»Du meinst meinen eigenen kümmerlichen Versuch. Wie unangenehm für dich, das kann ich verstehen.« Einen Augenblick lang schüttelte sie sich vor Lachen. »Armer Rollo! Damit hattest du nicht gerechnet.«

Er drehte sich wütend zu ihr um, schrie beinah:

»Hör auf!« Und wieder schwiegen sie.

»Du mußt zugeben, daß ich es dir leicht mache«, sagte sie. »Das habe ich immer gehofft.«

Da setzte er sich in den Sessel, verbarg seinen Kopf in den Händen, hilflos; stand wieder auf. Sie sagte:

»Es geht mich nichts an, aber wußtest du es, bevor wir zusammen verreist sind?«

»Nein.«

»Aber du wußtest es, als du abfuhrst?«

»Ja.«

Das war der Brief gewesen, den er am See gelesen hatte, unter dem roten Sonnenschirm. Was schrieb sie damals? Wie hat sie es ihm erklärt?

»Da mußtest du eiligst zu ihr.«

»Sie hat mich nicht darum gebeten.« Er krümmte seinen großen schweren Rücken wie ein Tier, das sich verteidigte. »Sie schrieb, ich brauchte ihretwegen nicht nach Hause zu kommen ... Sie müsse vorsichtshalber eine Weile das Bett hüten – für mich wäre es nur langweilig ... Sie wünschte mir wunderschöne Ferien ...« Der harte, finstere Klang seiner Stimme erschreckte sie: anklagend, bitter, wütend, um Verständnis werbend ... Armer Rollo ... Ich kann dich nicht bedauern ...

»Wie gut, daß du meinem Rat gefolgt bist und in Salzburg deine Post abgeholt hast.«

Er sagte starr:

»Ja.«

»Wie wunderbar du deine Gefühle verbirgst! Was ging in dir vor, als du mich zurückließest?«

»Ich weiß nicht. Ich wollte nur noch fort.«

Sie lachte laut.

»Hurra! Darauf kann man wetten – Männer wollen immer nur fort.« Frauen ziehen es vor, zu bleiben, damit etwas geschieht. »Was hast du *dann* getan? Bist du an ihr Bett geeilt?«

Er läßt sich Zeit mit der Antwort. Am liebsten würde er mich erwürgen.

»Ich habe sie besucht, ja. Sie war bei ihren Eltern – sie durfte sich eine Zeitlang nicht bewegen ... Dann bin ich wieder nach London gefahren.« Er ließ sich in den Sessel sinken – griff mit beiden Händen in sein Haar. Verglichen mit seinem sonst so gepflegten Äußeren wirkte er wirr. Eine Frage des Vergleichs: Simon sah immer so aus. »Ich wollte in London bleiben«, sagte er hilflos, »doch ich konnte es nicht. Ich fuhr nach Irland. Ich habe versucht, dir zu schreiben ...«

Sie setzte sich auch, lehnte sich in ihrem Sessel vor, schaute ins Feuer. Die Szene schien behaglich und häuslich. Sie sagte:

»Also ist es so gekommen, wie in den Illustrierten vorausgesagt wird. Ein Ehemann mag fremdgehen, doch seine ehelichen Bindungen sind stärker. Und wenn du nicht aufgibst, dann kommt er zurück. Die andere hat stets das Nachsehen.«

Er rang schmerzlich nach Luft. Er steht Qualen aus – beinah mehr, als er ertragen kann ... Obwohl ich keine Szene mache.

»Ich muß dir noch etwas Seltsames erzählen«, sagte sie. »An jenem Abend, von dem ich dir erzählt habe, lief mir Ivor über den Weg. Er blieb die ganze Zeit bei mir. War das nicht verrückt? Ich habe ihm nichts erklärt, doch er war ungemein taktvoll und hilfreich. Und ganz am Ende, was meinst du, da hat er mich gefragt, ob wir es noch einmal miteinander versuchen wollten.«

Er stand auf und machte zwei Schritte zum Fenster. Er will fort ... Er zog den Vorhang zurück. Er will ... er ließ ihn wieder fallen. In äußerster Ratlosigkeit kam er zurück und sagte:

»Es tut mir leid.«

»Entschuldige dich nicht. Es ist besser, wenn die Wahrheit an den Tag kommt. Es ist schon so lange sinnlos, daß es zum Lachen ist, nicht wahr?«

»Ist es das?« fragte er im gleichen Ton.

»Ich meine, für dich hatte es doch nur den Sinn –« Sie rang nach Luft. Sie hatte Angst vor dem, was sich in ihr zusammenbraute – so schwarz, so wild und gewaltig. »Für dich hatte es doch nur den Sinn, dich über deine Schwierigkeiten hinwegzutrösten – nicht wahr? – Anscheinend sind sie nun überstanden.« Sie sprach schneller, immer schneller mit hoher Stimme. »Es ist doch eigentlich eine Erleichterung, findest du nicht auch? Jeder hat lieber ein reines Gewissen – das ist viel weniger anstrengend. Es ist so mühsam: immer die Angst, entdeckt zu werden. Das ist es eigentlich nicht wert –

sei ehrlich. Da bist du sicher der gleichen Meinung. Man weiß nie, wer etwas herausfindet, und womöglich wird man auch noch erpreßt.«

Er starrte sie an, fest und funkelnd ..., gefährlich. Doch er bringt mich nicht zum Schweigen. »Es wäre doch unangenehm, wenn sie in ihrem jetzigen Zustand davon Wind bekäme. Stell dir vor, jemand schriebe ihr einen anonymen Brief –«

»Dummes Zeug«, sagte er böse. Ich sollte mich mäßigen. Er mochte noch nie meine Verallgemeinerungen, dämpfte schon immer meinen Überschwang ... Wütend schrie sie:

»Es ist kein dummes Zeug, wie wagst du das zu behaupten! Die Welt ist voller Spitzel, das laß dir von mir gesagt sein! Ich will nichts mehr mit dir zu tun haben!«

Er machte einen Satz, blindlings, schwerfällig. Er ist erledigt – ich habe ihm ein Ende gemacht.

»Auf Wiedersehen«, schrie sie außer sich. Sie drängte an ihm vorbei, schob ihn mit ganzer Kraft unsanft beiseite, lief auf den Vorhang zu, war auf dem dunklen glatten Pfad, lief.

Wohin? In welche Richtung soll ich gehen? Dort war der Fluß ... und dort ... da entlang, hinter dem Feld. Der Fluß war überall. Er glaubt, ich gehe ins Wasser, lästig für ihn ... Wie dunkel, ich finde den Weg nicht; der Wind, welch ein Wind, ein Sturm, es war mir gar nicht aufgefallen; der Wind vom Atlantik, Sturm der Tagundnachtgleiche. Wenn er aussetzt, folgt ein Lärm wie Riesenkarren, die in Himmelshöhlen rumpeln und raunen. Was für eine Nacht, um draußen zu sein, wie pathetisch, Heldinnennacht wie im Film: *Way Down East,*[30] Lilian Gish auf dem Weg zum Wasserfall ... Sollte ich ... In das Brodeln und Tosen des Wehrs ... Ich will nicht. Werde ich die ganze Nacht draußen sein? Ich habe kein Geld. Läuft er mir nach, ruft er meinen Namen? ...

Sie ging die Landstraße entlang. Ihre Augen gewöhnten sich an das mondlose Dunkel – Umrisse von Weidenstümpfen am Wegesrand, in der Hecke ein Gatter. Sie kletterte hinauf und saß auf der obersten Latte. Der Wind, der ihr entgegenblies, fegte ihren Kopf sauber und leer, sauber und durchlässig wie ein Sieb. Sie sprang vom Gatter auf die andere Seite und lief ziellos über die Wiese. Sie wußte, danach würde sie zurückkehren. Ein dunkles Hindernis versperrte ihr den Weg. Es bewegte sich. Ein Pferd. Mein Gott. Ausgerechnet ein Pferd, jetzt. Wie das wohl ist, ein Pferd zu sein, im Dunkeln stehen, stundenlang, und atmen? Das Feld schien übersät mit großen Vierbeinern, die auf sie zugingen. Sie machte kehrt und lief auf das Gatter zu, verlor die Orientierung, lief panisch suchend an der Hecke auf und ab. Sie rutschte aus und fiel der Länge nach in den Graben. Sie stand bis zu den Knöcheln in eiskaltem Wasser.

Ich bin in einen nassen lehmigen Graben gefallen. Ich habe mir das Bein verrenkt, meine Strümpfe sind durchweicht, an meinen Knien klebt Schmutz, unter meinen Fingernägeln ...

Sie glaubte, jemanden rufen zu hören. Meinen Namen ... Oder bilde ich es mir ein? ...

Im nächsten Augenblick war das Gatter zum Greifen nahe. Sie kletterte hinüber. Auf der anderen Seite stand Rollo.

»Bist du das?« fragte er.

»Ja.«

Er faßte ihre Schultern, hielt sie hart, nicht liebevoll. Rauh sagte er:

»Das hättest du nicht tun sollen.« Er zitterte. Er zog ein Taschentuch hervor und wischte sich übers Gesicht.

»Ich weiß nicht, was ich tun soll ...« Sie weinte.

»Komm zurück.«

»Ich bin mit einem Pferd zusammengestoßen ...«

Er hakte sich bei ihr ein. Sie bogen die Köpfe gegen den Wind und gingen gemeinsam die Landstraße hinunter, zurück zum Gasthof.

Die Frau mit der Bluse trat aus dem Nichts und hielt sie an der Treppe an, sagte:

»Sind sie jetzt ordentlich durchgepustet?«

»Ja«, sagten sie und lächelten.

»Nicht unbedingt eine Nacht zum Spazierengehen ... Würden Sie bitte so freundlich sein, sich hier einzutragen?«

»O ja«, sagte er und zu Olivia: »Geh schon nach oben.«

Sie ging die Treppe hinauf und den Gang entlang. Vor der Zimmertür holte er sie ein.

»Welchen Namen hast du benutzt?«

»Smith«, sagte er. »Sie war enttäuscht.«

Sie setzte sich aufs Bett, und er zog ihre lehmigen nassen Strümpfe aus, rieb ihre Füße trocken. Sie untersuchte den schmutzigen Saum ihres Kleides, zog es aus und hängte es auf.

»Am besten lasse ich es trocknen und bürste es morgen aus.«

Sie ging zum Waschtisch, schüttete warmes Wasser aus der Kanne in das Becken und wusch sich die Hände. Das Wasser wurde fleckig und hellbraun, und sie stand da mit eingetauchten Händen, starrte, stocksteif, den Kopf gesenkt.

Er saß auf dem Bett und stützte den Kopf. Nach einer Weile schaute er auf und sah sie über das Waschbecken gebeugt im weißen Unterrock mit bloßen Armen und Beinen stehen. Schnell erhob er sich, sagte etwas, ging und führte sie fort.

»Du sollst jetzt schlafen«, sagte er.

»Gut.«

»Wo ist dein Nachthemd?«

»Im Koffer.«

Er holte es und zog es ihr über den Kopf. Er sagte, heute brauche sie sich nicht die Zähne zu putzen, und deckte das Bett auf, und sie legte sich in das kalte Bett.

»Könnten wir getrennte Zimmer haben?« sagte sie.

Er schwieg; dann sagte er niedergeschlagen:

»Gut – wenn du möchtest. Es ist nur merkwürdig, wenn wir jetzt danach fragen ... Aber ich ...«

»Nein, es ist egal, du hast recht ...«

Sie sprachen leise, dachten an das geräuschlose Paar auf der anderen Seite der Wand.

»Macht es dir schrecklich viel aus, wenn ich hierbleibe?« fragte er traurig.

»Nein.«

»Wir haben getrennte Betten.« Er lachte kurz.

»Ja. Gut.«

Er setzte sich auf das andere Bett und betrachtete sie. Er sieht fix und fertig aus, armer Rollo.

Nach einer Weile sagte er bitter:

»Siehst du, ich habe dir immer gesagt, daß ich nichts tauge. Ich habe dir gesagt, daß ich dich im Stich lasse.«

»Ich werde darüber hinwegkommen. Es ist mein Fehler, daß ich die Dinge zu ernst nehme. Daß ich dir geglaubt habe. Ich bin eine Närrin. Hätte ich den Verstand einer Maus, dann hätte ich gewußt, daß es nicht wahr sein kann.«

»Was kann nicht wahr sein?« fragte er zögernd.

Sie sprachen beide gefaßt, vollkommen ruhig.

»Wahrscheinlich hatte ich kein Recht, danach zu fragen – und du dachtest wohl, zu lügen sei einfacher – ich sei dann zufrieden. Nichts geht dir über ein friedliches Leben!« Sie lächelte. Er sah sie unsicher, ratlos an ... Er weiß nicht einmal, wovon ich rede ... »Ich meine, als ich dich fragte, ob du mit ihr ... und du erklärtest, nein, niemals.«

Er konnte nichts sagen, hilflos, überrascht.

»Aber es stimmte«, sagte er mit Mühe. »Als ich es sagte, stimmte es. Ich glaube nicht, daß ich dir da etwas vorgelogen hätte ... Ich war dir gegenüber eigentlich immer ehrlich.« Er hielt angestrengt inne. »Nur, wie konnte ich es dir beibringen? Ich konnte es dir doch nicht einfach erzählen ...«

»Wann war das?«

»Oh ... Ich weiß nicht ... Nach ...«

»Während der Zeit, als ich bei Jocelyn wohnte?«

»Ja – vielleicht ... Vermutlich. Ungefähr dann.«

Damals, als er so guter Dinge war – so liebevoll wie nie zuvor: als er mich so aufmerksam verwöhnte. Und dennoch abwesender war als sonst. Genau wie Männer ihren Ehefrauen gegenüber sein sollen, wenn sie etwas zu verbergen haben. Sicherlich war er so auch zu Nicola, als es mit mir begann. Ein zweifach doppelbödiges Spiel: eine verzwickte Geschichte. Nur ein so starker, sinnlicher, amoralischer Mann wie er war dazu fähig.

»Aha«, sagte sie.

»Ich konnte es dir doch nicht einfach erzählen«, wiederholte er.

»Ich verstehe, das war unangenehm für dich.« Armer Rollo, welch peinliches Gespräch, wirklich gräßlich geschmacklos.

»Deine Ansichten über die Begriffe anständig und unanständig kenne ich auch. Dann war dir sicherlich dein Grundsatz nützlich: Was einer nicht weiß, kann ihm nicht weh tun.«

Er schüttelte den Kopf.

»Weißt du ...«, begann er, hielt dann seufzend inne. Dies war das dritte Mal, daß er so begann, und immer war von Nicola die Rede gewesen.

»Ich weiß nicht«, sagte er. »Sie hat sich geändert. Als wir heirateten«, sagte er mit großer Anstrengung, »liebte sie mich nicht. Das wußte ich. Sie war immer in einen anderen verliebt.«

»Archie?«

»Ja, Archie ... Woher wußtest du das? ... Er machte ihr den Hof, und dann ... zog er sich zurück. Was er mit Vorliebe tut.« Seine Stimme klang grob, wie damals in Meldon, als er über seinen Cousin sprach. »Es ging ihr schlecht ... Sie nimmt sich alles so zu Herzen ... und sie kann sich schlecht wehren ... Sie war bereit, mich zu heiraten unter der Bedingung – ich sollte einfach dasein – weißt du – sie konnte sich auf mich verlassen ... Solange sie mich wollte, ginge ich nicht fort. Es funktionierte eine Zeitlang ... und dann –« Er hielt inne, schluckte. »Dann kam die Geschichte mit der Fehlgeburt. Es brachte sie dermaßen aus der Fassung, verstehst du. Rundherum Versagen und Fehlschläge ... Sie geriet in diesen andauernden Zustand –«

»Armes Mädchen ...« Ja, ich weiß ... Sie war offensichtlich menschlich, bedauernswert.

»Ich wurde auch langsam trübsinnig. Ich hoffte, sie ... Ich wußte nicht, was ich tun sollte ... Und dann traf ich dich, und alles begann ... Ich dachte, ihr wäre es gleich, was ich tat. Ehrlich gesagt, aber ich weiß nicht ... es schien ihr doch etwas auszumachen ...«

»Du meinst, sie weiß es?«

»Nein, nein. Wenigstens – verstehst du – vielleicht eher unbewußt. Vermutlich war ich verändert.« Er sah sie verlegen an. »Sie spürte, wie ich mich von ihr fortbewegte – und das führte dazu – da wollte sie, daß ich bleibe. Wahrscheinlich glaubte sie bis dahin, ich würde niemals ... Jedenfalls«, sagte er mit deutlichem Unbehagen, »wollte sie es noch einmal versuchen ...«

»Sie verliebte sich in dich.«

»Vermutlich – ein bißchen. Wenigstens schien es so.« Er fühlte sich in die Enge getrieben. Er fügte hinzu: »So etwas soll doch vorkommen, oder?«

»Und danach hattest du dich immer gesehnt.«

»Ja.« Das war nun wirklich taktlos. Er versuchte es noch einmal: »Aber ...« Er gab auf.

»Und deshalb warst du im letzten Frühjahr so glücklich?«

»Ich war nicht glücklich. Wenigstens –«

»Habe ich dir nicht gesagt, daß du ein Glückskind bist?« Einmal hatte er in jener Zeit zärtlich erstaunt, dankbar gesagt: »*Alles* scheint mir zuzufliegen ...« Das also hatte er gemeint. Zwei Frauen, die ihn liebten. Zwei intime Beziehungen, die sich nicht im Wege standen, beide erfreulich: das war es, was er brauchte – es kam seiner Männlichkeit, seiner Verschwiegenheit entgegen. Es war durchaus einleuchtend.

Nun, so ist es, das ist der Punkt ...

»Dann ging es wieder schief mit ihr«, sagte er. »Wenigstens dachte ich das – doch der eigentliche Grund war – das Kind. Weißt du, Frauen ziehen sich sofort zurück, nicht wahr? Ich habe es nicht begriffen, und sie wollte mir nichts erzählen, bevor sie nicht sicher war ...«

Deshalb war er damals so schlechter Laune.

»Deshalb wollte sie zu ihren Eltern und nicht mit dir nach Irland?«

»Ja.«

Und deshalb fuhren wir nach Österreich ...

»Ich wußte nicht mehr, was ich tun sollte«, sagte er und griff sich seufzend ins Haar. »Du magst es nicht glauben, aber eigentlich verabscheute ich dieses Spiel. Ich wollte dich nicht aufgeben, ich wollte es einfach nicht. Ich wußte, ich hätte es tun sollen ... Noch vor einem Jahr hätte ich jedem erklärt, ich wünschte nichts sehnlicher, als – mit ihr ins reine zu kommen ... Doch dann kamst du und wurdest so wichtig ...« Seine Stimme zitterte.

Das war natürlich immerhin etwas ...

Erschüttert sagte er:

»Und ich habe dir nur geschadet.«

»Ach ...«, sagte sie. »Das mußte wohl sein. Es ist einfach so ... Manchmal habe ich überlegt, ob ich nicht besser vorschlagen sollte, daß wir – unsere Geschichte beenden. Ich sah für uns keine Zukunft – es schien eine Sackgasse – und ich wollte nicht, daß es schäbig würde. Es war nur so schwer, es auszusprechen ... Ich wollte einen anderen Abschied. Es tut mir leid. Ich wollte nicht gemein sein. Ich möchte wirklich, daß du glücklich bist – und daß ihr ein schönes Kind bekommt.«

»Du meinst, du willst mich nie mehr wiedersehen?«

Sie sagte leicht und einfach:

»Ich glaube, ich könnte nicht so weitermachen, weißt du.« Wenn er mit Nicola zusammenlebte und ein Kind hätte und ein Zuhause ... Der Kontrast wäre zu schmerzlich; ich könnte es nicht ertragen.

Er schwieg lange, dann sagte er langsam:

»Ich verstehe ... Also gut.«

Nun gab es in diesem Hotelzimmer nichts mehr zu sagen. Sie lag in ihrem Bett und drehte sich mit dem Gesicht zur Wand. Er öffnete seinen Koffer und nahm seinen Schlafanzug, seinen Waschbeutel heraus, zog sich aus, löschte das Licht und ging zu Bett. Er tat es geräuschlos, resigniert, wie ein Kind, das in Ungnade gefallen ist und versucht, sich durch unaufdringlichen Gehorsam wieder beliebt zu machen.

Sie lagen still in ihren Betten, hörten einander nicht atmen. Er bewegte sich, drehte sich zur Seite. Sie wußte, er lag mit dem Gesicht ihr zugewandt.

Bald wird er eingeschlafen sein.

Doch sie horchte und wußte, daß er wach bleiben würde. Sonst schläft er schnell und leicht, friedlich. Ihr wurde bewußt, wie unglücklich er war, und sie war traurig. Schließlich flüsterte sie:

»Schlaf schön.«

Er tastete nach ihrem Bett, suchte sie. Sie streckte ihre Hand unter den Decken hervor, und er griff sie, hielt sie fest.

»Ich liebe dich«, flüsterte er. »Du glaubst mir nicht, doch es ist wahr.«

»Ich glaube dir.«

Es war die Wahrheit. Nur konnte das Wort »Liebe« so vieles Verschiedenes bedeuten. Womöglich hatte es gar nichts mit jenen Gefühlen am See, unter der Kastanie zu tun oder mit dem Spaziergang an der felsigen Küste, damals, als wir stehenblieben und uns küßten, als wir unter uns das weite, malvenfarbene Wasser sahen, den Schrei der Möwen hörten. Vielleicht hieß es einfach, ich liebe dich, du bist so lieb, es ist schön, mit dir zusammenzusein, du gefällst mir. Wir machen einander glücklich, nicht wahr, Liebste? ... Das hatte er von Anfang an so oft gesagt: Komm, wir machen einander glücklich. Es war kein Betrug: es waren nur zwei Menschen.

Bald darauf hörte sie, daß er eingeschlafen war.

Sie standen am nächsten Morgen früh auf. Er fuhr sie nach Oxford an den Bahnhof, und sie nahm dort einen Zug; gemeinsam nach London zurückzufahren war ein unerträglicher Gedanke. Er kaufte ihr eine Fahrkarte und die Tageszeitung und ging dann fort, stieg in seinen Wagen und fuhr davon.

Am Nachmittag ging sie ins Kino. Sie schaute sich das Programm zweimal an und ging dann zu Etty. Etty war gerade nach Hause gekommen, hatte eine Ausgabe des *Evening Standard* mitgebracht.

»Oh, Schätzchen«, sagte sie. »Ist das nicht fürchterlich. Hast du es schon gelesen?«

Die Schlagzeile lautete: »Sohn des Barons in schweren Autounfall verwickelt.« Es gab an jenem Tag sonst wenig Neuigkeiten, also wurde in aller Ausführlichkeit berichtet. Rollo Spencer, einziger Sohn des Sir John Spencer, war am selben Morgen auf der Straße nach London zwischen Henley und Maidenhead mit einem Lastwagen zusammengestoßen. Er wurde mit schweren Kopf- und Beinverletzungen ins Maidenhead-Cottage-Krankenhaus gebracht. Sein Wagen hatte einen Totalschaden, der Lastwagen war schwer demoliert, der Fahrer kam mit einem Schock davon. Die genaue Unfallursache ist noch unbekannt, doch Augenzeugen und der Lastwagenfahrer berichten, daß Mr. Spencer offensichtlich seine Geschwindigkeit falsch eingeschätzt hatte, vor einer Kurve einen anderen Personenwagen überholen wollte, nicht mehr rechtzeitig auf die linke Fahrbahn zurückschwenken konnte und deshalb frontal mit dem Lastwagen zusammenstieß, der sich ebenfalls zu dicht am Mittelstreifen befand. Die Straße war zu jenem Zeitpunkt ein wenig glatt, was zweifelsohne zu dem Unfall beitrug.

Es folgte ein kurzer Lebenslauf.

»Ist es nicht verheerend?« klagte Etty. »Ich befürchtete, du hättest es schon gelesen. Ich wollte es dir schonend beibringen. Es steht sogar auf manchen Schlagzeilentafeln. Dabei weiß ich doch, wie sehr dir die ganze Familie am Herzen liegt. Oje. Hoffen wir das Beste. Es wird schon werden. Ein Wunder, wie manche Leute doch wieder gesund werden ...«

Das Telephon läutete. Etty nahm den Hörer ab und sagte einen Augenblick später:

»Ja, bitte bleiben Sie am Apparat ... Schätzchen, es ist für *dich*. Ich weiß nicht, wer es ist.«

Sie reichte ihr den Hörer und verließ diskret das Zimmer, um sich zum Abendessen umzukleiden.

»Spreche ich mit Olivia?«

»Ja, Lady Spencer. Ja – ja –?«

»Ich dachte, ich müßte dich benachrichtigen – falls du diese unangenehme Meldung in der Abendzeitung gelesen hast.« Kräftig, beherzt, sachlich, ungebrochen.

»Ja, gerade –«

»Es geht ihm gut.«

»*Oh!* ...«

»Er ist bei Bewußtsein und den Umständen entsprechend in guter Verfassung. Wir können im großen und ganzen behaupten, er ist außer Lebensgefahr, und wir hoffen und glauben, daß er bei seiner fabelhaften Konstitution durchkommen wird.«

»Wie schwer –?«

»Der Kiefer ist gebrochen, und das Bein, ziemlich unerfreulich, der Ärmste ...«

»Schmerzen?«

»Er bekommt Morphium ... Was getan werden kann, wird getan. Wir haben sofort Slade-Murray geholt – du weißt, er ist ein brillanter Chirurg ... Und sein Zimmer ist reizend, und alle sind bemüht und tüchtig und geben ihr Bestes.«

»Kann ich ihn sehen?«

Für den Bruchteil einer Sekunde herrschte Schweigen. Erschrocken ...

»Nein. Das kommt leider nicht in Frage.« Sie klang entschlossen, ungnädig. »... Wenigstens im Augenblick nicht«, fügte sie nachgiebiger hinzu.

»Ich muß ihn sehen. Verstehen Sie mich. Es ist meine Schuld.«

»Wie meinst du das?« Die Stimme war gefährlich kalt.

»Ich hatte ihm gerade Lebewohl gesagt ... Er war aufgeregt. Deshalb war er unaufmerksam. Ich weiß es genau, sonst hätte er *niemals* ... Er ist ein so guter Fahrer ...«

Am anderen Ende der Leitung geschah nichts; bis die Stimme gedämpft sagte:

»Ich habe mich schon gefragt, wo ...« Doch gleich darauf hatte sie sich wieder im Griff. »Nimm dich zusammen, mein Kind. Welch ein Unsinn! Als gäbe es den geringsten Grund, dir etwas vorzuwerfen ... Es war scheinbar einer jener unglückseligen Zufälle, wo beide Fahrer schuldig sind, wenn hier überhaupt von Schuld die Rede sein kann. Rollo besteht darauf, der Schuldige zu sein – das erklärte er mir sofort, du kennst ihn ja – großzügig, wie er ist.«

»Kann er denn sprechen?«

»Natürlich erlauben wir es ihm nicht – nur ein paar Worte. Ich möchte nur noch erzählen, daß der Fahrer des Lastwagens sich heute abend persönlich nach seinem Zustand erkundigte – höchst besorgt, der arme Mann. Das war doch reizend von ihm, soviel besser, als wenn es Streit und Unfrieden gäbe ...«

»Ist sie bei ihm?«

»Ja, sie ist jetzt bei ihm.«

»Wie geht es ihr?«

»Sie verhält sich großartig – ruhig und vernünftig. Ich bin darüber hoch erfreut. Wir waren ein wenig besorgt um sie – der Schock – doch es war ganz unnötig. Sie ist wunderbar gefaßt und denkt nur an ihn. Ich habe mich gerade zu ihm nach Hause fahren lassen, um das Nötige zu holen – dann fahre ich gleich wieder zu ihm. Hör gut zu, Olivia. Ich halte dich auf dem laufenden. Verstehst du mich? Täglich. Ich rufe an oder schreibe, *du kannst dich darauf verlassen*. Vertrau mir ... Ich werde ihm auch bei der ersten Gelegenheit mitteilen, daß ich *persönlich* mit dir gesprochen habe.«

»Danke ... Womöglich sorgt er sich ... Danke ... Wenn Sie nur meinen Namen unter vielen anderen nennen – dann denkt er sich nichts dabei. Ich meine – ich würde mich doch in jedem Fall nach ihm erkundigen, nicht wahr? Wir sind doch Freunde, ich meine, wir *waren* Freunde ...«

»Natürlich, mein Kind, *gute* alte Freunde ...« Herzlich, mitfühlend ...

»Danke, Lady Spencer.«

»Auf Wiedersehen, Olivia.« Sie wollte das Gespräch so schnell wie möglich beenden.

»Auf Wiedersehen. Ich kann Ihnen nicht genug danken. Ich bin Ihnen so schrecklich dankbar ...« Legen Sie nicht auf, lassen Sie mich nicht allein im Dunkeln ... Doch sie hatte schon eingehängt. Sie wollte weder meinen Dank noch meine Gefühle. Die von ihr gesetzten Grenzen sollten nicht überschritten werden. Bei dieser Großherzigkeit, dieser vollkommenen Haltung wurde die Unterwerfung zur moralischen Pflicht.

Oh, sie ist wunderbar! ... Lady Spencer, Sie haben gewonnen. Ich bin Ihnen zutiefst verbunden.

Sie ging nach oben. Etty war im Badezimmer und rief durch die Tür, daß sie sich beeilen müsse, sie sei schon eine halbe Stunde verspätet.

Sie ging hinauf in ihr Zimmer.

Ich wußte immer, daß so etwas geschehen würde; es ist die Strafe. Ich habe es vorausgesehen – ein Unfall, seine Verwandten um sein Krankenlager geschart und ich außerhalb. Was ich nicht vorhersah, war die milde Güte ausgerechnet einer ...

Jetzt sitzt sie an seinem Bett, so ruhig und vernünftig, denkt nur an ihn, ich bin wirklich froh, hoffen wir, daß sie keine Fehlgeburt hat. Seine Wunden werden behandelt, er steht unter Morphium. Er ist noch nicht außer Gefahr. Wenn er stirbt, ist es meine Schuld. Er wollte sich nicht umbringen, doch ich habe daran gedacht. Ich habe sein Selbstvertrauen erschüttert und sein Glück zerstört. Ich habe ihn beschuldigt und verurteilt; ich habe ihn dem Tod nahe gebracht.

Wo ist das Taschentuch ... Wie wahnsinnig vor Angst begann sie zu suchen, riß Schubladen auf, warf Gegenstände umher. Endlich, da war es, dort, wo ich zuerst nachgesehen hatte – das blaugrüne Seidentaschentuch, zerdrückt und unordentlich – zerrissen sogar – Ich habe es zerrissen ... Sie wickelte es sich ums Handgelenk, verknotete es fest. So. Und niemals, weder tags noch nachts, ziehe ich den Ring ab. Wundertätige Heilmittel. Und die ganze Nacht werde ich wachen, ohne Unterlaß an ihn denken ... Ich rette ihn ... Nur ich – nicht sie oder irgendwer sonst ... Weiß er es ... denkt er an mich? ...

Fang sofort an.

Anna! Wenn Anna nur hier wäre und ich bei ihr sein könnte. Wenn Simon hier wäre ...

Es ist sinnlos, sie sind weit entfernt.

Fang sofort an.

2

Mrs. Cunninghams[31] Novembereinladung für Amanda war ein herausragendes Ereignis. Es hieß, Amanda hätte die Gäste eingeladen, doch wie sich herausstellte, war es im Grunde die altvertraute, wohlbekannte Zusammenstellung, nur hier und da verstreut Amandas Altersgenossen – das Wort ›Freunde‹ würde den falschen Eindruck erwecken; sie hatte keine. Vielmehr waren es unbedeutende Jünglinge und Jungfrauen, die noch nicht gänzlich entwickelt waren, vielversprechenden Knospen gleich: Verzierung, Zierde, die wohlgefällige Dekoration.

Mrs. Cunninghams Tochter zu sein bedeutete, sich von Geburt an in paradoxer Lage zu finden – abgeschirmt und doch der Öffentlichkeit preisgegeben, unter fürsorgliche Fittiche genommen, die dennoch dermaßen übermächtig und überwältigend waren, daß ein Kind davon eher erdrückt als beschützt wurde. Mag sein, daß Amanda wie alle anderen englischen Mädchen vornehmer Herkunft durchaus die Sorge einer verläßlichen Kinderfrau genoß, daß sie zu Weihnachten den Gabenstrumpf ans Bett hängte, das Fahrradfahren erlernte, eine Schuluniform und Turnzeug trug, sich in der Schule mit Dividieren und dem Außenhandel Australiens beschäftigte, Hockey spielte und ins Pantomimentheater ausgeführt wurde – kurz: daß sie wie andere Mädchen erzogen wurde; doch wenn es so war, so hatte dies ihre Entwicklung keineswegs beeinflußt. Mrs. Cunninghams Tochter zu sein war ein Problem, dem gegenüber alle übrigen Interessen und Aktivitäten vergleichsweise unbedeutend waren. Sie hatte diese Schwierigkeit gelöst, wie es niemand angesichts ihres Elternhauses erwartet hätte: ein heikles, zweifelhaftes Unterfangen, das gutgehen oder scheitern konnte, Zwischenlösungen gab es nicht; die verkörperte Antithese zur viktorianischen statuengleichen Heldin: eine Nymphe, groß, gertenschlank, anmutig, faszinierend kapriziös, ein blasses, unendlich winziges Gesichtchen mit schrägen, halbgeschlossenen Augen, ein Kopf, umgeben von einer aschblonden Haarwolke, die ihr über die Schultern wallte; weniger ein zerbrechliches als ein geradezu kränklich wirkendes Geschöpf; melancholisch, emotional, doch wenig herzlich, ichbezogen, doch hilflos; mit Sinn für Malerei und Theater und große Gesten zu seltsam moderner Musik. Und was den Willen und die Klugheit anging, so war zweifelsohne das Erbe ihrer Eltern stärker, als es oberflächlich den Anschein hatte.

Mit siebzehn war ihre Zukunft unvorhersehbar. Sie machte ihnen das Leben schwer. Sie führte sie an der Nase herum, dachte man, wenn man sie betrachtete. Wie sie – wenn überhaupt – sich entpuppen würde aus der Atmosphäre, die sie jetzt einhüllte, eine Mischung aus keltischem Zwielicht und ornamentalem Dekor im Stile Aubrey Beardsleys[32], das war eine andere Frage.

Inzwischen schminkte sie ihren schmalen Mund scharlachrot, betonte so die grünliche Blässe, und besuchte eine Schauspielschule. Zu ihrem Festtag gab sie verschiedene Darbietungen zum besten, Scharaden und drei selbsterdachte Tänze.

Die Darbietungen, so reizend und rührend sie waren, alle ersonnen und präsentiert von Amanda selbst und einem erlesenen Kreis gleichgesinnter Seelen der Kunstakademie und der Schauspielschule, störten doch die freie Entfaltung einer geselligen Stimmung. Nachdem der Beifall, die Bravorufe verebbt waren und Amanda, im weißen Brokatkleid mit Reifrock und Moosrosenbukett am Busen in stummer Verzükkung dahingleitend, sich zu ihren Gästen begab, drängte die Menge in die beiden ineinander übergehenden Räume, in denen neben den Antiquitäten modernes Mobiliar stand. Mrs. Cunningham stand in der Flügeltür, trug schwarzen Samt und cremefarbene Spitzen und ließ sich mit lächelndem Mund und Mater-Dolorosa-Blick zu ihrer Tochter beglückwünschen. Nicht weit entfernt stand Mr. Cunningham, blühend, südländisch, Börsenmakler, fehl am Platze, wie immer eine unerklärliche Zugabe zum Fest; und doch gab es ihn, bei jedem Fest, leutselig, nicht aus der Fassung zu bringen; niemand wußte etwas zu ihm zu sagen; und wie sie zueinander standen, wie ihr Verhältnis war, ließ sich nur mutmaßen. Er lieferte das Geld, behaupteten die einen, war stolz auf seine künstlerische Frau, auf seine Kinder, ging diskret seinen eigenen Interessen nach; in der John Street, in einem kleinen Haus, lebte seine Geliebte. Andere erklärten, sie seien ein treuergebenes Paar; sie verlasse sich ganz auf ihn, nie gebe es einen Seitensprung ...

Doch heute abend schien sie müde und blaß; sie war gealtert. In ihrem Herzen verbarg sie Simons Bild. Nie wieder würde sie von ihm sprechen. Sie hatte ihn achtzehn Jahre lang geliebt ...

Nun werden wir ohne ihn weiterleben, werden uns mit denen zufriedengeben, die ihn nachahmen. Peter, dachte sie, während sie ihren Sohn aus der Ferne betrachtete, war eine Imitation. Mit fünfundzwanzig glich er Simon als jungem Mann – freilich eine oberflächliche Ähnlichkeit: sein Wesen war anders. Niemand auf der Welt war wie Simon, der im September gestorben war. Natürlich feierte man weiter Feste, ging ins Ballett, in die Oper, man verreiste, füllte sein Haus, seine Tage. Das Leben war ausgefüllt, dafür sorgte man. Das war auch ohne Simon möglich, der nie ein praktischer Teil dieses Lebens war. Es gab kaum etwas Greifbares – kaum einen Brief oder eine Photographie, die an ihn erinnerten: nichts war privater Natur. Seine Bilder hingen an den Wänden. Auf Desmond Fellowes' Rat hin hatte sie begonnen, sie zu kaufen, als Simon, mit einundzwanzig Jahren, ein Unbekannter war. Nun besaß sie die besten, die er gemalt hatte. Sie würde sie bald für eine Gedenkausstellung verleihen. Er war kein großer Maler, hätte es jedoch sein können. In seiner Natur lag Größe; die Enge, das Mittelmaß standen ihm nicht. Der Reichtum und die Vielseitigkeit seines Talents hatten eine geradlinige Entwicklung verhindert, so daß er mit seinen achtunddreißig Jahren immer noch unfertig, vielversprechend war. Er hatte sich noch nicht gänzlich gefunden. Ein hinreißender Maler, ein ungemein eigenständiger Maler, kein großer Maler ... Ich habe ihm geholfen, habe ihm einen guten

Anfang ermöglicht ... O Simon! ... Mir hast du nichts gelassen. Das Porträt, das du von mir gemalt hast, entsprang nicht unserer Nähe, und unsere Nähe existierte nur durch meinen Willen, dem du dich niemals unterworfen hast ...

»Clara, meine Liebe, es war reizend.« Gil Severn kam auf sie zu und gab ihr einen Handkuß. Er setzte sein Monokel ein und seufzte.

»Es war rührend«, sagte sie und lächelte schwach.

»Ergreifend«, sagte er. »Poetisches Geschöpf ...«

»Viel Talent hat sie nicht«, sagte Mrs. Cunningham auf jene Art, die ihre Freunde, ihre Kinder streng, beängstigend, kalt fanden. »Sie ist nur jung, und anmutig ist sie ...«

»Exquisit«, stimmte er ihr enthusiastisch zu, verschwieg sein Todesurteil: gar kein Talent.

Ich weiß nicht, was ich mit ihr anfangen soll, dachte die Mutter und sah unter marmornen Lidern zu Amanda hinüber, die mit Jasper tanzte, eher ein Unglück, dieser hübsche, dunkle Kerl, der sie betörte. Erfolgreich oder nicht? Amanda wirkte flatterhaft, unschuldig ... Nun, sie muß wissen, was sie tut. Simons Tod war ihr erster Kummer. Sie hatte ihn ihr Leben lang gekannt. Fassungslos, außer sich, hatte sie einen Tag lang gehadert, hatte sich aufgelehnt, geschworen: niemals, niemals ... warum, warum? ... Weinend hatte sie jeden Trost abgelehnt. Dann tat sie ihn beiseite. Wenigstens schien es so. In der Jugend geht alles schnell vorüber. Obwohl ich sie nicht kenne. Simon förderte zweifellos ihre besten Seiten zutage: glücklich und ungekünstelt. Sie wird ihn vermissen.

Olivia traf Adrian in einem kleinen Zimmer im Erdgeschoß, einem Arbeitszimmer.

»Hallo, mein Guter«, sagte sie. »Was suchst du denn hier?«

»Ach, wie schön, dich zu finden.« ... Er schien in weinerlicher Stimmung.

»Du hast mich nicht gefunden. Du hast nicht einmal nach mir gesucht. Adrian, kommt Anna, was meinst du?«

»Ich glaube schon. Gegen vier rief Colin aus Sallows an. Er sagte, sie sei so gut wie entschlossen zu kommen – wenn nichts dazwischenkäme, würden sie bald losfahren.«

»Dann müßten sie eigentlich hiersein.«

Ihr Herz tat einen Sprung. Das erste Wiedersehen seit Simons Tod ... Wenn ich sie sehe, wird es wahr. Niemand außer Colin hatte sie bisher gesehen: vor einer Woche bat sie ihn nach Sallows, um mit ihm Simons Sachen durchzuschauen. Simon hatte ihr das Haus hinterlassen. Seit seiner Beerdigung war sie die ganze Zeit dort gewesen.

»Noch etwas, meine Liebe. Ich habe das untrügliche Gefühl, daß über kurz oder lang der Whisky ausgeht. Das ist so üblich bei diesen respektablen Feiern. Sollen wir etwas sicherstellen?«

»Gehen wir nach oben?«

»Ja, nach oben.« Er schaute sich suchend, nachdenklich um. Etwas beschäftigte ihn ...

In der Halle, an der Treppe trafen sie Anna und Colin, die gerade angekommen waren.

»Hallo! ... Ihr habt die Vorstellung verpaßt.« Olivia umarmte Anna munter und unbefangen. Denn man mußte so tun, als sei nichts verändert, nirgends ein Schatten ...

»Ist das bedauerlich?« sagte Anna ruhig lächelnd, wie immer.

»Unter uns«, sagte Adrian lauthals, »es war die geistloseste, künstlichste, ödeste Vorführung, die ich jemals gesehen habe. Nie zuvor wurde soviel Sinnlosigkeit zur Schau gestellt.«

»Amanda sah in ihrem Gewand hinreißend aus«, sagte Olivia.

»Hat Peter etwas aufgeführt?« fragte Anna.

»Peter hatte bei der Scharade eine hervorragende Rolle als Vorderteil eines Bullen – oder war es das Hinterteil?«

»Das Hinterteil«, sagte Adrian. »Ich habe vergeblich versucht herauszufinden, wer der Jüngling vorn war. Kennt ihn jemand?«

»Mir ist er nicht aufgefallen«, sagte Olivia.

»Er hatte eine hinreißende Stupsnase ... Erinnerst du dich

nicht, Olivia, wie er am Ende durch das Loch im Hals des Bullen schaute?« Er blickte sich suchend um. »Ich habe ihn mit Sicherheit die Treppe herunterkommen sehen, doch dann habe ich ihn aus den Augen verloren. Hoffentlich ist er mir nicht entschlüpft.«

»Paß auf, daß dir nichts entschlüpft«, sagte Anna, ganz die alte, und stieg die geschwungene breite Treppe hinauf. Kurz bevor sie oben war, hielt sie inne, zögerte. »Dies ist eine offizielle Veranstaltung«, sagte sie unsicher.

»Ungemein wohlerzogen. Ein teuflisches Aufgebot an jungen Leuten. Beeil dich, wenn du etwas trinken möchtest.«

»Ich mag dein Kleid«, sagte Olivia. Es war aus steifem, mattem pflaumenfarbenem Stoff, hochgeschlossen, langärmelig, in der Taille eng anliegend, vollkommen schlicht.

»Oh ... Der Stoff kommt aus Frankreich«, sagte Anna und wartete immer noch. »Simon hat ihn mir geschenkt. Ich mag ihn eigentlich nicht an mir. Er ist zu großartig.«

»Unsinn!«

»Ich habe dich noch nie in einem dermaßen feinen Kleid gesehen«, sagte Colin.

»Da muß ich ihm zustimmen«, sagte Adrian.

»Dir würde es stehen«, sagte Anna und griff nach Olivias Arm. »Ich werde es dir schenken.« Sie verkrampfte sich, panisch, voller Widerwillen. Sie durchschaute den Versuch, sie gespielt munter und selbstverständlich in die Menge zu geleiten, wehrte sich dagegen. Sie blieben alle stehen, mutlos blickten sie einander an, schuldbewußt; Olivia neben ihr, die übrigen dahinter. Es war, als stünde das Fest einen Augenblick still, niemand kam und niemand ging; die späten Ankömmlinge horchten beunruhigt auf, fürchteten, den Abend verwechselt zu haben, so verlassen schien das Haus.

Doch gleich darauf, als seien sie vorübergehend taub gewesen und ihr Gehör nun wiederhergestellt, Stimmen, Gelächter, Bewegung über ihnen. Mehrere junge Leute kamen die Treppe heruntergelaufen, ohne sie eines Blicks zu würdigen. Anna ging ruhig weiter, fragte Olivia leise:

»Wie geht es ihm?«

»Viel besser. Er ist wieder in London. Ich erfahre nur noch gelegentlich etwas.«

»Von seiner Mutter?«

»Mm ... Ich darf ihn bald besuchen – wenigstens einmal. Sie will es einrichten.«

»Gut.«

Sie wollte sagen: Das ist doch unwichtig, um Himmels willen, mach dir meinetwegen keine Gedanken. Es ist völlig unwichtig ... Verzeih mir meinen Brief ... Jenen Brief, den sie in panischer Angst nach Rollos Unfall geschickt hatte, der sich mit Annas Brief kreuzte, in dem sie schrieb, daß Simon um zwei Uhr morgens friedlich eingeschlafen sei. Ihr Brief war so ruhig, gefaßt, und als sie meinen Hilfeschrei erhielt, schickte sie ein Telegramm mit Rückantwort: Tut mir sehr leid, halte mich auf dem laufenden. Sie verhielt sich großartig. O Anna! ... Wenn sie uns nur nicht ansähe, als wären wir Schatten.

Sie gingen bis zum ersten Stock, sahen das helle Licht und hörten den Lärm. Peter Cunningham tauchte aus der Menge auf, blaß, hübsch, mit stechend blauen schimmernden Augen, ein wenig angeheitert, hielt einen Teller und ein Glas. Er rief: »Anna!«, es klang begeistert, sein Ruf schien sie magisch anzuziehen. Er legte den Arm mit dem Glas um sie und ließ sie trinken. Sie hörten ihn sagen: »Das ist eigentlich für die alte Cora, aber ich hole ihr später ein neues. Geh nicht fort, Anna, du siehst wunderbar aus, ich bin froh, dich zu sehen.« Zusammen gingen sie davon.

Ja, ein wenig glich er Simon – die Farbe, der Schnitt seines Gesichts. Wenn er sich heute um sie kümmerte, ginge es ihr gut. Er war nicht wirklich wichtig, das würde sie nun sehen: doch auch wenn sie es begriffe, so bliebe die emotionale Bindung. Womöglich konnte er ihr helfen, wieder Wurzeln im Leben zu fassen, konnte ihr teilnahmslos lächelndes Gesicht zum Leuchten bringen.

»Du hast es geschafft, sie hierherzubringen«, sagte Olivia zu Colin: Nun mußte sie vernünftig über Anna und Simon sprechen, den Schmerz ruhen lassen; besprechen, was das beste für Anna wäre, praktisch, leidenschaftslos. Dies ist nicht meine Tragödie. Meine Liebe zu Simon war ein Tagtraum.

»Ja«, sagte Colin und starrte in die Menge. »Diesmal willigte sie ein. Gab zu, daß es an der Zeit sei, wieder unter Menschen zu gehen – und ein Fest war die einfachste Art. Nach dem Tee sind wir losgefahren, zuerst habe ich sie ins *Paladium* ausgeführt. Es hat ihr gefallen. Ich habe sie selten so lachen gesehen.«

»Spricht sie viel von ihm?«

»Ja. Doch. Sie hat heute den ganzen Tag seine Notizen und Briefe durchgesehen – hat viel verbrannt – hat seine Kleidung und seine sonstige Habe sortiert. Sie möchte alles verteilen, loswerden. Sie ist ganz ruhig. Anscheinend schläft sie nicht. Aber gestern nacht habe ich ihr ein Schlafmittel gegeben.«

»Gut ... Mit der Zeit werden wir uns alle daran gewöhnen ... Komm, holen wir uns etwas zu trinken.«

Adrian war verschwunden. Auch Colin wurde umringt, befragt, verschwand bald. Nach all den Sorgen macht es mir nichts mehr aus, auf einem Fest allein zu sein. Eine Woge trägt sie alle von mir fort, und ich bleibe gestrandet zurück; mein Kleid ist alt und langweilig; es ist mir gleichgültig.

Am Buffet im hinteren Raum stand ein großer junger Mann, schob sie beiseite, um sich vom kalten Fleisch zu bedienen. Er trug einen dunklen zerdrückten Anzug und entpuppte sich als ihr Bruder James. Sie sagte:

»Ich habe mich schon gewundert, woher ich dich kenne.«

Er betrachtete sie mißtrauisch. Sie stellte fest, daß auch er den Blick des Raubvogels hatte ... wie Vater oder Onkel Oswald: deren wilder – oder ungezähmter – Artgenosse. Ein bemerkenswerter junger Mann, beunruhigend.

»Probier hiervon«, sagte er. »Es ist vorzüglich.«

»Wann bist du zurückgekommen?«

»Vor ein paar Tagen.«

»Schon zu Hause gewesen?«

Er sah sie spöttisch an.

»Noch nicht. Vielleicht morgen – oder nächste Woche. Es kommt darauf an.«

Er klang kühl, ironisch. Laß mich in Ruhe, meinte er. Ich fahre nach Hause, wann ich will.

»Seltsam, dich in diesem Trubel zu treffen. Wie bist du hierhergekommen?«

»Durch die Hintertür«, sagte er. »Der zweite Diener ist mein Freund.«

Er traut mir nicht ... Ich kann es ihm nicht zum Vorwurf machen ... Als Kind hat er mir vertraut.

»Wirklich schön, dich wiederzusehen, James. Du siehst blendend aus.«

»Du auch«, sagte er ...

Was nicht stimmt ... Ihm würde es nicht auffallen.

»Du bist ungeheuer gewachsen und irgendwie breiter geworden.«

»Allerdings«, sagte er. »Mein Brustumfang ist sechs Zentimeter weiter.«

»Fabelhaft ... Vielen Dank für deine Postkarten.«

»Dir kann ich für keine danken«, sagte er.

»Ich weiß – ich bin eine hoffnungslose Briefeschreiberin. Ich wollte eigentlich ...«

»Eine Zeile hättest du mir schon schreiben können, finde ich.« Er klang verletzt. Sie dachte: Kann ich ihn für mich gewinnen?

»Ich habe viel an dich gedacht. Du schienst so weit fort ... Ich dachte, alles, was ich schreibe, wird dir unwirklich vorkommen ... oder ungerechtfertigt.« Sie nahm ihm den gefüllten Teller ab und fügte schnell, wie selbstverständlich hinzu: »Hast du irgendwelche Pläne?«

»Keine bestimmten. Ich fahre wohl bald wieder zurück nach Paris, den Winter über, und dann vielleicht nach Osten – Rußland – Persien.«

»Aha.« Es klang eindrucksvoll, ein ausgedehntes Programm. Doch sie mußte ihm zugestehen, daß er sein eigener Herr war. »Lebst du gern im Ausland?«

»Ja.«

»Hast du Freunde?«

»Einige.«

Vielleicht kannte er diese fremden, lebhaften Jugendlichen, die das große Sofa bevölkerten.

»Hast du etwas geschrieben?«

»Ja.« Er warf ihr einen Blick zu; entschloß sich, ihr über den Weg zu trauen, sagte: »*New Poetry* hat zwei Gedichte von mir angenommen. Wenn es dich interessiert, sie erscheinen bald. Ein Versdrama auch ... Ich zeige es dir einmal. Wenn du möchtest.«

»Gern. Wie aufregend.«

Sie dachte: Er schafft etwas, und ich schaffe nichts. Der zukünftige Erfolg stand ihm ins Gesicht geschrieben, wie damals in seiner Kindheit. Er hatte wieder Augen, sie schienen vertraut und doch fremd: er hatte gekämpft und gelitten. Er sieht älter aus, als er ist: gleichzeitig Mann und Kind. Er hat etwas erlebt, das seine Schwestern nicht erlebt haben. Er hat die Form, die Umgebung verlassen, in die wir alle drei hineingeboren wurden. Kate hätte es auch geschafft, doch sie hatte den Willen nicht, zweifelte zu sehr an sich und an ihrer Auflehnung, hatte sich für die Disziplin des Alltags entschieden. Ich hätte meine Form gern gesprengt, doch ich schaffe es nicht: ich komme jedem auf halbem Weg entgegen, bin überall, erst hier, dann dort, ständig in Bewegung, finde vieles nur komisch. James war anders.

»Wie geht es dem alten Herrn?« fragte er.

»Wie immer. Er sitzt einfach da. Manchmal macht er eine Bemerkung, und Mutter staunt über seinen Scharfsinn, erzählt jedem davon – als wäre er ihr Kind, das gerade sprechen lernt.«

Er war in Gedanken.

»Ich hätte ihn gern besser gekannt«, sagte er.

»Das wäre gut gewesen. Er war ...« Das hatte nun keinen Sinn mehr. Dennoch war es tröstlich, wie James das sagte.

»Ist Mutter noch ärgerlich wegen der Geschichte mit der Papiermühle?«

»Nein, bestimmt nicht. Sie ist anders geworden, finde ich – mehr wie früher. Sie ist öfter allein und denkt offenbar über vieles nach. Sie macht Bemerkungen, über die man nur staunen kann: daß Erziehung zwecklos sei, daß man es mit der Selbstdisziplin auch übertreiben könne; daß die moderne Psychologie durchaus etwas für sich habe und es unverantwortlich sei, das Leben anderer dirigieren zu wollen ... Eigentlich ist sie wie früher, doch ihre Ansichten haben sich geändert. Mich hat es überrascht. Weißt du, was sie erklärte, als ich das letzte Mal zu Hause war? Aus heiterem Himmel: ›Euer Großvater hat viel zu lange gelebt – er hat das Leben seiner Kinder ruiniert.‹ Stell dir das vor! *Großvater!*«

Als sie sich lächelnd den herrischen Großvater vorstellten, so, wie sie ihn von dem Porträt im Wohnzimmer kannten, im Gehrock mit Uhrkette, Magierbart und Kahlkopf, waren sie wieder Bruder und Schwester.

»Arme Mutter –« Freundliches Bedauern, doch nicht länger die Anteilnahme des braven Sohnes. »Ich bin froh, daß sich ihre Ansichten geändert haben. Ich habe nämlich nicht vor, seßhaft zu werden und der Gesellschaft zu dienen.«

»Hast du genug Geld?«

»Es geht.«

»Hundertfünfzig Pfund sind nicht die Welt«, sagte sie vorsichtig.

Er sah sie von der Seite an, überlegte offenbar, was er dazu sagen sollte. »Natürlich«, gab er jungenhaft verlegen zu. »Hoffentlich verdiene ich mit dem Schreiben etwas. Doch davon abgesehen ... Ich habe noch eine andere Quelle, weißt du?«

»Nein, das weiß ich nicht«, sagte sie vorsichtig.

»Onkel Oswald.«

Das war fraglos eine Überraschung. Sie konnte kaum ein Stirnrunzeln verbergen und sagte:

»Ich hatte keine Ahnung ...«

»Ist das nicht ein Wunder?« fragte er zutraulich. »Seit beinah einem Jahr – kurz bevor ich nach Fontainebleau verfrachtet wurde. Er schrieb einfach, er habe veranlaßt, daß ich jährlich hundert Pfund von ihm bekäme – damit ich wirklich tun könne, was ich wolle – nicht aus Geldmangel zu irgend etwas gezwungen sei.«

»Aber er hat doch selbst nichts ... Zwei- oder dreihundert vielleicht.«

»Er behauptete, er habe genug – mehr, als er brauche. Jedenfalls als ich ihn vor meiner Abreise davon abzubringen versuchte, war er beleidigt – du weißt, wie er sein kann, er zeigte mir zornig die kalte Schulter.«

»Ich weiß.«

Sie schwiegen und dachten beide an Onkel Oswald. Er hatte immer eine noble Art gehabt, wenn es um Besitz ging. Sein Leben lang trug er den gleichen fadenscheinigen Mantel; abgetragenes Leinen, Fettflecke auf dem Anzug; jetzt wohnte er in einem einzigen Zimmer, hatte kaum genug zu essen und verschenkte Geld. Einmal an meinem Geburtstag drückte er mir verstohlen zehn Shilling in die Hand und tat so, als sei nichts geschehen ... Der einzige wirklich selbstlose Mensch, den ich kenne. Nicht ganz richtig im Kopf, das schwarze Schaf der Familie ... ein bißchen unheimlich – kein rundherum anziehender Mensch.

»Ich wäre niemals auf die Idee gekommen, daß er immer genau wußte, was geschah«, sagte James. »Er schien nie etwas zu begreifen, oder? Mit mir sprach er kein Wort. Eigentlich konnte ich ihn damals nicht ausstehen. Weißt du was? Ich hatte ihn im Verdacht, daß er heimlich mein Tagebuch las. Irgend jemand tat das damals.« Er lachte und glich dem Onkel dabei ein wenig: wissend, hinterlistig, voller Humor.

»Also bitte, ich war es nicht.« Obwohl ich gern ...

»Dich hatte ich niemals im Verdacht«, sagte er, »soviel Interesse an meinen Angelegenheiten habe ich dir nie zugetraut.«

Sollte das ein Scherz sein?

Er stellte seinen Teller ab und sagte freundschaftlich:

»Warum kommst du mich nicht im Winter in Paris besuchen? Ich kann dir dort manches zeigen, das du bestimmt nicht kennst.«

»Vielleicht, James.« Sie war von dem Gedanken angetan. »Gern.«

»Gut, laß es dir durch den Kopf gehen«, sagte er.

Eigentlich interessiert er sich nicht für mich, fragt sich nicht, wie ich wohl lebe. Nicht daß es mich stört, es beruhigt mich eher. Wir kämen womöglich gut miteinander aus. Er würde mir die Stadt zeigen, mir alles erklären ...

Er betrachtete kritisch das Bild, das über dem Büffet hing; eine provençalische Landschaft, die Simon gemalt hatte.

»Ist es von diesem Cassidy?«

»Ja, Simon Cassidy. Dieses hier ebenfalls – und das Porträt.« Ich kann ihm auch etwas zeigen.

»Durchaus gekonnt«, sagte er nach einer Weile; »vielleicht ein bißchen süßlich, oder? Scheußliches Rosa.« Er hatte jene herrische Nase, die spöttisch gekräuselte Oberlippe, die für alles und jeden tiefe Verachtung auszudrücken scheinen. »Er ist tot, nicht wahr?«

»Ja, er ist vor bald zwei Monaten gestorben. Er war ein guter Freund von mir.«

Er nickte, es interessierte ihn nicht; er schlenderte davon – absichtlich? –, als Adrian auf sie zukam.

»Meine Liebe«, sagte Adrian, »unter uns, ich fühle mich ausgesprochen unwohl. Die Jugend macht sich breit – wie findest du das? Wer war das Adlergesicht, mit dem du dich unterhalten hast?«

»Mein Bruder.«

»Großer Gott! Ich wußte gar nicht, daß du einen Bruder hast. Ist er nett?«

»Nicht unbedingt. Ich bin stolz auf ihn, aber ebenso macht er mir angst.«

»Wieso?«

»Nun, ich weiß nicht ... Ich habe den Eindruck, daß er ohne Rücksicht auf uns schießen würde, wenn seine revolutionäre Überzeugung es verlangte.«

»Du meine Güte! Wie gräßlich.« Adrian war nun offensichtlich beschwipst. »Er hat wirklich etwas Kaltblütiges.

Verzeihung – schließlich ist er dein Bruder, Olivia – doch ich muß schon sagen ... Vergessen wir ihn. Ich komme mit einer Bitte zu dir.« Er nahm ihre Hand. Seine Unterlippe zitterte.

»Was denn, Adrian?«

»Du *bist* meine Freundin, nicht wahr, Olivia? Du bist die einzige, die ich darum bitten kann, abgesehen von mir bist du der einzige Mensch, der zu uneigennütziger Freundschaft fähig ist.« Er brach in Tränen aus. »Du lachst nicht über mich, oder?«

»Natürlich nicht.«

»Siehst du da drüben den Jungen? Der das Vorderteil des Bullen gespielt hat ...«

»Ja.«

»Ich *weiß*, es ist zwecklos. Ich weiß, er mag mich nicht und ist garstig zu mir. Meine Liebe, ich will keinen Verdacht erwecken – denn alles, was ich möchte – ob er und seine Eltern es glauben oder nicht –, ist reine Freundschaft und Zuneigung ... Das ist absolut alles, was ich in meinem Alter noch möchte ...«

»Ich weiß, Adrian. Sollen wir zusammen zu ihm gehen?«

»Genau das wollte ich dir vorschlagen. Wenn du mich unterstützt, ein paar freundliche Sätze sagst. Ich überlasse es ganz dir ...«

Sie durchquerten den Raum und gingen auf den blonden, gutaussehenden jungen Mann zu, der abwesend wirkte. Er stand allein, an den Treppenpfosten gelehnt. Sie sagte mit aller ihr zur Verfügung stehenden Liebenswürdigkeit:

»Ach bitte, waren Sie das Vorderteil oder das Hinterteil des Bullen?«

»Das Hinterteil«, antwortete er schlicht.

»Siehst du, Adrian!« Sie warf ihm einen aufmunternden Blick zu; erklärte dem Jüngling: »Wir waren uns da nicht einig.«

Nervös, schmachtend, sich windend vor Peinlichkeit stieß Adrian ein hohles Lachen aus und sagte:

»Ich war überzeugt, daß Sie das Vorderteil wären.«

»Tatsächlich?« sagte der Jüngling. Er schien müde und war

kaum älter als fünfzehn. Er blickte in unbestimmte Ferne, dann auf seine Füße. Alle schwiegen.

»Sie waren fabelhaft«, sagte Olivia, ihrer Sache unsicher.

»Finden Sie?« sagte er höflich.

»War es unter dem Fell nicht fürchterlich heiß?«

»Nicht besonders: ich bekam durch ein kleines Loch Luft.«

»Es war köstlich«, sagte Adrian. »Als Sie am Ende zum Vorschein kamen ... Ha – ha – ha – ha – ha – ha!« Welch ein Lachen, das sollte er besser unterlassen ...

»Finden Sie?«

Mehr kann ich für ihn nicht tun ... Sie machte sich davon. Im Fortgehen sah sie, wie Adrian einen Schritt vorwärts machte und mutlos fragte:

»Was sagten Sie doch – waren Sie nun das Vorderteil oder das Hinterteil?«

»Das Hinterteil.«

Jasper küßte ihr artig die Hand, sah ihr tief in die Augen, sagte gewichtig: »Ja ...«, nickte langsam und bedeutungsvoll. Doch bald ging er weiter. Heute abend war es mir und ihm einerlei. Er hatte noch andere Eisen im Feuer. Frische, vielversprechende junge Mädchen, die sich noch formen und unterwerfen ließen. Ich trage Schwarz, bin traurig, nüchtern und unattraktiv, eine alte Mitspielerin, heute in unbedeutender Statistenrolle. Es liegt an Rollo und an Simon. Sie verspürte Widerwillen, Trotz, Bitterkeit. Ich möchte wieder umworben werden. Ich finde einen anderen Geliebten, Rollo ... Simon, ich werde nicht mehr um dich weinen. Du machst mein Gesicht leblos, gleich deinem.

Das Fest zerlief und verflüchtigte sich. Im einen Raum wurde laut und wild im Kreis getanzt, gestampft – Schwertertanz, das Hin und Her, die Kommandos klangen danach. Colins Gesicht tauchte auf, hob sich scharf gegen die übrigen nichtssagenden Köpfe ab: wie wahnsinnig sah er aus, die Augen aufgerissen, einen Arm um Amandas Taille gelegt, mit dem anderen umfaßte er ein rundliches, ansehnliches Geschöpf mit dunklen Locken und heller Haut. Amanda war errötet, lachte – es gefiel ihr. Sie schien zufrieden, überließ sich dem Lärm und dem Rhythmus.

»Polonaise!« rief jemand, und Olivia lief und folgte ihnen, griff und wurde gegriffen, wirbelte, verlor den Boden unter den Füßen ... Endlich in der Menge ... zum ersten Mal an diesem Abend. Sie lachte in lachende Gesichter ... doch nur einige Minuten lang. Bald zerrann alles, zerbrach, schwand dahin ... als hätte ich es zerbrochen ... Bald fand sie sich inmitten einer Gruppe angetrunkener Bekannter wieder, Randfiguren; und David Cooke sagte:

»Ich habe gehört, Jocelyn ist in China.«

»Ja.«

Es wäre ein kleiner Trost, wenn Jocelyn hier wäre.

Dann sagte er:

»Meine Liebe, wie geht es Rollo? Verheerend, dieser Unfall. Marigold war außer sich. Wir waren an jenem Abend zufällig zusammen.«

»Rollo Spencer? Oh, ihm wird es wohl gutgehen. Ich habe gehört, er sei ganz wiederhergestellt.«

Sie entfernte sich und ging nach unten.

Im kleinen Hinterzimmer im Erdgeschoß sah sie James, der am Kamin lehnte, konzentriert und ernst, tief versunken ins Gespräch mit einem jungen Mann. Irgend etwas in ihr schnappte ein und hielt das Bild der beiden fest: James, selbständig, in seiner eigenen Welt. Er sah sie nicht, und sie ging wieder nach oben.

Sie sah, daß Anna ruhig in einer Ecke saß und sich mit ihrem alten Freund Desmond Fellowes unterhielt. Es ging ihr immer noch gut. Alle kümmerten sich um sie, waren freundlich und taktvoll ... Sie sieht nicht gut aus: bleich wie Pergament, kein bißchen jung, gar nicht hübsch. Sie hatte keine Frisur mehr, ihr Haar hing stumpf und struppig ... War es lediglich das eigene Wissen um ihr Leid, das sie fern und isoliert wirken ließ; oder würde auch ein Fremder sie wie durch einen Schleier sehen, wie kaum anwesend?

Colin kam mit einer Karaffe in der Hand.

»Riech mal«, sagte er. Eine Haarlocke hing ihm ins Gesicht.

»Gin.«

»Es riecht nach Zeit. Findest du nicht auch? Wußtest du, daß Gin nach Zeit riecht?«

Dann kam er noch einmal und sagte:

»Es stimmt nicht. Hast du es bemerkt?«

»Was stimmt nicht?« Er scheint verrückt.

»Ich habe entdeckt, daß er nicht tot ist. Er war gerade hier, hast du ihn nicht gesehen?« Laut rief er: »Simon!«

Sie stand wie gelähmt.

»Nein, Colin, nein ...«

»Eine Auferstehung«, sagte er. »Alle müssen davon erfahren.«

Er ging, doch sofort vergaß er sein Vorhaben. Er machte auf dem Absatz kehrt und verschwand die Treppe hinunter.

Adrian gesellte sich zu ihr. Das Entsetzen über Colin wich, und sie fragte lächelnd:

»Nun, hat es geklappt?«

Er sagte bedauernd, ein wenig ironisch:

»Leider kein eindeutiger Erfolg, muß ich gestehen.« Er war beinahe wieder nüchtern. »Das Traurige ist, er war wirklich schrecklich langweilig. Ein Schwachkopf. Eigentlich war es auf den ersten Blick erkennbar.«

»Die Jugend hat heute abend das Ruder übernommen, nicht wahr? Obwohl sie noch in der Minderzahl ist. Ich rechne mich bereits zum Verein der Älteren. Bald verkünde ich Weisheiten wie: *Sammle die Rosen*[33] oder *Si jeunesse savait ...*«

»Von heute an werde ich Feste meiden«, sagte er. »Ich bin dreiunddreißig. Ich bin es meinem Alter schuldig.«

»Anscheinend stecken wir wieder in einer unerfreulichen Phase. Ein Durchgangsstadium ...«

Er betrachtete die ausgelassene Gruppe junger Leute, die sich auf dem großen Sofa tummelten oder am Boden lagerten.

»Wie sehr sie mit sich selbst beschäftigt sind«, sagte er ungnädig. »Fällt es dir auch auf? Völlig absorbiert.«

»Sie beginnen sich zu verlieben und machen ihre Erfahrungen. Das nimmt jeden sehr in Anspruch.« Sie sah ihnen zu. »Vielleicht ist es eine Illusion, aber mir kommen sie handfester und zuversichtlicher vor, als wir früher waren. Glücklicher.«

»Ich verachte die Jugend«, sagte er mürrisch. »Egoistische, dumme kleine Biester. Warum, verflixt noch mal, sollte man sich ihretwegen minderwertig fühlen?«

Amanda schwebte auf ihn zu, hielt den Kopf geneigt und streckte beide Arme nach ihm aus – geziert, arglos, lockend.

»Adrian, tanz mit mir ...«

»Mit dem größten Vergnügen, meine liebe Amanda.«

Ich wußte nicht, daß Adrian noch rot werden konnte.

Er legte seinen Arm um sie und führte sie im Tanzschritt fort. Olivia hörte, wie sie süß flötete:

»Ich tanze so gern mit dir, Adrian. Du hast genau die richtige Größe für mich.«

»Ja, mein Kind, ja, ganz reizend.«

»Ich tanze liebend gern, du auch?«

»Liebend gern, mein Kind. Einen Augenblick ... Ich habe den Takt noch nicht ... Ah! ... Los geht's!«

Einfältig lächelnd hielt er sie hilflos, glitt mit ihr übers Parkett. Allmählich entspannte sich sein Gesicht, ein wenig albern, aber glücklich. Sie wirkten geradezu anheimelnd, wie ein trautes Paar.

Desmond Fellowes zupfte sie am Ärmel und sagte:

»Anna schickt mich, du möchtest zu ihr kommen.«

Er verschwand, und sie ging zu Anna, die immer noch still lächelnd an derselben Stelle saß. Anna sagte:

»Ich würde gern gehen. Ich bin ein wenig müde. Möchtest du mitkommen?«

»In deine Wohnung?«

»Nein. Nach Sallows. Ich möchte nicht in London bleiben. Colin meinte vorhin, er würde fahren, doch ich bezweifle, daß er dazu in der Lage ist ... Ich werde fahren. Könntest du mitkommen?«

»Natürlich, Anna. Liebend gern. Wenn du mich nur bei

Etty vorbeifährst, damit ich ein, zwei Dinge einpacken kann.«

»Nimm ruhig ein wenig mehr mit, falls du länger bleiben möchtest ... Könntest du Colin suchen? Ich möchte noch kurz mit Mrs. Cunningham sprechen.«

Sie ging Colin suchen, ihr Herz klopfte erleichtert und erwartungsvoll, trotz aller Angst.

Nun werden die Gefühle zurückkommen. Ich werde wieder fühlen – es wird ein Eingriff ohne Betäubung sein. Die Rückkehr nach Sallows. Du bist stark, du hältst es aus ... Anna hat dich endlich um etwas gebeten.

Nach dem anfänglichen Entsetzen hatte es keinerlei Bewegung mehr gegeben, nichts hatte jenes Element vertreiben können, das alles mit Nebel umgab. Als die Nachricht von seinem Tod kam, versammelten sie sich eine Weile, trieben ziellos in der Stadt umher, blieben zusammen, um nicht allein zu sein, erzählten dann und wann von Simon, sonst sprachen sie wie immer zueinander; sie schwiegen ungern. Was wir sagten, war banal ... Nur einmal, als Colin kam, brach ich beinahe zusammen ... Wir hielten einander fest ... Danach putzten wir uns die Nasen und trafen Adrian zum Mittagessen in der Kneipe, ... Aus Freundlichkeit hatte Colin die alte Cora Maxwell angerufen und eingeladen. So trafen sie sich in der Kneipe und Billy gesellte sich zu ihnen, dann Ed. Am Abend gingen sie alle ins Plaza Hotel und feierten.

In den folgenden Tagen schienen Cora und Billy die unumschränkten Hauptpersonen – Cora, schmuddelig und schwankend, das orangefarbene Haar eine unpassende Pracht über ihrem verwüsteten Gesicht; Billy, ungeheuerlich betrunken, malte mit roter und blauer Kreide verworrene Symbole und Zeichen wie Landkarten aufs Tischtuch. Cora war Simon zu Ehren zwei Tage lang stocknüchtern. Durch ihre und Billys Anwesenheit wurde alles zum surrealistischen Traum, und manchmal lachten sie fürchterlich.

Ein paar ungewöhnliche Tage, dann wurde es wieder ruhig. Jeder versuchte vorsichtig, ohne Simon weiterzuleben. Schließlich hatte er keinem von ihnen besonders nahegestanden; in ihrem Alltag hatte er keine Rolle gespielt, es gab also keinen Anlaß, keine Notwendigkeit, das tägliche Leben zu ändern. Colin fragte bei Anna an, ob er zu ihr kommen solle, doch ihre Antwort lautete nein. Er besaß die Schlüssel zu Simons Atelier und machte sich an die Arbeit, die nicht vollendeten Bilder zu sichten und zu ordnen. Beinah jeder schuldete Simon Geld.

3

Anna fuhr, und Adrian, der im letzten Augenblick in den Wagen gesprungen war, saß neben ihr. Hinten im Wagen saßen Olivia und Colin. Je mehr, desto besser. Wir überfallen Simons Haus.

Ein kalter Graupelregen fiel, als sie London verließen. In Colins altem Wagen zog es. Adrian war in Hochstimmung, leutselig, äußerst gesprächig. Olivia sah, wie Anna ihm einen dankbaren Blick zuwarf, froh, daß er genau wie immer war. Vielleicht war es besonders schwer zu ertragen, daß sich alle solche Mühe gaben – sich so anders als sonst aufführten ... Zwar versuchte Olivia gerade dies zu vermeiden, doch es erforderte merkliche Anstrengung und Selbstkontrolle. Nur Adrian blieb der alte, ob Simon lebte oder nicht. Es tat Anna gut.

»Ich sehe keinen Grund, meine Liebe«, sagte er gerade, »mich nicht in sie zu verlieben. Sie ist hübsch, gescheit, unterhaltsam, und offensichtlich schätzt sie mich. Sie kam einfach auf mich zu und forderte mich höchst charmant und anmutig zum Tanzen auf – nicht wahr, Olivia? Olivia kann es bezeugen.«

»Sie ist ein faszinierendes Wesen«, sagte Anna mit leisem Lächeln.

Adrian erklärte, sie habe eine hinreißende Stupsnase, du verstehst, was ich meine? ... Und ihre Figur! ... Sie unterhielten sich über Amanda.

Colin saß mit hochgeklapptem Mantelkragen zusammengekauert im Fond und döste, wachte dann völlig nüchtern auf und unterbrach sie:

»Seht ihr denn nicht, daß sie nichts taugt? Seht ihr das nicht? Verloren. Jetzt schon verzweifelt. Für sie gibt es keine Hoffnung.« Seine tiefe, tönende Stimme schien Amandas Schicksal zu verkünden. »Doch die andere«, fuhr er fort, »Pamela, Desmonds Nichte – *begreift* ihr denn nicht, wie wunderbar sie ist? – Wollt ihr es nicht begreifen? Ihr habt keine Ahnung ...«

»Hast du sie geküßt, Colin?« fragte Adrian.

»Sie sieht wirklich entzückend aus«, sagte Olivia beschwichtigend.

»Entzückend!« Er schnaubte verächtlich. »Sie ist eine glückliche Natur, das ist es! ... Ein Wesen, das sich ohne Schaden entwickeln konnte. Ein Unding, wenn ihr so wollt: doch welch ein Wunder! Versteht ihr das nicht? Bewundert ihr das nicht? Nein! Wie süß, sagen wir alle, welch ein nettes, freundliches Mädchen ... Und alle verlieben wir uns in die grausliche Amanda, die uns zwangsläufig haßt und unglücklich macht.«

»Sie haßt mich nicht«, sagte Adrian zärtlich. Er fuhr fort: »Tatsache ist allerdings, daß meine Vorstellung von Liebe sich von der anderer Leute unterscheidet, das würde ich ihr gern erklären, weil ich glaube, sie empfindet ähnlich. ›Amanda, meine Liebe, ich bin anders.‹ ... Heikel, so etwas zuzugeben ...«

»Es klingt nobel«, sagte Anna, »doch vielleicht auch eine Spur banal.« Man ahnte im Dunkel bereits ihr amüsiertes Grinsen.

»Nun, meine liebe Anna, du darfst mich nicht auslachen, weil ich romantisch bin. Nur zu gern böte ich ihr meine Freundschaft und Zuneigung an. Laß mich erklären, meine Liebe, wie ich mir das vorstelle. Zuerst gehen wir gemeinsam mittagessen, leicht, aber köstlich, vielleicht im Ritz. Dann leihe ich einen Wagen – vermutlich einen Daimler –, und wir machen einen kleinen Ausflug aufs Land. Wahrscheinlich halten wir Händchen während der Fahrt ... Tee trinken wir in einem Landhaus bei reizenden Freunden – vielleicht bei dir, Anna. Also bestimmt, wenn ich es genau überlege ... Gegen Abend erreichen wir dann eine dieser Städte mit Kathedrale –«

»Den Ausflug kenne ich«, rief Olivia.

»Wenn das stimmt, liebe Olivia, so schwöre ich dir, daß unser Erlebnis mit dem deinen nicht zu vergleichen sein wird. Wir spazieren durch den Kreuzgang, Anna, besichtigen das Westportal. Wahrscheinlich sitzen wir auch ein wenig in der Kirche und unterhalten uns. Konversation ist allerdings kaum ihre starke Seite, doch das macht gar nichts. Vielleicht sage ich einfach: Sehen Sie doch die seltsame alte Dame, Amanda – Bemerkungen dieser Art, um sie nicht zu beunruhigen.«

»Aha«, sagte Anna ernst.

»Warum soll sie sich nicht beunruhigen?« fragte Colin.

»Das Abendessen«, fuhr Adrian fort. »Ich wage zu behaupten, daß wir zum Essen Burgunder trinken werden ... Danach sind wir gehörig müde nach der langen Fahrt. Wir gehen nach oben. Ich habe in aller Stille ein vorzügliches Schlafzimmer für sie und eine winzige Kammer für mich reserviert. ›Amanda, mein Kind, gute Nacht, Gott schütze dich‹ werde ich sagen und ihr die Hand küssen ...« Er hielt inne, fügte zweifelnd hinzu: »Was, meint ihr, wird sie sagen?«

»›Adrian geh nicht fort‹«, schlug Anna vor.

»Falls sie das sagt, meine Liebe, dann sage ich einfach: ›O Amanda ...‹ und schlüpfe ohne weitere Worte unter ihre Decke. Dann schlafen wir auf der Stelle ein.«

»Wie zwei Kinder.«

»Genau, meine Liebe.«

Mit einem Mal rang Anna nach Luft, keuchte, stöhnte, schüttelte sich, brach in schallendes Gelächter aus. Der Wagen war von Gelächter erfüllt. Selbst Adrian stimmte ein.

Wir können immer noch miteinander lachen, es gibt noch gute Zeiten.

Sie waren nun auf dem Land. Den kalten Regen hatten sie hinter sich gelassen. Sie fuhren unter einem weiten Himmel, an dem eisig die Sterne standen und Wolken, die dunkel leuchtend wanderten. Der Mond schien hell. Ein arktischer Himmel.

»In zwanzig Minuten sind wir da«, sagte Colin leise.

»Ja.«

Er nahm beruhigend ihre Hand. Sie rückte nah an ihn heran.

»Es ist alles gut«, sagte er. »Es ist wie früher.«

Sie nickte, traute den Worten nicht mehr. Sterben ist ein Teil des Lebens, hatte Colin gesagt, als er zu ihr kam: Vergiß es nicht. Sterben heißt nicht ausgelöscht werden ... Betrachte es von der richtigen Seite: die Zeit wird uns einen Streich spielen, und unsere Asche, auch unsere Asche, wird mit der seinen verwehen.

Sie lehnten sich schweigend zurück, saßen dicht nebeneinander; und bald bog Anna von der Landstraße in den Feldweg ein; hielt an, während Adrian ausstieg und das weiße Tor öffnete, dann die holprige Viertelmeile. Anna fuhr den Wagen in die Scheune, sie stiegen aus und betraten Simons Haus, in dem alles genau wie früher war.

4

Anna kniete und entfachte das Feuer im Wohnzimmerkamin. Sie blies, und sofort begannen die Scheite zu glühen.

»Ich bat Mrs. Woodley, so spät wie möglich noch einmal nach dem Rechten zu sehen«, sagte sie. »Sie hat sogar den Boiler geheizt.«

»Heißt das, ich kann noch ein Bad nehmen?« fragte Olivia. »Du bist doch eine treue Seele.«

»Ich dachte mir, du würdest dich gern noch ein bißchen im heißen Wasser aalen, bevor du ins Bett gehst«, sagte Anna.

Dann hat sie es geplant, hat mich erwartet.

»Meine Liebe«, sagte Adrian, »ist es unhöflich, dich um einen Gefallen zu bitten?«

»Gin und Whisky stehen an ihrem Platz«, sagte Anna.

»Vielleicht setzt du Wasser auf. Ich mache Grog. Wie ist es mit dir, Olivia? Mir ist kalt.«

Sie huschte aus dem Zimmer nach oben, und als sie zurückkam, hatte sie einen alten Mantel umgelegt – einen schaffellgefütterten Hirtenmantel. Simon hatte ihn vor Jahren aus Palästina mitgebracht.

Sie saßen vor dem Kamin und aßen Brot, Käse, Nüsse, Bananen, tranken und sprachen über das Fest.

Er war da und nicht da, für alle, für niemanden, wie schon immer.

Es war nach fünf, als sie zu Bett gingen.

Anna holte Laken, und Olivia half ihr, für Adrian das Feldbett in Colins Zimmer zu beziehen. Olivias Bett war bereits gerichtet, es lag eine Wärmflasche darin. Sie nahm ihr Bad in dem winzigen Badezimmer, in dem die grüne Farbe abblätterte und vom Dampf alles beschlagen war, die Leitungen zischten und fauchten, die Handtücher abgewetzt und vom vielen Waschen vergilbt waren. Der zerbrochene Rasierspiegel hatte einen Rahmen aus Muscheln, die Anna in Südfrankreich gesammelt hatte.

Sie ging in ihr Zimmer, zog die Leinenvorhänge zur Seite – Colins erster, früher Versuch, Stoffe zu bedrucken – und sah aus dem Fenster. Der Birnbaum stand ohne Laub, seine breite, luftig geschwungene Silhouette hob sich dramatisch gegen das Mondlicht ab. Ein heftiger Wind pfiff hohl, doch nicht bedrohlich, zerzauste die Wipfel der Ulmen. Eine merkwürdige Nacht. Zwischen der Wiese und dem gepflegten Rasen war eine helle Linie, wie Phosphorleuchten auf einem Wellenkamm. Hier standen wir, und Rollo sagte: »Laß uns gehen, etwas stimmt nicht«; an jenem Tag war Simon gestorben. Hatte Rollos Stimmung oder Simons Tod den Tag so bedrückend gemacht, ihm alle Unbeschwertheit genommen? Es war vorbei, trotz Kälte und Dunkelheit. Alles war heil.

Was er uns gab, kann niemand nehmen. Er hat uns reicher gemacht, wir sind glücklich. Wir müssen das Leben schätzen, weil er gelebt hat. Denk daran ...

Es klopfte an der Tür, und Colin kam herein.

»Geht es dir jetzt gut?« fragte er.

»Ja, danke.«

»Siehst du, daß alles gut ist?«

Sie nickte.

Colin hatte sie manchmal besucht, und sie hatten über vieles gesprochen. Er war ihr ein Trost gewesen. Sie kannten einander nun besser, waren offen zueinander gewesen. Ich werde mich in seiner Nähe nie mehr unwohl fühlen; nie wieder wird er feindselig behaupten: »Olivia lacht uns alle aus.« ... Vielleicht ist es das Beste, das ich haben kann: Zuneigung, Vertrauen, sicheres Verständnis; dieses willentliche, klare, unemotionale Sich-Zeigen. Dennoch wollen wir niemals unbedingt beisammen sein ...

Er kam zu ihr ans Fenster und schaute hinaus.

»Der Tod ist heimtückisch«, sagte er leise in die Nacht hinein. »Er ist so leicht. Sterben ist ansteckend. Wir müssen ihm aus dem Weg gehen ... Schau, wie wir den Tod durch alle Poren in uns aufnehmen, nur weil er gestorben ist ... Wie wir den Tod mit uns tragen.«

Er hält eine Rede. Er denkt, ich sei noch immer angegriffen – er müsse auf mich aufpassen. Als er mich damals besuchte, sagte ich etwas, das in seinen Augen unverzeihlich ist; ich mußte ihm schwören, so etwas nie mehr zu denken ... Ich hatte gesagt, Simon sei das Opfer ... Ich meinte damit all die Schuld, die Verderbnis, die Krankheit ... Papa, Rollo ... ich ... Wir starben nicht – wir nicht: es war Simon, der keine Schuld trug ... Ich war übermüdet, erschöpft.

»Wir sind alle vom Tod gezeichnet«, sagte er. »Ein Anblick, der ohne seine Hilfe unerträglich ist.«

»Er war lebendiger als wir alle, nicht wahr?« stimmte sie ihm zu. »Näher an der Quelle ...«

Er dachte nach, sein Gesicht im Schatten der einzigen Lampe dunkel und knochig.

»Das war er«, sagte er endlich. »Doch nicht näher am Leben. Obwohl ... sie sind nicht voneinander zu trennen ...« Er schwieg wieder.

Sie wartete, weil er etwas sagen wollte, horchte auf das schrille Rattern des Güterzuges hinten im Tal auf der anderen Seite des Flusses.

»Er trennte sich«, sagte Colin, »vor langer Zeit. Ich weiß nicht, was schiefging, aber er wählte den anderen Weg. Deshalb ist er niemals ein großer Mann geworden – nur ein genialer Mensch. Er hatte immer etwas Hektisches an sich, nicht wahr? ... gejagt. Mir kam er vor wie jemand, der wie in Verzückung einen endlosen Fiebertraum erlebte ...«

Er sagte es langsam und klagend; und sie begriff, was er meinte. War das der Schlüssel? ... Sie sah Simon so leicht durch die Menge gleiten, als sei ihm jemand auf den Fersen; als fragte er sich ungeduldig: »Ist es schon Zeit? Es muß an der Zeit sein.« ... Starr stand er am Straßenrand, beeilte sich, bis er wieder auf der Schwelle, im Raum stand, schaute aus dem Fenster, stand allein in der Menge, zündete sich wieder und wieder eine Zigarette an; saß mit leuchtend leeren Augen auf der Stuhlkante (hatte jenen Blick, der die Leute fragen ließ: Nimmt er Drogen? – Doch er nahm keine), hielt inne, ließ sich in seiner Flucht aufhalten.

»Ich kenne niemanden, der so einsam war wie er«, sagte Colin. »*Niemand* durfte ihn kennen. Er haßte alle, die versuchten, ihm näherzukommen ... Ich habe es erlebt. Er war gefährlich – das war nicht zu übersehen ... Er war nur daran interessiert, geliebt zu werden ...« Er fügte hinzu: »Anna wußte es ...«

Kniete er deshalb am Boden neben der glücklichen Cora, stützte sie, verband ihre Wunden, gab ihr zu trinken ... das Mitleid in Person? ... Versuchte er deshalb mit allen Mitteln Glück zu verbreiten? – Lieh Leuten Geld, das er niemals zurückverlangte? – Spielte er deshalb so unnachahmlich den Narren? – Wie war alles zu erklären? ... Die Theorie allein genügte nicht. Die Dinge waren miteinander verwoben – Ursache und Wirkung – unentwirrbar. Colin selbst sagte so. Der leibhaftige Mensch, Simon, war unfaßbar.

»War er glücklich?« fragte sie.

»Glücklich?« rief er, als sei die Frage sinnlos. »Simon?«

Er denkt, es ist gut, daß Simon gestorben ist.

Er machte einen Schritt vom Fenster fort, sagte liebevoll: »Gute Nacht, Olivia«, küßte sie auf die Wange und ging in sein Zimmer.

Adrian war schon zu Bett gegangen, doch Anna hantierte noch unten in der Küche. Olivia rief, übers Geländer gelehnt: »Was treibst du noch?«, da kam sie die Treppe heraufgelaufen.

»Ich habe nur den Frühstückstisch gedeckt«, sagte sie. »Dann können wir alle ausschlafen. Jetzt ist alles fertig.«

»Du kannst es nicht lassen. Warum hast du mich nicht gerufen? Du bist ein durch und durch bösartiger Charakter!«

»Ich war noch nicht müde.«

Sie ging in ihr Schlafzimmer, früher hatte dort Simon geschlafen, Olivia folgte ihr.

Eine morsche alte Truhe stand offen in der Ecke; die Kleidungsstücke, die ihm gehört hatten, türmten sich darin. Sie standen da und betrachteten sie.

»Ich weiß nicht, wer sie tragen könnte«, sagte sie. »Er war so groß und schmal ... Was soll ich seiner Mutter schicken?«

»Kennst du seine Mutter?«

»Ja. Sie kam nach Frankreich. Wir haben viel Zeit miteinander verbracht.«

»Wie ist sie?«

»Eine kleine alte Dame mit Brille und Falten.« Anna lächelte. »Freundlich. Sie war vorher noch nie im Ausland.«

»Möchte sie seine Sachen haben?«

»Sie sagte, sie würde sich über ein paar Kleinigkeiten freuen.« Sie lächelte wieder. »Sie sagte, er habe eine goldene Uhr von seinem Großvater. Aber ich finde sie nicht. Vielleicht hat er sie verpfändet – oder einfach verloren. Ein paar Ringe sind da und Münzen und ein Kästchen voller Manschettenknöpfe: von Woolworth. Seine Bilder mag sie nicht besonders, Bücher liest sie nicht. Vielleicht schicke ich ihr die Photographien, die ich im vergangenen Jahr gemacht habe. Ich glaube nur nicht, daß sie ihr gefallen.« Sie hob einen marokkanischen Gürtel auf, der mit blauen, weißen und roten Perlen bestickt war, ließ ihn wieder fallen. »Du bekommst auch etwas«, sagte sie seufzend. »Was möchtest du haben?«

»Nicht jetzt, Anna – bitte. Später vielleicht ...« Dicke Tränen tropften. Solche Dinge brachten sie aus der Fassung – Hinterlassenschaften, Andenken, Erinnerungen.

»Ich weiß, er hätte dir gern etwas geschenkt«, sagte Anna.

Sie stand so ruhig da und betrachtete seine Habe. Wer am Totenbett gesessen hat, ist immer ruhig, heißt es.

»Simon mochte dich sehr«, sagte sie und sah Olivia an. Ihre blauen Augen waren vor Müdigkeit eingesunken. »Im Krankenhaus wünschte er einmal, daß du zur Tür hereinkämst. Du seist so erfrischend.«

»*Oh!* ... Ich habe ihn geliebt ...«

Anna beugte sich über die Truhe und strich über ein maulbeerfarbenes Hemd, sah sie nicht an, ließ ihr Zeit, sich zu fassen. Dann konnte Olivia fragen:

»Wußte er, daß er stirbt?«

Anna überlegte.

»Ich bin mir nicht sicher. Am Anfang dachte er manchmal daran ... Doch am Ende nicht mehr. Er kämpfte lange um sein Leben – und dann gab er auf. Er war zu schwach.«

»Hat er viel erzählt. Konnte er sprechen?«

»Nicht viel.« Anna hockte sich vor die Truhe. »Zuerst ließ er sich gern etwas vorlesen, doch später konnte er sich nicht mehr konzentrieren – das bekümmerte ihn. Wir spielten Wortspiele, ganz einfache, und erfanden Namen und Gespräche, Lebensgeschichten für die Krankenschwestern – eigentlich alberne Spiele. Er machte Verse und sagte Gedichte auf ... Er scherzte viel. Die Schwestern waren verrückt nach ihm. Er schien niemals wirklich deprimiert – obwohl es ihm so schlecht ging – einmal bedauerte er plötzlich, daß er niemals begriffen habe, wie das Telephon funktioniert – und ich hatte es auch vergessen.« Sie lächelte.

Also keine letzten Worte ...

»Ich habe alle seine Briefe verbrannt – die Briefe an ihn,

meine ich«, sagte Anna, immer noch hockend. »Er hätte es gewollt. Viele waren es ja nicht. Er hob nichts auf.«

»Was wirst du nun tun, Anna? Was hast du vor?«

»Ich werde hierbleiben. Du weißt sicher, daß er mir das Haus vermacht hat?«

»Ja, das weiß ich.«

»Im Frühjahr, bevor er ins Ausland fuhr, hat er tatsächlich sein Testament gemacht. Ich habe keine Ahnung, warum. Nur eine halbe Seite – doch Colin kam zufällig ins Zimmer, als er es verfaßte; da zeigte er ihm, in welcher Schublade er es aufbewahren würde; er wollte alles geregelt haben.«

»Wie gut ... Ich bin froh, daß er dir das Haus hinterlassen hat.«

»Ich frage mich oft«, sagte Anna nachdenklich, »ob er ahnte, daß er sterben würde.«

»Schien es so?«

»Ich weiß nicht. Er sprach nie darüber. Er war den ganzen Sommer in Hochstimmung: er genoß alles im Extrem. Das tat er zwar immer, doch ...«

Sie schloß langsam den Truhendeckel und stand auf. »Was hast *du* vor?« fragte sie.

»Ich weiß nicht. Ich weiß immer noch nicht, was ich mit mir anfangen soll.« Sie versuchte es leichthin zu sagen, Anna nicht mit ihrer ungeklärten Zukunft zu belästigen. »Ich habe eine Einladung nach Paris. Aber ich weiß noch nicht, ob ich sie annehme.«

»Ich hoffe, du kommst oft hierher. Ich hoffe, alle kommen.«

»Danke, Anna, wie gut ... Ich werde mir wohl eine Arbeit suchen. Geld verdienen.«

»Oh«, sagte Anna, »was das betrifft: Ich wollte es dir eigentlich schreiben: Simon hat mir auch ein wenig Geld hinterlassen. Vierhundert Pfund im Jahr. Das ist mehr, als ich brauche, die Hälfte möchte ich dir geben. Ich weiß, er würde sich freuen. Im Testament heißt es, ich dürfe das Geld verwenden, wofür ich wolle, ich müsse nur die Hälfte behalten. Es war ihm also klar, daß ich es teilen würde.« Sie knöpfte ihr steifes seidenes Kleid auf.

Niemand sagte ein Wort.

»Geh zu Bett«, sagte Anna und lächelte sie an. »Du siehst müde aus.«

Sie umarmte Olivia und sagte: »Schön, daß du da bist.«

Dann ließ sie die Arme sinken und stand still da.

»Als er tot war«, sagte sie, »wand ich ihm einen Lorbeerkranz, und er sah siegreich aus.«

5

Als sie vor dem Haus Nummer zwei stand und läutete, glaubte sie zu sehen, wie der Wagen mit Benson am Steuer weit hinten am Platz um die Ecke bog. Einbildung, natürlich. Lady Spencer hätte niemals so knapp kalkuliert. »Wir holen Nicola«, sagte sie, »um Viertel vor drei zum Einkaufen ab. Sei du kurz nach drei Uhr dort«, sagte sie, »nicht früher: dann ist es sicher. Sei spätestens um vier wieder fort. Ich verlasse mich auf dich ...« – »Vielen Dank, Lady Spencer, das ist sehr freundlich von Ihnen ...« – »Auf Wiedersehen, Olivia.« Sie hatte schon eingehängt, hatte ihr Versprechen gehalten: Einmal darfst du Rollo sehen. (Allein. Doch das Wann und Wie bestimme ich. Mehr brauche ich nicht zu sagen: ich weiß, ich habe dein Ehrenwort.)

Die Haustür wurde geöffnet.

»Ich wollte mich erkundigen, wie es Mr. Spencer geht.«

»Mr. Spencer geht es den Umständen entsprechend sehr gut. Er hat das Bett verlassen – er kann bereits wieder sitzen. Wir hoffen, daß er in der kommenden Woche zum ersten Mal eine Spazierfahrt machen kann.« Besitzer der Telephonstimme Nummer eins: jung, angenehm, entgegenkommend, sachlich.

»Das freut mich sehr. Es war eine lange Zeit, nicht wahr?«

»Das war es, gnädige Frau. Eine schwierige Zeit für uns alle. Doch Mr. Spencer ist ein großartiger Patient. Immer guter Laune. Das hat ihm am meisten geholfen.«

»Das glaube ich gern. Würden Sie ihm bitte diesen Brief geben. Ich möchte gern auf die Antwort warten ...«

Er führte sie in Rollos Arbeitszimmer. Sie stand vor dem Kamin – dort, wo sie Rollo in jener Nacht hatte stehen sehen. Sie schaute sich nicht um, bis die Tür sich geräuschlos öffnete und der Diener zurückkehrte.

»Mr. Spencer bittet Sie nach oben, gnädige Frau.«

Sie stiegen die Treppe mit dem kastanienbraunen Läufer hinauf, vorbei am Wohnzimmer, dessen Tür geschlossen war, eine weitere Treppe, dann zwei kleine Stufen und die zweite Tür rechts.

Rollo sagte: »Herein«, und der Diener hielt ihr die Tür auf und schloß sie leise hinter ihr.

Der Nachmittag war dunkel, vielleicht würde es Nebel geben. Zuerst sah sie kaum mehr als Rollos Umriß im Gegenlicht in einem Lehnstuhl am Kamin, ein Bein hochgelegt auf einem gepolsterten Hocker.

»Liebste!« sagte er leise.

»Hallo, Rollo.« Sie sah ihren Brief auf seinem Schoß. Er trug einen eleganten marineblauen Morgenmantel. Dann erkannte sie in einem Korb neben dem Stuhl zusammengerollt ein Fellknäuel: Lucy.

»Liebste, wie schön, daß du kommst. Eine großartige Idee.« Er streckte seine Hand aus, hielt die ihre. »Wir haben unglaubliches Glück – ich bin ganz allein. Woher wußtest du das?«

»Jemand hat es mir zugeflüstert.« Sie setzte sich in den Sessel gegenüber. »Übrigens«, fügte sie hinzu, »warum sollte irgend jemand auf seltsame Gedanken kommen, wenn ich mich zu diesem Zeitpunkt nach deiner Gesundheit erkundige. Schließlich bin ich eine alte Freundin der Familie, nicht wahr?«

»Das bist du wirklich, aber Gott sei Dank, die Familie ist ausgeflogen. Einkaufen, soviel ich weiß.«

Vielleicht suchte sie Kinderbetten oder Säuglingskleidung aus oder probierte ein Umstandskleid an; taktvolle Verkäuferinnen hielten Stühle bereit, und die Verwandtschaft unterstützte sie, warnend: Gib acht vor tückischen Stufen und glatten Böden. Der rote Teppich würde für sie ausgerollt über dem sonst so holprigen, widerwärtigen, letztlich nicht zu beschönigenden steinigen Lebensweg.

Sie saß und rauchte eine Zigarette und stellte die angemessenen Fragen. Er sei munter wie ein Fisch im Wasser, erklärte er. Er langweile sich lediglich. Das Bein sei zwar nicht erwartungsgemäß verheilt. Doch in der kommenden Woche würden die Massagen beginnen. Er hatte immer noch eine Pflegerin, eine langweilige Frau, eigentlich ganz angenehm, er brauchte sie nicht, doch sie bestanden darauf ... Nun konnte sie ihn weniger unschlüssig betrachten, sah die Narben auf Stirn und Nase. Er war dünner geworden; nicht blaß, doch er sah nicht mehr so kerngesund aus wie früher.

Sie schwiegen.

»Ich habe dir nichts mitgebracht«, entschuldigte sie sich und warf einen Blick auf die Bücher- und Zeitschriftenstapel, die Vase voller Blumen, die gefüllte Obstschale – ein gut ausgestattetes Krankenlager. Das Bett mit dem dunkel wattierten Kopfende war aufgedeckt, Kissenberge erwarteten ihn. Bestimmt stützte ihn die Pflegerin, Lady Spencer gab ihre Anweisungen, Nicola schüttelte die Kissen auf – falls sie nicht selbst ruhte –, und er hinkte hinüber, scherzte mit der Pflegerin, hievte sich aufs Bett, bedankte sich bei seiner Frau, danke, meine Liebe.

Was möchtest du ihm erzählen? Bleib kühl und überlegen. Pech, daß ihr das Licht ins Gesicht schien. Sie beugte sich, um Lucy zu streicheln, die erschrocken winselte.

»Es gibt sie immer noch.«

»Immer noch. Und ich bin ihr völlig ausgeliefert. Die Herrschaft der Frauen ist erwiesenermaßen fürchterlich.« Er zog ein kleinlautes Gesicht. »Du ahnst nicht, wie gut ich bewacht werde.«

»Nichts geht über die Familie«, sagte sie.

»Komisch«, sagte er und betrachtete sie verlegen, voller Zuneigung. »Als sie – als ich wußte, daß ich heute nachmittag allein sein würde, hätte ich beinahe – ich hätte dich schrecklich gern angerufen und gefragt ... Ich wollte nicht ...«

»Vielleicht war es Gedankenübertragung«, meinte sie vielsagend lächelnd.

»Ich wollte es schon so oft. Ich wußte nur nicht, ob du mir noch böse bist.« Er sprach leise, werbend, bekümmert.

Ein unwirkliches Gefühl schien sie davonzutragen. Was er alles sagte! ... Sie gab ihm keine Antwort, und er fuhr gefühlvoll fort:

»Ich dachte, ich würde dich niemals wiedersehen.«

»Einmal mußte ich noch kommen.« Sie schluckte. »Ich wollte dich fragen – ich muß wissen, ob es meine Schuld ist – der Unfall, meine ich.«

»*Deine* Schuld?« Er war überrascht. »Wieso sollte es deine Schuld sein?« Sie hatte ihm weder ins Steuer gegriffen, noch hatte sie den Lastwagen gelenkt ... Glaubte sie etwa ...? »Wenn du denkst, ich wollte mich umbringen, das hatte ich nicht vor«, widersprach er heftig, fast grob. »Wenn ich das jemals vorhabe, dann wähle ich eine weniger umständliche Methode und lasse unschuldige Lastwagenfahrer dabei aus dem Spiel.« Er klang geradezu erzürnt. »Großer Gott, du kommst auf Ideen!«

»Ich dachte nur – vielleicht warst du unvorsichtig – du warst durcheinander – und das war meine Schuld ...«

Oh, gib es auf, es ist sinnlos, wir verstehen einander nicht ... Die Unwirklichkeit breitete sich gewaltsam aus, verwischte alle Konturen. Sie war sich seiner Gegenwart unendlich bewußt, so groß war er, breit, beinahe zum Greifen nahe: Rollo, sein Gesicht, seine Hände, seine Stimme ...

»Wie spät ist es?« fragte sie.

»Halb vier.«

»Kommt sonst noch jemand?«

»Nein. Keine Angst. Ich habe William gesagt, er solle niemanden herauflassen.«

Er dachte immer an alles.

»Gleich muß ich gehen.«

»Noch nicht. Sie kommen nicht vor vier zurück, sie haben es ausdrücklich gesagt. Komm, mach es dir gemütlich. Erzähl, was du alles angestellt hast, du Liebste.«

Er wird mich ein Leben lang Liebste nennen – als sei nichts geschehen.

»Nichts Besonderes. Zuletzt war ich auf dem Land – bei Anna. Simon ist tot, weißt du. Er hatte Typhus und starb im September.«

»Mein Gott, tatsächlich? Der Ärmste – das tut mir schrecklich leid.«

Er schaute fort, seufzte unwillig: als wollte er sagen, ich weiß, wie schrecklich es ist, es war fürchterlich für dich, doch mir ging es auch nicht gut, ich bin immer noch nicht gesund, lassen wir die trostlosen Geschichten.

Dann sagte er leise:

»Du trägst ihn immer noch.«

»Was?«

»Unseren Ring.«

»O ja.« Sie betrachtete ihn überrascht. »Er ist ein Teil von mir, ich muß ihn immer tragen.«

»Wie schön.« Sein Blick war tief und bedeutungsvoll, wollte erwidert werden.

»Die Armbanduhr besitze ich auch noch«, sagte sie. »Doch sie geht ein wenig nach. Sie muß zum Uhrmacher.«

»Oh, schick sie mir«, sagte er. »Ich lasse sie überholen.«

»O nein, mach dir keine Umstände. Ich kümmere mich darum.«

Lucy scharrte auf dem Kissen, drehte sich dreimal um sich selbst und legte sich dann beleidigt schlafen, die Schnauze im Fell verborgen.

»Liebste, du siehst gut aus«, sagte er leise.

Sie stand auf.

»Ich muß jetzt gehen. Ich habe Angst, daß jemand hereinkommt.«

»Kommst du wieder, wenn ich dich anrufe?« Seine Stimme klang hart, beharrlich.

»Nein, Rollo, ich kann nicht.«

Er streckte seine Hand aus. Erschrocken sah sie die vertrauten Umrisse der Finger, der Handfläche, des Gelenks.

»Komm her.«

Sie legte ihre Hand in die seine und ging auf ihn zu.

»Küß mich«, sagte er.

Sie beugte sich vor, und er küßte sie auf den Mund, ein langer Kuß. Er hielt ihr Gesicht und flüsterte ihr ins Ohr:

»Ich bin dein Liebster, nicht wahr?«

Sie richtete sich auf, errötete, das Blut war ihr zu Kopf gestiegen. Sie war bestürzt, unsicher. Das war nicht, was sie sich vorgestellt hatte – das erlaubt sie nicht ... Ich mißbrauche ihr Vertrauen ...

Entschlossen sagte er:

»Wir sehen uns wieder, nicht wahr?«

»Ich glaube nicht.«

»Eines Tages!«

Sie schüttelte den Kopf.

»Sag vielleicht!«

»Vielleicht.« Das zu sagen schadete nicht. Er würde es wieder vergessen. Er langweilte sich lediglich, fühlte sich gefangen, ans Haus gefesselt ...

»Ich glaube, wir sehen uns wieder«, sagte er bestimmt.

»Rollo, du bist ein schrecklicher Mann ...«

»Wir wollen keine Verzweiflung, keine endgültigen Entschlüsse, Liebste.« Er streichelte ihre Hand. »Das wäre doch dumm, nicht wahr? Wir hatten es so schön zusammen. Das Leben ist kurz. Wenn zwei Menschen so gut miteinander auskommen, ist es verrückt zu sagen: Nie wieder. Findest du nicht auch?«

»Ja ... Vielleicht ...«

So dumm, sich unnötig aufzuregen. Ein kleiner Zusammenstoß, ein unglückseliges Mißverständnis – alles vorbei. Man darf die Dinge nicht schlimmer machen, als sie sind.

»Unsere Mittagessen würden mir schrecklich fehlen«, sagte er hartnäckig.

Mir auch. Sie waren so schön.

»Unsere Fahrten ...«

O ja, die Fahrten, die waren auch schön. Warum nicht dann und wann, wenn er wollte, ein Essen, eine Ausfahrt, sehr diskret? ... Es war doch alles so schön ...

»Weißt du noch, unser Ausflug ins Gebirge?« sagte er. »All die himmlischen Orte, in denen wir übernachtet haben. Die kleinen Gasthöfe? Weißt du noch den Gasthof mit dem Kastanienbaum? – wo die komische kleine Kapelle spielte ... Das war schön, nicht wahr, Liebe?«

Anmerkungen

Manche der zahlreichen Begriffe, Namen und Zitate in Rosamond Lehmanns Roman »Wind in den Straßen« sind dem heutigen Leser nicht mehr bekannt, deshalb einige Anmerkungen (d. Übers.).

1 *Idono* und *Oodathortit* sind Verballhornungen von *I don't know* – »Ich weiß nicht« – und *Who would have thought it* – »Wer hätte das gedacht«.

2 *Bovril* ist ein Extrakt zum Bereiten von Fleischbrühe.

3 *Aubusson* ist eine französische Stadt im Département Creuse, in der seit Jahrhunderten Gobelins angefertigt werden.

4 Thomas Gainsborough (1727–1788) ist einer der großen englischen Maler des achtzehnten Jahrhunderts. – George Romney (1734–1802) ist berühmt für seine klassizistischen Porträts.

5 *Lily Elsie* war eine bekannte Kabarettsängerin; die *Dolly Dialoge* waren eine Kolumne in der *Westminster Gazette*.

6 *Zélide* ist eine Figur aus Pierre Corneille, *La Galerie du Palais ou L'Amie rivale*, 1633/34 (dt.: Die Galerie du Palais oder Die Freundin als Rivalin).

7 *Reason has moons* ... ist ein Gedicht von Ralph Hodgson (1871–1902).

8 *A la recherche du temps perdu* (dt.: Auf der Suche nach der verlorenen Zeit) ist der Titel des siebenteiligen Romanzyklus von Marcel Proust (1871–1922).

9 John Singer Sargent (1856–1925) war als Porträtmaler in England und Amerika tätig.

10 Mr. Pond war ein britischer Kosmetikfabrikant.

11 *Sad, mad and bad* ... ist ein Zitat aus dem Gedicht *Confessions* von Robert Browning (1812–1889).

12 *Dear dead women with such hair* ... stammt ebenfalls von Robert Browning.

13 *The Green Hat* ist ein zu seiner Zeit schockierender Roman von Michael Arlen (1895–1956).

14 *Ovaltine* und *Horlick's* sind beides Malzgetränke.

15 *Pip, Squeak* und *Wilfred* sind ein Hund, ein Pinguin und ein Kaninchen, die Hauptfiguren eines Comicstrips im *Daily Mirror,* dort zu lesen von 1919 bis 1953.

16 *The Beachcomber* war eine Kolumne im *Daily Telegraph.*

17 *Derry and Toms* war ein nicht besonders vornehmes Kaufhaus in Kensington.

18 *Givans* ist ein exklusives Wäschegeschäft in der Bond Street.

19 Mr. Redmond war ein irischer Politiker (1856–1918).

20 *Paul Pry* bedeutet »Schnüffler«. *Mrs. Grundy* ist eine Figur aus dem Theaterstück *Speed the Plough* von Thomas Morton (1764–1838) und wurde in England zum Symbol der Schicklichkeit.

21 *The Bystander* ist, wie der *Tatler,* eine Zeitschrift mit Gesellschaftsklatsch.

22 *O Western wind* ... ist ein Gedicht des Romantikers Percy Bysshe Shelley.

[23] *A dream of winter, sweet as spring* ist ein leider nicht zu identifizierendes Zitat, von dem Rosamond Lehmann nur noch weiß, daß es von einem zeitgenössischen Lyriker stammt.

[24] A. E. Housman (1859–1936) schrieb die Gedichtsammlung *A Shropshire Lad*, in der ein Bauernjunge und ein Soldat sprechen. – Wilfred Owen (1893–1918) schrieb Antikriegsgedichte und starb als Soldat im ersten Weltkrieg.

[25] *There was an old woman* ... und *Polly* sind Verse aus dem volkstümlichen *Mother Goose*-Almanach.

[26] *I come from haunts of coot and hern* ... ist der Beginn des Gedichts *The Brook* von Alfred Lord Tennyson (1809–1892).

[27] *Dark brown is the river, golden is the sand* ... ist ein Zitat von R. L. Stevenson (1850–1894).

[28] *They fed her on pancakes of yellow tide foam* ... stammt aus dem Gedicht *The Fairies* von William Allingham, das viele englische Schulkinder auswendig gelernt haben.

[29] *Dr. Fell* war ein anglikanischer Geistlicher, der in einem bekannten Limerick karikiert wird.

[30] *Way Down East* ist ein dramatischer Stummfilm mit Lilian Gish in der Hauptrolle.

[31] Die Gesellschaft, die Rosamond Lehmann beschreibt, könnte es gegeben haben. Mrs. Cunningham ähnelt in manchem der Malerin Vanessa Bell, Amanda gleicht Angelica, der Tochter, die Vanessa Bell mit dem Maler Duncan Grant hatte. Anna und Simon haben einiges mit der Malerin Dora Carrington und dem Literaturkritiker und Biographen Lytton Strachey gemeinsam, der 1932 an Typhus starb. Simons Haus auf dem Lande hat etwas von dem Bauernhaus in Charleston, das Vanessa Bell und Duncan Grant bewohnten, und von Ham Spray, Lytton Stracheys Haus. Strachey war ein wichtiges Mitglied der Bloomsbury-Gruppe, jener Vereinigung von Literaten um Virginia Woolf, die Rosamond Lehmann und ihr Bruder John, obwohl sie zur nächsten Generation gehörten, gut kannten. Virginia Woolfs Schwester Vanessa Bell sammelte eine bedeutende Gruppe von Malern und Kunsthandwerkern um sich, die in den Omega-Werkstätten zusammenarbeiteten.

[32] Aubrey Beardsley (1872–1898) war ein Fin-de-Siècle-Zeichner und -Schriftsteller.

[33] *Gather ye rosebuds* ... ist ein Zitat von Robert Herrick (1591–1674).

Johanna Moosdorf

Die Freundinnen
Roman. Band 4712

Die Geschichte einer Liebe zwischen zwei Frauen – zugleich ein aktueller, sensibler und undogmatischer Emanzipationsroman. In seinem Zentrum steht das Verhältnis der Geschlechter zueinander, die weibliche Weltsicht, die mit der männlichen kollidiert.

Die Tochter
Geschichten aus vier Jahrzehnten. Band 10506

Johanna Moosdorf geht es auch in ihren Novellen, Erzählungen und Kurzgeschichten stets um das Ganze. Es geht um Glück, Liebe, Schuld und Tod, es geht um Grunderfahrungen der menschlichen Existenz. Um Wahrheitsfindung ist es ihr zu tun, um die Entwicklung und Behauptung einer moralischen Kraft, die sich den Mechanismen des Vergessens und Verdrängens, aber auch der Resignation widersetzt.

Fischer Taschenbuch Verlag

fi 1174 / 1

Virginia Woolf
Gesammelte Werke
Herausgegeben von Klaus Reichert

»Um eine neue Bahn einzuschlagen, muß ein Romanautor nicht nur große Gaben besitzen, sondern auch eine große Unabhängigkeit des Geistes. Virginia Woolfs Stil ist von erstaunlicher Schönheit. Ihre Art zu beobachten setzt eine unermeßliche und angespannte Arbeit voraus. Sie erleuchtet nicht nur durch plötzliche Blitze, sondern verbreitet ein ruhiges und sanftes Licht.« *T.S. Eliot*

Zur Ausgabe

Virginia Woolf ist vielleicht die bedeutendste, gewiß ist sie die fruchtbarste Schriftstellerin dieses Jahrhunderts gewesen. Sie hat die Form des Romans von Grund auf erneuert, und ohne sie und James Joyce hätte die Entwicklung des Romans einen anderen Verlauf genommen. Sie hat die in England hochentwickelte Form des Essays auf neue, ungeahnte Höhen geführt, und sie hat mit ihrem großen Tagebuch ein Dokument der *condition humaine* geschaffen, das nur mit den großen Beispielen der Gattung – Pepys, John Evelyn, Saint-Simon – zu vergleichen ist. Nicht zuletzt ist Virginia Woolf eine der ersten Autorinnen, die sich konsequent um Geschichte und Zukunft weiblichen Schreibens in unserer Gesellschaft gekümmert haben. Durch diesen Aspekt ihres Werkes wurde sie zur zentralen, nicht unumstrittenen Figur der internationalen Frauenbewegung. Bisher war nur ein kleiner Teil des Werkes Virginia Woolfs zugänglich: die Romane bis auf einen, die kurze Erzählprosa etwa zu einem Drittel, von den über tausend Essays rund eine Handvoll, ein paar autobiographische Texte, nichts von dem ebenfalls opulenten Briefwerk. Mit der geplanten Ausgabe soll das Werk der Autorin in angemessener Vollständigkeit vor dem deutschen Publikum ausgebreitet werden.

fi 889/2a

Editionsplan

Virginia Woolf
Gesammelte Werke

bereits erschienen

Die Fahrt hinaus. Roman
Das Mal an der Wand. Gesammelte Kurzprosa
Tagebücher. Band 1 (1915–1919)
Orlando. Roman
Die Wellen. Roman
Zum Leuchtturm. Roman

in Vorbereitung

Nacht und Tag. Roman
Jakobs Zimmer. Roman
Mrs. Dalloway. Roman
Die Jahre. Roman
Zwischen den Akten. Roman

Tagebücher 1915–1941 in fünf Bänden
Briefe 1888–1941 in drei Bänden
Gesammelte Essays in vier Bänden

Roger Fry. Biographie
Flush. Die Geschichte eines berühmten Hundes

Neben der Edition der *Gesammelten Werke* erscheinen einige ausgewählte Titel als englische Broschur und werden zu einem späteren Zeitpunkt in die Ausgabe integriert:

bereits erschienen

Der gewöhnliche Leser. Band 1
Essays
Der gewöhnliche Leser. Band 2
Essays
Frauen und Literatur
Essays

in Vorbereitung

Tagebuch einer Schriftstellerin
Ein eigenes Zimmer
Drei Guineen

S. Fischer

889/4b